오늘부터
천생연분

1

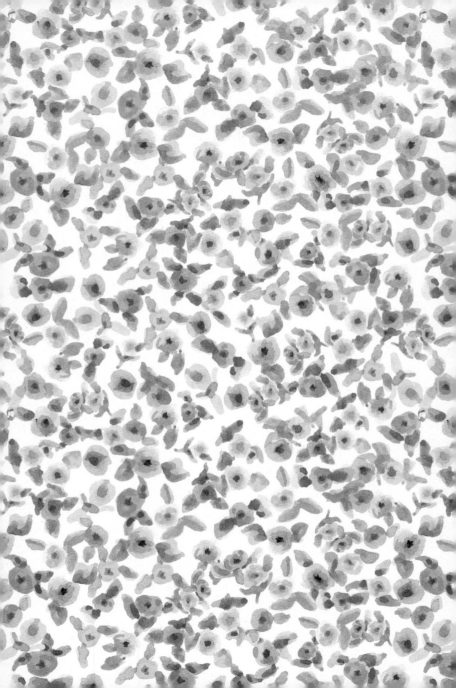

오늘부터
천생연분

노승아 장편소설

Soulmate

가하)

오늘부터
천생연분 1

지은이 노승아
펴낸이 이형기
펴낸곳 도서출판 가하

초판인쇄 2019년 9월 11일
초판발행 2019년 9월 18일
출판등록 2008년 10월 15일 제 318-2008-00100호

주소 서울 영등포구 양평로 67, 1209 (당산동5가, 한강포스빌)
전화 02-2631-2846 **팩스** 02-2631-1846

www.ixbook.co.kr

ISBN 979-11-300-3948-0 04810
      979-11-300-3947-3 04810(set)

값 12,800원

c o n t e n t s

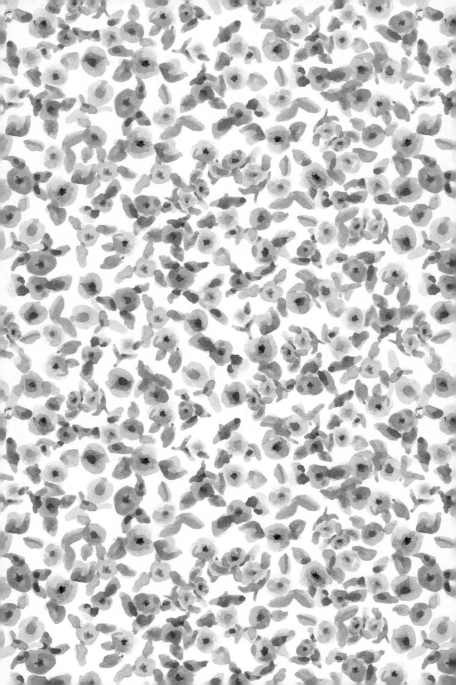

part 1

변곡점

다경은 어제까지만 해도 상상하지 못했다. 겨우 단 한 순간의 일로 인생의 방향이 완전히 틀어질 줄이야.

"……말도 안 돼."

그녀의 눈이 커다랗게 벌어졌다.

"이게 뭐예요……?"

"뭐긴 뭐야, 너잖아."

왕 대표가 다짜고짜 쥐여준 태블릿 화면에는 뜻밖의 사진이 떠 있었다.

"더 정확히? 너, 그리고 지민우."

"헐."

"두 사람, 뜨겁게 키스하는 사진."

"흐으아아앗……."

마치 뜨거운 고구마라도 되는 듯 다경은 태블릿을 놓아버리고 서둘러 물러섰다. 그야말로 충격과 공포다. 내가 지금 뭘 본 거지? 이게 무슨 일이야?

"그러게, 왜 굳이 골목 구석까지 나가서 둘이 키스를."

"아니에요, 키스한 거."

다경은 억울하기만 했다.

"각도 때문에 그런 거예요. 사진 찍은 쪽에서는 그렇게 보였을지 몰라도 키, 키스라뇨. 절대 아니에요."

"뭐, 그래. 사진상으로는."

순간 분노 섞인 헛구역질이 울컥 치솟았다. 우욱, 내가 다른 사람도 아니고 지민우와 키스라니.

"걔랑 저, 못 잡아먹어 안달인 거 뻔히 아시면서 어떻게 그런 말씀을."

"내 말씀이 아니라 네 사진이."

다경은 머리카락 사이로 손가락을 넣고 쥐어뜯듯 헝클어뜨렸다. 강펀치를 몇십 대 얻어맞은 것처럼 얼얼했다.

"너희가 지나치게 친하니 뭐, 이런 사달이 날 법도 하지."

지민우 그 자식과는 눈만 마주치면 으르렁거리는 사이다. 여덟 살 때부터 지금까지 딱 20년을 친구로, 아니, 그보다 더 가까운 가족 같은 사이로 지내는 동안 둘의 관계가 좋았던 적은 거의 없다.

그러니까 말하자면 '소꿉친구'가 아니라, '소꿉웬수'다. 원수도 아니고 웬수. 오직 '웬수'라는 단어만이 그 자식과 자신의 관계를 제대로 표현해줄 수 있다.

"그런데 어쩌다가?"

왕 대표의 물음에 다경은 어제의 제 행적을 떠올리다 확신에 찬 음성으로 대답했다.

"키스 절대 아니고요. 바람 쐬러 나갔는데 지민우가 따라 나왔거든요. 눈에 뭐 들어갔는지 따끔거린다고 해서 불어주던 중이었어요. 그런데 저보고 못한다고 제대로 좀 해보라고, 더 가까이에서 세게 불라고 짜증내서 막…….."

"눈을 불었든, 눈을 까뒤집었든, 사진엔 그게 안 보이네."

왕 대표의 말이 맞다. 할 말이 없어진 다경은 화를 꾹꾹 누르며 다시 태블릿을 집어 들었다. 이렇게 설명해도 안 통하겠지. 설명이 아니라 변명이라 치부할 거고. 팩트는 당사자의 말이 아닌, 눈에 보이는 이 사진이라고들 생각할 것이다.

"사진은 이것뿐이에요?"

"응."

이왕이면 옆으로 와서도 찍지. 다각도로 포착하려 시도했다면 키스가 아닌 것쯤 바로 알았을 텐데, 왜 하필 뒤쪽에서만 찍는 바람에 오해를 일으키나.

"근데 이거 어디서 보내온 거예요? 어느 기자님이……?"

대충 매체와 기자가 파악되면 괜한 소리가 퍼지는 건 막을 수 있으리란 다경의 기대는 이어지는 왕 대표의 대답에 허물어졌다.

"트위터."

머리가 어질했다. 내가 지금 잘못 들었나?

"정식 기자도 아니고, 스태프나 관계자도 아니야. 그냥 행인이 우연히 보고 찍어 트위터에 익명계정으로 올린 사진을 오늘 새벽에 누가 또 포털 연예게시판으로 퍼갔고. 베스트로 올라가는 데 딱 5분 걸리더라. 조회수 무섭게 올라가던데."

기자가 아니라, 익명의 네티즌? 회사에 보내온 기밀자료가 아니라, 아예 완전히 오픈되어버린 거라고? 이미? 돌이킬 수 없어?

"축하한다, 소다경."

"헐……."

"물론 공백이 길긴 했지만, 일곱 살 데뷔 이래 배우생활 21년 만에 첫 실검 1위."

왕 대표는 자신이 앉아 있는 커다란 가죽의자를 빙그르 한 바퀴 돌려 제자리로 돌아온 후, 발을 탁 구르며 일어서서 다경에게로 다가갔다.

"이 모든 게 조금 전부터 지금까지, 불과 30분 사이에 일어난 일이야."

왕 대표가 꼭두새벽에 호출하기에 뭔가 큰일이 났나 싶었는데, 비상사태치고는 출근한 직원들도 없어 이상하게 여겼다. 그런데 알고 보니 큰일도 이런 큰일이 없었다. 당사자인 자신을 제일 먼저 불러낼 만큼의 대사건이었던 것이다.

아직 동도 트지 않은 시각, 고요하게만 보이는 저 세상은 이미 끓어오르고 있었다.

왕 대표는 황당한 얼굴로 서 있는 다경에게 손을 올려 어깨동무하며 비장하게 말했다.

"그럼 이제 우리, 수습해야겠지?"

겨우 빛 좀 보나 했더니, 먹구름이 치고 들어올 줄이야.

내 스캔들 상대가 지민우라니. 다경은 어금니를 꽉 물었다. 지민우, 이 웬수 같은 자식. 하여튼 인생에 도움이 안 돼.

"언니, 나 왔어."

다경은 소속사에서 왕복 5분 거리의 오피스텔에 혼자 살기에, 오늘 왕 대표의 이른 새벽 호출에도 재빨리 달려갈 수 있었다. 갔다가 들은 건 폭탄 같은 소식이었지만 말이다.

"얼른 와서 앉아. 지금 인터넷 난리다."

어제 종방연 후 다경의 집에 와서 함께 잤던 매니저 주아는, 거실 테이블 앞에 앉아 랩톱을 펴놓고 자세히 상황을 파악하는 중이다. 뜻하지 않은 스캔들이 이런 식으로 터져버려, 주아는 잠시 후에 왕 대표가 소집한 회의에 참석하러 가봐야 한다고 했다.

"인터넷만 난리인가. 내 휴대전화도 불났어."

돌아오며 전화기를 보니 이미 번진 스캔들 불씨에 놀란 지인들의 메시지가 쏟아지고 있었다.

[인터넷 봤어. 키스했다며? 지민우랑 정말 사귀는 거였어? 대박!]

[어쩐지! 둘이 수상하더라. 이럴 줄 알았다!]

[꺄악! 진짜야? 진짜 키스한 거 맞아?]

그사이 발 없는 말은 천 리, 아니, 천만 리는 간 것 같다.

하긴, 실검 1위랬지. 소다경과 지민우의 이름이 엎치락뒤치락 사이좋게 1위 경쟁 중이다. 하나도 반갑지 않게.

"그래서 왕 대표님은 그냥 너 찌그러져 있으라고 하신 거?"

"응, 일단 집에 가 있으래."

다경은 종이인형이 된 기분으로 소파에 팔랑팔랑 내려앉았다. 힘이 하나도 없었다.

"언니가 봐도 그래? 그 사진 정말 걔랑 내가 키스하는 거 같아?"

다경은 오히려 피가 차갑게 식은 듯 가라앉았다. 차분하게 묻는 그녀의 목소리에 주아가 돌아보지도 않고 고개를 끄덕였다.

"누가 봐도. 빼박캔트."

"미치겠네."

게시판에 올라와 온갖 곳으로 퍼진 사진은 이리 보고 저리 봐도, 두 남녀의 뜨거운 키스 현장이다. 아무리 진실을 아는 다경의 눈에는 전혀 아니라도, 모두가 그렇다면 그런 것이 돼버린다.

"민우는 뭐래? 혹시 연락해봤어?"

"나 지금 걔 목소리 못 듣겠어."

"그래, 연락 안 하는 게 나을 것 같아. 일단 회사끼리 입장 조율하기 전까지는."

이제 앞으로 얼굴은 어떻게 보나 싶다. 입장을 표명하기도 전인데 기사는 벌써 제멋대로 펑펑 잘도 터지고 있다.

"이야, 이분들 부지런하시네. 날 밝기도 전에 떴다."

주아가 따끈따끈하게 올라온 기사들을 읽어주었다.

"올해 베스트 커플상 지민우 소다경, 실제 연인 사이?"

"아뇨."

"종방연 현장에서 단둘이 뒷골목 밀회?"

"아니라고."

"드라마에는 없었던 키스신, 현실 키스로 한을 풀다?"

"아니라니까요."

다경은 지난날을 깊이 후회했다. 그 자식과 같은 드라마에 출연하는 게 아니었는데. 나중에라도 지민우 섭외 소식을 들었을 때 그냥 포기해버리는 건데.

하지만 다경은 기나긴 무명생활 중에 처음으로 맡게 된 주연급 역할을 도저히 박차고 나올 수가 없었다. 힘도 없고, 빽도 없는 연기자인 자신에게는 과분할 정도로 좋은 기회였으니까. 이 사달이 날 줄 알았다면 얼른 손 털고 뒤도 안 돌아보고 도망갔을 테지만, 그땐 그저 벅차기만 했다.

"댓글 터진다. 게시물 올라오는 속도 장난 아니야."

주아는 뜨거운 반응에 약간 흥분한 듯했다. 어쨌든 연예인은 좋은 쪽으로든, 나쁜 쪽으로든 관심으로 먹고사는 직업이다.

"자, 댓글 읽어줄게. 들어봐. '내 이런 날 올 줄 알았다. 사랑 커플, 현실에서도 역시 사랑하는 사이였어. 둘의 매칭이라니, 이제 난 죽어도 여한이 없음.'이라고 하신다."

극 중에서 지민우가 맡은 역할 이름이 '김사훈', 다경은 '임아랑'이었고, 팬들은 이들을 사랑 커플이라 불렀다. 정작 다경은 그 호칭을 들을 때마다 온몸에 소름이 돋아 부르르 떨곤 했다.

그들이 출연했던 16부작 청춘 드라마는 다섯 명의 남녀를 그린 이야기였다. 애초에 러브라인은 아예 없었고, N포세대라 일컫는 이 시대 젊은이들의 고단한 인생과 희망을 진솔하게 담은 극으로, 워낙 작품성과 대중성을 함께 인정받는 감독과 작가의 호흡이라 제작 전부터 기대를 모았다. 다경은 그 작품에 꼭 출연하고 싶은 마음에 스스로 찾아가 오디션부터 보았고, 작은 역할이라도 맡게 될 수 있길 바랐다.

결과는 기대 이상이었다. 다경은 주인공 중 하나로 제일 먼저 정해졌고, 너무 좋아서 왕 대표 품에 안겨 밤새 엉엉 울었다.

그런데 거기 불청객이 등판했다. 이후 지민우가 다섯 번째 주인공 역으로 캐스팅된 것이다. 아니, 영화 할 거라며? 시나리오 결정 거의 끝났다며?

왜 마음이 바뀌었는지 덜컥 드라마 출연을 결정해버린 그놈은 극에서도 다경과 오랜 친구 사이로 투닥거리는 관계로 출연했다.

"너희가 너무 자연스럽긴 했어. 케미가 맞아도 너무 잘 맞았지."

그야 어쩔 수 없다. 현실에 가까운 생활연기였으니까. 여덟 살 때부터 지금까지, 20여 년 세월은 괜히 보낸 것이 아니다.

둘 사이 자연스럽게 치고받는 핑퐁 대화와 스킨십은 애정 아닌 우정을 바탕으로 했는데도 보는 사람들 눈에는 그게 아닌 모양이었다. 물샐틈없는 호흡이 장난이 아니라고들 입을 모았다. 아, 물론 스킨십도 남녀 간의 그런 건 결코 아니다. 때리면 막고, 건드리면 치는, 툭툭툭, 합을 맞춘 무술배우들처럼 그렇게 자연스러웠던 것뿐이다.

"아니, 그게 어떻게 환상의 케미로 보여. 다들 세상을 너무 아름답게만 보시네. 우린 절대 그게 아닌데."

극이 진행될수록 두 인물이 제대로 러브라인을 탔으면 좋겠다는 시청자 의견이 쏟아졌고, 두 사람의 출연 장면을 편집한 사진, 영상, 심지어 2차 창작물들까지 연일 게시판을 뒤덮었다. 생각지도 못한 뜨거운 반응에 항복한 작가가 중반부쯤 둘의 서사를 만들어 주며 러브라인의 싹을 틔웠다.

"덕분에 시청률 장난 아니었잖아. 오히려 너희가 이어질 듯 말 듯 해서 더 재미있었지."

"러브라인 근처에도 가지 말았어야 했어."

"그나마 황 작가님이니까 그 정도에서 끝내주셨지."

초반 이야기의 힘을 잃지 않겠다는 작가의 의지가 있었기에 다행이었다. 러브라인에 휘둘리지 않고 풀어야 할 사건들을 차분히 끌고 가며 결말에 이르렀고, 결국 이들 커플은 마지막에 가서야 겨우겨우 서로의 마음을 확인할 수 있었다.

애틋한 마무리에 키스신은 없었다. 러브라인이라 해봤자 담백하기 그지없는 수준이었다.

"그래, 손만 잡고 끝내주신 거, 내가 황 작가님께 평생 은혜 갚아야 할 일이지."

시청자들은 잔뜩 기대했지만, 감독과 작가는 키스가 없어야 분위기가 살 것 같다는 고집을 굽히지 않았다. 다경은 두 분께 진심으로 절을 올리고 싶었다.

"이제 다 끝난 줄 알았는데."

어제, 그러니까 12월 30일은 마지막 화가 방송하는 날이었고 종방연이 있는 날이기도 했다. '그' 종방연에 참석했다가, 지금 이 상황에 이른 것이다.

"게시글이 끝이 없다. '둘은 아마도 첫사랑이 아니었을까. 어릴 때부터 둘의 인생에는 서로밖에 없었던 거지.' '현실 서사도 갑이잖

아. 옆집에서 자란 소꿉친구라니! 결국 두 사람은 사랑에 빠질 수밖에 없던 운명인 거샤.'라고."

"말도 안 돼. 걔가 나한테 하는 소리, 언니도 들었잖아. 말끝마다 맨날 '너 때문에, 너 때문에'. 누가 보면 나 때문에 인생 망한 사람인 줄 알겠다고. 거기다가 어릴 때부터 싸가지는 얼마나 없었는지, 그냥 넘어가는 날이 없었다니까. 걔네 집에서 아줌마가 해주신밥 먹고 있으면 '야, 너네 집에는 밥도 없냐.' 하면서 거지 취급을 하질 않나. 진짜 말하자면 끝도 없을 정도인데, 첫사랑은 무슨 첫사랑!"

다경의 격렬한 반박에도 아랑곳하지 않고 주아는 계속해서 댓글을 읽어갔다.

"'내가 드라마 보면서 과몰입 안 하는 편인데 둘은 진짜 인정할수밖에 없다.' '흑흑, 키스 사진 보고 또 봐도 하나도 안 질림. 키 차이 봐. 설렘 터져. 지구 뿌셔어어.'라고들 하네."

"……키스 사진, 아니라고오."

"아, 그래, '키스하는 걸로 보이는' 사진."

사진 속 지민우는 다경의 허리를 받치듯 잡고 있었다. 다경은 까치발을 살짝 든 채 한 손으론 지민우의 어깨를 잡고 있고, 다른 한손으로는 그의 볼을 감싸고 있었다.

그건 볼을 감싼 게 아니라 눈을 불기 위해 눈 아래를 엄지로 사정없이 눌러 내리며 볼을 꽉 움켜쥔 거였다. 멀리서 애매한 각도로찍은 사진은 충분히 오해를 불러일으킬 만하지만 그게 진실이다.

"어휴, 얼마나 진하게 키스했는지, 아니, 얼마나 진하게 '키스하는 걸로 보였는지'. 그래, 한을 풀려면 이 정도는 해야지."

말을 말자 싶어 다경은 입을 꾹 다물었다.

"혹시 너희 정말 사귀……."

"끔찍한 소리 하지 마."

가장 가까이에 있는 매니저 주아 언니와 왕 대표님까지 이러는데 세상 그 누가 믿을까.

아, 한 명 있다. 당사자 그놈. 진실을 아는 사람은 지민우와 자신, 딱 둘뿐이다. 너도 나만큼 억울하겠지. 지금쯤 펄쩍 뛰면서 답답해하고 있겠지. 살다 살다 그 자식에게 의지하는 날이 다 오다니 오래 살고 볼 일이다.

"회사 갔다 올게. 아무도 문 열어주지 말고, 전화도 받지 말고 있어."

주아는 실컷 인터넷 반응을 살피고 나서 일어섰다.

"응, 언니. 해명기사 잘 준비해줘."

당연히 열애설을 부인하는 반박자료를 준비하겠지 생각하며, 다경은 주아를 배웅했다. 어쩐지 소다경 인생, 요즘 안 어울리게 술술 잘 풀린다 했다. 어서 이 사태가 마무리되기만을 기다리는 수밖에 없을 것 같다.

12월 31일, 올해의 마지막 날이다.

갓 지난 크리스마스의 장식이 아직 곳곳에 남아 있고, 한 해의 마무리와 다가올 새해에 대한 기대로 온통 어수선한 때, '더블유 엑터스' 대회의실에 여섯 명이 모였다.

키스 대잔치를 벌인 당사자 소다경, 지민우. 다경의 소속사 '더블유 엑터스' 왕현지 대표, 매니저 양주아 실장. 그리고 지민우의 소속사 '조이 엔터테인먼트' 남기혁 대표, 매니저 공태근 부장. 각각 본인, 대표, 매니저의 조합으로 3 대 3 양측이 마주 앉았다.

이미 양 사에서 강도 높은 합동회의까지 했다고 하니, 잘 마무리될 것 같아 다경은 기대하고 있었다. 억울하긴 해도 근본적인 이유는 당사자들에게 있으니까, 괜한 고생을 하는 회사 식구들에게 미안한 마음도 컸다.

왕 대표가 앞에 놓인 종이를 팔랑 넘기며 입을 뗐다.

"다들 모르는 얼굴도 아니고, 인사는 아까 들어오며 했으니 본론으로 들어갈게요."

두 대표와 두 매니저 앞에만 문서가 있었다.

"아, 다경 씨랑 민우 씨한테도 파일 주시고요."

그제야 주아와 공 부장이 기다렸다는 듯 투명파일에 낀 문서를 다경과 지민우 앞에 놓아주었다.

"자, 그럼 시작하겠습니다."

무심코 문서 표지를 본 다경의 눈이 단번에 커졌다.

"……말도 안 돼."

키스 사진을 처음 봤을 때와 똑같은 말이 흘러나왔다.

"보시는 대로 지민우 씨와 소다경 씨의 '비즈니스 연애' 계약 전반에 관한 사항을 논의하도록 하겠습니다."

다경이 저도 모르게 벌떡 일어섰다.

"그게 무슨 말씀이세요?"

어안이 벙벙했다. 연애라니? 연애라니!

"대표님 장난치시는 거죠?"

몰래카메라나 실험카메라는 아닐까. 무슨 예능 하나 몰래 찍고 있는 거 아니야?

하지만 아무리 두리번거려도 작은 카메라 렌즈 하나 보이지 않았다.

"많이 놀란 거 알아. 그런데 장난하는 거 절대 아니고, 어쩌다 이렇게까지 된 건지 우선 설명부터 들어봐."

떡 본 김에 제사 지내도 유분수지, 키스한 김에 연애라니, 이게 웬 말입니까. 앞에 '비즈니스'가 붙어 있지만, 그래서 더 어이없었 다. 일이면 일이지, 거기에 연애가 왜 붙어?

다경은 청천벽력처럼 제 앞에 떨어진 문서를 쥐고 회의실 안을 둘러보았다. 자신이 놀랄 걸 예상했던 모양이다. 동요하지 않고 차 분히 앉아 있는 왕 대표와 남 대표. 곤란한 듯 다경의 눈을 피하는 주아와 공 부장. 그리고……

"지민우. 너도 무슨 말 좀 해봐."

가장 이해 못 할 사람은 바로 같은 처지에 있다고 믿었던 지민우 였다. 그는 지금 제 앞에 앉은 채로 한 손으로 턱을 괴고 나른한 눈 빛으로 문서를 넘겨보고 있다.

"너도 할 말 있을 거 아니야."

난생처음으로 의지했는데, 저 태연한 자태는 뭐냐고. 속 터지 게.

그는 카메라 앞에 있기라도 한 양 흔들림 없이 완벽한 외모를 유 지하고 있었다. 흔한 시술 한번 없이 오뚝하고 날카로운 콧대, 속 쌍꺼풀만 얇게 진 시원한 눈매에 흑요석처럼 검은 눈동자, 요철 없 이 매끄럽고 흰 피부, 조그마한 얼굴은 그야말로 연예인 그 자체였 다. 탄탄한 어깨, 길게 쭉 뻗은 팔다리, 굵고 긴 손가락까지 섹시해 보이는 이놈은 신체조건마저 우월했다. 배구선수 출신에 모델로 활동했던 적도 있으니 그는 타고난 피지컬을 아낌없이 활용하며 살아왔다.

어디 한 군데 흠잡을 수 없을 만큼 완벽하게 잘생긴 남자지만, 20년간 지겹게 봐온 다경은 아무런 감흥이 없었다. 그저 이 상황을 타개해나갈 아군으로 보일 뿐. 전우여, 화보 그만 찍고 너도 총 좀 들어라.

"너도 황당하지? 말문이 막힌 건 알겠는데 그래도 이건 아니라고 확실히 말씀드려야지. 그러니까 지민우, 너도 가만히 있지만 말고 한마디 좀 시원하게 해봐."

다경은 그에게 지원사격을 요청하고 숨을 크게 들이쉬며 기다렸다. 네놈이 날 싫어하는 건 내가 널 싫어하는 것 못지않으니까, 둘째가라면 서러울 정도로 우리는 막상막하 서로를 싫어하니까. 이 기획은 말도 안 된다고. 자, 너도 시원하게 말해보자.

마침내 지민우가 서류에서 눈을 떼고 고개를 들었다. 다경은 비장한 얼굴로 힘껏 끄덕였다. 그래, 너도 억울할 거 아냐. 참지 말고 한마디 제대로…….

"내가 제안했어."

"그렇지, 잘했어! 역시 니가 제안했…… 뭐? 뭐, 뭘 해?"

"열애 인정하자고."

지민우의 입에서 흘러나온 소리에 다경은 경악했다. 어라, 전우가 총을 들긴 들었는데 총구가 날 향하고 있네, 지금?

"결혼까지 해도, 괜찮고."

타아앙!

다경의 머릿속은 그만 새하얘졌다. 앞이 안 보이고 아무것도 들리지 않았다. 이게 대체 무슨 일이야?

"다경아, 괜찮아?"

주아가 재빨리 잡아주고 나서야 다경은 자신이 휘청거렸다는 걸 깨달았다.

"언니……."

다경은 주아를 부르며 숨이 모자란 듯 중얼거렸다.

"저 미친놈이 지금 뭐라는 거야……?"

장난도 아니고 농담도 아니다. 지민우는 관계자들 다 모아놓고 그딴 헛소리를 할 정도로 나사 빠진 놈이 아니다. 오히려 매번 맞는 말만 해서 처맞길 자초할 정도로 다른 의미의 팩트폭행을 일삼는 놈이지. 머리는 또 좀 좋은가. 게다가 얄미울 정도로 이성적인 놈이다.

그런데 저 재수 없게 똑소리 나는 자식이 지금 어디 잘못된 거 같다.

"지민우, 너 지금 제정신이야?"

뻔뻔스럽게도 그는 아무렇지 않아 보였다.

"완전 제정신."

오히려 지나치게 태연했다.

다경은 서둘러 서류를 들췄다. 아무 내용도 없는 빈 종이일 게 분명하다. 올해를 보내는 마지막 날을 기념하며 누가 이렇게 싱거운 이벤트를 생각해냈을까.

아무리 현실을 부정한들 소용없었다. 다경의 눈에 들어온 건, 웬만한 기획 서류 버금가게 자료로 꽉 찬 '진짜' 내용이었다. 두 사람이 어떻게 연애를 시작하게 되었는지, 얼마만큼 예쁘게 잘 만나고 있는지에 대해 촘촘히 짜둔 이야기와 두 사람의 예전 사진부터 현재 것까지 조합하여 열애 인정을 위해 만든 자료가 완벽히 실려 있었다.

'가짜' 연애를 위한 '진짜' 프로젝트. 자료에는 왜 열애 인정을 피할 수 없는지 자세히 적혀 있었지만 다경의 눈에는 아무것도 들어오지 않았다.

"다경아, 따로 얘기 좀 하자."

왕 대표가 자세히 설명하겠다며 일어섰다.

"네, 그래요."

다경이 얼른 일어나 왕 대표를 따라나섰다.

"대표님, 쟤 지금 좀 미친 거 같은데, 이 말도 안 되는 기획은 집어치우고 저 오래오래 일할 수 있게 해주세요. 결혼은커녕 연애도 생각 없고 그냥 일만 하고 싶다니까요."

다경은 일찍이 돈의 중요함을 알았고, 우아한 독거노인의 삶을 꿈꾸어왔다. 연애나 결혼에는 뜻이 없었다. 제 한 몸 책임지는 것도 버거웠기 때문이다. 그러니 좋아하는 연기로 밥벌이까지 하게 된 현실에 감사했고, 여유자금이 생기는 대로 노후 준비에 열을 올리는 비혼주의자였다.

"저 자식 지금 장난치는 거예요."

왕 대표가 한숨을 내쉬더니, 곤란한 얼굴로 입을 열었다.

"지금 중국 쪽까지 난리 난 거 알지?"

"……네, 봤어요."

키스 스캔들은 단시간에 국경을 넘어 걷잡을 수 없이 번졌다.

"누가 보면 한류스타들끼리 열애설 난 줄 알겠어. 무슨 반응이 그렇게 좋은지, 깜짝 놀랐다."

두 사람의 스캔들은 뜻밖에도 엄청난 반향을 일으키는 중이다.

"제 말이요. 저나 지민우나, 둘 다 전에 조연으로 출연했던 드라마가 한두 편 넘어간 정도잖아요. 우리 인지도가 중국에서 높은 편도 아닌데 어떻게 이럴 수 있어요?"

다경도 그 소식을 듣고 어리둥절했었다.

인지도의 벽을 깨부수며 대륙의 주목을 받을 만큼 두 사람의 비주얼 케미, 현실 서사 등이 많은 사람을 동요하게 했다. 이번 키스 스캔들부터 시작해 지금까지의 사진과 이야기에 상상력까지 더해지는 바람에, 그 안에서 두 사람은 완벽한 연인이 되어 있었다.

"처음 웨이보에 키스 사진 올린 사람 말이야. 네이밍이랑 의미부여 아주 끝내주더라. 나라도 혹해서 넘어가겠던데."

따지자면 최초로 중국 SNS에 스캔들 사진을 퍼간 사람의 영향이 크다고밖에 할 수 없었다. 제 게시물에 댓글을 달고 포워드(트위터의 알티와 비슷한 기능)할 경우 '천작지합(天作之合=천생연분)'을 만날수 있다고 했다. 마치 이 편지는 영국에서 시작되었다며 돌리는 행운의 편지를 연상케 했다.

SNS는 빠르고 강력해, 부적처럼 신성시된 다경과 민우의 키스 사진은 제곱수로 번식하는 미생물처럼 순식간에 퍼져나갔다. 두 사람은 어느새 아시아권에서 '천생연분의 신(神)'이 되어버린 후였다.

인터넷이 없었다면 불가능했을 이 사태는 불과 하루 만에 일어난 것으로, 두 눈 뜨고 지켜봤지만 못 믿을 상황이었다.

"지민우랑 내가 왜…… 어떻게 천생……, 연분……, 하아."

다경은 깊은 한숨을 내쉬었다.

"그뿐이니. 중국 쪽 에이전시에서 광고 제의까지 들어오고 있어. 콘택트 오는 데가 한두 군데가 아니야."

"네? 무슨 광고까지……."

다경은 기가 막혀 말도 안 나왔다. 당사자만 빼고 만인이 밀어주는 연애라니.

"그래서 오늘 새벽에 민우가 제안한 거야. 열애 인정하자고."

아니다. 당사자 중 한 명은 다경과 같은 의견이 아니다.

"그러니까 걔가 왜요?"

나만 보면 으르렁거리는 그놈이 왜? 번갯불에 콩 볶아 먹듯 일사천리로 이루어진 '비즈니스 연애' 기획을 처음 제안한 게 지민우라니 다경은 믿기지 않았다.

"아무리 기회가 좋아도 너희 싫은 거 억지로 시킬 수도 없는 노릇이고. 그래서 남 대표나 나나, 일단 스캔들 부정하는 쪽으로 가닥을 잡았거든."

"당연히 그래야죠."

그게 다경의 생각에도 상식적인 절차였다.

"그런데 민우가 위기를 기회로 바꾸자고 하더라. 두 사람이 이렇게 시너지가 좋은데, 지금 돌아가는 상황만 봐도 이 기회를 쉽게 놓칠 순 없지 않겠냐고."

다경은 여전히 이해가 되지 않았다. 지민우가 왜? 걔한테 이건 딱히 좋은 기회도 아닐 텐데?

그녀의 표정을 읽은 듯 왕 대표가 덧붙였다.

"사실 민우는 막 뜨기 시작했는데 열애 인정이 손해긴 하지. 누군가의 연인으로 게임 끝내버리면 아무래도 민우한테는 장벽이 생길 테니까."

"그러니까요."

민우는 모델로 데뷔해 배우로 전향하기까지 탄탄대로를 달리며 라이징스타로 주목받고 있으니까, 아역부터 시작해 연기 21년 차에 겨우겨우 빛을 보기 시작한 다경과는 상황이 달랐다. 그는 훌륭한 외모에 피지컬과 놀라운 연기실력까지 갖춰 곧 톱 대열에 들 수 있을 거라 꼽히는 대표적인 신인이다. 게다가 일찌감치 군대까지 전역한 후에 데뷔했기에, 남배우 기근현상에 단비 같은 존재기도 했다.

민우가 가는 길에 걸림돌은 하나도 없어 보였다. 그냥 둬도 자신의 힘으로 한류스타가 되어 돈을 쓸어모을 판인데, 왜 비즈니스 연애를 하려고 들까.

"그런데 이미 터진 열애설, 아니라고 해도 믿는 사람이 누가 있겠냐고 하더라. 부인해봤자 지금 고비는 넘길 수 있어도 앞으로 더 골치 아파질 수도 있다고."

"……."

"게다가 너랑 민우가 보통 친한 사이는 아니잖아. 스캔들이 꼬리 표처럼 달라붙어 귀찮은 일만 계속 생기겠지."

다경은 저도 모르게 고개를 끄덕였다. 딱 민우가 할 법한 소리였다.

그는 귀찮은 건 죽도록 싫어하는 스타일이다. 눈앞의 인기나 돈이 문제가 아니라, 마음 편히 사는 것에 더 큰 의미를 두는 편이다. 그렇다고 돈이 넘쳐나는 집안이나 재벌가 자제냐, 그것도 아닌데 말이다.

이쪽 세계는 누구나 알다시피 복잡하고 치열하다. 지민우가 왜 성향에도 맞지 않는 배우생활을 하고 있는지 도저히 이해 못 할 노릇이었다.

"민우랑 너, 사이 나쁜 것처럼 보여도 역시 친구는 친구다. 걔가 이렇게 너 생각하는 것 좀 봐. 좋은 기회, 안 놓치게 해주려는 거잖아."

날 생각한다고?

그렇긴 하다. 이 '비즈니스 연애'의 수혜자는 분명 자신이다. 만년 조연에 여주인공 친구 역할이나 악녀 전문으로 활동하던 다경이었다. 이제야 지난 드라마에서 풋풋한 매력을 선보이며 겨우 국민썸녀의 이미지를 다졌는데 민우와의 케미를 이어가 현실에서도 연애 중이라고 하면, 다경의 이미지야 이전보다 좋아지면 좋아졌지 나쁠 건 전혀 없다. 이건 확실히 다경에게 있어 훨씬 좋은 기회다.

"그렇다고 민우 쪽에서 영 잃는 부분만 있는 것도 아니야. 요즘 시대가 달라졌잖아. 열애 인정한다고 인기가 확 떨어지는 세상도 아니니까. 오히려 잘 어울리는 커플이 더욱 화제가 되고, 잘 지내는 모습을 보일수록 이미지가 더 좋아진 스타 커플들도 많고."

지민우-소다경 커플에 대한 호감도는 매우 높은 편이다. 함께 있을 때 더 주목을 받았고, 하루 만에 중국까지 번진 스캔들과 그 반응이 증거다.

어차피 둘 다 멜로 연기로 인기를 얻은 케이스가 아닌지라, 두 사람이 열애를 인정하더라도 이후 연기 스펙트럼은 얼마든지 넓힐 수가 있었다. 그렇게 보자면 '스타'가 아니라 '배우'로서 안정적으로 자리 잡는 데 그리 나쁠 것도 없는 스캔들이다.

"게다가 지민우, 게이라는 루머 엄청 심하게 퍼지는 중이었잖아. 나서서 해명할 수도 없어 곤란해했고. 남 대표나 민우나 얼마나 스트레스 받았는지 루머 불식시키기에도 열애 인정만큼 좋은 게 없다고 할 정도였어."

그것도 역시, 알고 있었다.

"그동안 남 대표랑 나, 너희 커플 반응 뜨거운 거 보면서 둘이 진짜 사귀는 사이였으면 얼마나 좋았겠냐고 농담처럼 얘기했었는데. 그렇다고 우리가 너희 사귀라고 등을 떠밀 수도 없고. 그런데 민우가 먼저 이렇게 제안하니 사실 반갑더라."

그러니까 지민우는 스캔들 당사자로서가 아니라, 보다 넓고 멀리 보는 기획자 입장에서 제안한 것이었다.

다경은 하아, 긴 숨을 내쉬었다. 어쩌다 이렇게까지 됐지?

"네가 오케이한다면, 사업성 제대로 검토해보려고 해. 앞으로 너희가 젊은 커플의 새로운 아이콘이 될 수 있고, 이를 토대로 다양한 시도가……."

"알았어요."

"응. 알았……, 어? 벌써?"

의외로 쉽게 떨어진 수긍에 왕 대표는 반색했다.

"그럼 하는 걸로 해?"

"우선 준비하신 자료들 있잖아요. 일단 설명 들어볼게요. 지민우하고도 얘기를 해봐야 하고."

"역시 우리 다경이 시원시원해."

"하겠다고 한 건 아니에요. 들어본다고 한 거지."

변곡점. 인생의 중요한 변화가 닥쳐들고 있었다.

✦→≫※≪←✦

마라톤처럼 이어진 프레젠테이션 시간, 왕 대표와 남 대표가 번갈아 설명을 이어갔다.

다경은 회사에서 준비한 자료를 집중하여 살폈다. 이성적으로 보자면 나쁠 것 없는 계획이다. 그 상대가 지민우라는 점만 빼고는.

잠시 쉬어 가자며 다들 숨을 돌릴 때, 다경은 민우와 이야기를 하고 오겠다며 함께 회의실에서 나왔다.

"너, 무슨 꿍꿍이야?"

옆방으로 그가 따라 들어오자마자 문을 닫고 선 다경이 살벌하게 입을 뗐다. 자신한테 훨씬 유리한 일을 지민우가 아무 속셈 없이 밀고 나가려 한다는 게, 아무리 생각해도 이상하기만 했다.

"대체 무슨 꿍꿍이길래 이런 말도 안 되는 일을 하자는 거냐고."

다경은 민우를 거의 벽에 밀치다시피 하고서 위협적으로 굴었다. 하지만 워낙 키 차이가 나는 까닭에 전혀 위협이 되지 못한단 걸 본인은 모르는 모양이다.

"설명을 귓등으로 들었나 보네. 이 연애로 얻을 수 있는 이익에 대해 대표님들이 기껏 자세히 브리핑해주셨는데."

꼭 저렇게 사람 무시하듯 깔아 보며 말한다니까, 이 자식.

"아무리 그렇다고 해도 우리 사이에 연애가 말이나 되냐고. 그것도 네가 먼저 제안한 거라니? 무슨 장난을 이렇게 거하게 쳐?"

"나름 너와 내 미래 진지하게 생각한 거야."

"너와 내 미래?"

뭐가 이렇게 거창해?

"나는 이번에, 결혼까지 생각했어."

미친. 다경은 하마터면 욕을 할 뻔했다. 결혼이 그렇게 쉬운 일인가? 얘 머리가 진짜 어떻게 된 거 아니야?

"이왕 이렇게 된 거 서로 편하게 같이 살아도 나쁘지 않겠다 싶어서. 어차피 둘 다 결혼 생각 없는데 커플이 돼서 돈까지 벌 기회가 흔히 오는 건 아니잖아."

"너 언제부터 이렇게 돈을 밝혔어?"

"내가 아니고, 네가."

"그래. 다시 물어볼게. 네가 언제부터 이렇게 내 생각을 해줬는데?"

"너한테만 좋은 거 아니야. 서로에게 도움이 되고, 누구보다 서로 잘 알고, 해 끼치지 않으며 살 수 있고, 대외적으로는 결혼했지만 실상 비혼생활의 편리함 유지하며 자유롭게 살아갈 수 있는 그런 미래, 나쁘지 않잖아."

아무리 그래도 우리 사이가 어떤 사이인데. 그녀의 생각이라도 읽은 듯 민우가 천천히 덧붙였다.

"어차피 지금까지 가족같이 살았는데, 진짜 가족이 되는 것도 나쁘지 않고."

"말 잘했다. 그래. 우리가 가족이고, 남매나 다름없는데⋯⋯."

"남매가 아니라 형제."

민우가 딱 잘랐다. 절대 다경을 이성으로 본 적 없다고 못 박는 것이다.

다경이 부르르 떨리는 주먹을 쥐며 입을 뗐다.

"그래, 어? 내가 어? 너랑 사우나만 안 갔지, 어? 다 했어, 마. 그렇게 우리가 20년 동안 볼 꼴, 못 볼 꼴 다 보고 자랐는데 남녀로서 감정이 생길 수가 있겠어? 말도 안 되지. 어떻게 우리가 결혼을⋯⋯."

"순진하네."

민우가 다경의 말을 툭 잘랐다.

"감정은 무슨 감정. 그걸 왜 여기서 찾아. 너무 크게 의미를 부여하지 말라니까. 그냥 형식이야. 사랑하지 않아도 연애나 결혼은 할 수 있어. 서로 원하는 걸 얻기 위해 관계를 유지하기만 하면 돼. 좋은 파트너로서."

파트너라니. 어쩜 인륜지대사를 저렇게 쉽게 말할까. 오히려 민우가 생각했다는 '결혼'에 비하면, 이 '비즈니스 연애'가 상당히 가볍게 느껴지기까지 했다. 이 정도야 무난하지 않을까 하는 생각이 들 정도다.

"사랑하는 척은 얼마든지 할 수 있어. 진짜 연애나 진짜 결혼이 아니더라도. 너 연기 잘하잖아."

"⋯⋯어떻게 그런 척을 해. 정말 사랑하지도 않는데."

"내가 진짜 살인범이라서 살인범인 척 연기할 수 있었다고 생각하는 거야? 너는 정말 못돼먹어서 악녀 연기도 그렇게 잘했던 거고?"

다경은 말문이 막혔다.

"구분해. 이것도 연기일 뿐이야. 멍충아, 냉정해지라고."

민우는 장난기 하나 없는 진지한 얼굴로 덧붙였다.

"이 기회 놓치면 너, 평생 후회하니까."

"내가 후회한다고?"

"그래, 분명히."

후회라······. 이 결혼을 안 하면 내가 후회를 한다고? 그것도 평생? 분명히?

민우의 눈빛은 조금도 흔들리지 않았다.

"······그게 무슨 뜻이야?"

다경의 팔에 소름이 돋았다.

민우는 아주 가끔 저렇게 확언을 하곤 했다. 그때마다 느껴지는 기는 보통이 아니었다. 그 말을 따르지 않으면 안 될 것처럼 불안한 기운이 함께 찾아들곤 했다.

한 번은 다경이 어떤 작품에 들어가려던 때 그건 절대 하지 말라며 민우가 적극적으로 말린 적이 있다.

"무슨 소리야. 무조건 하지 말래, 왜?"

"내 말 들어. 너 후회한다, 진짜."

다경은 처음엔 무시하려다가 괜히 찝찝해 관두었는데, 이후 주연배우가 마약 사건을 일으키며 작품이 폭삭 망했다. 함께 출연한 배우들까지 줄줄이 소환되며 한동안 곤욕을 치르기까지 했었다.

또 어떤 작품 역시 민우의 반대 때문에 놓아버렸더니, 이후 감독의 성추행 파문으로 난리가 난 적도 있다. 출연을 강행했더라면 한동안 크게 고생했을 것이다.

"어떻게 된 거야? 알고 있었어?"

"알긴 내가 어떻게 알아. 그냥 촉이 그랬던 거지. 딱 보면 안 느껴지냐? 그 감독 눈빛도 안 좋았는데."

얘가 신기가 있나, 아님 어디서 벼락을 맞았나 싶던 게 한두 번이 아니다.

"그게 무슨 말이냐고. 내가 후회를 한다니?"

"……그만큼 좋은 기회라는 거야. 내 촉은 틀린 적 없잖아. 그냥 나 믿고 가. 나중에 정말 후회하지 말고."

민우는 아무렇지 않게 대답했다. 그의 선택과 감이 옳은 건 사실이었다.

"그래도…… 서로 좋아하지도 않는데 연애한다고 하면, 그건 속이는 거잖아."

다경이 가장 마음에 걸리는 부분을 짚자, 민우가 받아쳤다.

"이쪽 업계에서 실제 모습과 대중에게 보이는 모습이 완전히 같은 경우가 얼마나 있어?"

일치하는 경우도 당연히 있긴 하지만, 실제와 전혀 다른 모습을 보이는 이들도 셀 수 없이 많다. 어쩌면 다른 쪽이 훨씬 더 많은지도 모르고.

"입만 열면 허당기가 줄줄 흐르는데 대중 앞에서는 엄청 지적인 모습만 보여주는 사람이 있지. 그리고 바람둥이면서 완전 순정파처럼 꾸미고 나오는 사람도 있고."

"……돈만 펑펑 잘 쓰고 다니면서 검소한 척 구는 분도 계시고."

"그게 이미지고, 그게 콘셉트야. 나쁘다고 할 수 있어?"

이 자식은 정곡을 찔러도 얄밉게 찌른다. 그렇지만 부정할 수가 없어 다경은 어깨를 축 늘어뜨렸다.

"사실…… 무조건 비판만 할 수 없긴 하지."

"그래. 사실 대중들도 다 알고는 있거든. 매체로 보이는 게 다가 아닐 거다, 라고. 요즘 사람들 얼마나 똑똑하냐. 그런데도 그게 받아들여지는 경우는 뭐겠어?"

"······."

"대중이 보고 싶은 걸 보여주는 게 바로 통한다는 거지. 그러니 이미지를 잘못 잡은 사람은 여기서 도태되는 거고."

보고 싶은 걸 보여준다.

"그러니까 동향이 알려주고 있잖아. 사람들이 너와 나한테 보고 싶은 모습. 물론 우리가 함께 있는 걸 싫어하는 사람도 어딘가에 있긴 하겠지. 그런데 주목할 건 그쪽이 아니야. 우리 열애설이 진짜이길 바라는 사람이 훨씬 더 많다는 거지."

"그건 그렇지······."

"따로 있을 때보다 시너지가 확 올라가고 이미지도 좋아질 거야. 꼭 동반활동이 아니더라도 서로에게 주어질 기회도 이전보다 많아질 테고."

얘는 아무래도 연예계에 있을 애가 아닌 것 같다. 어떻게 된 게 본인의 일도 저렇게 객관적으로 분석할 수 있는 걸까. 손실 다 따져가면서 적당히 희생하는 것도 전혀 억울해하지 않고. 이런 일을 당하고도 한결같이 이성적인 민우를 보니 다경은 기가 찼다.

무서운 놈.

"내 말, 틀려?"

"······아니. 맞아. 니 말이 다아아아아아 맞아."

돌아가는 양상을 보자면 그게 전부 사실이라는 건, 다경도 충분히 안다. 나아가 거부할 명분이 없다는 것도 깨달았다.

"······일단 대표님들한테 한 일주일만 더 고민해본다고 해야겠어."

"이따 최 기자님 오신다던데. 내일 아침 첫 기사로 내보낼 생각이라서 불렀다고 하더라. 프로젝트 추진이든, 아니면 열애설 부인이든 기사는 나가야 해. 일주일이나 누가 기다려? 지금 비상상황이야.”

또 옳은 소리. 어떤 쪽으로든 생각은 정리해야 했다. 다경은 이놈과의 견원지간 같은 관계만 아니면 크게 나쁠 것도 없겠다는 결론에 점점 가까워졌다. 어차피 '진짜' 연애도 아니니까.

그러다 다경은 제가 아직도 그를 벽에다 밀어붙인 상태였음을 깨달았다.

“우선 돌아가자. 일단 긍정적으로 생각해볼 테니까.”

회의실로 돌아가기 위해 다경이 한 발짝 물러서던 참이다.

좀 아까 누가 여기서 물을 마시다 바닥에 흘렸는지 모를 일이다. 이렇게 다경이 밟고 팔을 허우적거리며 기우뚱 넘어질 줄은 몰랐겠지.

“어어어어……!”

머리가 뒤로 넘어가고 허리가 꺾였다. 이대로 회의실 테이블에 뒤통수를 박아 뇌진탕이 오거나, 허리가 우두둑 나가거나 둘 중 하나겠다고 생각하며 다경이 슬로모션으로 돌아가는 천장 전등을 바라보는데, 허리에 단단한 팔이 감기고 몸이 돌려졌다.

머리도 허리도 확실히 안전해졌다. 대신 몸은 앞으로 고꾸라지듯 기울었다. 곧 다경을 안고 넘어진 민우의 등이 퍽 소리를 내며 테이블에 안착했다. 다경에게 단단한 쿠션 역할을 해준 셈이다.

“허억…….”

다경이 가쁜 숨을 탁 내뱉었다. 두 사람의 상체가 맞닿은 채 테이블에 야릇한 자세로 겹쳐져, 마치 다경이 민우를 테이블로 밀어 넘어뜨려 덮치기라도 한 듯한 모습이었다.

“조심 안 해?”

“……내가 일부러 그런 거 아니잖아.”

“입이 살았으면 고맙다는 말이 먼저 아닌가.”

민우는 너 때문에 나는 왜 이렇게 매번 개고생이냐 하는 얼굴로 한쪽 눈썹을 찡그린 채 올려다보고 있었다.

다경은 주눅이 듦과 동시에 억울한 마음이 들었다. 내가 뭘 그렇게 잘못했다고 매번 '너 때문에 못 살겠다.' 하는 얼굴일까. 그러니 심리적인 요인이 가장 중요하다. 많은 이들이 광분하는 이놈의 넓은 어깨도, 탄탄한 가슴도, 이렇게 딱 붙어 있지만 다경을 설레게 하진 못했다.

"그래, 고맙……."

"됐고, 더우니까 떨어져."

한겨울에 덥긴 뭐가 더워. 떨어지란 말은 꼭 꺼지란 소리처럼 들렸다.

요게, 싸가지는 국 말아 먹었지. 다경이 민우의 코라도 한번 꼬집고 일어나려던 순간이다. 손을 막 그의 얼굴로 가져가는데 회의실 문이 벌컥 열렸다.

"어……."

주아였다.

"아……, 너희가 이 방에 있는 줄 모르고……."

다리는 바닥에 댄 채 테이블에 등을 붙이고 떠밀려 누운 민우. 테이블에 바짝 다가서서 허리를 완전히 굽혀 민우의 위를 덮치고 있는 다경. 그의 손은 다경의 허리를 감고 있었고, 그녀는 민우의 얼굴로 손을 야릇하게 가져다 대려던 참이었다.

어떻게 보아도 뜨겁게 불타오르기 직전인 커플, 딱 그거다.

"최 기자님 조금 일찍 도착하셔서, 여기서 대기하시라고 모셔왔는데……."

최 기자도 뜻밖의 상황을 목격하고는 그만 얼굴이 벌게졌다.

"워어후, 한창이셨네요."

"오, 오…… 읍!"

다경은 반사적으로 오해라 외치려 했다. 민우가 커다란 손으로 다경의 입을 막지만 않았더라면 분명 그랬을 것이다. 동시에 민우의 다른 손은 그녀의 허리를 더 바짝 끌어당겼다. 눈빛은…… 어느새 한창 뜨겁게 달아오른 남자 그 자체였다.

미쳐. 무슨 몰입이 이렇게 순식간이야?

몸이 빈틈없이 달라붙어 화들짝 놀란 다경과 달리, 그는 여유로웠다.

"죄송하지만 문 좀 닫아주실래요. 보시다시피 저희가 지금, 하던 게 있어서 좀 바쁜데."

민우가 내뱉은 말에 주아와 최 기자가 화들짝 놀랐다.

"시, 실례 많았어요!"

"그럼 하던 거 계속……."

최 기자의 격려에 주아가 주책이라는 듯 어깨를 밀며 서둘러 문을 닫아주었다. 쿵.

다시 둘만 남은 회의실.

"'하던 거'라니……, 너 미쳤어?"

"그런 소리는 나한테서 좀 떨어지고 하시지."

다경은 그제야 아직 야릇한 자세를 유지하고 있었다는 걸 깨닫고서 소스라치게 놀라며 물러났다. 닿았던 몸 곳곳이 화르륵 불타오르는 것만 같았다. 난데없이 심장도 터질 것만 같고.

이건 다 당황해서 그런 거다. 지금까지 이런 적 없었는데, 갑자기 이게 다 무슨 일인지 다경은 머리가 핑핑 돌았다.

"너 그렇게 말하면 어떡해. 최 기자님이 오해하셨을 거 아니야."

민우는 제 옷을 탁탁 털며 몸을 일으켰다.

"오해하면 좋지. 그러라고 한 말인데."

상황 파악이 그렇게 안 되냐는 듯 되받아치는 민우의 태도에 다경은 콧김을 뿜어냈다. 얘가 완전 작정했네. 비위도 좋지. 나랑 지금 이러고 싶니, 너는? 소름 안 돋아?

　아무래도 다경을 위해 기회를 잡자는 건 다 핑계 같다. 이 정도 정성이라면, 애초에 연애를 원한 건 민우 본인인지도 모른다.

　"너 게이 루머가 그렇게 싫어? 이렇게 열애설까지 이용하고 싶을 정도로?"

　"너라면 좋겠냐."

　"그러게 왜 오해받을 행동을 하고 돌아다녀. 남 대표님 원래 게이라는 소문 파다한데, 거기 맨날 붙어 다니니까 너까지 그런 루머 생기지."

　"기혁이 형, 게이 아니라니까."

　"남 대표님이 게이가 맞는지 아닌지 나는 관심이 없고, 설령 맞다고 해도 전혀 상관없어."

　"아니래도."

　"진짜든 소문이든 내가 상관할 일은 아닌데 너도 정말 문제라고. 한창때인 남자가 연애 한번 안 하고, 여자랑 썸 한번 타는 일 없으니 업계에 소문만 자꾸 더 커지는 거 아니야. 그러기 전에 연애도 좀 하고 그랬으면 지금 나랑 이렇게 가짜 연애를 할 일도 없고……."

　"그게 다 누구 때문……."

　울컥한 듯 민우가 입을 열다가 금세 다물어버렸다.

　"뭐라고?"

　"아니야, 됐어."

　민우는 가끔 저렇게 뭔가 맺힌 듯 아슬아슬해 보일 때가 있다. 무슨 한이 그렇게 많은지. 그게 뭐든 또 저 때문이라고 뒤집어씌울까 봐 다경도 그냥 말을 관두었다. 왜? 지구 온난화와 미세먼지도 전부 나 때문이라고 하지.

다경은 억울함을 누르며, 그래도 한 가닥 남은 우정을 쥐어짜 그를 정성껏 걱정했다.

"……나는 그렇다 쳐도 넌 이제 막 대세로 떠오르고, 주연급으로 캐스팅될 수도 있고, 인기도 엄청 많아질 거고, 팬도 늘 거고……. 앞날이 창창하기만 한데 다 아깝지 않아? 열애 인정한다고 하면 그렇게까지 올라가긴 힘들 건데."

아무래도 왕 대표 말처럼, 한창 라이징스타로 주목을 받기 시작한 민우는 포기해야 할 부분이 더 많을 터다. 하지만 그는 고개를 저었다.

"그런 게 내 인생보다 중요하진 않아."

"……인생?"

"아무튼 그렇다고."

묘한 말이었다. 이번 일이 그에게 대체 어떤 의미길래.

다경은 이전에 왕 대표와 했던 대화가 떠올랐다. 어쩌면 민우는 성공 따위 정말 관심이 없는지도 모른다.

"언뜻 남 대표 말 들어보니까, 전부터 민우는 로맨스물 출연하기 싫어했다고 하더라. 맨날 형사, 아니면 범죄자, 사이코패스, 아니면 백수, 이런 역할만 맡잖아."

"지가 싫다는 걸 어쩌겠어요."

"그래도 여심 흔들 로맨스로 몇 번 빵 터트려야 톱으로 올라가는데. 영 이입이 안 돼서 못 하겠다고나 하고. 요즘은 장르물이 대세라 그래도 괜찮지만, 앞으로 로맨스 기피증 극복하지 않는 이상 본인한테도 벽이 있다는 건 알고 있겠지."

"걔 까탈 부리는 거야 하루 이틀도 아닌데요."

"그래, 그 까탈 덕분에 연기파 괴물신인 소리도 듣는 거고, 작품 보는 눈이야 워낙 뛰어나니까. 어쨌든 남 대표는 민우한테 열애설이라도 터졌으면 좋겠다고 하더라."

"푸하, 지민우가 열애설이요? 지나가던 개가 웃겠어요. 걘 지금까지 누구 보고 설렌 적도 없을걸요. 여자 얘기도 한번 한 적 없고. 감정을 느끼기나 하는지, 심장이 제대로 뛰기나 하는지, 어디 가서 검사 좀 해봐야 해요, 걘."

"오죽하면 그러겠어. 매번 강한 역할만 하는데 연애하는 모습 보여주면서 부드러운 이미지 잡을 수도 있고, 그래야 광고 쪽으로도 좀 더 편안하고 친숙한 느낌으로……."

그래, 열애 인정은 민우에게도 필요한 것이다.

그렇게 생각하니 다경의 속이 차라리 편안해졌다. 활동을 계속해가려면 지민우에게도 스윗한 이미지는 필요할 테고, 그건 가만히 있으면서 얻을 수 있는 게 아니니까. 그러니 민우가 이 스캔들을 이용하고 싶은 것도 이제 조금 이해가 간다. 한쪽은 손해 보는 게 아니라 양쪽 모두 얻을 게 있어야 공평한 게임이다. 다경도 그래야 부담이 없고.

"그럼 이 프로젝트, 하는 거지?"

쐐기를 박듯 묻는 그에게 다경은 한숨과 함께 대답했다.

"그래, 하자, 해."

가짜 연애에 몸과 마음이 닿는 것도 아니고. 작품 하나 새로 들어갔다고 생각하면 되겠지. 결혼도 아니고 연애쯤이야, 뭐.

1월 1일 새해 첫날, '스타뉴스'의 최 기자는 한 개의 단독기사와 두 개의 후속기사를 내놓았다.

[단독: 지민우-소다경 열애 인정(공식입장)]
[지민우-소다경 커플 스토리, 소꿉친구에서 동료, 그리고 이제는 연인으로]
[20년지기 지민우♥소다경, 시작하는 연인으로 꽃길 예약]

떠오르는 신예 지민우와 아역 출신 배우 소다경의 열애 소식이었다. 키스 스캔들로 인터넷을 떠들썩하게 한 지 이틀 만이었다.

예상했던 대로 더없이 뜨거운 반응이 이어졌다. 원래 사람들이 남의 연애에 이렇게 관심이 많았나 싶어 다경은 어리둥절했다. 둘 다 SNS도 안 하니 나서서 떡밥을 뿌린 것도 없었고, 워낙 조용했던 두 사람인지라 꼬투리 잡힐 상황도 아니어서 그들의 앞날엔 축복만 가득한 듯 보였다. 진짜 연애가 아니니 기본 떡밥이 없던 건 당연했지만, 차라리 진짜 연애였다면 좋았겠다 싶을 정도로 순탄했다.

하지만 복병은 따로 있었다. 관심이 집중되어 아직 그 불길이 꺼지기도 전, 그러니까 열애를 인정한 지 이틀 만의 일이었다.

[지민우♥소다경, 열애 인정에 이어 결혼 초읽기]
[열애가 아니라 결혼? 지민우-소다경, 반지에 이어 식장까지 일사천리]

난데없는 결혼임박설이 터져버린 것이다. 민우가 명품 주얼리 매장에서 반지를 고르는 장면, 호텔 소규모 연회장을 둘러보고 상담을 하는 장면 등이 파파라치의 카메라에 찍히고 말았다.

다경은 기사를 보며 혼이 나간 채 중얼거렸다.

"얘는 저런 사진이…… 대체 왜 찍힌 건데……. 하아……."

이제 아무 생각도 없다. 그저 한숨만 밀려 나올 뿐. 산 넘어 산이라더니 연애 산을 넘으니, 결혼 산이 떡하니 버티고 있었다. 이걸누가 알았을까.

제대로 비상상황이 터져 다시 긴급회의가 소집되었다.

＊⟫⟩☙⟨⟪＊

긴급회의 역시 다른 직원들은 모두 배제한, 당사자와 최측근 3대 3 조합이었다.

공 부장은 민우가 찍힌 사진을 화면에 띄웠다. 검은 모자와 검은마스크로 가렸음에도 '잘생쁨'의 정석인 그의 미모만큼은 모든 걸뚫고 나오는 듯했다. 누가 봐도 100퍼센트 지민우였다.

"저런 기사가 대체 왜 나온 거예요?"

당사자인 민우는 황당해했고, 주아는 곤란한 얼굴로 답했다.

"스타뉴스에서 단독으로 열애 인정 기사 때렸으니, 그거 받아만쓰던 다른 기자들이 새 기삿거리 잡으려고 혈안이 돼서 난리였잖아."

열애 인정 이후 민우와 다경에게 따라붙은 기자는 상상할 수 없이 많았다. 한국은 물론 대륙에서도 관심을 보이는 커플이니 화제성이 커진 건 당연했다.

"그렇다고 확인도 안 된 걸 저렇게 내보내면 어떡한대요. 연애도어이없는데 지민우랑 내가 결혼은 무슨 결혼이라고."

겨우 현실을 받아들이고 성불하듯 마음을 가라앉혔던 다경은 이틀 만에 속이 헤집어졌다. 비즈니스 연애인지 뭔지, 제대로 시작도 안 했는데 뭐? 이번엔 아예 결혼?

"그러게. 진짜 어이가 없네."

민우가 맞장구쳤지만 어째 진정성이 느껴지지 않았다. 뭔가 이상하긴 한데 그게 뭔지 꼭 집어 말할 수 없어 다경은 답답했다.

"너는 어쩌다가 저런 사진을 찍힌 거야? 반지에 호텔이라니."

대중이 생각하는 그림은 뻔했다. 반지야 다경에게 프러포즈를 하려고 준비하는 거고, 호텔 연회장이야 식장을 계약하려는 것이겠지, 하고.

민우는 어깨를 들썩하며 대답했다.

"우리 어머니, 아버지, 다음 주에 결혼기념일이라 아버지 부탁으로 어머니 선물할 반지 사러 갔던 거고."

다경은 말문이 막혔다. 그의 부모님 결혼기념일이라면 다경도 알고 있다. 다음 주가 확실했다.

"그리고 다음 달에 할아버지 팔순이니, 잔치까진 몰라도 친척들끼리 조촐하게 식사라도 할까 해서 상담 다녀온 건데."

이것도 알고 있다. 다음 달에 민우 할아버지 팔순이 확실했다.

다경은 숨을 크게 들이마시고 내쉬었다. 냉정해지자. 이 상황을 어떻게 할 건지, 차분해지자. ······부디 흥분하지 말자. 다경은 마인드 컨트롤을 하며 대표와 매니저들을 향해 침착하게 입을 뗐다.

"그럼 아니라고 반박기사 바로 준비하실 거죠? 상황 제대로 설명하고, 지민우 부모님이랑 할아버님 일로 갔던 것뿐이니까 오해라고······."

그때 민우가 끼어들었다.

"나도 이 상황 정말 황당하고 기가 막히긴 한데."

"······한데?"

"그런 해명이 먹힐까 몰라."

태연한 그의 태도에 다경의 눈이 더욱 커졌다. 자네 벌써 포기하는 건가?

"야, 지금 무슨 소리야? 사실이잖아. 팩트를 밝히자는 건데 먹히고 안 먹히고가 어디 있어?"

연애도 모자라 결혼까지 인정하겠다는 거야, 뭐야.

"이렇게 얘기 한번 나온 이상, 우리가 숨만 쉬어도 계속 결혼 소리 나올 텐데."

왕 대표, 남 대표, 공 부장, 주아는 아무 소리도 못 하고 두 사람을 지켜만 보고 있었다. 당사자가 아닌지라 뭐라 보태야 할지도 모를 상황이다. 부인하자고 하기도 그렇고, 안 하기도 그렇고. 왜 이렇게 자꾸만 꼬여갈까.

"결혼 소리 나오면 아니라고 해야지. 아닌 걸 아니라고 하는데 뭐가 문제야."

"아니라고 하는 게 문제겠지. 믿지도 않을 거고. 말도 안 되는 루머만 늘걸. 사람들은 보고 싶은 것만 보니까."

마인드 컨트롤, 마인드 컨트롤……. 부디 침착하자, 소다경…….

"사람들이 보고 싶은 게 뭔데?"

"너랑 내가 결혼하는 거?"

그놈의 보고 싶은 거! 그게 왜 이번엔 결혼인데! 드디어 다경은 마인드를 제대로 컨트롤 못 할 지경에 이르렀다.

"너 진짜 미쳤어?"

눈썹을 구긴 다경을 바라보며, 민우는 여전히 여유로웠다.

"사람들이 원래, 썸 타면 언제 사귀냐고 하고, 사귀면 언제 결혼하냐고 하고, 결혼하면 언제 아기 낳냐고 하고, 아기 낳으면 언제 둘째 낳냐고 하는 법이야."

"그게 무슨 상관이야?"

"사람들 니즈를 충족시키는 게 우리한텐 중요하니까."

다경은 한 발, 한 발, 어디론가 떠밀려가는 느낌이었다. 내가 이렇게 힘없는 돛단배였나.

"그 장단을 어떻게 다 맞추고 살아?"

"일반인이면 안 맞추고 마음대로 살아도 문제없지. 그런데 너나 나는 대중의 관심 없으면 의미 없는 직업 아니야? 그럴 거면 배우를 왜 하고, 연예인을 왜 해."

또 맞는 말. 다경은 작은 주먹을 말아쥐었다. 저 얄미운 입을 콩콩 때려주고 싶다, 정말.

"이왕 이렇게 된 거, 차라리 결혼해버리는 게 나을 것 같아. 안 그러면 더 골치 아파질 거야. 귀찮은 거 정말 딱 질색이다."

"혹시 너……."

다경은 황당을 넘어 황망한 눈으로 민우를 바라보았다.

"총각으로 살면 비명횡사하는 운명인 거야?"

민우가 뜬금없이 뭔 소리냐는 얼굴로 다경을 쳐다봤다.

"아니면 내가 이대로 살면 나쁜 남자한테 회까닥 넘어가기라도 해? 그래서 혹시 크게 당해? 아님 죽어? 너랑 결혼 안 하면 나 무슨 사고 당해?"

민우의 눈빛이 순간 차가워졌다. 자신이 너무 나갔나 싶어 그녀는 얼른 얼버무렸다. 제 상상력이 지나쳤음을 인정했다.

"내가 오죽 황당하면 이런 소리까지 하느냐고."

"말했잖아. 애초에 난 결혼도 괜찮다고 생각했었다고."

민우는 달라진 게 없는 듯했다. 키스 스캔들이 났을 때부터 열애 인정, 그리고 지금에 이르기까지 항상 최악의 상황을 예상하고 준비해온 것처럼 흔들림이 없다.

혼란스러운 건 제발 이쯤에서 그만했으면 하고 바랐던 다경뿐인 듯했다. 그리고 어느 쪽이 이득인지는 알지만, 인생의 중요한 문제이기에 이래라저래라 하지 못하는 주변인들뿐.

"소, 너나 나나 비혼이잖아. 연애도 안 할 거고."

"그래, 그렇다니까."

"우리 둘 다 평생 하지 않으려고 했던 결혼에 그렇게 큰 의미 두지 말자고 했잖아. 아, 다시 말하지만 나는 정말 괜찮아. 앞으로도 인기로 연기할 거 아니니까."

다경은 심호흡했다. 욕심은 없고, 귀찮은 건 싫고. 어쩌면 이 웬수는 온갖 성가신 일로부터 자신을 방패로 내세울 셈인지도 모른다. 이른 나이에 누군가의 남편이 되었다는 핑계로 조용히 맡은 배역만 소화하며 살아가고 싶은 것인지도.

반면 다경의 앞날은 꽃길처럼 그려졌다. 누이 좋고 매부 좋은 결과로 이어질 수 있는 이 결혼을 진행한다면, 이전보다 확실히 주목받으며 많은 기회를 얻을 수 있을 것이다. 비혼주의자가 결혼으로써 인생 최고의 순간을 맞이할 수 있단 이 인생의 아이러니.

'그래, 연애도 한다고 했는데 결혼이라고 뭐 다르겠어. 진짜도 아니고, 어차피 다른 사람이랑 결혼할 일도 없고.'

황당하고 복잡한 상황을 연속으로 겪다 보니 다경은 단순해졌다.

너무 깊이 생각한 탓에 요즘 흰머리가 늘어나는 것도 같았다. 머리카락도 한 주먹씩 빠지고, 이러다 원형탈모까지 오면 어쩌나 걱정하던 차였다. 스트레스가 만병의 근원이라는데 모든 걸 내려놓고 싶었다. 흘러가는 바람에 몸을 맡기자. 두둥실 떠가는 구름처럼 나도 좀 편안해지자.

'어차피 다시 돌아가긴 힘들겠지.'

스캔들 이전과 지금의 삶은 완전히 달라졌다. 예전처럼 소소하게 살아갈 수 없다는 사실을 깨달은 후다. 이왕 이렇게 된 거, '비혼' 대신 '비즈니스 결혼'을 택하는 게 뭐가 나쁠까 싶었다. 어차피 지민우와 결혼해도 비혼으로 누릴 수 있는 편안함은 크게 다르지 않을 것이다. 서로 상관하지 않으려 할 테니까.

"그래요, 지민우 말대로 해요. 그냥 결혼하는 게 낫겠어요."

어쩌면 오히려 더 좋을지도 모른다. 서로 너무도 잘 아는 사이니까 지민우가 결혼 파트너로서 그리 나쁜 상대는 아닐지도.

"정말 괜찮겠어?"

다경이 마음을 굳히자, 왕 대표가 걱정스러운 얼굴로 물었다.

"연애나 결혼이나, 진짜가 아닌 건 마찬가진데요, 뭐."

한 번이 어렵지, 두 번은 쉬웠다. 결국 '비즈니스 연애'는 '비즈니스 결혼'으로 진화하였다.

양 회사는 오는 3월 식을 예정으로 일제히 결혼 발표 준비에 들어갔다. 열애 인정에 이어 결혼 발표까지, 잡음 없이 초고속으로 진행되었다. 주사위는 던져졌다.

친구에서 부부, 아니, 웬수에서 가짜 부부로 진화하게 된 두 사람은 3년 후 재계약 여부를 논의하기로 하고 프로젝트를 진행하기로 했다. 그들은 많은 이들의 기대와 축하 속에, 뜨거운 사랑에 빠진 커플이 되어 있었다. 결혼 약속까지 하게 된 연인. 돌이킬 수도 없이.

[공식입장: 오는 3월, 지민우─소다경 전격 결혼]

[연예계 핫이슈 지민우♥소다경 열애 인정 이틀 만에 초고속 결혼 발표]

[우정에서 사랑으로, 백년가약 맺은 지민우—소다경 커플]

기사를 보며 다경은 영혼 없는 얼굴로 중얼거렸다.

"제발 싸가지랑 내 이름 사이에 하트 좀 붙이지 마시라고……."

다경은 소름이 돋은 팔을 문질렀다. 막상 터진 결혼 기사를 보자 실감조차 나지 않았다. 내가 대체 무슨 일을 벌인 거지?

그들의 결혼이 비즈니스 웨딩이라는 사실은 양쪽 대표, 매니저, 그리고 당사자 외에는 아무도 모르도록 극비에 부쳐졌다. 물론 부모님을 비롯한 가족에게도 마찬가지였다.

진짜 같은 가짜 결혼이 그렇게 시작되었다.

"형수님!"

낯선 호칭, 그러나 낯익은 목소리에 다경은 고개를 돌렸다. 윤우가 생글생글 웃으며 서 있었다.

"어우 야아, 징그럽게 무슨 형수님이야."

지윤우는 민우의 하나뿐인 남동생으로 다경은 민우, 윤우 형제와 이웃해 가족처럼 지내왔다. 그리고 오늘은 결혼 발표를 한 후 가족들과 처음으로 함께하는 자리다.

"원래 호칭은 빨리빨리 바꿔줘야 어색하지 않고 금세 익숙해지는 거야. 누나도 불러봐. 자, 도련님."

"이게, 까불어."

규모가 크고 고풍스러운 한옥 음식점에서 종업원의 안내를 받아 제일 안쪽의 별채로 향하던 다경은 윤우와 마주쳤다. 직원은 인사를 하고 물러났고, 그녀는 윤우에게 다가가 물었다.

"부모님은? 도착하셨어?"

"아니, 아직. 난 학교에서 바로 온 거고. 안에 혼자 있기 답답해 나와 있었어."

"바쁘지? 논문 준비는 잘되어가?"

"정신없지 뭐."

윤우는 대학원에 진학해 석사과정을 밟는 중이다. 간단히 근황을 주고받은 후 다경은 조심스레 입을 뗐다.

"아줌마 아저씨, 소식 듣고 많이 놀라셨지?"

갑작스러운 결혼 얘기에 얼마나 황당해하고 계실까.

부모님께 교제 사실을 알린 후에 결혼 허락부터 받는 것이 순서겠지만, 그들의 상황은 달랐다. 이렇게 대외적으로 열애 인정에 결혼 발표까지 하고 난 후에야 뒤늦게 인사를 드리게 되었다. 워낙 긴박하게 돌아가는 상황은 여유를 주지 않았다. 아무리 민우가 미리 말씀을 드렸다고는 하지만, 다경으로선 죄송스러운 마음뿐이다.

"당연히 놀라셨지. 뒤로 넘어가시는 줄."

윤우 역시 놀라긴 마찬가지였을 텐데 생글거리며 웃고만 있다.

"근데 넌 뭐가 그렇게 좋아 계속 웃는 거야?"

"나? 형수님이 생겼는데, 좋지. 너무너무 좋은데?"

대화 중인 두 사람 사이로, 지민우가 불쑥 들어왔다.

"뭐 해? 추운데 밖에서."

대답을 바란 건 아닌지 그대로 지나가 드르륵 문을 열고 안으로 들어섰다. 윤우는 역시 싱긋 웃으며 그 뒤를 따라 들어가는데, 다경은 뭔가 이상하다고 느꼈다.

불과 며칠 전까지만 해도 민우와 자신은 결혼의 결 자도 꺼낼 리 없는 사이였다. 그런데 갑자기 키스 사진이 돌고, 열애 인정에 이어 결혼까지 발표했는데 어떻게 윤우는 저리도 태연할 수가 있지? 사정이 궁금하지도 않나? 마치 회의실에서 내내 여유롭기만 하던 민우를 보는 듯해 위화감까지 들었다.

"지윤우."

다경이 목소리를 깔며 윤우를 불렀다.

"응, 누나. 아니, 형수님."

"넌 왜 아무것도 안 물어봐? 꼭 일이 이리될 줄 알았던 것처럼."

그래, 놀란 사람 같지가 않다. 장난기 섞인 음성으로 형수님 형수님 노래나 부르고 있지, 이 사태까지 온 데 대해 전혀 의구심을 품지 않는다.

윤우는 잠시 얼굴이 굳는가 싶더니 순식간에 상큼하게 웃었다.

"남녀가 좋아 결혼한다는데 뭘 놀라고 뭘 물어? 나야 두 사람 결혼 무조건 찬성인데."

윤우는 새 가족이 생겨 마냥 즐겁다는 태도였다.

비즈니스 결혼이라는 건 각 대표와 매니저, 그리고 당사자 외에는 아무도 모르는 사실이다. 가족과 지인에게도 철저히 비밀로 했고. 그러니 윤우가 알고 있는 사실이 맞았다. 두 사람은 사랑하는 사이로 결혼까지 이르게 됐다는, 그 사실.

"맨날 싸우기만 하던 우리가 결혼한다는데, 너는 신기하지도 않아?"

"어릴 때부터 치고받으며 자란 정을 어떻게 무시해. 두 사람 이러다 언젠가 사귈지도 모르겠다고 난 생각했……."

"그만해라."

민우가 윤우의 말을 끊었다. 누가 보면 말이 아니라 숨을 끊어버릴 듯 살벌한 얼굴이었다.

윤우는 민우와 다르게 어릴 적부터 말이 많았다. 눈물도 많고 정도 많았다. 마음이 여려 감동도 잘 받고 상처도 잘 받으며 제 감정을 속일 줄 몰랐다. 민우는 그런 윤우의 말이 길어지는 걸 원치 않는 것처럼 보였다.

그때 문이 열렸다. 다경은 심장이 철렁 내려앉았다. 민우의 부모님을 보면 어떻게 반응해야 할지 밤새 생각했지만 결론은 나지 않았다. 이 어색함을 어찌해야 할…….

"다경아아아아!"

하지만 어색한 건 다경뿐인 듯, 민우의 아버지 지찬석 교수는 감격스러운 얼굴로 다경을 부르며 들어섰다. 금방이라도 눈물을 쏟을 듯 울먹거리는 얼굴로 다경을 향해 긴 팔을 벌리며 다가왔다. 족히 몇 년은 떨어져 있던 귀한 딸을 맞이하는 아빠의 모습이었다. 다경과는 지난달에도 만나 밥을 먹었는데도.

그런 지 교수를 가볍게 밀쳐내는 사람이 있었으니 바로 민우의 어머니 서태희 여사였다.

"제발 오버 좀 하지 말라고 그렇게 교육을 시켰건만."

못 말리겠다는 듯 고개를 작게 흔드는 모습.

여린 아버지와 강한 어머니의 조합은 평소와 다르지 않았다. 결혼 발표라는 중대한 사건이 있었는데도, 다경을 대하는 태도에는 변함이 없었다.

"다경아. 마음고생 많았지?"

이내 서 여사가 다경의 어깨를 부드럽게 감싸 안았고, 다경은 늘 그래왔듯 그 품에 쏙 안겨들었다.

다경보다 키가 반 뼘은 큰 서 여사는 왕년에 국가대표 배구선수로 활약했다. 결혼과 출산 후 전업주부로 살고 있지만 아직 그 피지컬과 파워만큼은 누구에게도 뒤처지지 않을 것만 같다. 그렇게 포스가 강한 서 여사는 남편과 두 아들에게는 철의 여인보다 더 센

모습이었지만, 다경 한정으로 늘 상냥하고 따듯한 어머니였다.

"아, 아뇨. 아줌마 아저씨 놀라게 해드려 제가 너무 죄송……."

"놀라긴 했는데 좋아서 놀란 거야. 죄송은 무슨. 네가 마음고생했을까 봐 우린 그게 걱정이었어. 하나같이 무슨 말들이 그렇게 많은지. 젊은 애들이 연애 좀 한다는데."

여전했다. 서 여사는 강한 포스로 칼과 창이 되어 다경을 지켜주었고, 지 교수는 온화한 태도로 기꺼이 그늘과 우산이 되어 감싸주곤 했다.

"너희가 연애만 해도 놀랍고 좋았는데, 결혼까지 한다니 믿기지 않는 거 있지. 나 다크서클 심하지 않니? 얘기 들었을 때부터 너무 좋아서 내내 잠까지 설쳤거든."

게다가 생각했던 것보다 훨씬 호의적인 반응이다. 다경은 이렇게 순탄해도 되나 싶었다.

어릴 때부터 민우의 부모님은 다경을 딸처럼 여기고 정성으로 돌봐주셨다. 다경에게 관심이라고는 눈곱만큼도 없었던 가족 대신 옆집에 사는 민우의 가족이 진짜 식구처럼 느껴지곤 했다.

그래서 걱정했다. 민우의 부모님은 순수한 마음으로 다경을 예뻐했는데, 이렇게 아들과 결혼까지 하겠다며 나서니 배신감을 느낄 법도 하지 않을까 했다.

지금까지의 관계가 어그러질까 두려웠다. '딸처럼' 예뻐한 것과 며느리로 받아들이는 건 다를 수 있으니까. 다경은 적어도, 이 가족은 잃고 싶지 않았다. 힘든 삶 속에서 그녀가 유일하게 기댈 수 있는 곳이었다.

"나랑 민우 아빠는 언제쯤 너희가 사귀게 될까 기대했었거든."

하지만 부모님의 반응은 예상 밖이었다. 걱정할 필요가 없다는 듯 두 분의 목소리도 아주 밝았다.

"그래, 친구가 아니라 아예 부부가 되는 것도 좋겠다고 자주 생각했었단다. 너희가 맨날 싸우기만 하니 우리 바람이 욕심 같아 말을 못 했다만."

이쯤 되면 온 우주가 바라는 결혼이다. 서로를 웬수처럼 보는 두 사람의 실제 감정만 빼고.

"그런데 어떻게 이렇게 빨리 결혼식까지 진행하기로 한 거야? 너희 혹시 속도위반이니?"

서 여사가 민우를 슬쩍 흘겨보고 다경의 배 쪽에 의미심장한 시선을 보내자, 다경은 깜짝 놀라 손을 내저었다.

"아니에요! 아줌마, 그런 거 아니에요!"

혼전임신이라니. 무슨 그런 끔찍한 소리를!

말도 안 된다. 절대 그럴 리가 없다. 이 결혼은 그저 비즈니스 웨딩일 뿐이라고 말해버리고 싶을 정도로, 다경은 억울하기만 했다.

"아니, 너무 빨리 결혼을 결정했길래 혹시나 하고."

연애로 끝낼 수 있는 걸 결혼까지 간 건 모두 지민우가 찍힌 그 사진 때문이다. 하지만 일부러 그런 것도 아니니 뭐라 할 수도 없고.

반지는 아줌마 거였고, 연회장은 할아버지 거였는데 자꾸만 이어진 우연의 걸음이 지금 식장으로 향하고 있다는 걸, 다경은 속 시원히 설명할 수 없어 답답하기만 했다.

윤우는 옆에서 쿡쿡 웃고 있고, 당사자인 민우는 여전히 남의 집 불구경하듯 보고만 있다.

"요즘 그런 게 흉도 아니고, 우린 상관없는데……. 그치, 여보?"

상관없는 정도가 아니라 내심 기대까지 했던 듯 서 여사가 남편의 동의를 구했고, 지 교수는 그럼그럼, 고개를 끄덕였다.

어흐. 키스로 오해받은 것도 속에서 울컥 뭐가 치솟는데, 결혼을 넘어 임신이라니요. 다경은 입술을 꼭 깨물며 민우를 향해 뭐라고 말 좀 하라 눈길을 보냈다.

그는 다경의 억울한 눈빛을 보며 선심을 베풀 듯 입을 열었다.

"그런 거 아니고요. 열애 인정하는 순간 결혼은 언제 하는지부터 시작해서 각종 추측성 기사와 루머가 쏟아지니까요. 결혼임박설도 그랬고. 이렇게 된 거 차라리 열애 인정하고 결혼까지 빠르게 진행해버리는 게 깔끔하고 좋을 것 같아서 그러자고 했어요, 제가."

그리고 다경을 사랑스럽단 눈으로 바라보며 말을 이었다.

"어차피 전 다경이와 꼭 결혼하고 싶었으니까요. 우리가 쉽게 헤어질 사이도 아니고."

히익, 천하제일의 사랑꾼이 여기 있네.

"그리고 아기는, 다경이나 제 나이도 아직 많지 않으니 좀 시간을 갖고 천천히 생각해도 될 것 같아서요. 괜히 부담은 안 주셨으면 좋겠어요, 다경이한테."

다경의 팔에 소름이 돋아났다. 지민우의 로맨스 연기는 지금껏 한 번도 본 적 없기에 상상도 못 한 모습이었다. 저렇게 그윽한 눈빛이라니. 저렇게 좋아 죽는 얼굴이라니. 얘는 진짜다……. 천생 배우다, 이 자식.

"그랬구나. 당연히 부담 주지 말아야지. 아이고, 근데 참, 아빠자꾸 주책맞게 눈물이 나네."

지 교수가 티슈로 눈가를 쿡 찍으며 감격을 표했다. 아버지의 이렇게 여린 면은 차남 윤우가 꼭 빼닮았다. 눈물 많고 여린 아버지와 동생 콤비 때문에 민우는 반대로 다소 냉랭한 성격이 되어버렸고, 이를 다경은 싸가지 없다고 표현해왔다.

이번엔 주책맞은 남편을 말리지 않고 서 여사도 보탰다.

"민우가 사실 예전부터 자긴 결혼 안 하고 평생 혼자 살 거라고 입버릇처럼 말했거든. 얘가 진짜 그러면 어쩌나 우린 걱정이 이만저만이 아니었어. 여자친구도 없고 누굴 만나는 것 같지도 않고 이쪽에 동성애자라는 소문까지 돈다고 하질 않나. 얘가 혹시 진짜 다른 성향인 건 아닌가 싶었는데. 이렇게 두 사람 결혼한다니 지금 사실 꿈만 같아. 우린 너무 좋다, 다경아."

이 결혼이 집안에 수월하게 받아들여진 건 민우의 소문 때문, 아니, 덕분이었다. 일찍이 민우가 했던 비혼 선언 덕분이기도 했고.

어쨌든 두 사람 다 일관성은 있었다. 나란히 비혼주의자였고, 그 뜻을 꺾어 지금은 나란히 비즈니스 결혼을 하게 되었다. 비혼이 비즈니스 결혼의 준말도 아닌데 어쩌다 이렇게 되었는지, 정신을 차리고 보니 제 앞에 펼쳐져 있는 상황이 어이없었다.

"민우가 결혼한다고 무조건 좋은 게 아니라, 그 상대가 다경이, 너라서 좋은 거란다."

"그래, 우리 다경이가 며느리가 된다니. 신기하고 너무 좋고 그래."

"게다가 그냥 사귀는 사이라고만 했으면 혹시 이러다 헤어지기라도 하면 어쩌나 불안했을 텐데, 아예 결혼까지 결심한 거라니 우린 너무 좋다, 정말로."

지 교수와 서 여사가 자상하게 건네는 말에 순간 다경은 가슴이 뜨끔하기도 하면서, 속이 뜨겁게 차오르는 것 같기도 했다.

너라서 좋아. 우리 다경이, 우리 다경이. 그런 말들이 다경을 포근히 어루만져주는 것만 같았다. 게다가 윤우까지 말했었다. 형수님 생겨서 좋아. 두 사람 결혼 찬성이야.

다경은 울컥했다. 민우의 집에선 언제나 다경을 조건 없이, 따뜻하게 받아주었다. 다경은 그곳에서만큼은 언제나 환영받고 사랑받는 존재였다.

섣부른 스캔들과 결혼 발표가 제 의지처까지 앗아갈까 내심 두렵고 불안했었다. 하지만 지금 보니 그럴 필요는 전혀 없었다. 제게 쏟아지는 다정한 시선은 달라진 관계에서도 변함없이 그대로였다.

"엄마가 뭐랬니? 다음 주에 예경이 콩쿠르 때문에 바쁘다고 했잖아! 넌 언니가 돼서는 지금 동생 콩쿠르보다 중요한 게 어디 있다고 이렇게 보채, 보채길! 예경이 신경 쓰이게 하지 말고 방에 들어가 제발 좀 조용히 있어."

앙칼진 엄마의 음성은 어린 다경의 가슴을 수도 없이 할퀴었다.

저리 가, 귀찮아, 엄마 바빠, 말 시키지 마. 시끄러워. 너 알아서 해. 한창 엄마의 손길이 필요한 나이였는데, 엄마는 온통 동생 예경에게만 관심을 쏟느라 다경에겐 시선 한번 주지 않았다.

겨우 여덟 살 때부터 시작된 편애였다. 집은 늘 비어 있었다. 바이올린 신동 소리를 듣는 예경의 레슨과 콩쿠르를 챙기는 것만이 엄마의 삶 전부였다.

자라는 내내 다경은 스스로 밥을 차려 먹고 혼자 준비물을 챙기고, 혼자 숙제를 했다. 혼자 옷을 찾아 입으며 학교에 다녔다. 아플 때도 혼자 앓았다. 고사리손으로 챙긴 삶은 엉망진창이었다. 보호자는 없는 것과 다름없었다.

"너 또 옆집에 있다 온 거니? 그래, 귀찮은데 잘됐다. 엄마 성가시게 하지 말고 내일도 차라리 그 집에 있다 와서 잠이나 자."

차라리 처음부터 혼자인 게 나을 뻔했다. 같은 집안에서 느끼는 지독한 차별과 편애는 어린 다경의 속을 아프게 하고, 썩게 하고, 곪게 했다.

"너 또 예경이 간식 먹었어? 밥 없으면 김밥 사다 먹으라고 했

잖아! 식탁에 돈까지 놔두고 갔는데 동생 간식에 손이나 대고, 니가 그러고도 언니야?"

옆집에 민우네 가족이 이사 오지 않았더라면. 외롭고 서러운 시절, 어린 다경에게 손 내밀어주던 옆집 민우네 가족이 없었더라면 다경은 어쩌면 진작 무너졌을지도 모른다.

"다경아, 어머, 옷을 거꾸로 입었네. 이리 와. 아줌마가 다시 해줄게."

"이거 먹고 아이스크림 먹자. 아저씨가 다경이 좋아하는 딸기 아이스크림 사다 놨지."

"아유, 다경이 머리카락이 너무 길었네. 아줌마랑 이따가 미용실 가자. 오는 길에 리본핀 하나 살까? 저번에 시장 갔다 오는 길에 아줌마가 봐둔 거 있거든."

가족에게조차 사랑받지 못하고 내쳐진 자신을 스스로 버렸을지도 모른다. 껍데기뿐인 삶을 꾸역꾸역 이어가며 무엇이 사랑인지, 무엇이 행복인지도 모르고 살 뻔했다.

"아줌마 아저씨, 감사해요. 정말 감사해요."

이 순간 감사보다는 죄송한 마음이 더 컸다.

진짜 결혼이 아니라 죄송하고, 속여서 죄송하고, 그런데도 이렇게 환대하여주시니 그저 죄송하고 또 감사할 따름이었다. 부모님은 앞다투어 "우리가 고맙지." 하고 아무것도 모르는 얼굴로 그렇게 밝게 웃으셨다.

그때 테이블에 올려둔 다경의 휴대전화 벨이 울렸다. 액정에 뜬 이름은 다경의 옆에 앉은 민우의 눈에도 바로 보였다.

[엄마]

오늘 이 자리에 오지 않겠다던 엄마의 전화였다. 액정에 뜬 '엄마'라는 이름을 본 다경의 얼굴이 굳어버렸다.

벨은 계속해서 울렸다. 어쩔 수 없이 내키지 않는 손을 올려 전화기를 잡으려던 순간, 옆에서 긴 팔이 쑥 뻗어나왔다. 다경의 휴대전화를 낚아채어 가져가버린 사람은 민우였다.

"받지 마."

민우는 그녀의 휴대전화를 쥐고 일어서더니, 그대로 찬바람을 일으키며 밖으로 나갔다. 누군가에 맞서 벽을 세우듯, 잔뜩 돋아난 가시로부터 그녀를 막아주듯 휴대전화를 들고 나가버리는 민우의 움직임에는 거침이 없었다.

별채에서 나온 민우는 저벅저벅 걸어 옆쪽으로 돌아갔다. 담벼락과 별채 사잇길로 들어간 그는 아직 끈질기게 울리는 휴대전화를 내려다보았다.

엄마, 라니. 민우의 잇새로 한숨이 새어나왔다. 핏줄이 뭐라고 아직도 그 이름을 끌어안고 살아가는 건지. 그래봤자 가슴에 가득 가시만 박히는 것을. 아픈 줄도 모르고.

"소다경, 이 멍충이."

한숨 섞어 내뱉은 말. 곧이어 민우는 통화 버튼을 눌러 전화를 받으려 했다. 뒤따라 나온 다경이 휴대전화를 휙 낚아채지만 않았더라면 그럴 수 있었다.

"이리 줘. 네가 이걸 왜 받아."

다경의 어머니는 그 상대가 누구든 기분을 땅끝으로 처박히게 하는 재주가 있다. 그래서 다경은 어머니가 제 주변의 이와 부딪히는 일을 만들지 않으려 했다. 민우에게서 빼앗은 전화를 결국 받아버렸다.

"네, 엄마."

통화음량이 큰 것도 아닐 텐데 상대편의 목소리가 밖으로 터져

나왔다. 옆에 선 민우에게까지 다 들릴 정도였다.

　- 내가 거기 안 간다고 했지? 그런데도 왜 자꾸 문자질이야? 지금 엄마가 하는 일 없어 한가해 보이니, 너는?

"혹시 오실지도 모른다고 시간과 장소 문자로 보내달라고 하셨잖아요."

　- 다시 안 간다고 했잖아. 엄마 말을 뭘로 들은 거야?

이랬다저랬다 하는 건 기본이었다. 오늘은 특히 더 기분이 나쁜 모양이다.

"알겠어요. 안 오시는 거 아니까 이만 전화 끊……."

　- 끊긴 뭘 끊어. 통화한 김에 잘됐다. 내가 할 말은 해야겠어. 너 진짜 머리가 어떻게 된 거 아니니? 배우 한다고 설치더니 제대로 성공한 것도 아니면서 머리에 뭐가 들어서 벌써 결혼을 하겠다고 난리야, 난리길?

눈 깜짝할 사이에 독설이 쏟아졌다.

　- 네 나이, 해 바뀌어 스물여덟밖에 안 됐는데…….

"스물아홉 됐어요."

　- 여덟이나 아홉이나 그게 그거지. 암튼 서른도 안 돼서 앞으로 돈 벌 일이 창창한데, 지 발로 무덤에 기어들어가다니 멍청한 년.

다경은 순간 가슴이 푹 찔린 듯 쓰리고 아팠다.

　- 동생 년이나, 언니 년이나, 엄마가 지들 위해 평생 희생하고 애쓴 건 손톱만큼도 생각 안 하지. 배은망덕한 것들.

바이올린 신동이었던 예경은 엄마의 사랑과 관심을 독차지했다. 하지만 자라면서 점점 음악에 환멸을 느낀다고 하더니, 급기야 3년 전에는 완전히 그만두고 말았다. 이후 서핑에 푹 빠져 양양에 정착했고, 그곳에서 서핑숍을 차린 선배를 돕고 있다고 했다. 식만 안 올렸지, 혼인신고까지 하고 함께 산다고 한 예경은 엄마와의 인연을 거의 끊어버린 것처럼 보였다.

엄마의 히스테리가 심해진 건 당연했다.

예경이 세 살, 다경이 다섯 살 때 남편의 외도로 이혼한 엄마는 혼자 두 딸을 키우며, 딸의 성공이 자신의 인생을 보상받는 길이라 여겼다. 처음에는 다경을 아역배우로 만들어서, 이후로는 음악에 재능을 보인 예경에게만 집중하며 그렇게 살아왔다. '선택과 집중'은 이럴 때 쓰는 게 아닌데, 비정한 어머니는 어린 딸들 사이에서 무참히 저울질을 해댔다.

— 어떤 똑똑한 애들은 제 발로 스폰 받으러 찾아다니고, 광고며 주연이며 다 따내면서 활동도 잘만 한다는데. 넌 맨날 조연으로 굴러먹으면서 제 앞가림도 하나 못 하는 게.

예경도 다경도 엄마가 그린 성공에는 다가가지 못했다. 삶의 행복보다 눈에 보이는 성공을 중요시하는 엄마의 기대를 두 딸은 도저히 채워줄 수 없었다.

손에 쥔 걸 다 놓쳐버린 엄마는 현실을 인정하자마자 이번엔 남자를 찾아다녔다. 조건을 보고 이 남자, 저 남자, 애인으로 만들어 만남을 지속했지만, 엄마의 행복은 어디에도 없는 것 같았다.

— 나이도 어린데 결혼한다고 설치더니, 결혼을 해도 재벌한테 가는 것도 아니고, 톱배우한테 가는 것도 아니고. 기껏해야 지민우니? 너보다 경력도 짧고 아직 별 이뤄놓은 것도 없는 애한테? 하여튼 끼리끼리 논다고 수준하고는. 어릴 때부터 붙어 있더니 천지 분간도 못 하고, 헬렐레 넘어가서는 벌써 무슨 결혼…….

다경은 휴대전화를 내려 종료 버튼을 눌렀다. 금세 다시 전화벨이 울렸지만 다경은 아예 전원을 꺼버렸다. 숨이 제대로 쉬어지지 않았다. 아직도 엄마의 목소리가 귀에서 윙윙 맴도는 것만 같다.

"……어후, 춥다. 들어가자."

그런데도 다경은 금세 아무렇지 않은 듯 웃으며 말했다.

민우는 그런 그녀를 물끄러미 바라보았다. 얘는 연기경력 20년 이면서 뭐 이렇게 발연기야. 전혀 괜찮지 않은 얼굴이면서.

"음식 나왔을 텐데 다들 기다리시겠어."

다경은 그의 눈을 피해 서둘러 돌아서려 했다.

"빨리 들어⋯⋯."

민우는 말없이 다경의 손목을 붙잡아 당겼다. 확 잡아 돌려 마주 세우자 그제야 그녀의 눈에 맺혀 있던 이슬이 차가운 겨울바람에 흩날리듯 부서졌다.

"⋯⋯소다경."

"아, 왜, 뭐."

그새를 참지 못하고 맺혀버린 눈물에 당황한 듯 다경이 잡힌 손 목을 비틀어 빼내려 했다. 하지만 그는 힘을 풀지 않았다. 그저 묵 직한 시선으로 다경을 하염없이 바라볼 뿐이었다. 마치 마음을 읽 으려는 듯.

결국 그녀가 고개를 푹 숙였다. 눈물이 후드득후드득, 떨어졌 다.

소다경, 내가 정말 너 때문에 못 살겠다. 그녀가 가족으로부터 상처를 받는 순간, 이때만큼은 둘 사이도 휴전이었다. 어릴 때부터 민우는, 자신이 울리면 울렸지 남이 다경을 울리는 건 절대 봐주지 못했었다. 제 것을 빼앗긴 것처럼 어쩐지 기분이 나빠졌다.

순간 휙, 민우는 그녀의 손을 당겨 제 품에 안아버렸다. 단단한 가슴에 다경의 얼굴이 푹 파묻혔다. 긴 팔이 그녀의 머리를, 등을, 차분히 감싸 안았다. 민우의 품에 갇힌 후에야 세상과 완벽히 차단 된 다경은 흐흑, 소리를 내었다. 기껏 잘 참고 있는데 왜 또 멍석을 깔아주냐는 듯, 항의라도 하듯 엉엉 목 놓아 운다.

"그래, 멍충아."

겨우 소리를 내며 울음을 터트린 다경을 가만히 안은 채 민우는 낮은 음성을 냈다.

"참으면 병난다니까."

울어도 해결될 일은 없고 치유될 상처도 아니기에 다경은 눈물을 참아왔다.

길게 설명하지 않아도, 구구절절 털어놓지 않아도 어떤 상황인지, 어떤 감정인지, 어떤 아픔인지 이미 알고 있는 사이. 한없이 넓은 민우의 품. 그녀의 눈물을 허락하는, 유일한 안식처였다.

✦≫≪❀≫≪✦

부모님, 민우, 윤우 형제가 함께 사는 집으로 돌아온 후에도 분위기는 여전히 들떠 있다. 과장을 조금 하자면 축제 같달까. 민우는 고개를 절레절레 저으며 제 방으로 들어왔다.

"저렇게 좋으신가."

거실에 앉아 상기된 음성으로 두런두런 대화를 나누는 부모님의 목소리가 방까지 들려왔다. 다경을 각별하게 아끼시는 마음은 알고 있지만, 결혼 소식을 이 정도로 반기실 줄은 몰랐는데.

평생 비혼으로 살겠다고 미리 깔아뒀던 것이 역시 유효했다. 늘 걱정이 많으셨던 부모님은 누구와의 결혼이라도 좋아하셨을 것이다. 상대가 다경이라 좋은 건 물론이겠고.

'……다행이야.'

그는 학생 때부터 쓰던 낡은 책상 앞으로 다가섰다. 이 집에 오래 살면서 가구나 가전은 중간에 한두 번 교체했지만, 민우는 이 책상만큼은 그대로 두겠다고 했다. 그렇게 오래된 책상의 첫 번째 서랍은 늘 잠겨 있었다. 한집에 사는 윤우조차 한 번도 구경하지 못한 서랍. 그래서 늘 궁금해하지만, 민우는 절대 열어주지 않았다.

"형, 이건 왜 맨날 잠가놓는 거야? 뭐 금괴라도 넣어놨어?"

"관심 꺼라."

"혹시 일기장 있어? 아니면 러브레터?"

"너 여기 못 들어오게 아예 방까지 잠그는 수가 있다."

"쳇, 별것도 아닌데 괜히 비싸게 굴지. 열어봤자 휴지만 가득할 거면서."

민우는 옆에 있는 책장 제일 아래 칸 구석에서 책을 꺼냈다. 그 사이에 끼워둔 얇고 조그만 열쇠를 손에 쥐었다. 자신만 아는 장소였다.

꺼낸 열쇠로 작은 자물쇠를 열자, 깔끔한 서랍 속에는 크고 납작한 나무 상자가 하나 놓여 있었다. 스무 살 이후 줄곧 그 자리에 있는 상자는 만년필 열 개를 나란히 보관할 수 있는 크기였다.

민우는 상자를 열었다. 언제나처럼 아홉 칸은 비어 있고, 만년필은 단 하나만 꽂혀 있다. 그리고 곱게 접힌, 그러나 오래돼 바랜 종이 하나가 있었다. 그는 종이를 천천히 펼쳤다. 위에서부터 쓰인 문장 몇 줄에는 죽죽 선이 그어져 있었다. '완료'의 의미로 그어둔 선이었다.

민우는 유일하게 꽂혀 있는 한 자루의 만년필을 꺼내 쥐었다. 만년필 뚜껑을 열고, 바로 다음 줄에 촉을 가져다 대었다.

그래서 결국 결혼할 수밖에 없는 상황으로 만들어갈 것.

주우욱, 그 위에 줄 하나를 또 그었다. 마치 할 일을 끝냈다는 듯 조금은 편안한 표정으로.

단, 감정이 섞이면 일을 그르치니 절대 조심할 것.

감정이 없는 결혼. 즉 서로의 필요에 의해 이루어지는 계약결혼 같은, 혹은 남들에게 보일 목적으로 하는 위장결혼 같은 것. 그런 거라면 이 또한 잘되어가고 있다. 어차피 감정이 섞일 사이도 아니니 이건 문제도 아니었다.

다행스럽게도, 스무 살 때부터 지금까지 쪽지에 쓰인 일들이 큰 문제 없이 이루어지고 있었다. 아니, 민우가 그렇게 만들어왔다. 힘들고 어려웠지만 그래도 여러 고비를 넘으며 여기까지 왔고, 어긋난 부분은 없다. 이 정도면 순탄하게 흘러왔다고 볼 수 있다.

민우는 다음 줄의 문장을 가만히 응시했다.

적어도 29세 여름 전까지는 반드시 소다경과 결혼에 성공할 것. 무슨 수를 써서라도.

아직 넘어야 할 산이 남아 있다면, 결혼이란 가장 큰 산이다. 아무리 힘들어도 꼭 넘어야만 하는 산. 민우는 지금 그곳을 묵묵히 오르는 중이다.

민우는 긴 한숨을 내쉬며 모든 것을 제자리로 돌려놓고, 샤워 후에 갈아입을 옷을 챙겼다. 결혼 날짜까지 잡았으니 이제 산 하나는 넘은 셈이다. 아직 굽이굽이 넘어야 할 게 태백산맥 급으로 남아 있지만.

"형!"

아, 깜짝이야.

문이 벌컥 열리더니 윤우가 들어왔다. 욕실로 가려고 문 쪽에 다가서던 민우가 저도 모르게 뒷걸음질 쳤다.

"죄지었어? 엄청 놀라네. 하긴, 그럴 만도…….."

"시끄러. 노크도 안 하고 이 자식이."

"새삼스럽게 무슨 노크야. 언제 그런 적이나 있다고."

늘 완벽하기만 하던 형의 약점을 잡았는데, 윤우가 이 재미있는 상황을 설렁설렁 넘길 리 없다.

"생각보다 두 사람 진짜 잘 어울리더라. 그러게 진작 고백하고 사귀지 그랬어? 연애 좀 오래 하다가 결혼하지. 사랑만 하고 살아도 모자란데, 맨날 싸움질만 하더니. 이제 와 생각하니까 시간 아깝지?"

"매도 아깝다, 너한텐. 빨리 안 나가?"

"왜애. 그동안 연애 상담할 곳도 없었을 텐데 얼마나 답답했겠어. 이제 나한테 자세히 털어놔도 돼, 형. 결혼하기로 얘기도 다 끝났잖아. 얼마나 오래 좋아한 거야? 누나 보기만 해도 가슴이 아리고 빨리 고백하고 싶고 그랬어? 언제부터? 얼마나? 어?"

투머치 스마일, 투머치 토크를 시전하며 윤우는 깐족깐족 형의 곁을 맴돌았다.

그런 거 아니라고, 진짜 좋아하는 거 아니라고. 울컥 솟은 민우의 진심이 툭 터져 나올 뻔했다.

"나 입 무거운 거 봤지? 누나 앞에서 형이 짝사랑한 거 티 하나도 안 냈잖아."

"그래, 고오맙다."

모든 게 순탄한 것만은 아니다. 윤우에게 도움을 받기 위해 짝사랑 코스프레가 제일 적당하다고 생각했는데, 그렇게 판단했던 지난날의 자신을 후회하는 중이다. 이렇게까지 집요하게 물고 늘어질 줄, 그땐 왜 몰랐을까. 내 동생 지윤우는 원래 이렇게 쓸데없는데 지대한 관심을 보이는 놈인데.

"그러니까 나 믿고 얘기해. 내가 다 이해한다니까. 사랑에 빠진 남자는 못 할 일이 없거든. 그래서 나한테 그런 일까지 시켰던 거잖아, 형 성격에."

"너 어디 가서 쓸데없는 소리 하지 마."

"아, 당연하지! 입 무겁다니까. 엄마, 아부지한테도 얘기 안 했잖아."

진짜 짝사랑이 아니라고, 따로 피치 못할 사정이 있다고 설명해봤자 윤우는 믿을 리 없다. 민우 본인조차 믿을 수 없는 상황이 계속되는데, 그걸 어떻게 말해. 차라리 짝사랑이라 알고 있는 편이 자연스럽고 편했다. 딱 하나 문제는 윤우가 너무 과하다는 것이지만.

"이제 그만하자. 피곤하다."

"어우, 피곤한 얼굴이 아니라 막 부끄러운 얼굴인데? 우리 형한테 이런 면이 있었다니. 짝사랑 끝에 드디어 결혼 골인이라. 어떻게 그 마음을 숨기고 안 그런 척한 거야? 소다 누나 어디가 그렇게 좋았어? 언제부터 여자로 보인 거야? 역시 사랑은 한 남자의 인생을 변화시키고, 새로운 삶을 살게 하…….."

"제발 꺼져."

민우는 긴 다리를 들어 동생의 옆구리를 푹 찔러 밀었다. 아아아, 하고 엄살을 부리며 윤우가 밀려났다. 기세를 몰아 가볍게 동생의 엉덩이와 등을 밀어 방 밖으로 쫓아냈다.

귀찮은 놈. 짝사랑이라니. 좋아해서 이러고 있는 게 절대 아니다. 절대로.

소다경과 자신의 사이는 이성 간의 사랑으로 규정할 수 없다. 애정보다는 우정. 아니지, 우정보다는 애증이다. 내가 걔 때문에 맞은 등짝만 오천만 대는 될 것인데.

짓궂은 초등학생 시절, 부모님이 싸고도는 다경에게 장난도 많이 쳤다. 그때마다 등짝을 맞고, 벌을 서곤 했다. 다경이 제게 복수를 하고, 다시 자신이 다경을 곤경에 빠뜨려도 혼나는 건 결국 저뿐이었다.

억울했다. 엄마 손바닥이 보통 손바닥인가. 아시아권에서도 손꼽히던 불꽃스매싱의 여제, 서태희 선수의 손바닥이다. 아무리 힘을 다 빼고 아기 쓰다듬듯 살짝 스치기만 해도 등짝엔 언제나 불꽃이 튀는 느낌이었다.

"엄마아아, 왜 나한테만 그래애애."

"민우 네가 먼저 시작한 거 엄마가 다 봤어. 다경이 좀 괴롭히지 말랬지. 자꾸 그렇게 장난칠 거야?"

다경 때문에 그 영광스러운 손바닥을 매일같이 영접했으니 어린 민우가 다경에게 늘 불퉁하게 구는 건 당연했다. 혹시 다경이 친딸이고 자신이 주워온 아이는 아닐까 진지하게 고민한 적도 있다. 그러니 사춘기가 지나 철이 들기 시작한 후로도 다경에게만큼은 모나게 군 적이 많았다.

"너 교복 치마 줄였냐? 보는 사람 눈도 생각해야지, 완전 시각 공해네."

"안 줄였거든. 키가 커져서 치마가 작아진 거거든."

"살찐 게 아니고?"

"이게 진짜."

갑자기 다정하게 대하자니 어색하고, 그럴 만한 성격도 되지 않았다. 티격태격하면서도 그냥 가장 가까운 사이로, 서로 모르는 거 없이 다 아는 그 정도로 지냈다. 그러니 스무 살이 되자마자 제게

닥친 '희한한 일'이 더욱 황당했던 거고, 내키지 않는 마음에 끌려오듯 어느새 여기까지 온 것이었다.

그런데 짝사랑? 양방도 아니고, 나 혼자 짝사랑이라고? 생각만 해도 몸서리쳐지고 온몸에서 거부반응이 일었다. 이건 좋아서 하는 일이 절대 아니라고! 절대, 절대, 절대로!

"형! 짝사랑은 원래 힘든 거야! 강한 부정은 강한 긍정이라는 거 알지? 내가 많이 해봐서 아는데, 그러지 말고 혹시라도 답답하면 언제든 날 찾……."

문이 열리고 윤우의 얼굴이 쏙 튀어나왔다. 민우는 커다란 손바닥으로 동생의 얼굴을 철퍽 밀어버리고 문을 쾅 닫았다. 이럴 줄 알았으면 진작 독립이나 할 걸 그랬다. 그래도 두 달 후, 신혼집으로 들어가면 이렇게 부대끼며 사는 일도 끝이다. 곧 평화가 찾아오겠지.

여덟 살에 이사 와 지금껏 20년 넘게 살았던 이 집을 떠나려니 기분이 묘했다.

학교 문제로 한동안 대전에 살았던 민우네는 아버지가 서울 소재 대학교 정교수로 일하게 되면서 다시 서울로 이사를 오게 됐다. 그리고 처음 여기 도착했던 날, 집 앞에서 다경을 보았다. 옆집 대문 앞에 쪼그리고 앉아 있던 다경을.

"어머, ……어머!"

민우의 어머니 서 여사는 다경을 보자마자 눈이 동그랗게 커졌었다.

"'옆집 반짝이' 아니니? 맞지? 반짝이 맞지?"

'옆집 반짝이'는 지난해 서 여사와 지 교수가 나란히 본방사수하며 열심히 보았던 TV 주말드라마 속 인물이었다. 어린아이가 연기를 얼마나 잘하던지 주말마다 부부의 눈물 콧물을 쏙 빼놓곤 했었다. 그뿐일까. 낯선 타지생활로 약간의 우울증에 시달리던 서 여사에게 있어 '옆집 반짝이'의 존재는 그야말로 힐링 그 자체였다. 귀여운 반짝이의 대사, 표정, 웃음, 눈물 하나하나에 서 여사는 생기를 되찾았다.

그런데 그 옆집 반짝이가 이사 온 옆집 문 앞에 앉아 있는 것이었다, 거짓말처럼.

"……네, 소다경이에요."

"맞네! 그래, 반짝이 이름이 소다경이었지! 안 그래도 그 드라마 이후로 TV에 한 번도 안 나오길래 궁금했는데."

팔자도 이름 따라간다고, '반짝이'는 진짜로 반짝 피었다 지고 말았다. 인기가 많았으니 다른 곳에 또 나올 법도 한데, 그 드라마 한 편 이후로 모습을 찾아볼 수가 없었다. 한창때 촬영장에서의 인터뷰를 보면 연기하는 걸 무척이나 즐거워했던데. 아이에게 어떤 사정이 있었는지 그땐 알지 못했다.

"너 이 집에 사니?"

"네."

"어머, 진짜 옆집이네. 우린 오늘 이사 왔어. 너무 반갑다, 애."

"그런데 우리 반짝이, 왜 집에 안 들어가고 앞에 앉아 있어?"

아이는 부부를 모르지만, 부부는 아이의 광팬이었다. 그들은 TV에서만 보던 아역배우를 앞에 두고 무척 신기해했고, 몇 달이나 드라마로 보아온 정 때문인지 아이를 대하는 태도에 애정이 뚝뚝 흘렀다.

"……문이 잠겼는데 열쇠가 없어서요. 엄마랑 동생은 아직 집에 안 들어왔고요. 기다리는 중이에요."

"아아, 그랬구나. 우리 집에서 같이 기다리면 좋을 텐데, 지금 이렇게 이사를 온 참이라 정리를 해야 해서……."

"전 괜찮아요. 금방 오실 거예요."

어서 들어가시라 웃으며 말하는 아이의 얼굴이 상냥하고 맑았다. 그렇게 헤어져 민우네 가족은 집으로 들어왔다.

포장이사는 아니라서 인부들이 옮겨준 짐을 정리하느라 식구 모두 정신없이 바빴다. 어느새 늦은 저녁이 되었고, 대충 생활할 수 있을 정도로 정리된 집에서 부모님은 짜장면과 탕수육을 시켰다. 방에서 책을 정리하느라 나름 힘들었던 민우와 윤우 형제는 신이 나서 짜장면을 기다렸다.

배달이 도착했을 때, 서 여사는 음식을 받으러 대문 밖으로 나갔고 그곳에서 아직 그 자리에 앉아 있던 다경을 발견했다. 어둠이 골목을 채우고 있었다. 멀리 개 짖는 소리가 구슬프게 들렸다.

"어머, 애기야, 어떻게 아직 여기 있어? 여태 엄마, 아빠 안 오셨니?"

시간이 몇 시인데.

대답 대신, 다경의 배에서 꼬르륵 소리가 울렸다. 서러운 듯 입술을 삐죽 올리던 다경이 그제야 여덟 살, 제 나이로 보였다. 대체 몇 시간이나 이곳에 앉아 가족을 기다린 건지, 어둑해진 골목에 아이의 외로움이 가득 차올랐다.

"우리 같이 짜장면 먹을까?"

서 여사가 내민 손을 다경은 한참이나 망설이다가 잡고 일어섰다.

그날 다경은 이 집에 처음 들어왔다. 눈치 보듯 살피며 조심스럽게 들어오던 조그만 여자아이. 민우는 자신과 동갑이라던 그 아이의 등장을 아직도 생생히 기억했다.

그리고 오늘에 이르기까지. 수많은 추억이 서려 있는 이 집을 떠나 이제 새로운 곳으로 간다. 새로운 삶은 새로운 방향을 가리킬 것이다. 그러기 위해 자신이 이 고생을 하는 것이기도 하고.

민우는 다시 한 번 마음을 굳게 먹었다. 누군가의 인생을 구한다는 건, 원래 쉽지 않은 일이니까.

✦➤⚛◆⚛◀✦

시간이 흘러 결혼식을 한 달 앞둔 겨울의 어느 날, 지난 드라마 애청자들과 약속했던 행사가 있었다. 다섯 명의 주인공과 팬 이십여 명이 참여하는 '사랑의 연탄 나르기' 행사였다.

안전상의 문제로 취소와 연기를 반복하다가 얼마 전 다시 일정이 잡혔다. 다경과 민우는 결혼 발표 후 처음으로 함께 모습을 드러내는 거라 망설였지만 굳이 피할 이유는 없다. 게다가 다른 배우들과의 일정이라 개인적인 사정으로 무조건 빠질 수도 없었다.

변두리의 동네에 도착했다. 비공식 행사로 기자의 접근은 철저히 통제했고, 좋은 취지로 이루어지는 일이니만큼 조용히 치를 예정이다. 함께 일했던 배우들과는 모두 또래라 현장 분위기는 늘 좋았다. 오랜만에 만난 터라 반갑게 근황을 나누고 잠시 수다도 떨었다.

"이야아, 이게 누구야. 예비부부 아니야!"

"너무 축하해, 진짜 잘됐다, 두 사람!"

당연히 가장 큰 화제는 지민우와 소다경의 결혼 소식이었고 다들 축하를 건넸다. 놀라우면서도 신기하고, 더불어 즐거운 소식이기도 했다. 팬들 역시 마찬가지 반응이었다. 민우와 다경은 매니저들의 신신당부대로 '적당히' 잘하는 중이었다. 친구 사이의 친밀함과 막 시작한 연인의 설렘을 때때로 비치며 선을 잘 지켰다.

다경은 가끔 어이가 없기도 했다.

'누가 보면 진짜 연인인 줄 알겠네.'

넘어질까 잡아주는 모습하며, 볼에 붙은 머리카락을 떼어주는 손길, 싱긋 웃으며 눈을 맞추는 것까지. 저 여우 같은 놈. 아주 로맨스 연기 각 잡고 시작했으면 제대로 '여심 저격수'로 활약했을 텐데, 저렇게 잘하면서 왜 그동안 취향 안 맞는다고 다 거절했는지 몰라. 그런 민우가 영 얄밉기만 해 다경은 저도 모르게 그를 흘겨보곤 했다.

그때 그가 성큼, 가깝게 다가섰다. 허리를 숙여 귓속말하는 모습을 다른 이들은 하트가 된 눈으로 바라보았다. 그야말로 화면을 찢고 나온 듯 심쿵할 장면이었다. 그 귓속말의 내용이야 전혀 알 수 없겠지만.

"그러다 눈 찢어진다. 너 지금 눈 흰자밖에 안 보여."

싸늘하게 속삭이고 물러선 민우는 금세 사랑꾼의 미소를 장착했다. 어우, 약 올라. 메소드 연기의 신 납셨네.

하지만 다경은 정신 차리고 방긋 웃었다. 내가 발연기라고? 이래도? 나도 잘할 수 있거든?

그 순간 주변 사람들의 눈에 비친 두 사람은 사랑이 마구 피어오르는 싱그러운 연인이었다.

"자, 자. 이제 준비들 할게요!"

이어 행사 스태프들의 도움을 받아 의상 오염을 막기 위해 겉에 비닐 우비를 입고 오르막길에 줄줄이 선 배우와 팬들이 연탄을 날랐다. 생각보다 무겁고 양도 많아 여기저기 곡소리가 오르기 시작했다.

"벌써 어깨랑 허리 아픈 것 같아."

"어흐으, 이러다 내일 못 일어나는 거 아니야?"

하지만 다경은 크게 힘들지 않았다. 일은 일로 통하는 법. 각종 아르바이트와 운동으로 단련된 다경은 연탄 앞에서도 강했다.

넘겨받는 연탄이 손에 착착 붙는 느낌마저 들어 신나게 나르던 참이다. 오르막길이라 아래에 있던 여자 팬에게 받은 연탄을 몸 돌려 바로 위의 남자 팬에게 옮겨주는 중이었는데, 남자 팬이 손을 뻗다가 다리가 꼬였는지 "어, 어, 어." 하며 다경 쪽으로 넘어지려는 것이다.

그런데 이상했다. 넘어지며 입으로는 "어, 어." 하고 있지만, 한쪽 입꼬리가 씩 올라가 있는 게 아닌가.

'……지금 웃는 거야?'

마주 있던 다경의 눈에 분명히 보였다. 게다가 넘어지면서 뻗은 손은 다경을 향해 있었다. 정확히 말하자면, 다경의 가슴을 향해.

'저 손, ……손은 또 왜 저래?'

그것도 금방이라도 손에 쥐려는 듯 끝을 둥글게 말기까지 하고서.

솜털까지 쭈뼛 섰다. 순간적으로 당황한 그녀가 재빨리 몸을 돌려버렸다. 아무리 등을 돌려 피했더라도 덮쳐오는 남자의 무게는 이겨내지 못할 터, 다경은 그만 깔려 넘어질 수도 있는 상황이었다. 이후 남자의 불순한 손이 어디로 갈지 장담할 수 없었다.

그렇게 불안에 온몸이 경직해가는데, 남자의 괴성이 울려퍼졌다.

"으아아아아아아악!"

깜짝 놀란 다경이 고개를 돌렸다. 그녀의 시야에는, 등 뒤로 팔이 꺾인 채 괴롭게 울부짖는 남자가 보였다. 그리고 그 남자의 팔을 확 잡아 꺾어 세게 붙들고 있는 이는 오늘따라 눈빛이 더욱 매서운 지민우였다.

민우가 치한을 제압한 건 우연이 아니었다. 봉사활동 장소에 도착한 이후, 민우의 시선은 내내 어떤 남자에게 머물러 있었다.

'뭐지……?'

행사에 참여한 드라마 팬 중 이십 대의 젊은 남자였다. 어차피 다경을 비롯한 배우들을 보러 온 사람들로 가득한 현장이다. 그러니 팬들의 설레는 눈빛이야 자연스러운 것이나, 그 남자의 다소 끈적해 보이는 시선이 심상치 않았다.

'저 남자……, 영 거슬리네.'

게다가 그는 다경을 수차례 위아래로 훑기도 했다. 가슴이나 엉덩이, 허리에 노골적인 눈길이 꽤 오래 머물렀다. 워낙 번잡스러운 자리라 다른 사람들은 느끼지 못했겠지만, 민우의 눈에는 정확히 보였다.

'저 새끼가 진짜…….'

급기야 '저 남자'는 '저 새끼'가 되었다.

'자꾸 어딜 쳐다보는 거야?'

다경이 오늘 옷을 야하게 입은 것도 아니다. 청바지에 니트, 그 위에 얇은 파카를 입고 있을 뿐이다. 하지만 다경은 연기를 위해 다양한 운동을 배웠으며, 관리를 꾸준히 하고 있어 몸매도 꽤 좋은 편이다. 연탄 봉사를 위해 수더분하게 입은 옷도 핫바디 포스를 감추지 못하긴 했다. 그렇다고 저딴 저급한 눈길이라니.

'허튼짓만 해봐.'

연탄을 받으면서도, 넘기면서도 민우의 신경은 온통 그쪽에만 쏠려 있었고, 결국 일이 벌어졌다. 그 남자가 아래쪽으로 일부러 넘어지는 척하는 게 아닌가. 그것도 손을 정확히 다경의 가슴 쪽으로 뻗으면서.

그 순간, 판단보다 빠른 건 몸이었다. 0.1초도 지체하지 않고 뛰어나간 민우는 바로 그 남자의 팔을 잡아 뒤로 돌려 꺾어버렸다. 자신도 이 정도 스피드가 가능할 거라곤 생각지 못했다. 역시 몸으로 익힌 것은 어디 안 가는 법이다.

"으아아아아아아악!"

군더더기 없이 날렵하게 이어진 동작으로 민우는 그 남자를 단번에 제압했다. 키는 민우가 더 컸지만, 남자의 덩치는 매우 큰 편이고 힘도 좋아 보였다. 그런데도 남자는 민우에게서 쉽사리 벗어나지 못했다. 그저 발버둥만 치며 욕을 내뱉을 뿐이다.

"야, 시발, 이거 안 놔! 놓으라고! 이 개새끼야아아!"

이내 민우는 거칠게 저항하는 그를 바닥으로 눌렀고 떨어져 있던 연탄에 남자의 얼굴이 처박혔다. 검게 부서진 연탄에 남자의 면상은 형편없이 파묻혔다. 사람들이 놀라 주변을 에워쌌다.

"헐, 대박."

"봤어? 엄청 빠른 거."

다른 사람도 아닌 지민우라서 다들 더욱 놀란 얼굴이었다.

민우는 그를 올라탄 채 등 뒤로 꺾은 팔을 풀어주지 않고서 고개를 들었다.

"누가 신고 좀 해주시죠. 여기 변태가 있다고."

파리 한 마리 잡았다는 듯 단조로운 음성이었다.

✦✧✦

경찰서로 연행된 남자는 꽤 억울해했다.

"내가 무슨 죄가 있다고 끌고 와! 니들이 봤어? 아오오, 재수가 없을라니까!"

자신이 언제 그랬냐며 욕이 섞인 막말까지 해댔다. 하지만 민우의 의견대로 남자의 휴대전화를 압수해 앨범을 살핀 결과, 다경의 사진이 잔뜩 나왔다.

"헐……, 이게 뭐야?"

형사의 눈이 휘둥그레졌다.

"조, 좋아하는 연예인이니까 사진을 모은 거지! 이, 이게 무슨 잘 못이라고……!"

팬이라 행사까지 당첨돼 온 것일 테니 그게 무슨 문제일까 싶지만, 사진 컬렉션은 정상적인 수준이 아니었다. 다경의 화보나 스틸 사진 중 특정 신체부위, 그러니까 가슴이나 엉덩이만 확대하여 자른 것들이 잔뜩이라 눈살이 찌푸려질 정도였다. 그 밖에도 다경의 일정이 스크랩되어 있기도 했고, 촬영장에도 찾아왔었는지 멀리서 찍은 사진도 있었다.

"그, 그럴 수도 있지! 보, 보라고 찍은 사진이잖아! 내가 내 눈으로 사진 하나 보지도 못해? 민주주의 국가에 그런 자유도 없어?"

다경은 어이가 없어 한숨을 내뱉었다. 변태짓 하라고 있는 자유가 아닐 텐데. 제 신체부위만 잘라 모은 사진을 보면서 무슨 생각을 했을지 끔찍해 치가 떨렸다. 급기야 행사장에 찾아와 직접 손을 대려까지 했고.

남자가 계획적으로 다경에게 불순한 접근을 했다는 게 밝혀졌다.

"이 새끼, 아주 미친 새끼였네."

형사들도 경악하며 조사를 이어갔다.

"지민우 씨랑 소다경 씨는 그만 돌아가셔도 됩니다. 고생 많으셨어요."

경찰서를 나가자 밖에서 대기하고 있던 공 부장이 다가왔다.

"별일 없어서 다행이다. 다경 씨 진짜 놀랐겠네."

"이제 괜찮아요."

무방비 상태로 꼼짝없이 추행을 당했더라면 안 좋은 기억이 그대로 트라우마로 남았을 수도 있지만, 민우 덕에 그럴 일이 없었다. 정말 다행이다.

"그 자식은 어떻게 한대? 처벌받아?"

"내가 막아버려서 미수에 그친 거라, 무거운 처벌 없이 금방 풀려나긴 할 텐데. 왕 대표님한테 얘기해서 접근금지 가처분 신청해야 할 것 같아."

"하여튼 미친놈들 많아."

그때 다경의 전화벨이 울렸다.

"어, 왕 대표님이다. 잠깐만요."

다경은 전화를 받기 위해 저만치 떨어졌다. 그사이 민우가 공 부장에게 당부했다.

"기사 안 나가게 잘 좀 살펴줘. 괜히 시끄러워지지 않게."

"알았다."

공 부장이 차 쪽으로 이동하며 말했다.

"어떻게, 회식에는 가볼래? 봉사 끝내고 팬분들이랑 헤어져 지금 다들 식당으로 이동했다는데."

"가봐야지."

치한을 잡아 경찰서로 오느라 연탄 나르기 봉사는 끝맺지 못하고 자리를 떠나야만 했다. 거의 마무리되어갈 즈음이긴 했지만, 다른 배우들과 행사를 준비한 팀과 인사는 제대로 나눠야 할 것 같았다.

그나마 봉사를 시작하기 전에 단체사진은 찍어둬서 다행이다. 그 안에 기분 나쁜 치한의 얼굴도 남아 있는 건 짜증나지만.

"아얏."

갑자기 민우가 멈추어 서더니 손을 올려 한쪽 귀를 꾹 막았다.

눈썹을 잔뜩 찡그린 채로 괴로움을 참아내는 모습이었다. 종종 있는 일인지 익숙해 보이기까지 했다.

이내 안정을 찾은 듯 민우의 표정이 풀어지자, 공 부장이 그의 어깨에 손을 올리며 물었다.

"괜찮아? 또 그래?"

"아, 괜찮아."

잠시 심각한 얼굴로 어딘지 모를 곳을 응시하며 서 있던 민우가 작게 중얼거렸다.

"역시, 그랬네……."

"뭐? 뭐라고 했어?"

"아니야, 아무것도."

아무렇지 않은 듯 다시 걸음을 옮기려는 그를 공 부장이 붙잡았다.

"병원 다시 가봐야 하는 거 아니야? 이명 내버려두면 계속 골치야."

민우는 간혹 귀에서 끼이익, 하고 손톱으로 철판 긁는 듯한 소리가 길게 이어진다고 했다. 그럴 땐 이명이 멈추길 기다리는 수밖에 없었다. 병원이며 한의원에서 검사를 여러 번 해봤지만, 원인을 찾을 수 없는 데다가 별 이상이 없다는 소견만 돌아왔다. 정작 민우는 가끔 찾아오는 이명을 대수롭지 않게 넘겼고, 그래서 공 부장은 더욱 속 터져 했다.

민우는 이 증상이 건강에 이상이 있다는 신호가 아니라는 걸 말할 수 없었다. 이명이 문제가 아니라 그 순간 눈앞에 쏟아지는 미지의 편린들이 주된 문제임은 본인만 알고 있는 사실이다. 스무 살 이후 수년째 계속되고 있는 믿지 못할 일은, 누구에게 설명할 수 있는 것도 아니고, 설명한들 상대가 믿어줄 수 있는 것도 아니었다.

"별거 아니야, 형."

어차피 자신의 상황을 이해할 수 있는 이는 아무도 없다. 상대가 이 일의 가장 큰 관련자인 소다경일지라도 말이다.

"진짜 괜찮으니까, 신경 쓰지 마."

별다른 방법은 없다. 정해진 수순에 따라 움직이고, 이명과 함께 쏟아지는 기억의 조각들을 찾아 하나씩 맞춰나가고, 그렇게 해서 예정된 불행으로부터 멀리 도망가는 것. 그게 지금 민우가 할 수 있는 전부였다.

"형, 가자."

공 부장을 툭툭 치며 안심시킨 민우가 차로 향했다. 통화를 끝낸 다경이 오고 있었다. 민우는 그녀를 물끄러미 바라보다 작게 중얼거렸다.

"내가 전생에 무슨 죄를 지었길래 쏘랑 엮여서 이 고생을."

하여튼 손 많이 가는 소다경. 그는 귀찮지만 내칠 수도 없는 그녀를 두고 생각했다. 너는 모르겠지만, 오늘 또 고비를 하나 넘겨 정말 다행이라고.

"왔네, 여기야!"

연탄 나르기 봉사를 한 곳에서 멀지 않은 동네의 갈빗집이다. 각 소속사에서 차출돼 임시로 팀을 꾸려 행사를 기획한 직원들과 다른 배우들이 고기를 굽다가 손짓했다.

공 부장이 데려다줘 회식장소에 도착한 민우와 다경은 반갑게 맞이하는 사람들 쪽으로 갔다. 같은 테이블에는 친하게 지냈던 배우들이 있고, 두 사람의 자리가 마주 보도록 남겨져 있었다.

"어휴, 이게 무슨 일이야. 경찰서까지 갔다 오고."

"진짜 큰일 치렀다. 아주 변태, 변태, 상변태였다며. 어디 무서워서 이런 행사 또 하겠냐고."

"그러니까. 저번에 누구였더라? 남자 선배였는데. 팬이라고 다가온 사람이 거길 손으로 꾹 쥐고 갔다잖아. 이후로 트라우마 심해서 활동도 잠깐 못 하고."

"아, 나도 알아, 그 얘기."

다들 추행을 당할 뻔한 다경을 걱정하며, 연예인의 고충을 털어놓았다. 사람들 앞에 나서는 직업이니만큼 경계를 허물어야 할 때도 있지만 그로 인해 곤란을 겪는 상황도 많았다. 대중의 인기로 먹고사는 이상 이를 문제 삼기에도 난감한지라 참 곤혹스럽곤 하다. 그러니 이번에 추행을 당하기 전 막아내고, 위험인물이라는 걸 밝히는 데 일조한 민우의 활약이 더 빛을 발했다.

"민우 씨 아니었으면 다경 씨도 쇼크 장난 아니었겠어. 실수인 것처럼 일부러 넘어지려고 했잖아, 그 사람."

"맞아. 바로 내 앞에서 덮치는 느낌이라 진짜 식겁했거든. 손은 완전히 가슴 쪽으로 뻗고 있고."

다경이 배가 고팠는지 앞에 있는 나물 반찬을 집어 먹으며 대꾸했다.

"그런데 이야, 지민우. 진짜 빠르더라. 눈 깜짝할 새에 뛰어 올라가 그 남자 팔 확 꺾었잖아. 보고도 못 믿을 스피드. 대박."

동료 남자배우가 엄지를 치켜들자마자 다들 기다렸다는 듯 수긍했다.

"스피드뿐이냐. 동작이 아주 깔끔했다니까, 군더더기 하나 없고. 그 남자 덩치가 황소 급이었는데, 지민우가 아주 기술로 밀어버리더라.”

“민우 고등학교 때 배구 했었잖아. 운동신경이 장난 아니겠지. 어머니도 국가대표 출신이시라며? 유전자 무시 못 해.”

“지민우, 혹시 격투기도 배운 거야? 누가 보면 전직 UFC 선수인 줄 알…….”

물을 마시려던 민우가 사레가 들린 듯 컥컥, 숨을 내뿜었다. 괜찮냐며 다들 호들갑을 떨며 냅킨을 뽑아주고 민우의 등을 두드려주며 난리일 무렵, 그러거나 말거나 불판 위의 고기가 타는 꼴은 죽어도 못 보는 다경이 냉큼 집게와 가위를 집어 들었다. 촤아악, 촤아악. 빠르고 간결한 동작으로 고기를 뒤집어갔다.

몇 번의 기침을 끝으로 안정을 찾은 민우는 어이가 없었다. 누군 종일 저 때문에 신경이 곤두서 있었는데, 본인은 지금 고기 굽기에만 정신이 팔려 있으시겠다……. 그것도 저렇게 필요 이상의 프로페셔널한 태도로.

“우와아아. 소다경 특기 나온다.”

“이야, 역시 고기는 소다경이지! 이 정확한 시점에 뒤집는 기술하며, 자로 잰 듯 깔끔하게 잘라 줄 세운 것 좀 봐라.”

착착, 자르는 솜씨마저 정갈했다. 가히 고깃집의 가위손이었다.

“하여튼 소다경 없으면 고깃집 오기 싫다니까. 흐으음, 육즙 장난 아니야.”

“굽는 사람에 따라 고기 맛이 이렇게 달라지는 거 나 처음 알았다니까.”

회식 자리에서 더욱 반짝반짝 빛나는 소다경이었다. 모두 그녀를 찬양하며 갈비를 집어 먹는데, 다경의 옆에 앉아 있던 배우 나리호가 입을 열었다.

“사람이 몸으로 익힌 건 오래간다잖아. 고깃집 알바를 그렇게 오래 했으니 굽는 거 하나는 끝내주지, 우리 다경 언니가.”

청순하고 러블리한 이미지의 리호는 웃기만 해도 상큼한 기운이 쏟아졌다.

“어떻게 배우활동 하면서 고깃집 알바까지 했지. 나라면 꿈도 못 꿀 텐데. 아무리 유명하지 않아도 그러다 알아보는 사람이라도 있으면 창피해서 어떡해. 그래도 연예인인데. 암튼 언니는 너무 멋져. 못하는 것도 없고 정말 대단한 거 같아.”

산뜻하게 예쁜 얼굴로 말하는 모습엔 오직 선의만 가득해 보였다. 비주얼의 맹점이다.

“아, 다경이 고깃집에서 일했었댔지.”

“맞아. 역시 손길이 다르다 했어.”

다들 수긍했고, 다경은 아무렇지 않게 대꾸했다.

“고깃집뿐 아니라 편의점, 카페, 주유소, 옷가게, 주차대행, 트레이너, 피자집, 안 해본 일이 없잖아. 덕분에 삶에 도움이 되는 잔기술 백 개는 보유 중입니다.”

손으로 알바경력을 하나하나 꼽으며 줄줄이 읊고는 활짝 웃기까지 한다.

민우는 새삼 기가 막혔다. 소다경, 숨은 쉴 시간이 있는지 모를 정도로 정말 열심히 살아왔다.

“우와, 곤란한 일 있으면 다경 언니한테 도움 청해야겠다! 그래도 되지, 언니?”

리호가 애교를 부리며 다경의 팔짱을 꼈고, 다경은 “그럼, 되지.” 하고 받아주었다. 조명도 갈 줄 알아? 타이어도 교체할 줄 알아? 이것저것 물어보며 “우와, 대단하다!” 노래하는 리호를, 민우는 물끄러미 바라보았다.

“나는 전부터 엄마, 아빠가 그런 힘든 일은 하나도 못 하게 해서,

이 나이 먹도록 할 줄 아는 것도 없잖아. 공주 취급, 애 취급도 하루 이틀이지 너무 과보호도 안 좋은 것 같아. 난 언니가 너무 부러워."

아등바등하는 너하고 나는, 사는 물이 달라. 리호가 다경을 보는 눈빛에선 그런 오만함이 스치곤 했다. 다른 사람들은 아는지 모르는지 알 수 없지만, 민우의 눈엔 그게 보였다.

유명배우인 아버지의 후광으로 신(新) 금수저 소리를 들으며 화려하게 데뷔하고, 끊임없이 이어지는 연기 논란에도 굵직한 배역만 따내며 활동해오는 나리호였다.

"그런데 언니는 왜 그렇게 알바를 많이 한 거야? 개런티가 너무 적었나? 무명이라 어쩔 수 없었던 거야?"

"개런티나 받을 일이 있었으면 다행이게. 캐스팅 안 돼서 놀고 있던 때도 많았으니까. 지금 소속사 들어가기 전까지는 좀 힘들었거든."

"아아, 그랬지, 참."

다 알면서도 꼭 한 번씩 짚어주는 거하며.

"언니처럼 예쁘고 연기도 잘하는 배우를 왜 몰라줬을까. 사람들이 보는 눈이 없어서 그런가, 다들 정말 너무해."

힘들었던 시기를 심장에 꽂힌 꼬챙이 후벼 파듯 리호는 그렇게 헤집었다.

"이제라도 언니가 잘돼서 정말 다행이야."

다경은 도저히 빛이 보이지 않을 것 같은 긴 무명생활에도 연기자의 꿈을 놓지 않았다. 쥐꼬리만큼 떨어지는 출연료는 생활비로 턱없이 부족했기에, 시간이 날 때마다 온갖 아르바이트를 병행하며 버텨냈다.

민우는 그런 다경을 가장 가까운 곳에서 지켜봐왔다. 그렇기에 누구보다 잘 알았다. 소다경은 스스로 여기까지 온 아이다. 넘어지고 부딪히고 쓰러져가면서도 제힘으로 이만큼 이뤘다.

몸으로 익힌 건 오래간다고? 맞는 말이다. 하지만 다경이 기껏 나리호 입에 들어갈 고기를 구워주기 위해 익힌 기술은 결코 아니다.

"언니, 진짜 맛있다. 나 다이어트하는데 언니 때문에 계속 먹게 되네."

"그래? 어떡하니. 나 너희 매니저님한테 혼나는 거 아니야?"

"에이, 괜찮아. 근데 언니, 저기 봐. 저쪽 테이블은 막 고기 타고 그런다."

"그래, 다경 씨. 이쪽도 좀 부탁해! 우리도 다경 씨가 구워주는 맛있는 고기 좀 먹어보자."

"네, 금방 갈게요."

몸에 밴 듯 남의 시중을 드는 다경을 보고 있자니 민우는 급기야 열이 뻗쳤다.

"이리 내."

고기 한 점 먹지도 못하고 남들 좋으라 굽기만 하는 다경에게서 집게와 가위를 빼앗았다.

"내가 할 테니까 너도 좀 먹으라고."

이 멍충아.

"아까부터 배고프다며."

짜증난 얼굴로 고기를 뎅겅뎅겅 자르는 민우를 보며 다경은 고개를 갸웃했다. 얘가 갑자기 왜 이래? 연기 싫다고 숯불 앞으로 잘 가지도 않던 놈이.

"이야아, 예비신부 챙기는 거 봐."

"지민우 보기보다 스윗하다."

"그럼, 결혼할 사이인데 좋아 죽겠지."

다경은 그제야 인식했다. 아, 얘 지금 로맨스 연기 중이구나. 알았다. 나도 한다, 해.

"아이, 참, 티 내지 말자니까 얘가 또 이러네. 나만 챙기지 말고 너도 좀 먹어. 자, 아."

배시시 웃으며 다경이 고기쌈을 민우의 입으로 가져갔다. 어색하기 그지없었다. 눈빛도, 말투도, 사랑이라곤 하나도 없는 로봇 같았다. 그런데도 사람들은 닭살 돋은 팔을 문지르고, 못 봐주겠다며 야유했다. 애초에 의심을 품고 보지 않는 이상, 두 사람의 로맨스에 구멍은 없어 보였다.

리호의 싸한 눈빛이 민우를 스쳐 다경에게 닿았다. 웃고 떠드는 가운데 분위기는 즐겁게 이어졌다.

"고깃집 다시 취직한 줄 알았네. 멍청하게 그걸 다 구워주고 있냐, 너는."

회식을 마치고 돌아가는 길, 공 부장이 운전하는 밴에 앉아 팔짱을 낀 민우가 싸늘한 투로 내뱉었다.

"내가 재밌어서 하는 건데, 뭐. 고기 못 구워서 맛없게 먹는 게 더 싫더라. 다들 맛있게 먹으면 좋잖아."

"어련하실까."

착한 건지, 멍청한 건지. 손해를 보더라도 자신이 좀 더 움직이고, 자신이 좀 더 베푸는 게 속 편하다고 생각하는 다경이다. 외모는 세련되고 도도한 스타일이라 성격이 강해 보여 악역 위주로 캐스팅되면서, 어쩌면 속은 저리 둥글둥글 순둥이일까.

민우는 한숨을 쉬었다.

"하여튼 소다경, 발연기 그만하고 제대로 좀 해라. 너 그 수준으로 지금까지 버틴 게 용하다."

나란히 앉은 다경이 발끈했다. 시도 때도 없이 팩트로 사람을 패는 저 인성. 하여튼 진짜 싸가지 없지.

"그러는 너야말로. 엄청 어색했거든?"

다른 건 몰라도 연기로 걸고넘어지는 건 참을 수 없다.

"말은 바로 해야지. 어색한 건 너고, 나는 아니었어."

"우와아아, 이 근자감 뭐지? 너는 지금 네 로맨스 연기가 훌륭하다고 보는 모양인데. 야, 니가 스릴러에만 캐스팅되는 이유가 있어. 온몸에 닭살 장난 아니거든?"

"너나 그렇게 느끼겠지."

"이런 애가 연기파라니. 연기파가 다 얼어 죽었다. 괴물신인은 무슨! 넌 남주감 지인짜 아니거든. 내가 감독이고 작가라도 너 로맨스물에 절대 안 써. 너랑 찍는 상대 배우는 아마 시베리아 벌판에서 촬영하는 기분일걸?"

다경은 분해서 아무 말이나 내뱉었다. 회사로 돌아간 주아 대신 다경을 집에 데려다주기로 한 공 부장은 머리가 지끈거리는 듯 두 사람 사이에 끼어들었다.

"싸우지 좀 마라, 제발."

민우의 어머니 서 여사도 종종 하던 말이다. 틈만 나면 서로 물어뜯고 결론 없는 소모성 싸움을 반복하는 두 사람을 떼어놓으면서, 입버릇처럼 싸우지 좀 말라고 하셨다.

딱히 싸우는 이유가 있는 것도 아니고 툭툭 말로 치고받는 게 습관이 되어버렸다. 현실 남매 그 자체였다. 그렇게 자란 게 20년인데, 버릇 어디 쉽게 고칠까.

"형이 말해봐. 내가 로맨스물 대본이 들어오는지, 안 들어오는지."

"사실 여부가 무슨 상관이야. 다경이가 몰라서 하는 소리겠냐."

"그래, 형 말 잘했다. 소다경, 아무 말이나 그렇게 막 하는 거 아니야. 내가 누구 때문에 이 고생을⋯⋯."

말이 또 헛나왔다 싶어 민우가 입을 다무는데, 다경이 울컥한 얼굴로 말했다.

"뭐가 그렇게 맨날 나 때문인데? 내가 스캔들 냈니? 내가 결혼하자고 했어? 내가 치한보고 나 좀 추행해달라고 했냐고."

차가 편의점 앞에 멈췄다.

"아아, 스트레스 받으니까 갑자기 배고파 죽겠다."

공 부장이 차를 세운 이유였다.

"나 컵라면 하나 먹고 올 테니까, 싸울 거 다 싸워놔. 갈 땐 제발 좀 조용히 가자."

중재는 포기한 지 오래. 차에서 내린 공 부장이 도망치듯 편의점 안으로 사라졌다. 둘만 남은 차 안, 싸움의 맥이 끊긴 터라 다경의 목소리가 수그러들었다.

"얄밉게 지적 좀 그만해. 나도 다 안다고, 어색한 거."

소다경은 작품에서는 안정적인 발성과 호흡으로 훌륭한 수준의 연기를 보여주는 배우이다. 하지만 지민우와 사랑하는 상황을 연기해야 하니 도저히 내키지 않아서일까. 아무리 카메라가 안 돌고 스태프도 없다고 하지만 실생활에서 그런 연기까지 하려니 몸에 맞지 않는 옷을 입은 것처럼 느껴졌다. 민우에게 매번 발연기라고 조롱당할 법도 했다.

"그렇다고 계속 이런 식으로 하려고? 누가 알기라도 하면 어쩔래."

나리호의 심상치 않은 눈빛을 떠올리며 민우가 말했다. 뭔가 의심스럽다는 기색이다.

"나도 노력은 해. 하는데, ……몰입이 잘 안 되는 걸 어떡해."

다경 스스로 속상한 듯 한숨을 폭 내쉬던 순간이다. 순간, 그의 커다란 손이 다경의 턱을 부드럽게 잡아 돌렸다. 마주한 눈빛이 지나치게 가까웠다.

아까 영 불편했는지 서로 고기나 밥을 제대로 먹지도 못한 상태에서, 나오는 길에 박하사탕만 잔뜩 집어 먹었더니 화한 민트 향이 혹 끼쳤다. 민우의 시선이 다경의 눈에서 코로, 곧 입술로 향했다. 그리고 검은 속눈썹이 움직이며 천천히 올라간 시선.

눈이 마주치는 순간 다경은 숨이 막힐 뻔했다. 새삼스럽다. 화면에 가득 클로즈업한 배우의 얼굴을 보는 것만 같았다. 그것도 지나치게 잘생겨 보는 것만으로도 숨이 턱 막히는 그런 배우.

민우는 다경의 입술을 바라보며 조금 더 다가왔다.

"몰입하게 해줘?"

등줄기에 찌릿, 전기가 올랐다. 다경은 저도 모르게 스르르 눈을 감고 말았다. 닿을 듯 말 듯 분명 입술이 다가오는 게 느껴졌다. 어떤 생각도 들지 않았다. 그저 멈춘 듯한 시간 속에서 눈을 감은 채 그대로 머물러 있을 뿐이다.

"이야……."

꼼짝없이 입술이 닿겠다고 생각했는데,

"우리 소, 바로 눈까지 감으시고."

와서 닿은 건 입술 대신 말소리였다.

"몰입, 완전 훌륭한데?"

반짝, 눈을 뜬 다경의 시야에 싱긋 웃는 민우가 보였다.

순간 수치심과 억울함, 분노가 한꺼번에 밀려들었다. ……나 지금 농락당한 거 맞지? 내 이 자식을!

"야! 이 못돼먹은 새끼야아아!"

다경이 손에 잡히는 대로 목 베개와 쿠션을 움켜쥐고서 민우를 향해 마구 내리쳤다.

"지금 이런 장난 할 때야? 할 때냐고! 너 이 자식 내가 오늘은 꼭 지옥불에 튀겨버릴 거야아아아아!"

그는 팔을 뻗어 비 오는 날 먼지까지 일으킬 것만 같은 강펀치로부터 자신의 머리를 보호했다.

"알았어, 알았다고. 그, 그만…….."

"뭘 그만해! 오늘 한번 날 새도록 맞아보자! 장난을 칠 걸 쳐야지, 이 자식이 진짜!"

어지간히 화가 났는지 다경이 마구 때려대는 사이 공 부장이 돌아왔다.

"헐……, 아직도 싸우냐."

그새 말다툼에서 구타로 번진 현장. 상황이 정리됐을 거라 믿은 자신이 잘못이지 싶어 공 부장은 고개를 절레절레 흔들었다.

"출발한다."

뒤에서 펑펑 베개 폭행을 하든 말든 공 부장은 시동을 켜고 차를 몰았다. 둘을 붙여둔 이상 신경 끄는 게 속 편할 것 같다는 생각을 하며 핸들을 꺾었다.

한편 민우는 아찔한 순간을 떠올리며 눈을 질끈 감았다. 하마터면 둘만 남은 차 안에서 정말 입술을 맞댈 뻔했다.

'큰일 날 뻔했네…….'

사실 처음엔 진짜 키스를 하려던 게 아니었다. 하도 몰입을 못하는 다경 때문에 얼마나 신경이 쓰였는지 모른다.

다경 스스로 가장 자신 있는 분야가 바로 연기 아니었던 건가. 직업정신은 어디로 가고, 그 쉬운 연기 하나 못해서 불안하게 하는

건지. 게다가 다경이 대놓고 격하게 거부하니 자존심도 조금 상했
다.

'누군 뭐, 좋아서 이러냐고.'

기껏 최선을 다해 상황을 만들어가려고 하는데. 그것도 다 저를
위해서 상관도 없는 내가 이 고생을 하는 건데. 그런데 당사자가
이 정도 협조도 못 하고, 그저 퉁 씹은 얼굴로 국어책 읽듯 연기를
펼치는 걸 보니 민우의 속이 좋을 리 없다.

그러니 잠깐 분위기나 만들어보려던 것뿐이었다. 내가 그렇게
몰입이 안 되는 상대일 리 없다며 무너진 자존심을 조금 세우려는
생각도 있었다.

그런데 놀란 토끼눈을 하고 있던 다경이 쌕쌕 가쁜 숨을 내뱉더
니, 어느새 스르르 눈을 감는 게 아닌가. 뭘 발랐는지 이슬처럼 촉
촉한 윤기가 감도는 입술이 아주 조금 열리기까지 했다. 길게 드리
운 속눈썹이 가늘게 떨렸다. 손에 잡힌 뽀얀 볼이 실크처럼 부드러
웠다.

'뭐야…….'

얘가 원래 이렇게 야했나.

예상치 못한 다경의 모습에 돌아버리는 줄 알았다. 심장은 걷잡
을 수 없이 빠르게 뛰어댔다.

'미치겠네…….'

키스를 기다리듯 눈을 감은 다경에게 이끌려갈 때였다. 이대로
라면 진짜 말랑한 입술이 부딪히고 말 것이다. 어쩌면 그 안을 헤
집고 들어갈지도 모르지. 상황이야 어떻든, 감정이야 어떻든, 무
작정 본능에 이끌려 키스 말고 다른 생각은 아무것도 하지 않을 게
분명했다.

그렇게 입술이 닿을 뻔하던 때, 그녀 너머 차창 밖으로 편의점에

서 나오는 공 부장을 발견했다. 퍼뜩, 민우의 정신이 제자리로 돌아온 것도 그 순간이었다.

"이야…… 우리 소, 바로 눈까지 감으시고."

다경은 참지 않았다. 흠씬 두드려 맞으면서도 민우는 차라리 잘됐다고 생각했다.

"긴장 좀 하자, 지민우……."

그는 스스로 주문을 걸듯 말하며 머리를 움켜쥐었다. 당연히 소다경을 이성으로 생각해본 적도 없고, 좋아할 가능성도 없다고 생각은 했지만, 자꾸 이렇게 부딪히다가는 위험할 수도 있다.

연기와 실제를 구분하지 못하면 큰일이다. 감정이 있는 결혼은 절대 안 된다는 사실 역시 잊지 말아야 한다.

또 실패할 순 없다. 이번 생이, 마지막이니까.

❖≫❖≪❖

겨울 햇살이 구름에 가린 오후.

"헐……, 야. 나 돈 없어."

다경은 빌라 안으로 들어오자마자 당황한 얼굴로 민우를 돌아보았다.

"내가 너 삥 뜯냐? 갑자기 무슨 돈 타령이야."

"아니, 이 집…… 엄청 비쌀 거 아냐."

신혼집을 보러 왔다. 민우가 이미 염두에 둔 곳이 있다고 해서 가벼운 마음으로 나섰는데, 이름난 부촌의 큰 빌라였다. 톱스타는 물론 재벌 자제도 산다고 알려진 곳으로, 빌라 단지에 들어오는 것조차 엄격한 보안절차를 거쳐야만 했다.

집 안으로 들어서자마자 바닥부터 벽, 마감재까지 온통 고급스러워서 깜짝 놀랐다. 커다란 창 아래 한강이 한눈에 보이는 풍경은 보기만 해도 가슴이 시원할 정도였다. 다경은 놀람과 동시에 마음이 무거워졌다.

"반은 보태야 하는데, 나 그럴 돈 없어. 여기 너무 비싸."

"누가 너한테 보태래."

원래 민우 소유의 집이었다. 전세를 내줬었고, 얼마 전 만기라 계약을 연장하지 않고 비우게끔 했다. 결혼 후 들어와서 살기 위해 새로 인테리어를 맡겼고, 청소까지 마친 참으로 식을 올린 다음 입주만 하면 된다.

"이미 샀어."

"벌써? 언제? 아니, 그 돈이 다 어디서 났는데?"

다경이 깜짝 놀라 속사포처럼 질문을 퍼부었다.

"대출받은 거야? 대출을 얼마나 많이 해주길래? 아니, 대출을 받았다고 해도 그럼 달마다 내야 하는 이자가 다 얼마야. 이걸 어떻게 감당해. 너 미쳤어?"

지민우의 연기경력이 그렇게 길지 않고, 그렇다고 모델 수입이 많았던 것도 아니고. 이제 막 뜨기 시작한 터라 광고도 몇 개 찍은 게 없는 데다가 아직 몸값이 높은 편도 아닌데, 이런 고급 빌라를 대체 무슨 돈으로 샀는지 미스터리였다.

"일부 대출이야. 누가 이런 걸 제 돈 다 주고 사. 레버리지 모르냐."

"레버리지 같은 소리 하고 있네. 너 지금 진짜로 대박 난 줄 착각하는 거지? 야야, 아직 그 정도 아니야. 얘가 겉멋 단단히 들었네."

"이자는 당연히 감당할 수 있는 선이야. 네가 그렇게 걱정하지 않아도 돼."

"지민우, 내가 널 본 게 여덟 살 때부터 20년이야."

다경은 늘 비어 있는 제집이 아니라, 옆집인 민우네서 숙제를 하고 밥을 먹고 TV를 보며 자랐다.

"너희 집 숟가락이 몇 개인지, 새 화장지는 어디에 보관하는지, 며칠에 한 번 화분에 물을 주는지, 너보다 내가 더 잘 알아."

그러니 그 집의 경제상황이란, 공부만 아는 교수 아버지와 욕심 없는 전업주부 어머니 사이에서 넘치지도 부족하지도 않을 만큼 소박하게 먹고살 정도란 것도 알았다.

"혹시 나 모르게 유산 상속받았어? 너도 모르는 할아버지가 갑자기 뿅 하고 나타나신 거 아니야? 돈다발 들고?"

"이번 달에 팔순 되시는 우리 할아버지 말고 다른 할아버지는 안 계신데."

그게 아니면 대체 이 빌라는 어떻게?

"군대 가기 전부터 소액으로 투자를 시작했어."

"투자?"

민우에 대해선 다 안다고 생각했었는데, 처음 듣는 얘기다. 군대 가기 전이라면 이십 대 초반인데 그때부터 투자했다고?

"그래. 주식도 좀 했고, 선물투자도 하고. 내가 이쪽으로 감이 좋은 편인지 큰 손해 본 적은 없었어. 물론 공부도 꽤 했고."

"……그래서?"

"그걸로 투자 계속하면서 자산이 좀 늘었지. 이 집도 전역하고 얼마 안 돼서 사둔 거야. 지금만큼 많이 오르기 전에. ……운이 좋았어. 세 돌리는 상가도 있고 이래저래 이자 충분히 감당하고도 남아. 지금도 여러 쪽으로 투자하고 있고."

"헐……."

다경은 입이 떡 벌어졌다.

"나쁘게 볼 생각은 하지 마. 세금 낼 거 다 내고, 편법 안 쓰고,

도의적으로도 문제없는 투자생활 중이니까."

쉽게 말하고 있지만 쉬운 일이 아니란 건 알았다. 이 정도로 투자의 귀재, 재테크의 신이었어? 이게 말이 돼? 얘 머리 좋은 거야 알고는 있었지만, 이게 실전에도 통하는지는 몰랐다. 제 앞가림하기도 바쁜 이십 대 초반에 투자를 시작했다니…… 맨손으로 이렇게 일구려면 모르긴 해도 엄청난 동물적 감각과 판단이 필요했을 텐데.

민우는 배구선수였다. 청소년 대표로 나가 아시아선수권대회에서 우승할 정도로 촉망받는 에이스였지만 부상으로 인해 더 이상 운동을 할 수 없게 되었다. 그게 고3 될 때쯤이었다.

그동안 운동만 해왔는데 그만두게 되었으니 이제 어쩌나 다들 걱정하는데, 민우는 좌절한 기색도 없이 아무렇지 않게 공부를 시작했다. 겉으론 늘 뭐든 귀찮아하고 설렁설렁하는 것처럼 보이지만 뭔가에 집중하면 무서운 집념과 독기를 보여주는 지민우는 공부를 시작한 지 딱 1년 만에, 한국대학교 경제학부에 수석으로 입학하는 기염을 토했다. 다들 소름 돋은 팔을 문지르며 혀를 내둘렀다.

"지민우 미쳤나 봐."

"쟤 우리랑 같은 사람 맞아?"

"혹시 몸속에 무슨 컴퓨터 칩 넣어둔 거 아니야? 저게 말이 되냐고."

아무리 어머니의 피지컬과 체력 유전자에, 아버지의 비상한 두뇌 유전자를 물려받았다고 한들 이렇게까지 사람이 우수할 필요가 있을까. 어쨌든 그렇게 대학까지 갔으니 이젠 공부를 열심히 하겠거니 했었다.

그리고 민우의 행보는 또다시 엉뚱한 곳으로 튀었다. 전역 후 자신을 줄기차게 스카우트하려던 에이전시 중 한 곳을 골라 계약해 모델이 되었다. 사실 고등학교 선수 시절부터 대중의 이목을 끌며 '잘생긴 고교 에이스'로 주목을 받아왔던 민우였지만 그때만 해도 연예인은 체질이 아니라며 죽어도 안 하겠다 하질 않았나.

잘하는 공부는 아깝지도 않은지 최고 대학의 최고 학부 스펙을 바로 놓아버리고, 모델에 배우까지 그는 늘 예상치 못한 길을 택해 왔다.

그런 민우에 대해서 잘 알고 있다고 믿었던 다경은 오늘 또 새로운 걸 알아버린 셈이었다. 자신이 혼돈의 이십 대를 지나오는 동안 이 자식 혼자 이렇게 착실한 재테크를 하고 있었다니.

"······자괴감이 든다."

난 뭘 했나. 조그만 배역 하나라도 따려고 온갖 오디션에 뛰어다니고, 녹록지 않은 연기자 인생에 생활비조차 부족해 닥치는 대로 아르바이트를 하고. 지금의 소속사 왕 대표를 만나지 않았더라면 이만큼 올라오지도 못한 채 예전 그대로 살고 있었을 거다.

연기는 하고 싶은데 월세는 내야 하고, 화장품 살 돈도 부족한데 오디션은 보러 가야 하고, 매번 당하는 거절에 무너져 울면서도 배가 고파 퍽퍽한 빵을 베어 먹고, 연기에 필요한 이것저것을 배우며 밥값과 차비를 아껴 간신히 수업료를 내고. 비슷한 또래의 잘나가는 동료를 보며 초라함을 느끼고. 그렇게 돈 한두 푼에 목을 매면서.

"너는 이렇게 다 이루는 동안 난 뭘 했나 몰라."

다경은 쓸쓸한 눈으로 한강을 내려다보았다.

순간 생각을 입 밖으로 낸 걸 후회했다. 곧 지민우는 얄밉도록 정확한 사실만 늘어놓으며 나를 두 번 죽이려 들겠지. 그렇게 진작 주제 파악하고 공부해서 취직하지 그랬냐, 하고.

하지만 정수리에 커다란 손바닥이 얹어졌다. 따뜻한 기운이 온 몸 위로 사르르 녹아내렸다. 옆으로 다가온 민우가 가만히 머리를 쓰다듬듯 가볍게 만지는 것이었다.

"넌 열심히 살았지. 세상 누구보다 더."

가슴을 어루만지는 말이었다. 믿을 수 없을 만큼 따스한 음성이었다.

엄마로부터 상처받던 때에만 임시휴전이었는데. 차마 그 상처는 건드릴 수 없다는 듯, 오직 그때만 전쟁을 멈추고 평화로운 분위기에서 가만히 위로해주던 놈이었는데 마치 세상에서 다경을 가장 잘 아는 것처럼 그는 확신에 찬 목소리로 마음을 보듬었다.

"그러니까 기죽지 마."

민우가 삐딱하게 굴지 않아 기분이 이상했다. 금기를 깨뜨린 것처럼 묘하게 가슴이 뛰었다.

지기지우(知己之友), 내 속마음을 참되게 알아주는 친구. 사랑이 없어도, 어쩌면 이 결혼 꽤 잘하는 건지도 모른다는 생각이 들었다. 인생을 함께할 파트너로서, 지기지우인 민우보다 더 적합한 사람은 없을 테니까.

part 2

비즈니스 결혼에 임하는 자세

결혼식 D-20일, 한 잡지사의 제안으로 발리의 한 리조트에서 웨딩화보를 찍기로 했다. 쉴 새 없이 밀려드는 협찬을 대부분 거절했지만, 대중에게 모습을 보일 목적으로 화보 하나만은 진행하기로 했다. 그리하여 4박 일정으로 떠나는 출장은 설레는 웨딩촬영이 아니라, 그저 일로만 여겨질 뿐이다. 그야말로 '비즈니스 웨딩'의 본격적인 시작이랄까.

비행을 마치고 도착한 발리 응우라라이 공항. 리조트로 이동하니 늦은 저녁이라 휴식을 취하고 다음 날 오전에 촬영 스팟을 돌아보았다. 그림을 본다며 에디터와 사진작가가 두 사람을 이곳저곳에 세워보는 중으로, 아직 헤어나 의상을 완벽히 갖추진 않았지만 어느 정도 포즈까지 취하게끔 했다. 꼼꼼한 사진작가라더니, 실제 커플이니 이 정도야 무난하지 않겠냐면서 리허설까지 불사한다.

하지만 단순히 서로의 허리를 잡고 서는 것만도 두 사람에게는 꽤 어려웠다. 본격적인 스킨십, 그것도 대놓고 해야 하는 스킨십은 역시 온몸이 오그라들기만 했다.

"하핫, 허리 간지러워어."

"야, 똑바로 좀 하자고."

조금만 닿아도 다경이 몸을 쑥 빼내었다. 다른 때는 괜찮더니,

각 잡고 포즈를 취하는 게 영 부담이었는지 손끝만 닿아도 간지러 워했다.

"너 진짜 자꾸 이럴래?"

민우가 누군 좋아서 만지냐는 눈빛으로 물었다. 다경은 조금 주 눅이 들었지만, 신체반응을 어쩐단 말인가.

"완전히 대지 말고, 손을 조금 떨어뜨려봐. 그럼 괜찮을 거야."

"손도 안 대고 있으면 잘도 커플이라 믿겠다."

습관의 무서움이라는 거 모르나. 비밀연애 중인 커플조차 남들 앞에서 무의식중에 스킨십을 하는 통에 오히려 주변인들을 당황하 게 한다는데, 이건 공인된 커플인데도 내외해야 할 지경이니.

다른 의미의 '습관의 무서움'이다. 매일 치고받고 싸움질만 했으 니 야릇한 스킨십이 어디 쉬운 일이겠는가.

"아직 적응이 안 돼서 그래. 이따 촬영할 땐 괜찮을 거야."

다경은 겨우 그를 안심시키고 돌아설 수 있었다.

점심을 먹은 후, 세 시간에 걸친 준비시간 동안 스태프들과 함 께 헤어와 메이크업, 드레스를 갖췄다. 오늘은 석양이 지기 전까지 만, 내일은 오전부터 종일 촬영할 예정으로 다경과 민우는 각자의 방에서 각자의 스태프들과 따로 채비를 했다.

"와아, 드레스 진짜 예뻐요."

주르르 세팅된 드레스는 보는 것만으로도 가슴을 두근거리게 했 다. 휴양지에서 찍는 화보인 만큼 가볍고 하늘거리는 소재와 디자 인이 대부분이다. 다경은 지금껏 웨딩드레스를 입고 하는 촬영은 한 번도 해본 적이 없었기에 설렜다.

"앗, 다경 씨. 이거 사이즈가 안 맞네."

다른 스태프들은 준비를 끝낸 후 잠시 자리를 비웠고, 메인 스타 일리스트만 남아 다경의 피팅을 돕다 이내 안 되겠다는 듯 드레스를 벗겨냈다.

"이대로 입으면 핏이 너무 안 예뻐. 핀으로 잡는다고 될 게 아니네. 우리 방 가서 뒷부분 좀 손보고 올 테니까 잠깐만 있어봐요."

"다른 드레스도 다 그럴까요?"

"이게 그러니 다른 것도 마찬가지죠. 이걸 1번으로 입으니까 우선 후딱 먼저 해 올게요. 다경 씨, 잠깐만 기다리고 있어요. 금방이면 돼요."

스타일리스트가 빠르게 드레스를 챙겨 룸에서 나갔다. 졸지에 웨딩 브라와 아래 속옷만 입은 채로 남겨진 다경은 위에 걸칠 옷을 찾았다. 하지만 어떤 옷이든 지금 상태에서 헤어와 메이크업을 보전하며 입기엔 불편할 것 같았다.

"아까 벗어둔 가운이 어딨더라."

로브라도 걸쳐야겠다 싶어 두리번거리던 때였다. 똑똑, 노크가 울렸다.

당연히 스타일리스트나 여자 스태프일 거라 생각했다. 이 시간에 편하게 들어올 사람은 그들뿐이니까. 옷가지 틈에서 막 찾아낸 로브를 집으며 "네." 하고 대답했고, 문이 열리는 소리가 났다.

다경은 로브를 입으려 팔을 뻗다가 그만 파티션을 건드렸다. 파티션이 마치 종잇장처럼 펄렁 옆으로 쓰러졌고, 쿵 하는 소리를 끝으로 정적이 흘렀다.

다경은 태초에 가까운 상태로, 문을 열고 들어온 이를 마주했다. 맨살에 위아래 속옷만 겨우 입은 채 로브는 아직 걸치지도 못했는데 상대는 그녀와 정반대의 모습으로, 지나치게 말끔하고도 완벽한 슈트 차림의 지민우였다.

순간 다경은 들고 있던 로브로 겨우 몸을 가리는 동시에 득음의 경지에 이르렀다.

"꺄아아아아아아아악!"

준비가 일찍 끝난 민우는 라운지에서 다경을 기다리는 중이었다. 스태프들은 리조트 정원 내의 첫 번째 장소로 이동해 촬영기기를 세팅했다.

'아직 멀었나.'

민우는 더위를 많이 안 타는 편이기는 하지만, 그래도 슈트 차림으로 앉아 있자니 조금 답답했다. 언제 끝나는지 물어보려 다경에게 전화를 했지만 받지 않기에, 마침 제 앞을 지나는 다경 쪽 스태프에게 그녀의 상황을 물었다.

"다경이 준비 얼마나 남았나요?"

"아, 다 끝났을걸요? 방금 홍 실장님, 다경 씨 방에서 나오시던데."

준비가 끝났으면서 전화도 안 받고. 민우는 다경의 방을 향해 걸어갔다. 다경이 이것저것 챙긴다며 늑장을 부리고 있을까 봐, 어쩌면 그와 촬영하기 싫어서 미루적거리고 있을까 봐 직접 데려오려는 거다.

똑똑, 노크했더니 잠시 후 태연하게도 "네." 하는 다경의 대답이 돌아왔다. 문을 열어 안으로 들어서는데 쿵, 파티션이 넘어졌다.

왜 안 나오냐 물어보려던 민우는 우뚝 멈춰 섰다. 시야에 들어온 건 하얀 속옷 차림으로 서 있는 다경이다.

눈부신 레이스 속옷은 청순과 섹시의 경계에 묘하게 걸쳐진 디자인이었다. 게다가 브래지어 위로 봉긋하게 솟은 가슴이며, 잘록한 허리, 매끈한 배, 아래로는 아찔하게 뻗은 다리까지 다경의 몸이 고스란히 드러나 있었다.

"……!"

순간 뇌 회로가 움직임을 멈추고, 몸속에 흐르던 피마저 일제히 멎어버린 것만 같았다.

"꺄아아아아아아아아악!"

그제야 다경이 손에 든 로브로 몸을 가리며 소리를 질렀다.

"아아, 미안."

그 덕에 겨우 정신을 찾은 민우가 막 돌아서려던 참이다.

"왜 그래, 무슨 일이야!"

"어디서 나는 소리야?"

우다다 달려오는 남자 스태프들의 목소리가 들렸다. 이대로 오면 저 사람들이 다경을 볼 수도 있다. 민우는 서둘러 문을 쾅 닫아버리곤, 나갈 타이밍을 놓쳤단 걸 깨달았다. 그는 다경을 등진 채 문에 이마를 대고서 괴로운 숨을 내뱉었다.

"뭐야, 안 나가?"

로브를 입는 중인지 바스락거리는 소리가 뒤에서 났다. 쭈뼛, 머리카락이 다 서버리는 느낌이다. 곧 밖에서 문을 쾅쾅 두드렸다.

"무슨 일 있어요?"

이에 심호흡을 한 민우가 대신 답했다.

"아닙니다. 아무 일도 없습니다."

"아아, 지민우 씨 같이 계시는구나."

"네, 곧 나가겠습니다."

스태프들이 물러가고, 다경이 총총 다가와 민우의 어깨를 돌려 세웠다.

"너, 봤지?"

다경은 걱정과 민망함, 부끄러움, 짜증이 한데 섞인 얼굴로 물었다.

"보긴 뭘 봐. 볼 게 뭐 있다고."

봤어도 어쩌겠나 싶다. 그냥 못 봤으려니 생각하는 게 속 편했다.

"못 봤으면 됐고, 얼른 나가. 이러고 둘이 있으면 무슨 생각을 하겠어."

"이러고 바로 나가면 더 이상해 보이지. 네가 소리 지르고 내가 당황해서 뛰쳐나가면, 결혼할 사이로 보이겠냐."

민우가 심각한 얼굴로 말했다. 겨우 이성을 찾았다. 큰 세트장에 들어와 쉴 새 없이 돌아가는 카메라 앞에서 서 있는 셈인데, 이런 상황에서 NG는 누구도 용납하지 않을 것이다.

"아, 그러네."

다경의 낯빛이 어두워졌다. 아까 그 모습을 다른 사람들이 봤다면 얘들 연인이 아닌 것 같은데, 하고 의심할 법도 했다.

"그렇다고 어이쿠, 내 남친 왔구나, 하면서 어떻게 자연스럽게 대하겠어. 이런 상황에서는 나도 모르게 당황하게 되잖아."

현실은 연기와 다르다. 대본도 없고, 합을 맞추기도 어렵다. 언제 무슨 일이 일어날지 모르기에 매 순간이 돌발상황, 즉흥연기였다. 연기라는 생각을 지우고 늘 실제처럼 생활해야만 했다. 그래야 지금처럼 이런 일이 생기지 않지.

그때 민우의 눈에 얇은 로브를 걸친 다경의 모습이 그대로 보였다.

'이건 뭐야……. 입은 것도 아니고, 벗은 것도 아니고.'

다경은 이제 로브라도 입었으니 아까의 속옷 차림보다는 덜 부끄럽다고 생각하는지 당당하게 서 있지만, 민우에게는 그조차 당황스러웠다. 그녀가 말하고 숨 쉴 때마다 로브의 얇은 천이 살결에 닿아 움직였다. 앞으로 여민 로브의 틈이 금방이라도 벌어질 것만 같았다. 차르륵 떨어지는 실키한 천은 몸매를 그대로 드러냈기에 안 입으니만 못할 만큼 야해 보였다. 아아, 저 실루엣을 대체 어쩌면 좋단 말인가.

"……옷이나 좀 입어."

"입었잖아."

"그게 옷이냐. 저기 티셔츠 있잖아."

"안 돼, 헤어랑 메이크업 망가져."

로브를 입은 상태지만 아까 그녀의 벗은 몸이 각인되듯 뇌리에 박혔들었다. 떨치려고 해도 쉽지 않았다. 비키니를 입는 수영장에서도 흔히 볼 수 있는 정도의 노출이었지만, 적당한 레이스로 장식된 속옷을 입고 있는 모습은 전혀 달랐다.

"지금 나 보기 흉한 거 알거든. 트집 그만 잡고 좀 나가지."

"……그래, 흉하다. 빨리 준비하고 나와."

민우는 대화를 포기하고 겨우 움직여 밖으로 빠져나왔다. 아무래도 차가운 얼음물을 마셔야 할 것 같았다.

→≫※≪←

"했네, 했어."

"그러네. 안 그러곤 저럴 수가 없지."

촬영 중인 민우와 다경을 보며 스태프들이 속삭였다.

"아까 방에서 소리도 지르더니만, 엄청 크게 싸움한 거야. 데면데면한 것 좀 봐."

"이래서 실제 커플이랑 작업하면 피곤하다니까."

서 있기만 해도 그림처럼 아름다운 남녀지만 두 사람은 영 뻣뻣했고, 둘 사이에 흐르는 기운은 싸늘했다. 명색이 웨딩화보인데 저래도 되나 싶을 정도로 다소 어색한 분위기였다.

그날 밤, 공 부장과 주아는 걱정스러운 얼굴로 머리를 맞댔다.

"쟤네 괜찮을까?"

"아뇨, 전혀 안 괜찮죠."

"대책이 필요해."

"제 말이요. 저대로는 힘들어요."

그들은 결국 서울에 연락을 취했다. 마침 왕 대표와 남 대표는 한자리에 있다고 했다. 두 사람의 동반광고 조건 조율을 위해 미팅을 하고 있던 참이란다. 결혼을 앞두고 일이 쏟아지고 있어 모두가 밤낮없이 열을 올리는 중이다.

– 걔들 그럴 거 몰랐던 것도 아닌데 뭐.

상황이 심각하다는 얘기를 들은 왕 대표는 놀라지도 않았다.

"어떻게 할까요? 이런 건 그냥 잘하라고 몰아붙일 수도 없는 노릇이고, 익숙해지길 바라기엔 시간도 너무 없는데."

주아가 곤란한 목소릴 냈고, 스피커폰으로 해둔 전화기에서는 다시 왕 대표의 음성이 흘러나왔다.

– 그러니까 민우는 그런대로 잘하고 있는데, 다경이가 문제란 말이지.

우리 애가 뒤처지는 건 절대 못 보겠다는 듯 왕 대표의 목소리가 조금 가라앉았다. 눈치도 없이 남 대표가 밝게 말했다.

– 하긴 우리 민우는 어떤 연기든 잘 소화하니까. 서 있기만 해도 그림인데 무슨 애가 연기까지 잘해서. 하하. 어디다 내놔도 부끄럽지가 않다니까. 걜 딱 알아본 내 안목이 역시…….

– 시끄러운데 남 대표님, 좀 닥쳐주시죠.

– 왕현지 이거, 오빠한테 말버릇 좀 봐라.

– 오빠답게 굴어야 오빠 대접을 하지. 한 살 오빠도 오빠라고.

– 그럼! 야, 한 살이면 내가 너보다 더 먹은 밥이 몇백 그릇인데.

– 자랑할 게 없으니 밥 많이 먹은 것도 자랑이네.

두 사람 나이가 정말 사십 대 맞을까 싶을 정도로 유치한 말다툼이 이어졌다. 공 부장과 주아는 깊은 한숨을 내쉬었다. 친하면 사이좋게 지내면 되지, 이쪽이나 저쪽이나 왜들 쌈박질일까.

"저희 그만 끊을게요……."

끊겠다는 말도 안 들리는지 남 대표와 왕 대표는 아직도 둘만의 혈전 중이었다. 공 부장은 고개를 절레절레 흔들며 통화 종료 버튼을 눌렀다.

"저렇게 싸우는 것도 다들 체력이 좋아서야. 혈기왕성해서. ……건강하면 됐지, 뭐."

"그러게요."

주아도 축 처져서 맞장구쳤다.

"내가 요새 이렇게 기가 빨리니 집에 가도 애랑 놀아줄 힘이 없다니까."

"어휴, 밤낮없이 일하고 집에 가면 아내분이랑 육아까지 하시고. 공 부장님 진짜 대단하세요. 진정한 프로……."

말을 잇던 주아가 갑자기 벌떡 일어섰다.

"아, 그게 있지!"

"왜? 왜? 뭐 좋은 생각 났어?"

"네! 다경이 능력치를 최대로 끌어올릴 방법, 생각났어요."

"그게 뭔데?"

주아의 얼굴이 밝아졌다.

"다경이가 제일 싫어하는 게, 프로답지 못하다는 말이거든요."

"그런데?"

"격려가 안 통하면, 자극을 줘야죠."

"그러니까 다경 씨 프로의식을 자극하겠다, 그거지?"

"네. 랩톱 어딨지? 잠깐 찾을 거 있어요. 공 부장님은 애들한테 30분 후에 민우 방에서 만나자고 연락해주세요."

실마리를 잡은 두 사람은 바쁘게 움직였다.

첫 촬영으로 위기감을 느낀 민우가 대책을 강구하기도 전에, 조력자들이 만반의 준비를 해두었다.

"지민우, 여기 앉아봐."

"다경이도 곧 올 거야."

주아와 공 부장이 결의에 찬 얼굴로 랩톱을 들고 민우의 방에 찾아왔다. 오늘 하루 두 사람을 지켜보자니 이대로는 안 되겠다는 판단이 든 모양이다.

"뭘 가져온 거야?"

"자, 봐봐."

그들은 랩톱에 영상 하나를 띄웠다. 얼마 전 방영했던 드라마 속에서 커플 연기를 하는 두 배우의 모습이다.

"이걸 왜?"

순간 두 배우의 포옹과 진한 키스신이 이어졌다. 민우는 흠칫 놀랐다. 다짜고짜 이런 장면을 보여주는 저의가 뭐지?

공 부장과 주아의 표정은 심각하기만 했다.

"생각해보니까 너희 연기에 아무런 도움도 못 주고, 무조건 잘하라고 윽박만 지른 거 같아서."

"뭐, 딱히 윽박지른 건 아닌데……."

"아니야. 준비 없이 들어간 '작품'이라 너희가 지금 엄청 헤매고 있는 건데, 자료 하나 제대로 챙겨주지도 못하고 우리가 너무했다."

"아무리 너희가 원해서 시작한 거라고 해도 우리가 안일했어. 도

와주지는 못할망정."

두 사람은 번갈아가며 진지하게 설명했다. 그러니까 저건 교육용 자료였던 것이다. 하지만 별로 특별할 것도 없이 그냥 진하기만 한 장면인데, 저게 무슨 교육이 된다고. 저와 다경이 실제로 딥 키스를 해야 하는 상황도 아니지 않나.

"우리가 이걸 가져온 이유가 있지."

민우의 의구심을 파악한 듯 공 부장이 입을 열었다.

"저 두 사람이 실제 친구 사이인 거, 너도 몰랐지? 고등학교 동창이라더라. 그것도 엄청 친한."

교육을 받아야 할 분야는 스킨십 기술이 아니라, 서로를 대하는 태도였다. 즉, 비즈니스 결혼에 임하는 애티튜드.

"그래? 친구?"

놀란 민우가 다시 화면을 바라보았다. 친구라고? 실제로? 손길이며 호흡이며 눈빛이며…… 사랑이 절절히 묻어났다. 그런데 어떻게 저럴 수가 있지?

아예 서먹한 사이로 만나서 연기에 몰입했다면 몰라도, 가까운 친구끼리 저런 스킨십이 진정 가능한가 싶을 정도다. 민우는 화면 위에 자신과 다경의 모습을 겹쳐 떠올려보았다. 누가 강아지풀로 온몸을 간질이는 듯한 느낌에 솜털까지 바르르 떨렸다. 즉시 바늘로 풍선을 찌른 듯 그 모습이 펑펑, 사라졌다.

상상조차 쉽지 않았다. 왜 죄를 짓는 기분까지 드는지 모르겠다. 친구라면서, 저 선배님들은 어떻게 할 수 있었던 거지? 범접할 수 없는 경지에 이른 연기 장인으로 인정해드려야 할 것 같았다.

그때 룸에 다경이 찾아왔다.

"다경아, 얼른 이리 와. 왜 이렇게 늦었어?"

소파에 앉아 있던 주아가 제 옆자리를 팡팡 치며 손짓했다.

"아, 씻느라고."

"어서 와서 앉아."

이내 화면을 보고 설명을 들은 다경 역시 민우와 마찬가지로 놀랐다.

"진짜야? 두 분이 친구 사이인 줄은 몰랐네. 그런데 어떻게 연인 역할을 소화했지?"

"프로니까."

주아가 깔끔하게 대꾸했다. 그게 정답이다. 더 보탤 것 하나 없이 그 사실만으로 충분했다.

"너희가 지금 그렇게 어색하게 있는 것 자체가, 서로를 지나치게 의식한다는 뜻이야. 평소 연기할 때 너희 어떻게 하니? 다 내려놓고, '나'를 지우고, 그 인물로 새로 태어나야 가능한 거 아니야? 다경이 넌 경력이 하루 이틀도 아닌 애가 뭘 이렇게 헤매?"

지금 모습은 둘 다 프로가 아니라는 소리다.

"그래, 힘이 너무 들어갔어. 잡생각도 너무 많고. 지금 두 사람 서로 좋아해서 결혼까지 하는 상황인데, 어째 드라마 찍던 때보다 케미가 안 살 수가 있냐."

공 부장도 프로의식이 없다는 점을 연신 지적했다. 신랄한 비평의 시간이었다. 모니터링을 통해 부족한 점을 파악하고 보완할 기회를 가져야 했다.

다경은 지금까지 자신이 했던 역할 중에 이번이 가장 어렵다고 느꼈다. 그도 그럴 것이 캐릭터 자체를 이해하고 그에 빠져들어야 하는데, 애초에 그게 가능하질 않으니까.

하지만 공 부장과 주아는 두 사람이 꽤 진지해졌다는 것만으로도 큰 성과라 여겼다. 일단 자극은 가했으니 결과는 뒤에 확인할 일이다. 두 사람은 이만 가자, 눈빛을 주고받으며 일어섰다.

"그럼 우리 갈 테니까 너흰 이 영상 편집본들 다 보고 마음 좀 다 져봐. 내일부터는 제대로 몰입 좀 하자."

"그래, 난도 높은 역할이지만 둘 다 잘할 수 있어. 우린 믿는다."

공 부장과 주아가 나란히 주먹을 꼭 쥐며 파이팅 포즈를 해 보였다. 두 조력자가 룸에서 나간 후 랩톱 앞에 다경과 민우만 남았다. 다경보다 조금 일찍 반성을 시작했던 민우가 먼저 입을 열었다.

"우리가 너무 쉽게만 생각했어."

"그래, 언니랑 공 부장님 말씀이 맞아. 이번엔 너무 무작정 달려든 것 같아."

프로답지 못하게.

'좋아하는 척', '사랑하는 척'이야 얼마든지 즉흥적으로 할 수 있을 거고 딱히 준비가 필요할 거란 생각을 못 했다. 하지만 그 어떤 연기보다 치밀하고 촘촘한 준비가 필요했음을 이제야 깨달았다.

그동안 다경은 연기를 위해서라면 노래, 춤, 언어는 물론이고 역할에 따라 요리와 미용기술, 무용, 여러 운동, 액션까지 배워 익혔다. 그 역할 자체가 되기 위해 노력했고, 진지하게 임하곤 했다. 그런데도 이번에는 '연기'를 하는데 아무것도 안 했다. 그러니 이렇게 헛발질만 하는 게 당연했다.

"이제 와 결혼을 무를 수도 없고."

"당연하지."

나란히 랩톱 화면을 응시하는 두 사람은 말이 없었다. 화면에서는 러브신이 편집된 영상이 부지런히 흘러가고 있었다. 외국어 교육영상이나 다큐를 보고 있는 것처럼 진지하기만 했다. 경건하기까지 했고.

두 사람에게 확실히 변화가 찾아온 것이다. 이 결혼에 어떻게 임해야 할 것인지에 대한 태도가 바뀌는 순간이었다.

"지민우, 나 이제 감 잡았어."

"뭘⋯⋯."

다경의 분명하고 단호한 음성에 민우는 저도 모르게 숨을 집어삼켰다. 왠지 호흡이 달리는 느낌이다.

"다른 사람들 앞에 있을 때, 완벽하게 너랑 '사랑하는 사이'로 지낼 거야. 앞으로 그럴 수 있을 것 같아. 나 잘할 수 있어."

뭘 느껴도 크게 느낀 모양이다. 스위치를 딸깍 켠 듯, 단번에 다경의 눈빛이 달라졌다. 이제야 진짜 촬영현장 안으로 들어온 배우처럼 분위기마저 바뀌었다. 랩톱 속 영상이 그녀의 프로의식을 제대로 자극했나 보다.

"나랑 20년 동안 붙어 있었던 지민우라고 생각 안 할 거야. 내가 전혀 모르고 살았던 남자, 처음부터 좋아하는 사이로 만난 남자, 이제는 그렇게 볼 거니까."

정식으로 선언했다. 나 이제부터 '진짜' 연기를 하겠노라고.

반짝거리는 그녀의 눈빛을 보고 있자니 민우는 심장이 철렁 내려앉았다. 다경에게 선수를 빼앗기고 나자 궁지에 몰린 기분이었다. 그녀가 단단히 마음먹고 이 결혼에 임하면 그게 어떤 결과로 이어질지 상상할 수도 없다. 다만 그가 지금 확실히 알 수 있는 하나는, 이놈의 심장이 제대로 미쳤다는 것이다. 이유도 찾을 수 없다. 돌아버린 심장을 고칠 방법도 모른다.

다경은 정말 다른 사람이 되어버린 것만 같았다. 지금까지 본 적 없던 얼굴로 민우를 바라보았다.

아마 자기암시 중일 거다. 우리는 사랑하는 사이다. 못 잡아먹어 안달인 사이가 아니라, 좋아서 죽고 못 사는 사이. 눈만 마주쳐도 심장이 간질간질하고, 눈에 보이는 모든 게 예뻐 보이고, 가진 모든 걸 다 주고 싶은 사이. 손잡고 싶고, 꼭 안고 싶고, 만지고 싶고,

키스하고 싶은. 마음도, 몸도, 서로에게만 반응하는 그런 예쁜 사이.

돌연 다경이 민우를 밀어 뒤로 넘겼다.

"야, 뭐, 뭐야……."

그녀가 덮치듯 천천히 위로 올라왔다. 소파에 길게 풀썩 누운 채 민우는 당황해 다경을 올려다보았다.

"지, 진정해……."

여전히 미친 심장은 아까보다 훨씬 빠르게 뛰어댔다. 이러다 사람이 죽을 수도 있겠다 싶을 정도로 미친 듯이 박동했다.

다경은 손으로 민우의 얼굴 양옆을 짚어 자신의 두 팔 사이에 그를 가두었다. 그리고 너무도 그윽한 시선으로 내려다보며,

"나, 이제부터 널 정말 사랑해보려고."

우리 사이에 고난도 스킨십이야 자연스러운 것 아니겠냐는 듯이,

"너도 날 조금 더……."

180도 달라진 다경은 분위기만으로,

"사랑해줘."

완전히 압도해버렸다.

쿵, 쿵, 쿵, 쿵. 심장이 터질 듯했다. 민우는 도저히 정신을 차릴 수가 없었다. 자신을 점령하고 점점 가까이 내려오는 다경에게서 열대과일 향이 퍼졌다. 그 과일이 눈앞에 있다면 바로 베어 물고 싶을 만큼 향긋하고 달콤했다. 그에 비해 훨씬 작은 몸이지만 기분 좋은 무게감이 느껴졌다.

'소다경……, 이거 진짜 미치겠네…….'

다경의 입술이 가깝게 다가왔다. 심장은 더 크게 쿵쿵, 울렸다. 그의 안에 아슬아슬 이어진 이성의 끈이 자칫하면 탕, 하고 끊어지

기 직전이었다.

"이제 됐다."

다경이 아주 조그맣게 속삭였다. 책 한 권이나 들어갈까 싶을 정도로 아주 가까운 거리에서 그녀의 입술이 달싹 움직였다. 입술이 닿을 듯 말 듯 가까운 지점에서 딱 멈춰 있다.

민우의 정신이 돌아온 것도 그 순간이었다.

"나 이제 자신 있어."

바로 앞에서 입술을 움직여 말하니 금방이라도 닿을 것만 같아 아찔했다. 조금만 건드려도, 아주 살짝만 제게 당겨도, 바로 그 입술을 느낄 수 있을 것이다. 말캉한 입술이 제 입술에 눌리고, 뜨거운 숨과 함께 벌어질 것이다. 머릿속에 불꽃이 펑펑 터질 테고, 입술 사이로 밀려들어가 은밀한 속살까지 자유롭게 헤집을 수 있게 되겠지.

민우가 멈추었던 숨을 다 내뱉지도 못했는데 다경이 얼른 몸을 일으켰다. 부서지는 햇살보다 더 환하게 웃으면서.

"자신 있다니까."

"……자신?"

조금 전 섹슈얼한 분위기를 실컷 만들어놓고 지금 다경은 아무렇지도 않은 듯 해맑게 웃으며 대답했다.

"응, 이제 연기 문제없다고."

민우는 그 말을 찰떡같이 알아들었다. 시작되었다는 소리다. 사랑할 준비. 아니, '사랑하는 척' 연기할 준비.

"뭐, 마음먹으니 그렇게 어렵지도 않네."

그간의 걱정을 떨친 듯 다경은 무척 후련해 보이기도 했다. 진작 이렇게 할 걸 그랬다는 듯이.

"너야 지금까지 한 것처럼 알아서 잘할 거고, 나만 잘하면 된다고 했잖아. 그런데 이제 나도 충분히 할 수 있으니까 게임 끝이야. 문제없어."

정신이 쏙 빠졌지만, 민우는 애써 냉정히 팔짱을 낀 채 다경을 지켜보았다. 그녀는 제 안의 벽을 깨고 한 단계 나아간 듯 무척이나 기분이 좋아 보였다.

매번 그랬다. 연기에 임하는 다경은 한결같았다. 한 번도 대충인 적 없었다. 정성을 다했고, 최선을 다해 아무리 작은 역할이라도 완벽하게 그 인생을 살고자 했다. 배울 수 있는 건 모조리 배우고, 할 수 있는 건 전부 다 했다.

민우는 늘 불퉁하게 대하곤 했지만 다경을 하찮게 여긴 적은 한 번도 없었다. 오히려 내심 그 열정이 존경스러울 때가 더 많았다. 지금 다경은 그럴 때와 꼭 같았다. 그저 연기를 향한 열정이 폭발하던 순간처럼 다른 뜻은 하나도 없는 양 순수하게, 이 일을 진짜 '연기'로만 보기 시작한 것이다.

"그러니까 지민우, 걱정 마."

다경은 홀가분한 얼굴로 탁 털듯 자리에서 일어섰다.

"난 프로니까."

장난스럽게 손가락으로 브이를 만들곤 찡긋 웃더니, 용건이 다 끝났단 듯 인사를 건네고 돌아섰다.

"내일 새벽엔 사랑하는 사이로 다시 만납시다. 잘 자라."

걱정을 떨친 그녀는 나풀나풀 나비처럼 사라졌다. 다경이 나가고 문이 쾅 닫힌 후에야 민우는 겨우 참았던 숨을 내쉬었다.

"아, 뭐야……."

덥다, 더웠다. 무지하게 더웠다. 에어컨 온도를 사정없이 낮추고도 열이 올라 민우는 테이블 위 얇은 잡지를 들고 부채질을 했다. 여태 자진모리장단으로 쿵덕거리며 뛰는 심장은 진정되질 않았다. 내가 지금 미친 건가.

서로 코 흘리던 시절부터 함께였다. 이성으로서의 감정이 들 수가 없는 사이. 그러니까 순간 동요했던 이 마음은 분명……. 그냥…….

"……모르겠다!"

민우는 침대에 벌렁 누웠다. 다경을 이성으로 보고 설레는 감정은 당연히 아닐 것이고, 그렇다면 남은 건 하나다. 그냥 본능과 욕망, 내지는 욕정 뭐 그런 거. 나도 남자니까. 그것도 지나치게 신체 건강한 젊은 남자.

민우는 제 안에 그런 불순한 사상이 들어차 있다는 사실을 도저히 인정할 수 없었다.

"아니, 이게 말이 돼?"

설마 내가 지금 소다경을 여자로 본 거야? 다시 벌떡 일어나 가부좌를 틀고 앉은 민우는 미친 사람처럼 계속 중얼거렸다.

"이럴 순 없지. 인간이 짐승이랑 다른 게 뭐야. 본능을 제어하고 이성에 따라 움직이는 게 인간 아니야? 그럼, 당연하지. 이성이 우선이지."

방금 다경을 상대로 느낀 본능적 감각은 절대 인정할 수 없었다. 내가 짐승도 아니고.

"아니, 이럴 땐 왜 조용한 거야."

중요한 순간마다 심해지던 이명도 지금은 잠잠했다. 아무 일도 없는 건가. 이래도 되는 건가. 뭔가 힌트 좀 줘도 되는데.

"아아, 답답해…….."

민우는 한 손으로 멀쩡한 귀를 두드리며 한숨을 내쉬었다. 쪽지 속 한 줄만 눈앞에 떠올랐다.

단, 감정이 섞이면 일을 그르치니 절대 조심할 것.

그럴 일은 절대 없다고 생각해서 유념하지 않았는데, 이렇게 마음에 덜커덩 걸려들 줄 몰랐다.

"일을 그르치면 어떻게 된다는 거야?"

쓰려거든 끝까지 세세하게 다 써놓을 것이지, 간만 보는 것도 아니고 왜 쓰다 말았는지.

자신이 쓴 쪽지가 분명하지만, 그에 대한 기억은 전혀 없다. 그나마 서랍 속 쪽지와 그걸 쓴 만년필이 유일한 단서였고, 쓰다 만 내용은 앞으로 그가 만들어갈 인생의 남은 부분이라는 걸 알았다.

이런 상황에서 그가 할 수 있는 것이라곤, 쪽지에 있는 몇 가지 지침을 그대로 따르는 일뿐이었다. 민우는 숱하게 답답한 마음을 누르며 살아왔다. 스무 살 이후로 줄곧.

서른이 되기 전 소다경을 살리려면 지금 쪽지에 쓴 내용은 반드시 전부 지켜야만

쪽지의 마지막 줄이었다. 뒤에 뭐라 더 쓰려 했던 모양인데, 점점 흐트러진 글씨는 '만'에서 쓰윽 엇나간 펜 자국과 함께 결국 미완성으로 끝나버렸다. 적어도 다음 내용이 상세히 적혀만 있었어도 이렇게까지 답답진 않았을 텐데.

소다경을 살리려면

무시하자니 상당히 찝찝한 문구였다. 반대로 말하면, 쪽지 내용을 지키지 못하면 소다경을 살리지 못할 수도, 즉 소다경이 죽을 수도 있다는 뜻일 터다. 생략된 내용은 그렇게 유추할 수 있었다. 그것도 서른이 되기 전에 그렇게 된다니 평생 죽어라 고생만 하다가 젊은 나이에 유명을 달리하는 게 다경의 운명인가.

"잊지 말자, 잊지 마."

지금껏 그를 움직여온 건 오로지 '의리'였다. 아무리 말도 안 되는 이야기라 할지라도 친구이자 가족으로 지금껏 인연을 이어온 사이로서, '의리' 하나면 그녀를 도울 이유는 충분했다.

일을 그르치면 안 된다. 소다경을 살리려면.

민우는 오늘 밤 자신이 느낀 혼돈의 순간을 애써 물리쳤다.

✦❯❖❮✦

해가 뜨거워지는 시간을 제외하고는, 오전과 늦은 오후 내내 촬영계획이 잡혀 있었다.

"이야아, 역시. 두 사람 그림 진짜 예쁘네. 좋아요, 그대로 한 컷만 더."

사진작가가 만족한 음성으로 연신 감탄했다. 민우와 다경의 비주얼이 환상적으로 잘 어울리는 건 물론이요, 현직 배우들답게 눈빛 또한 훌륭했다. 게다가 실제 커플이라 그런지 스킨십도 아주 자연스러웠다. 어제와 다르게 분위기가 좋은 상태에서 오전 촬영을 끝낼 수 있었다.

하지만 누구도 알지 못한 문제가 민우에게 딱 하나 있었으니, 열심히 해도 너무 열심히 하는 소다경의 존재가 그것이었다.

"두 사람 진짜 부럽다. 너무 예뻐 죽겠어."

"내 말이. 나 커플 화보 촬영 많이 갔는데, 이 정도로 부러운 적은 처음인 듯."

"어제랑 느낌 완전 다르잖아. 역시 부부싸움은 칼로 물 베기 맞네."

다경의 열혈연기가 빛을 발했을까. 여자 스태프들은 민우와 다경이 없는 곳에서도 그들 얘기만 했다.

"왜 내 남사친들은 산적 아니면 찐따 같은 놈들만 있는지 몰라. 소꿉친구가 지민우라니, 이거 거의 판타지 아닌가?"

"내가 다경 씨라도 그냥 친구로만 끝내기 억울했을 거야. 누가 먼저 고백했을까? 다경 씨겠지?"

"난 민우 씨한테 한 표. 좋아하는 건 민우 씨 쪽이 더한 것 같지 않아? 손길이랑 눈빛 야한 거 봤어?"

"봤지, 봤지! 지민우 완전 섹시해. 내가 그 옆에 있었으면 진짜 온몸이 녹아내렸을 거 같은데. 다경 씨 진짜 좋겠다."

스태프들의 수다를 우연히 들은 주아는 얼른 다경에게 와서 이 소식을 전했다. 잠시 휴식을 취하기로 하여 각자 방에 머무는 중이었다.

"너희 칭찬 그렇게 계속하는데, 반응 정말 좋더라고. 아아, 진짜 다행이야. 역시 소다경. 잘할 줄 알았어."

주아는 다경의 말랑한 볼을 가볍게 꼬집었다. 착실한 제 배우를 보는 주아의 눈빛은 사랑이 가득 흘러넘쳤다. 우쭈쭈, 뭐든 다 해 주고 싶은 얼굴이었다.

"해보니까 할 만은 하더라고."

자신감이 붙은 듯 다경도 어제와는 분명 달랐다.

"언니랑 공 부장님 말씀대로. 우리가 너무 '친구'라는 사실을 의식하고 있었던 것 같아. 그게 뭐 대수라고. 이제야 감 좀 잡은 것 같아."

"그래, 그래. 지금 딱 좋아."

오늘의 촬영을 열심히 모니터한 주아는 신이 나서 덧붙였다.

"눈살 찌푸려지게 닭살 돋거나 오글거리는 정도도 아니고, 뭐랄까. 적당히 담백하면서 적당히 시크하고. 장난스러우면서도 섹시할 땐 섹시하고. 그래서 오히려 거부감이 덜 들어. 그냥 딱 요즘 애들 같아서."

"그래?"

"응, 내 눈에는 아무래도 물고 뜯던 친구 사이였던 거 어디 가겠나 싶었는데, 오히려 그게 더 플러스 요인인 것 같아. 지금 너희 딱 좋게 깔끔해 보이거든. 공개커플이 너무 유난이면 또 꼴 보기 싫은 법이라서."

유난을 떨래도 떨 유난이 없는 게 다행이다. 마음먹고 한 연기는 선을 지킬 수 있어 오히려 이득인 상황. 다경은 이대로만 하면 되겠다고 생각하며, 그간의 걱정을 완벽히 떨쳐낼 수 있었다. 스킨십도 눈 딱 감으니 그렇게 어려운 것도 아니었고.

하지만 민우의 상황은 달랐다. 공 부장 역시 주아와 같은 입장으로 두 사람의 일취월장한 커플 연기에 칭찬을 아끼지 않았지만, 민우는 한숨만 쉴 뿐이다.

"컨디션 많이 안 좋아?"

그제야 공 부장은 민우를 걱정했다. 아침부터 그렇게 힘이 없더니, 몸살이 오는 건 아닌가 싶었다.

"오전 촬영 잘해서 괜찮아진 줄 알았는데. 몸살약이라도 미리 먹을래?"

"아니야, 더워서 그래."

"더위도 안 타는 놈이 덥긴……. 에어컨 온도 더 낮춰줘?"

"아니야, 추워."

아무 말이나 내뱉는 민우의 정신은 분명 다른 데 가 있었다. 촬영에는 아무런 문제가 없었기에 공 부장은 이유를 쉽게 찾을 수 없었다. 상황이 이렇다면 민우의 사기를 올릴 말을 해주는 수밖에 없다. 집에 있는 네 살배기 아들이랑 종일 놀아주는 것보다 어째 이놈 비위 맞추는 게 더 어렵다.

"역시 너희가 프로는 프로더라. 어떻게 하루 만에 그렇게 돌변할 수가 있냐. 아깐 내가 봐도 너희 진짜 커플 같더라. 대박."

"그래……, 프로는 프로지."

민우는 다경이 자신 있게 "난 프로니까!" 하고 외치던 모습을 떠올렸다. 자신 역시 프로의식을 겨우겨우 짜내어 오전 촬영이야 어떻게든 끝냈지만, 내내 붙어서 하는 촬영은 고역이었다. 제 몸에 딱 감겨 있던 다경의 향기, 누가 봐도 감탄할 정도로 오밀조밀 예쁜 이목구비의 장점을 잘 살린 메이크업, 몸매를 부각해주는 얇은 드레스. 그리고 그녀의 얼굴에 가득한 사랑스러운 미소.

다경의 모든 게 민우의 한계를 시험하듯 계속 건드려댔다. 나 여자인 거 몰랐어? 너도 남자구나? 그렇게 자꾸 생물학적 성별을 인식시키면서.

"난 진짜 너 잘할 줄 알았다. 네가 여배우랑 로맨스 찍은 적이 없어서 그렇지, 사실 로맨스 싹수는 진작에 보여줬잖냐. 진기환이랑 찍었던 그 영화 있지. 진기환이 살인용의자였고 네가 막내 형사로 나왔던 거."

그 얘기가 갑자기 왜 나오나 해서 민우는 공 부장을 물끄러미 바라보았다.

"야아, 그때 기가 막혔다. 신문하는 눈빛에 애증이 아주 그냥……. 완전 쩐다고 난리였잖아. 그때 송 기자가 기사 쓴 거 있었지? '부르다 내가 죽을 브로맨스여'."

"얼어 죽을 브로맨스."

브로맨스를 좋아하는 남자는 별로 없다. 민우 자신도 마찬가지였다. 하지만 '케미왕'이라 불릴 만큼 민우는 어느 배우와 붙어도 찰떡같은 케미를 자랑했다. 이후로도 대부분 남자배우들과 호흡을 맞췄기에 브로맨스 하면 민우를 떠올리는 사람도 많을 정도였다. 아예 이를 노린 작가나 감독이 민우를 두고 흐뭇한 장면을 연출하는 경우도 있었다.

백발백중, 여성들에게는 확실히 반응이 좋았다. 빌어먹을 그 케미 때문에 모락모락 피어오르는 게이설이 더욱 힘을 받았었지만.

"브로맨스는 아무나 하냐. 아마 땅바닥에 떨어진 돌멩이하고 붙여놔도 넌 멜로눈빛 충분히 가능할 거야. 그만큼 넌 누구와도 로맨스가……."

그 순간, 민우는 뒤통수에 벼락을 맞은 듯 무언가 크게 깨달아버렸다.

"……브로맨스. ……그래, 브로맨스."

시커먼 남자배우들하고도 가능했던 게 '브로맨스'다. 깨달음은 바로 여기 있었다.

"말 잘했다. 그래. 우리가 가족이고, 남매나 다름없는데……."

"남매가 아니라 형제."

다경과 자신은 형제다.

요, 브로.

자신이 브로맨스 전문이라면, 이 연기도 충분히 가능한 범위 내인 것이다. 로맨스가 안 되면 이제부터 브로맨스. 해답을 찾은 민우의 얼굴에 생기가 번졌다.

휴식을 취한 후 오후 촬영이 재개되었다. '브로맨스'라는 무기가 생겼으니 민우는 왠지 든든했다. 그는 새로운 마음으로 촬영이 진행될 장소로 향했다. 리조트 내의 한 풀빌라였다.

지금까지 몇 번에 걸쳐 다양한 웨딩드레스와 슈트를 소화했는데, 이번에 준비된 의상은 그보다 훨씬 가벼운 차림이었다. 흰 셔츠에 슬랙스, 그리고 맨발. ……응? 맨발? 뭔가 불안한데.

아니나 다를까, 촬영장비가 세팅된 곳에 들어서보니 욕실이었다. 형제 소다경과의 브로맨스를 다짐한 민우에게 또 한 번의 시련이 찾아왔다.

"예정한 콘셉트 중에 이건 뺄까 했었는데, 오늘 오전에 보니 두 분 느낌이 너무 좋아서 그냥 진행하려고 해요. 엄청 잘 나올 거예요."

욕조 안에서의 촬영이다. 안 찍을 것 같단 얘기를 들어서 다행이라 생각했었는데 계획이 바뀐 것이다. 물까지 찰랑찰랑 채워둔 욕조는 서너 사람이 들어가도 넉넉할 정도로 커다란 사이즈였고, 욕조 옆 통유리로 정원의 야자수가 시원하게 내다보였다. 휴양지의 오후 햇살이 근사하게 스며들었다. 분위기 하나는 끝내주게 좋았다.

욕조 안 맑은 물에는 연분홍빛 꽃잎까지 뿌려졌다. 그나마 연분홍색이 붉은 꽃잎보다는 덜 야한 느낌이라 다행일까.

"뭔가 담백하면서도 산뜻한 분위기로 가봅시다."

아니, 그런데 삼계탕도 아니고 왜 자꾸 담백, 담백을 찾아? 저 안에 남녀가 들어가는데 '담백하게'라는 주문이 진정 가능한 걸까? 욕조인데? 물인데? 흰 셔츠를 입고? 다 젖을 텐데?

민우는 난감한 표정으로 욕조와 사진작가, 에디터를 번갈아 바라보았다. 에디터는 생긋 웃으며 말했다.

"옷을 벗지는 않을 거예요."

당연하죠! 나도 소다경 앞에서 벗지는 않을 거라고요! 저도 모르게 민우는 제 옷깃을 꽉 움켜쥐었다.

"입으신 채로 살짝 물에 젖는 정도로만 연출할 거니까 너무 진하게 가시면 안 돼요. 대놓고 야하게 말고 두 분 원래 느낌대로 산뜻한 분위기로 갈까 해요. 신경 좀 써주세요."

오히려 민우에게 당부하는 어투였다. 실제 커플이라서인지 혹시나 수위가 높아질까 걱정되나 보다. 그럴 리 없다고요. 소랑 나는 대놓고 야하게 하려야 할 수가 없는 사이거든요.

"와, 여긴 욕실 진짜 예쁘네요."

다경이 들어와 아무렇지도 않게 웃었다. 당황해하는 기색이 아닌 걸 보니 이미 들어 알고 있었나 보다.

"물놀이해도 되겠는데요? 욕조 정말 크다."

"그쵸? 배경도 예쁘고. 여기서 찍는 컷 완전 잘 나올 것 같아요. 지금 빛도 좋고."

다경도 흰 셔츠를 입고 있었다. 상체가 폭 파묻힐 정도로 큰 사이즈고, 허벅지 위쪽을 약간 덮을 만큼 길게 내려오기도 했지만 분명 무난한 차림은 아니었다. 속옷과 속바지를 잘 챙겨 입었으면 뭐하나. 저 옷은 누가 봐도 노림수가 아닌가. 이래도 야한 화보가 아니라고? 애를 저렇게 벗기고 욕조에 넣을 거면서?

'내가 쓰레기야……? 나만 이상해……?'

담백을 요하는 촬영장 분위기와 완전히 부조화를 이루는 다경의 모습을 보며 민우는 혼란스러웠다. 어쩌면, 힘겨운 사투를 벌이는 쪽은 민우뿐인지도 모르지만.

곧이어 에디터는 보드에 꽂힌 참고 사진들을 내보이며 위치와 포즈 설명에 들어갔다. 참고사진들에서는 여자 쪽 노출이 심했으나 이와는 다르게 진행할 건가 보다. 그나마 다행이다.

"민우 씨는 물에 몸을 반 정도 담그고요, 다경 씨가 이쪽에 걸터 앉는 걸로 해서…….”

그나마 '야하게' 하지 말라니 그거 하나 마음에 든다. 진하게, 섹시하게, 화끈하게, 뭐 이런 주문이었으면 어쩔 뻔했나. 이왕 이렇게 된 거 진짜 담백이 뭔지, 산뜻이 뭔지, 우리 형제가 제대로 한번 보여줘야겠다. 민우는 긴장을 놓지 않으려 애쓰며 다짐했다.

스태프들이 다시 장비 세팅을 점검할 때, 다경은 민우의 곁으로 와서 조그맣게 속삭였다.

"프로의식, 잊지 마시고.”

"너나 잘…….”

"나야 늘 스탠바이니까 걱정 안 해도 되거든.”

다경은 자신 있는 얼굴로 웃었다. 오만이 아니라 새로운 연기에 대한 열정으로 의욕이 솟구치는 모습이었다.

어젯밤, 매니저들이 보여준 영상을 접한 이후로 다경은 완전히 각성상태였다. 욕조 컷 따위 그녀에겐 아무런 문제도 아닌 듯했다. 순수하고 맑은 얼굴. 어떤 일이 생겨도 전혀 흔들리지 않을 것만 같았다.

다경은 먼저 자신이 앉기로 한 위치로 가서 발을 담갔다. 희고 매끄러운 종아리가 맑은 물속에 찰랑 들어갔다.

"내가 지민우랑 별걸 다 해보네.”

그녀도 이런 상황이 어이없다는 듯 피식 웃기는 했다. 물론 거부감이 든단 얼굴은 아니었다. 연기할 때 필요한 장면이라면 이 정도는 문제없는 듯 호기로운 표정으로 주변을 둘러볼 뿐이다.

그게 다인가. 쟤는 정말 아무렇지도 않은 건가. 말간 다경의 얼굴을 보고 있자니 민우는 괜한 죄책감이 들었다. 자꾸 떨치려 해도 제 눈앞에 보이는 다경은 이전과 분명 달랐으니 말이다.

"너, 봤지?"

"보긴 뭘 봐. 볼 게 뭐 있다고."

타악, 쓰러진 파티션 뒤로 나타났던 다경의 벗은 몸. 알몸에 가까울 정도로 적나라한 모습을 본 건 그때가 처음이었고, 그 강렬한 기억이 민우의 심장에 본능 스위치를 딸깍 눌러버렸다.

"다른 사람들 앞에 있을 때, 완벽하게 너랑 '사랑하는 사이'로 지낼 거야. 앞으로 그럴 수 있을 것 같아. 나 잘할 수 있어."

그리고 그 스위치를 다시 이성 쪽으로 바꾸어 누르기도 전에, 그녀는 대담하게도 그의 몸을 타고 올랐다.

"나, 이제부터 널 정말 사랑해보려고."

그 눈빛, 그 숨소리, 그때의 공기……. 날것 그대로 민우의 가슴속에 완전히 박혀버렸다. 그러니 아주 작은 자극일지라도 그에겐 태풍과 맞먹을 만큼 거대한 바람일 것이다.

하지만 '브로맨스'를 작정하고 이 비즈니스 연애에 임할 만큼 민우는 필사적으로 버티고 있었다. 본능 쪽에 눌린 스위치를 다시 이성 쪽으로 넘기려 애쓰면서.

'정신 차리자.'

제아무리 다경이 천생 여자의 모습으로 눈앞에 있다 해도, 우리가 형제임을 절대 잊지 말자 끊임없이 상기하면서. ……그 이유는 하나였다.

'내가 진짜 소다경을 좋아하는 것도 아닌데.'

진심도 아니면서 잠깐의 접촉에 온 세상이 흔들린 것처럼 그저 착각하는 것일 뿐인데. 애초에 감정이 섞여서도 안 되거니와, 이건 정말로 좋아하는 감정도 아니지 않나. 빌어먹을 본능은 왜 이리 강한지 모르겠다.

겨우 이 정도 자극에 인생을 걸어서는 안 된다. 결국 서로의 가슴에 남는 건 상처뿐일 테니까. 더구나 일을 그르치면, '소다경을 살릴 수 없게' 될지도 모르니까. 상처보다는 그 운명이 더 두려울 수밖에 없었다. 비로소 민우의 마음이 차분해졌다.

인내심과 절제력은 괜히 생기는 것이 아니다. 끊임없는 사투의 결과요, 부단한 노력의 결실이었다. 이제야 다경의 투철한 프로의식이 오롯이 눈에 보인다.

"소 프로, 잘해보자."

민우는 주먹을 쥐고 다경 쪽으로 쭈욱 내밀었다. 그녀가 눈을 맞추며 싱긋 웃었다. 사심 없이 밝은 얼굴이었다.

"오케이, 최선을 다합시다."

다경 역시 조그만 주먹을 말아쥐고 내밀어 민우의 주먹에다 콩 부딪쳤다. 그들만의 약속. 피 한 방울 섞이지 않은 형제는 굳건한 눈빛을 주고받았다.

촬영은 끈적하지도, 질척거리지도 않는 분위기로 원활히 흘러 갔다. 에디터와 사진작가가 요구한 '담백'하고 '산뜻'한 느낌을 두 배우는 찰떡같이 소화해냈다.

"선남선녀를 떠나서, 아예 남신, 여신 아니에요? 두 사람 정말이 세상 미모가 아니다."

"같이 있으니까 훨씬 더 외모가 살아나는 느낌이에요. 진짜 잘 어울리네."

"어쩜 저렇게 셔츠랑 머리가 젖어 있는데도 상큼할 수가 있지. 잘못 소화하면 물에 빠진 생쥐 꼴 되거나, 아님 너무 저속한 느낌 나는데 두 사람은 완전 청량하잖아."

민우가 금방이라도 다경의 손을 제게로 잡아끌어 물속으로 끌어들일 것만 같은 순간을 연출했다. 장난을 치는 듯, 그러면서도 깊은 스킨십을 원하는 듯. 하얀 물방울처럼 웃음이 흩어졌다. 사진 속 장면에서 몇 초만 지나도 다경은 민우의 품에 떨어져 흠뻑 젖을 거라 상상할 수 있었다.

일부러 야하게 노력하지 않아도 그냥 있는 자체로 풍기는 분위기가 지극히 섹시했다. 마치 탄산수 광고를 찍는 것처럼 시원하고 상큼한 느낌과 함께 묘하게 유지되는 성적 긴장감이 화보를 더욱 완벽하게 만들었다.

"이거지, 이거야! 아주 좋고!"

좀처럼 칭찬에 인색하다는 사진작가도 이번 촬영에서는 내내 딴사람이었다. 스태프들 역시 입이 마르도록 칭찬하며 감탄했고, 이를 지켜본 공 부장과 주아도 뿌듯한 얼굴이었다. 모든 건 잘 돌아가고 있었다.

✦➤※⟨✦

"우와, 저기 들어오는 남자 좀 봐. 뭐야? 기럭지 끝내준다."

"어? 저 사람 그 사람인데. 무슨 기획사더라. 대표인데 왜, 그 모델 출신 있잖아."

서울, 청담동 디저트 카페. 입구에 막 들어서는 이를 보고 한쪽에 앉은 여자들이 소곤거렸다. 유명 연예인도 자주 드나드는 곳이지만 손님들은 웬만한 스타를 보고도 눈 하나 깜짝 안 하는 게 보통이다. 하지만 지금은 달랐다.

"대표라고? 젊어 보이는데."

"그래도 마흔 넘었을걸. 서른 넘어서까지 현역에 있었으니까. 그러다 몇 년 전에 기획사 차려서 지금 완전 성공했잖아."

"아아, 그 사람이야? 지민우네 기획사 대표?"

"맞아. 초창기에 지민우 영입해서 빵 떴지. 대부분 신인 모델들 데려가서 배우 전향시키는 거 거의 다 성공했잖아. 그래서 저 기획사 배우들 피지컬이 아주 그냥 길쭉길쭉하고. 모아놓은 사진 보면 눈이 다 시원하다니까."

"그렇게 다 성공시키기도 쉽지 않을 텐데 대단하네. 실제로 보니까 완전 포스 쩔고 간지난다."

그녀들이 감탄하며 바라보는 남자, 남기혁 대표는 창가로 향했다. 기다리고 있던 왕 대표가 손목시계와 남 대표 얼굴을 번갈아보며 흘겼다.

"또 늦어. 하여튼 시간개념은 어디다 내다 버리고."

"야아, 2분 늦었다. 미팅이 연장되어서."

"나도 바쁜 사람이야. 핑계 대지 말고 빨리 앉아. 나 30분밖에 시간 없어. 이제 28분 남았네."

"숨넘어가겠다. 커피 좀 시키고."

"내가 두 잔 시켜놨어. 27분. 이거 어제 회의한 수정안이니까 검토해. 나 얼른 가야 해."

"빡빡하다, 빡빡해."

두 대표는 다경과 민우의 동반광고 촬영을 앞두고 조건 협의를 위해 매일같이 얼굴을 맞대고 있었다. 결혼을 앞두고 함께하는 스케줄이 늘어나면서 이들이 만날 일도 전보다 훨씬 많아졌다. 저만치에서 남 대표의 포스에 홀려 그들을 주시하던 여자들이 또 소곤거렸다.

"저 여자는 소다경네 기획사 대표잖아. 그 뭐지, '바닐라핑크'였나. 폭망한 걸그룹 리더였던 여자. 왕현지."

"맞아. 부자랑 결혼했다가 1년 만에 이혼했지? 완전 초고속 이혼이라고. 근데 위자료 엄청 챙겼는지 바로 기획사 차렸잖아."

그녀들은 이후로도 남 대표의 출신 배경, 왕 대표의 전남편 이야기 등 검색까지 해가며 대화를 이어갔다. 일반적인 사업가가 아니라, 둘 다 모델과 가수 출신이라는 이력 때문에 남 대표와 왕 대표는 대중에게 얼굴이 알려져 있었다. 알아보는 사람들이 종종 떠들어댈 만큼 그 배경도 남다른 부분이 있었다.

그 시각, 조금 떨어져 있는 다른 테이블에는 배우 나리호가 친구와 시간을 보내는 중이다.

"리호야, 저쪽에 기획사 대표들 아니야? 너 가서 인사 안 해도 돼?"

흘긋 그들은 본 리호가 쌩하니 고개를 돌렸다.

"뭐 하러 내가 인사까지 하러 가. 아쉬우면 본인들이 오겠지."

"하긴, 다른 회사 사람들인데 상관없긴 하지. 근데 왜 만나는 거지? 지민우랑 소다경 결혼해서 그런가?"

지민우와 소다경의 결혼이 화제는 화제인 모양이다. 어딜 가나 그 얘기였다. 리호는 예쁘게 만들어진 케이크를 툭 반으로 가르며 맘에 안 든다는 듯 중얼거렸다.

"사돈지간도 아니고, 그럼 진짜 이상하네. 대표들이 결혼시키는 것도 아니고."

두 사람의 결혼 소식을 들었을 때부터 리호는 기분이 별로 좋지 않았다. 지난 드라마 때 두 사람과 함께 촬영하며 처음 만났는데, 실제로 보니 지민우의 외모가 꽤 자신의 스타일이라 관심이 갔고, 한 번쯤 만나봐도 괜찮을 것 같았다. 알수록 호감이 갔다. 마음에 들었던 외모 말고도 시크해서 매력적인 태도, 끝내주게 좋은 운동신경, 최고 학벌의 좋은 두뇌까지, 전부 다.

"아빠, 지민우 알아? 그 오빠 정도면 어때?"

"지민우 괜찮지. 정 감독 하는 얘기 들어봐도 애가 예의도 바르고, 연기도 곧잘 해서 크게 될 거라 하더라. 그런데 지민우가 왜?"

"아니, 요즘 같이 촬영하잖아. 난 잘 몰랐는데 다들 괜찮다고 하길래."

"혹시 지민우가 우리 공주한테 관심 보이는 거 아니고?"

"나는 못 느꼈는데, 누가 그 오빠가 자꾸 나 쳐다보는 것 같다고 해서. 내 얼굴이 이상해 보이나?"

"우리 공주 얼굴이 왜 이상해? 이렇게 예쁜데. 너무 예뻐서 자꾸 보나 보다. 아빠가 촬영장에 좀 가야겠네. 지민우 이 녀석이 예쁜 건 또 귀신같이 알아보고 말이야."

리호는 슬쩍 지민우에게 틈을 주었다. 조금만 친절하게 대해줘도 알아서 제게 달라붙을 거라 예상했었다. 촬영장의 공주는 언제나, 어딜 가나 자신이었고, 제가 마음먹어 얻지 못한 건 지금껏 하나도 없었으니까.

하지만 지민우는 내내 제게 눈길 한번 주지 않았다. 그래도 친구 사이로 출연하는 작품이라 함께 붙는 신이 적은 편도 아니었는데 말이다. 물론 리호는 그가 일부러 그러는 거라고도 생각했다. 반대로 제 관심을 끌기 위해 저러는 거라고, 결국엔 자신을 좋아할 수밖에 없을 거라 밑도 끝도 없는 믿음을 가지고 있었다.

그러다 뜬금없이 소다경과 지민우의 스캔들이 터졌다.

친구라더니. 맨날 툭툭 건드리며 서로 시비만 거는 것 같았는데. 아무리 둘 사이 케미가 좋다고 시청자들이 난리를 치긴 했지만, 서로 좋아하는 낌새는 전혀 없었는데 난데없이 그 둘이 결혼을 한다고? 웃겨, 진짜.

"그럼 너도 두 사람 결혼식에 가겠네? 드라마 찍으면서 친했을 거 아냐. 혹시 초대 못 받은 건 아니지?"

친구는 아무렇지 않게 물었다. 그녀도 리호 못지않은 금수저로 곱게 자란 아가씨였다. 연예계 사정은 잘 몰라서 리호의 속을 긁는 말을 종종 하고는 했다. 리호는 부글부글 끓는 속을 애써 감추었다.

아직 결혼식 초대에 대한 이야기를 직접 듣지는 못했다. 다경과 민우는 아무래도 가족들만 참석한 비공개 결혼식을 준비하는 것 같았다. 그렇지만 초대를 받지 못했다는 말을 하기도, 정확히 어떤 상황인지 모르겠다는 말을 하기도 싫었다. 자존심이 상했다.

"당연히 민우 오빠랑 다경 언니가 나보고 꼭 와달라고 했지. 그런데 하도 기자들이 붙으니까 고민하는 것 같더라고. 그런 결혼식마다 하객들한테도 관심 엄청 쏠리잖아. 신랑 신부보다 하객이 더 화제가 되기도 하고. 그래서 저번에 봤을 때 내가 조언했지. 괜히 신경 쓸 것 없이 그냥 가족들하고만 비공개로 하는 게 낫지 않겠냐고."

"아……. 그렇구나."

길게 이어진 리호의 말에 친구는 건성으로 맞장구쳤다.

"비공개 결혼식이 조용하고 좋긴 하지. 그러고 보면 너희도 참 피곤하긴 하겠다."

"응, 관심을 너무 받는 것도 힘들 때가 많아. 그렇다고 활동을 안 할 수도 없고."

리호는 커피를 홀짝 마시며 시선을 내렸다. 하여튼 두 사람, 그리고 그들의 결혼, 모든 게 마음에 들지 않았다.

"자아, 수고하셨습니다. 오늘은 이걸로 끝!"

"고생하셨습니다."

촬영 종료를 알리는 말에 다들 인사를 나누었다. 주아는 커다란 수건을 챙겨 다경 쪽으로 가려 했다. 다경은 욕조에 발만 담갔기 때문에 몸이 젖지는 않았지만 다리의 물기를 닦아주기 위해서였다. 촬영할 때마다 보통 코디가 챙기는 부분이지만 이번에 개인 스태프로는 매니저만 동행했기에 주아가 모든 역할을 소화해야 했다.

공 부장에게도 수건을 하나 안겨주고 함께 욕조를 향해 발을 떼던 순간이다.

"어어, 쟤……!"

다리에 힘이 풀렸는지 일어서던 다경이 그만 휘청했다.

"다, 다경아!"

"흐아아아!"

그 와중에도 자신을 부르는 주아의 목소리에 고개를 돌리던 다경이 아예 중심을 잃고 말았다. 미끌. 애초에 물속에서 엇나간 다리로 똑바로 서기란 불가능했다.

"꺄아아아!"

욕조 끄트머리에 허리나 머리가 부딪칠 수도 있는 그 상황에서 민우가 다경의 한쪽 손목을 힘껏 움켜잡았다. 앉아 있던 민우가 그 손목을 잡아 제게로 확 잡아당기자, 다경의 몸이 앞으로 꺾이며 풀썩 내려앉았다. 또다시 안전한 그의 품 안으로.

첨벙. 욕조 밖으로 물이 촤아악 튀어올랐다. 슬로모션으로 찍는 화면처럼 모든 게 느리게 돌아갔다. 별빛이 반짝이듯 햇살을 받은 물방울이 공중에서 하얗게 부서졌고, 욕조에 앉은 민우와 그의 위에 안긴 다경이 일부러 연출한 것처럼 아름다운 컷을 만들어냈다.

찰칵찰칵. 아직 카메라 전원을 끄지 않았던 사진작가가 이 장면을 놓치지 않고 담아냈다. 젖은 몸, 엉키는 시선, 쏟아지는 햇살, 튀어오른 물보라, 꽃비를 맞은 듯 곳곳에 퍼진 연분홍빛 꽃잎.

쿵쿵쿵, 누구의 것인지 모를 심장이 세차게 뛰었다.

"툭하면 휘청거리더니 결국 일 한번 치는구나."

민우는 수건으로 몸의 물기를 툭툭 털어내며 말했다.

몸을 감싼 커다란 수건에 푹 파묻힌 채 다경은 미안한 표정을 지었다. 타박하는 민우는 얄미웠지만 할 말이 없다. 그는 몸소 쿠션이 되어서까지 때마다 넘어지는 자신을 구해줬으니까. 여러 번 민우 덕분에 살았다.

"너 허리랑 팔은 괜찮아? ……어디 골절된 건 아니지?"

"괜찮겠냐. 내 위로 아주 퍽 하고 넘어졌는데. 한국 가자마자 엑스레이 찍어봐야겠어. 아무래도 갈비뼈 쪽이 심상치 않다."

스태프들과 에디터, 사진작가는 최고의 순간이라며 좋아했지만, 실상 두 사람에게는 그다지 로맨틱 모먼트가 아니었다.

"그래……, 병원 가……. 이상 있으면 나한테 청구해……."

민우가 그냥 하는 말이라는 걸 알면서도 다경은 지은 죄가 있으니 받아치지 못했다.

"근데 뒤로 넘어지는 거, 애기들 때나 그러는 거 아니야? 머리가 무거워서 뒤뚱거리다가."

"……야."

"한두 번도 아니고 잊을 만하면 자꾸 뒤로 넘어가는 거, 너 아무래도 아직 덜 자라서 유아기에 머물러 있……."

"적당히 하자."

"우리 형제님께서 워낙 성장이 더디니까……."

"그만하랬지, 그만하랬잖아. 그만하랄 때, 그만해야지!"

기어이 4절까지 떠들어대는 민우를 향해 다경이 몸에 두르고 있던 수건을 펼쳐 휘둘렀다.

"넌 어떻게 된 애가 끝을 몰라, 끝을. 꼭 이래야 끝을 내지?"

"어푸, 야아."

수건에 얼굴이 파묻힐 듯 휘감기며 민우가 비명을 내뱉었다. 그러다 젖은 수건뭉치가 입에 들어올 것만 같아 이내 입술도 꾹 다물며 읍, 읍 하고 버둥거렸다.

"두 분 너무 귀여우시다."

"친구 사이였으니 또 저런 맛이 있는 거지."

"진지할 땐 진지하더니, 둘이 장난치는 거 보니까 비글 커플이 따로 없네."

스태프들은 그저 촬영장비만 정리했다. 이 정도로는 의심이 들진 않나 보다. 푸닥거리하듯 난리가 난 민우와 다경을 말리는 것을 포기한 공 부장과 주아는 어색한 웃음을 흘렸다.

"하하, 그쵸. 장난이에요, 장난."

"얘들이 워낙 친해서, 하하."

진심으로 죽어라 패는 다경과 맞을 소리를 골라 한 대가를 치르는 민우는 다른 의미로 둘만의 세상 속이었다. 한쪽이 핑 돌 때까지 놀리다가 응징을 당해야 끝나는 다툼의 패턴은 하루아침에 바뀔 리 없다. 둘 사이에서는 어릴 적부터 쭉 이어온 관습과 전통 같은 것이니까.

익숙해서 편안한 사이, 그야말로 형제애를 뽐내기 가장 좋은 관계였다.

✦➤➤※⧏⧏

"……형제. 형제라."

쏴아아아. 머리 위로 부서지는 물줄기 속에서 민우는 눈을 감은 채 마음을 가라앉혔다. 여태 벌렁거리는 심장은 찬물로 샤워를 하면서도 쉽게 진정이 되지 않는다. 소다경은 누가 뭐래도 여자였다.

"형제는 무슨."

세상에 그런 남자가 어디 있단 말인가. 제 위에 솜털처럼 가볍게 안겨 있던 다경. 머리카락부터 얼굴선을 따라 또르르 물기가 흘러 내리고 잔뜩 젖은 옷은 또 몸에 달라붙어서. 그 상태로 찰싹 밀착되어 자신의 몸에 올라타 있는데, 어떤 남자가 그런 상황에서 멀쩡할 수 있겠냔 말이다.

심장이 터질 뻔했다. 이번에도 감정과는 상관없이 본능의 발현이다. 스위치는 아직 본능 쪽으로 무겁게 눌려 있는 상태에서, 확인사살이라도 하듯 타다다닥 자꾸만 계속 두드려대는 꼴이었다. 본능, 본능, 본능, 본능. 세상은 본능대로. 인생 막 가는 거지 뭐, 이성이 뭐가 중요해. 본능이 최고시다!

하마터면 그는 손에 힘을 줄 뻔했었다. 다경을 제게로 좀 더 당겨서 그녀의 몸과 더 가까워지고 싶었다. 보드랍고 말랑한 살이 좀 더 닿길 원했던 것도 같다.

'미쳤지. 미쳤어.'

그때 생각만 해도 아찔하다. 깨어난 짐승을 날뛰게 그냥 뒀으면 후폭풍은 어쩔 뻔했나.

"야……. 너 다이어트한 거 맞냐? 진짜 무거운데? 목숨 건졌으면 그만 좀 내려오지?"

결국 말도 안 되는 소리를 내뱉음으로써 위기를 간신히 넘길 수 있었다.

'잘 참았어. 나님아, 정말 잘했다.'

순간 제 안의 짐승은 환호할지 몰라도, 잠깐의 쾌락은 인생을 망칠 것이다.

'하아……. 근데 나 왜 자꾸 이러냐. 다른 사람도 아니고, 다른 여자도 아니고, 소다경인데.'

이날까지 여자와 제대로 만나본 적도 없으니 이런 접촉에 민감하게 반응하는 건 어쩌면 당연한 일인지 모른다. 이 심장은 소다경을 향해 뛰고 있는 게 아니라 단순히 'XX염색체'에 흔들리는 것뿐이다.

'그러게 진작 연애라도 좀 해볼걸.'

이렇게까지 면역력이 없을지 누가 알았을까. 이제 와 후회해도 어차피 소용없다. 스무 살 이후로 지금껏 달려오는 동안, 그럴 시간이나 있었나, 뭐.

서랍 속 쪽지에 지배받는 이십 대를 보내면서 그는 전혀 불가능할 것만 같던 일들을 연이어 해내오느라 정신없이 살았다. 그사이 여자를 만나거나, 여자에게 호감을 둘 여유조차 전혀 없었다. 민우는 쏟아지는 물줄기에 얼굴을 대고 푸우우우, 세수하듯 거칠게 문질렀다. 생각하니 더 황당하다.

"아오……, 소 때문에 내가 진짜……."

이건 백번 말해도 부족하지 않다. 소다경, 모든 건 소다경 때문이다. 나이가 벌써 스물아홉인데, 좋은 시절 연애도 못 해보고 지금까지 살았던 것도 전부 소다경 때문이다. 그 탓에 형제라 해도 손색없는 소꿉친구와 몸이 닿을 때마다 제 안의 짐승과 조우하니, 수치스럽고 치욕스러운 나날이다. 하지만 너 때문에, 라는 소리를 들으면 다경은 분명 또 억울해서 발끈하겠지.

'내가 눌렀니? 내가 본능 스위치 눌렀어? 니 사상이 불순해서 그런 거잖아. 속이 온통 새까마니 이상한 생각만 하는 거 아냐. 알고 보니 친구가 변태였다니, 내가 더 황당하다. 니가 변태인 걸 왜 자꾸 나한테 뒤집어씌우는 건데? 이제 보니까 너 비위 진짜 좋다? 날 보고 그런 마음이 어떻게 들어?'

아마도 그렇게 말할 것이다. 듣지 않아도 알 것 같았다. 그럼 또 자신은 할 말이 없다. 이 모든 게 정말 다 너 때문이라고, 심지어 나는 너 때문에 군대도 열 번이나 다녀왔다고 어떻게 말을 할 수 있겠는가.

"하아……, 군대."

빌어먹을 군대. 생각이 거기까지 미치자 민우는 어느새 제 안의 짐승을 잊어버렸다. 대신, 날마다 느껴도 새롭기만 한 분노를 다시금 맞이했다.

"군대를 두 번도 아니고……, 세 번도 아니고……, 여얼 버언……."

남자들이 전역한 후 가장 끔찍하다고 꼽는 악몽이 바로, '군대에 다시 가는 꿈'이다. 꿈을 꾸는 것만으로도 몸서리치게 싫은 것이 바로 재입대인 것이다.

민우는 제때 나라의 부름을 받아 육군 현역으로 군대에 갔고, 당연히 처음에는 몰랐다. 이게 '첫 입대'라고만 생각했었다. 그때만 해도 이전의 기억은 전혀 없었으니까.

"헐……, 지 이병, 미쳤네……? 사람임……?"

"너 육사 나왔냐?"

"이 새끼, 장교 출신인데 언더커버보스 이런 걸로 속이고 들어와 있는 거 아니야? 혹시 너 별까지 달고 있는 거 아니……십니까?"

훈련소부터 자대 배치를 받은 후까지 믿을 수 없는 일들이 매일 펼쳐졌다. 내무반 생활에 지나치게 빠르게 적응했던 건 그렇다 치고, 행군이나 각개전투를 비롯한 모든 훈련은 껌으로 소화하는 것도 체력이 좋으니 이해할 수 있다고 해도…….

놀라운 건 그게 아니었다. 사격 훈련에서 쏘았다 하면 명중이고, 구급법 훈련에선 배우지도 않은 응급처치를 빠르고 정확하게 해내는 등 지나쳐도 너무나 지나치게 우수한 군인으로 활약하는 게 아닌가. 꽤 까다로운 훈련도 민우는 언제나 이골이 난 수준으로 가볍게 해내곤 했다.

17킬로그램에 달하는 군장을 착용하고 다섯 시간가량 20킬로미터를 걸어야 하는 완전군장행군에서도 모두가 힘들어 죽으려고 할 때, 민우는 본인도 처음인 건 마찬가지면서 오히려 그들을 격려하고 돕기까지 했다.

툭하면 포상휴가를 받았다. 심심하면 군대에 말뚝 박으라는 권유를 받았다. 마치 대학생이 초등학교에서 활개를 치고 다니는 듯한 모습이었다. 그만큼 민우는 뭐든 쉬워 보였다.

그렇다고 군생활을 즐거워한 건 아니었다. 힘든 건 당연히 힘든 거니까. 이명이 시작된 것도 그때쯤이었다.

"이게 뭐지……?"

끼이이이익! 강렬한 이명이 지나간 직후, 괴로움을 참으려 눈을 감고 있던 민우는 어둠 속에서 어떤 장면들을 보았다. 마치 여러 장의 사진과 영상이 한꺼번에 쏟아지듯 빠르게 지나갔다. 자신이 군대에 오고, 훈련을 받고, 전역하는 모습이었다. 아직 겪어보지 않은 일도 있었다.

"뭐야……, 내가 너무 스트레스를 받았나?"

처음에는 별일 아니라 넘겼다. 안 그래도 입대 전에도 꿈을 꿨었다. 군 생활을 하고 전역하고, 다시 군대에 가고 또 전역하기를 반복하는 꿈. 이런 게 예지몽인가 했다. 현실처럼 생생한 훈련과 빡빡한 생활에 숨이 다 막혔는데, 이제 와 생각하니 그건 평범한 꿈이 아니었던 것이다. 이따금 계속 찾아오는 이명, 그리고 그 뒤로는 반드시 어떤 장면들이 어둠 속에서 쏟아졌다.

"……이건 지난번이랑 다르잖아?"

귀에서 소리가 들리면 민우는 바로 긴장하고 어떤 장면인지 자세히 보기 위해 신경을 집중했다. 그래서 세 번째, 네 번째가 될수록 점점 더 제대로 볼 수 있었다. 그러다 처음 본 군대 장면들과 미세하게 다른 부분들을 발견했다. 영문을 몰랐다. 그저 군 생활에 신경을 너무 많이 쓰다 보니 앞으로 받아야 할 훈련들을 미리 걱정하는 것이겠지 생각했었다.

마치 자신이 직접 겪기라도 한 것처럼 생생한 장면들과 영화 스크린처럼 또렷이 재생되는 화면들은 제삼자가 촬영한 것처럼 보여 본인의 기억이라고 생각할 수 없었다. 하지만 점차 알 수 있었다.

"내가 했던 것들이야……. 내가 경험한 것들."

실제 군 생활에서 너무도 익숙하고 능숙하게 훈련을 받으며 더욱 확신할 수 있었다. 군 생활이 체질인 게 아니다. 몸이 기억해버린 것이다. 그의 몸에 각인된 경험들은 그 무엇도 속일 수 없었다.

"직접 경험한 게 맞다면…… 그럼 언제? 내가 대체 그걸 언제……?"

기억이 전혀 없기에 도저히 유추할 수도 없었다. 전생인가, 말도 안 되는 생각만 했다. 그러는 와중에 이명과 함께 쏟아지는 미지의 편린들은 차곡차곡 쌓여갔다.

한 번의 군 생활에서 벌어지는 장면이라고 볼 수 없었다. 시기와 훈련의 내용은 같은데 자신의 모습이나 반응만 조금씩 달라졌기 때문이다. 결정적인 건 전역의 순간이 반복되는 걸로 알 수 있었다.

한 번, 두 번, 세 번, 네 번……. 같은 전역이지만 미세하게 달라지는 장면들이 몇 번이고 있었다. 민우는 그걸 세어나갔다. 1라운드, 2라운드처럼 입대부터 전역까지 되풀이되는 느낌이었다. 그리고 마침내 알게 되었다. 아홉 번의 전역. 자신이 군대를 아홉 번이나 왔었던 것이다! 그렇다면 이번이 벌써 열 번째!

"와아아……, 미친……. 말도 안 돼……."

그 장면들이 내가 진짜 경험한 게 맞다면, 나 지금 군대를 열 번이나 온 거야? 벌써 지겨운 이 군대에, 내가 열 번째 입대한 거라고?

완벽하게 깨닫던 그날, ……탈영할 뻔했다. 기억이라도 없기에 망정이지, 쌩으로 열 번째 군대에 온 걸 생생히 기억하고 있다면 미쳐버렸을지도 모른다. 마취도 안 하고 같은 부위 생살을 열 번 찢는 기분 아니었을까.

"왜야? 대체 왜……?"

그냥 스트레스 때문에 말도 안 되는 망상에 시달리는 것이라고 하기엔, 지나치게 군대에 익숙한 제 몸이 바로 살아 있는 증거였다. 선임 중에는 장난으로 '지 장군님'이라 부르는 이도 있었다. 그 정도로 민우는 놀라울 만큼 군대에 최적화된 신체와 기술을 보유하고 있었다.

어떻게 된 걸까, 진지하게 고민하던 민우가 휴가를 나온 날이었다. 제 방 침대에 누운 그의 시야에 책상 속 서랍이 들어왔다.

'아, 저게 있었지.'

스무 살에 처음 보고, 너무 어이가 없어 그간 잊고 있던 것이었다.

그가 막 스무 살이 되던 날 아침이었다. 알 수 없는 꿈에 시달리다 깬 것처럼 머리가 아프고 힘이 들었다. 컨디션이 좋지 않을 뿐이라 생각하며 평소와 다름없는 하루를 시작했었는데, 책상 첫 번째 서랍이 작은 자물쇠로 잠겨 있었다. 한 번도 잠가둔 적 없던 서랍이었다.

책상 위에 못 보던 열쇠가 있길래 그걸로 열어보니 넓고 얇은 나무 상자가 그 안에 있었다. 이게 뭐지……? 자신이 넣어둔 건 결코 아니었다. 열어보니 열 자루의 만년필을 보관할 수 있는 상자였는데, 아홉 칸이 비어 있었다. 단 한 자루만 제자리에 꽂혀 있었다. 윤우 것인가 했다. 들고 나가 물어보려던 민우는 쪽지가 있길래 그걸 먼저 열어보았다.

20살부터 30살까지 지민우가 반드시 해야 하는 일들

제일 위에 쓰인 글씨가 황당했다. 숙제를 적은 알림장도 아니고, 공부하기 위해 작성한 투두리스트도 아닌데 이게 대체 뭔가. 민우는 그 아래 적힌 글들을 읽어내려갔다. 내용은 더 황당했다. 건조한 문체로 ~해야 할 것, ~할 것, ~하지 말 것 등등이 쓰여 있었다.

친절한 설명은 아니라서 묘하게 기분 나빴다. 쪽지 속 니가 뭔데 나한테 이래라저래라야. 게다가 몇 살에 뭘 해라 진로까지 정해주고, 급기야 소다경과 결혼까지 하라고? 하 참 나. 민우는 어이가 없어 헛웃음을 흘렸다. 분명 동생 윤우의 장난이라 생각했다. 장난도 참 정성스럽고 쓸데없게 친다 싶어 나가서 단단히 혼 좀 내주려는데, 뭔가 이상했다…….

민우는 다시 쪽지를 펼쳐보았다. 미간을 좁히며 자세히 들여다

보다 숨이 턱 막혔다. 쪽지 속 필체, 그건 분명 자신의 것이었다.

'그래, 서랍!'

군대에서 이상한 현상을 겪었던 민우는, 그간 잊고 살았던 서랍 속을 떠올렸다. 당시엔 뭔가 기분이 나쁘기도 하고 찝찝해서 다시 서랍을 잠가버렸고, 하도 황당해서 아무에게도 얘기하지 않았다. 기억은 전혀 없지만, 자신이 쓴 게 확실하기에 더욱 미심쩍었던 것 같다.

무시가 답이었다. 그때까진 무시한다고 큰일 날 것도 없었으니까. 하지만, 군대에서 묘한 일들을 겪은 지금에 와서는 다시 상자 속을 확인할 수밖에 없었다.

'비어 있는 아홉 칸……, 한 자루의 만년필……. 그러니까 …… 열 번째 만년필…….'

그리고 제가 찾은 실마리를 떠올렸다.

'아홉 번의 전역…….'

설마.

'그리고 열 번째 입대.'

……설마 열 번째 삶을 살고 있는 건가, 내가 지금? 만년필은 되풀이된 인생 횟수를 뜻하고? 스무 살부터 서른 살까지? 그럼 하나 남은 만년필이, 단 한 번 남은 생을 말하는 건가……?

순간 민우의 등줄기에 소름이 확 돋았다.

아니, 이게 진짜라 치고, 보통 드라마나 영화, 소설을 보면 주인 공이 이전의 삶을 다 기억하는 채로 과거로 돌아오지 않던가? 그래서 깨어나자마자 깜짝 놀라기도 하고, 삶을 바꾸기 위한 노력도 적극적으로 하고, 알고 있는 사실을 적절히 활용도 해가면서.

'근데 난 이게 뭐지……?'

열 번째 인생이 맞다고 치면…… 뭐 이런 게 다 있지? 이명과 함께 뒷북이나 치는 기억만 찔끔찔끔 주고 회귀의 메리트가 하나도 없지 않은가. 이러려면 왜 돌아왔어, 그것도 열 번씩이나. 아홉 번의 생은 그럼 어땠다는 건데?

소다경을 살리려면

쪽지의 그 문구가 답이었다. 그것이 반복된 생의 이유였던 걸까. 기억하든 못 하든, 민우는 앞으로 꼭 해야 할 일이 있던 것이다.

"하아……."

깨달음과 함께 한숨이 밀려 나왔다. 어쩌면 이전의 삶에서는, 그걸 계속 '실패'했던 건지도 모른다. 그래서 절박한 심정으로 이 쪽지를 남긴 것이고. 그렇다면 앞으로 정말 쪽지 내용대로 살아야 한다는 건데…….

쪽지 중간에 있던 글씨 한 줄이 그제야 눈에 들어왔다. 처음에는 '소다경과의 결혼'이 너무 충격적이라 깊게 생각지도 않았던 부분이다.

p.s 군대는 어쩔 수 없음. 포기하면 편함.

갑자기 생각났다는 듯 중간에 급히 써둔 느낌의 글씨였다.

"진짜네……, 진짜야……."

열 번째의 입대를 예상하는, 지난날의 내가 오늘의 나에게 보낸 추신이 분명했다. 다시 군대 가야 할 내 자신이 얼마나 불쌍했으면 잊지 않고 덧붙여두었을까. 말도 안 되는 이 일들을 믿을 수밖에 없던 순간이었다.

그때부터 쪽지에 지배받는 삶을 살기 시작했다. 계속해서 이명과 함께 쏟아지는 장면들이 잊을 만하면 증거가 되어주었다. 데자 뷔처럼 본 것 같고, 온 것 같고, 해본 것 같은 순간들도 수없이 많았다. 몸은 무수히 많은 경험을 품고 있었다.

그는 결국 쪽지가 시키는 대로 전부 다 하며 살아왔다. 모델이 되라면 되고, 배우가 되라면 됐다. 이건 이전의 생에서 해본 적 없는 경험이었다. 그래서 익숙하지 않았지만, 민우는 필사적으로 노력했다. 그리고 스캔들을 만들라면 만들었고, 결혼을 하라면…… 그건 이제 곧 할 것이다.

얼마나 힘들었는지 모른다. 그냥 거저 얻는 건 하나도 없었다. 전쟁처럼 치열한 이십 대를 살아왔다. 그러니 의지대로 사는 삶이 아닌 상황에서 뭔가 울컥할 때마다 '소다경, 너 때문에'라고 외칠 자격, 이 정도면 제게 충분한 것 아닌가. 심지어 군대까지 열 번씩이나 갔다 왔는데!

"너 진짜 서른 넘어서 계속 살게 되면, 명절 때마다 조상님 다음으로 나한테 감사하고 살아야 한다……. 잊지 마라, 내 은혜, 소다경 이놈."

민우는 샤워를 마무리하며 중얼거렸다. 이제야 잠시 미쳐 날뛰던 심장도 본래의 정상적인 박동으로 돌아갔다. 소 그놈이랑 내가 그럴 사이는 아니지. 아무리 여자한테 면역이 없다고 해도, 우리 형제님한테 내가 그러면 안 되지.

딸깍. 스위치는 무사히 이성 쪽으로 넘어왔다. 세상만사 이렇게 마음이 편할 수가 없다. 진작 이랬어야지.

샤워를 끝낸 민우가 수건으로 젖은 머리를 털며 욕실 문을 열었다. 내일 마지막 촬영은 짧게 이어진다고 했으니, 다시금 우리의 브로맨스를 만천하에 성공적으로 보여주기 위하여…… 오늘은 일찍 잠을…… 자야…… 하는데…….

속으로 내일 촬영을 잘하겠노라 다짐하면서 나오던 민우의 정신이 점점 멍해졌다.

"어……."

이건 또 무슨 일이야? 방을 혼자 쓰는지라 샤워 후 아무것도 걸치지 않은 채로 나오던 중이었다.

"꺄아아아아아악!"

몇 걸음 앞에 서 있던 다경의 얼굴이 새하얗게 질리더니, 그녀가 비명을 내질렀다. 영원 같은 찰나였다. 민우는 머리를 털던 수건을 빠르게 내렸다. 가장 중요한 부분을 수건으로 얼른 가린 그의 귀가 새빨개졌다.

"이 변태 새끼! 당장 나가아아아아!"

"……야, 여기 내 방이거든."

"제발 나가!!!!"

후끈 얼굴이 달아오른 다경이 소파 위에 있던 쿠션을 집어 던졌다. 손으로는 수건을 잡고 있으니 그걸 받을 수도 없고, 피하기 위해 몸을 돌렸더니 다경이 더 크게 소리를 질렀다. 아, 그러고 보니 뒤쪽은 가리지 못했다. 가릴 손이 없기도 하고.

꼼짝없이 뒤태까지 내보인 민우는 눈앞이 아득했다. 니가 나가든가. 난 그냥 씻고 나왔을 뿐인데……. 여기 내 방인데, 니가 지금 왜 있는 건데……. 놀란 건 난데……. 소리 지르고 싶은 것도 난데……. 하아…… 소, 너 때문에 내가 진짜…….

민우의 한숨이 지구의 맨틀과 외핵을 뚫고 내핵에 다다를 정도로 깊게 내려앉았다.

다경이 돌아선 사이 민우는 서둘러 옷을 갖춰 입었다.

"너, 봤지?"

"보, 보긴 뭘 봐. 못 봤어."

못 봤다고 잡아뗐지만 아마 다경은 다 봤을 거다. 자신도 그 상황에선 그랬으니까. 아무리 잠깐이라 해도 눈에 완전히 각인된 장면은 쉽게 지워질 리 없었다. 아마 다경의 뇌리에도 제 모습이 박혀 있을 것이다.

순간, 근육이 다 제자리에 있었는지 걱정이 됐다. 펌핑은 제대로 됐는지. 오늘따라 등근육 쪽을 빡세게 뿌시고 왔는데 그건 효과가 좀 있었는지. 촬영 후 피곤한데도 리조트 안의 짐(Gym)에 가서 운동하고 온 게 천만다행……은 개뿔. 여기서 다행을 왜 찾아, 내가.

"그렇다고 홀딱 다 벗고 나오면 어떡해."

"나 혼자 쓰는 방이잖아. 내가 다 벗고 나오든 인형 탈을 쓰고 나오든 무슨 상관이야."

"그래도…… 내가 벨 눌렀는데 그 소리 못 들었어? 나 들어왔다, 하고 소리도 쳤는데."

다경이 방에 들어와 있을 거라고는 생각도 못 했다. 물소리와 더불어 생각에 깊이 빠져 있었으니 당연히 듣지도 못했고.

"전혀 못 들었어."

민우는 소파에 앉아 팔짱을 꼈다. 팔에 닿는 티셔츠 촉감이 오늘따라 왜 이리 좋은지. 옷을 입고 있는 것만으로도 마음에 깊은 평화가 찾아왔다. 역시 문명인에게 '옷'이란 위험으로부터 피할 수 있게 해주는 아주 중요하고 소중한 방어책이다.

"어쨌든 난 분명히 들어오면서 기척을 했으니까, 잘못 없는 거다……?"

그는 다경의 발뺌을 산뜻하게 인정해주었다.

"당연하지, 네가 무슨 잘못이 있겠냐. 그런데 나도 잘못 없는 거다. 안에선 물소리 때문에 전혀 안 들렸으니까."

"어어, 그래, 그래. 서로 일부러 그런 것도 아니고."

"나 변태 아니다."

"그럼! 우리 친구 변태 아니죠, 당연히 아닙니다!"

다경 역시 얼른 끄덕였다. 어색해지는 걸 원치 않는 건 그녀도 마찬가지였으니까. 오늘의 이 참사는 없었다고 넘겨버리면 그뿐이다.

그들은 마음속에 차곡차곡 쌓여가는 감정의 변화를 그렇게 애써 무시했다.

"그런데 여긴 어떻게 들어왔어?"

"아, 벨 누르고 있으니까 공 부장님이 지나가시다가 너 운동하느라 짐에 있다고 하시면서 네 방 카드키 주셨어."

원흉은 공 부장이다.

"너 들어온 거 모르셨나 봐. 아, 이거 주러 왔거든. 우리 내일 인터뷰 딴다고 해서. 여기 사전질문지. ……난 너 없는 것 같아서 그냥 놓고만 나가려고 했었지."

민우는 다경이 테이블에 내려놓은 종이를 물끄러미 바라보았다. 일로 엮인 관계일 뿐인데, 왜 자꾸 자신은 본능과 이성 사이에서 이렇게 힘겨운 줄다리기 중인지 알 수가 없다. 정작 상대방인 다경은 신경도 안 쓰는 것 같은데.

아까 놀랐던 순간도 다 지나가고, 다경은 한결 차분해졌다. 떠올려봐야 좋은 모습도 아니니 기억에서 완전히 지워버렸을지도 모르고.

"그럼 나 간다."

다경이 일어섰다.

"아, 참. 아깐 너무 신경 쓰지 마. 처음엔 놀라긴 했는데 생각해보면 별일 아니니까. 내가 또 봤으면 뭐 어떠냐. 너도 어제 내 방에 들어왔다가 '다 본 거' 맞잖아. 그냥 쌤쌤이라고 치자고."

귀가 시릴 정도로 쿨한 말투였다.

"우리 사이에 그 정도가 뭐 대수라고."

다경이 그 말을 끝으로 돌아서려는데, 민우는 가슴이 괜히 뜨거워지며 울컥해 물었다.

"무슨 사이인데?"

"음?"

"우리 사이가, 무슨 사이냐고."

이딴 질문이 지금 내 입에서 왜 나오는 거야. 민우는 제가 말해놓고도 후회했다.

다경은 잠시 시선을 위로 돌리더니 생각에 빠진 모습이다. 이를 어떻게 수습해야 할까, 나도 왜 이런 걸 물었는지 모르겠다고 해야 하나, 민우가 무슨 말이라도 하려고 입을 열 때였다.

"무슨 사이는 무슨 사이야. 우리……."

짧은 시간에 답을 찾아낸 다경이 마치 골든벨을 울리는 학생처럼 자신 있게 말했다.

"형제라며."

민우는 크게 안심했다. 홧김에 말도 안 되는 질문을 던져놓고 가슴이 쿵덕거렸던 그는 다경의 대답이 반갑기도 했다. 역시 지금껏 계속 친구도, 남매도 아닌 '형제'라고 우겨온 보람이 있었다. 교육 중에 최고 효과적인 교육은 주입식 교육인가 하는 말도 안 되는 생각도 들었다.

"그렇지. 역시 우리 형제님이야."

민우는 깔끔하게 정돈한 표정으로 손을 내밀었다. 그녀의 쿨함에 지지 않고 싶었다. 다경이 씩씩하게 척, 손을 잡아 악수하며 고개를 끄덕였다.

"그럼, 그럼. 이제 우리 사우나만 가면 되겠다, 야."

"그래, 언제 날 한번 잡자고."

아무런 영양가 없는 소리가 공허하게 오갔다.

'우리 사이'에 남녀라는 성별은 결코 의미 없다고, 아무리 서로의 알몸을 봐도 '우리 사이'에선 눈 하나 깜빡하지 않을 만큼 아무렇지도 않은 거라고, 남녀로서 선을 그을 필요도 없을 정도로 '우리 사이'에는 뜨거운 형제애가 존재한다고 확실한 인정과 암묵적인 협의가 이루어졌다.

✦≫⊰⊱≪✦

다음 날 마지막 촬영 역시 원활하게 이루어졌다. 함께하는 시간이 길어질수록 호흡은 더욱 척척 맞아들어갔다. 리조트를 벗어나 우붓 마을에서 자연스러운 스트리트 촬영으로 진행됐다. 의상도 가벼운 캐주얼 차림이라 한결 자연스러운 모습이었다. 저녁에 인터뷰까지 마치고 나자 모든 일정이 끝났다.

"두 분 정말 고생 많았어요. 사흘이나 꼬박 촬영해서 힘들었을 텐데."

결과가 꽤나 훌륭했는지 에디터는 시종일관 만족스러운 얼굴이었다. 오는 데 하루, 촬영하느라 사흘이 지나고 이제 자고 나면 내일 한국에 돌아가는 것으로 웨딩촬영 4박 5일 일정은 마무리되는 셈이다.

"기자님이랑 작가님이 힘드셨죠. 스태프분들도 더운데 너무 애쓰시고."

다경이 말을 받으며 훈훈한 인사를 건넸다. 함께 일했던 이들에게 일일이 감사함을 표하는 다경은 언제나처럼 한결같았다. 촬영장에서 조연이나 단역으로 주목받지 못할 때나, 지금 이 자리에 주인공으로서 있을 때나 그저 일을 사랑해서 현장에 있는 배우 그 자체였다.

대접받거나 인정받는 걸로써 자신의 위치를 확인하며 주변을 우습게 아는 일은 아마 다경에게 없을 것이다. 적어도 20년이라는 시간 동안 그녀의 곁에서 가깝게 지켜봤던 민우가 보기엔 그랬다. 그러니 내 친구고, 그러니 내 형제지.

동생 윤우가 착실한 모습을 보일 때 형으로서 기특한 마음이 드는 것처럼, 지금도 그랬다. 다경을 보는데 괜히 '형아미소'가 지어지는 것이다.

'그래, 이 정도 마음이면 완벽하지. 이제 완전히 안정기에 접어든 거야.'

민우는 뿌듯했다. 마음으로부터 형제애가 우러나는 것이, 억지로 노력하지 않아도 되니 얼마나 좋은가.

"두 분 케미 정말 끝장이었어요. 보기만 해도 심쿵, 진짜 어디서도 못 볼 환상의 커플……."

이어지는 칭찬을 흘려들으며 민우는 생각했다.

'역시 노력해서 안 될 건 없어. 브로맨스 정신으로, 이대로만 하면 앞으로도 괜찮을 거야.'

싱긋 웃으며 좋게 봐주셔서 감사하다고 대답했다. 이로써 웨딩 촬영이 이뤄지는 동안 힘겹게 벌였던 민우 혼자만의 사투도 끝이 났다. 완벽한 '브'로맨스. 이것만 있으면 앞으로 결혼식은 물론, 결혼생활까지 분명 순탄할 것이란 믿음은 더없이 굳건해졌다.

세상일이 전부 뜻대로 되는 건 아니건만. 딸깍딸깍. 스위치는 어느 쪽으로든 눌릴 수 있다. 언제, 어디서든.

"일어나, 다 왔어. 소다, 소다아."

다경은 어깨가 세게 흔들리기에 힘들게 눈을 떴다. 겨우 정신을
차리고 창밖을 보니 오피스텔 지하주차장이다. 한국에 도착해 공
항에서 민우 일행과 헤어져 주아가 운전하는 미니밴을 타고 집으
로 돌아온 참이다.

4박 5일의 웨딩촬영 일정을 마쳤다. 얼마나 피곤했던지 비행기
에서도, 차 안에서도 다경은 완전히 떡실신해버리고 말았다.

"얼른 올라가서 씻고 쉬어. 내일 오전까지 쉬고, 오후에 올 테니
까 2시까지 준비하고."

"응, 언니……. 고생했어. 언니도 가서 푹 쉬어."

"가방은 내가 올려다 줄까?"

주아는 다경의 개인 짐을 실은 캐리어를 차에서 내리며 다정하
게 물었다.

"아니, 이 정도는 가뿐해. 빨리 가서 쉬어. 나 간다."

주아가 끝까지 옮겨주려 할까 봐 다경은 얼른 캐리어를 끌고 엘
리베이터로 향했다. 발길이 떨어지지 않는 듯 주아는 아직도 차 옆
에 계속 서서 이쪽을 쳐다보고 있었다. 다경은 힘껏 손을 흔들어
인사한 후 빨리 가라 손짓하곤, 어느새 도착한 엘리베이터에 쏙 들
어갔다.

"아……, 집 오랜만이네."

층수가 바뀌는 걸 보며 다경은 기분 좋게 중얼거렸다. 긴장 속에
서 살았던 며칠이 몇 달처럼 길게 느껴졌었다. 보는 눈이 많은 데
다가 익숙지 않은 연기를 종일 해야 하니 얼마나 힘들었는지 모른
다. 그래도 중간에는 연기에 감을 잡게 되어 한결 수월해졌으니 다

행이지만.

'후우, 못 볼 꼴을 보이고, 못 볼 꼴을 보기도 하고. 스펙터클했다, 진짜.'

다경은 고개를 절레절레 흔들었다. 자신의 속옷 차림을 내보이고, 게다가 민우의 알몸까지 고스란히 봐버리고. 며칠간의 촬영기간 내에 그런 위험한 일들이 있었다는 게 아직도 믿기지 않았다. 거의 누드에 가까웠던 제 모습에 민우가 얼굴을 찡그리던 모습이 아직도 눈에 선하다. 아무리 자신을 여자로 안 보기로서니 그렇게 불쾌한 표정을 지을 필요까지 있을까. 괘씸한 놈.

'지는 뭐 얼마나 잘났다고.'

……는 사실이다.

얄밉긴 해도, 지민우 그 자식이 헉 소리 나게 잘났다는 건 인정할 수밖에 없었다. 그래서 더 얄미웠지만. 일부러 몸을 만들어 화보를 찍었던 모습과, 무방비 상태로 욕실에서 나오던 모습이 크게 다르지 않아서 충격이었다.

뭐여. 일상이 화보여? 군살 없이 꽉 짜인 근육에, 시원시원하게 뻗은 팔다리와 그냥 봐도 훌륭한 비율. 그건 인체가 아니었다. 신이 식음을 전폐하고 밤낮으로 빚어 만들어낸 피조물이라 해도 믿을 법했다. 심지어 피부까지 얼마나 매끄럽던지 대리석인 줄 알았다. 방에 자신이 들어왔다는 걸 알고 몸에 힘 빡 주고 나온 건 아닐까 의심스럽기까지 했다.

하긴, 다경이 있는 걸 알았다면 아래에 수건이라도 걸쳤겠지, 그렇게 아무것도 안 입은 채 나오진 않았을 것이다. 리얼하게 놀라던 표정에서, 결코 노리고 그랬단 게 아니었음을 알 수 있었다. 물론 진짜 상변태가 아닌 이상, 그걸 노림수로 두진 않았겠지만.

그래도 그렇지. 얼마나 잘났길래 그렇게 당당하신지. 전체 윤곽을 보느라, 게다가 그놈이 하도 빨리 가리는 바람에 아래쪽은 자세히 못 본 게 심히 아쉽긴 하……다니, 내가 지금 뭐라는 거야? 아쉽긴 뭐가 아쉬워?

'무슨 생각을 하는 거야. 미쳤나 봐.'

피로가 누적되어 그럴 뿐이라 스스로 다독였다. 어차피 그놈은 제게 남자도 아니고, 진짜 예비남편도 아니다. 제 앞에서 꼬박꼬박 '형제님' 해대는 지민우를 보면 헷갈릴 수도 없다. 그럼 그의 알몸을 보고도 불쾌하기는커녕 오히려 속으로 감탄했던 이 마음은 대체 뭘까. 걔가 아니라 내가 변태라서?

아니다. 그건 절대 인정할 수 없다.

'……예술품에 대한 경외? 그래, 경외감, 뭐 그런 거네.'

묘하게 얄미운 지민우를 그 정도로 올려쳐주고픈 마음은 없지만, 자신이 변태가 되는 일을 피하기 위해선 어쩔 수 없다. 지민우를 신이 빚은 조각 정도로 생각하면 모든 게 깔끔하다. 르네상스 시대의 조각상을 보면서 사람들은 아름답다고 감탄하지 않는가. 자신도 그런 마음일 뿐이다. 그게 분명했다.

'……하아, 피곤해.'

앞으로 이런 날들이 얼마나 계속될지 몰라도, 그럴수록 혼자인 시간이 반갑기만 할 것이다. 다경은 얼른 집에 들어가서 뜨거운 물에 몸을 담그고 싶었다.

반신욕을 마친 후에는 따뜻한 이불 둘러쓰고 맥주 딱 한 캔만 마셔야지. 지난주에 사다 둔 맥주가 내내 냉장고에 있었으니 엄청 시원할 것이다. TV를 틀어놓고 소파에서 뒹굴거리다가 아무렇게나 잠이 들어도 좋겠지.

땡. 엘리베이터 문이 열렸다. 작지만 즐거운 내 집에 도착해 캐리어를 끌고 복도를 걸어가다 현관문 옆 바닥에 무릎을 세우고 앉아 있던 여자를 발견했다. ……엄마였다.

다경의 엄마, 정화숙 여사는 딸을 보고는 얼른 몸을 일으켰다.

"이제 오니?"

"……."

"거기 서서 뭐 해. 왔으면 문 열지 않고."

휴식은 진작에 깨어졌다. 집 앞에서 엄마가 기다리고 있던 순간부터.

"공항에서 바로 온 거 맞니? 너 공항사진 뜨자마자 온 건데도 한참 기다렸잖아. 엄마가 얼마나 기다렸는데."

정 여사는 딸 혼자 사는 집에 제집처럼 들어와 식탁에 통 하나를 내려놓고 소파 쪽으로 핸드백을 툭 던졌다.

"아휴, 화장실부터 가야겠다. 언제 올지 몰라서 내내 기다렸더니."

예전에도 정 여사는 약속 없이 찾아와 집 앞에서 기다린 적이 있는데 다경은 문도 열어주지 않고 칼같이 굴었다.

"그냥 돌아가세요. 이 집에 엄마가 들어오는 거 싫어요."

"……이 싸가지 없는 것이, 뭐어? 싫어? 엄마가 집에 들어오는 게 싫어?"

정 여사는 같은 층은 물론 위아래 층 복도까지 쩌렁쩌렁 울릴 정도로 큰소리를 냈다.

"내가 널 어떻게 낳았는데! 먹이고, 입히고, 공부시키고, 지금까지 아빠도 없이 애지중지 힘들게 키워놨더니! 다 컸다고 어쩜 엄마를 이렇게 무시할 수가 있어!"

다경은 처음으로 배우라는 제 직업을 후회했다. 자신의 인생이 아니라 남의 이목을 먼저 신경 쓸 수밖에 없는 직업을, 처음으로 슬프다고 느꼈다.

"엄마가 진짜, 서러워서 못 살겠다. 넌 어쩜 엄마 은혜도 모르고 이럴 수가 있니."

정 여사는 일부러 남들 들으라고 더욱 소리를 높였다. 그건 연예인인 딸을 대하는 엄마의 강력한 무기였다. 결국 다경은 그날 정 여사를 안으로 들여 안정시킬 수밖에 없었다. 안 그랬다간 이를 목격한 사람들이 어떤 말에 살을 붙여나갈지, 그게 어떻게 널리 퍼질지, 보지 않아도 눈에 선했다.

하지만 엄마의 무례는 그걸로 끝이 아니었다. 다경이 누른 도어록 비밀번호를 옆에서 보고 외워두었다가, 혼자 그걸 누르고 들어와 있던 때도 있었다.

"뭘 그렇게 놀라. 엄마가 딸 집에 들어온 게 뭐가 이상하니?"

일반적인 모녀 관계와는 달랐는데도, 어릴 때부터 친엄마라 믿을 수 없을 만큼 매정한 모습만 보여왔는데도. 그래서 다경은 엄마의 사랑을 받아본 적 없이 자랐는데도 이제 와 정 여사는 다경에게 많은 걸 요구했다.

"비밀번호 바꿨더라? 하긴, 요즘 세상 무서워서 자주자주 바꿔줘야 해. 잘했다."

화장실에서 나온 정 여사는 아무렇지 않게 말하며 주방 쪽으로 향했다. 그러고 보니 평소와는 좀 달랐다. 다경을 찾아올 때는 늘 화가 나 있는 상태였는데, 마치 화풀이 대상을 찾듯 아무라도 붙들고 소리를 지르고 싶을 때마다 다경을 찾아온 듯 그저 사납기만 했었는데 오늘의 정 여사는 제법 친절을 가장하고 있다.

정 여사가 냉장고를 열었다.

"이거 봐, 먹을 거 하나도 없을 줄 알았다. 엄마가 총각김치 좀 해 왔어. 다 익혔으니까 여기 넣어둘 테니 꺼내 먹어."

정 여사는 텅텅 빈 냉장고에 가져온 김치통을 넣었다. 그 모습을 보며 다경은 한숨을 내쉬었다. 다경은 김치류를 별로 좋아하지 않았다. 어릴 때 엄마와 동생이 없는 집에서 혼자 끼니를 챙기며 그녀가 질리게 먹은 게 김치였다. 혼자선 가스불을 켤 수도 없어서 계란프라이조차 부쳐 먹지 못했다.

냉장고 안에는 시골 친가에서 가끔 보내주던 김치뿐이었다. 그마저도 잔뜩 시어 꼬부라질 때까지, 엄마는 김치통은커녕 냉장고도 한번 열어보지 않았다. 예경만 데리고 밖에서 음식을 사 먹고 들어오는 날이 많았고, 예경을 보살피느라 힘들다며 집안일은 손 하나 까딱하지 않았다.

그때 다경은 겨우 여덟 살이었다. 김치 위에 하얗게 핀 곰팡이를 걷어내고 먹기도 했고, 그게 싫어 맨밥만 먹기도 했다.

그래서일까. 김치를 보면 텅 빈 집에서 배가 고파 혼자 상을 차려 먹던 시절이 자꾸만 떠올랐다. 그러니 다경이 김치를 좋아할 리는 절대 없었다. 그런 이유로 김치류를 싫어한다고 엄마에게 얘기한 적도 있지만 정 여사는 흘려들었던 모양이다. 전혀 신경을 쓰지 않았을 테지.

엄마는 본인이 큰딸을 방임했다는 사실을 스스로 인정할 리 없는 사람이고 알아도 모르는 척, 그렇게 살아왔다.

"나 김칫값 좀 받아야지?"

정 여사는 밝게 웃으며 말했다.

"김칫값이요?"

"응, 설마 안 줄 거니?"

엄마의 김치, 원한 적 없다. 지금이라도 냉장고에서 다시 김치통을 꺼내어 엄마 품에 안겨주고 싶었다. 필요 없으니, 그냥 가져가시라고 말해버리고 싶었다.

"얘. 요즘 채소가 얼마나 비싼데. 양념은 또 거저 나오니? 엄마가 종일 앉아서 너 주려고 그거 담근 노력도 생각해야지. 다른 집 딸들은 말 안 해도 엄마한테 봉투 잘만 찔러준다더라. 이런 거 보면 너는 참 센스가 없어."

왜 이러시냐 따지고 싶어졌다. 몇 번이고 연을 끊고 모르는 사이로 살고 싶었는데.

"너한테 따로 당부할 건 없는데 딱 하나. 다경아, 너희 엄마 말이야."

이럴 때마다 다경을 잡아주는 것은 왕 대표의 음성이다.

"분란 만들어서 좋을 거 하나도 없어. 그런 분들은 내치려고 할수록 상황을 더 힘들게만 할 뿐이야. 네가 가려는 길을 어렵게 만들 수도 있어. 그러고도 남으실 분이야. 그러니까 다경아, 조금만 참아. 네가 조금만. 응?"

엄마의 심기를 거스르지 말고 적당히 넘기라는 소리였다. 다경이 엄마와 절연을 하거나 불화가 깊어지면 그 소문이 눈덩이처럼 불어날 터다. 소문 자체가 무서운 건 아니다. 중요한 건, 그 안에서 가해자는 다경, 그리고 피해자는 엄마가 될 게 분명하다는 사실이다.

이를 천리안처럼 내다본 왕 대표는 다경의 엄마가 어떤 사람인지 알기에 더욱더 다경에게 신경 쓸 수밖에 없었다. 힘들겠지만, 부디 네가 참아야 한다고 매번 신신당부했다.

왕 대표의 눈은 정확했다. 정 여사는 아직 한 가닥 남은 희망을 버리지 않고 있었다. 스스로 앞가림하며 살아가고 있는 다경에 대한 미련이 뒤늦게 고개를 쳐들었다. 배우로 조금만 더 성장하면, 인지도가 조금만 더 높아지면, 조금만 더 뜨면, 그렇게만 된다면 팔자가 피는 건 한 방이라 생각하며 정 여사는 다시금 딸에 대한 기대를 품었다.

하지만 다경은 엄마의 기대를 채워주지 못한 채 중간급에서 애매하게 맴돌았다. 그렇기에 정 여사는 답답해하며 다경에게 때때로 폭언을 퍼부었다.

"어차피 죽으면 썩어 없어질 몸, 스폰서라도 구하든가. 요즘 세상에 누가 맨땅에 헤딩하니? 그 바닥에서 살아남는 게 그렇게 힘들다며. 넌 어쩜 노력도 안 하고 뭐든 거저먹으려고 하니. 그러니까 네가 지금껏 그 모양 그 꼴인 거야."

정도를 걸으려는 딸의 가슴에는 그렇게 대못을 박고, 심지어 왕 대표를 찾아와 막말을 쏟아붓기까지 했다. 계약했으면 책임을 지고 스타로 만들어야지 지금껏 뭘 했느냐고, 회사고 대표고 다 무능해서 이 모양 이 꼴인 거냐고.

"다른 기획사는 재벌이고, 사업가고, 잘만 연결해준다는데 여긴 그런 능력도 없어요? 그렇게 하면 그 기업 광고는 싹 잡고 찍을 수도 있다고 하던데. 주연 자리도 턱턱 꿰차고."

"전 그런 거 안 시켜요. 죽어도 안 시킵니다. 다경이도 그래서 절 믿고 여기까지 온 거고요."

다행히 왕 대표는 이런 다경의 상황을 모두 이해해주었다. 왕 대표에게도 비슷한 성향의 아버지가 있었음을 그때 알게 되었다. 뜨지 못하는 걸그룹으로 활동하는 동안 자식 덕을 보지 못해 안달인 아버지로부터 온갖 고통을 받았었고, 그룹 해체 후 쫓기듯 돈 많은 사업가와 결혼했고, 불행한 결혼생활 끝에 결국 이혼했고.

자격 없는 천륜은 그렇게 가는 길마다 발목을 잡았다. 지금은 아버지와 얼굴을 보지 않은 지 꽤 되었다고 했다. 행여 아버지를 버린 매정한 딸이라며 오해를 받아도 왕 대표는 상관없다고, 이제 자신은 연예인이 아니기에 대중의 비난이 두렵지 않다고 했다.

"그런데 넌 다르잖니. 혹시나 너희 어머니가 사람들 앞에 나서기라도 하시면 끝이야. 사람들은 속사정엔 관심 없어. 네가 얼마나 도리 없는 딸인지, 어머니가 그래서 얼마나 힘들었다고 하는지 그것만 볼 거야. 차라리 지금 오물을 뒤집어쓴 것처럼 안에서만 힘들고 말아. 남들 다 보는 앞에서 진흙탕에 들어가는 멍청한 짓 하지 말자. 다경아, 무슨 소린지 알았지?"

대중 앞에 서는 일을 업으로 택한 만큼, 다경은 기꺼이 스스로 책임을 져야 했다. 잃고 얻는다. 그건 세상의 당연한 이치였다. 제 삶을 지키기 위해서 엄마의 패악은 견딜 수밖에 없었다.

이혼한 아버지에게 위자료와 양육비를 넉넉히 받았던 시절, 엄마는 빈집 식탁에 만 원짜리를 아낌없이 올려놓고는 했었다. 그래. 마음도 아닌 돈인데, 종이쪼가리에 불과할 뿐인데 이거 내놓기가 뭐 그리 어려울까.

미워하거나 용서하는 것보다 차라리 돈을 주는 게 쉽게 느껴질 정도였다. 훗날 제 몸뚱이 하나 제대로 건사하기 위해 악착같이 모아오던 돈이었는데, 그만큼 인생을 두고 소중하게 여긴 돈이었는데, 그걸 내놓는 게 가장 쉬울 정도로 그녀에게 엄마는 여전히 고통스럽고 어려운 존재였다.

다경은 복잡한 감정을 애써 지우고, 엄마 앞에 오만 원권 몇 장을 꺼내놓았다.

"부족하시면, 다음에 더 드릴게요."

정 여사의 얼굴에 화색이 돌았다. 하나, 둘, 셋, ……열 장임을 두 번이나 확인한 후 핸드백에 넣으며 새침하게 말했다.

"뭐, 넉넉한 건 아니지만 성의를 생각해서 잘 쓰마."

용건도 끝났으니 엄마가 돌아갈 일만 남았다. 어서 나가길 바라고 있는데 정 여사가 소파에 앉으며 입을 뗐다.

"민우 부모님이랑 내일 만나기로 했다. 이걸로 옷이라도 한 벌 사 입고 나가야지 않겠니? 부족하겠지만 엄마가 알아서 저렴한 걸로 사 입을게. 내가 옷걸이가 되니까, 뭘 입어도 부티가 나니 다행이지?"

선심 쓰듯 하는 말에 다경은 당황해 되물었다.

"……민우 부모님을 만나신다고요?"

정 여사는 지난번 상견례 자리에 나오지도 않았다. 지민우 '따위'와 결혼을 하는데, 뭐가 좋아 거길 가냐고 고래고래 소리를 질러댔다.

민우 부모님도 정 여사의 불참에 그러려니 했었다. 다른 설명이 필요 없는 사이였다. 20년 동안 그런 어머니 밑에서 외롭게 자란 다경을 누구보다 더 잘 아는 분들이다. 그래서일까. 다경은 오히려 그의 부모님과 다시 약속을 잡아 만나겠다는 엄마의 말이 더욱 불안하게만 느껴졌다.

"아니, 사돈 될 양반들 만난다는데 뭘 그리 놀라? 누가 보면 빚받으러 가는 줄 알겠다."

이제 결혼이 보름 정도밖에 남지 않았다. 정 여사는 아예 결혼식에도 나타나지 않을 것처럼 굴어왔다. 어차피 직계가족만 참석한 비공개 결혼식으로 치르고자 준비하고 있었기에 그 역시 큰 문제는 아니었다. 그런데 왜 이제 와서?

"참, 중국에서 광고는 언제 찍니? 결혼식 올린 다음에?"

그 의문은 쉽게 풀렸다.

"인터넷에 너희 소식 안 올라오는 날이 없더라. 다른 광고도 많이 들어왔지? 작품은 또 언제 들어갈 거니? 이제 너 주연으로 캐스팅한다는 데도 많겠구나. 감독 미팅하느라 요즘 바쁘지?"

결혼 발표 후, 다경의 인지도와 인기는 수직으로 상승했다. 오히려 조심스러울 정도로 많은 기회가 밀려들었다. 분명 좋은 일이다. 그렇게 다경의 앞에 꽃길이 펼쳐졌건만.

"하여튼 엄마가 고생해서 너 아역 시킨 보람이 이제야 좀 있는 것 같다. 알지? 엄마가 너 사진 찍어 여기저기 보내 예쁜이 대회에서 1등 시키고. 반짝이 그거 찍을 때도 매일 촬영장 데리고 다니면서 엄마가 얼마나 힘들었는지. 그래서 지금 네가 이렇게 빛을 보는 거 아니겠니? 다 이 엄마 덕분에."

"……."

"그거 생각하면 너 엄마한테 정말 잘해야 한다? 엄마가 홀몸으로 너 키우느라 얼마나 고생했는지, 알지?"

그 꽃길에 날카로운 가시가 돋아나고 있었다.

몰라요. 아무리 그래도 낳고 기른 정을 어떻게 무시할 수 있냐고 비난받아도 어쩔 수 없지만. 그래도 엄마, 저는 잘 모르겠어요.

다경은 공치사하는 정 여사를 서글픈 눈으로 바라보았다. 울컥 울컥 피눈물을 쏟는 심정으로 참아낸 세월이었다. 어린 가슴에 새긴 상처는 아물 틈도 없이 날마다 붉게 벌어지기만 했다. 엄마에 대한 애정은 사라진 지 오래로, 죽도록 원망하지 않는 것만 해도 대단한 일이었다.

"네, 엄마. 그런데 오늘은 제가 너무 피곤하네요."

"아아, 그렇겠구나. 공항에서 바로 오는 길이니 쉬어야겠지. 얘기는 다음에 하면 되니까."

다행히 정 여사는 깔끔하게 털고 일어섰다. 결혼으로 인해 앞날이 활짝 트인 딸을 바라보는 정 여사의 눈빛이 확실히 이전과 달랐다. 한창 예경이 콩쿠르마다 상을 휩쓸며 승승장구하던 시기의 그것 같았다.

"얼른 쉬어라. 엄마는 가볼 테니까, 나오지 말고."

정 여사는 활짝 웃으며 집에서 나갔다. 현관문이 닫히고, 다시 집 안은 조용해졌다. 배웅이랄 것도 없이 현관에 멀뚱히 서 있던 다경은 그제야 참았던 숨을 내쉬었다. 엄마를 자극하지 말라는 왕 대표의 조언에 따라 힘겹게 자신을 눌렀다. 덕분에 잠깐의 만남은 무탈하게 지나갔다. 이제야 딸 덕을 제대로 보겠다는 기대로 한껏 부푼 엄마의 속내가 뻔히 보였지만, 분란을 만들지 않기 위해 참는 수밖에 없었다.

다경은 휴대전화를 들었다. 민우의 어머니에게 전화하기 위해서였다.

✦❖✦

"걱정 말래두. 별일 없을 거니까 신경 쓰지 말고 있어. 그것 말고 도 넌 지금 챙겨야 할 게 한두 개가 아니잖아."

서태희 여사는 수화기 너머 다경을 부드럽게 도닥였다. 제 어머 니와 만난다는 소식을 듣자마자 다경이 깜짝 놀라 전화한 것이다.

— 혹시나 엉뚱한 소리라도 하시면…….

"그래도 괜찮다니까. 우리가 어디 모르는 사이니. 하루 이틀 알 고 지낸 것도 아니고, 내가 생각 못 하고 있다가 놀랄 게 뭐 있겠 어. 우린 다 괜찮아."

다경의 어머니 정화숙 여사가 어떤 사람인지, 이들 부부는 잘 알 고 있다. 알아도 너무나 잘 알았다. 이사 오던 첫날부터, 다시 그 집이 이사를 나가던 그날까지 옆에서 지겹도록 지켜봐온지라 다경 에 대한 애틋함은 자연스레 커질 수밖에 없었다. 지금 제 어머니와 의 만남을 걱정하는 다경의 목소리마저, 서 여사는 안쓰럽기만 했 다.

- 혹시 아줌마, 아저씨. 괜히 저희 엄마 만나셨다가 기분 안 좋으실 수도 있으…….

"자자, 그만. 예비신부는 걱정 그만하시고. 너 이제 막 한국 들어온 거 맞지?"

- 네? 네.

"이렇게 전화 오래 붙들고 있을 때가 아니야. 얼른 쉬어야지. 피부 다 상하겠다."

- ……감사해요, 아줌마.

"고맙긴, 뭐가. 당연히 다 해야 할 일들인데. 넌 걱정하지 말고, 일찍 자고. 알았지?"

서 여사는 다경을 안심시켜주고 서둘러 통화를 마무리했다. 전화를 끊고도 마음이 쓰여 한참 그대로 머물러 앉아 있었다.

"다경이 전화예요?"

욕실에서 샤워하고 나오던 민우가 물었다. 민우 역시 공항에서 집으로 바로 와서 씻고 나온 참이다.

"응, 다경이."

"……걔 어머니 만나기로 하신 거예요?"

통화 내용이 들렸던 모양이었다.

"다경이 엄마한테서 전화가 왔었거든. 식 올리기 전에 한번 봐야 하지 않겠냐고."

정 여사는 일전의 약속에도 얼굴을 비치지 않았다. 이 결혼이 마음에 들지 않는다며 신경도 쓰지 않던 사람이고.

"이제 와서요?"

민우는 탐탁지 않은 음성으로 물었다. 그때 아버지 지찬석 교수가 서재가 있는 2층에서 내려오며 말했다.

"어떤 마음으로든, 지금이라도 딸한테 관심을 가지겠다니 다행 아니냐. 아무리 다경이가 의연하게 굴어도, 막상 결혼식 때 혼주 자리 비어 있으면 그것도 가슴 찢어지는 일일 게다."

전적으로 다경을 위하는 마음이었다. 더 이상 상처받는 일은 없었으면 해서.

"그래. 부모가 다 없는 것도 아니고, 어머니가 저렇게 멀쩡히 계시는데 혼주석이 비면 안 되지. 이렇게 맘 바꾸어 나서니 차라리 잘됐어."

다경이 다섯 살 때 이혼한 아버지는 얼마 후 새 가족과 호주로 이민을 떠났다고 했다. 그래도 양육비는 꼬박꼬박 보내주어 살림에 어려움은 없다고 했는데, 다경이 고3 때 아버지 사망 소식이 날아들었다. 얼굴도 못 보고 산 아버지였다. 아버지의 빈자리를 어머니가 채워주면 좋았으련만 다경에겐 그마저도 사치였던 것이다.

애초에 아버지도 어머니도, 다경의 곁에는 존재하지 않았다. 그러니 지 교수와 서 여사는 이제라도, 어떤 이유로라도, 그 어머니가 '부모'의 이름으로 다경을 조금이나마 채워준다면 참 다행이라 생각했다. 결혼 후에도 친정에 정 붙일 데 없을 다경이 그저 안타깝기만 했었다.

"이제 옆집도 아닌 '시댁'인데. 우리가 아무리 잘해준대도 다경이 마음이 얼마나 허하겠나 싶어 말이다."

"그러니 우리가 다경이 어머니 잘 만나고 올게. 너도 너무 걱정하지 마."

모든 건 다경을 위해서였다. 안하무인으로 구는 정 여사의 실체를 수없이 목격했으면서도, 다경을 위해 기꺼이 감수하기로 한 것이다.

"……그럴게요."

감사하다는 말도 하고 싶었지만, 순간 가슴이 먹먹해져 삼키고
말았다.

민우는 방으로 들어왔다. 다경이 전화까지 한 걸 보면 마음이 꽤
복잡한 상태일 것이다. 지금은 어쩌고 있는지 걱정이 되었다. 다경
의 목소리라도 들어볼까 하여 휴대전화를 만지작거리던 민우는 이
내 내려놓았다.

"너무 나갔다."

쓸데없는 오지랖이라고 결론 내렸다. 어차피 자신의 부모님은
이미 다경의 어머니를 만날 거라고 약속했다. 게다가 다경의 어머
니가 먼저 연락해서 만나자고까지 한 거라니 별문제는 없을 것이
다. 그러니 지금 이 마음은 불필요하고 지나친 염려였다.

그녀의 집안 사정과 성장 배경을 너무 잘 알아서일까. 다경의 어
머니만 엮이면 자신이 한없이 약해지곤 했다. 잔뜩 상처 입은 눈으
로 무너질 듯 서 있는 다경 때문에. 몇 번이고 당해도 익숙해지지
않는 서러움에 푹 꺾일 듯한 다경 때문에.

실제로 그녀를 몇 번이나 품에 끌어안곤 했다. 안쓰러워 도저히
두고 볼 수가 없어서 제 품으로 당기곤 했다. 그때마다 머리보다
몸이 먼저 앞섰다. 그 또한 본능이었다. 다경이 힘들어하는 건 볼
수 없는 마음.

"……그냥 전화해?"

부디 힘들어하지 않았으면 하는 마음.

"말자."

그 마음이 뭔지, 자신조차 모르는 마음.

결국 민우는 뒤죽박죽 엉킨 마음을 밀어내며 침대에 누워버렸
다. 그래도 지금은 물리적 거리가 있으니 앞서는 본능을 충분히 막
을 수 있다. ……결혼 후 한 공간에 함께 살게 되면, 그땐 어떻게

될지 모르겠지만.

part 3

우리 결혼했어요

시간이 흘러 결혼식 날이 되었다. 다경은 결혼 발표 후 아무 생각 없이 구름에 몸을 싣듯 휩쓸려 흘러왔지만, 막상 당일이 되자 머릿속이 복잡해졌다.

'내가 진짜 결혼을 하긴 하는구나.'

새벽부터 심장이 벌렁거렸다. 잘 살 수 있을까. 괜찮을까. 이 결혼, 정말 아무 문제 없을까.

해봐야 소용없는 걱정임을 알기에 다경은 얼른 복잡한 마음을 떨쳐버렸다.

'이건 일이다, 오늘은 일하는 날. 아주 큰 촬영이 있는 날이야.'

결혼식을 그냥 일이라 생각하기로 했다. 그럼 조금이나마 편해졌다. 기자나 외부인의 출입 없이 비공개 예식으로 치르기로 한 게 다행이다. 사람들 앞에 이대로 나섰다면 온몸이 산화되는 기분이었을 것 같으니까.

똑똑. 드레스까지 입고 메이크업을 마무리하는데, VIP룸 문이 노크와 함께 드르륵 열렸다. 메이크업 중이던 원장과 보조 스태프들까지 모두 돌아보았다.

"와아, 실물 대박……."

어린 어시스턴트 한 명이 문을 열고 나타난 이를 보고 감탄했다.

"커피나 음료는 있을 테니까 마카롱이랑 초콜릿 좀 사왔는데, 이 따가 당 충전 좀 하세요."

지민우였다. 민우는 손에 가득 들고 있던 쇼핑백을 뒤쪽 테이블에 내려놓았다. 그의 화사한 미소가 메이크업 룸 안에 꽃잎처럼 흩날렸다.

"어우, 잘 먹을게요!"

"빈손으로 오셔도 되는데 뭘 이런 것까지. 감사해요!"

그냥 와도 눈이 즐거운 남자가 두 손까지 무겁게 왔으니 다들 좋아서 어쩔 줄 몰라 했다. 지민우가 시크한 스타일인 줄 알았더니, 의외로 이렇게 달달한 면이 있다면서.

"어때? 컨디션은 좀 괜찮아?"

민우는 신랑의 설레는 표정 그대로 거울 앞에 앉은 다경의 곁으로 다가왔다. 그는 자신이 원래 다니던 숍에서 준비를 마치고 이쪽으로 넘어온 참이라 결혼식을 위한 모든 세팅을 마친 뒤다.

"응, 괜찮아. 너는?"

소란한 환경 속에서 다경은 왠지 모르게 민우가 반가웠다. 이제 의지할 데라곤 정말 이 녀석뿐인가 싶었다.

"난 안 괜찮은데."

민우가 화장대에 몸을 살짝 기대며 다경을 바라보았다.

"……왜? 어디 안 좋아?"

컨디션이 안 좋다는 말에 다경의 미간이 좁혀졌다. 오늘 일해야 하는데. 너랑 나랑 최고의 컨디션으로, 환상의 호흡으로, 이 말도 안 되는 일을 잘 해치워야만 하는데 왜 안 좋은 건데? 어디가 안 좋은……,

"너 오늘 너무 예뻐서, 내 심장에 무리가 온 것 같아."

……거냐고 괜히 물어봤다.

"하하하…….”

우리 친구, 농담도 잘해요. 저런 말이 잘도 입에서 나오는구나. 역시 지민우 비위 좋은 건 알아줘야겠다. 더불어 연기경력은 자신이 분명 선배지만, 후배인 민우에게 많이 배워야겠다는 생각까지도 하게 되었고.

"허어어얼, 완전 스윗!”

"대박, 두 분 진짜 너무 예뻐요.”

원장과 스태프들의 눈이 하트가 되어버렸다. 여기는 다경이 원래 다니던 곳이고, 지민우는 이 숍에 처음 온 것이니 신선하기도 할 것이다. 게다가 의외의 다정한 모습까지 연이어 보게 되었으니, 사람들의 반응은 뜨겁기만 했다. 연예인이 수두룩하게 오가는 숍에서도, 마치 '진짜' 연예인은 처음 보기라도 한 것처럼 내내 지민우에게 설레는 시선을 던지고 있으니 말이다.

"다경아, 난 밖에 있을게. 준비 잘하고 나와.”

민우는 다경의 손을 부드럽게 잡고 살짝 흔들기까지 했다. 다경의 등줄기에 소름이 쫙 퍼졌다.

뭐, 다경아? 다경아. 다경아……라니. 소다경, 소다, 그것도 귀찮으면 소. 이름에서 '소' 자 빼면 죽을 거같이 굴더니, 홀랑 빼버리고 '다경아' 소리가 어쩜 저렇게 자연스럽게 나올까.

하지만 다경은 혼란스러운 내면을 겉으로 드러내진 않았다. 발리 이후로 줄곧 그래왔듯 '지민우를 사랑하는 여자'로서의 본분을 잊지 않았다. 지금은 일하는 중이니까.

"응, 빨리 나갈게.”

싱긋 웃는 다경은 아름다운 새신부 그 자체였다.

"우리 다경이 잘 부탁드립니다.”

민우가 꾸벅 인사를 하고 나갔다. 헐, 우리 다경이……. 지민우 정말 리스펙트다.

"자기 시집 정말 잘 간다. 둘이 진짜 잘 어울리네."

원장이 다경의 입술을 덧바르며 부럽다는 듯 말했다.

"그래요? 감사합니다."

"내가 지금까지 자기 본 중에 제일 행복해 보여."

내 연기에 물이 올랐나.

"그런가요?"

다경은 수줍은 듯 웃었다. 민우가 메이크업 룸에 다녀간 이후 잡 생각이 사라지고 다시금 연기에 몰입할 수 있게 되었다. 아무래도 환상의 케미는 맞는 것 같다. 지민우와는 따로 합을 맞추지 않아 도, 눈빛만 봐도 척척 통할 정도로 편안하기는 했으니까. 긴장하는 모습을 좀 보여야 하나 고민이 될 정도로, 모든 게 순탄했다.

소꿉웬수와의 결혼은 꼭 나쁜 점만 있는 건 아니다. 이런 결혼도 괜찮다 싶었다.

결혼식은 두 사람의 소속사에서 컨택한 플래닝 회사에서 준비했 다. 워낙 작은 규모로 진행하는 결혼식이지만, 대중의 관심이 워낙 커서 차후 보도자료로 넘기기 위한 기록에도 신경 써야만 했다. 그 래서 장소도 까다롭게 골라 보안이 잘되는 한 호텔의 야외 연회장 에서 식을 올리게 되었다.

하객들은 직계가족과 친척, 회사 식구 정도만 참석하였다. 지인 들과는 따로 시간을 내어 인사하기로 했기에 식은 조촐한 분위기 로 마련되었다.

"와아, 날씨 진짜 좋다."

식장에 도착해서 다경이 밴에서 내릴 준비를 하며 밝은 음성으 로 말했다. 상냥한 봄날이다. 기승을 부리던 꽃샘추위도 오늘만큼은 자취를 감추고, 따사로운 햇살이 잔디로 가득 내리고 있었다.

먼저 내린 민우가 손을 내밀었다. 다경은 망설임 없이 그 손을 잡았다. 현장에 도착하자 오늘만큼은 낯간지럽지도, 어색하지도 않았다. 마주치는 시선도 부드럽고 자연스러웠다. 역시 실전에 강한 프로들인가. 서로 흡족해하며 식장으로 들어섰다.

다경은 따로 대기실에 앉아 있지 않고, 몇 안 되는 하객들 사이를 돌아다니며 자유롭게 인사를 나누었다.

"왔구나. 우리 딸 너무 예쁘네."

다경의 어머니, 정 여사가 싱글벙글 웃으며 다경의 손을 덥석 잡았다. 한복을 차려입은 모습은 흠잡을 데 없이 고왔다.

"지 서방도 오늘따라 더 훤칠하고. 어쩜 이렇게 잘났는지 몰라. 두 사람 이렇게 있으니 그림이네, 그림이야."

곁에 있는 민우를 보는 시선 역시 애정이 흘러넘쳤다. 다경은 지금 자신이 민우와 함께 하는 연기보다, 엄마인 정 여사의 연기가 더 대단하다고 느꼈다. 아니지. 엄마는 연기가 아닐지 모른다. 큰딸과 사위가 자신을 돈방석에 앉혀줄 귀인으로 보이기 시작했으니, 지금 이 모습은 진심에서 우러나온 것일 수도 있다.

어느 쪽이든 대단했다. 한숨이 새어나올 정도로. 어찌 되었거나 분란만 일으키지 않는다면 다행이다. 엄마에겐 그 이상 원하는 것이 없다.

"언니. 축하해."

양양에 사는 예경 역시 결혼식에 참석해주었다. 예경과는 거의 1년 만의 만남이었다. 지금껏 얼굴 한번 보지 못한 제부는 오늘도 곁에 없었다. 예경 혼자 왔나 보다.

"고마워. 오느라 힘들었겠다."

"응. 새벽부터 고생했지, 뭐."

어릴 때부터 엄마의 관심을 듬뿍 받고 자란 예경은 상대를 편하게 해줄 줄 몰랐다. 무엇이든 자신 위주로 돌아가야 속이 편한 아이였다. 예경이 일부러 그러는 게 아닌 걸 다경도 알았다. 그냥 그렇게 큰 것뿐이다. 엄마가 만든 견고한 온실에서 안락하게 자라온 예경의 세계 속, 그 주인은 당연히 예경 자신이었다.

하지만 그에 지친 것도 옛일. 다경은 아무 생각이 없었다. 엄마도, 동생도. 자신의 결혼식에 참석해준 혈육임에도 애틋함이라곤 하나도 없었다. 애증이라 했던가. 미운 마음도 사랑하는 마음이 있어야 함께 증폭될 텐데, 다경의 가슴속에 사랑은 이미 하얗게 재가 되어버린 후였다.

'애'가 없으니 '증'도 없다. 기대도, 원망도, 바람도, 아무것도 없었다. 그러다 문득 마주친 민우의 얼굴.

'괜찮아?'

그는 눈빛으로 그렇게 묻고 있었다.

순간 다경의 가슴에, 다경의 눈동자에, 수많은 감정이 얼룩진다.

'응, 괜찮지, 그럼.'

자신을 진심으로 걱정하는 그의 눈빛을 보고 난 후에야 아무것도 없이 텅 비어 있던 그녀의 안이 그제야 몽글몽글 차오른다. 다경은 고개를 살짝 끄덕이며 웃어 보이는 걸로 대답했다.

아무 감정 없이 흑백으로만 물들어 있던 다경의 눈앞이 순간 여러 색으로 빛나는 느낌이었다. 화를 내도 되고, 슬퍼해도 된다고. 원망하고 아파해도 된다고, 그런 당연한 감정마저 억지로 참을 필요 없다고 말해주는 것 같았다. 그래야 행복한 줄도 알게 된다고, 기쁘면 기쁜 대로 좋으면 좋은 대로 진심으로 웃을 수 있게 된다고, 그렇게 눈으로 염려해주었다.

다경에게 민우는 언제나, 그렇게 감정을 일깨우는 존재였다.

그는 습관처럼 다경의 머리를 쓰다듬으려다가, 작은 꽃으로 장식한 웨딩헤어를 보고 멈칫했다. 곱게 단장한 머리에 차마 손댈 수 없었던 민우는 결국 다경의 어깨를 가만히 감싸듯 토닥였다.

결국 평소보다 더 친밀한 스킨십을 하게 됐다. 연인인 두 사람 사이에는 당연할 정도였지만, 아직 친구인 두 사람은 그것만으로도 흠칫 마음이 요동쳤다.

"고마워."

가슴속 파장을 모른 척하며 다경이 고맙다고 말했다. 인사가 대충 마무리되고 입장 준비를 위해 하객들과 조금 떨어진 곳으로 왔기에, 잠시나마 편하게 대화를 나눌 수 있었다.

"고마운 줄 알면, 잘해."

끝내 장난기 섞어 말하는 그를 살짝 흘기며 다경은 픽 웃었다.

"무슨 은인이나 되는 것처럼 말하네. 불쌍한 내 인생, 네가 몸 바쳐 구해주는 것도 아니고."

"왜 아니야. 결혼해줘서 고맙다고 너 매일 나한테 절하게 될걸."

또 저런다. 하지만 오늘만큼은 그런 민우가 얄밉지 않았다. 그냥 느낌이 그랬다. 이 결혼, 괜찮다고. 해도 되는 거라고. 지민우와의 결혼, 나쁘지 않다고. 어쩌면 꽤 좋을지도 모르겠다고 알 수 없는 마음이 자꾸만 다경을 간지럽혔다.

"신랑 신부, 입장이 있겠습니다. 모두 뜨거운 박수로 두 사람을 축복해주시길 바랍니다. 신랑, 신부, 입장!"

민우와 나란히 걸어가는 꽃길.

팔짱을 끼고 보폭을 맞추어 한곳을 바라보며 두 사람이 이렇게 걷게 될 줄 몰랐었는데.

"이어서 신랑 신부의 맞절이 있겠습니다."

서로에 대한 예를 다하는 순간에도, 굽혔던 허리를 들어 다시 눈이 마주치는 순간에도, 다경은 어쩐지 그가 꽤 든든하게 느껴졌다. 주례 없는 식은 간단히 진행되었다.

"두 분의 결혼을 축하하며, 신랑님의 아버님께서 축복의 시를 낭독해주시겠습니다."

지 교수가 자청하여 축시를 읽었다. 부드럽고 자상한 음성이 화사한 봄날과 너무도 잘 어울렸다. 두 사람의 앞날에 행복만 가득하길 염원하는 아름다운 시였다.

결혼. 결코 가볍지 않은 그 이름의 무게에 걸맞게 모든 것이 완벽한 날이었다.

"신랑 지민우 군과 신부 소다경 양이 새 인생의 출발을 함께하게 되었습니다. 오늘 이로써 두 사람의 성혼이 선포되었기에, 이제 같은 길을 나란히 걷게 된 두 사람을 힘찬 박수로 축하해주시길 바랍니다. 신랑 신부, 퇴장!"

'가짜'라고 믿을 수 없을 만큼, 서로 마주하는 시선이 진중하고도 따사롭던 시간. 두 사람의 새로운 인생이 시작되는 순간.

오랜 친구였던 그들이, 부부라는 이름으로 다시 태어났다. 마치, 기적처럼.

→⟫⟨←

"아휴, 어쩜 저렇게 예쁘니."

다경이 화사한 느낌의 연분홍빛 드레스로 갈아입고 다시 모습을 드러냈다. 따로 결혼식 2부 행사가 있는 건 아니었고, 식사를 시작한 하객들과 간단히 인사를 나누기 위함이었다.

"내 딸이지만 정말 미인이야, 우리 다경이. 얼굴에 칼 한번 안 대고도 어쩜 저리 이쁜지 몰라."

이제 막 남편이 된 민우의 손을 잡고 걸어오는 큰딸을 보는 다경의 엄마, 정 여사의 눈에서 꿀이 뚝뚝 떨어졌다. 옆에서 샐러드를 뒤적거리던 예경은 어이가 없어 픽 웃었다. 언니를 두고 쓸모없는 년이라 칭하며, 괜히 낳았다고 후회할 땐 언제고 이제 와 애지중지 키운 딸처럼 애틋하게 바라보는 엄마의 모습에 기가 막혔다.

"다경이 인기 많더라. 이제 기사도 많이 나고. 무슨 광고가 줄줄이 들어온다며? 이런 날이 다 오는구나."

이모가 연신 신기한 듯 다경을 바라보았다. 이에 뿌듯한 얼굴로 정 여사가 자랑을 늘어놓았다.

"언니, 내가 뭐랬어. 다경이 아주 크게 될 거라고 했지? 이제 맨날 광고 찍고, 주인공만 맡으면서 엄청 잘나갈 거야. 애가 어릴 때부터 하던 가닥이 있어서 연기는 또 좀 잘해? 기본기 탄탄하지, 비주얼 끝내주지, 저런 보석을 못 알아본 사람들이 바보지."

"얘, 다경이 신랑도 화면에서 보던 것보다 훨씬 잘났다. 팔다리도 길쭉길쭉한 게 그림 그려놓은 것처럼 시원하네."

"그치? 우리 사위라서 하는 말이 아니라, 쟤가 어렸을 때부터 눈빛이 아주 똘망똘망하고 예뻤다니까. 머리 좋아, 운동 잘해, 집안 반듯해, 부모 점잖아. 어디 하나 나무랄 데가 없잖아. 게다가 요즘 애들 사이에서 아주 대세라고, 사람들이 얼마나 좋아하는지 몰라. 이제 돈은 아마 쓸어 담아도 모자랄걸. 아휴, 둘이 아주 예뻐 죽겠네."

직계가족과 가까운 친지까지만 참석해 조촐하게 올리는 결혼식이었다. 신부인 다경 쪽으론 엄마와 동생 예경, 그리고 엄마의 손위 자매인 이모까지만 자리했다. 이마저 정 여사가 마음을 바꾸어 오지 않았더라면 다경의 가족은 아무도 없을 뻔했으니, 고아나 다름없는 처지로 결혼식을 올릴 수도 있었다.

다경은 각오했었다. 일찍이 그런 상황을 각오할 정도로 사이가 나쁜 가족인 것이 참 서글펐다.

"다경아, 우리 다경이, 여신이 따로 없네. 어쩜 이렇게 핑크도 잘 받니. 피부가 고와서."

딸의 앞날이 고속도로처럼 뚫린 것을 알고 손바닥 뒤집듯 태세를 전환한 엄마의 존재도 만만치 않게 서글프지만 엄마가 관심을 꺼버려도, 반대로 관심을 퍼부어도, 어느 쪽도 행복할 수 없다는 게 가장 슬펐다. 피를 섞은 가족인데, 어째서 남보다 못한 것일까.

"엄마랑 사진 한 장 찍자. 지 서방, 이리 와서 같이 찍어."

정 여사는 가까이 다가온 다경의 팔을 붙들고, 민우도 끌어당겼다.

"예경아, 여기."

제 휴대전화를 예경에게 던지듯 건넸다.

"빨리 찍지 않고 뭐 해. 얘들 저쪽으로도 인사 가야 하는데."

자신이 쓰는 것과 기종이 달라 예경이 익숙지 않은 손길로 카메라 앱을 찾는데, 정 여사가 인상을 쓰며 재촉했다. 예경은 서둘러 카메라를 찾아 작동시켰다.

화면 가득 엄마와 언니, 그리고 형부가 나란히 담겼다. 정 여사는 곱게 웃으며 다경의 팔짱을 끼고 있었다. 다경은 옅은 미소를 짓고 있지만 그리 달갑지 않은 기운이 느껴졌고, 그 옆에 선 민우는 싸늘할 정도로 무표정했다.

'갑자기 저러는데 언니라고 좋을 리가 있겠어?'

순간 예경의 눈에, 엄마가 다경에게 낀 팔짱이 족쇄처럼 보였다. 예경은 소름이 끼쳤다. 자신이 끔찍이도 싫어했던 관심과 기대. 그렇게 제 삶을 칭칭 옭아매던 그물 같던 엄마.

"찍을게요."

하나, 둘, 셋.

찰칵.

비정상적인 사랑이 자신을 떠났다. 비로소 실감했다. 이제 더 이상은 못 하겠다며, 목숨처럼 여기던 바이올린을 엄마 앞에서 집어 던지던 순간보다 훨씬 더 후련했다.

"한 번 더 찍을게요. 웃으세요. 언니도 웃어야지."

예경은 다시 카메라 버튼을 눌렀다. 언니의 결혼을 축하하며. 엄마의 깊은 사랑을 이제야 온전히 받게 된 언니의 인생을 애도하며. 예경은 너무도 반가운 이별을 맞이했다.

"아주 결혼식 내내 눈웃음만 치더라니까. 무슨 신부 눈에 교태가 줄줄, 어디서 하던 버릇이 나오는 건지. 아주 보기가 민망하더라고."

민우의 작은숙모는 한 손으로 휴대전화를 귀에 댄 채, 다른 한 손으로 거울을 보며 립스틱을 덧발랐다. 야외 연회장 앞에 있는 건물 안 화장실이다. 중앙에 있는 화장실 말고 일부러 안쪽으로 더 들어와 동료 교수와 통화하는 참이다.

많은 이들이 관심을 갖고 궁금해하는 조카의 결혼식. 비공개로 진행되는 만큼, 가까운 친지의 자격으로 이곳에 참석한 지민우의 작은숙모에게도 지인들의 관심이 이어졌다. 평소 연예계에 별 흥미 없어 보이는 사람들조차 궁금해하며 자꾸 물으니, 유명인을 조카로 둔 작은숙모는 어쩐지 우쭐한 기분이 들었다.

"우리 조카는 원래 모델이나 배우 하려던 애가 아니었잖아. 내가 얘기했었지? 한국대 경제학부 수석이었다고. 그래, 배구 할 때도 청소년 대표까지 했던 애고. 원래 우리 남편 집안이 대대로 머리도 좋고 체격도 좋고 그렇잖아."

물론 연예인인 신부를 폄하하는 것도 잊지 않았다.

"그런데 옆집 산 인연이 뭐라고 그런 애랑 여태 붙어 다니다 결혼까지 하는지. 그럼, 그걸 말이라고 해? 우리 조카가 훨씬 아깝지. 주 교수도 소다경 한번 검색해봐. 걔가 그 전까지 뭐 유명한 거 쩍은 게 있었나. 우리 조카 인기 등에 업고 한번 떠보려고 꼬셨는지 알 게 뭐야. 아주 웃는 게, 작정하고 끼 부리는 여시 같다니까."

보는 이의 심장을 쿵 내려앉게 할 만큼 예쁘다는 표현을 그런 식으로밖에 하지 못했고,

"내가 말 안 했나? 신부 아버진 없잖아. 식구라고 엄마랑 동생 하난데, 특별한 직업이 있는 것 같지도 않고. 그 왜 알지? '빨대'라고, 집안에 연예인 하나 뜨면 거기 빨대 꽂고 쪽쪽 빨아먹는 식구들 있다잖아. 딱 그 짝이라니까."

신부의 가족까지 싸잡아 험담했으며,

"내가 연예인, 사람 취급 안 하는 게 뭐 때문이겠어. 우리 조카나 내가 옆에서 봤으니까 깨끗하다는 거 알고 지저분한 짓 시키면 당장에 배우 때려치울 애라는 거 알지. 다른 연예인들 보면 뜨려고 아주 별짓을 다 하잖아. 언제 어디서고 전화 오면 달려가 술 따르는 건 기본이라 하고. 그런 거 거부하면 그 바닥에서 일 안 하겠다는 얘기로 안다는데. 신부 애도 모를 일이지. 저렇게 눈웃음 살살 흘리는 게 어디서 옷 벗고 술 따르다 온 버릇이 나오는 건지."

확인되지 않은 사실도 겁 없이 퍼뜨렸다.

"천박해서 원. 같은 집안으로 엮인다는 게 기분 나쁠 정도야. 그래, 맞아. 주 교수는 내 마음 알 것 같았어. 그렇다니까. 참한 애들이 얼마나 많은데 우리 조카는 뭐에 홀려서 이런 결혼을 하는지. 하여튼 가족행사만 아니면 내가 이딴 자리에 있지도 않을……."

쿵쿵. 주먹으로 벽을 치는 소리에 작은숙모는 말을 멈추었다. 거울에서 눈을 떼고 고개를 옆으로 돌려 입구 쪽을 바라본 그녀가 소스라치게 놀랐다.

"헉······."

머리를 곱게 틀어 올리고 푸른색 한복을 입은 민우의 엄마, 서태희 여사가 거기 서 있었다.

"혀, 형님."

작은숙모는 얼른 휴대전화를 내렸다.

"동서 맞네."

서 여사는 웃으며 한 발 다가왔다. 작은숙모는 저도 모르게 물러섰다. 왕년에 아시아를 뒤흔든 배구 여제 서태희가 아니던가. 웃고 있지만 강하게 느껴지는 카리스마, 장신에서 뿜어 나오는 거대한 위압감. 작은숙모는 침을 꼴깍 삼켰다.

"아니, 누가 머릿속에 싼 똥을 입으로 뱉고 있길래, 저기 변기 놔두고 왜 이러나 싶었는데."

"······."

"동서였구나."

작은숙모는 아연실색하여 서 여사를 올려다보았다.

"그, 그게 아니고 형님."

"아니긴. 나도 귀가 있는데."

"드, 들으셨어요?"

"들었지. 처음부터 다."

서 여사의 등장에 작은숙모는 잠시 당황했지만 이대로 물러설 수는 없다는 듯 정신을 차리고 반격했다.

"아니, 그래도 형님. 제가 없는 말 지어낸 것도 아니고. 그렇다고 민우 욕을 한 것도 아닌데······, 꺄아아악!"

순간 작은숙모는 눈앞에 매의 날개처럼 펼쳐진 서 여사의 손바닥에 깜짝 놀라 비명을 지르며 고개를 숙였다. 분명 들렸다. 휘이이잉, 손바닥을 쫙 펴는 것만으로도 바람을 가르는 소리가 났단 말이다. 금방이라도 뛰어올라 하얀 공을 향해 힘차게 내려칠 것만 같은……, 그런 기운마저 느껴졌다. 서 여사는 그저 손을 폈을 뿐인데.

그 손바닥은 공중에서 우아하게 사르르 접히며, 작은숙모의 삐져나온 옆머리로 사뿐히 내려앉았다. 긴 손가락으로 옆머리를 매만져 바르게 다듬어주는 손길이 무척이나 섬세했다. 겁을 잔뜩 집어먹은 작은숙모가 조심스레 한쪽 눈부터 떴다.

"동서 왜 갑자기 소리는 지르고 그래. 나 깜짝 놀랐잖아. 통화가 얼마나 격렬했는지, 이쪽 머리카락이 삐져나왔길래 넣어주는 건데."

서 여사가 상냥하게 웃었다. 작은숙모는 온몸이 쪼그라든 기분이었다. 울고 싶었다. 어서 이곳을 빠져나갈 수만 있다면 영혼이라도 팔 수 있을 것 같다.

"이렇게 동서랑 둘이 있으니까 생각나는 게 있는데, 혹시 기억나? 동서가 시집온 지 얼마 안 돼서 친구랑 통화하면서 내 얘기 재미있게 한 적 있다던데."

그런 적이 하도 많아 언제를 얘기하는지도 모르겠다.

"동서 친구의 언니의 후배의 형부의 동생이, 나랑 친구잖아."

그럼 모르는 사이 아닌가.

"아주 가까운 사이라서 전해 들었는데, 내가 운동만 해서 머리가 아주 나쁠 거라고 했다며. 아들은 엄마 머리 닮는다는데, 유전자 좋은 집안에서 태어났는데도 하필이면 그런 여자가 엄마라 우리 조카 불쌍해서 어쩌냐고 했다면서."

"……그, 그게 형님."

"그런데 민우가 자라면서 보니 머리가 좋아서, 천만다행으로 민우 아빠 유전자를 받은 게 다행이라고 또 그랬다며. 역시 좋은 머리가 우성인가 보다 하고."

제 입에서 나온 말을 토씨 하나 안 틀리고 옮기는 서 여사의 목소리에 작은숙모는 낭패감 어린 얼굴로 시선을 피했다.

"똑똑한 동서도 모르는 게 두 가지 있더라. 하나, 운동도 머리가 좋아야 잘하는 거거든. 둘, 내 아이큐가 154야. 학력이 딸린다고 머리가 나쁜 게 아니거든. 내가 멘사(고지능자 모임) 회원인데, 동서는 거기 시험 쳤다가 떨어졌었다면서."

작은숙모가 손윗동서인 서 여사를 두고 '돌대가리'라고까지 칭했다는 건 쿨하게 넘어가주었다. 대체 누가 누구보고 돌대가리라는 건지.

"동서나 나나 지씨 집안 사람도 아닌데, 뭔 남의 집 유전자에 그렇게 자부심이 넘쳐? 쓸데없이. 애들이 공부를 잘하면 어떻고, 못하면 또 어때. 남편이 자기 식구 사랑하고 가정적이고 자상하면 그게 최고지, 머리 좋은 거 대체 어쩌라는 거야."

"……."

"교수나 박사나 학자나, 고상한 직업 아니면 인간도 아니야? 동서가 내세울 건 그것뿐인가?"

작은숙모는 본인의 선택을 그렇게 과시하며 인정받고 싶었던 것이다. 그래야만 제 존재에 의미를 느끼는 듯 자신의 기준으로 등급을 매기고, 기준 미달인 자를 거침없이 조롱하고 비하하면서 어쭙잖은 우월감을 맛보며 살고 있었다.

"그딴 걸로 사람 급 나누는 못된 버릇은, 동서네 집안 유전이야? 친정에서 하도 형편없는 유전자만 받아서, 그거 세탁하고 싶어서

이 집안에 들어온 거야?"

똑같이 돌려주자 작은숙모는 대답은 못 하고 입술만 파르르 떨었다.

"천박하다는 말은 우리 며느리 다경이한테 할 게 아니라, 동서 본인한테 스스로 할 말이야. 우리 애가 술 따르는 거 동서가 봤어?"

"……아, 아니요. 그게 아니고."

"그럼 동서도 어디 뒷돈 주고 교수 자리 땄나 보네. 내가 어디 가서 그렇게 얘기 좀 해봐?"

"아니에요. 형님, 전 그런 적 없…….'"

"우리 다경이도 그런 적 없어."

"……."

"함부로 지껄이지 마."

서 여사의 눈빛이 형형해졌다.

"또 입으로 똥 싸다 다경이 귀에까지 그런 저급한 소리 들어가는 날엔."

"……."

"동서고 뭐고 내가 아주 아작을 낼 줄 알아."

작은숙모가 연신 고개를 끄덕거렸다. 다시는 그런 소리 하지 않겠다는 다짐이 작은숙모의 겁먹은 얼굴 가득 배어 있었다.

"사과해야지."

"……죄, 죄송해요."

"다시는?"

"다시는 안 그럴게요."

"좋아. 볼일 끝났으면 그만 가자고. 나랑 같이."

서 여사가 작은숙모의 어깨에 척, 팔을 올렸다.

"네, 형님."

한 마리의 고분고분한 양이 된 작은숙모가 아까 내려뒀던 휴대전화를 집다가 그제야 상대방과의 통화가 아직 끊어지지 않았다는 걸 알게 됐다. 다 들었겠구나. 주 교수가 얼마나 입이 싼데……. 난 이제 망했네.

작은숙모는 이 순간 개미가 되고 싶었다. 완전히 사라지면 더 좋을 것 같고.

"가자, 디저트 아직 안 먹었잖아."

"……네, 형님."

두 사람이 나가고 텅 빈 화장실. 잠시 후 끝칸의 문이 열렸다. 사람이 별로 없는 화장실을 찾아 들어왔던 예경이었다. 문밖에서 난데없이 이어진 대화에 나갈 타이밍을 놓치고 말았던 예경은 이제야 작은 칸에서 벗어나 이제 형부가 된 민우의 어머니, 그리고 작은숙모가 서 있었던 세면대로 다가갔다.

"우리 다경이도 그런 적 없어."

"……."

"함부로 지껄이지 마."

서 여사의 날 선 음성은 무척이나 위협적이었다. 마치 제 새끼를 지키려는 어미처럼. 며느리 험담을 듣고 저렇게까지 핏대를 세우는 시어머니라니.

"언니, 불쌍하게 생각했는데……."

예경은 거울 속 자신을 바라보며 중얼거렸다.

"그럴 필요 없었네."

불쌍한 건 언니가 아니라, 자신이다.

"언닌 그동안 엄청 사랑받고 살았잖아. 앞으로도 계속 그럴 거고."

핏줄인 엄마보다 옆집 아줌마가 나아 보일 정도라니, 어이가 없어 헛헛한 웃음이 흘러나왔다. 그런 엄마에게 평생을 시달려온 자신보다 더 가여운 인생이 어디 있을까.

다시 연회장으로 돌아온 예경은, 꽃처럼 화사하게 웃고 있는 언니 다경을 무심한 얼굴로 바라보았다. 엄마인 정 여사는 연신 큰딸을 자랑스러워하고 있고, 음악을 버림과 동시에 엄마에게 버림받은 자신만이 이 공간에서 유일하게 불행한 이 같았다. 자유도, 사랑도, 어느 쪽도 제 것은 아니었다.

→→※←←

민우와 다경이 오랜 비행 끝에 도착한 곳은 이탈리아 로마였다. 두 사람의 신혼여행이 시작되는 도시였다.

"뭐, 보여?"

호텔에서 픽업 온 차량에 무사히 올라탄 후, 내내 창밖을 보고 있는 다경에게 민우가 물었다.

"깜깜해서 안 보여."

다경은 대충 대답했지만, 그래도 창에서 눈을 떼지 않았다. 이제야 숨통이 좀 트이는 기분이다. 이곳 공항에 도착하자마자 한국에서처럼 계속 주시하는 시선이 느껴지는 것도 아니고, 자신들을 모르는 사람이 훨씬 많다고 생각하니 마음도 한결 편해졌다.

다만, 공항에서부터 다경은 자신이 아무것도 할 줄 모르는 어린아이가 된 기분이 들었다. 입국심사를 위해 어디로 가야 하는지, 짐은 어디서 찾는지, 나가서 어떻게 가야 하는지, 자유여행 경험이 거의 없는 다경은 모든 게 낯설기만 했다. 일 때문에 해외에 갈 때면 매니저인 주아가 전부 처리를 해주었으니 말이다.

하지만 그렇다고 기죽을 소다경이 아니다. 민우가 하는 걸 눈치 빠르게 살피며 씩씩하게 움직였다. 물론 몇 번 잘못된 곳으로 먼저 가려고 해서 민우에게 목덜미가 잡히긴 했지만.

"너, 이제 어디 함부로 돌아다니지 말고 내 옆에 딱 붙어 있어야겠다."

"아니야, 나 잘 다닐 수 있어."

여행 온 후, 그래도 서로 자유시간은 종종 갖기로 약속하지 않았던가. 이러면 얘기가 다르지 싶어 다경이 얼른 민우를 돌아보았다. 이번 여행은 허니문이라는 핑계로 온, 다경의 사심 가득한 자유여행이었다.

"너 쓸데없이 용감한 게, 아주 불안해."

"에이, 왜 이렇게 빡빡하게 구실까. 내 한 몸 내가 잘 챙길 수 있다니까. 요즘 어플이 얼마나 좋냐? 교통도 다 알려주고, 맛집에, 관광지 코스까지, 걱정 안 해도 돼."

다경은 애써 민우를 안심시켰지만, 그는 꿈쩍도 하지 않았다.

"아까 공항에서 헤매는 거 보니까 안 되겠어."

억울했다. 누군 헤매고 싶어 헤맸나. 경험이 전혀 없으니 어리바리한 것뿐이지.

"그러게 그냥 휴양지나 가자니까. 고생만 할 게 뻔한데 자유여행은 무슨. 그것도 유럽을."

민우는 불퉁하게 덧붙이며 고개를 돌렸다. 다경은 입술을 꾹 다물고 큰 눈에 힘을 준 채 민우의 잘생긴 옆통수를 꾹 노려보았다. 얄민우, 저게 또 시작이지. 네 주제에 자유여행이 가당키나 하냐는 말투가 못 견디게 얄미웠다.

유럽을 택한 건 다경이었다. 민우와 단둘이 조용한 휴양지에 처박혀 있을 자신이 없었다. 호사가들의 갖은 추측에 시달릴 테니 신혼여행을 아예 안 갈 수도 없었고.

다경은 촬영이나 화보 스케줄로 짧게 다녀온 것 말고는 해외에 나와본 적이 없다. 생계를 위해 한창 바쁘게 온갖 일을 할 땐 아예 꿈도 꿀 수 없었고. 조금 여유가 생기면 이제 여행도 한 번씩 가고 싶다 생각하던 차에, 신혼여행의 기회가 주어진 것이다.

그녀와 달리 민우는 군대에 가기 전에도, 그리고 전역 후에도, 모델 일을 하는 중에도 여러 번 여행했던 경험이 있다. 그래서인지 모든 것이 능숙하고 자연스러웠다.

"근데 너 이탈리아도 왔었어?"

"예전에."

그렇게 대답한 민우는 순간 아차, 하는 표정을 지었다. 다경은 의아한 듯 고개를 갸웃했다.

전에 민우가 다녀왔다고 말한 여행지에, 이탈리아는 없었는데. 신혼여행을 이탈리아로 정한 것도, 민우가 아직 와보지 않은 것 같아서였다. 이왕이면 민우도 처음 보는 곳이 좋을 것 같아서. 그런데 공항에서부터 마치 몇 번은 와본 것처럼 능숙하게 움직이는 걸 보니 자신이 착각했나 싶어 확인해본 터다.

"언제? 이탈리아는 안 왔다고 하지 않았어?"

"……헷갈렸어. 그리스였어."

이탈리아와 그리스가 헷갈릴 나라명인가 싶었지만, 별로 중요한 문제는 아니니 다경은 넘겼다. 이번 삶이 아니라, 언젠가 민우의 다섯 번째 삶쯤에 다녀갔던 곳이라는 걸 그녀가 알 리는 없다.

그의 수많은 경험이 그러하듯이. 이건 그리 중요치 않은, 아주 작은 일부였다. 물론 그 일부가 모이고 모여 지금의 지민우를 만들었지만.

"아무튼 소, 너 어디 혼자 다닐 생각 하지 마. 사고 치기 딱 좋으니까."

"내 자유는 물 건너갔구나."

"자유도 누릴 자격 있는 사람이나 누리는 거지."

넌 아니야.

"내가 애도 아닌데."

"적어도 서른은 넘어야지. 그땐 혼자 다니게 해줄게."

민우는 콕 집어 '서른'을 언급했다. 결혼은 했지만, 아무래도 마음이 놓이지 않는 건 어쩔 수 없다. 식만 올리면 끝이라고 생각했는데, 막상 골을 넣고 나니 종료 휘슬이 불어야 끝나는 경기 한복판에서 뛰고 있는 것처럼 아직 쉴 때가 아니란 생각이 들었다.

"후우……."

다경의 작은 한숨 소리가 옆에서 잔잔히 퍼졌다. 꿈에 부풀어 있던 모양이다. 혼자 여기저기 다닐 생각에 꽤 즐거웠던 모양인데…… 안 될 일이다. 지금은 절대 아니다. 자유는, 서른이 지나고 난 다음에. 안전한 삶을 살면서 누려도 충분할 테니까.

✦

"걱정 안 해도 되겠지?"

남 대표가 초조한 얼굴로 휴대전화를 바라보았다. 민우와 다경이 호텔에 도착할 때가 됐는데 싶어 기다리는 중이다. 서류에서 눈을 뗀 왕 대표가 창가에 선 남 대표를 바라보았다.

"걱정은 남 대표 사무실에서 하면 안 돼? 애들 어련히 잘하고 있겠지, 왜 굳이 여기까지 찾아와서 죽상을 하고 앉아 있는 거야?"

"나 지금 서 있는데?"

아무렇지 않게 대꾸하는 그를 보며, 왕 대표는 한숨을 내쉬었다.

"네, 그러니까요. 왜 내 사무실에 와서 서, 계시냐고요. 귀찮게."

"오늘 나 일하러 왔잖아. 민우랑 다경이 스포츠 의류 광고 들어온 거, 동반촬영이라 너희 팀이랑 일정 조율……."

"네, 그러니까요. 미팅 끝났으면 가면 되지, 왜 굳이 내 사무실에 와 계시냐고요. 그리고 그걸 왜 남 대표가 직접 하냐고. 능력 있는 공 부장이 민우 담당인데 일개 대표 나부랭이가 왜 일정이랑 계약 조율까지 하는 거야?"

이해할 수 없는 듯 왕 대표가 딴지를 걸었다. 남 대표는 어깨를 으쓱했다.

"태근이는 오늘부터 휴가야. 그동안 고생했는데, 애들 신혼여행도 둘이서만 갔겠다. 며칠 쉬게 해주려고."

"그럼 나한테도 귀띔 좀 해주지. 우리 양 실장도 쉬라 그러게. 서로 같은 상황인데 남 대표 혼자 선심 쓰면 나는 뭐가 되니?"

"너희 회사랑 우리 회사랑 같냐."

"뭐가 달라?"

"너희 회사는 악덕 경영주인 왕현지가 대표……."

"닥쳐."

늘 설렁설렁 노는 듯 여유를 부리는 남기혁 대표와 달리 왕현지 대표는 악착같이 회사를 이끌었다. 자신은 한 번 무너지면 끝이라는 생각 때문이다. 집에 돈이 차고 넘쳐 한 번 삐끗해도 다시 일어설 수 있는 남 대표와 자신은 처지가 달랐다. 지금 손에 쥐고 있는 게 전부다.

"악덕이라니. 나만큼 인간적인 사람 있으면 나와보라고 해."

농담에도 발끈하며 눈을 치켜뜨는 왕 대표를 보며, 남 대표가 싱긋 웃었다. 역시 왕현지 놀리는 게 세상에서 제일 재미있다는 듯. 왕현지와 이렇게 자주 볼 기회를 만들어준 민우가, 아무리 생각해도 예뻐 죽겠다. 살아생전 이런 일이 생길 줄 정말 몰랐는데. 왕현지의 삶에 끼어들 수도, 가까이 갈 수도 없을 거라 생각해 절망한 적도 있었는데.

"그럼, 그럼. 우리 왕현지처럼 배우와 직원들 애틋하게 생각하는 대표도 없지."

"알면 굵지 말고 좀 가셔. 나 점심 전까지 체크해야 할 게 한두 개가 아니거든?"

"어휴, 돈은 더블유 엑터스에서 다 벌어가네. 쉬엄쉬엄해라. ······몸 좀 챙기고."

끝은 역시나 걱정이었다. 여행 잘만 하며 둘이 투닥거리며 놀고 있을 지민우와 소다경 걱정은 핑계고, 사실은 눈앞의 왕현지가, 앞만 보며 달려가는 왕현지가, 남 대표의 마음속엔 그녀가 훨씬 더 큰 걱정이었다.

"엇, 민우 전화다."

남 대표의 휴대전화가 울렸고, 반가운 소리에 왕 대표가 벌떡 일어나 달려왔다. 의연한 척하고 있지만 먼 곳에 보내놓은 다경이 꽤 신경 쓰인 모양이다.

"그래, 민우야."

전화를 받은 남 대표의 곁으로 왕 대표가 바짝 다가섰다.

"잘 도착했대? 다경이도 옆에 있대?"

왕 대표가 궁금한 듯 귀를 기울이며 확 가까워진 순간, 남 대표의 얼굴이 화르륵 달아올랐다. 그녀의 말랑한 몸이 자신의 팔뚝에 깊이 눌렸기 때문이다. 새빨개진 귓불은 전화기에 가려져 있어 다행이었다. 그는 태연을 가장하며 입을 열었다.

"어, 그래, 지금 호텔 들어간 거야?"

"들어오긴 했는데."

― 왜? 무슨 문제 있어?

"아니, 형. 여기……, 태근이 형이 예약한 거 맞지?"

― 맞지.

후우, 난감한 얼굴로 민우는 넓은 방을 둘러보았다.

"태근이 형은 왜 전화 안 받아?"

― 휴가 보냈어. 무슨 일인데 그래? 나한테 얘기해, 내가 처리해
줄게.

열흘 동안의 신혼여행. 일정은 모두 민우가 다경과 상의해 결정
했고 이를 공 부장에게 전달했다. 그리고 공 부장이 도시 간 이동
경로와 호텔 예약 등을 도맡아 해주어서 그에 맞추어 여행이 진행
되는데, 첫날밤부터 생각지 못한 난관이 호텔방에 기다리고 있었
다.

"형, 여기."

― 어, 뭔데.

"……침대가 하나야."

그리고 아마도 앞으로 쭉, 여행 중 방도 하나, 침대도 하나일 가
능성이 컸다.

― 그게 뭐?

남 대표는 태연했다.

"아니, 형. 침대가 하나면 안 되지. 소다경은 어디서 자라고."

그에 다경이 고개를 홱 돌려 통화 중인 민우를 보았다. 지금 저
말은, 침대는 얄민우 본인이 차지하시겠다 이 뜻이지? 가뜩이나
다경 역시 방 안에 존재감 있게 버티고 있는 킹사이즈의 침대가 곤
란했는데, 이대로 있다가는 민우에게 밀려 바닥 신세를 면하지 못
할 거란 위기감이 들었다.

─ 네가 바닥이나 소파에서 자면 되지. 다경이는 침대에서 자라고 하고.

"왜 내가 바닥에서 자. 그건 무슨 논리야?"

─ 침대 하나라며. 남자가 돼서 여자한테 침대 하나 양보 못 하냐.

"양보에 남자 여자가 어딨어? 내 몸은 무슨 콘크리트야? 그리고 우리 소, 그렇게 나약한 애 아니야. 여자라고 무조건 양보받고 그런 거 원하는 애 아니라고."

보자 하니 민우는 순순히 침대를 내어줄 것 같지 않았다.

─ 침대 하나라도 사이즈가 넉넉할 텐데 그냥 둘이 반 갈라서 자. 아니면 가위바위보를 해서 침대 주인을 가리든가.

"우리가 지금 휴양을 온 것도 아니고 종일 돌아다니느라 피곤할 텐데 무슨 잠까지 불편하게 자게 해. 태근이 형은 왜 방을 이렇게 잡아준 거야. 이거 그냥 바꿔야겠어."

─ 내가 방 하나로 예약하라고 했어. 어느 호텔이든 너희 아는 사람 마주칠 수도 있는 건데, 각자 방 따로 쓰는 거 알면 이상하지 않겠냐.

"우리가 무슨 월드 스타라고 여기서 누가 우릴 알아봐."

─ 조심해서 나쁠 것 없어. 세계 각지에 우리나라 사람이 널렸는데. 여행 간 곳이 오지도 아니고, 아마 너희 가는 데마다 관광객 넘칠 거다.

그 말에는 동의한다. 가능성 없는 상황도 필히 조심하고 대비해야만 했다.

"그럼 트윈으로 하면 되지, 왜 침대가 하난데."

─ 태근이가 그러더라. 혹시 호텔 직원들 중에 너희를 아는 사람이 있으면…….

"하아…… 공태근……."

말이나 되나, 이탈리아의 호텔 직원이 자신들을 안다는 게? 정말 걱정인형이 따로 없다. 언제나 공 부장의 신중함과 조심성은 타의 추종을 불허했다. 그런데 그 결과가 지금의 '한 침대'로 이어질 줄이야.

─ 너희 어차피 서로 남녀로도 안 본다며. 무슨 문제 있냐?

"형, 진짜……."

민우가 남 대표에게 계속 항의하려던 중이었다. 저쪽에 서 있던 다경이 하나뿐인, 완전 소중한 침대로 슬금슬금 다가가는 것이 아닌가. 이러다가 꼼짝없이 침대를 빼앗기겠다는 절박한 마음이 다경을 덮쳤나 보다.

"어……. 야, 야, 야."

비장한 태도로 침대에 향하는 다경을 본 민우가 당황했다. 잽싸게 다경의 목덜미를 낚아채려 했지만 그녀가 더 빨랐다. 실컷 말로 항의해봤자, 행동이 앞선 사람이 이기는 거다.

철퍽. 역시나 다경이 폭신한 침대 한가운데에 팔다리를 쫙 펴고 대자로 누워버렸다. 그녀가 유리한 고지를 선점한 것이다.

"형, 아무튼 끊어, 알아서 할게!"

민우가 부랴부랴 전화를 끊고선 다경에게 다가갔다.

"소, 안 일어나?"

"못 일어나!"

접착제로 딱 붙인 듯 침대에 바싹 엎드려 누운 다경은 꼼짝도 하지 않았다. 이대로 격전지를 빼앗기면 '끝'이라는 듯, 이를 지키려는 그녀의 기세가 대단했다.

"너 이러다 다친다."

"힘이라면 나도 남부럽지 않거든!"

침대는 포기할 수 없었다. 오늘 비행도 비행이지만, 앞으로 고된 워킹이 날마다 이어질 텐데. 이대로 기선제압 당할 수는 없지. 주도권 싸움은 침대부터.

"끌어낼 수도 있어."

"자신 있으면 해보든가."

다경은 시트를 꼭 끌어 쥐고 더욱 힘주어 침대에 몸을 바짝 붙였다. 민우가 다가가 다경의 어깨 쪽을 살짝 밀며 뒤집어보려 했다. 역시나 다경의 버티기는 강했다. '슬쩍' 정도로는 안 된다는 걸 알아버린 민우가 진지하게 경고했다.

"나 장난하는 거 아니다."

버티기에 한 번 성공한 다경이 자신감이 생긴 듯, 침대에 푹 파묻힌 채 고개를 절레절레 흔들었다.

"내가 선점했잖아. 그냥 네가 포기해."

"좋아. 그냥 반씩 써. 침범 안 할 테니까."

평화협정이라도 맺으려 했지만, 상대는 이를 받아들이지 않았다. 한두 번 속아본 게 아니니, 그럴 밖에.

"됐거든. 나 발로 차서 떨어뜨릴지 누가 알아?"

엄밀히 말하면 지민우가 먼저 자극한 거다. 통화할 때부터 자신이 침대를 차지하고 다경에게 비켜주지 않을 것처럼 굴었으니, 그녀도 위기 속에서 제 살길을 찾아야 했다. 민우는 너무도 안락해 보이는 침대에 철퍼덕 달라붙은 다경의 뒷모습을 보며 한숨을 쉬었다.

방 두 개도 안 되고, 트윈도 안 되고, 침대는 하나인데 경쟁자는 독하디독하고. 이러다 열흘 내내 고생할 게 빤히 보이는 시점에서 침대 쟁탈전이라니.

"후우, 너 다쳐도 모른다."

격렬한 몸싸움이 예고되었다.

민우는 아까보다 조금 더 힘을 주어 이번에는 다경의 허리를 잡았다. 살짝만 끌어낼 생각이었다. 물론 다경은 국가대표 레슬링 선수에 빙의한 듯 대단한 힘으로 버텼지만.

"아우, 소, 너 진짜……!"

결국 최선을 다하게 만든다, 이 여자가. 민우는 다경의 배 쪽으로 손을 넣어 깊이 끌어안으며 침대에서 떼어내려 힘을 줬다. 버티려는 자. 끌어내려는 자.

"어어, 어어……!"

다경의 손에서 힘이 풀려 시트를 놓아버린 순간이었다. 그녀의 허리를 뒤에서 안은 민우의 힘에 의해, 몸이 뒤집히며 한 바퀴 획 돌아갔다. ……지금 무슨 일이 일어난 거야. 다경은 천장이 빙글 돌아간 충격에 멍하니 벽을 바라보았다.

눈 깜짝할 사이에 거센 옆굴리기 공격을 당한 것이다. 여전히 뒤에서 그녀의 허리를 꽉 안고 있는 민우의 단단한 팔 힘과 커다란 어깨가 빈틈없이 느껴진다. 귓가에 밀려드는 뜨겁고 거친 숨결도.

시간이 멈췄을지도 모른다는 생각이 들 무렵, 두 사람은 침대 위에 꼭 붙은 채로 숟가락 두 개처럼 포개져 있었다.

야릇한 기운이 감돌아도 모자랄 첫날밤의 침대. 그 위에 찰싹 붙어 누운 두 사람. 힘주어 꼭 끌어안은 손과, 몰아쉬는 거친 숨은 있으나 단 하나가 없었다.

"……야, 안 떨어져?"

이어지는 스킨십, 그게 없었다. 불시에 옆굴리기 공격을 당한 다경은 얼른 정신을 차렸다.

"저리 떨어지라고, 이 못된 놈아."

제 허리와 배 쪽을 꽉 안은 민우의 손을 억지로 떼어낸 그녀가 벌떡 일어나 앉았다. 제게 절대 붙어 있어서는 안 될 것을 겨우 떨어뜨린 것처럼, 화르륵 불길이 인 얼굴이었다.

내친김에 민우는 팔다리를 쭉 뻗어버렸다. 침대 반쪽에 자세를 완전히 잡은 것이다. 못된 놈이면 어떻고, 착한 놈이면 어떠냐는 얼굴로. 이 순간, 긴 비행 끝에 등에 착 붙는 폭신한 침대보다 더 중요한 게 어디 있겠냐는 표정이었다.

그의 집념에 두 손 들었다는 듯 다경이 한숨 섞인 음성으로 물었다.

"너 진짜 여기서 잘 거야?"

이제야 대화가 통할 모양이다. 민우는 옆으로 누워 한 손으로 얼굴을 받친 채 선택지를 제시했다.

"자, 둘 중 선택해."

"뭘."

"앞으로의 일정 동안 아마 침대는 계속 하나뿐일 거야. 아무래도 허니문인데 각방을 쓴다거나 침대를 따로 쓰는 건 이상해 보일 테니까."

머나먼 타국에서도 누군가의 시선을 신경 써야 하는 신세라니.

"그러니까 하나, 둘이 한 침대 사이좋게 쓴다. 단, 가운데 넘어오지 말 것."

"그리고?"

"둘, 하루씩 몰아주기."

"번갈아 침대 쓰기? 하루씩?"

"그래."

두 가지 중 하나를 선택하는 게 최선이긴 했다. 다경은 잠시 생각에 잠겼다. 어느 쪽이 나을까. 어차피 두 사람만 있으니, 이곳에서만큼은 남의 눈을 신경 쓰지 않아도 될 터다. 유일하게 자유로운 공간이다. 제일 편안하게 휴식을 취할 수 있는 곳. 그러니 최대한 서로 좋은 쪽으로 택해야 할 텐데. ……어떻게 해야 좋을까.

"빨리 결정해. 씻고 자야 할 거 아냐."

시차도 안 맞아 피곤한 상태였다. 다경은 결국 빠르게 결단을 내렸다.

"하루씩 번갈아 침대 쓰는 걸로 해."

아무래도 같은 침대에 나란히 자는 건 도저히 안 되겠다 싶나 보다. 한 명은 침대에서, 다른 한 명은 소파에서 자게 됐다. 오늘부터 시작이니, 누가 먼저 침대를 쓸 것인지 정해야 했다. 민우가 침대 위에 일어나 앉아 다경을 마주했다.

"가위바위보?"

"콜."

"단판으로."

"당연히 단판이지!"

깔끔하게 딱 한 번의 승부로 결정하기로 했다. 두 사람의 시선이 팽팽하게 맞부딪쳤다. 침대 위에 감도는 건 역시나 야릇함이 아닌, 팍팍한 긴장감이다. 별것도 아닌 일에 괜히 숨 막히는 순간, 비장한 각오로 주먹을 쥔 두 남녀가 동시에 입을 열었다.

"가위, 바위, 보!"

비장하게 내민 손. 민우는 가위, 다경이 낸 건 보였다.

"내려가시지."

자비는 없었다. 승리한 민우가 바로 다경을 밀어냈다.

"알았다, 알았어."

치사하다는 듯 다경이 침대에서 내려가며, 한 줌 남은 미련을 흘렸다.

"남자는 주먹이라며? 왜 갑자기 가위를 내고 그러냐."

"내가 주먹 내면 너 이기려고 보자기 낸 거잖아."

흡, 찔린 다경이 입을 다물었다.

"그럴 줄 알고 내가 가위를 낸 거지. 어디서 짱구를 굴려."

"……치사한 놈, 무자비한 놈, 나아아쁜 놈."

"졌으면 깨끗하게 승복해라. 욕하지 말고."

민우는 승자의 여유를 누리며 가소롭다는 듯 대꾸했다.

다경은 더 할 말이 없었다. 소파든 바닥이든 얼른 씻고 엎어져 잠이나 자야겠다 싶어 욕실로 향했다.

"내가 먼저 씻을게. 이것도 싸우자는 거 아니지?"

"먼저 씻든가."

선심 쓰듯 하는 대답에 다경은 여전히 불만인지 부우우, 입이 잔뜩 나와서는 욕실로 들어갔다. 쿵, 문이 닫히고 잠시 후 쏴아아아, 물줄기 떨어지는 소리가 이어졌다. 지나치게 잘 들렸다. 민우는 침대에서 벌떡 일어나 창문으로 다가갔다. 역사가 오래된 호텔답게 창문이 쉽게 열리지 않고 영 뻑뻑했다.

타아악. 겨우 창문을 열고 나자 낮은 온도의 밤바람이 밀려들어 왔다. 하아, 이제야 살 것 같다. 눈 밑 볼이 아직도 뜨끈뜨끈했지만 아까보단 나아졌다.

"정신 차리고 열흘만 버티자. 일단 집에 가면 방은 따로 쓸 거니까."

민우는 얼굴 가득 바람을 맞으며 열기를 식혔다. 제 못된 본능을 들킬까 도리어 심술궂게 굴긴 했지만, 차라리 다경에게 온갖 욕을 들어먹는 게 더 낫다. 서로 남녀 사이를 인식하며 돌아올 수 없는 강을 건너면 안 되니까.

정신 똑바로 차려야 할 허니문의 시작이었다.

"잠옷 취향하고는."

씻고 나온 다경에게, 민우가 못 봐주겠다는 듯 타박했다.

"이게 뭐, 왜, 뭐."

집에서 늘 입던 파자마 차림이다. 복슬복슬한 느낌의 연노랑 물방울무늬 잠옷. 나이를 의심케 하는 유치한 색상과 문양이었지만, 다경은 당당했다.

"얼마나 편한데. 이거 입으면 잠 진짜 잘 오거든."

외모로만 보면 집에서도 차르르 떨어지는 실크 슬립을 입고 있을 것만 같은 다경이지만, 현실은 달랐다. 집에선 무조건 파자마, 아니면 트레이닝복. 이제는 왕 대표와 주아의 성화에 못 이겨 그나마 '사람답게' 평상복을 챙겨 입지만, 예전에는 외출할 때조차 무조건 트레이닝복만 입던 다경이었다.

"얼른 너도 씻어. 피곤할 거 아냐."

"나 씻는 동안 침대 탐내지 말고, 네 자리에 얌전히 있어."

'네 자리'는 곧 소파다. 민우의 쌀쌀맞은 말에 다경은 흥, 칫, 뿌우 하며 소파로 향했다. 자신이 욕실에 있던 사이 컨시어지에 새로 요청해서 받았는지, 폭신한 이불 한 채가 소파에 얌전히 놓여 있었다. 그거 먹고 떨어지라며, 침대에는 얼씬도 말라는 민우의 단호함이 느껴졌다.

다경은 소파에 팔랑 몸을 던지듯 누웠다. 그래봤자 내일이면 침대는 내 차지가 될 것이니, 그땐 국물도 없다.

"너, 머리는 안 말려?"

민우가 욕실로 들어가려다 말고 참견했다. 아직 다경의 머리카락은 수건으로 둘둘 만 채 젖은 그대로였다.

"잠깐만 쉬었다가 말릴 거야."

"퍽도. 그대로 주무시겠지."

막상 소파에 눕자 노곤했던지 다경은 금세라도 잠이 들 것만 같
았다.

"……음, 안 되는데. 머리칼 상하면 장 원장님한테 혼나는데."

대중에게 몸과 얼굴을 고스란히 내보이는 직업이다. 아무리 피
곤해도, 힘들어도, 자기관리를 게을리했다가는 단번에 티가 나기
에 절대 그럴 수 없다. 얼굴이나 눈이 조금만 부어도 성형설, 건강
이상설이 돌았고, 손톱이나 헤어 관리가 덜 되어 있어도 프로의식
이 없다는 말을 들었다.

하지만 다경은 오늘 너무도 피곤했는지, 일어나 드라이를 해야
한다는 마음과 다르게 몸이 자꾸만 가라앉았다.

"……이리 와."

욕실이 아닌 화장대로 향한 민우가 무심하게 드라이기 코드를
꽂았다.

"응?"

"말려줄 테니까 빨리 오라고."

마음 바뀌기 전에.

"헐, 진짜 드라이해주게?"

그래도 침대를 독차지한 게 영 미안했나 보다. 머리까지 말려준
다고 하는 걸 보면. 싸가지는 국 말아 먹은 얄미운 얄민우가 직접
해주는 드라이라니, 웬 떡인가. 항상 비싸게만 구는 이놈을 부려먹
을, 다시없을 기회였다.

이 순간을 놓칠 수 없는 다경이 벌떡 일어나 쪼르르 다가갔다.

"역시 형제님이 최고십니다."

다경은 쌍엄지를 치켜올려 경의를 표하며 의자에 앉았다. 손 안

대고 머리카락이 마르는 기적을 맛볼 시간이다. 그런데 이거, 드라마나 영화에 보통 로맨틱한 장면으로 나오는 거 아니던가? 그것도 사골이고 단골이다. 그렇게나 흔한 만큼 백발백중 통하는 '로맨틱' 상황이었다.

'내가 얘랑 이런 걸 연출해도 되나. 으, 좀 간지러운데…….'

막상 거울 앞에 앉아 민우에게 머리카락을 맡기긴 했지만, 다경은 절로 우러나는 거부감에 약간 어깨를 움츠렸다. 지금은 누구도 보는 사람이 없다. 연기할 필요가 없다는 말이다. 그렇기에 약간 불편한 기색을 감추진 않았다. 젖은 머리카락 사이로 긴 손가락을 넣어 가볍게 흔드는 장면. 눈을 감고 그 손길과 따뜻한 바람을 느끼는 동안, 위이잉, 하는 소리 위로 부드러운 음악이 입혀질 것만 같다.

아아……. 생각만 해도 소름이 돋네. 역시 이건 좀 아니지.

'지금이라도 됐다고 하고 그냥 내가 해야겠다.'

다경이 돌아보며 드라이기를 달라고 하려던 순간이다. 그녀의 머리카락을 감싼 수건이 툭 떨어지고 위이이잉, 바람이 일었다.

"으아앗."

생각지 못한 거센 강풍이 무자비하게 몰아닥쳤다. 민우의 손이 다경의 머리카락 사이로 들어와 두피를 사정없이 문질러댔다. 푸우우우우우우.

"야, 야아아, 너무 세!"

"약풍으로 이 긴 머리를 어느 세월에 말려. 가만히 있어."

시끄러운 드라이기 소리를 이기느라 두 사람의 목소리는 높아졌다. '로맨틱'은 개뿔. 샤라라, 하는 음악이 흘러나올 것만 같은 연인 사이의 감미로운 상황이 아니다. 전쟁 같은 드라이 현장은 로맨틱과의 거리가 우주의 끝과 끝처럼 멀었다.

"아푸우우, 물기 입에 들어오잖아!"

"니가 입을 벌리고 있으니까 그렇지. 말할 생각하지 말고 꽉 다물어."

굳이 비유하자면, 목욕을 마친 대형견의 털을 거침없이 말려주는 주인 같다고나 할까. 걱정할 필요가 전혀 없던 거다.

"그래도 좀 살살!"

"말려주는 거 고마운 줄이나 알아."

민우의 커다란 손에 의해 다경의 머리카락은 물기와 함께 사정없이 휘날리고, 고개도 이리저리 흔들렸다. 첫날밤, 로맨틱보다는 격렬한 시간이었다.

민우가 욕실로 들어간 후, 다경은 소파로 돌아왔다. 바싹 마른 머리카락이 포실포실 기분 좋다. 소중하게 다루는 느낌 없이 너무 격하기만 한 드라이였지만 효과는 훌륭하고 신속했다. 뭘 바라나, 이 정도면 됐지 뭐. 다경은 흡족한 마음으로 누운 채 휴대전화를 들고 인터넷에 접속했다.

"결혼 기사……, 공항사진……, 많이도 떴네."

굳이 검색하지 않아도 포털사이트 메인에 여기저기 노출된 자신의 기사가 아직도 신기했다. 신혼여행이 끝나고 돌아가면 광고 촬영과 인터뷰, 차기작 미팅과 오디션 등 줄줄이 바쁜 일정이 기다리고 있지만 아직 실감 나지 않았다.

내가 정말 주목을 받긴 하는 건가, 지민우랑 결혼한 덕분에? 이 말도 안 되는 비즈니스 결혼으로 인해 인생 자체가 뭔가 순탄하게 풀려가는 기분은 어색하기만 했다. 다경은 손가락으로 다음 기사, 또 다음 기사를 클릭해가며 사진 속에서 지민우와 자신이 다정한 신혼부부로 보이는 모습을 말없이 바라보았다. 그러다가 아래쪽

목록에 뜬 다른 기사를 보고 눈이 동그래졌다.

"어, 시사회!"

지체하지 않고 클릭했다. 배우 강유현의 새 영화 시사회 소식이었다.

"맞다, 오늘 시사회였지. 아아……, 개봉하는 날 가서 보지도 못하겠네. 첫날을 놓치다니. 한국 가자마자 봐야지."

포토월을 배경으로 흰 셔츠에 검은 바지를 입은 무난한 차림일 뿐인데도, 강유현은 감탄이 날 정도로 완벽한 외모를 자랑하고 있었다. 지난해 해외영화제에서 남우주연상을 거머쥐며 명실상부한 톱배우로 존재감을 다진 후, 공식석상에는 꽤 오랜만에 모습을 드러낸 그였다.

그의 신작을 얼마나 기다렸던가. 그녀는 강유현의 영화가 개봉할 때마다 모자를 푹 눌러쓴 채 극장을 찾고 또 찾으며 스크린으로 몇 번씩이나 다시 볼 정도였다. 나오는 작품마다 대사까지 다 외울 정도로 VOD로도 수십 번씩 재탕하는 오랜 팬 다경은 그의 새 작품이 반갑기만 했다.

"근데 피부 봐. 어쩜 이십 대 때나 지금이나 변함이 없냐. 방부제를 드시나."

다경은 강유현의 얼굴이 가깝게 잡힌 사진을 보며 감탄했다. 서른셋이 된 나이에도 몇 년 전과 큰 차이가 없어 보였다. 오히려 더 산뜻해진 모습이 여자들의 마음을 설레게 하기 충분했다. 그뿐일까. 쓸쓸하고 깊은 눈빛은 품에 가득 안아주고 싶을 정도로 아련했다. 이번 역할 때문에 심하게 감량한 모습이 안타까웠는데, 개봉 준비와 함께 다시 몸을 만들었는지 훨씬 좋아 보였다.

몸도, 피부도, 얼굴도, 미소도, 어디 하나 완벽하지 않은 구석이 없다. 단순히 잘생긴 얼굴이 아니다. 수많은 이야기를 품고 있는 듯 그의 얼굴 자체가 하나의 작품 같았다.

"어, 리호네."

다른 기사를 보다 보니 시사회에 참석한 여러 연예인 중 나리호도 있었다. 다경은 기사에 첨부된 짧은 영상을 클릭했다.

"선배님 신작 축하드리러 왔습니다. 시한부 삶을 살아가는 주인공을 연기하셨다고 하는데요. 강유현 선배님 특유의 진중한 내면 연기가 너무 기대돼요. 열심히 보고, 많이 배우고 가겠습니다. 선배님, 이번 작품도 천만 가세요, 파이팅!"

애교 있게 손가락 하트를 만드는 나리호의 모습이 화면에 가득했다.

"우와, 리호 좋겠다."

강유현은 리호와 같은 회사 소속이고, 또 리호의 아버지와는 여러 차례 작품에 함께 출연하며 각별한 사이라고 알려져 있었다. 누구에게나 친절하고 신사적인 강유현이지만, '연예인의 연예인'이라 불릴 정도로 대단한 톱스타라 쉽게 친해지기 어려운 존재였다. 전혀 다른 세계에 사는 사람 같기만 했다.

그렇기에 특유의 친화력으로 강유현에게도 스스럼없이 다가서는 리호가, 다경의 입장에서는 부럽기만 했다.

"언제 다시, 실물 딱 한 번이라도 볼 수 있으면 좋겠는데. 멀리서라도."

아주 오래전 간직한 추억은 그녀만의 것일 테다. 강유현은 기억하지도 못하겠지. 차곡차곡 쌓아온 팬심은 감히 다가서지 못할 별을 향해 아스라이 빛나고 있었다.

다경이 비우고 나간 욕실. 민우는 쏟아지는 물줄기 아래 서서 일부러 찬물을 틀었다. 정신이 확 들며 뼛속까지 시원해졌다.

"아아앗."

순간, 민우는 손을 들어 귀를 막았다. 날카로운 것으로 유리를 긁는 듯 기분 나쁜 소리가 귓가에 울렸기 때문이다. 이명이다. 그렇다면 곧 뭔가 보일 것이다. 머리카락을 적시며 뚝뚝 떨어지는 물줄기 아래에서 민우는 괴로움을 참았다. 이어서 눈앞에 떠오를 장면에 집중하기 위해 정신을 똑바로 차리려 애쓰며.

"……어."

이명이 잦아들며, 언제나 그래왔듯 마치 영화 필름처럼 어떤 장면들이 눈앞에 지나갔다.

"뭐야……."

슥슥 지나가는 장면들. 그 속에는 웨딩드레스를 입은 다경이 있었다. 오늘 자신과의 결혼식에서 입었던 것이 아니라 전혀 다른 디자인이다. 헤어도 다르고. 결혼식 분위기조차 완전히 다르다. 사람도 많고, 카메라도 많고, 딱 봐도 무척이나 성대한 결혼식이었다.

거기에서 다경은 동화 속 공주처럼 웃고 있었다. 누군가의 팔짱을 끼고서.

"……누구지?"

민우는 눈을 감고 인상을 찌그린 채 다경의 옆에 선 남자가 누군지 보려고 집중했다. 하지만 끝내 남자의 모습은 드러나지 않았다. 다만 다경의 표정은 확실히 읽을 수 있었다. 꿈을 꾸듯 황홀하고도 아름다운 얼굴이었다. 믿기지 않는 결혼을 하는 행복한 신부처럼.

파바밧. 전원을 끈 것처럼 순식간에 장면이 사라졌다.

"이게 끝인가?"

민우는 천천히 눈을 떴다. 머릿속이 멍했다. 괴로운 이명도, 기억의 편린도 모두 사라지고 다시 현실만 눈앞에 있었다.

"결혼을 한 번 하셨겠다……."

욕실에서 나온 민우는 소파에서 잠든 다경 쪽으로 다가갔다. 그는 앞 테이블에 걸터앉아 곤히 잠들어 있는 다경을 가만히 바라보았다. 첫날밤, 지난 삶 어디쯤에서 다른 누군가와 결혼했었던 그녀의 모습을 보게 될 줄이야.

"신랑이 대체 누구였지?"

누구길래 그렇게 행복한 얼굴이었을까. 자신과의 결혼식 때와는 전혀 다른 표정이었다. 다경은 오늘도 충분히 설레고 수줍은 신부의 모습을 연기했지만, 민우는 직접 눈으로 본 이상 그녀의 꾸며낸 연기가 '진짜' 좋아하는 얼굴과 얼마나 다른지 제대로 알게 됐다.

장면 속 다경의 얼굴을 잊을 수 없다. 얼마나 좋으면 그렇게 아름답게 웃고 있었을까. 가슴속이 무언가 날카롭고 뜨거운 것에 찔린 듯 깊이 따끔거렸다.

"평생 결혼 안 할 거라더니."

그렇게 행복한 얼굴로 결혼을 하다니. 민우는 이전 생에서 그녀가 다른 남자와 결혼을 했다는 사실이 은근히 당황스러웠다. 자신과의 결혼은 분명 가짜다. 그렇다면 이전의 결혼은 진짜였을까. 어떤 남자와, 어떤 과정으로, 어떻게 결혼까지 했던 걸까. 자신도 아는 사람일까. 지금은 어디 있을까. 다경과 친분이 있는 남자는 그리 많지 않은데, 그 사람은 대체 누굴까.

온갖 궁금증이 밀려왔지만 그걸 풀어낼 수 있을 리 없다. 이미 열 번째인 자신조차 제대로 기억하지 못하는 과거의 삶인데, 누가 그 해답을 줄 수 있을까.

"잠이 오냐, 너는."

업어가도 모를 정도로 쌕쌕, 깊은 잠에 빠진 다경은 아무것도 모를 것이다. 과거도, 현재도, 그리고 미래도. 그냥 다경은 '지금'을 살아갈 뿐이다. 늘 그래왔듯.

'널 어떻게 살릴 수 있는지, 네가 이전 삶에서는 어떤 인생을 살았는지…… 이제 조금씩 알 수 있게 되는 걸까?'

오늘 본 그녀의 예전 결혼식 장면이 하나의 힌트가 될 수 있을까. 조금씩 더 실마리가 풀려나갈 수 있을까. 그것만 알게 되면 무작정 '견뎌야만 하는' 스물아홉이 아닐 것이다. 제대로 '지켜내는' 스물아홉으로 만들 수 있다. 그러기 위해 여기까지 온 것이고.

민우는 왠지 모를 투지가 들끓었다. 이불을 덮는 둥 마는 둥 하고서 소파에 웅크리고 잠든 다경을 한참이나 바라보던 민우는 자리에서 일어섰다. 그녀가 손에 꼭 쥐고 있던 휴대전화를 조심스럽게 빼내 테이블에 올려둔 후, 다경의 몸 아래로 두 팔을 넣어 천천히 들어올렸다. 찰떡처럼 찰싹 달라붙듯 민우의 품에 들어왔다.

민우는 그녀를 공주님안기로 들고서 침대 쪽으로 향했다. 그리고 푹신한 침대에 사뿐히 내려놓았다.

"……잘 자라."

이불을 끌어올려 다경의 몸을 잘 덮어준 민우는, 그녀 대신 소파로 갔다. 불을 끄고 눕자, 침대에 비해 한없이 불편한 소파지만 이제야 마음이 조금 편안해졌다. 어차피 대결은 의미 없었다. 처음부터 침대는 다경에게 양보할 생각이었으니까.

"흐으음⋯⋯."

다경은 입맛을 다시며 잠에서 깼다. 무거운 눈꺼풀을 들어 고개를 돌리자 낯선 방이 한눈에 들어왔다.

"아, 호텔이지⋯⋯."

그래, 나 결혼했지. 신혼여행 왔지. 여기 로마지. 그제야 꿈만 같았던 어제가 비로소 현실로 느껴졌다.

"음? 근데 침대?"

자신이 누운 곳이 침대라는 걸 깨달은 다경이 바스락거리는 이불을 걷어내며 벌떡 일어나 앉았다. 분명 소파에서 잤는데? 설마 침대에 밀고 들어온 거야? 잠결에? 방 안을 둘러보니 민우의 모습은 보이지 않았다. 욕실 문도 열려 있는 걸 보니 이 안엔 없는 것 같은데. 지금이라도 다시 소파에 가서 자는 척할까.

"일어났네."

눈 가리고 아웅이라도 할 셈으로 일어서려는데 밖에 나갔다 온 듯 민우가 문을 열고 방으로 들어왔다.

"어, 어어. 구, 굿모닝."

죄라도 지은 듯 말이 더듬더듬 나왔다. 아직 침대에 붙어 있는 몸이 못내 민망한 순간이다.

"어디 갔다 와?"

"산책 겸 주변 좀 돌고 왔어. 씻어. 아침 먹으러 내려가야지. 조식 간단하게 먹고 나가자."

"근데 나 혹시⋯⋯, 내 발로 침대에 온 거야?"

너 밀어내고? 제발 아니라고 해주길 바랐지만 꿈이 컸다.

"어."

으아아. 고작 하룻밤 편하게 자겠다고 지민우를 쫓아내고 침대를 차지하다니. 잠결에 화장실에 다녀오면서 무심코 침대로 향했나 보다. 자다가 봉변을 당했을 지민우는 얼마나 놀라고 황당했을까 생각하니, 온몸이 쪼그라드는 기분이었다.

아아, 나는 왜 그 하루도 못 참고. 무의식중에도 편안함을 추구하는 제 몸뚱어리가 오늘따라 참 비루하고 민망하게 느껴졌다.

"미안. 내가 일부러 그런 건 아니고…….'

다경은 고개를 푹 숙이는 바람에, 민우의 입꼬리가 흔들리는 것을 보지 못했다. 풀이 죽어 순순히 잘못을 고하는 자신을 그가 꽤 즐거운 눈으로 바라본다는 것도.

소야, 또 속냐.

"미안하긴 해?"

"응, 오늘은 내가 소파에서 잘게. 이제 절대 안 그럴게. 죽어도 안 그럴 거야."

"그런 거 함부로 장담하는 거 아닌데."

"아니야. 진짜 약속해."

그렇게 침대를 차지하겠다고 온 힘을 쓸 때는 언제고, 막상 부당하게 차지한 자신의 행적을 파악하자 바로 반성하는 모습이 꽤 귀여웠다. 이러니 소다경이지 싶고.

"됐으니까, 밥 먹게 빨리 씻기나 해."

"하해와 같은 은혜 감사드립니다, 친구마마."

다경은 역시 너밖에 없다는 듯 민우를 감격한 눈으로 바라보았다. 룰루루, 가벼운 몸으로 욕실로 쏙 들어가는 걸 보니 다경은 침대 덕분에 꽤 편안한 밤을 보낸 모양이었다. 긴 몸을 접어 소파에서 웅크려 자느라 허리가 조금 욱신거렸던 민우는, 새벽에 일어나자마자 몸도 풀 겸 산책을 다녀왔다.

자신에 비해 숙면을 취한 다경이 컨디션도 꽤 좋아 보여 민우는 다행이라 생각했다. 제 불편했던 밤은 후회가 안 될 정도로.

"옜다, 너 먹어라."

다경의 샐러드 접시에 새우가 툭툭 떨어졌다. 점심을 먹으러 온 식당에 앉아, 음식이 나오자마자 바로 민우가 자신의 오일 파스타에서 골라낸 새우를 넘겨준 것이다.

"또 새우 안 먹어?"

"어, 너나 먹어."

"그렇게 나이를 먹고도 편식은."

쯧쯧, 혀를 차면서 다경은 새우를 포크로 콕 찍었다. 쟤는 이 맛있는 걸 왜 안 먹지?

"먹기 싫으면 새우 든 걸 시키지 말든가."

"다른 해산물은 좋으니까."

딱히 알레르기가 있는 것도 아니니 굳이 가릴 필요도 없지만, 민우는 해산물 중에서도 꼭 새우만 골라내는 버릇이 있다. 덕분에 다경은 민우와 함께라면 좋아하는 새우를 실컷 먹을 수 있었지만. 그리고 좋은 점이 또 하나 있다.

"야, 여기."

다경은 샐러드에 있는 삶은 달걀 중 흰자를 골라내 민우에게 넘겼다. 다이어트를 심하게 하는 동안 지겹게 먹고 또 먹었던 달걀흰자. 얼마나 질렸는지 이젠 흰자라면 보기도 싫은 지경에 이르렀다.

"삶은 달걀 안 나올 줄 알았는데 이 집 샐러드엔 나오네. 네가 좀 먹어줘."

"너 때문에 나까지 질리겠다."

그렇게 말하면서도 흰자를 민우에게 주면 잘 먹곤 했다. 평소에는 함께 냉면 먹을 때 제일 좋았다. 냉면 위에 꼭 얹어 나오는 달걀 중 흰자는 민우에게 주고, 노른자는 다경이 자연스레 받아먹었으니까.

새우나 달걀뿐만은 아니었다. 식성이 잘 맞는 것도 아닌데 희한하게 음식궁합이 좋은 사이였다. 싫어하는 건 떠넘기고, 좋아하는 건 두 배로 먹을 수 있으니까 함께하는 식사가 그리 나쁘진 않았다. 딱히 설명하지 않아도 서로의 취향을 너무 잘 알아 편했다.

"우리 그럼 이거 먹고, 트레비 분수 가서 젤라또 먹는 거?"

다경의 신난 말투에 민우는 괜히 퉁하니 되물었다.

"관광이 아니라 음식이 목적인 거지?"

"내가 뭐 얼마나 먹었다고."

그렇긴 했다. 파스타로 유명한 레스토랑에 왔는데도 다경은 샐러드만 한 접시 시켜서 먹고 있었다. 운동도 운동이지만 식이조절을 강하게 하는 편이다. 조금만 방심해도 화면에 부어 보이게 나오는 여배우의 고충은 다경에게도 예외 없었다. 긴 시간 그렇게 관리해온 게 몸에 뱄나 보다. 여행까지 왔으니 살짝 풀어져도 좋으련만.

반면 민우는 운동선수로 활동했던 경력답게 기본적으로 많이 먹는다. 많이 먹고, 많이 운동하며 몸을 관리했다. 체중을 집중적으로 관리해야 하는 기간에는 물론 조심했지만, 요즘도 운동 강도는 센 편이라 음식에 그리 구애받지는 않았다. 민우는 어떻게 다경처럼 매 순간 그렇게 살 수 있는지 때론 불쌍하기도, 때론 안쓰럽기도 했다.

"어차피 이따 젤라또 먹을 거, 여기서 파스타도 먹어. 하나 더 시켜?"

"꼬시지 마. 그냥 젤라또만 먹을 거야. 그건 너무너무 먹고 싶으니까 딱 그것만. 먹고 싶다고 다 먹을 순 없잖아."

"같이 있는데 좀 같이 먹어야 흥도 나지. 너 그렇게 안 먹으면 내가 어떻게 먹냐? 같이 다니는 사람 생각도 좀 해라."

"흥이 안 나는 사람치고……."

다경의 시선이 민우의 앞에 있는 접시들에 멈추었다.

"상당히 많이 드시네요."

오일 파스타, 크림 파스타, 토마토 파스타. 골고루 시켜 혼자 세 접시나 해치우면서 그런 소리가 잘도 나오렸다. 흥이 났으면 열 접시는 먹었을 놈. 하여튼 얄미워.

다경은 눈을 가늘게 뜨고 민우를 쳐다보다가 다시 샐러드를 먹는다. 그래도 이따 젤라또 먹으면 행복해지겠지. 다경은 생각만 해도 즐거워졌다.

"이거 먹고, 바로 판테온 가는 거지?"

"맞다. 그 근처에 에스프레소 유명한 곳 있어. 커피도 마시자."

젤라또 가게에 줄을 서서 차례를 기다리며, 다경은 또 눈을 반짝거렸다. 얼마나 찾아봤는지 관광지 얘기만 나오면 그 근처에 어떤 맛집이 있는지 줄줄 읊어댔다. 정작 자신이 먹을 수 있는 건 한계가 있으면서.

민우는 예전의 다경을 떠올렸다. 그녀가 배우활동을 하지 않았던 학창시절, 그때는 뭐든 맛있게 먹고는 했었다. 김치 빼고는 가리는 것도 별로 없었다. 자신의 집 거실에서 배 깔고 누워 숙제하다가, 어머니 서 여사가 식사를 차리면 주방으로 쪼르르 들어가 이것저것 도우며 함께 준비하고는 서 여사가 요리해주는 모든 음식을 하나하나 감탄하며 맛나게 먹었다. 그렇게나 먹는 걸 좋아하던 애였는데, 먹는 기쁨을 기꺼이 포기할 만큼 지금은 자신의 직업을 더 많이 사랑하는 다경이었다.

"하아, 맛있겠다!"

드디어 차례가 되자, 유리 너머 총천연색의 젤라또를 보며 다경이 흥분했다. 심혈을 기울여 두 가지 맛을 골랐다. 쌀과 레몬을 고른 다경을 따라 민우도 똑같이 주문했다. 각각 콘을 하나씩 받아 들고 가게를 나온 후, 본격적으로 먹어보려는 찰나. 다경의 번뜩이는 눈빛이 민우의 젤라또에 닿았다.

"그게 더 크다?"

"뭔 소리야. 똑같은데."

"아니야, 그게 더 커. 훨씬 크잖아."

다경이 제 것을 민우의 젤라또에 가까이 가져갔다. 진짜였다. 훨씬은 아니지만 민우의 젤라또가 살짝 더 컸다.

"헐, 뭐야. 너만 더 많이 주고. 사람 차별하네."

"어쩌다 그랬겠지."

"아니야. 아까 이거 준 저 여자직원이 너 막 흐뭇하게 쳐다보고 그러더니, 일부러 더 많이 줬나 봐. 네가 막 끼 부린 거 아니야?"

직원이 일부러 양을 다르게 준 것도 아닐 텐데, 작은 차이도 은근히 서러운 듯 다경이 입술을 앙 다물었다. 맛있는 걸 먹을 기회가 많지 않다 보니 이런 것까지 거슬렸다.

"정 그러면 너나 저 직원한테 끼 좀 부려보지 그랬냐."

가만히 있을 것이지, 꼭 한마디를 덧붙여서 민우는 매를 벌었다. 얄미운 얄민우를 그냥 두고 보지 못한 다경이 결국 그의 손목을 잡아 제 쪽으로 끌었다. 민우의 젤라또가 다경의 입술에 닿았다.

"야, 내 거."

"흐음, 맛있다."

한입 야무지게 빼앗아 먹은 것이다. 이제야 공평하다는 듯 다경이 활짝 웃었다. 베어 문 젤라또가 입안 가득 시원하고 달콤하게 퍼졌다. 그러고는 이제야 제 것을 막 먹으려는데 민우가 정의를 구현했다.

"헐, 야아아."

다경의 젤라또가 민우의 입술에 훅 베여나갔다. 방심한 사이 눈 뜨고 당했다. 보란 듯이 빼앗아 먹은 그는 싱긋 웃었다.

"흐음, 그러게. 맛있네."

"이놈이 진짜."

침대에 이어 젤라또 혈투가 이어졌다. 멀쩡히 제 것 놔두고 서로의 손목을 당겨 열심히 빼앗아 먹느라 바빴다.

"아우. 다 먹었잖아."

아쉬워 죽겠다는 듯 다경이 빈손을 쫙 펼쳐보았다. 역시 남의 것이 더 커 보인다는 진리를 확인하고, 허무함만 남은 혈투였다.

"하나 더?"

"싫어! 어차피 네가 더 많이 먹을 거잖아."

새침하게 대꾸한 그녀가 홱 걸음을 옮겼다. 민우가 웃으며 다경의 뒤를 따랐다. 빼앗아 먹는 게 맛있는 걸까, 네 거라 맛있는 걸까. 모르겠다. 같이 먹어 맛있는 것인지도.

"어어, 야, 소, 그쪽 아니야."

"웅? 어플 지도에 분명히 이쪽……이 아니네?"

툭하면 씩씩하게 다른 길로 접어들려는 다경을 잡아챈 민우가 그녀의 손목을 꼭 붙들었다.

"하여튼 손 많이 가."

"내가 뭘. 헷갈릴 수도 있지."

"방향치냐. 어떻게 보고도 반대쪽으로 갈 수가 있는데."

그렇게 판테온 쪽으로 한참 향하던 길에 다경의 휴대전화 메신 저 통화 연결음이 울렸다.

"한국에서 온 건가 보다. 어? 왕 대표님이네."

두 사람은 인적 드문 골목 중간에서 멈추어 섰다. 다경이 얼른 전화를 받았다.

"네, 대표님."

왕 대표의 흥분한 목소리가 터져 나왔다.

– 소다경! 너희 어쩌다가 그렇게……!

어쩌다가? 우리가 뭘 했다고?

– 아이구, 애들 놀란다! 뭘 그렇게까지 흥분을 해.

왕 대표와의 통화에, 툭 끼어든 남 대표의 목소리.

– 이리 줘봐. 내가 얘기할게. 다경아, 나야. 민우네 대표.

"아, 네. 남 대표님."

전화기를 든 채 다경이 고개를 꾸벅 숙여 인사했다.

"또 같이 계시네."

옆에 선 민우가 중얼거렸다. 왜 왕남 대표님들은 또 같이 있는 건지. 무슨 일이 또 생겼나. 다경은 고개를 갸웃했다.

"그런데 왜요? 무슨 일 있어요?"

– 너희 진짜 어쩌다가 그렇게 사진까지 찍혀서…….

사진? 문제는 사진이었나 보다. 레스토랑에도, 트레비 분수에 도 동양인 관광객들이 꽤 있었던 것 같은데, 혹시 그 모습이 다 사 진으로 찍힌 건가? 우리가 너무 대놓고 싸웠나. 사이 안 좋은 거 너 무 티 났나.

낭패감 어린 표정으로 다경이 민우를 바라보았다. 그가 "왜?" 하 고 걱정스레 물었지만, 아직 잘 모르겠다며 고개를 젓는 수밖에 없었다.

― 하여튼 연기는 기차게 잘해요, 둘 다!

"네에?"

이어 흘러나온 남 대표의 말에 다경은 어리둥절해졌다. 왕 대표의 수화기 스틸이 이어지며 흥분한 음성이 흘러나왔다.

― 너희 말이야! 거기서 어쩜 그렇게 긴장도 안 풀고 잘하냐고. 어쩌다 그런 사진들까지 알아서 찍혀주고, 아주 예뻐 죽겠다니까.

"난 또 우리가 뭐 잘못한 줄 알고……. 대표님 화난 줄 알았잖아요."

다경이 이제야 한숨을 돌렸고, 남 대표가 끼어들어 어떻게 된 일인지 차분히 설명해주었다.

― 너희 사진 잔뜩 떴거든. 아주 화보가 따로 없다.

"여기 기자도 와 있어요?"

다경의 말에 옆에 있던 민우도 반사적으로 두리번거렸다.

― 기자가 아니라, 자발적 파파라치가 세계 각국에 깔렸지. 지금 인스타에 너희 목격담 막 올라오고 난리야. 사진도 엄청 찍혔어.

몰랐다. 남들 다 가는 관광지 한복판에 있으면서도 티격태격하느라 주변은 신경 쓰지도 못했다. 외국이라 그냥 너무 방심했나 보다.

"아아……, 우리 사진 인스타에 쫙 떴대."

다경이 조그만 목소리로 민우에게도 상황을 전했다. 흔히 알려진 장소로만 다닌 덕에 이 참사를 겪게 되었다고. 다시 왕 대표의 목소리가 수화기에서 흘러나왔다.

― 사진만 봐도 너희 어우, 얼마나 다정한지. 서로 음식 먹으라고 막 나눠주고.

아닌데요. 먹기 싫은 거 막 넘겨준 건데요.

– 젤라또도 서로 막 먹여주고.

헐, 그건 더 아닌데요. 막 빼앗아 먹은 건데요. 그것도 대단히 살벌하게.

– 너무너무 잘했어. 사진 의식하는 티 하나도 안 나고, 너무 자연스럽더라.

실제로 의식했을 리가 없으니까요.

– 앞으로도 계속 그렇게 긴장 바짝 하고 다니면 되겠다. 너희야 고생스럽겠지만, 그래도 보는 눈이 어디에든 있다는 거 항상 잊지 말고.

왕 대표는 칭찬과 당부를 함께 전했다.

– 신경 써서 처신할 거라고 생각은 했지만, 거기서 그렇게까지 잘할 줄은 몰랐는데 이제 안심해도 되겠다. 여행 즐겁게 다니고, 무슨 일 있으면 전화해.

신뢰감이 가득한 음성이었다. 왕 대표는 무척이나 흡족해하며 인사를 하고 전화를 끊었다. 그사이 남 대표는 민우에게 사진들을 전송해주었다.

"여기 사진 왔다."

"어디, 봐봐."

다경이 얼른 민우의 휴대전화 화면을 함께 들여다보았다. 분명히 피 튀기는 혈투의 현장이었는데 사진 속 두 사람은 그들이 봐도 알콩달콩, 꽁냥꽁냥, 사랑스러운 신혼부부 그 자체였다.

"인스타 들어가면 더 많대. 한번 찾아보란다."

"어이가 없네."

다경은 제 눈으로 보고도 믿을 수 없었다. 실제로는 서로 눈만 마주쳐도 욕하기 직전이었다는 걸, 이 사진들을 봐서는 절대 모를 정도였다.

"사진이 왜 이렇게 나오는 거야?"

그녀는 공허한 질문을 던졌다. 발리에서 찍었던 웨딩촬영도 결과물은 마찬가지였다. 희한하게도 달달한 사이로 보였다. 이럴 수가 있나. 공부하는 척만 했는데도 전교 1등을 한 기분이다. 얼떨떨하면서도 한편으로는 무척 찜찜하고, 뭔가 겁까지 났다. 이러다 정의의 철퇴를 맞아 처절한 응징을 당할 것만 같다.

"환상의 케미라잖냐. 남들 눈에는."

민우가 답을 내주었다. 둘 사이가 그렇게 보일 수밖에 없는 이유. 우리는 아니어도, 남들 눈에는 그렇다는 게 하루 이틀도 아니고.

"한두 해 붙어 다닌 것도 아닌데, 가만히 있어도 세트로 보이는 거 어쩔 수 없지. 너랑 나, 옛날부터 한 묶음인 거 어쩌겠냐."

민우가 어깨를 으쓱했다. 자신 역시 다경과 하나로 묶여 불쾌한 건 마찬가지라는 듯 콧등을 구기며 덧붙였다.

"그렇다고 너무 기분 나빠하지 마. 나라고 좋은 거 아니니까."

"피차 싫은 건 싫은 건데. 그나마 가만히 있어도 이득이니 다행이긴 하다, 그치? 손 안 대고 코 푸는 게 이런 거 아니야?"

다경은 민우와 엮이는 상황과는 별개로, 좋은 결과에 일단 만족하기로 했다.

"그래."

민우가 고개를 끄덕이며 손을 내밀었다.

"남은 기간, 계속 잘해보자."

어쨌든 이 비즈니스 결혼 관계는 무탈하게 이어가야만 하니까. 다경은 그의 속도 모르고 기꺼이 웃으며 손을 잡았다. 비장하게 악수한 손은 놓지 않고 그대로 잡은 채 다시 걸음을 옮겼다.

보란 듯이 손을 맞잡고 걸어가는 골목길. 따스한 햇살이 머리 위로 부서지고, 낯선 도시에서 느끼는 손의 감촉은 왜인지 든든하기만 했다. 일부러 잡은 듯, 그게 아닌 듯. 알 수 없게도.

➤➤❖◄◄

일주일 후, 서울의 늦은 밤.

"……좋아 죽네."

나리호는 휴대전화 화면 속 사진을 신경질적으로 넘겨보았다. 이동 중인 밴 안이다. 이 사람들은 신혼여행 중이면 얌전히 여행이나 할 것이지 온갖 데 돌아다니면서 웬 사진은 그렇게 찍히는 건지.

로마에서 시작해 시에나, 피렌체를 거쳐 밀라노까지 여기저기서 찍혔다는 지민우와 소다경의 사진이 못내 짜증스러웠다. 불쾌하면 그만 보면 되는데 일부러 더 찾아보고 있었다. SNS를 휩쓴 데 이어 연일 시답지 않은 기사까지 계속 나고 있으니 안 볼 방도가 없다. 여기도 사랑 커플, 저기도 사랑 커플. 대체 언제 적 사랑 커플이냐고.

"할 일 드럽게도 없네, 다들."

나리호는 이내 휴대전화 화면을 꺼버리고 옆 좌석에 던지듯 놓아버렸다. 그것도 모자라 뒤집어 탁 덮어놓았다.

"아후! 거슬려, 진짜!"

차 안에서 목청껏 빼애액 소리까지 질렀지만, 가슴속 뜨거운 불은 꺼지지 않았다. 운전 중인 매니저 석중은 하루 이틀 일이 아니라는 듯 미동도 하지 않았다. 사랑스러운 외모와 달리 나리호의 성격이 예민하고 까칠하다는 건 익히 알고 있었기에.

"제깟 것들이 뭔데 설치고 난리야."

일찍이 지민우에게 가졌던 설익은 호감이 오히려 독이 되었다. 자신이 가져본 적도 없으면서 괜히 빼앗긴 것처럼 분하기만 했다. 남들은 자신과 친해지지 못해 안달인데, 지민우는 전혀 달랐다. 같은 드라마에 출연하는 동안에도 그는 제게 필요 이상의 말을 건넨 적이 없었다. 지민우와 친구 사이라는 소다경에게 일부러 더 친한 척을 하며 다가갔지만, 그와 가까워질 기회는 없었다.

"민우가 다경이랑 친한 거 보면 진짜 신기해. 민우는 약간 거리 두면서 예의 차리는 스타일 같은데."

"괜히 소꿉친구겠냐. 가족처럼 자랐다는데 저 정도 친한 거야 당연하지."

둘 사이를 파고들 틈도 없었다. 그래도 단순히 친구려니 했는데, 드라마 끝난 후에라도 기회를 만들어 지민우와 한번 만나볼까 했었는데, 생긴 것도 딱 여우 같고 악녀 같은 소다경이 단숨에 홱 채어갔다. 친구라며 옆에 딱 붙어 있을 때부터 알아봤어야 했는데.

"별것도 없는 여자한테 붙어 있어봤자 자기만 손해일 텐데."

리호에게는 일부러 접근하는 동료도 있었다. 그녀의 배경에 기대어 어떻게든 기회를 얻어보려고 하는 이들. 리호는 그들의 관심과 호의를 적당히 이용하고 내치길 반복했었다. 그게 그녀의 권력이다. 마음껏 누려도 누가 뭐라 하지 못하는, 그 세계에서의 절대적인 힘.

금수저라며, 특혜를 받았다며, 형편없는 연기력으로도 부당하게 주요배역을 꿰찬다며 뒷말을 할지언정, 막상 제 앞에서는 설설 기는 이들이 대부분이다. 동료 배우도, 감독도, 제작자들도 자신을 함부로 대하는 이는 아무도 없었다.

기자들조차 리호의 기사는 호의적으로만 써주었다. 시청자들이 앞다투어 제기하는 발연기 논란을 언론으로 끌고 와 판을 까는 기자는 아무도 없었다. 논란이 힘없이 묻히는 건 당연했다. 캐스팅은 문제없이 또 이어졌다. 나리호의 세상이었다.

하지만 지민우가 그런 대단한 자신과 시선도 마주치지 않는다는 사실이 지금껏 나리호의 자존심을 건드려댔다. 이렇게 두 사람의 신혼여행 사진만 봐도 짜증이 일었다.

"도착했다, 리호야."

회원제로 운영되는 고급 클럽이 있는 빌딩 앞에 차가 멈추었다. 리호는 거울을 꺼내 얼굴을 이리저리 비춰보았다. 상냥한 미소를 지을 준비는 되었다. 그건 별로 어려운 일이 아니다. 저 안에 얼마나 대단한 업계 인사들이 모여 있는지, 이탈리아에서 쓸데없는 사진이나 찍히고 돌아다니는 그 멍청이들은 알지도 못할 것이다.

피식, 비웃음을 머금으며 리호는 휴대전화를 들었다.

"어, 아빠. 나 도착했어. 데리러 내려올 거지?"

ㅡ 그래, 지금 아빠가 내려갈게. 잠깐만 기다려.

딸이라면 껌뻑 죽는 아버지가 반가운 음성으로 대답했다. 연기 잘하는 사람들도, 예쁘고 멋진 사람들도 차고 넘치는 세계다. 그중에 '선택'을 받는 것이 얼마나 힘든 일인지, 아무리 말해도 부족할 정도였다. 그런 곳에서는 인맥도 실력이 된다. 적어도 나리호와 그녀의 아버지는 그렇게 생각했다.

ㅡ 여기 지금 우 감독도 와 있다. 다음 작품은 강유현이랑 할 것 같다는데, 아빠가 우리 리호 얘기 계속 해줬으니까 올라와서 우 감독한테 인사 잘하고.

"당연하지. 역시 우리 아빠가 최고야."

리호는 활짝 웃으며 전화를 끊었다. 우 감독과 강유현이라니, 그 작품은 절대 놓치면 안 되겠다는 생각만 리호의 머릿속에 가득했다. 한 발짝 더 올라갈 귀한 기회가 될 테니까. 아무리 올라가도 부족한, 그 화려한 꼭대기로 향하는 길. 나리호는 마음에 안 드는 이는 자근자근 밟아줄 생각이었다. 그녀 앞에 걸림돌은 아무것도 없었다.

→>※<←

이탈리아, 베로나.

민우와 다경은 이곳에서 밤을 보내고 내일 아침 베네치아로 이동할 예정이다. 그곳에서 하루 구경을 하고 밤 비행기를 타면 신혼여행도 끝이니 오늘 밤이 여행지에서 제대로 보내는 마지막 밤인 셈이다.

"여기서 맥주 한잔 마시고 들어갈까?"

"콜!"

민우의 제안을 다경이 기다렸다는 듯 수락했다. 그냥 호텔로 돌아가기 아쉬운 참이었다. 아름다운 건물들로 둘러싸인 작은 광장의 노천카페는 오렌지색 불빛이 가득 내려앉아 무척 운치가 있었다. 마음마저 몰랑해지는 기분에 잠겨, 다경은 턱을 괴고서 지나는 사람들을 바라보았다.

여행의 순간들이 필름처럼 스쳐 지났다. 꿈처럼 즐거웠던 시간.

"의외로 되게 재밌었다, 그치?"

"……재밌었다고 하기엔 너무 파란만장하지 않았나. 누구 덕분에."

맥주를 한 모금 마신 민우는 다소 시니컬하게 대꾸했다.

"에이, 또 왜 이러실까."

민망해진 다경은 생글생글 웃었다. 그도 그럴 것이 열흘에 가까운 시간, 수없이 길을 잘못 들고 짐을 잘못 챙기거나 시간을 착각하거나…… 그 모든 사고는 다경이 쳤기 때문이다. 수습은 모두 민우가 했었고. 물론 자잘한 일들이지만 여행지에서는 그런 일조차 큰 사건처럼 여겨지는 법이다.

"다음에 또 여행 오면 그런 실수 안 할게."

"나랑 여행을 또 오시게?"

누굴 고생시키려고. 질색하는 민우를 향해 다경이 다시 또 방글방글 웃었다.

"다녀보니까 알겠어. 여행 메이트로는 지민우가 딱인 거."

"너야 좋겠지. 내가 다 해주니까."

"이번엔 내가 자유여행이 처음이라 그랬고, 다음엔 다를 거야. 누나 한번 믿어봐."

그 누구와 여행을 와도 이보다 편하진 않을 거다. 심지어 지민우는 남자인데도, 그와 같은 방을 쓰는 것조차 숨 쉬듯 편안하기만 했으니까. 그간 민우의 고충은 다경이 알 리 없다.

"아, 내가 매일 침대 차지한 건 정말 미안하고."

딱 하나. 너무 미안한 점은 있었다. 분명히 각오를 단단히 하고 소파에서 잤는데도, 아침마다 어김없이 침대에서 눈을 떴다는 것. 자신이 이렇게까지 침대에 집착하는 스타일일 줄이야. 일부러 그런 건 아니다. 술을 마시고 필름이 끊긴 것도 아닌데, 어쩜 잠만 자면 이렇게 정신을 못 차리는지 자신도 알 수 없었다. 그것도 민우가 자는 침대까지 뺏을 정도로 엉망인 수면상태가 못내 민망하기만 했다. 내가 몽유병이 있었나. 죽은 듯 쓰러져 자긴 해도, 몽유병은 없는데.

그러다 보니 여행 중반 이후로 민우는 포기한 듯 자동으로 소파로 향했다.

"오늘은 내가 진짜 소파에서 잘게. 침대로 가."

"됐어. 침대 좋아하는 너나 침대에서 자."

하루씩 번갈아 자기로 한 건 의미가 없어졌다. 정말 괜찮다며 민우를 침대에 끌고 가 눕혀도, 다음 날 아침 일어나보면 여지없이 민우가 소파, 자신이 침대였다. 밤마다 무슨 일이 일어나는지, 업어가도 모를 만큼 깊이 잠든 다경은 알 수 없는 순간들이 있었다.

덕분에 다경의 몸은 하루하루 편했지만, 그에 대한 미안한 마음만은 자꾸만 커졌다. 물론 고마운 마음 또한 그에 비례했고.

"아아, 기분 좋다."

술에 취한 건지, 밤에 취한 건지. 까만 밤하늘을 올려다보는 다경의 눈이 곱게 접혔다. '로미오와 줄리엣'의 도시인 이곳 베로나는 심지어 그 도시의 형상까지 하트를 닮았다고 했다. 어딜 가나 하트 모양 기념품들이 가득했다. 그만큼 로맨틱한 이 도시에서의 마지막 밤.

여행 내내 민우는 다음 날 컨디션을 위해 술 한 모금 입에 대지 않았다. 어차피 이곳에서도 가벼운 식이조절을 하고 있던 다경 역시 그리 술 욕심을 부리진 않았었고.

하지만 오늘은 다르다. 기분도 좋고, 밤공기도 좋고, 분위기도 좋고. 꽤 좋았던 여행의 마지막 밤이니까.

"한 잔 더 할래."

다경은 냉큼 맥주를 더 주문했다. 한 잔이 두 잔 되고, 두 잔이 세 잔 되자 민우는 그만 말려야겠다는 생각이 들었다.

"이제 가서 자야지. 시간 늦었어."

"아니야, 한 잔만 더 하자."

"이러다 내일 늦잠 자서 기차 놓치려고."

"에이이이, 날 뭘로 보고!"

널 너로 보지, 뭘로 보냐. 소다경이니까 그러고도 남을 것 같아서 불안한 건데.

"아니, 아니. 오늘은 진짜 내가 멀쩡한 밤을 보낼 거야. 소파에 내 몸을 묶어놓기라도 할 테니까 네가 침대에서 자. 그리고 나 내일 새벽 일찍 일어나서 준비도 미리 딱 하고 있을게. 기차 놓칠 일 없을 거야. 자, 진짜 약속."

다경이 새끼손가락까지 내밀며 훌륭한 여행자의 자세를 굳게 약속했다. 민우는 그에 손가락을 걸지 않고 그저 물끄러미 바라보기만 했다. 사심 없이 함빡 웃으며 여전히 다경은 하얀 손가락을 내밀고 있었다.

"응? 속 안 썩일게, 약속! 빨리 약속하고 조금만 더 마시자."

어깨까지 살짝 흔드는 걸 보니 흥이 오른 것 같은데…….

"지금 내 피에 맥주가 싹 스미는 중이란 말이야. 끊기면 안 돼. 아, 분위기 너무 좋다, 정말."

이거 위험한 거 아닌가.

남녀 사이에 친구로 남을 수 있는 방법은 딱 하나 있다고 했다. 남자도, 여자도, 못생기면 되는 거라고. 우스갯소리긴 하지만 일리는 있었다. 아무리 친구여도 어느 순간 이성으로 보이는 순간은 한 번씩 찾아오기 마련이므로. 하다못해 외모로 인정받는 두 사람이다. 흐려진 정신에 소가 예뻐 보이지 말란 법 없지. 소 눈에 자신이 잘생겨 보일 수도 있고. 이런 위험한 관계에 촉발을 일으키는 요인은 또 따로 있다고 했다.

술과 밤. 그 두 가지는 분명, 오랜 친구 사이를 깰 만큼 치명적인 요소였다.

"우리 딱 한 잔만 더, 응?"

하지만 다경이 본격적으로 조르니 민우도 어쩔 수 없었다.

"그럼 정말 딱 한 잔만이야."

"그래!"

이렇게 신난 다경을 본 게 언제였던가. 다경은 너무나 행복해하며 맥주를 추가로 주문했다.

베로나의 밤은 점점 깊어갔다. 밤하늘도, 별도, 불빛도, 어느 하나 안 예쁜 게 없다.

"여긴 밤이 더 예쁜 것 같아."

다경은 턱을 괸 채 연신 사랑스럽단 눈으로 주위를 바라보았다.

"그렇게 좋냐."

민우의 물음에 다경이 수긍했다.

"응, 너무 좋아. 아디제 강도 예쁘고, 아까 해 질 때 베키오 성도 너무 예뻤어. 낮에 줄리엣의 집도 좋았고. 기대를 별로 안 해서 그랬는지 더 좋았던 것 같아. 맞다, 여기서 찍은 영화 있지? 뭐였더라."

"'레터스 투 줄리엣'. 우리 갔던 시에나에서도 촬영했을걸."

"어, 진짜? 아만다 사이프리드 나온 거 맞지? 너 그 영화 봤어?"

"아니."

"잘됐네. 한국 돌아가면 같이 보자. 재밌겠다."

피렌체에서는 이미 여러 번 본 '냉정과 열정 사이'를 또 보자고 하고, 로마에서는 '로마의 휴일', '먹고 기도하고 사랑하라', '로마 위드 러브'를 보자고 하고, 바티칸 갔을 때는 '천사와 악마'를 봐야 한다고 하고. 그 밖에도 이탈리아를 배경으로 한 영화를 싹 다 찾아서 볼 거라며 다경은 기대에 차 있었다. 제대로 여행 후유증을 앓을 건가 보다.

"그럼 그것도 봐야지. '온리 유'."

민우의 제안에 다경이 어렴풋한 기억을 되짚었다.

"들어봤는데. ……되게 옛날 영화 맞지?"

90년대 외국영화였던 것 같은데. 그럼 벌써 얼마나 오래된 거야. 그녀는 마침 오래된 영화를 좋아했다. 그보다 훨씬 예전에 나온 고전영화들도 좋아했고. 영화라면 가리지 않고 쉼 없이 보아왔던 다경이었다.

"맞아. 예전 '온리 유'는 로버트 다우니 주니어가 남자주인공이었지, 아마. 이후에 중국에서 리메이크한 작품도 있고. 리메이크는 탕웨이가 여자주인공일걸."

배우들 이름만 들어도 벌써 재미있었다. 특히 로버트 다우니 주니어의 젊은 시절 모습이라니, 꽤 궁금하기도 하고.

"그럼 그 영화에 이탈리아 나오는 거야?"

"응, 로마부터 베니스, 피렌체, 밀라노, 포지타노 골고루 다 나와. 한국 돌아가서 보면 아마 재미있을 거야."

"좋아. 아, 기대된다. 보고 왔어도 좋았을 텐데."

다경은 다음에는 여행 갈 때 꼭 관련 영화를 미리 찾아봐야겠다며 즐거워했다. 가기 전에 보는 것, 또 다녀온 후에 보는 느낌이 다 다를 것이라면서.

"여행 이렇게 좋아하면서, 아무리 바빠도 좀 다녀보지 그랬냐."

민우는 괜히 다경을 보는 마음이 짠해 아무렇지 않게 맥주를 한 모금 마시며 말했다. 그녀 역시 아쉽다는 듯 대답했다.

"그러게. 왜 그렇게 팍팍하게 살았나 몰라. 그래도 그 덕분에 엄마한테 손 안 벌리고 내 힘으로 살면서 여기까지 왔으니까 뭐, 그거면 됐어."

여행을 생활과 바꿀 수는 없었다. 적어도 다경에게는, 먹고살 일이 해결된 후에야 생각해볼 문제였다.

"좀 더 어리고 자유로울 때 다녀봤으면 더 좋긴 했겠지만, 지금도 나쁘지 않아."

다경은 싱긋 웃었다.

"얼마 전까지만 해도 생각지도 못했던 신혼여행이지만, 어쨌든 제일 편한 너랑 같이 이렇게 여행도 오고. 좋은데, 뭐."

지난 일에 후회는 없다. 그저 지금에 만족하며 앞만 보고 달려갈 뿐.

"아아, 소다경 출세했다아. 이탈리아까지 와서 밤에 술도 다 마셔보고오! 너무 좋다아."

기분 좋은 듯 기지개를 쭉 켜며 다경은 연신 예쁘게 웃었다. 깍지 낀 손을 뻗은 채 하늘을 올려다본 그녀는 그대로 멈추었다.

"이렇게라도 나와보는 게 어디야. 다 새롭고, 다 재밌고. 고생해도 즐겁고 다 좋기만 한데."

그런 그녀를 말없이 바라보던 민우가 이내 입을 열었다.

"앞으로는 지겹게 다닐 거야. 꼭 일이 아니더라도 여행으로."

원한다면 얼마든지 함께 다녀줄게. 그런 간지러운 말은 차마 덧붙이지 못했지만, 진심이었다. 다경은 고개를 내려 민우를 보며 끄덕였다.

"그럴 수만 있으면 좋겠다, 정말. 나 가보고 싶은 곳 진짜 많은데. 너는? 넌 어디 가고 싶어?"

"글쎄. 딱히."

민우가 시큰둥하게 대답하자 다경이 그럴 줄 알았다는 듯 핀잔했다.

"넌 어쩜 그렇게 세상에 재미있는 게 없냐."

여행 내내 감흥도 없고 신기해하는 것도 없는 모습만 보아왔기에.

"너 이럴 때마다 한 100년은 산 사람 같아."

뜻밖의 지적에 민우가 풋, 웃어버렸다. 다경이야 모르고 한 말이겠지만, 그게 사실이었으니까. 스무 살부터 스물아홉 살까지 열 번째 살고 있다. 다시 사는 삶만 따져도 100년에 가까우니, 기억은 또렷하지 않아도 몸으로 익힌 삶이 벌써 도합 100년은 넘은 것이다. 징하다, 징해.

그러니 세상 신기한 게 어디 있을까. 사실 그냥 다 지겹고, 귀찮고. 어서 새로운 서른 이후를 살고 싶고, 이 굴레에서 벗어나고 싶은 게 사실이다.

어디선가 흘러나오는 음악을 따라 다경이 허밍했다. 그녀는 여간 좋은 게 아닌가 보다. 달빛이 다경의 고운 이마와 콧등을 따라 미끄러진다. 밤인데도 화사하게 빛나는 얼굴이 마치 혼자 조명을 독차지한 주인공 같았다.

민우의 이 권태로운 세상 속에서도 가장 지겨운 건 사실, 눈앞의 소다경이다. 그런데도 어째서 하루하루 갈수록 새롭고 신기할까. 얘한테 이런 면이 있었나. 저런 표정을 지을 줄 알았나. 지금은 무슨 생각을 하는 걸까. 가만히 보면 20년째 변함없는 소다경인데, 왜 새삼스럽게 이러는 건지.

"왜?"

그러다 눈이 마주친 다경이 왜 쳐다보고 있냐는 듯 물었다. 흠, 민우는 시선을 돌리며 불퉁하게 내뱉었다.

"음도 다 틀리면서 뭘 따라 부르냐. 듣고 있는 내 귀가 불쌍하다."

"하여튼 얄미운 놈, 말하는 것 좀 봐. 오늘같이 예쁜 날, 그냥 좀 넘어갑시다. 얼마나 좋냐, 이 자유롭고 로맨틱한 분위기!"

"그렇게 자유 좋아하면서 배우는 왜 목숨 걸고 하는지 모르겠네."

연기하지 않았더라면, 좀 더 편하게 살 수 있지 않았을까. 다경은 스타의 화려한 삶을 꿈꾸는 것도 아니고, 유명세를 누리는 걸 좋아하는 편도 아니면서. 왜 이렇게 힘들고 불편한 길을 굳이 가려는 걸까. 생각해보니 지금껏 그런 진지한 얘기를 나눠본 적은 한 번도 없었던 것 같다. 하지만 이 밤이라면, 어떤 말이든 자연스럽게 흘러나오며 마음을 나눌 수 있을 듯하다. 그만큼 완벽히 아름다운 분위기였다.

"나는 있지, 사실 처음에는 엄마가 억지로 촬영장 끌고 다니는 거 힘들었거든. 어렸잖아. 내가 좋아서 하는 일도 아닌데 잠은 제대로 자지도 못하지, 감독님은 무섭지, 이해도 안 가는 대사 막 외워야 하지……, 맨날 도망가고 싶었어."

"……."

"그런데 그 작품 끝나고 나니까, 엄마가 예경이한테 올인하느라 날 거들떠도 안 보기 시작했잖아. 처음에는 촬영장 안 가도 되니까 홀가분했는데 나중엔 좀 생각이 달라지더라고."

조곤조곤 이어지는 다경의 음성에 귀를 기울였다.

"아줌마랑 아저씨 덕분에."

"우리 부모님?"

"응, 두 분이 언젠가 그러시는 거야. 평생 살던 곳을 떠나 낯선 도시에 가서 바로 적응을 못 하시고 매일 우울하고 힘들었는데, 어느 순간 화면 속에서 내가 웃는 것만 봐도 기분이 좋아지고 행복했다고."

가족이 서로서로에게 큰 힘이 되어주며 그 시절을 잘 견뎌냈지만, 서 여사와 지 교수 부부에게 드라마 속 '반짝이'는 또 다른 이름의 치유제였다.

"사람은 원래 외로운 거래요. 할머니가 그러셨어요."

"언니도 힘든 거 있음 나한테 얘기해요. 내가 다 들어줄게요."

화면 속에서 볼이 통통하고 뽀얀 아이가 한껏 보듬듯 하는 말. 그 아이를 보기 위해 주말만 기다렸고, 덕분에 많이 위로받는 기분이었다고. 그래서 참 고마웠다고.

"그때 처음 알았지. 나는 아무것도 모른 채 시키는 대로 '연기'라는 걸 했지만, 그게 사람들에겐 즐거움도 되고 위로도 되는구나. 이거 되게…… 행복한 일이구나, 하고."

민우의 가슴속이 뜨끈해졌다. 다경이 유독 제 부모님을 잘 따르는 게, 그저 어머니 정 여사로부터 상처를 받았기 때문만이 아니었단 걸 깨달았다.

도피처 삼아 옆집에 드나든 게 아니라, 있는 그대로 마음이 끌렸던 거였다. 어머니에게 방치되어 마음이 갈기갈기 찢긴 아이가 스스로 얼마나 소중한지 확인받는 유일한 곳이었으니까. 자신도 다른 이를 기쁘게 하고, 아픈 곳을 어루만질 수 있는 존재라는 걸 알게 해주는 사람들이 바로 옆집에 있었으니까. 그곳에서는 자신이 살아가는 의미를, 확인할 수 있었으니까. 그러니 다경은 그렇게 옆집에 죽치고 있던 것이다. 사랑받고 싶어서. ……사랑받는 게 좋아서.

"커갈수록 다시 연기하고 싶다는 마음이 커졌는데, 미성년자니까 아무래도 보호자 없이는 힘들었지. 학교도 간신히 다녔는데. 그래서 하고 싶단 꿈만 꾸면서 스무 살이 될 때까지 기다렸잖아. 그러니 이렇게 마음껏 연기하게 된 지금, 내가 얼마나 좋겠어. 나 진짜진짜 행복해."

무명일 때도 다경은 촬영장을 갈 수 있다는 사실만으로도 감사했다. 눈에 띄지 않는 배역이라도 좋았다. 연기 그 자체를 좋아했으니 가능한 마음이었다. 누군가에게는 희망이 될 수 있기를, 휴식이 되고 위로가 되길, 점점 더 많은 이들에게 좋은 기운을 전해줄 수 있게 되기를 바라면서 하루하루를 살았다. 그 시간이 쌓이고 쌓여 지금의 소다경이 된 것이다. 후회는 없다.

"이름 따라간다고 내가 어릴 때 역할이 '옆집 반짝이'라 반짝 떴다가 사라졌잖아. 나 이제는 가늘고 길게 가는 게 꿈이야. 스타나 별이 되지 않아도 좋아."

진솔한 음성으로 그녀는 포부를 담담히 전했다.

"반짝, 말고 은은하게 오래오래 빛나는. ……그래서 그곳에 별이 있는지 달이 있는지 알지 못해도 항상 같은 곳에서 변함없이 빛나고 있는 그런 존재."

"……."

"그렇게 나는 오래오래 살 거야. 행복하고, 자유롭게."

밤하늘의 별이 그녀의 눈에 내려앉은 것만 같았다. 민우의 가슴에는 다경의 한마디 한마디가 박혀들었다.

소다경을 살리려면

쪽지 속 문구 또한 그의 가슴에 박혀 있었다. 소다경은 이렇게나 살고 싶어 하는데. 바로 앞날이 어떻게 되는지도 모르고서. 이 결혼이 아니었다면, 그녀의 인생은 어떻게 되었을지 알지 못한다. 아홉 번의 삶을 실패하고 다시 돌아왔으니, 다경의 꽃은 매번 제대로 피지도 못하고 허망하게 져버렸을지도 모르는 일이다.

가늘고 길게, 오래오래 살고 싶다는 애인데 대체 서른도 되기 전에 무슨 일을 당했던 걸까. 아팠을까, 사고였을까, 설마 스스로 결정한 건 아니었겠지.

그녀는 여러 번 불행을 경험했겠지만, 이번 삶은 다를 것이다. 이미 다른 길에 들어서지 않았나. 의리라는 이름으로 자신이 그녀와 결혼까지 했으니까.

가라앉으려는 마음을 다잡으며 민우가 대꾸했다.

"넌 참 소박하기도 하다. 가늘고 길게, 가 뭐냐. 촌스럽게. 한번 태어났으면 야망이 있어야지. 꿈은 원대하게 가져야 월드 스타도 되고 지구도 제패하고 그러는 거 아니냐? 떡대가 아깝다."

다경은 저도 모르게 손을 교차해 제 양 팔뚝을 감싸며 한껏 어깨를 움츠렸다.

"나 너무 운동을 심하게 했나? 요즘엔 잘 안 하는데, 이러다 정말 벌크업되고 그러는 거 아니겠지? 남성 호르몬 넘쳐 보여?"

그럴 리가 있나. 아무리 민우가 형제님, 형제님, 하고 있지만 절대 그럴 리가 없는 외모인데. 풍성한 속눈썹 아래 동그란 눈은 한없이 깊게 반짝였고, 긴 목에서 이어지는 어깨는 선이 가늘었다. 쌕쌕 숨을 쉴 때마다 부풀어 오르내리는 가슴, 바알간 입술, 웃을 때 예쁘게 말리는 입꼬리, ……너무나 여자였다. 지나치게 여자.

하지만 그녀를 이성으로 볼 수 없다고 철저히 프로그래밍된 로봇처럼, 민우는 동생 윤우 대하듯 그녀에게 말했다.

"당연하지, 이 자식아. 이러다 연기로 월드 스타 되기 전에 뭐로든 월드 챔피언 먼저 되겠다. 이참에 주종목 하나 정해서 훈련 들어가지 그러냐."

"몸 키우려고 운동하는 게 아니라 날씬하려고 하는 거거든."

"날씬 좋아하시네. 아무리 봐도 썩히기 아까운 떡대란 말이지. 한국 돌아가면 바로 종목부터 정하자. 형만 믿어, 내가 아주 쓸 만하게 트레이닝 시켜줄 테니까. 그러고 보니 이놈 머리카락도 쓸데없이 치렁치렁하네. 이거 다 운동할 때 방해되는 거야, 서울 가면 바로 머리부터 깔끔하게 목 위로 탁 치고……."

"니 목을 탁, 쳐버릴까 보다."

다경이 살벌하게 말허리를 잘랐다. 너무 나간 민우가 얼른 입을 다물었다.

"하여튼 이 싸가지는 적당히를 몰라요, 적당히를."

이게 콱, 하며 다경이 손을 올렸고, 민우는 순간적으로 방어자세를 취하면서도 고개는 빳빳이 들었다. 어떤 공격도 다 막아내겠다는 일념으로.

다행히 다경이 아직 이성을 잃지 않은 덕분에 유혈사태는 일어나지 않았다.

"됐다, 그만 마시고 이제 가자."

"그래, 가자. 빨리 자야 내일 베니스 가지. 너 곤돌라 되게 타고 싶다며."

"어! 곤돌라! 아아, 설렌다. 너무 좋아."

다경은 금세 또 배시시 웃으며 일어섰다. 취기는 딱 기분 좋을 정도였다.

그건 착각이었다. 호텔로 걸어가면서, 그리고 방에 들어가면서, 다경의 취기는 점점 올라왔다. 기분 좋을 정도를 넘어선 지 오래였다.

"헤에, 오늘 소파는 내 꼬야아!"

아직 제대로 된 주사는 나오지 않았으니 이 정도면 인사불성까진 아니지만, 그래도 시종일관 눈웃음에 애교 섞인 말투가 이어졌다.

"됐고, 그냥 넌 침대…… 흡."

"우우웅, 아니아니이."

다경이 손가락을 뻗어 민우의 입술을 꾹 눌러 막았다.

"계속 소파에서 자느라 너만 고생했잖아. 오늘은 마지막 날이니까 혼자 침대 다 차지해! 나는 소파에 꼭 붙어 있을게. 알았지?"

"됐다니까."

"나 먼저 씻는다!"

정신없는 와중에도 씻기는 또 열심이다. 다경은 얼른 욕실로 들
어가고 혼자 남은 민우는 소파로 다가갔다. 오늘 묵을 호텔의 소파
는 꽤 크고 푹신한 편이었다. 시험 삼아 직접 누워보았다. 침대 못
지않은 안락함이 느껴졌다.

"그래, 뭐. 하룬데."

다경이 그렇게 원하니 오늘은 소파를 양보해야겠다 생각했다.
아무리 웬수 같은 사이라도 신세 지는 건 죽어도 싫어하는 다경의
성격을 잘 알고 있다. 그녀는 여행 내내 매일 침대를 차지한 사실
을 두고 못내 마음 불편해했다. 일부러 미안해하게 만들려던 속셈
은 아니었는데. 내일이 마지막 날이니 하루 정도는 홀가분한 마음
으로 지내게 해도 괜찮겠지. 이 소파 착석감이 그리 나쁜 것도 아
니고.

잠시 후, 씻고 나온 다경이 소파를 빼앗길세라 얼른 다가왔다.
소파에 찰싹 달라붙어서는 잔뜩 경계하는 눈으로 민우를 바라보았
다.

"저리 가. 여기가 오늘 내 자리야."

탐내지 말라는 듯.

"……그럼 그러든가. 너 또 침대로 오면 그땐 진짜 가만 안 둔
다."

"죽이려고?"

다경은 눈썹 끝을 팔(八)자로 늘어뜨리며 불쌍한 표정을 지었다.
설마 죽이기야 하겠냐. 말이 그렇다는 거지. 하지만 민우는 일부러
한쪽 입꼬리를 비틀어 웃었다.

"가능성이 없는 것도 아니지."

"헉."

다경이 겁에 질려 소파에 엉덩이를 더욱 깊숙이 묻었다.

"너 방금 그때 그 뭐냐, 저번 영화에서 그 사이코 살인마, 너, 너, 딱 그 표정이었다? 그런 장난 함부로 하지 말라고오! 무섭다고오!"

"장난 같아? 넌 아직도 날 모르……. 허업!"

민우는 다경이 던진 쿠션에 얼굴을 정통으로 맞았다.

"작작 하랬지. 무섭다니까!"

"……네가 백배는 더 무섭다."

민우는 고개를 작게 흔들며 욕실로 향했다. 그가 문을 탁 닫고 들어가자 방에 혼자 남은 다경은 괜히 주위를 두리번거렸다. 아까는 고풍스러운 호텔 분위기가 마음에 들었는데, 한밤중에 다시 보자 어쩐지 스산한 느낌마저 들었다.

술기운 때문인가. 어쩐지 뭔가 나올 것만 같고, 열기와 한기가 번갈아 퍼지는 게 영 이상했다. 민우가 출연했던 영화는 꽤 무섭고 잔인했다. 공포나 스릴러를 즐겨 보지 않는 다경은 그래도 친구의 출연작이니 꾹 참고 끝까지 봤는데, 오래된 호텔에서의 살인 장면이 그만 떠올라버렸다. 아까 민우가 친 대사 때문이다.

"나아쁜 놈."

무서운 거 못 참는 거 알면서. 저 문은 안전할까. 누가 열고 들어오는 건 아니겠지? 다경은 쓸데없이 문단속을 다시 하고, 빠른 속도로 머리를 대충 말린 후에 소파에 누웠다. 소파는 창문 바로 옆에 있었다.

덜컹. 바람에 창문이 흔들렸다.

"흐읍!"

괜히 놀란 다경이 이불을 쥔 채 눈을 동그랗게 떴다. 소파 옆에서 까만 밤하늘이 바로 보여 왜인지 더 무섭게만 느껴졌다. 하아, 몰라아. 다경은 이불을 머리끝까지 뒤집어썼다. 한창 몽글몽글 기분 좋게 오른 설렘은 푸시식 꺼져버렸다. 실체 없는 공포와의 한판 승부만이 남아 있었다.

✦⊱※⊰✦

아침이 된 걸 알았지만 다경은 몸에 기분 좋게 감기는 이불을 꼭 그러쥐었다. 아직 눈을 뜨고 싶진 않았다. 이 느긋함을 조금 더 만끽하고 싶을 뿐.

'5분만 더 자면 딱 좋겠다.'

어젯밤 무서움에 오돌오돌 떨다가 겨우 잠이 든 것 같은데, 생각보다 푹 잔 모양이었다. 몸이 찌뿌듯하지도 않고 온몸이 개운한 게, 역시 침대가 푹신해서 좋…….

어, 푹신……? 뭐, 침대……?

순간, 다경의 눈이 번쩍 떠졌다.

"허얼."

또 침대라니. 아, 못 살아. 침대에 자석을 붙여놓은 것도 아니고, 어째서 눈을 뜨기만 하면 소파에서 잠든 몸이 침대에 와 있는 건지! 내가 혹시 순간이동 능력자였나.

멀쩡히 침대에서 자고 있던 지민우를 또 소파로 쫓아낸 건 아닌지 못내 두려워 다경이 조심스레 고개를 돌렸다. 소파는 비어 있고 그쪽에 민우는 보이지 않았다. 산책 나간 건가. 지금쯤 지민우는 또 침대를 차지해버린 자신을 어떻게 못살게 굴 건지 연구하고 있을 가능성이 컸다.

"망했어……."

정신을 다잡고 몸을 일으키려던 그때였다. 일어나려던 다경의 잠옷 목덜미가 붙들려 당겨졌다. 풀썩. 갑자기 강한 힘에 당겨져 뒤로 발라당 누워버렸다. 다경은 멍한 얼굴로 천천히 고개를 돌렸다.

설마⋯⋯는 언제나 사람을 잡는다. 소파 쪽만 신경 쓰고 미처 바로 옆을 보진 못했었는데, 다경의 곁에는 민우가 있었다. 즉, 같은 침대에. 몸이 닿을 듯, 숨이 닿을 듯, 너무나도 가까운 곳에.

"또 침대로 오면,"

"⋯⋯."

"가만 안 둔다고 했지."

한 손으로 얼굴을 받치고 모로 누운 채, 물끄러미 자신을 보면서 낮게 읊조리듯 최후통첩을 날리는 그가 옆에 있었다.

다경이 기억하지 못하는 지난밤, 한밤중에 눈이 뜬 그녀는 비몽사몽 중에 화장실에 갔었다. 정신은 반쯤 있었다. 아직 깰 때가 아니라서인지 꿈을 꾸는 중인지 현실인지 분간이 안 되기도 했었고. 덜커덩. 창문이 흔들렸다.

"흐응, 무섭게."

오늘따라 밤바람이 왜 이렇게 심한지 모를 일이다. 컴컴한 방 안. 다경은 저도 모르게 널따란 침대로 향했다. 소파가 아니라 침대로 발길이 끌린 것이다. 그 움직임이 매우 자연스러웠다. 매일매일 침대에서만 잤던 기억 때문일까. 자신이 방금까지 누워 있던 곳은 소파였다는 사실을 완벽하게 망각한 상태였다.

"히잉, 무서워서 잠도 못 자게 생겼⋯⋯."

걱정 섞인 중얼거림이 무색하게도, 포근한 침대 이불 속으로 쏙 들어간 다경의 눈이 스르르 감겼다. 새근새근. 순식간에 깊은 잠에 빠져들었다. 누가 뭐래도 어디서든 머리만 대면 꿀잠을 자는 다경의 특기가 이곳에서도 유효했다.

그나마 침대 가운데로 가지 않고 끝 쪽에 몸을 웅크리고 잠든 덕분일까. 오늘의 침대 주인 지민우를 전혀 건드리지 않고 완벽한 잠입에 성공했다. 물론 의도한 바는 아니었지만.

민우는 다경이 이불에 쏙 들어왔다는 사실조차 모른 채 여전히 자는 중이었다. 그리고 아침에 눈을 떴을 때 그가 느낀 그 황당함이란.

'얘 뭐야, 왜 여기 있어?'

침대를 서식지 삼아 무슨 일이 있어도 다시 돌아오는 다경이 바로 눈앞에 있다.

'귀소본능이야, 뭐야. 동물도 아니고.'

밤마다 헛수고했다. 일부러 다경을 안아서 침대에 옮겨놓지 않았어도 될 뻔했었는데. 지금 보니까 굳이 그러지 않았어도 다경은 이렇게 제 발로 침대에 들어왔을 애였던 것이다.

이불을 꼭 품고 이쪽으로, 또 저쪽으로 몸을 돌려가며 쌕쌕 잘도 자는 다경을 보니 민우는 더욱 기가 찼다. 얜 침대에 껌을 붙였나, 꿀을 발랐나. 괜찮다는 사람 기껏 소파에서 내쫓아 침대에 재우더니, 이제 와 뺏는 건 또 무슨 심보.

오기가 생긴 민우는 침대에서 내려가지 않았다. 모로 누운 채 손으로 머리를 받치고서 제 옆에 잠든 다경을 물끄러미 바라보았다. 깨어나면 뭐라고 하면서 또 뺀질거리려나. 조금만 화난 척해도 당황해서 아무 말이나 내뱉겠지. 그걸 구경하는 재미도 꽤 쏠쏠할 것이다.

'하여튼 심심할 틈이 없네, 소다경.'

피식 웃음도 새어나오려 했다. 자는 것만 봐도 웃기니, 같이 있는 게 딱히 불편한 사이는 아니었다. 그녀의 숨소리가 조용한 방에 낮게 퍼졌다. 조금씩 동이 트며 밝아오는 사위에 다경의 얼굴이 조금씩 더 또렷이 보였다. 길게 드리운 속눈썹, 티 없이 맑은 피부, 버선코처럼 예쁘게 솟은 콧날, 드문드문 오물거리는 입술.

'못생긴 편은 아니지. ……그래, 생긴 게 딱히 나쁘진 않아. 객관적으로.'

나쁘지 않은 정도가 아니다, 사실. 지금까지 하찮게 여기며 무시한 적이 많았지만, 이렇게 보니 꽤 예쁜 얼굴이었다. 이 정도로 다경의 얼굴을 자세히 본 적이 있던가. 아마 없었던 것 같다. 지금껏 한 번도.

"야, 야, 1학년에 새로 들어온 애 봤냐?"

"너 걔 말하는 거지? 머리 길고 눈 동그란 애, 이름이 소다경인가? 소다영인가?"

"소다경이야. 1학년 7반."

"이 새긴 벌써 반까지 외웠냐. 얼굴 예쁜 거 겁나 밝히네."

고등학교에 입학한 직후, 민우는 학원 화장실에서 3학년 선배들이 떠드는 소리를 우연히 들었다.

"1학년 중에 걔가 제일 예쁘지?"

"원톱이지. 3학년까지 통틀어도 제일 예쁠 거 같은데?"

"걔 옛날에 아역배우였다고 한 애잖아."

"아, 진짜? 어쩐지!"

민우는 고개를 갸웃하며 지나왔다. 언뜻 이해가 되지 않았다. 저 선배들은 집에서 소다경이 어떤 행색으로 있는지 몰라서 저러는구나, 결론 내렸다.

민우가 주로 보는 모습은, 다경이 머리카락을 아무렇게나 틀어 올리고 무릎 나온 트레이닝복을 입은 채 소파든 바닥이든 머리 대면 스르륵 잠이 드는 것이었다. 그렇다고 지저분한 편은 아니었다. 다경은 어릴 때부터 어머니가 신경 하나 안 써주는 가정 상황은 아무도 모를 정도로 스스로 야무지게 챙기고 다녔다.

그러니 밖에선 바짝 긴장하고 있다가 옆집에만 오면 봉인 해제되어 편하게 드러눕는 것인지도 몰랐다. 그 모습을 매번 참고 봐야 하는 건 옆집 아들, 민우였다.

"야, 너희 집 가서 자."

"싫어, 혼자 오래 있음 무섭단 말이야."

"야, 너희 집 가서 먹어."

"싫어, 혼자 먹으면 맛없거든."

갖은 구박에도 불구하고 부득부득 버티는 다경이 곱게 보이진 않았었다. 그런 그녀의 얼굴을 예쁘게 볼 틈은 더더욱 없었다. 남의 집 불편할 텐데 쟤는 왜 저러고 있을까. 이해가 되지 않았다. 다경의 고운 얼굴도, 고운 손발도, 고운 웃음도, 그저 불청객의 것으로만 보였다.

그땐 그랬다. 그녀의 외로움을 이해하기엔, 민우도 너무 어렸었다. 지금과는 다르게.

"후우움……."

민우를 등지고 반대편으로 돌아누운 다경이 드디어 잠에서 깨는 듯했다. 그는 여전히 모로 누운 채 그녀의 동그란 뒤통수를 가만히 바라보았다. 꼬물거리는 움직임이 바로 눈앞에 있었다.

"허얼."

이내 자신이 침대에서 깨어났다는 사실을 자각한 듯, 다경의 입에서 기막힌 탄식이 터져 나왔다. 냅다 고개를 살짝 들어 소파 쪽을 보는 모습. 민우가 거기 있다고 생각한 모양이다. 비어 있는 소파를 본 다경의 표정이 구겨졌다는 건, 뒤통수만 봐도 알 수 있었다.

"망했어……."

다경은 잠긴 목소리로 중얼거리며 얼른 일어나려 했다. 이쪽은 돌아보지도 않았다. 순순히 보내줄 순 없지. 민우가 손을 뻗어 그녀의 잠옷 목덜미를 낚아채 당겼다. 생각지 못한 힘에 다경의 고개가 뒤로 꺾이며 몸이 풀썩 넘어왔다.

다시 벌렁 누운 다경은 천천히 고개를 돌려 옆 사람을 확인했다. 설마 민우가 같은 침대에 누워 있으리라곤 생각도 못 했단 얼굴이었다. 뭔가 말하고 싶은지 뻐끔거리려는데 할 말이 없는 모양이다. 한 손에 잡힌 아기 새 같기도 하고, 불쌍한 척 꼬리를 내리는 아기고양이 같기도 하고. 동그란 눈을 느리게 감았다 뜨는 다경이 이상하게도,

"또 침대로 오면,"

"……."

"가만 안 둔다고 했지."

예뻐 보였다.

"……하하, ……하하하하."

농담이라 여겼는지 다경이 어색하게 웃었다. 민우는 가슴이 쿵, 무거운 것으로 세게 눌린 듯한 기분을 느꼈다.

"가, 가만히 안 두면…… 진짜 죽이려고? ……나, 나, 오래 살고 싶다니까……. 하하, 얘는 참 농담도 살벌하게 하네……."

가만 안 둔다는 게 꼭 그 뜻만은 아닌데. 다 큰 성인남녀가 나란히 침대에 누워 있는데, 일어날 일이 살인뿐이겠냐고 상식적으로.

하지만 다경은 다른 쪽으로는 전혀 생각지도 못하는 것 같았다. 민우의 자존심이 상할 정도로, 심장 어딘가가 욱신거릴 정도로, 침대 위 다경은 맹맹한 순두부 같은 얼굴을 하고 있었다.

"밤에 나도 모르게 침대로 왔나 봐. 진짜 미안. 헤헤. 이제 씻으러 가야…….."

"너 진짜."

아무렇지 않게 다시 일어나려는 다경의 어깨를 가볍게 누른 그가 보란 듯이 자세를 바꾸었다. 날렵한 몸은 눈 깜짝할 사이에 그녀의 몸 위로 올라와, 침대를 짚은 두 팔 안에 포획물을 가두었다. 단숨에 민우의 안에 갇힌 다경이 놀란 눈으로 그를 올려다보았다.

나 이제 죽는 거니.

정성 들여 깎은 듯 세심한 이목구비가 온통 자신을 향하고 있었다. 숨결이 닿을 것처럼 가까웠다. 그의 눈이 말했다. 진지하다. 나 지금 너무나 진지하다. 흔들림 없는 민우의 눈동자가 궁서체로 보일 지경이었다.

흐어어. 너 왜 그래…….

"나 지금 장난할 기분 아니거든."

민우가 낮게 내뱉었다. 화가 난 것 같기도 하고, 어딘가 모르게 애끓는 눈빛 같기도 하고. 이래저래 갈피를 잡을 수 없는 표정이다.

"남자 혼자 자는 침대에 올라와놓고, 너 꽤 뻔뻔하다."

……남자? 지금 본인을 남자라고 한 거야? 그 말인즉슨, 자신을 여자로 보겠다는 건데 지금. 설마 하려는 게 협박도 아니고 장난도 아니면, ……러브신이었나? 그걸로 겁을 주려는 거? 카메라도 없는데. 관중도 없는데. 지금 연기할 필요 없는데. 대본도 없는데. 대사도 없는데.

쿵쿵, 쿵쿵. 왜인지 모르게 온몸이 증발하고 거칠게 날뛰는 심장만 남은 느낌이다.

"우, 우리 친구 왜, 왜 이러실까……. 하하…….."

술과 밤이 아니라, 아침이 훨씬 위험한 거였다. 친구이기 전에 남자와 여자, 분명한 남녀 사이였는데. 그게 팩트인데.

"이 방에 너랑 나 둘뿐이고."

"……."

"한 침대에서 자겠다고 먼저 올라온 건 넌데."

"……."

"내가 굳이 참아야 할 이유 있어?"

절벽에서 심장을 내다 던져도 이보다 아찔하진 않을 것이다. 다경은 숨이 턱 막혔다. 얘가 지금 진심은 아닐 거고, 버릇을 고치겠다는 생각으로 세게 나오는 것 같은데, 침대에 몰래 들어온 대가로 이건 너무 가혹하지 않나. 이쯤 되니 다경은 제멋대로 사태를 해석했다.

지민우는 지금 자신이 납작 엎드려 잘못했다고 석고대죄하고, 오늘 베니스까지 삼보일배하며 가게 하려는 속셈일 테다. 약점 잡는 걸 좋아하는 얄미운 얄민우니까. 하지만 강에는 강, 약에는 약. 얄민우가 야하게 나온다면, 나도 야하게 나가는 수밖에.

다경이 금세 눈빛을 바꾸며 손을 위로 뻗었다. 냅다 그의 목을 감싸듯 안자 민우가 흠칫 놀랐다.

예상치 못한 행동에 벌써 무너지는 게 보인다, 보여.

"참긴 왜 참아. 참을 이유가 어딨다고."

다경은 눈을 게슴츠레하게 뜨며 과장된 투로 속삭였다. 일부러 대놓고, 유혹하듯이.

"당연히 너랑 같이 있고 싶어서 침대에 온 거야. 내가 먼저."

기함하듯 민우의 눈매가 일그러졌다. 오우, 느낌 좋은데.

"알 거 서로 다 알고, 우리도 이제 성인인데 망설일 필요 없잖아. 자."

민우의 목을 감싼 손을 조금 내렸다.

"헉."

그에 딸려 민우의 얼굴이 더 가까이 내려왔다. 흠뻑 당황한 기색이 만연했다. 깜냥도 안 되면서 어딜.

"마음이 없어도 이 정도는 가능하지 않아? 난 얼마든지 열려 있는데. 어디 마음껏 우리……."

"야, 야, 야!"

순간 속절없이 끌려 내려온 고개를 바짝 쳐들며 민우가 몸을 일으켰다. 하아, 숨을 몰아쉬는 그의 귀가 새빨갰다.

"됐다, 됐어. 내가 너랑 무슨 말을 하겠냐."

화기 어린 음성으로 툭 내뱉은 그가 재빠르게 침대에서 내려서며 다경에게서 떨어졌다.

다경은 기세를 몰아 몸의 굴곡을 살리며 옆으로 누웠다. 노란 잠옷을 입고도 잘도 요염한 척이다.

"에이, 시시하게 뭐야. 꼭 사랑해야 자는 거 아니잖아. 우리 이제 결혼도 했겠다, 욕구 충족 정도는 얼마든지……."

"끔찍한 소리 치워라."

"아아, 침대 넓다. 진작 같이 잘 걸 괜히 너 고생만 시켰네. 한국 가면 우리 신혼집에도 그냥 각방 쓰지 말고 침대 하나로 해서 같이 잘래? 이참에 좀 더 친밀하고 화끈한 사이로…… 허읍."

민우는 푹신한 베개를 다경의 얼굴로 던졌다.

"곱게 말할 때 닥치자고 했다."

질렸다는 듯 한숨을 내뱉으며 욕실로 들어가버리는 그의 뒷모습을, 다경은 흐뭇한 얼굴로 지켜보았다. 오늘도 나의 완승이로구나.

옷을 다 벗어내리고 맨몸으로 찬 물줄기 아래 선 민우는 그제야 달뜬 숨을 몰아쉬었다.

"어떻게 얼굴색 하나 안 변하고 저게…… . 어후."

조금만 가깝게 있어도 순간순간 저도 모르게 본능이 고개를 쳐드는 상황이 억울했고 몰아치는 마음에 다경을 붙잡았더니, 어느새 두 팔 안에 그녀를 가두고 있었다. 이쯤 되니 한 번은 확인해보고도 싶었다. 뒷일 생각하지 않고 오로지 지금 눈앞의 소다경만 보면서.

하지만 다경의 반응은 참담했다. 진지라고는 눈곱만큼도 찾아볼 수가 없었다. 민우의 도발이 100프로 장난 내지는 골탕을 먹이는 거라 판단한 게 분명했다. 그러니 그녀가 한술 더 떠 '유혹하는 여자' 역할로 제압해버리겠다고 플랜을 짠 것이고.

진짜와 가짜가 만나면, 가짜가 이긴다. 가짜의 힘이 더 컸다. 그 안에 진심은 없으니까. 약한 쪽은 언제나, 상처 입을 것이 두려운 '진짜'였다.

결국 민우는 물러섰다. 확인은 했다. 그가 느낀 혼란 속에서 품었던 수많은 의문, 그 답은 이미 들은 셈이었다. 다경에겐 본능이고 욕구고, 그보다 더 헷갈리는 감정이고 뭐고, 그딴 건 하나도 없어 보였다.

결혼했음에도, 새로운 관계로 다시 시작했음에도, 그로 인해 수없이 돌발상황에 부딪혀도 그녀는 한결같이 자신을 친구로만 보고 있다. 그걸 새삼스레 또 확인한다.

욱신. 가슴 구석이 또 뭔가에 찔린 듯 아팠다. 친구가 친구로 보는 게 뭐라고 이게 아파. 친구가 친구로 느껴지는 게 대체 뭐라고,

이게 이렇게……. 그때 별안간 또 끼이이이이익, 이명이 들렸다.

"흐으읏."

쏟아지는 물속에서 민우는 괴로운 얼굴로 귀를 막았다. 잠시 후 잦아든 이명 끝에 장면이 보였다. 웃고 있는 다경. 환한 미소로 돌 아보며 손을 흔드는 다경. 하얀 드레스, 긴 칼라 부케.

……칼라?

"다르잖아."

얼마 전 보았던 다경의 결혼식 환영과 부케가 달랐다. 그땐 살구 색 계열의 장미였던 것 같은데. 부케의 모양이 확연히 달라 파악할 수 있었다. 유심히 보지 않았으면 몰랐을 드레스. 그 드레스마저 다른 디자인이었다.

다경의 또 다른 결혼. 한 번의 인생에서만 결혼한 것이 아니라, 다른 생에서도 또 결혼했던 것이다. 몇 번이고 찾아온 그녀의 운 명. 반복된 군대 장면처럼, 다경의 결혼 또한 계속해서 보일 모양 이다.

아홉 번의 생 모두 그녀는 결혼했었을지 모른다.

"그래서 대체 결혼을 누구랑 한 건데."

답답한 음성으로 중얼거렸다. 그녀 곁에 있는 신랑의 모습은, 끝 내 보이지 않고 사라졌다.

part 4

그녀의 별

열흘간의 여행이 끝나고 한국으로 돌아온 날, 드디어 신혼집에 입성했다. 현관문을 열고 들어가는데 다경은 기분이 묘했다.

'이제 여기가, 내 집이란 말이지.'

살림살이는 많이 들이지 않아서 거실은 여전히 광활해 보였다. 자신이 지내기에 지나치게 고급스러운 감도 있다. 내가 벌써 이런 곳에 살아도 되나. 톱스타가 된 것도 아닌데.

"와아, 역시 집 좋네. 내가 우리 지민우 덕분에 이렇게 좋은 데서 다 살아보고."

다경은 일부러 밝게 굴며 민우의 어깨를 툭 쳤다. 당연하지, 다 내 덕분인 줄 알고 나한테 잘해라. 평소의 민우라면 그렇게 말했을 텐데, 오늘의 민우는 다경이 그러거나 말거나 대꾸 없이 제 방으로 향했다.

베로나에서 베네치아로 이동할 때부터, 여행을 끝내고 귀국한 지금까지 쭉 그랬다. 일단 같이 다니면서 별 탈 없이 여행을 마치는 동안에도 민우는 장난을 치거나 쓸데없는 말을 전혀 하지 않았다.

다경은 불편하기도 하고 신경도 쓰여 계속 그의 눈치만 살폈다.

"그냥, 컨디션이 별로야."

아무리 물어도 그렇게만 말하는 민우에게 뭐라 더 물을 수는 없었다.

그저 그날 아침 장난 이후로 기분이 별로인 듯 보였으니 다경은 모두 제 탓이라 생각할 수밖에 없었다. 더불어 내가 왜 그랬을까, 진지하게 자책도 하고.

넓은 집에서도 다경과 민우 각자의 방은 끝에서 끝이었다. 결혼식 전에 짐을 옮기면서 그렇게 기거할 공간을 나누었다. 침실과 욕실을 서로 멀리 떨어뜨리고, 함께 사용하는 가구나 짐은 사이에 있는 방들에다 배치했다.

"어우, 진짜 멀다. 너 찾으려면 여기서 전화라도 해야 하는 거 아니야?"

새삼스레 놀라워하며 다경이 민우를 쪼르르 따랐다. 어색한 건 도저히 못 참는 그녀라, 어떻게든 이 분위기가 풀어지길 바라면서 시종일관 밝게 웃으며 떠들었다.

"이 방 채광 좋네. 어어, 나 여기 욕실은 못 봤었는데 너무 예쁘다. 창도 있고, 욕조 진짜 크네. 내 방 앞에 있던 욕실에는 욕조 없던데. 나 너 없을 때 여기 와서 반신욕해도 되지?"

민우의 방에는 제법 큰 욕실이 있었다.

쫄래쫄래 따라 들어온 다경이 욕실을 구경하며 좀 더 적극적으로 친한 척을 해보았다.

"방 바꿔줘?"

캐리어를 열어 빨랫감을 꺼내며 민우가 무심한 음성으로 물었다.

"아니, 바꾸잔 얘기는 아니었고."

다경은 얼른 손을 내저었다.

민우는 다경에게 먼저 방을 고르라고 양보했고, 다경은 반대편의 큰 방을 택했다. 욕실은 방에서 나와 앞쪽에 있었지만, 방 창문으로 한강이 한눈에 보이는 뷰가 좋아서 만족스러웠다.

괜히 욕실 얘기는 해서 핀트가 엇나갔나 싶은 다경은 화제를 돌리려 두리번대다 민우의 방에 전혀 어울리지 않는 낡은 책상으로 향했다.

"이걸 여기까지 가져오고, 너도 진짜 대단하다."

그가 예전부터 쓰던 책상이다.

"애착 책상도 아니고, 그만 버릴 때도 되지 않았어? 뭘 이걸 새 집 침실에까지 가져왔어?"

새로 꾸민 서재도 멀쩡히 있는데 굳이 침실에 덩그러니 책상을 들여놓은 이유도 알 수 없었다. 부모님과 함께 살던 집처럼 제 방 하나에 모든 가구를 배치할 필요는 없을 텐데. 이 넓은 집에서도 책상만은 꼭 곁에 끼고 있을 정도로, 이게 그렇게 좋은가.

"그걸 왜 버려. 아직 쓸 만해."

다경은 잠겨 있는 첫 번째 서랍 자물쇠를 바라보았다. 여전했다.

언제부터였더라. 고등학교 졸업 후인가, 대학에 들어간 후인가, 아무튼 저 서랍이 열리는 걸 본 적은 한 번도 없었다. 뭐, 누구나 가슴속에 비밀 하나쯤 있는 거겠지. 그게 민우에게는 저 서랍이라면, 저 안에 있는 게 무엇이든 존중해줄 이유는 충분했다.

"벗는 거 구경하려고?"

"어어?"

대뜸 나온 말에 다경이 놀라 돌아보았다. 그새 여행가방을 다 정리했는지, 민우가 제 티셔츠 아랫자락을 올리고 있었다.

"내 방에 버티고 있는 이유, 원하는 대로 네 욕구 충족하고 싶어서냐고."

표정 없이, 단조로운 어조로, 칼처럼 날카로운 눈빛으로 바라보며 민우는 그렇게 물었다.

맞네. 아직 그 장난 때문에 열받은 거 맞네. 뒤끝 한번 대단하신 양반일세.

"아니지, 신성한 친구 사이에 욕구 충족은 무슨. 내가 미쳤지, 미쳤어. 내 입이 아주 미쳐 돌아서 그랬어."

다경은 손바닥으로 본인의 입술을 찰싹찰싹 두드리며 미안한 표정을 지었다.

"내 진심이 아니었어. 절대 그런 거 아니다? 나 그런 여자 아니니까 너무 신경 쓰지 마."

하하하, 웃음을 덧붙이며.

"욕구 충족이라니. 욕구는 무슨. 그딴 거 한 톨도 없으니까 절대 안심하시고."

방에서 나가기 위해 뒷걸음질 쳤다.

"그러니 소인 나가고 나면 마음 편히 벗고 씻으시옵소서, 친구마마."

무수리처럼 허리를 숙이고 조심조심 뒷걸음질로 방을 벗어난 다경이 조심히 문을 닫아주었다. 그녀의 공손했던 얼굴은 문을 닫자마자 방 안의 인물이 얄밉다는 듯 바로 바뀌었다.

"으휴, 이렇게 비위 맞추기 힘들어서, 앞으로 어떻게 같이 사나 몰라."

다경이 문을 향해 조그만 주먹을 들어, 콩 쥐어박는 척하곤 어서 자신도 여행 짐을 풀고 좀 쉬어야겠다는 생각에 산뜻하게 돌아섰다.

저 멀리 떨어진 제 방까진 한집이지만 두 집이라 해도 좋을 만큼 거리가 제법 되었다. 이 정도 여건이면 동거도 크게 불편진 않겠지. 민우의 화가 어서 풀려야 할 텐데, 생각하며 다경은 제 방으로 향했다.

✦➤⟡◄✦

씻고 나온 민우는 모자란 잠을 청하기 위해 침대에 누우려다가 생각을 바꾸어 문으로 갔다.

딸깍. 문을 잠근 그는 책상으로 향했다. 다경이 노크 없이 벌컥 문을 열지는 않겠지만 그래도 혹시 모를 일을 막기 위해서였다.

민우는 서랍을 열어 늘 그 자리에 머물러 있는 만년필 상자를 꺼냈다. 쪽지를 펼쳐 앞에 놓은 그는, 물끄러미 바라보기만 했다.

"그런 얘기는 없었는데."

여행 중 새롭게 본 장면이 있다. 다경의 결혼식. 하지만 그에 대한 언급은 쪽지에 전혀 없었다.

사실 쪽지의 처음부터 끝까지, 이전의 생에 대해서는 적힌 얘기는 하나도 없었다. 예전에 어떤 직업을 가졌었는지, 어떤 인생을 살았었는지, 그에 대해선 작은 힌트조차 없었다. 퍼즐 조각 맞추듯 민우가 하나하나 찾아가는 길이었다. 그러니 더 고된 삶이었던 거고.

"아무리 그래도 그렇지."

유난히 배신감이 든다. 군대 열 번 갔던 걸 알았을 때와 비슷하게. 아니, 그보다 조금 더.

다경이 결혼하는 장면은 두 번째, 세 번째, 막판에는 간격이 좁혀들며 연속으로 계속 보이기까지 했다. 하나하나 헤아려보니 횟수가 자그마치 아홉 번. 부케가 각각 다 다르고 드레스도 다르니 쉽게 구분할 수 있었다.

"참 나, 한 번도 힘든 결혼을 아홉 번씩이나."

물론 인생 한 번에 결혼도 한 번이지만, 도합 아홉 번이 보통 일
은 아닐 것이다.

게다가 영 이상한 점이 있었다. 아홉 번의 결혼 내내 신랑의 모
습은 전혀 볼 수 없었고, 오로지 한결같이 세상 가장 행복한 신부
처럼 웃고 있는 다경만 생생했다.

아홉 번 모두 신랑이 각각 달랐을까. 아니면 같은 신랑 한 명과
아홉 번 결혼했던 걸까.

"그러니까 이게 열 번째 결혼이라니."

하여튼 결혼 안 한다는 거짓말은 믿으면 안 된다더니, 비혼주의
자라 노래를 부르는 주제에 인생 매 회차 꼬박꼬박 잘도 결혼하셨
겠다.

기분이 너무도 이상했다. 이게 무슨 느낌인지 알 수 없을 만큼
마음이 복잡하게 헝클어졌다. 후우우, 긴 한숨이 밀려 나온다.

민우는 쪽지를 뒤집어 비어 있는 면이 위로 오게 했다. 하나 남
은 만년필을 들어 글씨를 써내려갔다.

지난 생의 결혼 아홉 번, 이번 생의 진짜 결혼.

그 사이에 무슨 연관이 있을까. 쓰면서 정리를 해볼 생각이었다.

"어……, 어어……?"

그런데 믿을 수 없는 일이 벌어졌다.

"뭐야, 왜 사라져?"

방금 민우가 쓴 글씨가 스르르 없어지는 것이다. 분명히 만년필
잉크는 제대로 나왔고, 쪽지에 글씨가 선명히 써졌었는데?

민우는 아까와 똑같이 적어보았다. 마찬가지였다. 글씨가 곧 사
라졌다. 그는 쪽지를 뒤집어 앞면을 보았다. 제게 뭐 해라, 뭐 해

라, 야무지게 지시를 내린 문장은 멀쩡하게 남아 있다. 그럼 뒷면에 쓴 게 문제인가.

이번에는 앞면 빈 곳에 아까 그 글씨를 똑같이 썼다.

지난 생의 결혼 아홉 번. 이번 생의 진짜 결혼.

글씨는 또 사라졌다. 앞면, 뒷면이 문제가 아니었다.

"……알겠다."

조금 감이 잡혔다. 민우는 빠르게 적어내렸다.

열 번째 삶을 살게 된 지금, 난 모델에서 배우가 되었고 소다경과 결혼을 했다. 소다경을 살리기 위해 해야 할 일이 적힌 쪽지를 발견했었고 그래서……

이미 경험했던 일들을 시험 삼아 빠르게 써보았다. 앞으로 해야할 일이 아니라, 확실히 벌어졌던 일들. 그리고 그 글씨들은 민우의 예상대로 바로 사라져버렸다.

"맞구나."

실제 일어난 일들을 쪽지에 써봤자 소용이 없었다. 그냥 없어진다. 왜 쪽지에 지난 삶에 대한 힌트가 하나도 안 적혀 있었는지 비로소 깨달았다. 아마 그때도 쓰려고 시도는 했었을 것이다. 왜 소다경을 살려야 하는지, 다경에게 어떤 일이 있었는지, 분명히 쪽지에 자세히 쓰려 했었겠지.

하지만 쉬운 길을 가도록 내버려둘 리 없는 신은 그만한 아량을 베풀지 않으셨다. 글씨는 계속해서 사라졌을 테니 결국 민우는 '자신이 해야만 하는 일'을 추려 적는 것으로 적당히 타협했을 것이고, 그 결과 '~할 것', '~하지 말 것'과 같은 지침만 남은 쪽지만이 제 눈앞에 있었다.

"……그랬구나."

심장이 빠르게 뛰기 시작했다. 쪽지를 보는 마음이 뭔가 달라졌다. 자신이 영문도 모르고 달려야 했던 길이 왠지 외롭지 않게 느껴졌다. 달려야만 하는 이유가 어딘가에 있다는 사실만으로도 충분했다. 이제야 그걸 찾을 수 있다는 희망이 들었다.

그래. 조금씩, 이제 조금씩 찾아나가면 되는…….

"꺄아아아아아아아아악!"

그때, 방 밖에서 돌고래 소리가 올랐다. 깜짝 놀란 민우가 서둘러 문을 열고 밖으로 나왔다.

"왜, 왜?"

아직 심장이 벌렁거리고 있어서일까. 무슨 일이라도 생긴 건 아닌지 짙은 불안이 엄습했다.

"뭐야, 왜 그러는데?"

거실까지 단숨에 달려 나온 민우의 눈에, 소파에 널브러진 다경이 들어왔다. 그녀가 휴대전화를 쥔 채 누워 있다가 민우를 보더니 벌떡 일어났다.

"나, 강유현 영화 무대인사 있는 날로 예매 성공했어!"

다경은 팔짝팔짝 뛸 정도로 좋아했다. 마치 아이돌 팬 사인회에 가게 된 소녀팬처럼, 세상을 다 가진 듯 행복한 얼굴이었다.

"그렇게 좋냐."

"응! 너무너무 좋아! 남들 잘만 가는 무대인사, 난 한 번도 못 가봤단 말이야. 아아, 벌써 떨려 죽을 거 같아."

자신도 배우면서, 무대인사를 구경하러 가는 걸 저렇게나 좋아하다니. 물론, 그녀가 오랫동안 좋아해왔던 강유현에 한해서지만.

기가 막혀 고개를 돌린 민우의 시야에는 거실에 켜져 있는 텔레비전까지 들어왔다.

연예정보 프로그램에서 인터뷰 중인 강유현이 등장해 있다. 긴 다리를 꼬고 앉아 진지하면서도 여유로운 미소를 지으며 리포터와 이야기를 나누는 강유현의 뒤에는 이번 영화 포스터가 커다랗게 걸려 있었다. 신작이 나왔다더니, 홍보활동 중인 모양이다.

"'동훈'이 시한부 인생을 살게 됐지만, 마냥 우울한 감정만 표출하는 캐릭터는 아니었어요. 그래서 그 복잡한 내면을 연기하기 더 까다로운 점은 있었죠. 아무래도 삶에 대한 애착이 강하기 때문에 더욱더……."

"저거야, 저거. 나 저 영화 무대인사 갈 수 있다고. 계속 접속했더니 누가 취소했는지 한 자리 딱 떠서 내가 바로 잡았지! 나 이런 거 처음이야, 대박!"

상기된 얼굴로 좋아하는 다경의 뒤로, 화면 속 강유현의 미소가 봄날 푸른 하늘 아래 솜사탕처럼 부드럽기만 하다.

우리나라에 강유현을 싫어하는 여자가 있을까. 호불호 없이 잘생긴 얼굴에 실생활에서도 반듯하고 매너까지 좋다고 알려진 배우였다. 한국 영화계를 대표하는 톱스타지만 그에 대해 나쁜 소리를 하는 이는 거의 없을 정도였다. 업계에서도 강유현만큼은 외모와 실력부터 인성까지 깔 곳이 하나도 없다는 게 정설일 만큼 그는 완벽한 배우이자 인간이었다.

"좋겠네. 그렇게 좋아하는 사람 실물도 보고."

"그냥 사람이 아니라 신이지, 저분은 전지전능하신 갓유현님이라고."

감히 입에 담기도 불경하다는 듯 다경은 진지하게 대꾸했다. 그녀가 강유현을 대하는 태도는 언제나 경건하고 신성했다. 같은 세상에 사는 사람이라 믿지 않는 것 같았다.

민우는 고개를 절레절레 흔들었다. 앤 그냥 시답지 않은 팬질 중이었는데 뭘 놀라서 난 또 이렇게 뛰어나왔는지.

→≫※≪←

"아니, 말이 돼? 나리호라니, 내 참, 기가 막혀서."

우 감독이 빈 술잔을 거칠게 내려놓았다. 그의 호출을 받고 나온 유현은 우 감독의 잔에 다시 소주를 채워주었다. 고급술집의 밀실에서 우 감독이 찾는 건 소주뿐이었다.

"그래서 김 대표님은 뭐라고 해요?"

오늘 우 감독은 제작사를 찾아가 대표를 만나 한바탕 뒤집어놓았다고 했다. 제가 준비하는 영화에 유현의 약혼녀 역할로 배우 나리호를 밀어넣은 이유를 따지기 위해서였다.

"절대 뺄 수 없단다. 투자자가 아주 완강하다면서. 나리호 그 역에 안 넣으면 자금 다 빼버린다고 했다는데, 나 진짜 미쳐버리겠다."

투자금이 빠질 경우 곤란해질 상황이긴 했다. 우 감독은 그리 대중적인 작품을 만드는 감독이 아니다. 아무리 강유현을 원톱으로 세운다고 해도, 우 감독 특유의 분위기가 배인 영화라면 관객은 많이 들지 않을 것이다. 하지만 우 감독은 작품 안에서 나아가고자 하는 방향이 명확하고 사회를 시사, 풍자하는 시각이 날카로워 큰 존경을 받았다.

강유현 역시 흥행만 좇는 배우는 아니었다. 그가 제일 우선시하는 건 작품성이었다. 우 감독이 조감독일 시절에 쓴 시나리오에 반해 언젠가 한번 작품에 출연하겠다는 약속을 했었고, 그렇게 맺은 인연이 이어져 벌써 세 번째 영화를 함께하게 됐다.

매번 손익분기점을 간신히 넘긴 정도지만 그래도 훌륭한 작품이었다는 점엔 이견이 없었다. 서로를 신뢰하며 성장하는 감독과 배우의 관계였다.

"어디다 나리호를 들이미냐고. 너도 걔 봤지?"

그런데 이번 영화는 투자자의 외압이 유독 심했다.

"나은기 선배 딸인 것까진 그래, 좋아. 발연기 그것도 그래, 어떻게 연출로 커버한다고 쳐. 그런데 난 어린애가 그렇게 배역 따겠다고 눈 뒤집고 달려드는 거 와아, 진짜 용납 못 한다. 역겨워서."

우 감독은 결국 그 농간에 휘둘리게 된 것이 못내 분한가 보다.

"지난번에 걔가 나은기 선배 따라온 거 봤지?"

얼마 전 투자자가 벌인 술판에 억지로 나갔다가 그곳에서 나리호를 만난 일을 다시 떠올렸다. 그 자리에는 유현도 함께였다.

"내 옆에 붙어서 계속 술 따르는데, 미친. 실력이 없으면 연습을 해야지, 그따위 술이랑 웃음으로 배역 따려는 게 말이나 되냐. 그것도 지 애비가 눈 시퍼렇게 뜨고 있는 자리에서."

우 감독은 나리호가 제 잔에 술을 따르며 감독님, 감독님 하고 콧소리를 내던 순간을 기억했다. 자신이 어떻게 웃고 어떻게 말해야 예쁨받는지 정확하게 알고 있는 애였다. 그래서 더 거부감이 일었다. 심지어 지척에 나리호의 아버지, 대배우 나은기가 있었다. 그것도 흐뭇하게 웃으며 바라보기까지 하면서. 아마 그때 우 감독이 나리호의 손목을 붙들고 이대로 나가자고 했더라면, 나리호는 반색하며 따라나섰을 테고 나은기는 '잘 다녀와라.' 하며 웃었을 것이다.

도덕성이라고는 개나 줘버린 듯한 부녀의 모습에 우 감독은 넌 더리가 났다.

"내가 언제 예술을 하자고 덤볐냐? 그냥 기본만이라도 하자고, 기본만. 내가 뭐 그렇게 어려운 걸 바라는 거야? 그냥 좋은 배우들 데리고 좋은 영화 찍고 싶다는데, 그딴 쓰레기를 왜 나한테 던지는 건데."

유현은 우 감독을 충분히 이해했다. 우 감독은 자신의 지위를 악용하는 이가 아니었다. 오히려 결벽에 가까울 정도로 원칙에서 벗어나는 걸 격하게 거부했다. 이런 성격이니 그 대단한 작품들을 만들었지 싶어 슬쩍 웃음이 났다.

"너 지금 웃냐?"

"감독님 성격 여전하구나 싶어서요."

"아오오오, 그래, 나도 내 지랄맞은 성격 안다, 알아."

우 감독은 소주를 또 들이켰다.

새로 들어갈 영화에서 유현이 맡게 될 역할은 젊은 국회의원이었다. 순탄한 인생을 살아온 초엘리트 출신, 초선 국회의원. 아름답고 현명한 약혼녀까지 있는 그가, 자신에게 집착하는 비서의 유혹에 흔들리며 파멸의 길을 걷게 되는 과정을 보여줄 영화였다.

인간의 나약한 내면을 섬세하게 파헤치는 심리묘사와 정치권 풍자가 적절히 어우러진 작품으로, 시나리오를 보자마자 강유현은 바로 출연을 결정했을 정도였다.

"이쪽 업계에 순한 사람이 어디 있냐고 하잖아요. 그랬다가는 금방 밀리고 도태되는 게 현실인데. 하도 치열하다 보니 그렇게라도 다 자기 밥그릇 찾는 거죠. 나리호 씨도 어쩔 수 없이 그랬을 거예요."

"다 좋다 이거야. 그런데 나는 그렇게 대놓고 엉기는 애는 진짜 너무 싫다. 인간 대 인간으로. 내 작품에선 안 봤으면 좋겠다고."

차라리 나리호가 오디션을 보러 온 상황에서 외부의 입김이 있었더라면 못 이기는 척 넘어갔을지 모른다. 물론 연기가 기본은 해야 한다는 조건이 붙겠지만, 적어도 이 정도로 거부감이 들진 않았을 거다.

혼자 스마트폰으로 찍어서 인터넷에 올리는 영화는 아니니까, 제작과 배급에 돈이 중요하다는 건 우 감독도 잘 알고 있었다. 하지만 나리호에게 배역을 주지 않으면 투자금이 빠진다는 사실은 우 감독에게 충분한 스트레스고 큰 압박이었다. 지금껏 이런 과정으로 엎어진 작품이 여럿 있었기에 더 그랬다.

"그냥 네가 투자할래? 아니, 네가 제작해라. 네가 배급도 하고."

유현에게 매달리듯 우 감독이 울먹였다. 마음 같아서는 유현도 그의 말대로 해주고 싶었다.

"아직 제가 그럴 능력은 안 되고, 언젠가는 꼭 감독님 영화 제작 한번 할게요."

"정말?"

"네, 정말."

강유현이 말하는 '언제', '한번'은 그냥 흘리는 소리가 아니다. 말한 건 꼭 지키는 유현임을 알기에 우 감독의 기분이 조금 나아졌다.

"현재로선 나리호 씨와 같이 가는 수밖에 없는 거죠?"

"그게 엿 같은 거지."

"그럼 어쩔 수 없는 건 그냥 두고, 다른 배역 캐스팅을 감독님 마음에 들게 하세요. 그 역할 하나로 망칠 작품 아니니까 조금만 내려놓죠, 뭐. 감독님은 이번에도 좋은 작품, 충분히 만들 수 있어요."

"너 없었으면 이 작품도 못 지켰다, 진짜."

우 감독은 노기가 한결 누그러져선 두 손으로 유현의 손을 꼭 잡으며 말했다.

"넌 전생에 천사였을 거야. 이 자식, ……복 받을 거다."

✦➤✹◄✦

"어때? 나인지 아무도 모르겠지?"

블랙진에 흰 티셔츠, 블랙점퍼를 입은 다경이 모자까지 검은색으로 맞춰 푹 눌러쓰고 민우의 앞에 섰다.

짐(Gym)에 가려고 준비 중이던 민우는 패션쇼를 하듯 제 앞에서 포즈를 잡는 다경을 무표정한 얼굴로 바라보았다.

"……누가 봐도 소다경."

"어억, 진짜?"

다경은 얼른 민우의 방에 걸린 전신거울에 제 모습을 비춰보았다.

"아닌데, 잘 모를 것 같은데."

"그렇게 믿고 싶은 거겠지."

강유현의 무대인사가 있는 영화 상영이 오늘 낮이라고 했다. 아무래도 많은 관객 사이에 있어야 할 테니 다경은 제 모습을 감춰야만 했다.

"마스크를 할까? 그럼 좀 모르지 않을까?"

"연예인 왔다고 팻말을 들고 가지 그러냐."

마스크를 안 써도 소다경, 써도 소다경이면 대체 어쩌란 말인지.

"아아, 그럼 어떡하지."

"방법이 딱 하나 있네."

민우의 말에 다경의 눈이 반짝반짝 빛났다.

"뭔데? 뭔데?"

"그냥 가지 마."

"하아, ……뼈와 살이 되는 조언 감사합니다."

"오냐."

다경은 여전히 걱정스러운 얼굴로 거울 앞에서 떠날 줄을 몰랐다. 자기 방 놔두고 왜 여기 와서 이러고 있는 건지 민우는 이해할 수 없었다.

"무대인사 잠깐인데, 뭘 그걸 보려고 사람들 틈에 섞여서 가려고 해? 그렇게 걱정까지 하면서."

"……걱정이야 당연히 되지. 지인 초대한 시사회도 아니고, 그 선배님이랑 내가 친분이 있는 것도 아닌데, 괜히 갔다가 내가 폐만 끼칠까 봐."

있는 듯 없는 듯 조용히 팬심만 불태우고 오겠다는 거였다. 연예인이 같은 연예인을 흠모하는 건 이토록 어려운 일이다. 마음껏 팬질도 못 하고.

"그렇게 실물 보고 싶으면 나중에 기회가 있겠지, 일하다 보면 언제든. 너무 무리하진 말지 그래."

"일은 나도 여태 열심히 했거든. 그런데도 갓유현님 머리카락 끝이라도 볼 기회 없었잖아, 전혀. 그분이 일하는 세계와 내가 일하는 세계는 이역만리라고."

다경은 차마 닿을 수 없는 곳에 있는 이를 그리워하는 심경이 되었다.

"그때 네가 그 영화 거절만 안 했어도, 너한테 놀러 간다는 핑계로 촬영장에 가서 뵐 기회가 있었을 텐데."

민우가 거절했던 영화 중에는 강유현과 함께 출연하는 작품도 있었다. 물론, 다경은 나중에야 일이 다 끝나고 알게 되었던 일로, 그때 다경은 당첨된 로또 종이를 빼앗긴 사람처럼 땅을 치며 억울해했다. 오로지 강유현을 볼 기회가 사라졌다는 사실 때문에.

그만큼 보기 쉽지 않은 스타 중의 스타였다. 그러니 다경에게는 오늘의 무대인사가 천금처럼 소중한 기회였다.

"예매를 두 장 할 수 있었으면 좋았을 텐데. 그럼 너랑 같이 갔을 거 아니야. 둘이 같이 갔다가 걸리는 거야 뭐, 데이트할 겸 영화 보러 왔다고 하면 되는 건데."

다경의 말에 민우가 비소를 지었다.

"누가 같이 가준대?"

"우리 친구 요즘 기분이 많이 안 좋네요. 너무 까칠하십니다."

"시끄럽고, 비켜."

다경의 이마를 손가락으로 치우듯 슥 밀고는 민우가 걸음을 옮겼다. 귀찮은 것 떨구고 조용히 운동이나 하는 게 속 편할 것 같았다.

– 뭘 보고 와?

"강유현 선배님 신작, 그것만 보고 갈게, 언니."

다경은 택시 안에서 사무실에 언제 올 거냐는 주아의 전화를 받았다.

– 민우랑?

"아니, 혼자. 민우는 운동하러 갔어."

– 극장 어딘데? 나랑 같이 볼까?

"아니야, 언니 자리 없어."

– 표를 두 장 사면 되지 자리가 없긴 왜 없어. 전석 매진이야? 주말도 아닌데?

"그런 자리가 아니야. 암튼 끝나고 회사로 갈게. 이따 봐."

생각만 해도 뿌듯했다. 아무나 못 가는 그 자리에 내가 지금 간다고. 그렇게 열망했던 내 스타를 눈앞에서 볼 생각에 그녀는 마냥 설레기만 했다.

20여 년이 훌쩍 지났다. 진짜 얼굴을 보고, 진짜 목소리를 들은 건 벌써 기억이 바랠 만큼 오래전이었다. 그가 멋진 성인이 되어가는 모습은 이미 마르고 닳도록 지겹게 지켜봐왔지만, 실제로 볼 수 있다는 사실에 가슴이 터질 만큼 벅차올랐다.

마이크를 들고 인사하겠지. 직접 듣는 그 목소리는 얼마나 좋을까. 웃기라도 하면 또 얼마나 근사할까. 너무 잘생겨서 기절할지도 몰라. 다경은 생각만 해도 너무 좋아 연신 방긋방긋 웃었다.

그런데, 도로사정이 그녀를 돕지 않았다.

"차가 이 시간에 막히는 거예요, 기사님?"

마스크는 포기하고 모자만 쓰고 있지만 다행히 백발의 기사님은 그녀를 알아보지 못하는 것 같았다.

"막히는 길이 아닌데, 아무래도 사고가 난 모양이네요. 여기선 돌아갈 길도 없는데."

다경은 시계를 보았다. 좀 빠듯한데.

일부러 너무 일찍 나오지 않은 게 화근이었다. 극장에서 배회하다가 혹시 알아보는 이라도 있을까 봐, 거기다 집에서 극장이 멀지도 않아 시간 딱 맞추어 나왔기에 이런 돌발상황이 벌어지리라곤 상상도 못 했다. 제 불찰이다.

"금방 빠지겠죠?"

"그야 나도 장담을 못 하지요."

불확실한 기사님의 답에 다경의 마음이 초조해졌다. 여기서 걸어가거나 뛰어가기엔 거리가 좀 있고, 극장까지 이어진 길이 다 막혀 있으니 다른 택시를 타는 것도 불가능하다. 하필 지하철 노선도 피해 가는 곳이라 어쩔 도리가 없다.

다경은 시계와 앞쪽 도로를 번갈아 보며 발을 동동 굴렀다.

"아무래도 안 되겠어요. 기사님, 저 여기서 내릴게요."

이후에도 한동안 길에 갇혀 계실 기사님에게 택시비를 넉넉하게 건넨 다경은 서둘러 내렸다.

"뛰면 돼. 될 거야, 아마."

다경은 극장을 향해 뛰기 시작했다. 시간 안에 상영관에 들어가야 한다는 일념으로 그 어떤 때보다 빠르게 전속력으로 달렸다. 차로 다닐 때는 그렇게 금방이더니 땅에 발을 딛고 뛰자 태평양 끝처럼 멀게만 느껴졌다. 아니, 실제로도 멀었다.

몇 블록을 지나고 신호까지 받아 길을 건너가며 한참을 달려 극장에 도착했다.

"하아, 하아······. 심장 터지겠네."

숨을 몰아쉬며 간신히 안으로 들어갔다.

"헐, 벌써 3분."

3분이 지났다. 그래도 이렇게 빨리 배우들이 무대인사를 끝내고 나오진 않았겠지.

1층 자동매표기에서 예매 티켓을 교환한 그녀는 재빨리 엘리베이터로 향했다.

"5분, 5분."

초조해 눈물이 날 것 같았다. 그래도 엘리베이터 타고 올라가기만 하면 상영관이니까 지금이라도 들어가면 적어도 인사 중인 모습은 볼 수 있을 거야, 아직 끝나진 않았을 거야 하는 작은 희망을 안고 엘리베이터를 기다렸건만, 지하주차장에서 올라온 엘리베이터는 만원이었다. 미친 척 머리를 들이밀 수도 없을 만큼 엘리베이터 안은 빽빽하게 차 있었다. 스르륵, 문이 닫히고 절망에 찬 다경만 남았다.

시간은 자꾸만 흘러가고, 상영관은 10층이었다.

'뛰자.'

실망하긴 이르다. 비상계단 문을 연 다경이 거침없이 계단을 올랐다. 까짓것, 10층 정도 날듯이 오를 수 있지! 우리 갓유현님을 볼 수만 있다면!

7층, 8층, 9층. 숨은 더욱 가빠졌다. 다리가 후들거렸다. 조금만 더, 조금만.

소다경, 할 수 있어, 힘내자. 바로 저 위에 그분이 계신다고!

마치 천상에 오르듯 겨우 마음을 다스리며 마지막까지 힘을 낸 다경이 10층에 도착했다. 쉴 틈도 없이 빠르게 철문 손잡이를 잡고 밀어 열려는 순간, 반대쪽에서 누군가 문을 열었다.

"으아앗!"

손잡이를 잡았다가 문에 끌려 앞으로 쏠린 다경이 냅다 고꾸라지던 참이다. 열린 문 사이로 누군가 다경의 몸을 받아 안았다. 순식간에 단단한 힘에 받쳐진 그녀의 심장이 과부하로 고장이라도 난 듯 단숨에 멎어버렸다.

달려와서일까. 계단을 올라와서일까. 그분을 보지 못할까 불안해서일까.

"⋯⋯괜찮으세요?"

믿기지 않는 이 목소리가 그분의 것과 닮아서일까.

다경은 그에게 안긴 채 천천히 고개를 들었다. 설마, 는 역시 또 사람을 잡는다. 아니지. 설마, 는 사람을 살린다.

"괘, 괜찮아요⋯⋯."

멎어 있던 다경의 심장이 다시 미친 듯 빠르게 뛰기 시작했다.

그녀는 지금 강유현의 품 안이었다.

"다행이네요."

아니, 다행 아니다. 전혀 괜찮지도 않았다. 자신을 받아 안은 사람이 누군지 바로 알아버렸기에 다경의 심장은 미쳐 날뛰었다.

세상에, 강유현이라니. 갓유현님이 지금 날 안고 있다니!

"그럼……."

유현은 그녀를 바로 세워주며 조심히 떨어져 섰다. 그 몸짓에 매너가 가득 배어 있었다.

"아, 죄송, 죄송합니다!"

제가 감히 갓유현님의 성체를 더럽혔나 봅니다! 다경은 저도 모르게 허리를 꾸벅 숙여 사과했다. 붉어진 얼굴은 모자에 가려 잘 보이지 않길 바랐다.

"감사합니다! 안녕히 가세요!"

다시 허리를 숙여 인사까지 한 다경은 얼른 그를 지나쳐 조용한 복도를 누구보다 빠르게, 누구보다 정신없게 달렸다.

그녀가 작은 점이 되어 사라지고 나자 그쪽을 바라보고 있던 유현이 중얼거렸다.

"어디서 봤는데."

유현의 곁에는 이번에 함께 작업했던 영화감독, 그리고 조연으로 출연한 배우 두 명이 더 있었다. 무대인사를 마치고 뒤쪽 통로로 빠져나온 그들은, 혼잡한 엘리베이터 대신 비상계단을 통해 주차장으로 내려가던 참이다.

건물에 있는 여러 개의 계단 중에서도 가장 인적이 드문 쪽이라고 안내를 받은 곳으로 향했다가 작은 해프닝이 벌어졌던 거고, 유현과 함께 있던 사람들 중 눈썰미 좋은 감독이 바로 그녀를 알아보았다.

"소다경이잖아, 소다경."

그 말에 다른 배우들이 앞다퉈 입을 열었다.

"엇, 소다경이었어요? 요즘 그 핫한 소다경?"

"턱선이 소다경 맞는 것 같긴 하다."

"모자 눌러써서 난 입술밖에 안 보이던데, 감독님 대박."

"내가 사람 알아보는 건 또 빠르지."

감독은 어깨가 으쓱해져 계단을 내려갔다. 그 뒤를 따르는 이들이 새롭게 찾은 화제로 떠들어댔다.

"그런데 왜 계단으로 뛰어 올라와서 저렇게 급히 가지? 극장에 뭔 일 있나?"

"무슨 일 있을 게 뭐 있지? 매니저도 없이 혼자 온 것 같은데."

친분은 없어도 같은 업계 사람이고, 요즘 워낙 일상다반사마저 이슈가 되는 인물인지라 모두 관심이 많았다. 다만 유현만 그녀에 대해 잘 알지 못했다.

"형, 소다경 누군지 몰라요?"

"글쎄……. 들어본 것 같은데."

"지민우랑 결혼한 배우잖아요. 지민우는 아시죠?"

"응, 알지."

소다경은 몰라도 지민우는 안다.

지민우라는 배우가 대단히 잘생긴 외모에 연기까지 출중하다면서, 전에 어느 감독이 집착 수준으로 탐내던 걸 곁에서 봤으니까. 비누 향이 폴폴 날릴 것만 같은 산뜻한 얼굴과 달리, 소름 끼치도록 무섭게 연기에 몰입하는 모습이 타고난 배우라고도 들었다.

이제 막 치고 올라오는 중이라 앞날이 더욱 기대되는 라이징스타. 게다가 자신과 같은 영화에 출연할 뻔하기도 했었다. 지민우

쪽에서 고사하여 다른 배우로 바뀌긴 했지만.

그 지민우가 서른도 채 되지 않은 나이에, 남자배우치고는 꽤 일찍 결혼한다는 소식을 듣고 놀라기도 했다.

그런데 방금 그 여자가 지민우와 결혼했다고?

"소다경이랑 지민우가 얼마 전에 결혼했어요. 원래 친구 사이였는데 저번 드라마 같이 하면서 연인으로 발전했다던가."

"두 사람 결혼한다고 난리도 아니었잖아요. 워낙 잘 어울린다고 예전부터 말 있었는데 스캔들까지 났다가, 결혼까지 엄청 빠르게 가서 지금 사람들 관심이 되게 높아요. 둘이 연애도 하고 결혼도 하는데 인기까지 많아지고, 특이한 경우죠."

사실 유현은 그의 결혼 소식을 듣고 의외란 생각도 잠시, 큰 관심은 두지 않았었다. 어차피 타인의 잡다한 근황이 궁금하진 않으니까.

하지만 문을 열자마자 제 품에 쏟아지듯 안겨들었던 여자가 지민우의 아내라면, 그건 얘기가 좀 다르다.

"두 사람, 신혼여행 갔다가 어제 왔다고 기사 봤는데? 왜 소다경 혼자 극장에 왔지?"

"쉬고 있을 때 아닌가. 아니면 깨 볶거나."

"둘이 싸운 거 아냐? 그래서 혼자 열 식히려고 극장에 와서 영화 보는…….."

배우들이 아무렇게나 던지는 농담에 감독이 '예끼, 이놈들' 하는 투로 말했다.

"너희 같은 놈들이 루머 만드는 거야, 쓸데없는 소리 하지 마."

"에이, 그냥 하는 말이죠."

"저희가 뭐 진심이겠어요."

큭큭, 웃으며 또 한 층 내려갈 때까지도 유현은 말없이 듣고만 있었다.

이상했다. 넘어지려던 걸 잠시 받아줬을 뿐인데, 별 의미 없는 접촉이었는데, 지금까지 품에 남은 이 여운은 대체 뭔지 설명할 길이 없다.

같은 배우라고 하니, 어디선가 촬영장에서 봤을 수도 있고 기사나 인터뷰 사진을 스치듯 봤을지도 모른다. 다만 소다경이 그렇게 알려진 배우는 아니기에 그가 잘 기억하지 못하는 것일 수도 있다. 이름과 얼굴을 매치하기 어려울 정도로 차고 넘치는 게 배우다. 그러니 아득바득 살아남기가 그렇게 어려운 거지.

그렇게 스치는 수많은 동료 중 하나일 뿐인데, 이곳에서 이렇게 마주친 것이 어쩐지 그에겐 설명할 수 없는 묘한 느낌을 남겼다. 그것도 꽤 강렬하게.

"아, 참, 유현아. 너 다음 준비하는 영화 있잖냐, '화인火印'."

계단을 내려가던 감독이 유현을 돌아보았다. 우 감독과 함께 작업할 영화를 얘기하는 것이다.

"네."

유현은 혹시 나리호 얘기가 나오려나, 지레짐작에 벌써 피곤해졌다. 아직 작품에 들어간 것도 아닌데 캐스팅 문제로 해당 배우와 감독, 투자자, 제작사 사이까지 온통 삐거덕거리니, 영화를 끌고 가야 하는 주연배우 입장에서 달가운 상황은 아니었다. 나리호가 맡게 될 약혼녀 역할이 그리 비중 있는 편은 아니었기에 그나마 다행이긴 했지만.

"저번에 우 감독이 아까 그 소다경 얘기 엄청 하더라고. 아무래도 역 하나 맡기고 싶은 모양이던데. 완전 꽂혔더라고."

"……그래요?"

나리호를 출연시키는 대신 다른 배역 캐스팅은 양보할 수 없다던 우 감독이 선택한 이가 바로 그녀인 듯했다.

그건 그렇고, 소다경이란 배우가 스캔들과 결혼 이슈로 존재감을 확실히 알리긴 한 모양이다. 우 감독의 관심까지 확 끌어당긴 것을 보면. 이래서 다들 노이즈 마케팅이라도 하려고 안달을 내는 건가. 이름을 알리는 게 우선이니까.

"와아, 소다경 진짜 떴네요."

"우 감독님이 꽂힐 정도면 연기 진짜 잘하나 봐요? 소다경 나온 작품 많이 안 봤는데, 한번 봐야겠다."

"그나마 이번에 지민우랑 같이 나왔던 드라마가 제일 알려진 거 아닌가? 거기선 그냥 평범한 대학생 역할이었던 것 같은데. 연기도 잔잔했고."

배우들의 반응에 감독이 덧붙였다.

"연기야 쓸 만하더라고. 마스크도 훌륭한데, 제대로 흥행한 작품에 얼굴 비친 적이 별로 없어서 그렇지. 그런데 나도 몇 번 보니까, 얘가 진짜 할 줄 아는 애더만. 호흡 조절이 예술이야. 힘 빼고 연기해도 저 나오는 짧은 장면에 살릴 수 있는 건 다 살리더라고. 그대로 묻히기 좀 아깝다 싶었는데 이제 이렇게 빛을 보려나 보네."

칭찬에 인색한 감독마저 저렇게 말하는 걸 보니 신기할 정도였다. 게다가 우 감독이 차기작 주조연급으로 캐스팅을 염두에 두고 있다니 자신과 함께 호흡을 맞춰야 한다는 얘기다. 유현은 생각에 잠긴 채 계단을 마저 내려갔다.

그를 비롯한 배우들과 감독은 각각 대기 중이던 차량에 따로 올랐다. 각자 움직여 다음 무대인사 일정이 있는 지역에서 다시 만나야 했다. 연일 이어지는 홍보 스케줄로 바쁜 날들이다.

"형, 많이 피곤하시죠? 바로 대전으로 출발할게요, 좀 쉬세요."

매니저가 차를 출발시키며 말했다.

의자를 젖혀 몸을 편히 누인 유현은 잠시 눈을 감았다. 하지만 머릿속이 복잡했다. 그는 휴대전화를 들고 인터넷 어플을 켜서 자신도 알 수 없는 힘이 끌린 듯 자연스럽게 검색창에 '소다경'을 입력했다.

[지민우♥소다경, 파릇파릇한 신혼부부의 화창한 봄날]
[이탈리아를 핑크빛으로 물들인 지민우─소다경 커플]
[우리 방금 결혼했어요, '사랑 커플'의 공항패션]

온통 그녀의 결혼식, 신혼여행에 관련된 기사들이다. 사진 속에는 남편 지민우와 함께 환하게 웃고 있는 얼굴, 너무도 행복해 보이는 모습뿐이었다.

"어디 안 좋으세요?"

차내 룸미러로 유현을 살핀 매니저가 물었다.

"아니야, 괜찮아."

유현은 얼른 고개를 저었다.

또 이상하다. 불꼬챙이로 훅 후벼 파듯 속이 뜨겁고 아픈 느낌이었다. 이럴 이유가 없는데. 잘 알지도 못하는 사람인데. 뭔데 이렇게 신경이 쓰여?

아까 푹 하고 제 품에 안긴 채 자신을 올려다보던 소다경의 얼굴이 아직도 눈앞에 어른거렸다. 까만 두 눈은 햇살에 부서지는 유리빛이 빼곡하게 박힌 것처럼 반짝거렸고, 놀라서 살짝 벌어진 입술은 잘 익은 체리처럼 빨갛고 촉촉했다.

유현은 차라리 눈을 감아버렸다. 어둠 속에서 더 진해지는 그녀의 잔상을 애써 지우며, 팔짱을 끼고선 잠을 청했다.

"그래서 거길 갔다 온 거라고?"

다경의 얘길 들은 주아가 못 말리겠다는 듯 웃으며 되물었다.

"응, 강유현이 팔로 딱! 이렇게 내 몸을 착 받쳐주는데……, 그 느낌은 흐흑……, 언니도 느껴봐야 해."

"완전 제대로 은혜 입고 오셨네."

"응! 응!"

다경은 격하게 고개를 끄덕였다. 올해 모든 일이 다 잘 풀릴 것만 같고, 복권을 사면 대박이 날 것 같고, 뷔페 가서 스무 접시를 먹어도 살이 하나도 안 찔 것만 같은 느낌이었다!

"이제 난 여한이 없어……."

다경은 팔을 교차해 제 몸을 끌어안은 채 황홀한 얼굴로 천장을 올려다보았다.

"야, 누가 보면 진짜 신이 내려왔다 올라간 줄 알겠다. 하늘 좀 그만 봐."

"헤헷. 너무 좋아. 진짜 좋아, 언니."

"네가 이렇게 중병인 거, 강유현 씨가 알면 무서워서 도망갈 거다."

"헉, 맞아. 언니, 절대 비밀이야."

얼른 진지한 표정으로 다경이 경고했다. 유현과 실제 부딪힐 일이 없기는 하지만, 혹시나 다경이 그의 오랜 팬이라는 사실이 알려지기라도 하면 마음 편히 좋아하지도 못할 것 같았다. 이를 아는 사람은 지민우, 주아, 왕 대표 셋뿐이다. 하긴, 강유현 좋아하는 업계 사람이 하나둘이겠냐 싶고 그게 뭐 중요한 비밀인가 싶지만 팬심이 너무도 깊고 또 깊다 보니, 이 마음이 행여 그에게 티끌 하나라도 짐이 될까 싶어 조심하는 것이다. 아무리 옆에서들 오버라 놀려도, 그녀의 마음은 순수하기만 했다.

그런 다경을 의미심장한 미소를 지으며 바라보던 주아는 이제 슬슬 얘기를 해줘야겠다 싶어 입을 열었다.

"자, 이제 우리 일 얘기 좀 할까?"

"아니, 강유현 얘기 조금만 더 하면 안 돼?"

이제 더 할 얘기도 없으면서 다경은 간절한 얼굴로 눈을 깜빡거렸다.

주아는 싱긋 웃었다. 그 일 얘기가 강유현 얘기다, 이것아.

"소 배우님, 정신 챙기시고요. 아주 중요한 얘기니까 일단 이거 먼저 좀 해봅시다."

무대인사는 놓쳤지만, 그보다 더 가까이에서 강유현의 품에 안기기까지 하고. 혼자서 상영관에 들어가 기어이 영화까지 다 보고 온 다경이 지금 이 얘기를 들으면 얼마나 좋아할까.

주아는 엄마미소를 지으며 운을 뗐다.

"우장호 감독님 있지."

작품 찍었다 하면 '작품' 만드시는 그 감독님 아닌가. 국내에 상영되기도 전에 해외 영화제에서 앞다퉈 출품작으로 모셔가는 그런 감독님 중 한 분이다.

"응, 왜?"

"이번에는 조금 통속적인 작품 하나 하신다는 소리가 있었거든. 그런데 시나리오 안 돌리기로 유명하니까 어떤 건지 제대로 알려지진 않았는데."

"응, 그런데?"

그 얘길 지금 왜 꺼내는 걸까. 다경의 머리와 가슴을 꽉 채운 건,

오늘 보고 온 강유현뿐인데. 그래서 귀에 잘 들어오지도 않는데.

"내가 이번에 읽어보니까, 후우, 흡인력 장난 아니더라. 남자주인공이 강유현이잖아."

"아, 정말?"

그제야 다경이 관심을 가졌다. 강유현의 차기작이라니, 신경이 쏠릴 수밖에 없었다. 그런데 시나리오 구경도 하기 힘들다는 작품을, 주아는 어떻게 구해 읽은 걸까.

"어떻게 봤어, 그걸?"

나도 보고 싶다, 나도. 우리 갓유현님께서 다음 작품 어떤 걸 하시는지, 나도 한번 보고 싶다아! 내 배우의 차기작을 궁금해하는 마음으로 기대에 부푼 다경의 눈이 반짝였다.

주아가 씩 웃으며 두꺼운 시나리오 책을 가져와 다경의 앞에 툭 놓아주었다.

[화인火印]

"어, 이거야? 대박!"

다경이 행복한 얼굴로 책을 품에 안았다.

"언니, 고마워! 잘 읽을게!"

경로는 중요하지 않다. 그저 강유현의 차기작을 활자로나마 미리 접할 수 있다는 것만으로도 격하게 기뻤다. 이렇게 귀한 관계자 찬스라니, 배우가 되길 백번 잘했다고 느끼는 중이었다.

"암, 잘 읽어야지. 아주 잘 읽어야 하고말고."

"응!"

다경은 설레는 얼굴로 시나리오를 넘겨보았다.

"거기 차정혁 의원 역할이 강유현 씨고, 주조연급으로 나오는 여자 두 명 있어."

"아아, 이번엔 국회의원이구나."

"응, 그중에 차 의원을 유혹하는 비서가 있거든. 결정적으로 차 의원을 나락으로 떨어뜨리게 하는 역할."

"그래서 완전 망가지고 그러는 거구나. 연기 또 죽이겠다. 헤에, 기대된다."

"그 비서가……."

"응, 비서가?"

다경이 책에서 눈을 떼며 주아를 바라보았다.

"왜 그래, 뭐 엄청난 반전이라도 있어? 나 아직 다 읽기도 전인데 이렇게 막 스포할 거야?"

주아가 웃으며 말했다.

"아무래도 소다경이 될 것 같아."

"……뭐?"

현실 같지 않은 일을 하루에 두 번이나 겪어도 되는 걸까.

"지금 뭐라고 했어? 내가 뭐?"

"이 시나리오, 너한테 들어온 거라고."

운 좋게 구한 게 아니라, 나한테 직접 들어온 시나리오라고? 우 감독이 만들고, 강유현이 출연할 이 영화가?

다경은 핏기가 싹 가신 얼굴로 입만 뻐끔거렸다. 무슨 말을 해야 할지 몰랐다.

"그렇게 좋냐."

"좋지! 좋지!"

민우의 단골질문 '그렇게 좋냐'에 늘 진심으로 좋다고 대답했던 다경이지만, 이번만큼 미칠 것처럼 좋은 적은 없었다. 그냥 좋은 게 아니라, 온몸이 산화되어도 스스로 모를 만큼 정신이 나가게 좋았다.

집에 돌아온 다경은 민우를 붙들고 오늘의 믿기지 않은 경험들을 쉴 새 없이 조잘거렸다.

"나한테 이런 날이 오다니."

다경이 감격 어린 얼굴로 어쩔 줄 몰라 하자, 리클라이너에 앉아 있던 민우는 책을 덮고 대꾸했다.

"아직 결정된 것도 아니라며. 계약된 것도 아니면서 설레발치지 마. 괜히 실망하려고."

"초 치는 스킬 보소."

많은 배우가 참여하는 오디션이 아니다. 감독은 이미 그 역할에 자신을 맞춰두고 있다고 했다. 미팅과 간단한 테스트를 거쳐 캐스팅이 결정되고 나면 바로 작업에 들어갈 예정이다.

"근데 나 진짜 이거 안 돼도 괜찮아. 이렇게 얘기가 나왔다는 것만으로도 너어어무 좋고, 심지어 강유현 상대역이잖아. 와아아아. 어떡해, 진정이 안 된다."

후우, 후우. 다경은 라마즈 호흡까지 불사하며 마음을 가라앉혔다.

"언행일치 못 하시네."

민우가 듣다못해 말했다.

"소, 너 예전에 뭐랬냐. 강유현이랑 시선도 못 맞출 것 같다고, 나중에 네가 성공해도 같이 연기는 죽어도 못 할 것 같다면서."

"응! 못 할 것 같아!"

"……."

"그런데 또 할 수도 있을 것 같아!"

해맑은 얼굴로 잘도 번복한다.

"아무래도 진짜 우리 결혼이, 아니, 네가 복덩인가 봐."

다경은 얼굴 가득 고마운 마음을 드러내며 말을 이었다.

"우장호 감독님이 이번에 결혼 이슈 때문에 나 알게 되셨다가, 지난 작품들 다시 보시면서 '얘다.' 싶으셨대. 너랑 결혼한 거 아니었으면 이렇게 감독님 눈에 띌 일도 없었을 거잖아."

결혼으로 인한 이익을 제대로 보게 생겼다. 민우 덕분이다. 다경은 절이라도 올리고 싶을 정도로, 민우에게 진심으로 고마웠다.

반면 민우는 그쪽으로, 그러니까 다경과 강유현 사이에서 복덩이 역할을 하게 된 기분이 그다지 유쾌하진 않았다. 왜인지는 몰라도, 아니, 본인만 모르겠지만.

"그래서 미팅은 언젠데?"

"모레! 테스트도 그때!"

다경의 눈은 연신 반짝거리는 빛을 품고 있었다. 숨이 벅찬 듯 계속 심호흡을 하고 있었고. 민우는 마뜩잖은 얼굴로 그런 그녀를 바라보았다. 왜 이렇게 기분이 나쁘지?

사실 다경이 강유현, 강유현, 노래를 부르는 게 하루 이틀 일은 아니다. 매번 얼마나 찬양을 해대는지 귀에 '갓유현'으로 딱지가 앉을 정도였으니까. 다경이 그의 연기 앞에서 미친 듯 웃거나 눈물 콧물 빼며 우는 모습을 수도 없이 보아왔다.

"넌 그걸 열 번도 더 봤다며 또 울고 있냐?"

"흑흑, 봐도 봐도 새로워. 저 선배님 연기는 볼 때마다…… 흐으흑, 어떻게 저렇게 사람 심장을 쥐어짤까. 저 장면, 저 장면 좀 봐봐. 아내 잃고 억장이 무너지는데도 아무것도 모르는 어린 아들이랑 웃으면서 놀아주는 저 장면. 저기 눈에 눈물 고인 거 보여?

아들 보는 저 눈빛, 입술 떨리는데 웃느라 입꼬리 올린 것도 봐.
디테일 끝내주지."

얼마나 자세하게 관찰을 해가며 보는지, 강유현의 연기에 대한
찬양 포인트는 셀 수도 없이 많았다.

하지만 다경 스스로가 인정했듯, 지금껏 다경과 강유현의 사이
는 남극과 북극만큼이나 멀다. 아무리 손을 뻗어도 닿기 힘든 곳에
있는 슈퍼울트라우주대배우톱스타 강유현과, 지금껏 무명에 가까
운 배우로 살아온 소다경의 접점은 전혀 없었다. 강유현의 작품에
다경이 단역으로라도 출연할 기회조차 없었다.

그러니 민우가 보기에도, 그녀가 강유현을 좋아한다는 게 그리
현실적으로 다가오지 않았었다. 말하자면, 할리우드 스타를 좋아
하는 팬 같으니, 강유현을 좋아하거나 말거나 조금도 신경이 쓰이
지 않았었다.

그런데 다경이 강유현의 상대역이 된다고? 게다가 기회의 장을
혹 열어준 것이 바로 이 결혼이라고?

"결혼하길 정말 잘했어!"

잘하긴 뭘 잘해. 정말이지 마음에 안 든다.

"너 갓유현 영접하라고 한 결혼 아닌데."

민우는 한껏 삐딱해졌다.

"의도야 뭐든, 결과가 이렇게 좋잖아. 결혼으로 이 난리 난 거 아
니었으면 우 감독님이 내 이름 석 자 기억이나 하셨겠어? 난 그냥
염전의 소금처럼 널리고 널린 배우 중 하나였겠지."

"짠내 나네."

"그 소금길도 이제 끝인 것 같지? 나, 네 말 듣길 잘했어. 너랑
결혼하길 정말 너무 잘한 것 같아!"

이 결혼은 절대적으로 신성하고 중대한 사건이다. 그것도 '소다

경의 인생'이 달린. 그녀의 목숨을 살리기 위한 결혼이지. 그런 흑심이나 사심 따위를 채우라고 지금껏 자신이 이 고생을 한 게 아니었단 말이다.

민우는 알 수 없는 낭패감에 온몸이 깊이 파묻히는 것만 같았다. 이게 설마, 죽 쒀서 개 주는 경우인 걸까? 그런데 가만. 나 이거 왜 자꾸 이렇게 기분이 나쁘지?

그러거나 말거나 다경은 두 손을 가슴에 곱게 모으며 황홀한 눈빛으로 천장을 바라보았다.

"아까부터 왜 자꾸 하늘을 봐, 무섭게. 접신하냐."

"아니지, 내 앞에 강림하실 남신을 고대하고 기다리는 거지."

놀고 있네, 소리가 절로 나왔다. 하지만 다경의 눈에는 탐탁지 않은 민우의 표정은 전혀 보이지 않는 모양이었다. 그렇겠지. 일생일대의 기회가 코앞에 닥쳤는데, 눈에 뵈는 게 뭐가 있을까.

"책이나 이리 줘봐."

민우는 다경이 가져온 시나리오를 향해 손을 뻗었다.

"나도 아직 다 못 읽었는데."

"내가 먼저 볼 테니까 줘봐. 작품 잘 선택해야지, 너 그렇게 사심으로만 결정하면 나중에 큰일 난다."

왜인지 브레이크를 걸고 싶었다. 이렇게 막 치고 나가는 다경이 못마땅하기만 했다.

"에이, 사심만 가지고 하는 건 절대 아니지. 무려 우장호 감독님과 강유현의 차기작인데. 캐스팅만 된다면 정말 영광인 일이잖아."

"감독만 보고 결정할 거면, 우 감독님이 텔레토비 속편 제작해서 분홍돌이 역할 만들었으니 나오라고 해도 출연할래?"

다경은 피, 하며 할 수 없이 그에게 시나리오를 내밀었다.

민우의 눈을 믿기는 했다. 날카로운 분석력과 감각은 웬만한 기획사 대표들도 인정할 정도였으니까. 그가 단기간에 이만큼 인정받으며 올라온 것도, 작품을 귀신같이 잘 골라내는 능력이 큰 몫했었다. 그러니까 민우가 된다고 하면, 이건 되는 거다.

다경은 기대감 어린 얼굴로 시나리오를 후루룩 훑어보는 민우를 바라보았다.

그러고 보니 아까 무대인사 갔을 때 강유현과 부딪친 건 얘기하지 않았다. 강유현의 품에 안기기까지 했는데! 자랑하고 싶어 입이 간질거렸지만, 순간 그가 자신에게 했던 말이 떠올랐다.

"근데 뒤로 넘어지는 거, 애기들 때나 그러는 거 아니야? 머리가 무거워서 뒤뚱거리다가."

얄밉다, 얄미워.

또다시 넘어져 강유현이 자신을 딱 받쳐줬다는 걸 민우가 들으면 얼마나 비웃을지 눈에 선했다. 자랑하려다가 괜히 기분만 상할 거다. 이번엔 뒤로 넘어진 거 아니고, 앞으로 넘어진 건데.

말해 뭐 해 싶어진 다경은 입을 꼭 다물었다.

그사이 민우는 시나리오에 잔뜩 집중하고 있었다. 절대선도 없고, 절대악도 없는 냉혈한 세계에서 한 나약한 인간이 욕망으로 인해 어떻게 몰락해가는가를 보여주는 작품이었다. 여기에 우 감독의 색채가 입혀진다면 꽤 볼만한 장면이 많을 것 같았다. 그렇기에 배우들의 연기가 더 중요할 터고.

"네가 '약혼녀'야?"

"아니, 내가 '비서'."

'약혼녀' 역할보다는 '비서'의 비중이 월등히 높았다. 강유현이 맡을 '차 의원'과 붙는 신도 꽤 많고.

'비서'는 탐욕스러운 인물이었다. 얻고자 하는 것을 위해 무엇이든 할 준비가 되어 있었다. 겉으론 그런 욕망과 표독스러운 성미까지 완벽히 감추고 선한 인물인 척하는 역할이라 다양한 연기의 변주를 보여주기 좋았다. 주조연급 배역들 가운데서는 단연 돋보일 만했다. 이렇게 중요한 역할을 다경에게 주려 한다니, 우 감독이 그녀를 얼마나 인상 깊게 보았는지 알 수 있었다.

'잘만 하면 소다경 연기, 이번에 제대로 빛을 보겠는데.'

잠시 강유현을 잊고 작품에 빠져든 민우가 내심 흡족한 기분으로 책장을 넘겼다.

이건 꼭 해야 한다. 이 작품은 다경의 배우인생에 큰 획을 그을 것이 분명했다. 무엇보다도, 다경이 잘되길 바라는 마음은 진심이었으니 민우는 그저 좋다고 생각을,

"어."

……하던 중인데.

"왜?"

민우의 싸늘한 눈은 여전히 책에 꽂힌 채다.

어떤 장면이 마음에 들지 않는 것만 같다. 아니, 그걸 떠나서 상당히 짜증까지 나는 표정.

"뭐가 잘못됐어?"

"……이거, 야한데?"

"아, 노출이 있지. 그건 주아 언니하고도 얘기해서 이미 알고 있어. 캐스팅 결정되면 세부적으로 조정도 들어갈 거고."

다경은 태연하게 대답했다. 민우는 고개를 들어 그녀를 보았다.

"노출만 있는 게 아니잖아."

정사 장면도 있었다. 강유현과의.

"전개상 불필요한 신도 아니고, 그렇다고 쓸데없이 많이 들어간 것도 아니라서 괜찮아. 두 번 정도? 강하긴 하지만 짧은 신이라 상

관없…….”

“야.”

민우가 책을 탁 덮었다. 무척이나 신경질적인 태도였다.

깜짝 놀란 다경이 눈을 크게 떴다.

“왜, 왜 그래?”

민우의 가슴속이 막무가내로 헝클어졌다. 숨까지 막히는 이 상황을 어떻게 설명해야 하나. 대체 이게 무슨 기분이지? 막상 야, 소리를 툭 내뱉어 다경의 말을 막긴 했지만, 민우는 딱히 뭐라 말을 이어야 할지 몰랐다.

이건 다경이 결정하고 선택한 일이다. 소꿉친구 사이에 결혼까지 하고 이렇게 함께 살게 된 것에 붙인 명목처럼, 이 또한 말 그대로 ‘비즈니스’인 것이다. 실력 있는 사람들이 만드는 좋은 작품에 출연하는 것이야말로, 진짜 다경의 ‘비즈니스’였다. 그중 꼭 필요해 찍게 되는 베드신 또한 그저 일일 뿐이다. 숲이 아닌 작은 나무 한 그루에 울컥해 그 숲 전체를 베어버리라 할 순 없었다.

“난 괜찮아. 우 감독님 스타일 알잖아. 고급스럽게 살리는 연출. 그 감독님 믿고 가는 거지, 나도 이런 건 처음인데 다른 영화, 다른 감독님이었으면 고민했을 거야.”

다경이 차분하게 말했다.

강유현이고 뭐고, 지금은 그게 문제가 아니다. 다경은 배우로서의 커리어와, 여자로서의 고민 모두를 끌어안은 채 진지하게 생각하고 결정하는 중이다. 그렇게 다경이 오롯이 책임지며 하는 선택에, 민우 자신이 뭐라 왈가왈부할 일이 아니라는 것쯤은 잘 알았다.

‘진짜’ 결혼을 한 것도 아니고, ‘진짜’ 남편도 아니며, ‘진짜’ 좋아하는 것도 아닌데. 그런데 왜 기분이 이렇지, 자꾸만.

"네가 뭘 걱정하는지는 아는데, 너무 신경 쓸 것 없어."

다경은 오히려 앉아 있는 민우에게 와서 어깨를 토닥토닥 두드려주며 안심시켜주었다.

"내가 걱정하는 게 뭔데?"

"나, 물가에 내놓은 어린애 같다며. 뭘 해도 안심이 안 되고 불안하다며."

"……."

"사람들한테 민폐 안 끼치고 잘할 테니까 너무 걱정하지 마. 그래도 연기 하나는 내가 똑소리 나게 하잖아."

그게 아닌 것 같은데. 연기를 못해서 폐 끼칠까 봐 걱정하는 게 아닌데. ……오히려 연기를 너무 잘할까 봐 기분이 지금 좀 이상한 것 같은데.

끼이이이이이이익.

크게 스트레스를 받은 탓일까. 여느 때와 다름없이 길고 괴로운 이명이 찾아왔다.

"으으윽."

귀를 막은 채 민우는 눈앞에 보일 장면을 기다렸다. 이제는 기다려졌다. 결혼한 이후로도 아직 풀리지 않은 일들이 많이 남아 있어 더더욱 기다려지는 순간이었다. 지금은 또 무슨 장면을 보여주려고 이럴까.

곧 검게 물든 눈앞에 플래시가 펑펑 터지듯 빛이 쏟아졌다. 실제 플래시였다. 길게 깔린 레드카펫. 그리고 우아하고 화려한 드레스를 입은, 눈부시게 아름다운 여자.

다경이다.

그 어느 때보다 황홀할 정도로 예쁜 모습, 그야말로 밤하늘에 쏟아지는 별빛과 같은 자태였다. 여신이라 해도 무방할 정도였다. 그리고 그 옆에 서 있는 남자 두 명을 바로 알아볼 수 있었다. 분명 우 감독과 강유현이었다. 깔끔한 턱시도를 입은 강유현이 여유롭게 웃으며 손을 들어 보였다. 다경의 허리에 자연스레 손을 얹은 채로.

"······잖아? 괜찮아, 지민우?"

어깨가 흔들렸다. 파바밧, 장면은 모두 꺼졌다.

눈을 뜨자 다시 현실. 자신을 걱정스러운 듯 들여다보는 다경이 눈앞에 있었다. 방금까지 어둠 속 장면에서 화려한 플래시 앞에 서 있던 그 얼굴 그대로였다.

'그러니까 소다경, 이 작품으로 칸이든 베니스든, 어디든 간다 이거지.'

분명 국내 영화제는 아니었다. 더욱이 우 감독의 작품이라면 해외 영화제 출품은 이미 결정된 것이나 마찬가지고.

"또 그래? 이명이야?"

"아······, 괜찮아."

여전히 걱정하는 다경의 어깨를 손으로 슥 밀며 민우가 일어섰다.

비켜라, 속 탄다. 차가운 물이라도 마셔야겠다.

주방을 향해 나가려는 민우의 등에 대고 다경이 간절하게 물었다.

"왜? 이 작품, 별로야?"

아니라고 대답해주길 바라는 목소리. 민우는 고개를 돌려 그녀를 보았다.

"꼭 출연하고 싶어?"

"응, 너무너무."

"······."

"혹시 이거, 이번에도 촉이 안 좋아서 그래? 출연하지 말까?"

지금껏 그렇게 기대에 차 있었으면서.

그래도 다경에겐 민우가 큰 의지가 되는 모양이었다. 출연해도 된다고 딱 한마디만 해주길 바라는 얼굴로 하염없이 쳐다보고 있다.

촉이 안 좋긴. 좋아도 너무 좋아 탈이지. 네 인생을 바꾸어놓을 만큼 좋은 작품일 텐데 내가 뭐라고 순간적인 감정으로 너의 앞길을 망치겠어.

물끄러미 바라보는 다경의 얼굴에, 아까 레드카펫 위에서 눈부시게 웃고 있던 모습이 겹쳐졌다. 아마도 그녀가 가장 바라는 미래의 모습이리라.

민우는 희미하게 웃으며 대답했다.

"좋은 기회잖아. 꼭 잡아."

✦➤❖◄✦

다음 날 아침, 다경은 침대 헤드에 기대앉은 채 시나리오를 읽어가는 중이었다. 하지만 집중은 오래가지 못했다.

어제의 지민우는 정말이지, 이상했다.

"그 표정은 뭐냐고, 대체."

그저 자신이 못 미더워 걱정한다고만 여겼는데, 곰곰이 생각해보니 꼭 그것만은 아닌 듯했다. 꼭 배우자가 러브신 촬영을 앞두어 마음이 상했다면 그런 모습이겠다는 생각마저 들었다.

물론 같은 연기자끼리 서로 이해를 해줄 수 있는 부분이 있다지만, 어디 사람 마음이 그렇겠나. 속상한 건 어쩔 수 없을 것이다. 그 마음이 겉으로 표출된다면, 딱 어제와 같은 반응이지 않았을까.

그러니까 지민우가 왜? 정말 베드신 때문에 기분이 나빴던 거야? 진짜 남편도 아니면서?

혹시 애, 계속 연기를 하는 중인가. 디테일 살려서?

"둘만 있을 땐 그렇게까지 할 필요 없잖아."

아니면.

"완전 몰입 상태인가. 진짜 메소드?"

이제 시나리오는 눈에 들어오지도 않았다. 애써 연기 쪽으로 가닥을 잡으려고 하지만, 눈앞에 어른대는 민우의 얼굴이 자꾸만 다경을 헷갈리게 했다. 확신할 수 없는 감정이 그녀의 가슴을 어지럽혔다.

"……아, 더워."

다경은 시나리오 책으로 부채질했다. 생각이 점점 깊어질수록 어쩐지 얼굴이 화끈거리는 느낌이었다.

민우의 표정. 민우의 말투.

"누가 보면 진짜 남편인 줄 알겠네."

그의 서늘한 얼굴에 가득히 들어차 있던 냉기가 오히려 뜨겁게만 느껴졌다.

"어후, 왜 이렇게 더워, 아직 봄인데."

다경은 책을 내던지다시피 하고 서둘러 침대에서 내려왔다.

찬물, 찬물……. 방에서 나와 주방으로 향했다. 냉장고로 직진하려던 다경이 멈칫했다.

막 물통을 꺼내 컵에 따르고 있던 민우가 보였다. 어제도 종일 물 마시더니 애는 또 왜 이렇게 물통을 붙들고 살아. 평소에도 물을 굉장히 많이 마시긴 하지만, 저렇게 차가운 물을 고집하진 않았었는데.

그 와중에 유리컵을 입술에 대고 고개를 들어 물을 마시는 민우의 옆모습이 눈에 새겨지듯 선명하게 박혀들었다. 이마부터 콧대까지 유려하게 그려진 선. 투명하게 빛나는 피부. 물을 넘기는 목울대의 움직임. 그 모든 게 낯설 만큼 섹시했다.

"……이거, 야한데?"

야한 건 가짜에 불과한 베드신이 아니다. 단순히 물 마시는 모습 그 자체만으로도 남자가 야해 보일 수 있다는 게 당황스러울 정도였다.

……가만, 섹시하게? ……야해?

'헐, 나 뭐래? 미쳤나 봐.'

진짜 미쳤나 보다. 결혼을 전후로 지민우와 계속 부딪힐 일이 생기다 보니 아무래도 자신이 지금 천지 분간을 못 하는 게 분명했다.

'소다경, 정신 차려.'

몇 번을 말해, 상대는 얄민우라니까.

그때 딸칵, 유리컵이 식탁에 놓이는 소리가 났다.

"뭐 하냐."

주방 입구에 서 있는 다경을 발견한 듯 그가 물었다.

"……아, 아니야!"

화들짝 놀란 다경이 홱 몸을 돌렸다. 자신이 왜 도망가는지도 모르는 채로 그대로 신을 꿰신은 그녀는 현관문을 열고 토도도 나가 버렸다. 얼굴이 불타는 것만 같았다.

"뭐야? 나 왜 나온 거야?"

빌라 밖 산책로까지 나온 다경이 우뚝 멈추어 섰다. 마치 민우를 훔쳐보다가 걸려서 도망 나온 듯한 느낌이 들자, 다경은 얼른 그 느낌을 부정했다.

"더워서 그래, 더워서."

살랑살랑 부는 봄바람이 얼굴에 기분 좋게 감겼다. 이제야 원인 모를 열기가 좀 가라앉는 것 같다.

"바람 쐬러 나온 거야, 더워서."

누가 묻지도 않았는데 연신 혼잣말을 해가며 자연스럽게 산책로에 접어들었다. 이왕 이렇게 나온 거 한 바퀴 돌고 들어가야겠다.

"……와, 여기 좋구나."

아침에 조깅을 해도 좋을 것 같았다. 잘 가꿔진 조경과 작은 인공호수 곁으로 난 산책로는 마치 호텔 정원처럼 근사했다. 아직도 주거공간에 적응이 안 된다. 내가 정말 이런 곳에 살아도 되나 싶고.

그러고 보니 결혼으로 인해 여건이 좋아진 건 사는 곳뿐이 아니다. 이름이 알려지고, 광고도 여러 건 찍게 되었고, 배역마저 고를 수 있는 위치가 되다니 실감이 잘 나지 않았다. 이런 행운을 넙죽 받아도 되는 건가. 불안할 만큼 감사한 행운이다.

'그냥 지민우랑 이대로 잘 살면 되는 거겠지.'

별 탈 없이 시간이 흘러가길 바랐다. 모든 건 지민우와의 결혼으로 인해 찾아온 행운이니, 그 결혼을 잘 지켜야 하는 것이 앞으로의 제 몫이리라.

이런저런 생각에 빠져 천천히 걷는데 길게 이어진 산책로 맞은편에서 걸어오는 사람들이 있었다. 입주자가 많지 않은 곳이라 다른 주민과 쉽게 마주칠 기회는 별로 없기에 초면일 텐데 뭔가 이상하다. 좀 낯익은 얼굴이 있는데……?

"소다경 씨 맞죠?"

거리가 좁혀지자, 그중 한 사람이 먼저 알은체했다. 다경은 멈춰 섰다.

"안녕하세요, 여기 강유현 씨고. 전 유현이 형 매니저입니다."

활달하게 웃으며 인사하는 남자가 강유현의 매니저였다. 그러니까 바로 옆에 키가 큰 남자는 바로, 진짜 강유현이었던 것이다.

이렇게 예고도 없이, 이렇게 갑자기, 이렇게 난데없이 강유현이 눈앞에 나타나다니 믿을 수 없다. 하늘이 열리고, 빛이 쏟아져 내리며, 남신이 땅 위로 강림했다면 이런 느낌일까! 어제는 갑자기 그의 품에 안기고, 오늘은 갑자기 산책로에서 그와 마주치다니 살아 있는 인간 로또를 만난 기분이다.

"······아, 안녕하세요."

다경이 뒤늦게 정신을 차리고 허리를 꾸벅 숙여 인사했다.

유현이 미소 지으며 손을 내밀었다.

"안녕하세요, 강유현입니다."

지금 저 손 왜 내민 거야? 설마 나랑 악수하자고? 나 이거, 꿈 아니지? 다경은 현실감 없는 상황에 놀라 그의 손을 가만히 쳐다만 보고 있었다.

"······음."

머쓱해진 유현이 빈손을 거두려 할 때였다. 그제야 제게서 멀어지려는 그 손을 다경이 두 손으로 덥석 잡았다.

"선배님, 영광입니다!"

다시 한 번 허리까지 꾸벅 숙이면서. 없어 보여도 너무나 없어 보이는 제 자신에게 충분히 실망도 하면서.

다경은 그래도 어쩔 수 없다고 생각했다. '최애'를 눈앞에서 또 보게 된 이 기쁨은 말로 설명할 수 있는 게 아니다. 내가 이러려고 집에서 뛰쳐나온 게로구나. 산책로에 갓유현이 강림했다는 걸 온몸으로 느꼈던 게야! 온몸에 가득한 건 오직 환희뿐이었다.

옆쪽에 비켜서 있던 중년의 신사가 입을 열었다.

"안녕하세요. 지민우 씨 댁도 제가 계약은 도맡아 해드렸는데, 소다경 씨는 처음 뵙네요. 두 분 댁 전망이 정말 좋죠?"

이 지역의 공인중개사인 모양이다.

"아, 네."

다경은 대답을 하다가 퍼뜩 든 생각에 얼굴이 환해졌다.

"그럼 혹시, 선배님 이쪽으로……."

"저기, 손부터."

유현이 아직 다경의 두 손에 잡혀 있는 오른손을 살며시 빼내었다. 그제야 그의 손을 신줏단지 모시듯 붙들고 있다는 걸 깨달은 다경이 얼른 놓아주었다. 유현은 그녀가 민망해하지 않도록 환하게 웃으며 다경의 질문에 대답했다.

"네, 이쪽으로 이사 오려고 몇 군데 둘러보는 중이에요. 그런데 이 빌라가 마음에 들어서 최종결정하기 전에 산책로 보고 있었거든요."

"아……."

오세요, 오세요! 이사 오세요! 제발 오세요!

본심이 터져 나오려는 것을 애써 누르며, 다경은 눈앞에서 숨 쉬는 강유현의 존재를 부지런히 마음에 담았다. 이토록 열렬한 팬이라는 걸 대놓고 드러내면 상대는 분명 부담스러워할 것이기에, 되도록 티를 내지 않으려 조심했다. 다경의 눈에 가득한 하트를 보면 티가 안 날 수가 없겠지만.

매니저가 말했다.

"저희 형이랑 소다경 씨 인연이 엄청 깊네요. 내일 우 감독님과 미팅하신다고 들었는데, 그럼 작품도 같이 하게 되고 이제 이웃사촌도 되고요."

다경이 '화인火印'의 캐스팅 제의를 받은 것을 강유현 쪽에서도 알고 있나 보다. 갑자기 부끄러움이 후루룩 차올랐다. 제가 감히, 갓유현님 면전에서 연기해도 될까요. 비루한 제 몸 하나 카메라 앞에서 불살라도 될까요.

아아, 벌써 숨이 모자란 기분이었다.

"우 감독님이 소다경 씨 무척 만나고 싶어 하신다고 들었어요. 내일 미팅, 좋은 결과 있으시길 바랄게요."

유현은 사려 깊은 미소를 지으며 격려를 건넸다. 이로써, 그가 자신을 상대역으로 꺼리는 건 아니라는 사실을 알게 되었다. 다경은 이루 말할 수 없이 행복해졌다. 동시에 의욕까지 끓어올랐다.

→→※←←

민우는 한강 쪽 창가가 아닌 반대편 테라스에 나와 있었다. 정원이 내려 보여 눈이 편안해지고 마음을 가라앉히기 좋은 장소였다. 아니나 다를까 테라스에 서니 조금 전 갑자기 현관 밖으로 뛰쳐나간 다경이 산책로를 걷고 있는 모습이 보였다.

"뭐야. 산책하러 가면 간다고 말이나 하지."

그런데 곧이어 그녀가 어떤 남자들과 인사를 나누었다. 자세히 살피니 그중 하나는 굉장히 훤칠한 미남이라 눈에 쏙 들어왔다. 강유현이었다.

민우는 팔짱을 끼고 선 채로 그 모습을 지켜보았다. 저도 모르게 눈매가 매섭게 날카로워졌다. 강유현이 갑자기 여기 왜 있어?

다시 보니 한 남자도 낯이 익었다. 이 지역에서 이뤄졌던 자신의 부동산 계약에 여러 차례 도움을 주었던 공인중개사였다. 설마, 강유현 이사 오나?

잠시 후 다경이 집 안으로 들어왔다.

"히익."

현관문을 닫고 들어서던 다경이, 그 앞에 버티고 서 있던 민우를 보고 깜짝 놀랐다.

"저승사자인 줄."

"강유현 뭐야?"

민우가 위에서 지켜보고 있는 줄은 몰랐을 다경이 놀라서 되물었다.

"웅?"

"이사 온대?"

"헐, 무당인 줄. 어떻게 알았어?"

이런저런 사실을 놓고 유추하면 뻔한 것을.

"뭐야, 너 앉은 자리에서 천 리가 보이고 그러는 거야? 어떻게 그렇게 다 알아?"

"나는 모르는 게 없어. 그러니까 무조건 내 말 들어. 나한테 잘하란 말이야."

"아아, 네에, 네에."

다경은 건성으로 대답하며 그게 중요한 건 아니라는 듯 싱긋 웃었다. 그저 강유현이 이 동네, 그것도 같은 빌라로 이사 온다니 좋아 죽겠나 보다.

"맞다. 이것도 네 덕분이야. 네가 신혼집을 이 빌라로 결정해서, 이렇게 내가 그분과 이웃사촌으로 만날 수 있게 된 거잖아."

싫다. 정말 싫다. 복덩이 되는 거, 진짜 몸서리쳐지게 싫다.

"아무래도 갓유현님과 나는 운명인 것 같아."

"이 정도면 네가 아니라, 내가 그 선배랑 운명인 거 아니냐?"

"아무렴 어때!"

민우의 속이 다시금 끓어올랐다.

"코앞에서 보니까 더 잘생긴 거 있지. 그 깊은 눈매며, 웃는 입술, 진짜…… 그분은 정말 너무너무 완벽하셔."

다경은 이대로 죽어도 남은 생에 미련이 없겠다는 얼굴이다.

사람의 인연이란 참으로 신기했다.

'강유현을 그렇게 좋아하더니, 소다경 인생 성공했네.'

민우는 곰곰이 생각하며 현재 일어나고 있는 일들을 정리해갔다.

이명 끝에 보이는 장면들은 모두 이전의 생을 보여주는 것이다. 미래가 아니라 이미 일어난 적이 있던 일들. 그렇다면 다경은 그전의 삶에서도 강유현과 영화에 출연한 적이 있단 얘기다.

'두 사람이 언젠가 만날 일이 있던 사이라는 거네.'

동경하던 사람과 일도 하고, 그 일이 심지어 잘 풀리기까지 했다. 심지어 다경은 어떤 남자와 행복한 얼굴로 결혼까지 했었다. 지금까지 본 바에 의하면 소다경의 지난 생은 그리 나빠 보이지 않았다. 특히 이맘때, 스물아홉 살에 생긴 일들은 모두 좋은 일들뿐인 듯한데, 그 행복을 뒤로하고 왜 나쁜 일이 생겼었을까.

'불쌍하게.'

점점 알아갈수록 잠깐 찾아온 행복을 채 누리지도 못하고 불행을 맞이했을 다경이 안쓰러웠다.

"이야, 화면 정말 예술이네."

광고감독의 말에 민우는 상념에서 빠져나왔다.

한 경기도의 스튜디오, 새벽부터 종일 진행했던 촬영이 끝난 참이다. 모니터를 해보던 감독이 굉장히 흡족해했다.

"얼굴이야 말할 것도 없이 그림인데, 커피잔 잡은 이 손가락이랑, 눈 살짝 내리깐 이 각도! 아주 여심 킬링 포인트구먼."

커피 광고였다. 현장에 나와 있던 광고주, 여자 본부장이 엄지를 세우며 인정했다.

"우리 회사 커피지만, 한 열 박스 주문하고 싶어지는데요. 지민우 씨, 진짜 최고예요."

"뽀샤시 효과를 안 입혀도 화면이 자동으로 샤방샤방하죠? 완성된 광고 보면 다들 쓰러질 거예요. 이번에 민우 씨를 모델로 선정한 건 신의 한 수였다니까요."

이 커피회사의 이전 모델은 강유현이었다. 5년 가까이 지속해오던 모델을 과감히 지민우로 바꾸며 세대교체를 노리고 있었다. 그 효과가 뛰어날 것이라 예상하는 관계자들의 기대에 민우는 제대로 부응했고.

지금까지 민우가 보여준 강렬한 이미지와는 다르게, 사르르 녹는 미소가 시선을 끌었다. 결혼으로 인해 인기가 꺾인 게 아니라, 오히려 부드럽고 편안한 이미지가 얹어져 접근성이 높아졌다는 평이었다.

"지민우 씨 이런 면이 다 있었네. 잘할 거라고 예상은 했지만 그 이상이에요!"

어제 자극을 받은 탓일까. 카메라 앞에 선 민우는 아주 죽자고 스윗하게 굴었다. 강유현만 부드러운가. 나도 카스텔라 못지않다고.

"우리 민우가 생긴 거야 기본적으로 잘생기고 예쁘고, 혼자 다해먹잖아요. 이제야 사람들이 알아주니 진짜 뿌듯하네요."

촬영장까지 찾아온 남기혁 대표가 즐거워하며 한마디 보탰다.

"그러니까요. 아까 민우 씨 들어오는데 보고 기절하는 줄 알았다니까요. 무슨 남자가 새벽부터 그렇게 빛이 난대요. 화보 찢고 걸어오는 줄 알았어요."

"그렇죠! 우리 민우, 심지어 자고 일어나도 예술작품 같거든요. 머리에 까치집을 지어도 돈 주고 숍에서 지어 온 거 같고, 눈이 부어도 뽀야니 예쁜 게, 어디서 저런 게 왔나 모릅니다."

"어우, 저희도 보고 싶은데요? 민우 씨는 관찰예능 안 해요? 다경 씨랑 커플로 하나 해도 너무 좋을 것 같은데. 저 잘생긴 얼굴은 온 국민이 함께 봐야 한다고요."

"V앱도 좀 시켜줘요. 먹방, 눕방, 아니다, 그냥 지민우 씨는 숨만 쉬고 있어도 재밌을걸요."

장비를 정리하던 스태프들마저 민우에 대해 입이 마르게 칭찬했고, 남 대표는 당사자 대신 그 칭찬을 전부 받으며 흡족해했다.

"기혁이 형은 안 바쁜대? 왜 또 여기까지 온 거야."

그쪽에서 멀리 떨어져나온 민우는 공 부장의 짐을 나누어 들며 조용히 물었고, 공 부장은 어떻게 말리겠냐는 듯 웃었다.

"형이야 우리 배우들 잘생겼다는 칭찬 듣는 낙으로 살잖냐. 에너지 충전하러 오는 거지, 현장에."

"주책도 정도껏."

"내 말이."

남 대표는 여전히 감독과 스태프들 사이에서 하하하하, 웃으며 주책을 정도 이상으로 부리는 중이다.

"밥 먹고 집으로 가지?"

"아니, 운동하러 갈 거야. 논현동에 내려줘."

수다 잔치를 벌이고 있는 남 대표까지 주워서 밴으로 이동하는 길. 공 부장이 운전하며 묻자 민우는 운동하러 간다고 대답했다.

"피곤한데 쉬지, 무슨 또 운동이야."

관리하라고 쪼지 않아도 알아서 잘하는 민우를 두고, 공 부장은 오히려 이해할 수 없다는 얼굴이다. 반면 남 대표는 흐뭇하게 웃었다.

"그럼, 그럼, 운동해야지. 얼굴만 완벽하게 잘생겼다고 안심할 게 아니야. 기계에 계속 기름칠하는 것처럼 몸도 계속 다듬어줘야 한다고. 지민우, 아주 잘하고 있어."

남 대표 역시 모델 출신이라, 자기관리에 대한 기준이 높은 편이다. 자신이 기대하는 만큼 잘 따라오는 민우를 예뻐하지 않을 수가 없었다.

"근데 형, 제발 잘생겼니 마니, 남들 앞에서 좀 안 하면 안 돼? 들을 때마다 손발 오그라들어 미칠 것 같은데."

"야, 지민우."

남 대표가 정색했다.

"네가 그렇게 잘생긴 걸 나한테 뭐라고 하면 어떡하냐? 잘생긴 걸 잘생겼다고 하지, 그럼 뭐라고 하는데? 형이 빈말 못 하는 체질인 거 몰라서 이래? 따지고 싶으면 널 잘생기게 낳아주신 너희 부모님한테……."

"하아, 알았어, 알았어."

팔에 돋는 소름을 문지르며 민우는 귀를 닫았다.

남기혁을 어떻게 말릴까. '미남 콜렉터'라 이를 만큼 잘난 얼굴에 반응하는 사람인걸. 그 능력 덕분에 모델 출신 배우들을 배출하는 지금의 기획사를 성공적으로 이끌고 있기도 하고. 그것도 남자 한정으로만 발휘되는 능력이다.

누군가 물었다.

"대표님, 여배우는 발굴 안 하십니까?"

"제 눈에 예쁜 여자가 없어서요."

뒷말을 생략했으니 게이니 뭐니 오해를 받는 것이겠지.

하지만 민우는 알고 있었다. 남 대표가 생략한 뒷말이, '딱 한 사람 빼고요.'라는 것을. 그러니 남 대표의 지독하고 오래된 짝사랑이 언젠가는 이루어지기를 바라는 마음이었다.

그건 그거고, 제 외모 가지고 찬양하는 소리는 정말 못 들어주겠다. 아무리 지겹게 들어도 온몸이 오그라들어 견딜 수가 없었다.

"다경이, 우 감독 영화 들어갈지도 모른다며? 왕 대표한테 비싼 것 좀 사라고 해야겠다."

왕 대표와 시간을 보낼 좋은 핑곗거리가 생긴 듯 남 대표의 얼굴이 밝아졌다.

"아, 그리고 너희 둘, 스포츠 의류 광고 같이 찍는 거 복싱 콘셉트라고 들었지?"

"어. 태근이 형한테 아까 들었어."

다경과 민우가 함께 찍게 될 광고 얘기였다.

"기본 포즈 같은 거 배워야겠더라. 지면도 꽤 많이 찍을 거라서."

"배워야지."

둘 다 운동을 많이 했지만 복싱은 해본 적이 없다.

"그래서 내가 코치 섭외해놨지. 다경이네랑 일정 조율해서 내일부터 레슨 잡아놨어. 아무래도 너희 같이 받는 게 더 좋을 테니까. 간단하게 포즈만 잡으면 되니 이삼일이면 될 것 같아. 촬영 때 현장에도 오게 했고."

"코치 누구?"

"검색해봐, 민석호라고 라이트웰터급에서 챔피언 먹은 친구. 내가 특별히 요청했지."

며칠 포즈 레슨 받는 데 굳이 챔피언까지 섭외하는 남 대표의 열정을 높이 사며 민우는 어떤 사람인지 인터넷창에 검색을 했다.

사진이 나왔다. 복싱 챔피언 얼굴을 보는데 왜 기분이 가라앉는지, 민우는 곧 이유를 알 수 있었다.

"완전 잘생기지 않았냐? 이 친구 영입하려는 회사 진짜 많더라. 연예인 안 한다고 해서 다들 줄만 섰지, 뭐. 와아, 근데 얼굴이 진짜……."

코치가 지나치게 잘생겼기 때문이다. 복싱선수가 복싱만 잘하면 됐지, 이렇게 잘생길 일이 뭐 있단 말인가?

"코앞에서 보니까 더 잘생긴 거 있지. 그 깊은 눈매며, 웃는 입술, 진짜…… 그분은 정말 너무너무 완벽하셔."

강유현의 외모를 두고 찬양에 찬양을 거듭하던 다경의 음성이 귓가에 선했다.

남자 잘생긴 거 언제부터 그렇게 밝혔다고, 네가?

영 마음에 안 든다. 하여튼 다 마음에 안 들었다. 알 수 없는 예민함이 민우의 눈 가득 서렸다.

"꼭 이 사람한테 받아야 해? 다른 사람은 없어?"

"왜? 내가 얼마나 사정해서 레슨 허락받았는데."

"형."

기분이 가라앉아선 저도 모르게 까칠하게 굴었다.

"이 사람이 잘생겼어, 내가 잘생겼어? 누가 더 잘생겼어?"

민우 자신조차 모르고 있던, 내 안의 유치함이 폭발하는 시점이었다. 그리고 저도 모르게 터져 나온 말에 순간 스스로 당황했다.

아니나 다를까, 공 부장과 남 대표 역시 동시에 푸핫, 하고 터졌다.

"방금까지 오그라든다고 잘생겼단 말도 못 하게 한 사람이 누구냐?"

남 대표가 받아치자 민우의 뺨이 화르륵 타올랐다. 알아, 나도 안다고. 홱 고개를 돌린 민우는 창밖을 바라보며 입을 꾹 다물었다. 자신이 그렇게 유치한 소릴 했다는 걸 인정하고 싶지 않다.

그러거나 말거나 멍석 깔린 김에 신난 남 대표는 랩을 할 기세로 빠르게 읊어댔다.

"그야 백번 말해 뭐 해. 우리 민우가 제일 잘생겼지. 누구랑 비교하겠어. 조각상이 살아 움직여봐라, 지민우한테 댈 수 있나. 내가 괜히 너 데려오려고 공들였던 게 아니야. 눈, 코, 입, 자로 잰 것처럼 이 완벽한 비율하며, 슥 올라간 눈매 끝은 아주 사람 심장 떨리게 하는 데다, 피부는 또 이놈 자식 얼마나……."

"그만해, 내가 잘못했어."

민우는 손을 뻗어 냅다 남 대표의 입을 막았다. 그러지 않으면 간지러운 입 풀 기회 만났다며 밤새도록 미모 찬양을 해댈 게 분명했으니까.

"언제든 더 궁금하면 얘기해. 네가 얼마나 잘생겼는지 얼마든지 말해줄 테니까."

이 소리는 논현동 '조이 엔터테인먼트' 사옥 대표실에서 전해 내려오는 '지민우 미모 타령'이었음을 알리며, 남 대표는 순순히 입을 다물어주었다.

민우는 한숨을 푹 내쉬며 가만히 차창 밖을 보았다. 사실 묻고 싶던 건 그게 아니다. 머릿속을 가득 채우고 있던 얼굴은 복싱 포즈를 가르쳐줄 코치가 아니라 강유현이었다. 다경이 그토록 경탄하던 강유현의 얼굴.

남의 외모에 그리 큰 관심을 가져본 적 없기에 강유현이 잘생겼는지 아닌지 지금껏 생각해보지도 않았다. 그런데 왜 이리 신경이 쓰이는지, 미친 척하고 다시 남 대표에게 물어보고 싶을 정도였다. 강유현과 자신 둘 중 누가 더 잘생겼는지.

물론 입 밖으로 내진 않았다. 남 대표가 얼마나 호들갑을 떨지 안 봐도 비디오였으니까.

'……뭐, 강유현이 잘생기긴 했지.'

민우가 새삼스레 인정하지 않아도 그건 온 국민이 알고 있는 사실이다. 객관적으로 분석해보자면, 둘의 외모는 전혀 다른 스타일인지라 누가 '더' 잘생겼는지 비교하는 건 의미가 없다.

약간 날카로우면서도 서늘함이 느껴지는 민우의 분위기와 다르게 강유현은 부드럽고 진중한 매력이 있다. 톱스타의 위용과는 별개로, 인간적인 면모마저 물씬 느껴지는 남자였다. 무엇이든 포용해줄 것같이 아량이 크고 이해심 또한 한없이 깊어 보였다.

그뿐일까. 넓은 품으로 안아줄 것처럼 든든해 보이지만, 한편으로는 자신을 안아달라 애원하는 듯 어딘가 모르게 애절한 부분도 있었다. 상처 입은 커다란 짐승처럼 사랑을 갈구하는 모습, 그게 강유현의 킬링 포인트로 여자들이 껌뻑 죽는 매력이었다. 겉으론 강인해 보이나 애처롭게 모성애를 자극하는 여린 내면이 엿보이는 그 모습이 치명적이라나 뭐라나.

"후우우……."

다시 한숨이 입술 사이를 비집고 흘러나왔다. 나는 이런 분석을 왜 하고 있는 거야, 도대체.

훠이훠이. 민우는 강유현의 얼굴을 머릿속에서 몰아내려 애썼다. 강유현과 지민우 자신 사이에는 좁힐 수 없는 간극이 있음을 절감하면서, 자꾸만 그를 신경 쓰는 자신의 속내를 스스로 이해하지 못한 채 민우는 그저 짜증 섞인 시선을 밖으로 던질 뿐이다.

무엇이 시작되었는지도 모르고. 아니, 아주 오래전부터 이미 시작된 마음을 여전히 깨닫지도 못하고. 그 덕에 먼 길을 돌아와야만 했던 그의 고난은 아직도 현재진행형이었다.

→≫:≪←

다경은 주아가 운전하는 밴에서 내렸다.

강남의 한 고깃집 건물이다. 고급스럽고 커다란 이 건물 중 2층 전체는 각각의 프라이빗 룸으로 나누어진 덕에, 남의 시선에서 자유롭길 원하는 이들도 즐겨 찾는 곳이다.

"후우, 언니, 나 밥이 잘 넘어갈까 몰라."

주차를 하고 온 주아는 다경의 어깨를 톡톡 두드리며 용기를 주었다.

"왜 안 넘어가. 꼭꼭 씹어 잘 먹어야지. 우 감독님이 처음 사주시는 밥인데."

"그래, 맞아. 맛있게 먹어야지."

오늘 오후, 제작사를 찾아 진행한 우 감독과의 미팅은 순조롭게 잘 끝났다. 간단한 대사 테스트, 카메라 테스트 또한 탈 없이 마무리했다. 혼신의 힘을 쏟아부은 연기가 제대로 빛을 발했다.

"내가 보는 눈이 틀리지 않았어. 소다경 씨, 우리 잘해봅시다."

우 감독은 굉장히 만족스러워하며 다경에게 저녁식사를 제안했다.

구름 위에 펼쳐진 꽃길을 걷는 기분이 이럴까. 사방이 온통 향기뿐인 하늘을 훨훨 나는 것만 같다.

"얼른 들어가자. 기다리시겠다."

주아에게도 함께 식사하기를 권하여 동행한 참이다.

제작사에서 따로 출발한 우 감독은 조금 전에 도착했다고 했다.

마침 강유현도 시간이 돼 이쪽으로 오기로 했다는 말을 전해 들은 다경은 아까부터 라마즈 호흡 중이다. 영 진정이 안 되는 모양이다.

주아는 다경을 제대로 잘 챙겨야겠다고 내심 다짐하며 계단을 올랐다.

한편, 민우는 운동을 가기 전 간단하게 저녁을 먹으려 했지만 남 대표가 우겨 고깃집에 와 있다. 새벽부터 광고를 찍느라 고생했는데 이 정도는 먹어줘야 한다더니, 고생은 민우가 했는데 고기는 남 대표와 공 부장이 열심히 먹었다.

"민우 더 안 먹어도 되겠어? 평소 같지 않은데?"

공 부장은 고기에 영 손을 대지 않던 민우가 걱정스러웠나 보다.

"아니야, 많이 먹었어."

많이 먹긴. 평소였다면 4, 5인분은 기본으로 해치웠을 지민우가 1인분도 채 먹지 못했는데.

결혼식을 하고, 신혼여행을 다녀온 그 이후로 민우의 분위기가 묘하게 바뀌어 있었다. 어딘가에 신경이 잔뜩 쏠려 있는 느낌. 뭘까. 왜일까. 스캔들은 결혼으로 잘 마무리했고, 그 덕에 일도 모두 잘 풀려만 가고, 근심할 것이 전혀 없는 상황인데.

민우는 가라앉은 얼굴로 문을 열며 복도로 나갔다. 남 대표는 아무런 생각이 없어 보이고, 그 뒤를 따르는 공 부장은 역시나 걱정이 가득한 표정이었다.

그때 민우가 우뚝 멈추어 섰다.

"어, 소다."

그가 중얼거리며 바라보는 곳으로 시선을 돌리니 양주아 실장과 소다경이 어느 방 앞에 서 있었다.

다경은 제 가슴에 한 손을 얹고 후우, 하아, 숨을 가다듬는 중이다. 꽤 긴장한 듯이.

"어, 진짜 다경이네."

남 대표도 반색했다.

양주아 실장이 다경의 어깨를 두어 번 토닥이더니 방문을 드르륵 열었고, 다경이 그 안을 향해 고개를 숙여 인사했다. 그와 동시에 민우 역시 그녀를 불렀다.

"소다경."

일부러 때를 맞춘 건 아니었다. 다경을 불렀는데 공교롭게도 문이 열리며 인사하는 타이밍과 맞아떨어진 것뿐.

인사를 하던 다경이 소리 나는 쪽으로 고개를 돌렸다.

"어, 지민우."

갑작스러운 마주침에 다경도 놀란 듯했다.

민우는 뚜벅뚜벅 걸어 그녀에게로 갔다. 오늘 다경은 우 감독과 미팅을 한다고 했었다. 오후에 한다고 했으니 이미 끝났을 시간이고, 얘기가 잘되었다면 지금쯤 함께 식사하고 있을지도 모른다고 생각했었다. 그게 이 식당일지는 몰랐지만.

민우는 뒤에 남 대표와 공 부장을 비엔나소시지처럼 줄줄이 달고 다경의 앞까지 왔다. 이왕 이렇게 된 거, 우 감독에게 인사라도 하지 않을 수가 없어서였다.

"아, 미팅 끝나고 감독님이랑 식사하게 되어서."

다경이 설명했고, 뒤에 선 주아는 살짝 손을 흔들며 인사했다. 주아에게도 눈인사를 건넨 민우가 예의 바른 얼굴로 방 안쪽을 향해 고개 숙여 인사했다.

"안녕하세요, 지민우라고 합니다."

우 감독만 있는 줄 알았건만, 고개를 들어보니 아니었다. 우 감독 옆에는 민우도 몇 번 본 적 있던 영화제작사 대표 한 명, 그리고…… 강유현이 앉아 있었다.

순간 민우의 눈동자에 스파크가 일었다. 보기도 힘든 톱스타라면서, 왜 여기저기 잘만 나타나는 거야, 저 작자는?

"아아, 지민우 씨. 이렇게 보네요. 얼마 전에 소다경 씨와 결혼을 하셨다고 들었는데, 축하드립니다."

우 감독이 기꺼이 일어서며 반갑게 그를 맞이했다. 작품에서 보이는 예민함과는 다르게 실제로는 서글서글한 사람이었다.

민우는 그와 악수했고 남 대표, 공 부장도 자연스럽게 방 안의 이들과 인사를 나누게 됐다. 그동안에도 민우는 강유현을 향한 매서운 시선을 감추지 않았다. 목표를 하나 잡으면 절대 놓치지 않는 승부사와도 같은 그 눈빛은 기본적으로 날카롭게 빠진 눈매 탓에, 감정이 실린 건 겉으로 드러나지 않았다.

"반갑습니다. 강유현입니다."

강유현이 먼저 민우에게 손을 내밀었다. 까마득한 후배에게도 정중한 태도를 고수하는 신사였다.

민우는 하나도 안 반갑다고 말하고 싶은 걸 간신히 참고 인사했다.

"네, 선배님. 지민우입니다."

키는 민우가 조금 더 컸지만 그래봐야 강유현 역시 186센티미터의 장신이다. 시선으로 내리누를 수는 없었다. 그저 누군가 이들을 목격했다면, 비주얼 대 비주얼의 불꽃 튀는 접전이라 마주 서 있는 것만으로도 눈부시다 했을지 모른다. 하지만 민우의 마음 저편에서는 무엇으로든 눈앞의 상대를 압살하고 싶은 욕구가 스멀스멀 피어올랐다. 시종일관 여유로워 보이는 저 대배우가 마음에 안 드는 건 당연했다.

그의 손을 놓으며 옆을 보니 다경은 한껏 상기된 얼굴로 서 있었다.

얜 더더욱 마음에 안 든다. 좋냐, 좋아? 그렇게 좋아? 강유현이 앞에 있으니까 좋아서 아주 죽겠어? 저렇게 볼이 발그레해서는. 우윳빛, 복숭앗빛, 혼자 온갖 예쁜 빛깔은 얼굴에 다 품고 지금 뭐 하자는…….

잠깐, ……예뻐? 소가 예뻐? 너무나도 자연스럽게 흘러간 생각에 그만 민우의 속은 뒤죽박죽이 되어버렸다.

"저희는 식사 마치고 돌아가는 길입니다. 그럼 말씀 편하게 나누세요."

유독 멀쩡해 보이는 남 대표가 잠깐의 만남을 마무리하려 했다.

다른 관계자들과 함께 있을 때는 모처럼 진지한 얼굴이라, 제법 기획사의 대표다운 모습이 새삼 낯설기도 했다.

"아, 벌써 가시게요? 남 대표님 이렇게 본 것도 오랜만인데 술이라도 한잔하면 좋을 텐데요."

"저희는 다른 기회를 마련하죠. 오늘은 우리 다경 씨에게 양보하도록 하고."

아무리 다경이 민우의 '공식' 아내라지만 더 이상 친분을 핑계로 시간을 빼앗고 있을 순 없다. 다만 민우는 이 자리에서 벗어나기 전에 조금 확실히 해두고 싶었다.

'소다경, 내 신경은 조금도 안 쓰지.'

그녀는 자신의 눈치는 전혀 보지 않았다. 다경이 가짜 남편인 민우를 신경 쓸 이유는 전혀 없기도 했다. 그저 동경하던 배우 앞에 한없이 들떠 있기만 할 뿐. 게다가 이제 일까지 함께하게 됐으니 지금 아마 하늘을 나는 기분일 것이다.

내 아내의 비즈니스. 태클 걸 만한 명분이 없다. 인정해야 하지만, 그래서 더욱 속이 쓰렸다. 그렇다면 이 순간 민우가 할 수 있는 건 단 하나.

"감독님, 대표님, ……선배님. 잘 부탁드립니다."

민우는 속을 완벽히 감춘 미소를 지으며 다경의 어깨를 부드럽게 안고 정중하게 인사했다.

갑작스러운 스킨십에 그녀의 몸이 흠칫 떨렸지만 민우는 개의치 않았다. 오히려 다경의 어깨를 안았던 그의 손은 무척이나 자연스럽게 아래로 미끄러져 허리를 살며시 매만지기까지 했다. 마치 매일 그래왔던 것처럼, 너무도 익숙한 일상이라 인식하지도 못하는 움직임처럼, 하지만 손끝은 더없이 뜨겁고 섬세하게.

"제 와이프, 정말 열심히 하는 친구니 예쁘게 잘 봐주세요."

와, 이, 프? 스킨십에 이어 기습 호칭 공격에 다경이 숨을 꼴깍 삼키는 게 또 느껴졌다. 그나마 대놓고 놀라지 않는 게 다행인가.

"하하, 당연히 예쁘게 보다마고요. 소다경 씨와 이렇게 함께하게 돼서 제가 얼마나 기쁜지 모릅니다."

우 감독이 호탕하게 웃으며 대답했다.

"두 분 그렇게 잘 어울린다고 난리던데, 실제로 보니 정말 보기 좋습니다."

제작사 대표까지 이 젊은 신혼부부가 예쁜 듯 연신 웃기만 했다. 오직 강유현만이 표정 없는 얼굴로 이들을 가만히 바라보고 있었다.

하지만 이게 끝이 아니다. 민우는 아직 멈출 생각이 없었다.

그는 감사하단 인사를 건넨 후, 다경을 향해 살짝 몸을 틀었다. 저절로 눈이 마주하자, 그녀의 눈썹이 미세하게 꿈틀거렸다. 민우는 제 눈에만 보이는 다경의 표정에서 그 마음을 읽을 수 있었다. 소, 왜 이렇게까지 하는 거냐고 따지고 싶어 죽겠지, 아주.

하지만 아랑곳할 민우가 아니다.

"다경아."

그저 그녀를 보는 눈빛에 사랑을 넘치게 담았다.

"긴장하지 말고 편하게 잘 있다가 와."

목소리에는 꿀이 뚝뚝.

"집에서 기다릴게. 너무 늦진 말고."

긴 손가락으로 다경의 머리를 살며시 쓰다듬고 머리카락을 매만지면서 소는 내 거다, 도장을 확실하게 찍었다. 꾸욱.

→→✵←←

다경은 밥이 코로 넘어가는지 입으로 넘어가는지 알 수 없었다. 제 맞은편에 있는 강유현 때문이 아니다.

한바탕 폭풍처럼 민우가 쓸고 간 흔적 위에서 다경은 모래처럼 느껴지는 한우 갈비를 씹었다. 그토록 가슴 떨리게 했던 강유현의 존재마저 희미하게 지울 만큼 민우의 어택은 강력했다.

"몰랐는데, 지민우 씨가 아주 다정한 스타일이네요."

우 감독의 칭찬에 다경은 마시던 물을 뿜을 뻔했다. 아직 이성은 남아 있기에 그런 불상사는 면했지만. 다정하다니, ……걔가요? 퍽이나요.

"네, 실제로는 부드러운 편이에요. 이미지와 좀 다르죠."

다경은 물을 꼴깍 삼키고 자연스럽게 답했다.

제작사 대표도 의외라는 듯 말을 보탰다.

"어릴 때부터 친구였다고 하던데, 보통 그런 사이는 많이 싸우지 않아요? 아까 보니까 그럴 일이 전혀 없어 보이던데. 두 분은 사이 엄청 좋네요."

"하하, 싸울 일이 없어서요……, 민우가 워낙 잘해주거든
요……."

연기는 좋아하지만 역시 거짓말은 체질이 아니다. 억지로 하는
말에는 다경의 울컥 치미는 감정이 섞여 있었다. 눈 뜨고 숨 쉴 때
마다 싸울 일만 생기는데, 없긴 뭐가 없어. 맨날 '너 때문에 이 고생
이다' 노래를 부르는 애인데.

아까는 와이프니 뭐니 하면서 제 허리를 안고 머리를 만지고 했
던 것 모두 다 자신을 '멕이려고' 하는 게 분명했다. 강유현 앞이니
까.

사이좋은 부부로 보여야 하는 게 우선이긴 하지만 다경의 눈엔
다른 속셈도 보였다. 자신이 좋아 죽는 강유현 앞이니 어디 한번
민망해 죽어봐라, 하는 심정으로 일부러 곤란하게 만들었을 것이
다. 못된 지민우. 얄미운 얄민우. 그게 그렇게 재밌나?

하지만 더 열받는 건 바로 자신이다. 민우의 저의가 뭔지 뻔히
알면서도 그때마다 심장이 쿵 내려앉았던 못난 자신. 마치 진짜 사
랑하는 것처럼 보이는 그 눈빛에, 그 말투에, 그 미소에 하마터면
속을 뻔했다, 또.

'연기인 거 알면서. 나 왜 이래, 진짜.'

사실 지민우는 제 소임을 다하는 것뿐인데.

툭하면 치고받는 사이란 걸 잘 아는 주아, 공 부장, 남 대표까지
모두 한 공간에 있었다. 그렇게 둘의 결혼이 가짜란 걸 너무나 잘
아는 사람들이 있는 곳에서도 민우는 뻔뻔하게도 열연을 펼쳤다.

'참 나. 얼굴도 두껍지.'

식사 맛있게 하시라며 돌아설 때 그의 입가에 배인 미소는 의기
양양하기만 했다. 연기를 하려면 이 정도는 해야지, 하는 얼굴. 그
정도 배짱이니 이런 가짜 결혼을 밀어붙였지, 싶으면서도 다경은

속이 마구 끓었다.

자꾸만 헷갈리는 자신만 바보 같으니까. 그의 연기에 휘둘리는 자신이 너무도 한심해서.

'진짜면 어쩔 건데.'

그럴 리도 없지만, 진짜면 또 어떻게 되는지 생각해보지도 않았다.

"으으……."

부드럽다고 소문난 갈비를 껌처럼 질겅거리던 다경은 결국 일어섰다. 작품 이야기가 한창인 곳에서 불순하게 잡생각을 하고 있을 순 없다. 마음 좀 가라앉히고 와야지.

"죄송하지만, 저 손 좀 씻고 올게요."

"어, 다녀와요."

양해를 구하고 일어선 다경은 밀실에서 나와 후우우, 참았던 한숨을 길게 내쉬고 복도 끝 화장실로 향했다.

겨우 손을 씻고 거울 속 자신을 바라보았다.

'소다경, 그걸 헷갈리면 어쩌자는 거야.'

겉으로 티는 안 났을지언정 속은 엄청난 혼돈의 연속이었다.

"제 와이프, 정말 열심히 하는 친구니 예쁘게 잘 봐주세요."

그토록 따뜻했던 음성. 마음이 훅 기울 만큼 다정한 어투. 자신을 바라보던 사랑스러운 눈빛, 제 몸에 닿던 자연스러운 그 손길, 모든 것이 다경의 심장을 꽉 쥐고 흔드는 것만 같았다.

'못됐어, 지민우. 진짜 못됐어.'

적당히 좀 하지. 그렇게 열심히 하면 누가 상 준대? 남우주연상 준대?

벅찬 떨림은 급기야 불꽃연기 중인 민우에 대한 원망으로 이어졌다. 그렇게라도 하지 않으면 이 마음은 달랠 길이 없을 것만 같았다.

날뛰는 심장을 겨우 가라앉히고 호흡도 정상으로 돌린 다경이 화장실을 나서던 참이다.

"다경 씨."

하늘이 열리고 천사의 목소리가 들려왔다. 복잡했던 마음을 부드럽게 어루만지는, 힐링 그 자체의 음성이었다.

그토록 좋아하던 내 배우, 내 스타가 날 바라보며 내 이름을 불러주는 그 순간이란, 아무리 경험해도 익숙해지지 않는 것이다.

그녀의 이름을 부른 사람은, 강유현이었다.

여기도 심장 폭격, 저기도 심장 폭격. 각각 다른 의미로 심장을 못살게 구는 남자들 때문에 다경은 숨이 막힐 지경이었다.

"선배님."

애써 여유롭게 웃으며 고개를 살짝 숙였다. 연기하는 재능을 참 여러 곳으로 잘도 써먹는다.

"식사 안 하시고 왜 나오셨어요?"

"아, 저도 화장실에."

유현은 부드럽게 웃으며 덧붙였다.

"다경 씨, 혹시 자리가 불편하신 건 아닌가 싶네요. 안색이 안 좋던데."

그가 세심하게 살핀 듯 건네는 말에 다경의 얼굴이 금세 발그레해졌다. 킹제너럴갓유현님께서 제 안색을 신경 쓰시다니요.

이런 건 감출 수도 없었다. 하해와 같은 은혜를 입은 심정이라서.

"아뇨, 아뇨. 불편하긴요. 전혀 아니에요."

그저 얄미운 남편놈 때문인걸요.

"다행이네요. ……그런데."

뭔가 더 말할 것 같던 유현은 이내 관두고 인사했다.

"그럼."

원래 목적했던 화장실 쪽으로 몸을 틀려 하는 유현을 보고, 다경이 급히 입을 열었다.

"저, 선배님!"

"네?"

그를 불러 세우긴 했지만, 그저 잠시 마주친 시간을 이렇게 흘리는 게 아쉬웠을 뿐 딱히 할 말이 있는 건 아니다. 안 좋아 보인다던 얼굴에는 지금쯤 아마 혈색이 붉게 돌다 못해 불타는 고구마처럼 보일지도 모른다. 이래서 나중에 카메라 앞에선 어떻게 같이 연기를 하나.

그때 일은 그때 가서 생각하기로 하고.

"제가 부족한 부분이 많은데, 앞으로 잘 부탁드립니다. 열심히 할게요."

어색할 땐 인사가 장땡이다. 다경이 꾸벅, 하는 인사에 유현의 입가에 금세 수려한 미소가 퍼졌다. 그가 왜 웃는지 알 수 없어 다경의 눈이 커졌다. 뭐 실수라도 한 건 아니겠지?

"아, 아니에요."

유현이 주먹 쥔 손으로 입가를 살며시 막으며 흠, 하고 가다듬었다. 어느 대목에서도 웃을 일은 없었다는 걸 본인도 아는 듯이.

"저도 잘 부탁드립니다."

"선배님, 말씀 편하게 하세요."

꼬박꼬박 존대를 해주는 유현 앞에서 몸 둘 바를 모르겠다.

"그래도 될까요?"

"그럼요."

되다마다요.

"그럼 그렇게 할게요. 다음에 볼 때부터."

정말 강유현과 나누고 있는 대화가 맞는지 실감이 나질 않았다. 이대로 구름 위를 걷다가 하늘로 뚝 떨어지면 얼마나 아플까. 다경은 정신 똑바로 차려야겠다고 생각했다.

→→※←←

탁. 현관문이 닫혔다.

신발을 벗고 안으로 들어선 유현은 넓은 거실로 향했다. 테이블에 있던 리모컨을 들어 작동시키자 창가를 가득 메운 암막커튼이 자동으로 열렸다. 고층 건물에서 내려다보이는 야경은 언제나처럼 화려했다.

오랜만에 커튼을 열어본다. 언제부터였더라, 높은 곳에 서면 가슴이 심하게 뛰고 숨이 막혀 약을 찾곤 했었다. 멀쩡히 잘 살던 집도 이제 견딜 수 없을 만큼 불편해져버렸다. 좀 더 야트막하고 편안한 전망의 집을 골라 이사를 가야만 했다.

"소다경……."

그런데 집을 보러 간 곳에서 그녀를 만날 줄이야. 그때까진 아직 결정 전이었지만, 결국 그 빌라로 계약하기로 최종결정했다.

다시 유현의 입가에 천천히 미소가 퍼졌다. 왠지 다경을 생각하자 어지러운 고층 전망도 아무렇지 않게 느껴졌다. 마치 진통제처럼 그녀는 모든 아픔과 잡념을 잊게 했다.

"안녕하세요, 선배님!"

허리를 꾸벅 숙여 씩씩하게 인사하는 그녀를 보면 웃음이 새어 나왔다.

유현은 그대로 소파에 기대앉았다.

"이상하지."

어째서 자꾸만 마주치는 걸까.

극장에서 비상구 문을 열자마자 쏟아지듯 제게 안긴 그녀.

이사 갈 집을 보러 간 빌라 산책로에서 걸어오던 그녀.

그리고 다음 작품에서 상대역으로 만나게 된 그녀.

어느 하나 자신이 의도한 건 없었다. 그저 소다경은 제 인생에 갑자기 끼어들었을 뿐이다. 운명과도 같이.

처음부터 강렬한 느낌을 받았고, 자꾸 볼 기회가 생길수록 마음은 깊은 곳에서 요동쳤다. 왠지 본 적 있는 것 같고, 낯설지 않은 기분. 이게 뭘까.

"형, 그런데 소다경 씨는 왜 자꾸 형한테 '선배님'이라고 하죠? 소다경 씨가 경력 더 오래된 거 아닌가?"

아까 집으로 돌아오는 길에 매니저 강호가 의아한 듯 물었었다. 그것이 유현에겐 실마리가 되었다.

"경력이 오래됐어? 얼마나?"

"그게 언제더라. 한 20년은 됐을걸요. 저희 엄마가 엄청 좋아했던 드라마에 아역으로 나왔었는데. 그 후로는 잘 안 나와서 배우 생활 안 하는 줄 알았는데 얼마 전부터 보이기 시작하더라고요. 고등학교 졸업하고는 단역으로 활동했다던가."

아역배우 출신인 줄은 몰랐다. 모르는 게 뭐 그것뿐이겠는가. 다경에 대해 아는 것보단 모르는 게 훨씬 많다. 그런데 아역이었다, 라……

"근데 20년이면, 형이 더 오래되신 게 맞나? 갑자기 헷갈리네."

"내가 23년."

"아아아, 형이 지금 23년차셨죠. 형이 선배님 맞네요. 하하."

강호의 싱거운 말로 인해 그녀 역시, 자신과 같은 아역배우 출신이란 것을 알게 됐다.

유현은 휴대전화를 들어 검색창을 켰다. 손 하나 까딱만 하면 모든 정보를 알 수 있는 세상이다. 지난번에는 최신 기사 위주로 훑느라, 그녀의 결혼 기사만 잔뜩 보았었는데 이제 그가 찾아보는 건 다경의 흘러간 과거였다. 어릴 때는 어떤 얼굴이었는지. 예전에는 어떤 작품에 출연했는지. 어떤 인터뷰들을 했었는지 하나하나, 보물을 찾듯 그녀에 대해 알아가는 순간순간이 왜인지 가슴 저리게 느껴졌다.

사실 아까 식당에서 밥을 먹다 말고 좋지 않은 안색으로 나간 그녀가 걱정되어 슬쩍 따라 나갔었다. 복도에서 마주쳤을 땐 괜찮은 듯 표정이 밝기에 안심했던 유현은 한 가지 더 묻고 싶었다. 혹시 며칠 전 극장에 온 건, 내 영화를 보기 위해서였냐고.

"참 나……."

자신이 생각해도 바보 같은 질문이다. 자아도취도 정도껏이지, 그녀가 혼자 모자를 눌러쓰고 극장 계단으로 뛰어 올라온 게 내 영화 때문이냐는 질문을 할 생각까지 하다니.

차마 묻지 못했지만 느낌은 분명했다. 유현은 상대의 의중이나 기분을 파악하는 데 제법 민감한 구석이 있었다. 그녀는 제게 꽤 깊은 호감을 품고 있었다. 의연한 척하지만 자신과 눈이 마주칠 때마다 움찔 놀라는 눈이 그랬다. 좋다는 말로 표현할 수 없는 감정이 다경의 얼굴에 가득 넘실댔다.

"앞으로 잘 부탁드립니다. 열심히 할게요!"

툭하면 허리를 반으로 접어 꾸벅 인사할 때도 여지없이 떨리는 목소리였다. 고개를 들었을 때 반짝이던 눈망울, 뭔가 말하고 싶은 게 잔뜩 어린 표정이 익숙했다. 자신을 너무도 좋아한다는 팬들을 눈앞에서 만났을 때마다 보아왔던 광경인 것이다.

다경은 필사적으로 그걸 감추려 하고 있었지만.

"내 팬이 맞는 것 같긴 한데……."

그걸 대놓고 물어볼 수도 없고. 그 와중에 제 앞에서 사나운 발톱을 드러내던 지민우가 떠올랐다.

"제 와이프, 정말 열심히 하는 친구니 예쁘게 잘 봐주세요."

유현의 가슴 깊은 곳 어딘가를 건드리는 말이었다. 와이프. 그러니까 소다경의, 남편이란 말이지. 지민우가.

이유 없이 그렇게 각을 세울 필요는 없었을 것이다. 어쩌면 아내가 자신의 팬이라는 것을 기분 나쁘게 여기는 남편의 질투인지도 모르지.

"귀엽네, 지민우."

이미 그녀를 가진 남자. 거슬리는 상대다. 신경 쓰고 싶지 않은 존재고.

지금껏 나른했던 유현의 눈동자에 미약한 불길이 옮겨붙은 듯 천천히 타오르기 시작했다.

다경에 대해 알고 싶은 마음은 점점 더 커지기만 할 뿐 이를 막을 순 없었다. 그렇게 잠시 다경의 아역 시절 사진과 필모그래피를 검색하던 유현의 손가락이 멈추었다.

"어, 얘가……."

화면 속엔 활짝 웃고 있는 어린 다경의 얼굴이 가득 찼다.

설마, 싶고. 혹시, 싶은 자신의 기억 속에 살고 있던 아이인지도 모른다. 어쩌면.

part 5

선 결혼, 후 짝사랑

퍽! 퍽! 퍼어어억!

샌드백에 입이 있었다면 아아악, 비명을 질렀을 것이다. 물 만난 듯 강펀치를 날리는 민우의 주먹에 조만간 샌드백 옆구리가 터질 수도 있을 것 같았다.

"어우, 야. 좀 살살."

그에게 다가온 다경이 눈썹을 곱게 찡그리며 말했고, 그녀를 힐긋거린 민우는 마지막으로 퍼어억! 마무리 펀치를 날렸다. 글로브를 훅 잡아 빼자 밴디지를 감은 손이 드러났다. 핏줄이 솟은 팔뚝이 위협적일 정도였다.

"뼈도 못 추리겠네."

체육관 뿌셔, 지구 뿌셔, 뭐든 걸리기만 해봐, 다 뿌셔버리겠다아아. 그런 열기가 느껴졌다.

쟤는 대체 어디서 저런 울분이 쌓인 거야?

"너 지금 레슨 받으러 온 게 아니라, 스트레스 풀러 온 거 같은데?"

"겨우 이걸로 스트레스가 풀리겠냐. 너 때문에 쌓인 스트레스가 바벨탑 높이 못지않은데."

레슨을 받기로 한 시간보다 일찌감치 체육관에 도착한 다경과 민우는 옷을 갈아입고서 몸을 풀던 중이다. 그런데 다경에게 자꾸만 눈이 간다.

"너 꼭 그렇게 입고 해야 되냐, 운동을?"

허리부터 엉덩이, 다리 선까지 그대로 드러나는 스포츠 레깅스를 입고, 위에는 배를 다 드러낸 브라톱 차림이다. 민우는 차라리 다 벗고 하지 그러냐고 몰아붙일 뻔했다.

"이거? 우리 광고 촬영할 의상인데. 포즈 연습하면서 어떤 각이 더 예쁘게 나올지 확인하려고 미리 입어본 거야. 느낌도 좀 봐야 하고."

"······나는 안 주던데."

"난 지영 언니한테 얘기해서 미리 챙겨달라고 했거든. 너도 너희 스타일리스트 누나한테 얘기하든가."

그래도 그렇지, 저걸 입고 하나. 그나마 체육관을 통째로 빌려 레슨을 받고 있기에, 일반 회원이 없어 다행이다.

"지민우 씨는 권투를 좀 하셨었나 봐요."

체육관을 내어준 관장이 다가와 감탄 어린 얼굴로 말했다.

"네? 아뇨."

"아니라고요? 폼이 딱 잡혔는데?"

그냥 한 소리가 아니었던지 관장이 깜짝 놀란 표정으로 대꾸했다.

"안 가르쳐드린 것 같은데, 손에 밴디지도 제대로 감으셨고."

민우는 아차, 싶었다. 왜 자꾸 까먹지. 몸이 기억한다는 걸.

"흉내만 내는 정도죠, 뭐."

이전의 삶 어딘가에서 권투를 배운 적도 있었고, 주짓수를 배운 적도, 심지어 격투기 선수로도 활동한 적도 있다. 그땐 이렇게 자세한 지침이 적힌 쪽지는 없었지만, 뒤늦게나마 소다경의 운명을 감지하면서 운동들을 배워뒀다. 자신이 원래 했었던 구기 종목이 아니라, 격투 쪽으로만.

이유는 하나였다. 소다경을 지키려고. 얘가 어떻게 될지 모르니까.

그녀의 곁을 보디가드처럼 따라붙었던 그 언젠가의 삶도 이명 후에 본 적이 있어 준비했던 참이다. 하지만 별 소용은 없었다. 운명은 결국 같은 방향으로 흘러가버렸으니 마지막 생을 대비해 적어놓은 쪽지, 거기엔 다른 방법이 아니라 오직 '결혼'만이 남아 있었겠지. 그것도 '무조건'이라는 조건이 붙어서.

"확실히 운동하셨던 분이라 그런지 포즈가 아주 좋네요. 이대로 화보 찍어도 전혀 손색이 없겠는데요."

껄껄 웃으며 관장이 물러가고, 제법인데 하는 표정으로 자신을 바라보는 다경이 눈에 들어왔다.

"봤냐."

이것이 나의 클래스다.

"그래, 너 잘났다."

"극찬 고맙고."

비아냥을 넙죽 칭찬으로 먹은 민우가 싱긋 웃었다.

세월을 돌고 돌아 여기까지 왔건만, 이놈의 몸은 기억력도 좋지. 그녀 덕분에 원치도 않는 직업들을 차례로 가지며 잔기술만 늘었다. 이번 생에서는 모델에 배우까지 해야 해서 인생이 괴롭게 느껴졌다. 아무리 다경과의 접점을 많이 만들기 위해서였지만, 적성에 맞지 않는 직업까지 가져가며 쪽지대로 살아야 하나 싶었다.

'굳이 내가 이렇게까지 해야 해?'

그가 선택했던 최초의 삶은 이쪽이 아니었다.

청소년 배구선수였지만 그건 발목 부상 이전의 일이고, 공부를 시작한 뒤로는 의외로 앉아서 머리 쓰는 게 잘 맞는다는 걸 알았다. 그래서 민우는 쭉 공부했었다. 집안에 흐르는 피는 어디 가지 않았다.

대학을 졸업하고 곧바로 미국으로 건너갔었다. 한국에 꽤 오랫동안 돌아오지 않고 그곳에서 학위 따기에 전념했었다. 집안에 일이 있을 때만 잠시 들렀다 가는 게 전부였었다.

그래서 몰랐었다. 한국에 있는 다경에게 어떤 일이 생겼는지. 그저 멀리서, 잘 살고 있구나 그렇게 생각만 했었을 뿐.

그런데 지금 자신은 이곳에 있다. 소다경의 바로 옆에. 아홉 번의 생 동안 생각지도 못했던 직업을 거치고 또 거쳐, 이제는 연예인까지 되어, 게다가 그녀의 남편이 된 채로. 이렇게 하면 살릴 수 있을까, 저렇게 하면 살릴 수 있을까. 수없이 많은 길을 돌고 돌아서.

오직 그녀의 불행을 막기 위한 삶이었다. 원했든, 원하지 않았든 어느새 민우의 삶은 온통 소다경으로 가득 차 있었다.

"안녕하세요, 민석호입니다."

코치가 왔고, 인사를 나눈 후 함께 간단히 몸을 풀었다. 듣던 대로 권투선수치고 상당히 잘생긴 얼굴이었다. 이런저런 생각에 딱히 신경 쓸 여력까진 없었지만.

"두 분 차이가 좀 있어서 같이 하실 건 아니고, 제가 한 분씩 봐드려야 할 것 같아요."

"다경이부터 해주세요."

코치가 다경과 먼저 운동을 시작했고, 민우는 다시 샌드백 앞으로 갔다. 몸에 착착 붙는 게, 어쩐지 오랜만에 한 권투 같지가 않았다. 매번 헬스로 근육만 다듬다가 이렇게 하는 운동도 꽤 즐겁다고 생각할 무렵이었다.

"와아, 좋은데요. 잘하셨어요. 다경 씨 이쪽 어깨를 낮추고 팔을 좀 더 이렇게."

퍼어어억! 샌드백이 또 비명을 질렀다.

코치와 다경의 모습이 바로 눈에 보였기 때문이다. 눈에만 보이면 다행이게.

"허리를 너무 숙이면 안 되고, 다리를 구부려서 자세를 낮춰볼게요. 아니, 허리는 그대로."

코치의 손이 다경의 허리를 살짝 잡았다.

말로 하라고, 말로. 포즈를 잡으랬지, 누가 허리를 잡으래!

"아, 네, 잘하셨어요. 여기 이쪽을 조금만 더……, 힘을 빼시고."

뻐어엉! 샌드백을 뚫어버릴 듯 한 번 더 세게 친 민우가 이내 글로브를 벗어 바닥에다 툭툭 던져두고 걸음을 옮겼다. 아무것도 모르고 열심히 다경을 지도하던 코치에게 어두운 기운이 닥쳐들었다.

"코치님."

음산한 목소리에 코치와 다경이 동시에 고개를 돌렸다. 심상치 않은 분위기에 호흡이 딱 멈출 지경이다.

"떼시죠."

민우의 날카로운 눈빛이 코치의 손에 내리꽂혔다. 다경의 허리에 찰싹 붙어 있는 그 손에.

"내 와이프 몸에서 손, 떼시라고."

도저히 용납할 수 없다는 듯, 이글이글 끓는 눈빛이었다.

"지민우, 너 혹시 다경이……."

"아니야."

민우는 남 대표의 말을 툭 끊었다. 이렇게 물고 늘어질 줄 알았으면 회사로 불러들였을 때 오지 말 걸 그랬다.

"에이, 아니긴, 뭐가."

남 대표가 음흉하게 웃으며 다시 입을 떼려 하자, 민우가 예민하게 내뱉었다.

"아니야, 분명히 아니라고 했어. 아니라고, 진짜."

무려 챔피언의 레슨을 거부했다. 아니, 반대다. 챔피언이 줄행랑을 놓았다.

"자세를 잡아드리려면 어느 정도 스킨십이 있을 수밖에 없는데, 지민우 씨가 절대 이해를 안 해주셔서요. 아무래도 전 레슨은 무리일 것 같습니다."

지민우가 오늘 체육관에서, 내 와이프 몸에 댄 손 당장 떼라며 무섭게 엄포를 놓았단다. 그딴 식으로 할 거면 그냥 나가라고.

남편이 눈 시퍼렇게 뜨고 옆에 있는데, 코치가 그 아내에게 손을 댔으면 또 얼마나 야릇하게 손을 댔을까 싶었다. 그 정도는 충분히 이해할 만도 한 상황이었을 텐데, 민우가 불같이 화를 냈다니 남 대표는 어이가 없어 계속 웃음이 났다.

"두 분이 신혼이셔서 그런지, 아……, 저는 감당 못 할 것 같아요. 이대로는 이삼일이 아니라 2, 3분도 같이 못 있겠어요. 그냥 레슨 취소하겠습니다."

다른 분 알아보시라며 챔피언은 떠났고, 결국 다경의 지도는 민우가 맡기로 했다. 관장이 말하건대, 민우의 실력이 놀라울 정도로 좋아서 조금만 다듬어주면 그 정도는 충분히 가능하다고 했다. 그나마 다행이다.

"아닌데, 왜 그렇게 오버한 거야?"

"오버는 무슨. 난 정당한 질투 장면을 연기한 것뿐이야. 마누라 허리에 손을 대는데 어떻게 두고만 봐? 그 상황에서는 그게 자연스러웠어."

챔피언도, 관장도, 다들 지나치게 사이좋은 신혼부부로만 보았다. 그러니 오늘 민우의 행동엔 아무 문제 없어 보였지만, 남 대표의 눈엔 그게 아니었다. 민우의 성격으로 보아 그 정도까지 할 리 없으니까.

"네 성격 몰라? 너 얼마나 차갑냐. 재수 없을 정도로 이성적인 놈이거든, 너?"

본인의 일조차 마치 남의 일처럼 반응하던 지민우였다. 감정이란 제 것이 아닌 것처럼 무심하게 굴곤 해서 얼마나 속이 터졌는지 모른다.

"그런 네가 그 정도로까지 화를 냈다고?"

그러니까, 필요 이상이다. 넘치는 데는 분명 이유가 있다. 남 대표는 그 이유를 찾고 싶었다.

둘만 있는 대표실 안이지만, 한껏 목소리를 낮추었다.

"너, 혹시 다경이 진짜 좋아하는 거 아니냐고."

"아니라고 했지! 내가!"

귀까지 붉어져 버럭 소리를 지르는 걸 보아하니,

"맞구나."

남 대표는 확신에 찬 웃음을 지었다.

"형!"

미치고 팔짝 뛰겠다는 듯 힘껏 부정하는 민우가 마냥 귀여웠다. 맞다고 인정하면 만사 편할 것을 왜 저리 힘들게 살까.

남 대표는 소파에 앉으며 싱글벙글 웃었다.

"그래, 아무리 웬수였든 뭐든, 마음이 없는데 네가 그렇게 바로 결혼까지 결심했을 리가 없지."

"아니야. 제발. 아니라고."

"물론 결혼할 때까진 아니었다고 할 수 있지. 그런데 무려 열흘
이나 여행을 같이 갔었잖아? 공 부장 덕분에 침대 하나로 그 많은
밤을 함께 보내야 했고. 이건 다 공 부장의 공인가. 허우대 멀쩡한
두 남녀가 그런 상황에서 아무 일도 없이 돌아왔을 리가…….."

"없다니까, 아무 일도 없었다고!"

"자, 흥분을 가라앉히시고요."

민우의 마음이 어느 시점부터 시작되었는지 추적해가는 재미가
쏠쏠한 듯 남 대표가 웃는 얼굴로 덧붙였다.

"여행도 아니라고 치면, 돌아와서 신혼집에서 함께 지내면서인
가? 아무래도 그렇긴 하겠지. 둘이 결혼도 했고, 혼인신고까지 해
치웠잖아? 가짜 결혼에 혼인신고라니 말이나 되냐. 물론 전 국민
이 다 아는 결혼에 신고 안 하는 게 무슨 의미가 있겠냐 싶지만. 어
쨌든 서류까지 완벽한 부부 사이이니, 슬슬 마음이 생길 법도 하
지. 다경이는 뭐래?"

"아닙니다. 대표님. 아니에요."

민우는 정색했다. 존경하고 좋아하는 형만 아니었다면, 당장 저
입을 틀어막아버리고 싶을 정도로 곤란했다.

"아, 아니구나."

이제야 말이 통하려나. 남 대표가 대뜸 수긍하자 민우의 안색이
밝아졌다.

"그래, 형. 아니야, 그런 거 아니야."

"쌍방이 아니구나…….."

"뭐어?"

"너 언제부터 짝사랑한 거야?"

319

안쓰러워 죽겠다는 표정. 금방이라도 춤을 출 것처럼 생글생글 웃더니 이젠 눈썹 끝을 늘어뜨리며 민우를 불쌍해하고 있었다. 천의 얼굴이 따로 없다.

"짝사랑은 무슨! 진짜 말도 안 되는 소리 하지 좀 마."

"그게 아니면 설명이 전혀 안 되잖아. 네 그런 행동이."

"후우……. 마음대로 생각해라, 마음대로."

포기했다는 듯 민우는 소파에 몸을 깊이 파묻은 채 눈을 감아버렸다. 어쩌다 이 피곤한 거미줄에 걸려든 걸까. 어차피 동생 윤우도 자신이 다경을 좋아한다고 생각하고 있다. 물론 윤우에게야, 도움을 청하기 위해 그가 먼저 했던 말이긴 하지만 여기에서 한 명 더 추가해 남 대표까지 그렇게 생각한다고 인생 뭐가 달라질까. 어차피 사실도 아닌데.

……아니다. 정말 사실이 아니다. 내가 소를 짝사랑할 리가 없지. 그럴 리는 절대…… 없다.

"그래서, 언제 고백할 거야?"

그놈의 고백! 윤우와 똑같은 소리를 하는 남 대표의 말에 민우는 혈압이 다 올랐다. 아, 한 명 더 추가되면 인생이 달라지는구나. 몹시 더 피곤하게.

"고백하긴 뭘 해. 할 게 있어야 하지."

"네 마음 아직 너도 모르는구나. 불쌍한 것."

"불쌍해? 내가?"

남 대표에게 그런 소리를 듣는 상황이 기도 안 찼다.

"형 걱정이나 좀 해. 형이야말로 언제 고백할 건데? 나이만 자꾸 먹으면서, 뭐, 이왕 이렇게 된 거 한 20년 더 짝사랑하다가 환갑 때 고백하고 고희연 때 결혼할래?"

"윽."

너무 아픈 곳을 찔렀나. 남 대표가 과장스런 몸짓으로 제 심장께를 부여잡았다. 하지만 민우는 공격을 멈출 생각이 없었다.

"왕 대표님은 아직도 몰라? 전혀 몰라? 눈치도 못 채고?"

"몰라도 상관없어. 아직은."

장난스럽던 남 대표의 눈이 일순 진지해졌다.

그가 왜 고백을 미루는지는 민우도 알고 있다. 상처가 많아도 너무 많은 왕현지라서, 지금은 앞만 보고 달려가는 그녀의 길을 망치고 싶지 않아서 남 대표는 그저 기다려주는 것이었다. 자신을 돌아봐줄 여유가 생길 때까지.

다가설 수도 없다 생각해 절망했던 적도 있는데, 이렇게 마음껏 좋아하고 있는 게 어디인가.

"그래도 그렇지, 너무 심하잖아. 벌써 몇 년이야. 그것도 왕 대표님이 결혼하기도 전부터라며."

왕 대표가 걸그룹 시절, 그때부터였다. 모델로 활동하던 무렵, 남 대표는 어느 패션기업의 행사장에서 마주친 그녀에게 한눈에 반했었다. 똑같은 옷을 입고 유치한 율동을 하던 예쁘장한 여자애들 사이에서도, 왕현지는 단번에 튀었다. 그 걸그룹 콘셉트와 전혀 맞지 않는, 왜 그 그룹에 속했는지 이해가 안 갈 정도로 세련되고 지적인 스타일이었다.

역시나 뜨지 못했다. 콘셉트에 안 맞는 멤버부터, 매번 안무를 틀리는 멤버, 시건방진 멤버까지. 결정적으로 노래와 안무가 영 별로였다.

그때와는 달리 왕 대표는 제 길을 찾은 것처럼 빛나고 있었다. 배우들을 키워내며 이리저리 뛰어다니는 그녀에게 생기가 감돌았다.

몸에 맞지 않는 옷을 입은 듯 보이던 걸그룹 시절이나, 억지로 팔려가듯 사업가와 결혼했을 때나, 금세 이혼을 했을 때나, 왕현지가 행복해 보인 적은 거의 없었기에 제 길을 찾아 열심히 달려가기 시작했을 무렵부터 겨우 피기 시작한 그녀의 꽃봉오리가 화려하게 펼쳐질 때까지, 그녀가 하고 싶은 건 다 할 수 있도록 남 대표는 기다려줄 생각이었다. 그때까지 자신의 기다림은, 괴로운 것이 아니었다.

"민우야, 웬만하면 빨리 깨닫도록 해."

남 대표가 민우에게 모처럼 형다운 태도로 충고를 건넸다.

"당장 고백할 상황이 아니라면, 진심이라도 네가 알고 있어야지. 짝사랑이 그렇게 힘든 것만은 아니거든. 좋아하는 감정을 느낀다는 게 얼마나 행복한 건데."

아니라고 대들기엔 남 대표의 음성이 너무도 진지했다.

"물론, 방해물이 없을 때 한해서야. 타이밍 노리다가 남 좋을 일만 시킬 순 없잖아?"

그녀에게 부담을 주지 말되 놓치진 않아야 한다. 경험에서 우러난 귀한 조언이었다.

✦⇢⊰❖⊱⇠✦

"아무래도 이상해."

다경은 주아가 운전하는 밴을 타고 귀가하는 길이었다. 체육관에서 나온 후 민우는 남 대표의 부름을 받고 회사로 가야 했기에 따로 이동했다.

그녀 혼자 중얼거린 걸 듣고선 주아가 되물었다.

"뭐가 이상한데?"

"응? 아니야."

일단 아니라고 했지만, 누군가에게 털어놓고는 싶었다. 지금 자신이 생각하는 게 맞는지, 아니면 너무도 어이없는 것인지 알 수가 없어 결국 다시 입을 열었다.

"……언니, 민우가 연기를 잘하긴 하지?"

"어유, 말하면 입 아프지. 난 민우가 임팩트 강한 연기만 잘하는 줄 알았더니, 생활연기의 달인이더만. 특히, 너 좋아하는 거 티 내는 상황에서는 옆에 있는 내 가슴이 다 떨린다니까. 걔 그 재능으로 여태 로맨스 안 찍고 뭐 했대. 광고 수십 개 찍고 건물 몇 채는 올렸겠다."

그렇지. 재능이지. 좋아하는 척 연기하는 거, 그거 재능이지.

"근데 그건 왜? 오늘 일 때문에?"

"아아……, 응."

"민우 대단하더라. 그 코치 결국 못 하겠다고 했다며? 질투에 눈먼 남편이라. 그 정도 계산까지 해가며 연기하다니, 지민우 진짜 대박. 이 정도면 주위에 너희 의심하는 사람 정말 하나도 없을 거야."

"그러게."

주아에게 더 말해봐야 똑같은 얘기만 되풀이될 것 같았다. 다경이 지금 고민하는 건 그게 아니니까.

'연기가 아닌 것 같았어.'

마치 진짜처럼 느껴지는 반응속도였다. 그리고 표정과 말투 모두 평소의 지민우와 달랐다. 계산된 연기였다면 그 정도는 아니었을 것이다. 그저, 딱 지민우가 할 법한 말, 딱 지민우가 할 법한 행동으로 판을 짜지 않았을까.

낯설게까지 느껴지는 민우의 모습은 정말이지 연기로 볼 수가 없었다. 오랜 시간 그를 옆에서 지켜봐온 다경의 촉은 그랬다.

'그럼 그게 진짜……?'

오늘 일만이 아니라, 내내 헷갈려왔다. 때때로 자신의 심장을 쿵 떨어뜨릴 만큼 놀라게 했던 그 순간들을 떠올려보면 이상한 점들이 참 많았다.

"내 와이프 몸에서 손, 떼시라고."

"제 와이프, 정말 열심히 하는 친구니 예쁘게 잘 봐주세요."

안 나서도 될 상황에서까지, 그는 기어이 남편임을 공인받으려는 듯 나서고야 말았다. 평소 귀찮은 거 질색인 지민우로서는 상상도 못 할 일들이다.

"……이거, 야한데?"

"노출만 있는 게 아니잖아."

차기작 시나리오를 보고도 괜히 예민하게 굴었고.

"또 침대로 오면, 가만 안 둔다고 했지."

"남자 혼자 자는 침대에 올라와놓고, 너 꽤 뻔뻔하다."

둘만 있을 때 왠지 야하게 느껴지는 상황을 아무렇지 않게 만들었다. 굳이 그렇게까지 할 이유 없었는데.

'……확인해봐야겠어.'

이 정도로 자신의 머릿속을 뒤죽박죽으로 만드는 그의 본심을, 파헤쳐야 할 때였다.

"언니, 언니. 집으로 가지 말고 차 좀 돌려줘."

"응? 어디로?"

지민우의 본심을 제게 알려줄 사람이, 딱 한 명 짚이긴 했다. 당장 그곳으로 가야만 했다.

❖⟫⟪❖

남 대표에게 내내 시달리고 나오는 길, 민우는 탈탈 털린 기분이었다. 끝내 취조하듯 자꾸만 마음을 인정하라고 하는 통에 기가 다 빨렸다. 괜히 남 대표에게 "형이나 고백해."라고 대들었다가, 짝사랑학 박사에 버금가는 그에게 일장연설을 들어야 했다.

왕 대표님이 그렇게 좋을까. 만났다 하면 매번 구박이나 당하면서.

하긴. 남 대표가 문제가 아니다. 자신이야말로 체육관에서 왜 그렇게까지 난리를 쳤을까 후회까지 되었다. 다시 시간을 돌릴 수만 있다면, 코치가 다경의 허리를 아무리 쥐고 주무른대도 꾹 참을 수 있을 것…… 같지는 않다. 생각만 해도 진짜 열받는다.

"다른 스케줄은 이제 없고. 민우야, 집으로 갈 거지?"

"어."

기다리고 있던 공 부장의 밴에 올랐다.

"집에 가면 저번에 대본 갖다준 것 좀 천천히 살펴봐. 이제 새 작품 골라야지."

"응."

한 귀로 들어왔다 한 귀로 흘러가는 말들.

"나는 그 사극영화가 괜찮던데. 중국과 합작이라 꽤 스케일 크게 빠지는 것 같더라. 벌써 캐스팅 물망에 오르는 배우들 엄청 쟁쟁하던데, 지금으로선 거기 들어가는 게 제일……."

"형."

시동을 걸며 한창 일 얘기를 하던 공 부장의 말을 끊었다.

"응?"

"형이 봐도 내가 소다경이랑 있을 때, ……오버하는 거 같아?"

어쩌면 남 대표가 지나친 반응을 보이는 건지도 몰랐다. 제발 아니라고 대답해주길 바라며 질문을 던졌는데.

325

"좀 그렇긴 하지. 평소 너답진 않으니까."

"……그래?"

공 부장도 같은 반응이었다.

하아아, 한숨이 절로 나온다. 대체 나다운 게 뭘까. 아니, 그걸 떠나서 내 눈이 얼마나 뒤집혔으면 저런 소리들이 나오는 걸까. 나도 내가 지금 왜 이러는지 모르겠는데, 이러다 연기가 아니라는 걸 진짜 들키는 거 아니야?

……뭐라고 했냐, 나 지금. 연기가 아니라는 걸?

"……아."

마침내 민우의 가슴으로부터 끝없이 끓어오르던 것이 입 밖으로 짧게 터져 나왔다. ……아. 나지막한 깨달음이었다.

'연기가 아닌 것'.

스스로 규정지은 마음은 바로 그것이었다. 결코 연기일 리 없는 진심.

'나 설마 진짜였어……?'

미쳤다. 내가 소다경을 진짜 좋아하다니. 이 말도 안 되는 일이 실제상황이라니.

남 대표가 시동을 잘 걸어둔 탓일까, 한번 솟아오른 불길은 걷잡을 수 없이 커져만 갔다. 두근, 두근, 두근. 벼락같은 자각이 한순간에 그를 덮쳤다.

'내가…….'

지금까지 다경의 모습들이 파노라마처럼 눈앞에 펼쳐졌다. 새하얀 웨딩드레스를 입고 햇살 아래 살며시 웃던 모습. 간편한 차림으로 씩씩하게 이탈리아를 활보하던 모습. 하나뿐인 침대 위에서 제 아래 깔린 채 눈을 동그랗게 뜨던 모습. 욕조 안, 잔뜩 젖은 차림으로 제 몸을 누르고 앉아 있던 모습. 연기자로 살 수 있어 행복하다며 웃던 모습. 가끔 힘든 순간에 억지로 눈물을 참던 모습. 그의 집 거실 바닥에서 편하게 배 깔고 누워 숙제하던 어린 그녀의 모습까지.

'소다경을…….'

지금, 그리고 학생 시절, 그리고 좀 더 어릴 때, 더 어릴 때. 그 수많은 순간의 소다경들이 전부 다 민우의 안에 고스란히 살아 숨 쉬고 있었다.

'내가 진짜 소다경을…….'

어느 하나 사랑스럽지 않은 면이 없던 그녀.

못내 외면할 수 없던 이유. 자신이 100년에 가까운 시간을 돌고 돌아 결국 이곳에 와 있는 이유.

그 모든 해답이 여기 있었다.

'……좋아하는 거였어. ……내가 소다경을.'

진짜. ……이건, 더 이상 거부할 수 없는 '진짜'였다.

그 깨달음은 폭풍처럼 강렬하고, 태풍처럼 파괴적이었다. 갑작스러운 자각 후에도 세상은 변한 것이 없고 모든 건 그대로였지만, 오로지 하나, 민우의 마음만이 거센 파문에 사로잡혀 있었다.

"미쳤다."

조용히 내뱉은 말이 공기 중에 흩어졌다. 아니라고, 절대 아니라고, 최면을 걸듯 끊임없이 제게도 일러댔건만 결국 스스로 인정할 수밖에 없던 마음.

'그렇지, 내가 그런 짐승은 아니었던 거야.'

갑자기 다경을 탐하고 싶어 했던 수많은 시간이 뇌리에 스쳤다.

그때마다 얼마나 번뇌했던가. 친구를 두고 이게 무슨 말도 안 되는 욕구인가 싶었는데. 감정도 없이 본능만 앞서는 짐승인가 하고 스스로 한심하기까지 했는데. 필사적으로 참아내느라 괴롭기만 했었는데. 결국 그게 일차원적인 성욕이 아니라, 그녀에게 닿고 싶은 마음이 표출되었던 것이라 생각하자 마음이 한결 편해졌다.

"근데 민우야."

소용돌이 속에 갇힌 민우를 꺼낸 건 공 부장의 부름이었다.

"응?"

"너희 말이야. 다경이랑 너."

"어."

"사실 서로 좋아한다고 해도 문제 될 건 없잖아. 오히려 더 잘된 일이지."

공 부장도 생각에 빠져 있었던 모양이다. 옆에서 보는 민우가 확실히 다른 면이 보이니까, 어쩌면 정말 좋아해서 고민 중이라 여긴지도 몰랐다. 결국 남 대표도, 공 부장도, 제대로 본 것이다.

"……그런가."

"그렇지. 이게 가짜고, 위장이고, 비즈니스 결혼이란 건 어차피 우리밖에 모르는데. 세상이 다 알고 있듯이 너희가 진짜 사랑하는 사이가 된 거라면 훨씬 잘된 일인 거잖아. 애초에 나는 이게 가짜가 아니라, 진짜이길 바랐던 사람이고."

사실 이 결혼에 훼방꾼은 없었다. 부모님들도, 소속사도, 주위 모든 사람도, 심지어 대중들까지, 두 사람의 사랑과 결혼을 진심으로 지지하고 축복해주었다. 그 덕분에 여기까지 온 것이다. 더 이상 세상을 속일 일 없이 서로 진짜 사랑하는 사이가 된다? 공 부장 말대로 이거야말로 훨씬 잘된 일이다.

"하도 오랫동안 친구였으니, 관계가 달라진다는 게 쉬운 일은 아니겠지만 서로 마음만 있다면 얼마든지 발전할 수 있는 거지."

스캔들 걱정할 필요도 없고, 이제 헤어질 이유도 없어지는 것이다. 꽃이 잔뜩 깔린 탄탄대로를 걸으며, 두 사람이 함께 행복하게 살아갈 일만 남았다.

신호에 걸려 차가 멈추었다. 공 부장이 살짝 고개를 돌려 민우를 보았다.

"다경이도 네가 싫었다면 이렇게 결혼까지 하진 않았을 거 아냐. 네 마음만 확실하다면, 진지하게 다가가봐. 이 기회에 진짜 두 사람 잘되는 거, 난 찬성이다."

공 부장의 격려에 거칠게 날뛰던 민우의 마음이 부드럽게 다져졌다.

차는 다시 출발했다. 공 부장은 말없이 그저 듣고만 있는 민우가 진짜는 진짜인가 보다 생각하며, 흐뭇하게 웃었다.

민우는 복잡한 생각을 하나로 모으며 휴대전화를 들었다. 이럴 때 도움이 되는 건, 동생 윤우다. 지략가이자 참모인 윤우가 어쩌면 제게 어떤 해답을 안겨줄지도 모를 일이다.

"나 잠깐 통화 좀 할게."

공 부장에게 말을 건넨 후, 그는 윤우에게 전화를 걸었다.

― 어, 형.

"어디야?"

― 나 지금 연구실 막 나오는 길인데, 오늘 웬일이래, 부부가 번갈아서.

"……부부가?"

― 응, 소다 누나가 보자고 찾아왔거든. 지금 학교에 거의 다 왔다고 했는데.

민우의 머릿속이 하얘졌다. 소다경이? 갑자기 윤우한테 왜 갔지? 자신이 생각을 정리하고 움직이기도 전에, 다경이 먼저 윤우를 만나러 갔다는 게 왜 이리 불안하게 느껴지는지 모를 일이다. 순서가 꼬이면 안 되는데.

"야, 지윤우, 일단 내가 갈 때까지…….."

– 어, 누나다. 형! 이따 전화할게. 누나! 누나아, 나 여기!

뚝 끊겼다. 다시 전화했지만 윤우는 받지 않았다. 이게 뭐야. 갑자기 왜, 걔가 왜?

"형. 태근이 형."

민우는 부랴부랴 공 부장을 불렀다.

"왜, 왜."

"윤우네 학교로 지금 빨리."

휘이이이익, 두 번 묻지 않고 공 부장이 바로 운전대를 꺾었다. 마침 적신호를 받은 밴이 유턴 차선에서 힘차게 돌았다. 하나뿐인 참모가 포섭되기 전, 서둘러 그곳으로 가야만 했다.

➤➤➤❖❖❖◀◀

"선배님!"

좀처럼 회사에 올 일이 없던 유현이지만, 그날따라 계약 문제 때문에 나온 참이다.

대표, 이사진이 먼저 빠져나간 회의실에서 서류를 마저 살핀 후 매니저와 함께 나오는데, 별로 반갑지 않은 목소리가 들려왔다.

"리호예요, 선배님. 안녕하세요?"

나리호였다. 그녀가 가진 막냇동생 이미지처럼 싹싹하고 밝은 태도, 언제나 변함없었다. 잘 모르고 본다면 주변을 환하게 해주는 기분 좋은 스타일이라며 어디서든 환영받을 사람이었다. 사실 나리호가 특별히 해를 끼치고 다니는 건 아니니까.

하지만 유현의 눈엔 달랐다. 아버지를 내세워 어디서든 자리 하나 차지하고 앉으려는 욕심 많은 공주님일 뿐이다. 이번에 들어갈 영화도 마찬가지였고.

"네, 안녕하세요."

일부러 거리를 두며 깍듯한 인사를 건넸다. 나리호는 저와의 친분을 과시하지 못해 안달이 나 있지만, 유현의 입장에선 달랐다. 엮이고 말고 할 것도 없이 신경 쓸 필요도 없는 인물이다.

"선배님, 영화 들어가기 전에 저랑 식사 한번 하셔야죠. 이제 뵐일도 많은데 좀 더 친해지면 좋을 것 같아요."

"……기회가 되면요."

이쪽 업계에서 그녀의 아버지인 배우 나은기가 미치는 영향도 무시할 순 없기에, 나리호를 함부로 대할 수는 없다. 그러니 우 감독마저 그렇게 진저리를 치면서도 결국 받아들인 것이겠지만. 물론, 나리호의 캐스팅을 놓고 딜을 걸어 소다경의 캐스팅까지 성사시킨 건 우 감독의 마지막 자존심이었다.

"선배님 회 좋아하시죠? 제가 역삼 쪽에 좋은 곳 하나 찾았거든요. 선배님 댁이랑도 가까울 것 같은데, 이번 주에 저랑 스케줄 한번 맞춰보실……."

"이사 갈 예정이라, 크랭크인 전까진 조금 정신없을 것 같습니다."

"아, 이사 가세요? 어디로요?"

"촬영 시작된 후에 여유가 있으면 배우들끼리 시간 맞춰보는 것도 좋을 것 같은데. 그때는 제가 살게요."

유현은 어디로 이사 가냐는 물음에 대답 없이 적당히 둘러쳤다. 나리호도 더 이상 캐묻기 곤란해져 새초롬한 입술을 내밀었다가 집어넣으며 "네." 하고 대답했다.

"그럼, 먼저 가보겠습니다."

다시 정중한 인사를 건넨 유현이 매니저를 대동하고 뚜벅뚜벅 걸어 사라졌다.

"칫."

되게 비싸게 구네. 하지만 리호는 그런 강유현이 괘씸하진 않았다. 적어도 그는 레벨이 다르고 급이 다른, 그야말로 톱스타니까. 그래도 이 정도 말을 섞을 수 있는 동료는 그의 주변에 많지 않다는 걸 알기에 위안이 되었다.

"나니까 가능하지."

리호의 입가에 뿌듯한 미소가 번졌다.

"그 언닌, 아마 대놓고 무시당하겠지."

소다경의 캐스팅 소식은 아직 기사화되기 전이지만 이미 전해들었다.

우 감독과 유현이 참석하여 식사 자리까지 가졌다고 하던데, 생각하면 기도 안 찼다. 다른 일도 아니고, 결혼 이슈로 이름을 알려서 이 영화에 캐스팅까지 됐다고? 제 그릇에 맞는 물을 담아야지, 흘러넘치는 줄도 모르고 주는 대로 받았다가 나중에 어쩌려고 그러는지. 그것도 '비서' 역할이라고 했다. 시나리오를 본 아버지 나은기가 아까워했던 그 역할.

"'약혼녀'는 존재감이 너무 없어. 분량도 적고. '비서'를 해야 한다고 내가 몇 번을 말했는데."

"아, 싫단 말이야. '비서'는 내 이미지랑 안 어울려. 아빤 그것도 몰라?"

연기 변신, 그딴 게 무슨 소용인가. 지금처럼 밝고 화사하고 해맑은 모습만 보여주면 이미지에도 좋고 연기도 편한데 왜 사서 고생을 해.

'비서' 역할은 힘들 게 뻔했다. 뛰고, 물에 빠지고, 땅에 구르기까지. 게다가 늦봄부터 초여름까지 촬영기간이 잡혔는데, 시간적

배경이 겨울인 장면도 많았다. 땡볕에 두꺼운 겨울옷을 입고 연기를 해야 한다니 생각만 해도 끔찍했다. 그나마 '약혼녀'는 야외신보다는 실내신이 훨씬 많았기에 별로 부담이 없었다. 에어컨이나 빵빵하게 틀어달라고 해야지.

명품 의상에 완벽한 헤어 세팅으로만 촬영할 수 있어 그것도 마음에 들었다. 지난 드라마는 가난한 대학생 역할로, 티 쪼가리에 스니커즈만 신어서 짜증났었는데.

그리고 결정적으로, '비서'가 보여줄 깊고 넓은 감정의 폭을 소화해낼 자신이 없었다. 가뜩이나 연기 못한다는 얘기 지겹고 신물 나게 듣는데, 아예 대놓고 그걸 보여줄 이유도 없지 않은가.

"그 언니는 웃기지도 않아. 지가 깜냥이 된다고 생각하나. 간도 크지."

리호는 맑은 얼굴과 어울리지 않는 사나운 눈빛으로 중얼거렸다.

"지켜보면 알겠지, 뭐."

소다경. 이 영화가 본인에게 도약의 기회가 될지, 아니면 처절한 나락으로 가는 급행열차가 될지 분간도 못 하는 게 분명했다.

불쌍하기도 하지. 어디 한번 열심히 해봐. 리호는 피식, 웃으며 돌아섰다.

✦≫※≪✦

"누나! 웬일이야, 우리 학교까지?"

"응, 우리 도련님 보고 싶어서."

다경은 생글생글 웃으며 윤우를 붙들었다. 말만 곱지, 행동은 완전 연행이다.

"차로 가서 얘기하자."

"어어, 형 또 전화 온다. 아까부터 왜 자꾸…….”

"일단 나랑 먼저 얘기해."

다경은 윤우의 휴대전화를 낚아챘다. 촉이 온다, 촉이 와. 지민우 왜 이렇게 윤우에게 전화를 해대는지. 내가 윤우랑 단둘이 만나면 안 될 이유라도 있나 본데? 그렇다면 제대로 온 게 맞다.

"무슨 얘긴데 여기까지 찾아온 거야? 우선 카페 가자. 저 건물에 카페 있는데, 커피 맛있…….”

"커피는 우리 차에도 있으니까, 자, 들어가서 얘기하자고."

세워둔 제 밴 앞에 도착했다. 문을 열어주자 윤우가 어리둥절해하며 올라탔다. 심각한 집안일이라는 얘기에 주아는 자리를 피해주기로 했다. 갑자기 그게 무슨 일인지는 모르겠지만.

문이 닫히고, 밴 안에 윤우와 단둘이 남은 다경이 씩 웃었다.

"왜, 왜 이래, 무섭게."

그 미소가 더없이 공포스러운 듯 윤우가 눈썹을 찡그렸다.

"지윤우."

"으, 응."

"누나 다 알고 왔다."

물증은 없고, 심증만 있지만 다경은 이럴 때일수록 더더욱 당당하게 나가야 함을 알고 있었다. 윤우, 민우 형제가 얼마나 똑똑한 애들인가. 틈을 주어서는 안 된다. 그랬다간 심리전에 말려들 게 분명하니까.

"뭐, 뭘 다 알고 와. 나 뭐 잘못했어?"

"너, 솔직히 얘기해야 해. 거짓말했다가는 아주 죽…….”

"알았어. 뭔데, 뭔데?"

다경은 오로지 한곳만 바라보고 있었다. 지금껏 자신의 마음속을 복잡하게 만들었던 것. 그 해답이 필요했다. 손댈 수도 없이 엉켜버린 실뭉치를 시원하게 풀 시간이다.

"너희 형, 나 좋아하지?"

"헙……."

윤우가 대답을 해주었다. 동그랗게 커진 눈으로, 침을 꿀꺽 삼키는 것으로 '응, 우리 형아 누나 엄청 좋아해.'라는 확답을 내준 셈이다.

"정말이야?"

"……아, 아니야. 아니, 좋아하긴 뭘 좋아해, 하하하……. 이 누나가 농담도 잘하네."

그제야 정신이 돌아온 듯 윤우가 재빨리 수습하려 했지만, 그게 가능할 리 없다.

"정말 그랬단 말이지……."

실뭉치는 후루룩 풀어졌다.

"뭘 그래, 아니라니까. 아니야, 누나. 형수, 아니야, 아니라고."

"민우가 절대 얘기하지 말래? 자기가 먼저 고백할 때까지?"

"허어엉……. 누나, 아니야아……."

울 듯한 얼굴로 윤우가 고개를 저었다.

"이상한 게 한두 개가 아니었어. 우리가 갑자기 결혼한다고 하는데도 넌 놀라지도 않고 싱글벙글했잖아. 미리 알고 있지 않은 이상, 그렇게 여유로울 수가 없던 거지. 민우가 나 좋아해서 결혼하게 해달라고 너한테 도와달라고 했던 거야? 혹시 그거 다 네 작품인 거?"

"누아아아아아아……."

급기야 윤우가 밴 바닥에 털썩 내려앉아 무릎을 꿇었다. 살려만 주세요, 하는 얼굴로.

"진짜 아니라니까, 나 정말 모르는 일이야. 형 알면 나 죽어어, 진짜아아……."

부정은 하고 있지만, 더없이 확실한 긍정이었다.

"일어나, 일어나. 너 무릎 아파."

다경은 윤우의 팔을 잡아끌어 다시 의자에 앉혔다.

불쌍한 중생이 무릎까지 꿇을 필요는 없지. 죄가 있다면, 이 모든 걸 계획하고 숨긴 지민우에게 있으니까.

"언제부터야? 네가 아는 거 다 얘기해봐."

"누나, 나는 아는 게 없어. 진짜로."

독립투사 못지않은 절개로 윤우는 형에 대한 의리를 지켰다.

"그럼 하나만 말해."

"……."

"이 결혼, 민우가 나 좋아해서 짠 거 맞아?"

윤우는 고개를 도리도리 저었다.

"그럼 결혼한 후부터 갑자기 좋아하게 된 거래?"

이번에도 도리도리. 아무것도 말해줄 생각이 없나 보다. 동생 하나 잘 뒀네. 그래도 나보다는 형 편들어주려고 하니.

다경은 싱긋 웃으며 윤우를 놓아주기로 했다. 그래도 소득은 있었다. 그 얄미운 얄민우가 자신을 좋아하고 있었다는 사실, 그거 하나만은 진짜로 판명됐다. 아직 의문은 가득 남았지만, 그건 차차 민우에게 알아내면 될 일이다.

"근데 누난, 형이 누나 좋아한다면 싫어? 그게 싫을 일이야?"

윤우의 갑작스러운 질문에 다경은 멍해졌다. 그러게. 뭐지? 걔가 날 좋아하면, 난 어떻다는 거지? 아무런 생각이 들지 않았다. 그저 궁금했던 것을 해소하기 위해 이런저런 생각 끝에 여기 달려온 것뿐이다.

윤우 앞에서 정리되지 않은 감정을 털어놓으려니 다경 역시 마음이 복잡해졌다. 하지만, 싫은 건 아니었다. 그것만은 분명했다. 그렇다고 좋은 건가? 나도 걔가 좋은가? 그건 아직 잘 모른다. 너무 갑작스러운 상황이라서 아무 생각이 없다.

"그, 그럼!"

다만 민망함에 못 이긴 입이 제멋대로 열렸으니, 그 순간 미처 잠그지 않았던 밴의 문이 벌컥 열렸고, 다경의 입도 여전히 열려 있었다.

"우리 사이가 어떤 사이인데. 형제라잖아, 형제. 그런데 걔가 날 좋아한다니 야아, 난 생각만 해도 소름이 돋……."

열린 문 저편에는 소름 돋는 남자, 당사자가 서 있었다.

"형……."

멀리서도 다경의 밴을 한눈에 알아보고 찾아올 수 있는 사람. 지민우가 코앞까지 닥쳐온 것이다.

"이러려고 문도 안 잠그고 있었나 보네."

민우는 아무렇지 않게 차에 올라탔다.

"아, 지, 지민우."

갑작스럽게 나타난 자신을 보고 다경은 화들짝 놀란 얼굴이었다. 스스로 내뱉은 말이 꽤 당혹스러운 모양이지만, 민우는 이 정도로는 놀라지도 않고 충격도 받지 않았다.

본인의 마음을 깨닫고 여기까지 달려온 게 더 충격인데, 소다경이 자신에게 소름 돋는다고 하는 게 뭐 그리 놀랄 일이라고, 새삼스럽게. 원래 서로 손끝만 닿아도 질겁하던 사이가 아니었던가.

지금까진 그랬다. 적어도 지금까지는.

"너, 뒤로 가."

발로 뻥 차다시피 하여 윤우를 뒷자리로 보낸 그는 다경의 옆에 앉았다. 그 기세에 눌린 다경과 윤우는 갑자기 나타난 민우의 눈치만 살폈다.

민우는 검고 깊은 눈을 들어 다경을 빤히 바라보았다.

뒤에 앉은 윤우는 숨이 막혔다. 아까 이 밴에서 내렸어야 했는데! 타이밍을 놓쳤어!

"'걔가 날 좋아한다니'에서, '걔'가 나 맞아?"

낮게 깔린 음성으로 물으니 다경의 귀가 빨개졌다. 대답할 틈을 주지 않고 민우가 밀어붙였다.

"그러니까 네 말은, 나 지민우가 너, 소다경을 좋아한다고?"

"……그럼, 아니야?"

까딱하다간 그에게 눌릴 수도 있겠다 싶어, 다경은 정신을 바짝 차리고 당당하게 대꾸했다.

"네가 지금까지 보여줬던 행동이나, 했던 말이나, 하나하나 다 따져보면……."

"맞아."

"그래, 맞으니까……, 맞……다고?"

다경은 놀라 되물었고, 윤우는 앞 의자를 꼭 붙든 채 소리 없이 입 벌려 기함했다.

형, 지금 고, 고백하는 거야? 여기서? 이런 식으로? 이래도 돼?

"응, 맞아. 내가 너 좋아하는 거."

다경도 소리 내지 못하고 입만 뻐끔거렸다. 이런 식으로 지민우의 입에서 바로 듣게 될 줄 몰랐는데.

"막상 들으니까 너무 좋아서 할 말이 없는 건가. 왜 아무 말이 없어."

숨 쉬어, 말해.

"……하아."

다경이 겨우 숨을 내뱉었다. 그리고 참았던 말을 쏟아냈다.

"진짜야? 네가 날 진짜 좋아한다고?"

"그래, 좋아한다, 어쩔래."

"싸우자는 거지?"

"그걸 어떻게 그렇게 해석을 해?"

"너야말로 어떻게 그렇게 고백을 해? 이게 정말 좋아한다는 사람의 태도야?"

태도? 민우는 머리를 한 대 얻어맞은 듯 멍한 얼굴로 뒤에 앉은 윤우를 보았다. 아니야? 이거 아니야?

윤우 역시 동감인 듯 천천히 고개를 저었다. 응, 아니야. 형, 그거 아니야.

"이래서 내가……."

윤우를 먼저 만나려고 했던 건데. 고백을 해봤어야 알지. 아니지, 그 전에 짝사랑을 해봤어야, 여자나 제대로 만나봤어야 알지.

그나마 믿는 구석은 윤우뿐이었던 거다. 윤우는 고백할 마음이 생기면 자신이 다 플랜까지 짜주겠노라 큰소리를 쳐댔으니까. 그런데 이제, 다 망했다.

겨우 한숨을 내쉬며 민우가 목소리를 가다듬었다. 이럴 땐 정공법이 답이다.

"싸우자는 거 아니고, 정말 너 좋아해."

이건 진심이다. 하지만 다경은 아직 의심이 가는 모양이었다. 오히려 민우가 나타나기 전이 더 진짜라고 믿었던 듯, 지금은 속거나 골탕 먹는 중이라고 판단한 듯 경계하는 눈빛이었다.

"너 그럼, 결혼도 계획적이었던 거야? 설마?"

민우는 다경의 눈에서 읽을 수 있었다. 말도 안 되는 이 결혼이, 속아서 한 것이라면 다 뒤집어엎어버리겠다는 분노가 잔뜩 서린 것을.

　하지만 분명히 해둬야 했다. 계획은 계획이지만 그건 소다경을
살리기 위함이었지, 그저 그녀를 옭아매기 위한 얕은수는 결코 아
니었음을. 물론 살리고 말고, 그 얘기까지 할 수는 없겠지만.

　"꼭 그래서는 아니야. 그땐 나도 어쩔 수 없다고 생각했어."

　진실은 모르고 민우의 짝사랑 때문인 줄로만 알고 순순히 판을
짜주었던 윤우도 뒤에서 격하게 고개를 끄덕여주었다. 걸리면 형
과 함께 저 역시 '끝'이라는 위기감 때문이다. 어쩌면 형보다 자신
이 훨씬 더 두드려 맞을지도 모르지.

　"나중에 깨달은 거야. 결국 내가 널, 좋아해서 이렇게 된 거구
나, 하고."

　윤우의 고개가 더욱 격렬하게 춤을 추었다.

　"네가 바로 받아들일 수 없다는 거 알아. 그럴 거라고 생각도 했
고."

　민우는 차분하게 가라앉은 음성으로 말을 이었다.

　"내가 좋아한다고 생각만 해도 소름이 돋을 정도라는데, 어떻게
바로 내 마음을 진지하게 돌아볼 수 있겠어. 게다가 친구로, 형제
로, 살아온 시간이 얼마인데."

　"……."

　"나도 깨닫기까지 오래 걸렸으니까."

　100년의 세월을 돌고 돌아, 지금 네 앞에 이렇게 온 거니까. 널
살리려고. 아니, 어쩌면 널 사랑해서, 그게 더 먼저였고 그래서 널
살리고 싶어져서. 꼭 그래야만 해서 내가 이렇게 온 것인지 모르니
까.

　"너한테 서두르라고 재촉 안 해. 천천히 와, 너는."

　대신 100년은 걸리지 말고 천천히, 최대한 빨리, 나 숨넘어가기

전까지만.

"지금부터 나 먼저 시작할게, 짝사랑."

다경의 눈 속에 빼곡하게 박힌 별이 반짝이는 걸 바라보면서. 참 예뻐 보인다는 생각을 애써 밀어내지 않으며.

"너랑 나 이제 친구도 아니고, 형제도 아니야. 너, 나한테……
여자야."

그는 100년 넘게 쌓였을 진심을 그렇게 울컥 쏟아냈다.

뒤에 앉은 윤우가 벌떡 일어나 기립박수를 치다가 밴 천장에 머리가 부딪혔다. 소리 없는 아우성만 울려 퍼졌다.

➹➺✿≈≪

다경은 좀처럼 잠을 이룰 수가 없어 뒤척거렸다.

집에는 무슨 정신으로 돌아왔는지 모르겠다. 어떻게 씻고 어떻게 누웠는지조차 기억이 나질 않았다. 이불을 걷어내며 벌떡 일어나 앉았다. 밤은 깊었고, 주변에 아무 소리도 들려오지 않지만 속은 너무나도 시끄러웠다.

"싸우자는 거 아니고, 정말 너 좋아해."

말이나 되냐고, 지금 이게. 다른 사람도 아니고 지민우가, 자신을 좋아한다니? 자신이 헷갈렸던 그 모든 게 다 정말, 좋아해서 그런 게 맞다니.

"세상 참……."

말이 다 나오질 않았다.

"너한테 서두르라고 재촉 안 해. 천천히 와, 너는."

"지금부터 나 먼저 시작할게, 짝사랑."

"너랑 나 이제 친구도 아니고, 형제도 아니야. 너, 나한테……

여자야."

"으아아아악!"

다경은 이불에 머리를 묻고 흔들었다.

꿈을 꾸었을지도 모른다. 그게 아니고는 지민우의 언행을 설명할 길이 없다. 아니, 언행이 아니라 만행이다. 제게 무슨 속셈이 있어 저러는 걸까.

진짜 좋아한다니 아무리 생각해도 믿기지 않았다. 대체 왜? 어째서? 갑자기? 언제부터? 오늘부터?

시베리아 한복판에서 만난 자신에게 다짜고짜 난로를 사라고 들이미는 것처럼 어이없고 뜬금없었다.

다경은 어둠 속에서 휴대전화를 찾아 들었다. 마음을 가라앉히기 위해 명상음악이라도 틀어야지 싶어서였다. 그렇게 막 화면을 켰을 때, 다경의 눈에 들어온 건 오늘 날짜였다.

4월 1일. ……어쩐지 낯익고 약 오르는 이 날짜의 정체는?

"만우절이었어?"

아직 자정이 지나지 않았다. 하도 정신없어 어떻게 지나갔는지도 모를 오늘, ……오늘이 만우절이었다고?

"헐."

나 설마 또 속은 거야? 그제야 하루의 미스터리가 풀린다.

"내, 지민우 이걸 진짜……."

가만히 있으면 삽질은 면할 텐데, 갑작스러운 충격으로 눈앞에 뵈는 게 없는 다경이 기어이 침대에서 내려서고야 말았다.

"다 죽었어."

성큼성큼 걸어 문을 확 열고 나간 다경은 거침없이 민우의 방으로 직진해 방문을 주먹으로 쿵쿵 두드렸다.

"지민우, 야, 지민우."

대답이 없다. 분명 아까 들어온 걸 봤는데.

"야, 야."

이게 지금 나랑 해보자는 거지.

결국 다경은 문고리를 잡았다. 잠그진 않았는지 스르륵 부드럽게 돌아갔다. 문이 벌컥 열린 방 안에 불은 켜져 있었지만 민우는 보이지 않았다.

쏴아아아아. 대신 안쪽 욕실에서 물소리만 들릴 뿐.

지금 나한테 만우절 기념 빅엿을 먹여놓고 한가하게 샤워나 하고 계셔?

차라리 밴 안에 단둘만 있었으면 이렇게 열받진 않았을 거다. 하지만 윤우도 함께 있지 않았던가.

창피해, 쪽팔려. 민우가 고백하자마자 '헛소리하네, 만우절인 거누가 몰라?' 하고 받아쳤으면 깔끔했을걸.

복잡한 시선으로 어쩔 줄 몰라 했던 자신이 못내 부끄럽고 민망하기만 했다. 윤우는 얼마나 또 속으로 즐거워했을까. 내 요놈의 형제놈들을 그냥!

"야, 지민우! 너 나오면 나랑 얘기 좀 해!"

다경은 욕실 문을 쿵쿵 두드려 자신이 왔음을 알렸다. 물소리가 뚝 끊겼다. 놀랐겠지? 샤워하다 말고 오금이 저리겠지? 이제 나가면 죽었다고 사색이 됐겠지?

다경은 벌써 뿌듯한 미소를 지으며 욕실 문 앞에 턱하니 팔짱을 낀 채 그를 기다렸다. 문은 열리지 않은 채 민우의 목소리만 돌아왔다.

"얘기할 거면, 내 서랍에서 속옷 좀 꺼내주든가."

"……뭐?"

"나 지금 다 벗고 있는데."

헐.

"그냥 나가?"

"아니!"

어딜 그냥 나와, 나오길! 이게 진짜 미쳤나.

"서, 서랍 어디, 몇 번째."

의기양양하게 욕실 문 앞을 지키고 있던 다경은 허둥거리며 서랍장 쪽으로 갔다. 이 중 속옷 서랍이 어느 걸까. 그런데 속옷만 주면 되나. 옷도 챙겨줘야 하는 거 아닌가.

아니, 얘는 왜 갈아입을 옷도 안 챙겨 들어간 거야. 아, 자기 방에 딸린 욕실이니 그럴 필요 없었겠구나.

벌컥벌컥, 서랍을 하나씩 열었다. 양말이면 양말, 손수건이면 손수건, 서랍마다 모든 내용물이 한 치의 오차도 없이 각 맞춰 딱딱 접혀 정리된 채 가지런히 들어 있다.

이 변태 같은 놈. 색깔은 왜 이렇게 완벽하게 맞춰놓은 거야, 소름 돋게. 그러다 막 팬티가 잔뜩 든 서랍을 찾아냈다.

"여깄다!"

보물찾기에 성공이라도 한 아이처럼 기쁜 얼굴로 드로어즈를 한 장 집어 막 돌아서던 순간이다. 딸깍.

아니, 문이 왜 열려, 지금?

"꺄아아악!"

드로어즈를 쥔 채로 다경이 저도 모르게 홱 돌아섰다. 벗은 그를 보지 않겠다는 일념이었다. 한 번은 어쩔 수 없었지만, 두 번은 어림없다.

"찾았네. 못 찾는 것 같아서 기다리다 나왔는데."

"기, 기다려야지, 왜 나오는 거야!"

뒤로 돌아선 채 오로지 의지할 건 손에 있는 그의 속옷뿐인 듯 꽉 쥐고서 다경은 버럭 소리를 질렀다. 심장이 뛰다 못해 터질 것만 같았다. 호흡도 모자란 기분이고.

차박차박, 슬리퍼 소리가 들린다. 설마 이쪽으로 오는 거야? 지민우 이 미친놈이?

"너, 너, 너, 오지 마. 저리 가."

다경은 뒤에서 거리를 좁혀들고 있는 그를 피해 점점 앞으로 갔다. 앞에는 왜 벽뿐인 걸까. 이렇게나 벽이 원망스러울 줄 예전엔 미처 몰랐다.

벽까지 다다른 다경은 이마를 쿵 부딪치듯 대고서 눈을 꽉 감았다. 심장이 입 밖으로 튀어나올 것 같다는 표현이 어떤 건지 이제야 제대로 실감을 하겠다.

"남의 속옷 꽉 쥐고 뭐 하자는 건데."

마침내 완전히 다가온 민우의 목소리가 바로 등 뒤에서 들렸다.

"자, 자, 가져라, 옛다."

다경은 고개를 돌리지 못하고선 손만 뻗어 그의 속옷을 내밀었다.

민우가 천천히 그녀의 손목을 잡았다.

끄아아아. 속옷만 가져갈 것이지, 내 손은 왜 잡는 거야. 대차게 항의하기도 전에 잡힌 손목이 휙 돌아가며 몸이 돌려 세워졌다. 방금까지 이마를 대고 있던 벽에 등이 닿았다.

눈을 꽉 깨물듯 감은 다경의 코에 은은한 바디클렌저 향이 훅 끼쳤다. 늘 민우가 쓰던 것, 적당히 시원하면서도 산뜻한 향기. 그게 오늘따라 왜 이리 짙게 느껴지는지 모를 일이다.

"눈 떠도 돼. 벗은 건 아니니까."

나지막한 음성. 안심하게 하면서도 심장 떨리게 하는 그 목소리.

"할 말 있다며. 그렇게 눈 감고 하려고?"

다경이 천천히 눈을 떴다. 제일 먼저 보인 건, 젖은 머리 아래 젖은 눈빛. 온몸의 세포가 바짝 곤두설 정도로 지나치게 잘생긴 지민우의 얼굴이다. 필요 이상으로 남편 행세를 부린 것처럼, 필요 이상으로 잘생긴 얼굴이었다.

어느 하나 삐끗한 구석도 없이, 신이 단 한 차례로 집중력을 잃지 않고 혼신의 힘을 다해 만든 듯한 미모. 그러면서도 목선부터 어깨까지 운동으로 단련된 몸하며 타고난 키, 그 모든 건 지극히 남성적인 매력을 품고 있었다.

시선을 내렸을 때 보인 건 타월 재질의 가운이었다.

"아, 이, 입었구나."

욕실에 비치해둔 걸 입고 나온 듯했다.

이 정도면 다행이지, 싶으면서도 저 안에 아무것도 안 입었다는 사실을 빤히 알고 있으니 다경은 긴장이 되어 죽을 것만 같았다. 게다가 벽에 등을 붙인 채, 손목이 잡힌 자세로 민우와는 지나치게 가깝게 서 있었다. 금방이라도 몸이 닿을 것처럼, 겨우 시선만 부딪힐 만큼 그렇게 가깝게.

"할 말이 뭔데?"

아까 그 놀라운 고백을 했던 사람답지 않게 민우는 시종일관 침착했다. 이러니 믿을 수가 있나. 좋아한다는 거 다 개뻥이지. 만우절 기념 빅엿을 먹은 사람으로서, 다경은 더 이상 참고 있을 수만은 없었다.

"나 다 알았거든?"

"뭘?"

"오늘이 무슨 날인지."

"무슨 날인데?"

그가 말을 할 때마다 상큼한 향기가 진하게 퍼졌다.

가운 사이로 슬쩍슬쩍, 대리석처럼 매끄럽고 탄탄한 피부가 보이고. 아아, 어지럽다. 어서 이 몹쓸 방을 빠져나가야지.

"만우절이잖아."

"……그런데?"

그게 무슨 상관이냐는 얼굴. 너무도 태연해서 오히려 다경이 당황했다.

"마, 만우절이라고 나 놀린 거, 너 진짜 내가 가만 안 둘…….'"

"거짓말이라고 생각했어?"

민우의 눈빛이 착 가라앉았다.

……얘 뭐야, 진짜. 연기야, 골탕이야, 아니면…… 정말 실제야? 어느 쪽이야?

"그럼 만우절 지나고 다시 고백할게."

야아, 지민우, 너 왜 이래.

"네가 믿을 때까지 열 번이고 백 번이고, 계속 너 좋아한다고 말해줄게."

눈앞의 지나치게 잘생긴 얼굴에, 코끝을 어루만지는 향기에, 심장을 난도질하는 고백까지.

다경은 정신이 혼미해졌다.

✦≫※≪✦

무슨 정신으로 잠이 들었는지 모르겠다. 다경은 반짝 눈을 떴다.

'꿈인가?'

너무 생생해서 꿈은 아닌 것 같은데.

"그럼 만우절 지나고 다시 고백할게."

"네가 믿을 때까지 열 번이고 백 번이고, 계속, 너 좋아한다고 말해줄게."

어젯밤 민우의 말이 단 한마디도 잊히지 않았다.

휴대전화를 들어 날짜를 확인했다. 4월 2일. 만우절은 지났다. 그게 정말 골탕이었는지 아닌지, 이제 판가름이 날 시간이다.

"아니, 어쩌다 상황이 이렇게까지 된 거야……."

다경은 중얼거리며 침대에서 내려섰다.

당혹스러운 마음은 가실 줄 몰랐다. 굳이 따지자면, 처음 키스 사진을 찍혔을 때보다, 비즈니스 연애 계약을 하게 되었을 때보다, 실제로 결혼식까지 하게 되었을 때보다, 그 모든 말도 안 되는 상황들보다 지금이 훨씬 더 황당하다.

"사람 마음이 그렇게 손바닥 뒤집듯 갑자기 바뀔 수도 있는 건가?"

늘 자신을 소 닭 보듯 하던 놈이었는데. 뭘 해주더라도 귀찮아하는 기색이 역력한 표정이었는데.

'하긴, 걔가 날 좋아하는 게 아닌가 먼저 생각한 건 나였는데, 뭐.'

그만큼 민우는 확실해 보이기도 했었다. 결혼을 전후로 펼쳐진 그의 변화가 아직도 믿기지 않았다.

방에서 나간 다경은 앞에 있는 욕실로 들어갔다. 머리카락을 정수리 위에 말아 올려 둥글게 묶고, 타월 재질로 된 머리띠로 잔머리도 야무지게 붙여 올렸다. 꼼꼼하게 세수를 하고는 칫솔에 치약을 묻혀 입에 물었다. 씻고 양치를 시작하자 개운했다.

다경은 칫솔을 입에 문 채 욕실에서 나왔다. 에스프레소 머신의 전원을 켜두기 위해서였다. 이따 나와서 바로 커피를 마시려고.

그러다 막 주방으로 들어오던 민우와 맞닥뜨렸다. 칫솔을 물어 한쪽 볼이 다람쥐처럼 통통해진 다경이 눈을 크게 뜨고 멈춰 섰다.

"흡⋯⋯."

아, 맞다. 같이 사는 집이지. 굳이 만날 약속을 하지 않아도 언제든 마주칠 수 있는 사이. 우린, 결혼한 사이다.

"하하하. 아녕(안녕)⋯⋯."

입에 있는 치약 거품이 **빠져나올까** 봐 조심하며 다경이 한 손을 흔들었다.

'지민우 칫솔 물고 욕실 밖에 돌아다니는 거 진짜 싫어하는데⋯⋯.'

아마도 인상을 팍 쓰고, 드러워 죽겠다며 당장 들어가라 말할 것이다.

"컨디션 좀 어때?"

"어엉?"

이걸 물고 나온 내가 잘못이지 싶어 얌전히 뒷걸음질 치려는데 아무렇지 않게 건네진 질문에 다경은 당황했다. 구박해도 모자란 아침에, 내 컨디션은 네가 왜 챙겨? 거기다 민우가 손을 뻗어 입술 아래로 살짝 흐른 치약을 엄지로 눌러 닦아주는 게 아닌가.

다경의 심장이 쿵쿵 울렸다.

"잠은 잘 잤고?"

말의 내용과는 달리 특별히 부드럽고 다정한 투는 아니다. 평소와 다름없이 무심한 듯 내뱉는 느낌. 하지만 어째서인지 다르게만 들렸다.

"뱉고 와."

다경이 입속 거품을 주체 못 하는 듯하자, 민우가 그녀의 어깨를 돌려 욕실 쪽으로 밀었다. 다경은 얼른 욕실로 향했다.

양치를 마치고 주방으로 오니, 민우가 커피를 내리고 있다. 공복에 커피 한 잔, 그리고 간단히 아침 운동을 하는 일과는 언제나와 같았다. 그걸 말하지 않아도 잘 안다는 듯 민우는 진한 커피 한 잔을 다경에게 내밀었다.

"자."

향긋한 커피 내음이 긴장을 부드럽게 풀어주었다.

"주긴 주는데, 웬만하면 공복에 커피 줄여. 너 위에 안 좋아."

"그래도 습관이 돼서. 반 잔만 마시지, 뭐."

다경은 식탁 앞에 앉아 그가 건넨 커피를 마시려 했다. 그 순간, 맞은편에 앉은 민우가 그녀를 가만히 바라보다가 입을 열었다.

"컨디션 괜찮으면, 지금 할까?"

"푸웁……!"

한 모금 마셨던 커피가 그대로 뿜어나왔다.

뭐, 뭘 한다고?

민우는 다경이 대차게 뿜은 커피 분수를 피하지 못했다. 하지만 민우는 아무렇지 않게 티슈를 뽑아 본인의 얼굴을 슥슥 닦으며 말을 이었다. 그 어떤 고난도 상관하지 않겠다는 듯.

"고백, 지금 들을 준비 됐냐고."

맡겨놓은 고백 찾아가는 것도 아니고, 왜 이리 당당해.

몸을 일으킨 민우는 다경의 손에서 커피잔을 떼어내 내려놓고, 새 티슈로 그녀의 손등도 슥 닦아주었다. 그러는 동안에도 민우의 시선은 그저 다경의 손에만 가 있을 뿐이다.

사악 내리뜬 눈매 끝이 예전 같으면 날카롭다고만 생각했을 텐데, 지금 보니 곱게 잘빠진 것이 은근히 매력적이다.

"만우절 아니니까, 이제."

스윽, 민우의 시선이 올라왔다.

"고백해도 되는 거, 맞지?"

눈이 마주치자 다경은 헛기침이 터졌다.

"흠, 흠. ……그래, 만우절도 아니고, 넌 진심이라고 하고. 알겠어."

"그러니까 지금 다시 해도 돼? 고백?"

고백 못 해 죽은 귀신이 붙은 게 틀림없다.

다경의 허락이 떨어지기도 전에 그가 먼저 입을 뗐다.

"나, 너 좋아해."

또 들어도, 또 심장은 벌렁거린다. 아마 열 번을 들어도, 백 번을 들어도 마찬가지겠지. 너무도 뜻밖의 고백, 뜻밖의 진심이라서.

"장난도 아니고, 골탕도 아니고, 헛소리도 아니고, 거짓말도 아니야."

"……."

"진짜 너, 좋아하는 거 맞아."

웬수처럼 지내온 20년 친구의 고백에는 어떻게 반응을 해야 하는지 누가 정답을 알려주었으면 좋겠다.

"그래도 정 모르겠으면 키스를 한번 해볼래?"

"뭐어?"

"아직 친구인지, 남자인지, 헷갈리는 것 같아서."

민우의 태연한 제안에 다경의 눈썹이 구겨졌다. 정답이고 뭐고 상관없이, 얘는 보이는 대로 아무 답이나 갈겨쓰고 있다. 눈에 뵈는 게 없는 게 분명하다.

"아님 오늘 저녁에 술을 한잔 마셔도 되는데. 취중진담 들어보고 싶으면."

키스도, 취중진담도, 감당할 수 없는 범위다.

"아니야, 오늘은 좀 아닌 것 같아."

"고백은 한 번에 받는 게 좋을걸. 그것도 자꾸 미루면 쌓인다. 복리이자 무시 못 해."

"복리이자가 여기서 왜 나와?"

"내가 자꾸 고백하면 할수록 내 마음은 더 커질 거 아냐. 지금보다 더 좋아하면 네가 그걸 감당할 수 있겠냐고."

어쩜 저렇게 눈 하나 깜짝하지 않고, 달라진 관계에 대해 말할 수 있는 걸까. 마치 아주 오래전부터 준비하고 있던 사람처럼.

"그래, 네가 날 그렇게 좋아한다고 치고."

"치는 게 아니라 진짜고."

"그래, 진짜라 치고."

또 민우가 끼어들까 봐 다경은 얼른 덧붙였다.

"그럼 내가 네 고백을 들어주고, 나도 그 마음을 꼭 받아줘야 하는 거야……? 난 지금 이렇게 당황스러운데."

그녀는 아직 준비가 안 되어 있다. 하루아침에 깨달은 그의 진심을, 어떻게 하루아침에 받을 수가 있을까. 며칠 전까지만 해도, 속내야 어떻든 표면적으로는 서로 물고 뜯던 친구 사이였을 뿐인걸.

"고민되겠지."

민우가 고개를 끄덕이며 말했다.

"괜찮다고 했잖아. 넌 천천히 해도 된다고."

"……."

"갑자기 이렇게 좋아해버려서 미안한데."

순순히 사과부터 하고.

"네가 꼭 내 마음을 받아줄 필요는 없어. 그래달라고 이러는 게 아니니까."

고백을 또 이어갔다.

"……그럼?"

"너한테 강요 안 해, 내가 좋아하니까 너도 날 좋아하라고. 그런 생각으로 털어놓은 거 아니니까 부담 갖지 마."

부담을 어떻게 안 가져. 지금 앞에 있는 네 존재 자체가 부담인데. 그것도 한집에서 살기까지 하면서.

"너는 그냥 계속 연기해. 나는 진짜 사랑할 테니까."

"뭐?"

어떻게 그게 되지? 좋아하는 마음을 전하면 그 사랑을 돌려받고 싶은 게 사람 아닌가?

다경의 혼란은 오히려 더 커졌다. 반면 마음을 고백한 민우가 한결 편안해 보였고.

"나도 이런 게 처음이라 서투니까 네가 이해 좀 해줘."

오히려 다독이듯 여유롭게 건네는 말.

"속으로 끙끙 앓는 건 못 하겠고, 그 마음 감춘 채로 너랑 한집에 사는 것도 웃기고. 그래서 내 마음이 이렇다고 말해주는 것뿐이야. 나를 좋아하고, 안 하고는 네 자유고."

이렇게 당당한 짝사랑이 어디 있을까. 스스로 믿는 마음이 얼마나 강하면, 상대의 반응에 흔들리지 않을 수 있는 걸까.

"그냥 지켜봐. 내가 널 좋아할 자격이 있는지, 없는지. 그래서 너도 날 좋아할 수 있을지, 없을지."

"……."

"당장 답을 내려고 하지 말고, 네가 진짜 원하는 대로 해."

"……."

"그게 정답이야."

당당할 뿐 아니라, 성숙하기까지 한 짝사랑이 시작되고 있었다.

"뭐?"

남 대표가 깜짝 놀라 되물었다.

"하루 만에 그게 무슨 급전개야?"

어제만 해도 절대 아니라며, 수족관에서 탈출한 활어처럼 펄쩍 펄쩍 뛰던 놈이.

"좋아하는 게 맞더라고."

오후에 회사로 불려온 민우가 덤덤하게 털어놓았다.

"거봐, 맞잖아. 그럴 줄 알았다니까! 그게 문제가 아니라, …… 그렇다고 지 마음 깨달은 지 하루 만에 쪼르르, '좋아한다, 어쩔래.' 따지는 놈이 세상천지에 어디 있냐?"

"여기."

태연하게 제 가슴을 손으로 꾸욱 눌러 가리키는 미친놈.

"다경이가 얼마나 놀랐겠어. 그래서 마음을 받아주기나 하겠냐? 기다렸다는 듯이 '어머, 나도. 민우야, 나도 널 좋아해.' 그러겠냐고. '아니, 이 미친놈이?'하고 백스텝으로 문워크하지."

"안 그래도 하더라, 문워크."

민우는 별 충격을 받지 않았다. 당연히 다경이 그럴 거라 생각했으니까.

"그러니까, 너 너무 성급했어. 차근차근 가야지. 그래야 고백도 성공하고, 짝사랑도 성공하고, 다경이한테 사랑도 받고……."

"사랑을 돌려받으려고 한 고백이 아니야. 내가 준 만큼 받지 못해 억울하면 그게 어디 짝사랑이야? 거래지."

"헐……."

이론만으로 벌써 짝사랑의 끝장을 본 것만 같다.

"그렇다고 그걸 대놓고 짝사랑 상대한테 말하는 사람이 어디 있냐?"

"원래 말하면 안 되는 거야?"

"짝사랑이 왜 짝사랑인데. 혼자 가슴앓이하고, 애끓고 어쩔 줄 몰라서 막 끙끙 앓아눕고. 그러다 속이 바짝 타들어가고, 어? 네가 사랑을 알아? 이 자식아."

남 대표가 울컥한 얼굴로 따졌다. 누군 그렇게 시원시원하게 할 줄 몰라서 안 하나. 나도 고백하고 싶다고, 나도!

"감추면 감출수록 내 행동은 의도하지 않아도 의뭉스러워질 텐데. 그런 태도로 소다경 헷갈리게 하고 싶지 않아."

민우는 팔짱을 끼고 소파 등받이에 몸을 기대고선 여유롭게 말했다.

잘났다, 너 잘났다! 남 대표는 왠지 분해 주먹을 꼬옥 쥐었다. 어째 같은 짝사랑인데, 태도가 저렇게 다른 거야, 저놈은? 나는 왕현지 생각만 해도 가슴이 다 쪼그라드는 것만 같은데. 내가 내가 아닌 게 되고, 나는 세상에 없는 존재처럼 한없이 작게만 느껴지는데.

"너 데려오기 전부터 보통 놈이 아닌 건 알았지만, 이 정도일 줄은 몰랐다."

그것도 어제, 오늘로 치면 겨우 짝사랑 2일 차면서 이렇듯 존재감이 커다랗게 보이는 민우를 보고 있자니, 남 대표는 자신이 한없이 겁쟁이처럼 느껴지고 말았다.

"나도 고백할까?"

남 대표가 충동적으로 한 말에 민우가 고개를 저었다.

"형이랑 나는 다르지."

"뭐가! 뭐가 다른데!"

내가 뭐! 뭐가 어때서!

"나도 모델로 런웨이 씹어먹었던 사람이야. 아직도 내 포스, 현역 애들 못지않거든? 오히려 원숙미가 더해져서 지금이 훨씬 멋있다는 얘기도 자주 듣는데. 자, 봐."

보란 듯이 벌떡 일어나 한껏 포즈를 잡아 보이는 남 대표가 귀엽다는 듯 민우는 맞장구쳐주었다.

"지금 난다 긴다 하는 애들이 형 발바닥이나 따라올 수 있나. 얼굴까지 잘생긴 모델로 형이 초창기에 쓸어모은 팬이 얼만데."

"그치?"

오구오구, 우리 대표님, 암요. 칭찬 한마디에 금세 뿌듯해진 남 대표가 싱긋 웃었다.

"형이랑 나랑 다르다는 건 그런 의미가 아니라."

"아니라?"

"……난 소랑 이미 결혼을 했잖아."

남 대표는 도저히 넘을 수 없는 벽이 거기 있었다.

"고백의 스타트 지점이 형이랑 나랑 다를 수밖에 없지."

민우가 여유로울 수밖에 없는 이유였다.

힘들게 준비하고 성사시킨 결혼이, 지금의 자신에게 이렇게 꿀이 될 줄 몰랐다. 소다경과 자신, 실제 부부 사이가 되었다는 사실은 서두르지 않고 천천히 갈 수 있는 힘이 되어주었다.

저조차 이제야 깨달은 마음이니, 다경은 얼마나 당황스러울지 민우는 충분히 이해할 수 있었다. 그런 그녀에게 제 사랑을 강요하고 싶은 생각은 조금도 없었다.

하지만 만약 부부 사이가 아니었다면 자신도 분명히 안달이 났겠지. 불안했을 거고.

"어쩐지, 그렇게까지 결혼을 밀어붙이더라니. 역시 그때도 좋아하는 마음이 있던 거였어."

남 대표가 끄덕거리며 하는 말에 민우 역시 공감했다.

"나도 몰랐지, 그때는."

어쩌면 더 예전, 기억할 수 없을 만큼 아주 오래전부터였을지도 모른다. 그게 언제부터인지는 기억할 수 없지만.

"다경이가 마음을 받아줄 것 같기는 해? 널 어떻게 생각하는 것 같아?"

"미친놈으로 보는 것 같아."

"마냥 순둥이인 줄 알았더니 다경이가 사람을 잘 보네."

"인정."

민우는 쪽지에 적혀 있던 말을 실감했다.

단, 감정이 섞이면 일을 그르치니 절대 조심할 것

뒷걸음질 치는 다경의 반응을 보니 이해가 갔다. 감정을 먼저 깨달아 좋아한다고 고백하며 결혼하자 했었다면 아마 다경은 진저리 치며 도망갔을 것이다.

'결혼……, 못 했을지도 모르지.'

일은 분명 뜻대로 되지 않았을 것이다.

설령 다경이 제 마음을 받아주고 사랑을 이뤄 결혼하게 되었더라도, 시기가 문제였다. 29세 여름 전까지 결혼하라는 그 지침은 지키지 못했을지도 모른다.

친구에서 연인으로, 다시 부부로 변화하는 과정은 녹록지 않았을 터다. 그것만은 분명했다. 그러니 결혼이 최우선이었다.

'결국 이렇게 결혼하긴 했는데…….'

이제 다 됐다고 생각하긴 했는데, 이 결혼이 그녀를 어떻게 '살릴' 수 있는지는 아직 모른다. 마음을 놓을 때가 아니다. 이전의 삶 끝이 어떻게 되었는지도 아직 모르고. 아직 다 끝난 게 아니니까 올해가 지나갈 때까지는 절대 안심할 수 없기에, 그녀의 곁에 꼭 붙어 있을 생각이다.

"참, 시나리오 다 봤어? 계약할 거지? 그 얘기 좀 하자."

"무슨?"

"중국 합작 영화. 공 부장이 시나리오 주고 얘기했다고 하던데. 전쟁 스케일 죽이더라, 진짜. 너한테 들어온 역할도 완전 멋있고."

"아, 그거."

남 대표의 말에 민우가 잠시 생각하다 대답했다.

"……촬영하러 중국에 가야 하는 거지?"

"당연하지, 로케는 두 달 정도 잡힐 거라고 하던……."

"안 가."

더 생각할 것도 없다.

"……안 가?"

"응, 그 영화 안 해. 나 아무 데도 안 가."

다경만 이곳에 두고 어디에도 갈 마음은 없었다. 절대로.

→»⊱⊰«←

"그래서, 그 좋은 기회를 발로 뻥 찼다고요?"

주아가 믿을 수 없다는 듯 되물었다.

다경과 민우가 며칠간 준비했던 스포츠 의류 촬영이다. 쫓아내다시피 했던 챔피언 대신 민우가 다경의 포즈를 지도했고, 이를 토대로 어제는 TV 광고를, 오늘은 지면 촬영을 위해 스튜디오를 찾았다.

카메라 앞에 서 있는 다경과 민우는 환상의 호흡을 자랑하고 있다. 언제 웬수지간이었나 싶을 정도로 사이가 좋아 보였고, 그런 둘을 바라보며 주아와 공 부장은 대화를 나누는 중이다.

"아니, 민우는 어떻게 그 영화를 거절했대요? 남들 다 못 해서 안달인데."

주아는 믿을 수가 없었다. 엄청난 스케일과 제작진, 배우들로 벌써 화제몰이 중인 영화에 캐스팅 제의를 받아놓고, 민우는 이를 거절했다고 했다. 피치 못해 다른 작품과 스케줄이 겹치거나, 건강상 문제가 있지 않고서는 쉽게 거절할 수 없는 제안이었다.

"그거 중국에도 가서 찍어야 하잖아."

"그렇겠죠."

"그런데 민우가 아무 데도 안 갈 거라고 했대. 해외로케나 지방로케 있는 작품은 안 찍을 거라고."

"아니, 로케 촬영을 다 피하면 뭘 찍는다고요."

작품 고를 때 아무리 까다롭게 골라도, 일부러 배우가 로케를 피한다는 얘기는 듣도 보도 못했다.

"그럼 재택근무 할 거래요, 민우?"

주아의 싱거운 물음에 공 부장이 웃음을 터트렸다. 배우가 재택근무라니. 하지만 민우는 정말 그럴 기세였다.

"일단 올해는 안 움직이고 싶다더라고."

"왜 올해래요?"

여기까진 누가 들어도 상관없지만, 다음은 몰래 해야 하는 이야기였다. 공 부장은 손을 모아 주아의 귀에 댔다.

"제대로 신혼인 척하고 싶은 모양이야."

"그렇게까지요?"

주아는 고개를 갸웃했다.

"걔가 워낙 완벽한 걸 좋아하니까."

그러게요. 누가 보면 정말 완벽하게 사이좋은 신혼인 줄 알겠네요. 주아는 하고 싶은 말을 꿀꺽 삼켰다.

하긴, 민우가 이제는 다경이를 진짜 좋아한다고 고백했다니까 다경 옆에 있고 싶어 하는 것도 이해 못 할 일은 아니다.

"잘 어울리긴 진짜 잘 어울려."

스태프들 너머 조명을 받으며 촬영 중인 다경과 민우를 보며 공 부장이 하는 말에 주아는 웃으며 고개를 끄덕였다.

"괜히 환상의 케미, 사랑 커플이 아니겠죠."

가짜 부부에서, 이제 반쪽짜리 부부가 된 두 사람이 이제는 진짜 '하나'인 부부 사이가 되길 바라는 마음, 그건 주아와 공 부장의 진심이었다.

→→※←←

민우가 좋아한다는 마음을 깨달은 후에도, 밤은 어김없이 찾아 왔다.

몇 번이고 반복되는 아침, 그리고 밤. 또 아침, 그리고 또 밤. 시간은 그렇게 자꾸만 흘렀다.

고백 이후, 자신의 마음을 강요하지 않겠다고 했었다. 그런 만큼 다경에게 빚 받아내듯 대답하라 재촉하지도 않은 채 시간을 보냈다. 하지만 며칠이 지나자 민우는 왜 그토록 남 대표가 부들부들 떨었는지 이해할 수 있었다.

'생각보다 어렵네…….'

고백을 던져놓은 게 그렇게 시원한 것만은 아니란 걸 알게 되었으니까.

'얼마나 기다려야 하는 거지. 아니, 기다린다고 끝은 있는 건가…….'

자신이 아무 일도 없는 것처럼 대하자, 다경 역시 질세라 별일 없는 듯 굴었다.

"혹시 내가 좋아한다고 한 거, 까먹은 건 아니지?"

"잊을 만하면 그렇게 말해주는데 어떻게 까먹어. 안 까먹었어."

그게 다였다.

시종일관 여유롭게 버티고 있던 민우가 조금씩 무너지는 것도 그 때문이었다.

'아아……, 물어보고 싶다.'

내 고백을 듣고 어떤 기분이 들었는지. 마음이 조금이라도 바뀔 것 같은 조짐은 보이는지. 점점 묻고 싶은 것이 하나둘 늘어가자, 민우의 마음속 근심도 깊어졌다.

'괜히 쿨한 척했어.'

겨우 며칠인데, 몇 달인 것처럼, 아니 몇 년인 것처럼 안달이 나기 시작했다. 차라리 말을 안 했으면 다경이 모르니까 그렇겠지 싶은데, 제 마음 다 뒤집어 까놓은 뒤라 더 조바심이 나는 것이다.

'괜히 말했어……! 내가 생각이 짧았던 거야…….'

자기 위해 불 다 끄고 침대에 누워 있던 민우가 괴로움에 머리를 감쌌다. 몸부림치기 직전인 지금 모습을 남 대표가 본다면 아주 고소해할 것이다. '거봐, 짝사랑이 그렇게 쉬운 게 아니라니까?' 하면서.

갑자기 끼이익, 이명이 찾아왔다. 곧 보인 장면은 수줍은 듯 환히 웃는 다경이었다. 랩톱을 보고 있는 자신, 그 화면 속의 다경.

"놀라지 마. 나 결혼해."

한국에서 미국으로 인터넷 영상통화까지 연결해서 그녀가 들려준 소식이었다. 민우는 공부하느라 한국에 자주 들어가지 않았고, 다경과는 어쩌다 가끔 연락만 주고받을 뿐이었다.

"운명 같은 사람을 만났어. 왜 그렇게 헤맸는지 몰라. 나 이제 진짜 행복해질 일만 남은 것 같아. 참, 너 결혼식 땐 올 거지?"

"언젠데?"

"가을이야, 초가을로 잡으려고. 여름 지나자마자 바로!"

"학기 시작하는데 어떻게 가냐?"

"아, 그렇네."

운명 같은 사람. 그녀가 밝힌 결혼 상대는, '운명'이었다.

장면이 꺼지고, 어둠 속에서 눈을 뜬 민우는 이제야 가슴이 타버려 재가 되어버릴 듯 뜨거워졌다.

'나 아닌, 다른 사람.'

지금 이렇게 제 고백에 뒷걸음질 치는 게 아니라, 운명을 만났다며 환히 웃는 다경.

전혀 다른 삶을 살았던 예전 모습을 눈앞에서 보는 건 그리 달갑지 않았다. 그 끝이 불행이었다면 더더욱.

'분명, 그 결혼 때문이었을 텐데.'

변수는 결혼 하나다. 스물아홉 살 여름이 되기 전에 무슨 수를 써서라도 결혼해야만 한다는 지침은 바로, 다경이 '진짜' 운명을 만나 사랑하기 전에 먼저 자신과 결혼부터 해야 한다는 소리였던 것이다. 그래야만 그 운명인지 뭔지와 사랑에 빠질 일이 없을 것이고 한 명인지, 아홉 명인지 모를 그 '운명'과 불행한 결말을 맞이할 일도 없단 얘기겠지.

'쪽지는 언제 썼을까. ……모든 불행을 다 겪고 나서겠지?'

그게 어떤 결혼이었는지, 신랑이 누구였는지, 다 알게 되었을 것이다.

하지만 그땐 이미 늦은 후다. 늦어도 한참 늦어버렸겠지, 돌이킬 수도 없을 정도로. 이런 쪽지를 남겨야만 했을 만큼.

'내가 지금 할 수 있는 건 하나야.'

이 결혼을 지키는 것.

'더 이상 과거의 삶이 중요하지 않아.'

방패 역할이 분명한 이 결혼을 지키고, 그로 인해 다경의 스물아홉을 지키는 것. 그녀가 무사히 서른을 맞이하고 이 기쁜 인생을 계속 살아가게 하는 것. 그것만이 자신이 지금 할 수 있는 전부였다.

그렇게 생각하자 다시 마음이 편해졌다. 다경이 자신을 좋아해 주든 아니든 상관없다. 그건 그다음 일이다. 이 가짜 결혼만은 절대 지켜야만 하는 것임을 완벽히 깨달았다.

"후우우."

민우는 길게 한숨을 내쉬며 침대에 일어나 앉았다. 복잡한 생각을 떨칠 겸 물을 마시러 나가야겠다고 생각했다.

방문을 막 열었을 때였다. 주방에는 불이 켜져 있고 무슨 소리가 들렸다. 허밍을 하는 건가?

"……뭐 하나?"

주방 입구에 다다른 민우는 인덕션 앞에 서 있는 다경에게 물었다.

"아, 깼어?"

며칠간 이어진 레슨에 촬영까지 피곤했던지, 일찌감치 자겠다고 방에 들어갔던 다경이 웍에 뭘 신나게 볶고 있었다.

"너도 먹을래? 볶음밥 하는데."

"이 시간에?"

민우가 황당한 얼굴로 벽시계를 보았다. 자정에 가까운 시간이었다. 밤에 뭔가 먹는 걸 죄악시하는 다경이 지금 야식을 만들고 있다니.

"한 번은 이렇게 풀어줘야지. 도저히 안 되겠어."

광고 촬영 때문에 다경은 평소보다 더욱 심하게 식이조절을 했다.

그때 벨이 울렸다.

"이 시간에 누구야?"

민우가 예민한 목소리로 물었고, 다경이 싱긋 웃었다.

"치킨, 치킨. 아까 보안실 통과한다고 연락 왔거든."

"……치킨까지 배달시켰다고?"

"응!"

오매불망 기다렸던 치느님을 맞이할 생각에 다경은 한없이 경건한 눈빛을 하고서 현관으로 향하더니, 곧 진한 치킨 향기를 풍기며 상자를 품에 안고 돌아와 뿌듯한 얼굴로 식탁에 내려놓았다.

"잘 깼네. 하여튼 지민우 먹을 복은 있다니까. 같이 먹자."

다경은 볶음밥이 가득 찬 웍까지 통째로 옮겨왔다. 김이 모락모락 나는 볶음밥과, 후라이드 반 양념 반 치킨이 금세 식탁에 차려졌다.

"아, 참. 새우볶음밥인데."

혼자 먹을 생각에 안심했던지 밥보다 새우를 더 많이 넣어 만든 듯했다. 새우를 먹지 않는 민우를 의식하고 그제야 어쩌지, 하는 눈빛으로 그를 보았다.

"괜찮아."

민우는 이왕 이렇게 된 거, 같이 먹는 것도 좋겠다는 생각에 식탁 앞에 앉았다. 먹는 게 문제가 아니라, 이렇게 마주 앉아서 다경을 보는 것도 좋으니까.

"맥주도?"

다경이 캔 두 개를 들어 보였다. 민우가 먹으려고 사다 두었던 맥주까지 냉장고에서 찾아온 참이다.

"그래."

딸깍. 캔을 따는 소리가 시원하게 울렸다.

민우는 맥주 한 캔을 따서 유리컵에 따라 다경의 앞에 놓아주었다. 그런 다음에야 제 캔을 따서 컵을 채웠다.

까만 밤, 주방에만 오렌지빛 조명이 잔잔히 퍼지고, 맛있는 음식과 시원한 맥주가 둘 사이에 놓여 있었다. 기분이 말랑말랑, 사르르 풀어지는 느낌이 나쁘지 않았다. 이런 게 신혼의 재미겠지. 그것도 빅재미.

"짠!"

다경 역시 혼자 먹으려 했던 것보다 훨씬 좋은지 아까보다 텐션이 올라 있었다. 그녀와 잔을 부딪치고 시원하게 들이켰다.

"크흐으으, 너무 좋다!"

다경이 맥주를 마시고, 볶음밥을 한 술 크게 떠서 먹었다.

그녀의 좋아 죽는 얼굴을 바라보다 민우는 숟가락으로 제 앞쪽의 밥에서 새우를 골라냈다. 그리고 다경의 쪽에 골라낸 새우를 쌓아주었다. 새우 무덤이 생겼고, 다경은 그걸 맛있게 먹었다.

"내가 했지만, 진짜 맛있다."

"그래, 맛있네."

새우 없이 달걀볶음밥을 먹고 있어도 민우는 그 역시 나름 맛있었다. 언제나 그랬듯.

"그런데 너 정말 이렇게 먹어도 되겠어?"

"응, 이번 주까진 이제 촬영이나 인터뷰 다 없어. 오늘만 딱 먹고 관리하면 다음 주에 크랭크인 때는 괜찮을 것 같아."

"생각은 있네."

"그럼, 내가 그런 생각도 안 했을까 봐?"

따끈한 치킨을 하나 집어 든 다경이 맛있게 먹는 모습을 바라보앉다. 그녀는 습관처럼 살코기가 있는 쪽으로만 집고 있었다. 민우는 치킨을 집는 척하며 먹음직한 닭다리를 그녀 쪽으로 밀어두었다. 하지만 다음 걸 집어도 그녀는 마치 본능처럼 닭다리를 피해 살코기만 집었다.

"다경아, 이것도 좀 먹고."

"어, 아니에요. 아줌마 드세요."

민우네 집에서 치킨을 시켜 먹을 때면, 다경은 눈치를 살피듯 제일 퍽퍽하고 맛이 없어 보이는 살만 골라 집곤 했었다. 두 마리를 시켜도 다리는 네 개, 자신이 하나라도 먹으면 안 된다는 생각 때문이다.

"다릿살이 얼마나 맛있는데. 야들야들해서. 자. 아."

그런 마음까지 헤아린 서 여사는 끝까지 남아 있는 닭다리 살을 발라내 다경의 입에 억지로 넣어주곤 했었다. 그럼 또 얼마나 맛있게 먹던지. 막상 먹여주면 잘 먹을 거면서. 저도 그게 맛있는 건 잘 알면서.

아무리 민우네 집에서 편하게 있었다 하더라도, 다경이 매번 얼마나 신경 쓰며 살았는지 그도 알고 있었다. 혹시나 눈치 없다고 미움 사진 않을까 하며 늘 조마조마했을 것이다.

"너 나랑 결혼 안 했으면, 진짜 혼자 살았을 거야? 평생 결혼 안 하고?"

갑자기 날아든 질문에 퍽퍽살을 베어 물던 다경이 고개를 끄덕였다.

"당연하지."

"만약에 결혼하고 싶은 사람을 만나게 됐더라면?"

"그런 사람이 있을까, 내 인생에?"

저도 궁금하다는 듯 되묻는 말에 민우의 심장이 내려앉았다.

"운명 같은 사람을 만났어. 왜 그렇게 헤맸는지 몰라. 나 이제 진짜 행복해질 일만 남은 것 같아."

그럼 그 사람은 누구였을까? 지금 벌써 봄인데, 아직 다경의 곁에 그런 사람은 보이질 않는데. 여름을 지나 가을에 결혼할 정도라면 정말 짧은 시간 내에 사랑에 빠졌다는 것일 텐데.

"아, 전부터 결혼하고 싶다고 생각했던 사람은 딱 한 명 있지. 말도 안 되는 꿈이긴 하지만."

"그게 누군데?"

"강유현."

"뭐?"

민우가 입에 물었던 치킨이 툭 떨어졌다.

"그렇게 눈이 너무 높아서 내가 다른 남자하곤 연애할 마음도 안 들고, 내 평생 결혼하고 싶단 생각도 안 들고 했었나 보다. 강유현 선배 같은 남자를 남편감으로 봤었다니. 나도 좀 미친 거지."

"……스스로 미친 건 아는구나."

민우는 차갑게 툭 내뱉었다.

"그런데 뭐, 꿈은 꿀 수 있는 거 아니야? 현실 가능한 얘기 아니니까, 나 혼자 꾸는 꿈인데 뭐 어때. 어차피 난 진짜 결혼할 생각도 없었고. 그냥 내 이상형이었다는 것뿐이야."

그저 너무 좋아하는 배우. 아무리 손을 뻗어도 절대 닿을 리 없는 별. 다경에게 강유현은 그런 존재였을 뿐이었다.

민우도 알고는 있지만, 지금은 느낌이 달랐다.

"강유현 어디가 그렇게 좋은데?"

"자상하잖아. 다정하고. 부드럽고. 또, 상냥하고, 배려심도 깊고. 뭐든 다 이해해줄 것 같고……."

"그만."

괜히 물어봤다. 기다렸다는 듯 줄줄 터져 나오는 유현에 대한 찬양에 민우는 속이 다 쓰렸다.

하지만 그렇다고 강유현과 소다경이 운명은 아니니까, 그럴 건더기는 조금도 없으니까, 신랑 의심 후보에는 당연히 올릴 것도 없는 상대였다.

"아니, 뭐. 그렇다고. 강유현이랑 결혼하고 싶은 여자가 우리나라에 하나둘이겠어. 여론조사만 했다 하면 1위 하고 그러는데. 지금까지 공공재로 남아 계시는 것만 해도 감사한 일이지."

"이거나 먹어."

결국 다경이 손도 대지 않은 닭다리를 가져와 살을 발라낸 민우는 그녀의 입에 쑥 넣어주었다. 꼭 억지로 먹여야 입에 넣지, 하여튼 손 많이 가게.

"언감생심 꿈이나 꿀 수 있나. 그냥 말이 그렇다는 거야. 내 이상형은 그렇게 자상한 남자였으니까."

민우는 그녀에게 남은 닭다리 살까지 모두 발라내 입에 넣어주고, 접시에도 놓아주었다.

"강유현만 자상한 게 아니야."

"응?"

"내가 지금 닭다리 두 개 너 다 줬다."

말하느라 인식하지 못하는 사이에 자신이 두 개의 닭다리를 다 차지했다는 사실에 새삼 다경이 놀랐고, 민우는 이를 밀어붙이며 확실히 자신을 어필했다.

"다리 두 개 주면 다 준 거야. 이거, 사랑이다."

느껴라, 자상한 나의, 참사랑을.

입 가득 부드러운 살을 넣고 씹던 다경은 민우의 말에 그만 멈칫했다. 닭다리 두 개가 이렇게 설렐 일인가.

"······이걸 왜 나를 다 줘. 너 먹어."

아직 먹지 않은 다릿살을 젓가락으로 집어 얼른 민우의 접시에 옮겨두었지만, 그건 그대로 다경의 입속으로 들어왔다.

"돌려주지 마. 사랑이라니까."

먹이는 건지, 멕이는 건지.

"이거 줘놓고 또 얼마나 생색을 내려고."

"안 내, 생색. 그러니까 마음 놓고 먹어. 너 먹고 싶은 건 다."

순간 다경은 뭉클해졌다. 민우가 지금 자신을 놀리는 게 아니라 진심이라는 걸 충분히 느낄 수 있었다. 이렇게 훅 들어오면 좀 당황스럽지만.

"······아줌마 보고 싶다."

그리고 닭다리, 하면 생각나는 서 여사. 지금 민우가 하듯 서 여사도 이렇게 살을 발라 입에 넣어주시곤 했었는데.

"봐봐, 우리 엄마가 그렇게 너 사랑하시잖아. 그러니까 나 지금 이것도 사랑 맞지."

"그럼 네 사랑은 어미 새의 사랑 같은 거야?"

"아니, 남자."

민우는 당당히 대꾸했다. 한번 방향을 잡으면 틀어질 일 없다는 투였다. 머리가 좋아 공부를 잘했던 민우지만, 애초에 학창시절 내내 운동했던 애였다. 근성과 지구력, 목표를 잡고 끈질기게 나아가는 집념은 누구도 따라올 수 없었다. 그걸 어찌 당할까.

다경은 민우의 부모님 얘기로 자연스럽게 화제를 돌렸다.

"신혼여행 다녀와서 통화만 했지 아직 아줌마 아저씨 뵈러 가지도 못했는데, 서운해하시겠지?"

"바빴잖아."

"이번 주에라도 다녀올까?"

결혼은 했지만 제대로 도리를 하지 못한 게 마음에 걸렸다. 하지만 민우가 고개를 저었다.

"아니. 스케줄 없다고 돌아다닐 생각 하지 말고, 컨디션이나 조절해. 너 다음 주부터 작품 들어가잖아. 안 그래도 두 분 다 괜찮다고 하셨어."

"에이, 아무리 그래도."

"직접 하신 말씀이야."

— 다경이한테 며느리 노릇 하라고 할 생각 없어. 너 괜히 다경이 부담 주지 말고 그냥 전처럼 지내. 우리하고는 한두 달에 한 번 정도 밖에서 만나 밥 한 끼 먹으면 그걸로 충분해.

— 그래, 다경이나 너나 지금 제일 바쁠 때 아니냐. 네 엄마나 내 신경은 쓰지 말고, 너희들 편하게 지내라.

서 여사와 지 교수는 민우와 통화하면서 번갈아 단호하게 일렀다.

— 너희 둘이 잘 사는 게 우리 위하는 길이야. 너무 애쓰려고 하지 마. 그러다 지쳐.

충분히 이해한다는 말씀을 여러 번이나 하셨다. 민우는 그런 부모님께 진심으로 감사한 마음이 들었고.

그 얘기를 전해 들은 다경은 마음이 편안해지면서도 가슴이 먹먹해졌다. 어떻게 이렇게 좋은 분들을 만났을까. 자신의 인생에 있어 가장 행복한 일이, 바로 민우네 가족을 만난 것이 아닐까 싶을 정도였다. 이제는 진짜 가족이 되었다. 피는 섞이지 않았지만, 마음으로 엮인 진짜 가족.

그러다 얼마 전에 자신의 엄마, 정 여사로부터 걸려온 전화 역시 떠올랐다.

— 결혼했으면 집안 어른들 모셔서 집들이도 하고 그래야지. 너

희 어떻게 사는지 보여주지도 않을 셈이야?

"계속 촬영이 있고 미팅이 있어서 당분간 시간 내기가 어렵다고 미리 말씀드렸…… ."

― 그걸 이해 못 하는 건 아니다만, 부모 무시하는 것도 아니고 엄마가 이렇게 또 얘기하게 해야 해? 너희 집 빌라 단지 안으로는 웬만한 사람 마음대로 들어가지도 못한다면서. 엄마 시간 날 때 갈 테니까 방문인 등록할 수 있게 미리 얘기해둬.

"그건 좀 곤란해요."

끝까지 무례하게 우길 줄 알았더니, 그나마 정 여사는 그쯤에서 꼬리를 내렸다.

― 뭐, 그래. 엄마가 이해해야지 어쩌겠니. 너 혼자 사는 집도 아니고 지 서방이 불편할 수도 있으니.

"네."

― 그래도 엄마가 집에 가서 살림도 좀 챙겨주고, 김치도 가져다주고 하면 좋을 텐데, 어쩔 수 없지.

이유는 뻔하다. 다경이 유명해지고 인기가 높아진 후론 정 여사는 딸을 함부로 대하지 않았으니까.

다경은 그런 정 여사의 갑작스러운 살가움이 반갑지 않았다.

결혼 전에 오피스텔로 들이닥친 엄마가 주고 갔던 총각김치를 결국 먹지 않아 음식물 쓰레기봉투에 쏟아 넣었을 때였다. 김치를 포장했던 비닐 쪼가리가 그 안에 섞여 있는 걸 발견했다. 직접 김치를 담그느라 고생했다고 하더니, 그마저도 사온 것이었다.

― 바쁜 건 알지만 시간 좀 내서 엄마한테 전화도 자주 하고, 얼굴도 좀 보고 그러자. 엄마가 너 얼마나 생각하는지 알지? 우리 딸 보고 싶은 마음에 엄마가 잠이 다 안 온다니까.

그러니 정 여사의 말이 곱게 들릴 리가 없다. 이제 와 엄마 노릇을 하려고 드는 것도 거부감이 들기만 했다. 이러면 안 되는데, 하는 죄책감도 들었다.

낳았다고 다 부모가 아닌데, 핏줄의 연은 왜 이리 진득한 거미줄 같을까.

"무슨 생각 해?"

민우의 물음에 다경이 고개를 들었다. 그는 부지런히 새우를 골라 다경 쪽 밥 위에 쌓아주고 있었다. 쟤는 새우가 저렇게 싫은가.

"강유현 생각하지?"

여기서 강유현이 또 왜 나와?

"그런데 어떡하냐. 강유현을 그렇게 좋아하는데 나랑 결혼해서."

"그게 무슨 상관이야. 내가 선배님이랑 진짜 연애하고 결혼할 수 있는 것도 아닌데."

"할 수 있으면 하겠다는 거야?"

"떡 줄 사람 생각도 안 하는데 김칫국 마실 일 뭐 있어."

"떡이 생길 수도 있지."

"말도 안 되는 소리 하네."

떡이고 뭐고, 얘기할 필요도 없는 사안이라 다경은 딱 잘라 말했다. 강유현 같은 사람이 뭐가 아쉬워 자신과 결혼을 하겠는가. 생각하는 것조차 시간낭비였다.

"얘기 나온 김에 선배님 영화나 같이 볼래? 너는 제대로 본 적 별로 없잖아."

"그래."

기분전환도 할 겸 제안했더니 민우가 남은 치킨과 맥주를 들고 순순히 따라 일어섰다. 거실로 자리를 옮기며 다경이 놀라운 듯 말했다. 그냥 던져본 소리였는데.

"웬일이야. 진짜 같이 보려고?"

"응. 틀어봐."

민우는 소파에 앉으며 비장한 태도로 화면을 보았다.

"어쩐 일로 이걸 다 본대."

"지피지기, 백전백승."

민우의 대꾸에 다경이 황당해하며 돌아보았다. 강유현을 적으로 보고 파악을 해서 이겨먹으려 한다니, 이거야말로 정말 쓸데없는 일 아닌가. 마치 로또 복권도 사지 않았으면서 1등 당첨되면 뭘할까 고민하는 것처럼.

"야아, 누가 들으면 진짜 배꼽 잡고 넘어가겠다. 그 선배님이 너랑 라이벌이 될 일은 죽었다 깨어나도 없다니까? 우리끼리 이러는 거 진짜 쌍으로 진상이야."

"……."

"견제할 사람이 없어 강유현 선배님 같은 분을 견제하냐. 아아, 내가 다 부끄럽다."

민우가 리모컨을 채어가 강유현의 영화 하나를 골라 재생시키며 입을 뗐다.

"앞으로 평생 나 안 좋아해도 상관없는데, 이거 하나만 잊지마."

"……뭘?"

"너랑 결혼한 사람, 나야."

분명한 어조.

"난 이혼해줄 생각 없으니까, 네 인생 처음이자 마지막 유일한 남편은 나라는 거, 절대 잊지 말라고."

너무도 진지한 음성에 하마터면 다경은 정말, 강유현과 지민우 사이에서 혼란을 겪는 여주인공이 된 듯 착각할 뻔했다.

"형이 보기엔 어때, 그 사람?"

오늘따라 민우의 시간에 맞춰 남 대표도 짐에 들렀기에 함께 운동하는 중이었다.

"누구, 강?"

남 대표는 찰떡같이 알아듣고 되물었다. 주변에 다른 사람은 없었지만, 혹시 싶어 강유현의 풀네임을 생략해 '강'이라고만 하면서.

민우는 경사진 인클라인 벤치 프레스 기구에 누워 바벨을 들어 올리며 대답했다.

"맞아. 강."

끄응 소리 한번 내지 않고 얼굴색도 변하지 않는 민우를 보며, 이래서 운동이 되겠나 하여 남 대표는 바벨의 무게를 추가해주었다.

"왜, 신경 쓰여?"

"쓰이지."

남 대표 역시 다경과 함께 영화를 찍게 될 강유현을, 민우가 의식하는 건 당연하다 생각했다. 게다가 이번에 이사를 와 같은 빌라 단지에 살게 되었다고까지 하고. 그리고…….

"다경이가 강 팬이지?"

민우는 추가된 무게에도 아무렇지 않게 바벨을 들어올리다가 놀란 얼굴로 물었다.

"어떻게 알았어?"

"걔 그거 티 많이 나던데."

"다른 사람들은 모르는 줄 알 텐데."

"그래서 모르는 척하고 있잖아."

바벨을 제자리에 턱 올려두고 상체를 일으켜 앉은 민우가 물었다.

"형 보기엔 괜찮은 사람이야? 어때?"

아무리 생각해도 지금으로선, 다경의 주변에 의심이 가는 남자라곤 강유현뿐이다. 현실성이 없는 가정이라 해도, 모든 가능성을 배제할 순 없다. 신랑이 정말, 강유현이었을 수도 있지. 세상만사 누가 다 알겠는가.

"잘생겼지."

"그거 말고."

"뭐, 멋있잖아. 같은 남자가 봐도. 아, 몸도 좋지. 균형이 딱 잡힌 게, 얼굴이랑 조화가 아주 좋아."

남 대표의 입에선 객관적인 평가만 흘러나왔다. 이쪽 업계에선 남자를 잘 보기로 유명한 남 대표가 아닌가.

"그런 거야 형이 말 안 해도 온 세상 사람 다 아는 거고."

"뭘 원해? 시원하게 뒷담이라도 까?"

"깔 게 있어?"

"없지."

그럴 만한 뒷얘기가 전혀 없다고 했다.

"얼마나 세상을 바르게 살았으면 그런 평가밖에 없지? 그래도 인간인데."

"하긴. 너는 재수 없단 소리 자주 들으니까 그런 완벽한 인간이 이해가 안 갈 수도 있지. 나는 외모로 보나, 인성으로 보나 뭐 나랑 별로 다를 게 없어서 그다지……."

"형이? 별 이상한 소문이나 몰고 다니면서."

"헛소문이야 신경 쓸 필요도 없고."

다시 벤치에 몸을 기대어 누우며 바벨을 들어올리려는데, 옆에 선 남 대표가 입을 열었다.

"그런데 난, 그 친구 좀 그렇더라."

"뭐가?"

"태양처럼 빛나잖아. 항상 환하고 밝고 따뜻하고. 그런데 왠지 그 태양에 이미 그림자가 드리운 느낌이랄까."

바벨에서 손을 놓고 민우가 다시 몸을 일으켰다.

"그림자?"

"응, 좀 어둡지. 어딘가 그런 구석이 보여."

"……만약 그렇다면, 그런 면 때문에 모성애를 자극한다느니, 안아주고 싶다느니 하는 얘기 듣는 거 아니야? 여자들 설레게 하는 포인트라던데."

"뭐, 그럴 수도 있고."

태양의 눈부신 빛 때문에 땅에 그림자가 드리운 게 아니라, 이미 그림자를 품고 있는 태양이라.

"그런데 그게 단순해 보이진 않아서. ……나도 그 사람은 잘 모르겠다."

강유현은 대체 어떤 사람일까.

"어, 남 대표? 여긴 웬일이야? 민우도 있었구나."

그때, 익숙한 목소리가 들렸다. 왕 대표였다.

얼른 머리를 매만지고 휘이익 고개를 돌린 남 대표가 하하, 웃으며 인사했다. 마치 놀란 것처럼.

"아니, 왕 대표가 어쩐 일이야."

"운동하러 왔지. 요즘 너무 바빠서 못 챙겼더니 몸이 무거워서."

"아아아, 왕 대표가 이 시간에 올 줄 나는 전혀 몰랐네."

우연인 것처럼 굴고 있지만, 민우의 눈에는 아니란 게 딱 보였다. 어디서 왕 대표가 오늘 여기에 온다는 얘길 듣기라도 했는지, 그래서 따라왔구나 싶었다.

트레드밀로 향하는 왕 대표를 따라 남 대표도 걸음을 옮겼다.

"나도 좀 뛰어야겠다."

"민우 운동 봐주고 있던 거 아니었어?"

"뭘 봐줘. 쟤 혼자서도 잘해."

기꺼이 민우를 버리고 남 대표는 트레드밀에 올랐다.

왕 대표는 그의 존재는 신경도 안 쓰고선 앞만 보며 빠르게 걷기 시작했고, 그 옆의 남 대표 역시 그제야 비로소 제대로 된 운동에 들어갔다. 지금까진 민우 옆에서 시간만 때우고 있던 게 분명했다. 왕 대표가 나타날 때까지.

멀리서 두 사람의 뒷모습을 보는 민우는 황당하기만 했다.

"저렇게 티가 나는데, 모른다고? 저게 몰래 하는 짝사랑 맞아?"

아닌 척 구는 남 대표나, 그걸 모르는 왕 대표나 누가 더 낫다고 할 수 없이 똑같아 보였다. 그러니 십 몇 년째 관계에 진전이 없지 생각하며, 민우는 다시 바벨을 잡았다.

남 걱정할 때가 아니다. 지금 자신 앞에 놓인 문제가 크다는 건 확실했다. 소다경의 신랑 찾기, 계속되어야만 했다. 그래야만 진짜 '경계'를 할 수 있으니까.

"헐, 또 봐?"

방에서 종일 시나리오를 보다 나온 다경이, 거실 소파에 앉은 민우를 보고 놀라서 물었다

민우는 커다란 화면을 가득 채운 강유현의 연기를 진지한 얼굴로 감상하는 중이었다. 어젯밤부터 몇 편을 연달아 보더니, 오전에 운동하러 잠깐 나갔다 온 것 외에는 계속 TV 앞에만 붙어 강유현의 영화를 보고 있는 듯했다.

"너 이거 입덕각인데."

다경이 재미있다는 듯 웃으며 민우의 옆으로 와서 앉았다. 강유현의 연기에 반해 입덕하는 사람치고 민우의 얼굴은 심각하기만 했다.

"저건 아까도 보고 있더니, 세 번째 보는 거 아니야? 이게 그렇게 재미있어?"

다경은 민우의 시선을 따라 화면을 보았다. 자신이 눈물 콧물 쏙 빼면서 스무 번도 넘게 보았던 영화였다. 눈물 연기의 진수를 보여주고 신파의 새로운 획을 그었다는 평과 함께, 그해 강유현이 각종 영화제 남우주연상을 싹쓸이하다시피 했던 작품이다.

"명작이긴 하지."

소파 위에 무릎을 접어 끌어안은 다경은 그가 단 한마디도 대답하지 않았다는 사실을 깨닫지 못한 채 화면 속으로 빨려들어갈 듯 집중했다.

민우의 머릿속은 아까 남 대표가 했던 말로 가득했다.

"왠지 그 태양에 이미 그림자가 드리운 느낌이랄까."

"그림자?"

"응, 좀 어둡지. 어딘가 그런 구석이 보여."

연기만으로 파악할 수 없기에 아까는 그의 인터뷰 영상까지 싹 다 훑다시피 했다. 그리고 다시 이 영화를 보자 남 대표가 했던 말이 어떤 뜻인지 조금 이해가 되는 것 같았다.

단순히 어둡기만 한 게 아니다. 사람의 마음을 옥죄게 하는, 바닥을 긁어대는 갈고리 같은 것이 그의 눈빛에 있었다. 그저 따뜻하고 온화하기만 한 얼굴인데도, 강한 아픔이 짙게 서린 듯해 보는 것만으로도 숨이 막혔다.

어쩌면 그게 배우의 얼굴을 입체적으로 보이게 하는 비기로 느껴질 수도 있다. 그저 잘생기기만 한 외모가 아니라, 수많은 이야기를 품고 있는 듯 신비롭게 보일 수도 있고. 하지만 왜일까. 석연치 않은 기분은.

민우는 여전히 말없이 화면을 바라보았다. 강유현이 극 중에서 시한부 선고를 받은 딸을 안고 울음을 삼키는 장면이 흘러나오는 중이다.

고개를 돌리자 다경의 코끝이 빨개져 있었다.

"또 우냐."

맨날 보면서도 같은 장면에서 여지없이 또 우는 다경이 어처구니없었다.

"너무 슬프잖아."

"보기 싫어, 닭아."

퉁명스럽게 티슈를 뽑아 건넸다.

보기 싫은 건 사실이다. 다른 남자가 그녈 울리는 게, 왜 이리 가슴을 쥐어뜯는 것처럼 아프게 느껴질까. 게다가 다경이 금세 맺혀버린 눈물을 닦아내는 모습까지 마음을 아리게 했다.

울리고 싶어졌다. 사실은 그 우는 얼굴까지 예뻐 보여서. 그 누구도 아닌 자신만이, 다경을 울리는 유일한 남자이고 싶었다. 이런 말도 안 되는 바람이 짝사랑의 증상이라면 이거 정말 심각한 거 아닌가. 나, 중증인데.

훌쩍훌쩍, 빠르게 몰입해 눈물까지 흘리는 다경 때문에 결국 민우는 화면을 꺼버렸다.

"어어, 왜 꺼."

"나 좀 봐."

다경의 턱을 살짝 잡아 제 쪽으로 돌렸다.

적막한 거실 안, 두 사람의 시선만이 엉켜들었다. 눈물을 채 닦아내지 못한 얼굴이 오롯이 자신을 바라보고 있었다. 다경의 눈 속에 지금은 자신뿐인 걸 확인했다. 시선은 자연스레 입술로 내려갔다.

그 입술은 어떨까. 나만 느낄 수 있을까. 내게만 허락된 걸까. 아직은 아니라고 할 텐데, 나는 얼마나 더 참을 수 있을까. 이대로 무너져 내리면 어떻게 될까.

다경이 침을 꼴깍 삼키는 게 느껴졌다. 눈물이 그렁그렁 맺힌 눈으로 잔뜩 긴장한 채 자신을 바라보면서.

아직은 아니라 말하는 듯한 얼굴이 못내 야속하게만 느껴졌다.

네가 허락하지 않으면, 나도 못 해. 그러니까, 허락 좀 해줄래?

민우의 눈빛이 조금 더 애틋하고, 조금 더 간절해지려던 바로 그 순간, 띵동띵동 초인종이 울렸다. 동시에 다경이 벌떡 일어섰다.

"어, 누구지!"

과하게 놀란 투로 현관 쪽을 바라보면서.

"보안실에서 누구 온다는 연락 온 거 없었는데! 뭐지!"

"……"

민우도 모른다. 그게 누군지.

"나가봐야겠다! 누가 왔는지!"

서둘러 현관으로 나가려는 다경은 마치 도망치는 토끼 같았다.

민우가 일어서서 성큼성큼 앞서 나갔다. 누군지 아주, 가만 안 둬, 내가.

정신없이 현관으로 나오느라, 거실에서 비디오폰으로 상대를 확인할 생각도 못 했다. 그저 문 앞에 서서 물을 뿐.

"누구세요?"

곧 들려온 대답.

"강유현입니다."

놀란 다경이 문을 열려고 했고, 민우는 가볍게 그녀를 밀치며 마치 다경을 제 뒤에 감추듯 앞에 버티고 선 채 문고릴 돌렸다.

"무슨 일이시죠?"

선배님, 안녕하세요, 인사를 먼저 해야 했는데, 그보다 훨씬 날선 음성이 제멋대로 터져 나왔다. 뒤에서 고개를 빼꼼 내미는 다경이 느껴졌다. 강유현의 시선이 민우를 지나쳐 살짝 뒤쪽으로 갔으니까.

"제가 오늘 오전에 이사를 와서요. 아, 바로 윗집입니다."

"……아, 네."

"그래서 떡을 좀 드리려고 왔습니다. 여기."

그가 떡을 내밀었다. 그것도 클래식 중의 클래식으로 은박접시 위에 모락모락 김이 나는 시루떡이 몇 겹 쌓여 있었다.

"떡 줄 사람 생각도 안 하는데 김칫국 마실 일 뭐 있어."

"떡이 생길 수도 있지."

"말도 안 되는 소리 하네."

일부러 김칫국은 마시지도 않았는데, 하늘에서 떡이 먼저 뚝, 떨어졌다.

떡 줄 사람이 제 발로 걸어 들어오다니. 강유현과 우연히 부딪히는 것도 모자라 집까지 직접 찾아온 상황에, 다경과 민우는 놀랄 수밖에 없었다.

"요즘도 이렇게 떡을 돌리는 분이 계시다니. 선배님, 잘 먹겠습니다."

떡 접시를 내밀고 있는 유현의 손이 민망해지기 전에, 민우를 제치고 나온 다경이 얼른 받아 들었다. 방금까지 거실 TV에는 그의 영화가 흘러나오고 있었는데, 지금 이렇게 현관 밖에 진짜 강유현이 서 있다는 게 믿기지 않았다.

"이제 더 자주 보겠네요."

유현은 두 후배 부부에게 미소 지으며 인사를 건넸다. 제법 친근하고 다정한 말투였다.

하지만 민우는 날카로운 각을 세운 채 그를 마주 보고 있었다. 아래윗집에 산다고 꼭 자주 볼 일이 있나.

이 빌라 단지에 사는 사람들은 자신을 드러내지 않고 조용히 살아가길 원하여 이곳을 택한 경우가 많다. 보안이 철저한 주거공간에 살면서, 입주민끼리 딱히 부딪칠 일이 많지 않은 곳으로 재벌가 자제나 한류 스타, 성공한 경영자나 전문직업인들이 대부분이라 들었다. 이렇게 이웃사촌이니 뭐니, 단지 내에서 인연을 만들 일은 없을 거라 생각했다.

"저희야 영광이죠. 이렇게 떡까지 가져다주시고. 정말 감사해요."

다경이 싹싹하게 인사했다. 그런 그녀를 바라보는 유현의 시선을 놓치지 않고서 민우가 말했다.

"괜찮으시면 잠깐 차 대접하고 싶은데 들어오시겠어요, 선배님?"

몸을 틀어 길을 내어주면서 갑자기 찾아온 그를 부부가 사는 공간으로 기꺼이 초대했다.

"앉으세요."

민우가 유현에게 소파를 권했다.

"그럼, 앉겠습니다."

실례한다는 듯 들어올 때도 조심스럽더니, 앉는 것조차 미안해 보였다.

"제가 괜히 들이닥쳐서."

"아닙니다. 선배님 오셨는데 당연히 안으로 모셔야죠. 커피가 괜찮으세요, 아니면 차? 주스?"

유현의 입가에 엷은 미소가 퍼졌다.

"녹차 있으면 한잔 마시겠습니다."

"네, 그럼 준비할게요. 잠시만요."

그리고 민우는 다경을 달콤한 눈빛으로 바라보며 말했다.

"너는 주스 갈아줄게. 키위 괜찮지?"

"주스? 어우, 손 가게 갈긴 뭘 갈아. 나 그냥 커피 마시면 돼."

도가 지나친 친절에 다경이 손사래를 쳤다.

"괜히 또 위염 도질까 봐 걱정돼서 그래. 너 아침 공복에 마시는 커피도 마음에 안 드는데."

타박 섞인 걱정을 남기고 민우는 다경과 유현을 거실에 두고선 주방으로 향했다.

어색함이 감돌았다. 워낙 화면으로 익숙한 사람이 자꾸만 눈앞에 있으니, 다경은 이게 꿈인지 현실인지 분간이 되지 않았다. 불과 얼마 전까지만 해도, 죽기 전에 실물 한번 볼 수 있을까 했던 사람인데.

"작품 준비는 잘되어가요?"

"네?"

유현이 건넨 한마디로 침묵이 깨어졌다.

"아, 작품이요. 열심히 준비는 하고 있어요."

팬이기 전에 자신 역시 배우고, 프로였다. 사심 따위 던져두어야만 했다.

"캐릭터가 좀 어려운 부분이 있어서 이해하려고 노력하는 중이에요."

"어떤 부분이 어려웠어요?"

"음, 어찌 보면 단순한 건데요. '비서'는 '차 의원'에게 결혼할 여자가 있는 걸 알면서도 접근하잖아요. 그게 자신이 높은 곳으로 올라가고자 하는 야망 때문이라고 처음엔 생각했는데."

"생각했는데?"

"알고 보니 '차 의원'을 정말 사랑하는 거였잖아요. 물론 로맨틱한 사랑은 아니었지만."

"아니었죠."

다경의 말을 유심히 들으며 대꾸해주는 유현 덕분에 그녀는 조금 더 편안하게 이야길 이어갈 수 있었다.

"'비서'는 자신이 그 남자를 사랑한다고 해서 둘의 앞날이 마냥 밝을 수는 없다는 거 잘 알잖아요. 그래봤자 불륜인데, 그 끝은 파국일 수밖에 없는 거고. 아무리 그 마음이 절절하다고 해도, '차 의원'이 보통 남자도 아닌데요."

"성공에 미친 남자죠."

"네, 그런 남자에게 '비서'는 인생의 오점이 될 수밖에 없잖아요. '약혼녀'를 버리고 '비서'를 택할 리는 없으니까."

"그럴 리 없겠죠."

다경은 이해할 수 없다는 듯 덧붙였다.

"그런데도 불구하고 '비서'는 '차 의원'을 포기하지 않아요. 욕심이 많긴 해도 똑똑한 여자잖아요. 상황이 그렇다는 걸 아는데 그렇게까지 매달릴 수는 없죠. 그래봐야 자기 인생도 손해일 텐데. 그런데 비서는 자신이 괴물이 되더라도, 차라리 그 남자를 파괴해버리는 쪽을 택했어요."

"가질 수 없으니 망가뜨린다, 그런 마음으로."

선한 모습으로 일관했던 비서가 그 살얼음판 같은 정치판에서 기꺼이 차 의원을 몰락시키는 과정은, 잔인한 장면 하나 없이도 섬뜩하기만 했다.

사람의 마음을 조종하고 이용하면서 차근차근 차 의원을 무너뜨리며, 비서는 자신이 힘겹게 쌓아올린 인생을 기꺼이 잃는 대신 남자의 망가진 껍데기를 얻었다. 비틀리고 비뚤어진 사랑은 파국을 맞이했지만, 비서는 그걸 자신의 승리라 여겼다. 한없이 무섭고 나약한 사랑이었다.

"그게 정말 사랑일까요. 전 아니라고 생각하거든요."

"……평소 가치관과 다른 캐릭터를 연기해야 하는 일, 정말 힘들죠. 동일시가 안 되니까."

"네, 맞아요."

"그래서 더 흥미롭기도 하고."

유현은 그녀가 어떤 점을 고민하고 있는지 이제야 알겠다는 듯 부드럽게 웃었다.

"사실 완벽히 이해할 순 없더라도, 감독님이나 상대 배우와 이렇게 작품 얘길 많이 하는 것만으로도 큰 도움이 될 거예요. 연기하기 어려운 캐릭터일수록 더더욱."

"벌써 그런 기분이에요. 선배님과도 이렇게 얘기할 수 있게 될지 몰랐는데."

"내가 도울 수 있는 부분이 있으면 얼마든지 말해요. 언제든 열려 있으니까."

감동이었다. 함께 일한 건 처음이지만, 강유현의 평판이 업계에서 왜 그렇게 좋을 수밖에 없는지 뼛속 깊이 느낄 수 있었다. 이렇게나 상대의 마음에 공감해주며 이야기를 잘 들어주는 사람이었다니.

"그런데 다경 씨, 혹시 어릴 때……."

드르르르륵! 거친 믹서 소리가 주방으로부터 흘러나왔다. 남편이 키위를 가는 소리였다.

"네? 뭐라고 하셨……."

"아닙니다."

곧 민우가 녹차와 키위 주스 두 잔을 가지고 거실로 왔다.

함께 찍을 작품 이야기를 하는 동안 유현과 다경의 분위기는 한결 편안해진 느낌이었다.

"차 드세요."

"감사합니다. 잘 마실게요."

유현을 소파의 상석에 앉게 했었고, 다경은 3인용 일자 소파에 앉아 있었다. 민우가 자리 잡은 곳은 당연히 다경의 옆이다. 그것도 지나치게 가깝게.

"자, 주스."

세상 최고 자상한 남편의 역할을 연기하듯, 민우가 유리컵을 들고 그녀에게 쥐여주었다. 하지만 다경은 이제 더 이상 연기가 아니라는 걸 안다. 강유현을 집 안에 들인 것부터 이미 그를 심하게 의식하고 있기 때문이란 사실을 잘 알았다. 지피지기의 일환이었을 것이다. 강유현을 보다 자세히 보고 싶어서.

'신경 쓸 이유 없다니까.'

세상에 누가 하늘 위의 별이 내 집 안방에 떨어질까 봐 불안해하겠는가. 암만 해봐야 소용없는 걱정이다.

"아, 지난번에 다경 씨가 말 편하게 하라고 했었는데, 그게 잘 되진 않네요."

"그러게요. 선배님 다음 볼 때부턴 편하게 하신다고 했었는데."

"남편도 있고."

유현이 민우를 보며 나지막하게 말했다.

"선후배 사이에 남편이 있고 없고 그게 무슨 상관이겠어요. 말씀 편하게 하세요. 우리 다경이나 저나, 그게 선배님 뵙기 더 편할 것 같습니다."

민우가 딱 잘라 선을 그었다. 선후배. 우리 부부 사이에 다른 의미로는 절대 침범할 수 없는 관계.

"그럼 그렇게 할게."

다경과는 경력이 비슷하다고 해도, 민우는 유현이 조심스러워하지 않아도 될 만큼 한참 후배였다.

민우는 날씨 이야기로 가벼운 대화를 이어가는 유현을 가만히 바라보았다. 배려와 매너가 몸에 밴, 지극히 친절한 남자였다. 자신의 위치와 상관없이 상대방을 편하게 해주려는 마음이 보였다.

강유현은 어쩌면 좋은 남자인지도 모른다. 다경의 문제와는 별개로, 인간적으로 정말 좋은 남자.

하지만 자꾸만 걸리는 건 '그림자'였다. 그게 어떤 건지, 민우는 가까이에서 보고 싶었다. 좀 더 자세히 들여다보고 싶었다. 왠지 그래야만 할 것 같았다.

'정말 강유현인지도 모르니까.'

다경의 예전 신랑이 그일지도 모른다는 터무니없는 상상조차, 지금은 외면할 수 없기에.

"선배님, 이건 좀 사적인 질문인데……."

민우는 천천히 입을 열었고, 유현이 괜찮다는 듯 고개를 끄덕였다.

"결혼 생각은 없으세요?"

무슨 그런 질문을 하냐는 듯 오히려 다경이 고개를 돌려 민우를 보았다. 민우는 태연하게 유현을 바라만 보고 있었고, 유현은 대수롭지 않다는 듯 시원하게 대답했다.

"아직 결혼하고 싶은 여자를 못 만나서."

"아, 생각은 있으신 거구나."

"해야지, 나도. 하고 싶기도 하고."

평범한 답이었다. 물론 팬인 다경으로서는 어쩐지 서운한 대답이기도 하고. 강유현은 모두의 연인으로 남아줬으면 하는 마음이 팬들의 바람이려니. 그래도 그의 행복을 위해서는, 좋은 여자를 만나 결혼한다면 진심으로 축복해줄 준비가 되어 있었다.

그때 유현이 매력적인 입술을 움직여 한 단어를 말했다.

"'운명'."

그 말은 민우의 가슴을 철렁 내려앉게 했다. 동시에 심장을 아프게 파고들었다.

"'운명' 같은 여자를 기다리거든. 좀 바보 같지. 요즘 같은 세상에."

다경이 고개를 저었다.

"바보라뇨, 아니요. 전혀요."

오히려 유현에게 그런 순수한 면이 있다는 게 감동인 얼굴이었다. 역시 내 스타, 내 배우는 현실에서도 진실된 사랑을 꿈꾸는 멋진 남자였구나, 하는 뿌듯함까지 배어 있었다.

하지만 민우의 가슴은 뜨겁게 달아올랐다.

"운명 같은 사람을 만났어. 왜 그렇게 헤맸는지 몰라. 나 이제 진짜 행복해질 일만 남은 것 같아."

다경의 음성이 귓가에 생생했다.

"그런 운명은, 어떻게 알아보죠?"

무겁게 눌러 묻는 민우의 말에 그가 답했다.

"저절로."

깊은 시선이 다경에게 잠시 닿았다가, 다시 민우에게로 돌아왔다.

"……눈에 들어오고, 마음에 박히는 거지."

'마치 지금처럼'이라고 말하는 듯한 눈빛이었다.

민우의 가슴에 불어든 광풍은 생각보다 강력했다. 하지만 상관없다.

'쫄지 마. 어차피 남편은 나니까.'

게다가 강유현의 마음은 아직 무르익지도 않았다.

'혹시나 진짜로 다경이를 여자로 보게 된다고 해도, 이미 늦었어.'

세상을 떠들썩하게 만들며 결혼까지 해버렸고 다경은 이미 유부녀다. 이미 게임 끝난 것이다. 강유현이 할 수 있는 건 아무것도 없다.

하지만 안심하긴 이르다.

'마음 강하게 먹자. 틈 주지 말고, 긴장 풀지 말고.'

민우는 언제라도 전쟁을 치를 준비가 되어 있었다. 반면 다경은 강유현이 한 이야기에 공감해 고개를 끄덕였다.

'나도, 운명.'

같은 꿈을 꾼 적이 있었다. 운명처럼 만난 남자와 평생을 함께할 수 있다면 얼마나 좋을까, 간절히 바랐던 적도 있었다. 하지만 철없던 시절의 얘기다.

'그게 어디 뜻대로 될 리가 있나.'

연애와 결혼에 얽혀 복잡하게 사는 것보단 홀가분하게 혼자 지내는 게 낫겠다고 생각을 바꾸었다. 지금은 이렇게 유부녀가 되어 있지만.

'선배님과 만날 여자는 누굴까. 전생에 나라를 수도 없이 구했겠지.'

이상형의 남자와 운명처럼 만나 결혼한다면, 그보다 행복한 일이 어디 있을까.

부러움 또한 순수한 것이었다. 감히 넘볼 수 없는 존재라 다경도 욕심조차 나지 않았다. 그럴 처지도 아니고.

"어, 잠깐."

"응?"

"넌 이걸 또 흘리는지도 모르고."

민우가 테이블 위에 있던 물티슈를 한 장 뽑아 제게로 몸을 완전히 틀어 앉았다. 그제야 다경은 마시던 키위 주스를 옷에 조금 흘렸다는 사실을 깨달았다. 얼마나 강유현의 이야기에 집중했으면 그것도 몰랐을까.

"아아. 내가 할게."

"가만히 있어. 하여튼 손이 안 갈 수가 없다니까."

다경의 손을 단호히 물리치고, 민우가 그녀의 티셔츠에 물티슈를 대었다. 가슴 바로 위였다. 조금이라도 손이 내려가면 위험하게 느껴질 부위이건만 민우는 전혀 스스럼없었다.

화르륵, 다경의 얼굴이 달아올랐다. 민우의 손끝에 불길이라도 닿은 것처럼 뜨겁기만 했다. 쿵, 쿵, 쿵, 쿵. 심장도 큰 소리를 내며 뛰기 시작했고.

"넌 어떻게 된 애가 흘리는 것도 이렇게 귀엽냐."

민우는 싱긋 웃으며 다경의 가슴 위쪽 티셔츠를 한 손으로 받쳐 잡고, 또 다른 손으로는 물티슈로 눌러 닦아주었다.

다경은 겨우 숨을 삼키며 눈앞의 민우를 쳐다보았다. 딱 이 각도

다. 눈을 내리뜬 민우 얼굴의 이 각도. 언제 봐도 베일 듯 날카로운 선은 군더더기 하나 없었다. 이내 제 심장을 찌를 것만 같았다. 가슴이 아프기까지 할 정도로 잘생겼다, 이놈 자식.

'내가 왜 이러지?'

좋아한다는 고백을 들어서일까. 아니면 그 전부터였을까.

"물티슈로는 어차피 안 되겠고, 빨아야겠다. 내가 이따 빨아줄게."

민우가 웃으며 마지막으로 물티슈를 톡톡 눌렀다.

가슴을 누르는 것도 아닌데, 얼굴은 왜 자꾸 새빨갛게 달아오르는 건지.

그때, 흠, 하는 소리가 들렸다. 다경은 그제야 민우 너머로 강유현이 눈에 들어왔다.

아……, 선배님 계셨지. 그의 존재까지 잊고 있었다는 사실에 다경은 스스로 놀라버렸다.

"노, 녹차 좀 더 드릴까요?"

"아니, 미안하지만 화장실이 어디…….."

유현이 엷게 웃으며 소파에서 일어섰다.

"저기, 저쪽이에요."

다경이 거실 복도 끝을 가리켰다.

"고마워."

유현이 그쪽으로 향했고, 다경은 겨우 숨을 몰아쉬었다. 유현의 뒷모습을 바라보는 민우의 시선은 차갑기만 했고.

"어……!"

다경이 벌떡 일어섰다. 강유현이 화장실인 줄 알고 문을 연 곳은, 그 맞은편에 있는 방이었다.

"거기가 아니라……!"

번개처럼 잽싸게 달려간 다경이 유현을 밀치며 얼른 방문을 쾅 닫았다.

"하하, 선배님, 이쪽은 손님방이라서요."

"아, 그래."

"여기예요."

맞은편 화장실 문을 열어주며 머쓱하게 웃었고, 유현은 조용한 미소와 함께 고개를 끄덕이고 안으로 들어갔다.

강유현이 열었던 방은 다경 혼자 쓰는 방이었다. 그녀는 어떡하지, 하는 눈빛으로 민우에게 걸어왔다. 민우는 대수롭지 않게 어깨를 으쓱했다. 이미 벌어진 일, 어떻게 하겠냐는 뜻이었다.

유현은 손만 씻은 듯 들어가자마자 곧바로 나왔다.

"시간 많이 뺏었다. 난 그만 가볼게."

"아아, 네."

거실을 지나 현관으로 향하는 그의 뒤를 다경과 민우가 따랐다.

"이것도 인연인데, 앞으로 잘 지내자."

현관 밖으로 나간 유현이 웃는 얼굴로 돌아서서 민우에게 악수를 청했다. 그의 손을 잡으며 민우는 산뜻한 미소를 머금었다.

"네, 저희야 영광이죠."

"선배님, 조심해서 올라가세요."

옆에 선 다경도 꾸벅 인사했다.

두 사람을 부드러운 눈빛으로 번갈아 바라본 유현이 이내 돌아섰고, 그를 배웅한 다경과 민우는 문을 닫고 안으로 들어왔다.

지쳐버린 다경은 바로 소파에 널브러졌다.

"하아……. 간 떨려."

민우는 거실을 지나쳐 곧장 다경의 방으로 향했다. 아까 유현이 문을 열었던 것처럼, 그녀의 방문 고리를 잡아 돌렸다. 확인하듯 안쪽을 보자, 시야에는 창가의 침대부터 들어왔다. 퀸사이즈의 침대지만, 헤드 밑 가운데 하나 놓인 베개만 봐도 혼자 쓰는 티가 확연했다.

"손님방이라고 했으니까, 그런 줄 아시겠지?"

어느새 쪼르르 다가온 다경이, 민우 옆에서 함께 안쪽을 바라보며 말했다.

"글쎄."

"설마 우리가 각방 쓴다고 생각하셨을까? 그럼 좀 이상해 보일 거 아냐."

앞에서는 실컷 사이좋은 부부 사이인 척했는데, 막상 방은 따로 쓴다는 사실을 알게 됐을까 걱정이 되었다.

"모르지."

남의 일처럼 태평하게 대답하는 민우를 보며 다경이 물었다.

"선배님이 그렇게 생각하셔도 괜찮아?"

"너만 확실하면 돼."

고개를 돌린 민우가 자신을 빤히 바라보았다. 다경의 심장이 또 쿵 내려앉았다. 그렇게 쳐다보지 좀 마…….

"뭘 확실하면 되는데?"

"네가 내 아내인 거."

"……."

"언제 어디서든 잊지 말라고. 그거면 돼."

민우가 싱긋 웃으며 다경의 코를 아프지 않게 꼬집었다. 가벼운 손길이 마치 사랑스러운 이를 쓰다듬는 움직임처럼 달콤하게 여겨졌다.

그저 비즈니스만을 위해, 서로의 필요에 의해 유지하게 된 혼인 관계지만, 그보다 더 깊은 마음이 배어 있는 듯 간절함이 느껴지기도 했다.

자신의 아내로만 남아달라는, 오랫동안 자신의 곁에 있으라는 애틋한 바람을 담은 것처럼.

✦✦✦

유현은 자신의 집으로 올라왔다.

오전에 이사와 정리까지 모두 끝난 후 들어온 집은 무척 깨끗했고, 또 적막했다. 다경과 민우가 살고 있는 집과는 같은 평수라 구조까지 똑같았다. 하지만 느낌이 달랐다. 물론 인테리어나 가구가 다르다는 이유도 있지만, 그보다 공기 자체가 전혀 다름을 느낄 수 있었다. 이곳에는 온기가 없다.

유현은 거실 복도 끝으로 걸어가 방문을 열었다.

'이 방인가.'

아랫집에서 자신이 화장실인 줄 알고 잘못 열었던 방이다. 워낙 넓은 집에는 다른 방도 많아, 메인침실과 멀리 떨어진 그 방까진 굳이 쓸 필요가 없었다. 나중에 음악 감상을 위한 장비를 들여놓을까 생각만 하던 중이다.

'손님방이라…….'

저절로 고개가 움직였다. 갸웃.

'다경 씨 가방이었는데.'

침대 곁 1인용 소파에 놓여 있던 가방. 그건 분명 우 감독과의 미팅 날 식사 자리에 다경이 들고 왔던 백이었다.

게다가 손님방이라 하기엔, 누군가 생활하고 있는 티가 너무 많이 났다. 그리고 그가 사용했던 바깥쪽 욕실에는 양치컵과 칫솔도 하나씩 있었다. 세안제나 욕실용품도 모두 여성용이었다.

'두 사람이…… 방을 따로 쓰는군.'

그렇게밖에 결론이 안 나온다.

어쩐지 그 사실이 반갑게 느껴졌다. 다경을 다정하게 바라보던 지민우의 눈빛, 손길, 말투까지, 불편하기만 했던 그 모든 것이 기억에서 사라질 만큼.

✦≫≈※≈≪✦

내 집에 다녀간, 내 스타.

예전이었으면 일기를 써도 모자랄 만큼 기념비적인 날인데도, 자려고 누운 다경의 마음은 콩밭에 가 있는 듯 멍했다.

강유현의 존재는 흐릿했다. 제 가슴을 가득 채운 건 분명, 지민우였다.

"네가 내 아내인 거."

"……."

"언제 어디서든 잊지 말라고. 그거면 돼."

"누, 누가 모르나."

지민우의 아내 소다경, 소다경의 남편 지민우. 이 사실을 대한민국에 모르는 사람이 없을 정도다. 그런데 새삼스럽게, 잊지 말라는 소리는 왜 할까. 떨리게.

"얘가 질투를 아주 공격적으로 하는 스타일이었네."

신경 쓸 필요도 없을 만큼 강유현은 먼 곳에 있는 별이라 아무리 말해줘도, 민우는 그 앞에서 자꾸 과하게 행동했다. 제게 복싱을 가르쳐주려던 코치를 쫓아내질 않나, 자신이 동경하는 스타 앞에서 남편 티를 팍팍 내질 않나.

설령 좋아하는 여자가 생겨 연애하게 되더라도, 민우는 너무도 무심해서 상대를 매번 서운하게 할 것 같은 타입이었는데 이렇게까지 직접적인 고백에, 강한 질투에, 남들 앞에서 스킨십까지 꺼리지 않는 남자인 줄, 예전엔 정말 몰랐다.

"아, 또……."

자꾸만 심장이 터질 것만 같다. 다경은 손을 가만히 가슴에 얹었다. 심장이 벅차고 빠르게 뛰었다. 혼자 있어도 얼굴이 불타는 듯 자꾸만 달아올랐다.

자신을 분명하게 바라보던 눈빛이 떠올랐다. 몇 번이고 자신을 헷갈리게 하고, 또 자신을 흔들던 그 눈빛.

그놈만 미친놈인 줄 알았더니, 아니었나 보다.

"……설마, 내가 더 미쳤나."

그리고 아무래도 그게, 사실인 것 같았다.

part 6

진짜 연인, 진짜 부부

다경은 민우네 집 대문 앞에 섰다. 벨을 누르자 비디오폰 화면으로 다경의 모습이 보였는지, 깜짝 놀란 음성이 튀어나왔다.

- 어머! 다경이네!

디이잉, 곧바로 대문이 열렸다.

과일이며 고기 등을 가지고 두 손 무겁게 온 다경이 어깨로 대문을 밀며 안으로 들어섰다. 작은 마당 너머 현관문이 벌컥 열리면서 여사와 지 교수가 쏟아지듯 달려 나왔다.

"다경아아아아아!"

지 교수가 팔 벌려 뛰어와 다경을 가볍게 안아주곤, 두 손 가득든 짐을 보고 놀라서 얼른 받아 들었다.

"뭘 이렇게 많이 들고 왔어, 무겁게!"

"어떻게 왔어! 갑자기 말도 없이!"

뒤이어 서 여사도 뛰어왔다. 그리고 서 여사의 왼쪽 팔을 본 다경이 깜짝 놀랐다.

"아줌마 팔, 어떻게 된 거예요!?"

"아아, 이거 별거 아니야. 넘어지면서 살짝 눌리는 바람에."

깁스 중이었다. 와서 직접 보지 않았다면 몰랐을 뻔했다.

"아니, 왜 얘기도 안 하셨어요. 저번에 통화할 때 아무 말씀 없으셨잖아요. 언제, 얼마나 다치신 거예요. 어디서 넘어지셨는데요? 깁스는 언제까지 해야 한대요? 별 이상 없는 거 맞아요? 의사는 뭐라고 하시는데요?"

자신의 팔을 붙들고 다경이 속사포처럼 쏟아내는 걱정을 가만히 듣고 있던 서 여사가 결국 찡하게 매워진 코끝을 매만지며 말했다.

"우리 딸, 집에 왔네."

울컥, 다경의 가슴을 헤집으며 눈물이 차올랐다. 서 여사의 그 한마디가 가슴을 사르르 녹여주었다.

지 교수가 손에 든 짐을 내려놓고 글썽거리며 다가왔다.

"다경이 얼마나 보고 싶었는지 모른다."

지 교수와 서 여사의 다정한 품에 안긴 후에야 다경은 두 분이 신은 신발을 보았다. 얼마나 허겁지겁 달려 나왔는지 전부 짝짝이 슬리퍼를 신고 계셨다. 오매불망 그리워만 하던 딸을 갑자기 맞이하게 된, 진짜 친정부모님이 이럴까.

"오지 말라니까. 우린 괜히 신경 쓰지 말래두, 민우한테도 그렇게 얘기했는데 바쁜 애가 뭐 하러 여기까지 왔어."

"어떻게 그래요. 보고 싶어 죽겠는데."

현관 앞에 서서 이산가족이 상봉한 듯 얼싸안은 세 사람을 바라보던 윤우가 중얼거렸다.

"아, 진짜 왜 저래. 주책들이야."

그 역시 훌쩍, 괜히 손등으로 코 밑을 스윽 훔치고 있었다.

"들어가자, 안 그래도 저녁 먹을 참이었는데. 밥 안 먹었지?"

"네, 배고파요. 종일 병원이랑 관리실 순회하고 왔거든요."

"병원? 어디 아파?"

"아뇨, 아뇨. 회사에서 관리 끊어준 거요."

"아아."

다경을 데리고 지 교수와 서 여사가 집 안으로 들어왔을 때, 이미 식탁에는 밥 한 공기와 수저가 더 놓여 있었다. 빠릿빠릿한 막내아들의 센스였다.

"윤우야, 땡큐."

다경은 상냥한 도련님에게 인사를 건네며 식탁 앞에 앉았다.

집이다. 온몸을 따뜻하게 감싸주는, 나의 안식처.

"얘기는 이따 천천히 하고, 배고플 텐데 어서 밥부터 먹어."

메뉴는 해물탕이었다.

"팔도 다치셨으면서 왜 힘들게 요리를 하고 그러셨어요. 조금만 더 일찍 와서 제가 할걸."

"아우, 아니야. 난 감독만 했지, 오늘은 민우 아빠랑 윤우가 다 만들었어."

"어, 누나. 재료 손질은 내가 다 했다."

윤우도 자랑스레 말을 보탰다.

"어쩐지 윤우도, 민우 아빠도 해물탕 먹고 싶다고 아침부터 노래하더니, 네가 저녁에 올 줄 알았나 보다. 너도 이거 좋아하잖아."

평소 같았으면 다경은 국물 있는 음식을 피했을 텐데 오늘은 그러고 싶지 않았다. 차라리 내일 운동을 두세 시간 더 하더라도, 오늘은 이들 가족의 사랑이 담긴 해물탕을 맛있게 먹고 싶었다.

"네, 잘 먹겠습니다!"

"우리 다경이, 많이 먹어라."

밝은 목소리로 인사한 다경은 마음을 편하게 내려놓고, 지 교수가 덜어준 해물탕의 국물부터 맛보았다.

"크흐으으, 역시!"

저절로 감탄사가 튀어나왔다. 소주를 부르는 이 얼큰하고 구수한 국물.

"한 잔 줄까?"

지 교수는 벌써 일어나 소주와 잔을 꺼내고 있었다. 안 되는데, 안 되는데……, 이렇게 맛있는 해물탕이랑 소주라니, 안…… 되긴 뭐가 안 돼.

"네, 주세요!"

딱 한 잔만. 아니, 딱 세 잔까지만 마셔야지. 내일 운동은 풀로 뛴다, 내가.

다경이 굳게 다짐하며 잔을 받았다. 모두 채운 잔을 함께 짠, 부딪치는 맑은 소리에 웃음도 섞여들었다.

"민우는 어디 있고?"

그제야 아들을 찾는 지 교수의 물음에, 밥을 한가득 입에 넣은 다경이 꼭꼭 씹어 삼킨 후 대답했다.

"오늘 민우는 까메오로 출연해주기로 약속한 드라마가 있어서, 거기에 가 있어요. 아마 밤늦게까지 촬영할 것 같대요."

그래서 몰래 올 수 있었다. 이제 남편 모르게 시댁에 잠입해야 하는 처지가 된 건가.

서 여사가 빙긋 웃으며 손짓했고, 아내의 지시를 받은 지 교수가 통통하게 살이 오른 새우를 잔뜩 까 다경의 앞에 연이어 놓아주었다.

"제가 먹을게요. 아저씨, 아줌……, 아니, 아버님, 어머님도 좀 드세요."

아직 익숙하지 않은 호칭이라 단번에 나오지 않았지만, 이제 아버님, 어머님, 열심히 불러봐야겠다 생각할 무렵이었다. 지 교수가 위생장갑을 벗을 틈도 없이 또 열심히 새우를 까서 다경의 그릇에 올려주었다.

"많이 먹어. 민우 없으니까, 다경이 새우는 우리가 챙겨줘야지."

"······네?"

못 알아들었다기보단, 언뜻 이해가 되지 않아 되물었다.

민우 없으니까? 그럼 민우가 있으면, 걔가 내 새우를 챙겨준다는 말인가? 먹기 싫어서 나한테 다 떠넘기는 게 아니라, ······챙겨주는 거라고?

그러자 서 여사가 환하게 웃으며 말했다.

"아직도 모르는 거 맞구나. 우리 민우 사실,"

"······."

"새우 엄청 좋아하거든. 어릴 때부터 새우 킬러였어."

다경의 가슴이 철렁 내려앉았다. 시선이 제 앞에 있는 새우로 뚝 떨어졌다. 지민우가, 새우를 좋아한다고? 그것도 엄청?

"또 새우 안 먹어?"

"어, 너나 먹어."

"먹기 싫으면 새우가 든 걸 시키지 말든가."

"다른 해산물은 좋으니까."

새우만이 아니다. 민우가 분명 싫다고 한 음식들이 또 있다.

"그럼 민우, 달걀은요? 노른자도 안 먹지 않아요?"

"왜 안 먹겠어."

"초, 초콜릿은요?"

"원래 환장하며 먹었지, 초콜릿도."

웃음기 섞인 서 여사의 대답에, 윤우까지 보탰다.

"형 가리는 거 없어, 원래. 아무거나 줘도 아무거나 다 잘 먹는데."

다경이 좋아하는 음식은 희한하게 민우가 별로 좋아하지 않았다. 채소든, 고기든, 디저트든, 무엇이든 상관없이. 그래서 항상 그가 안 먹는다며 떠넘겨주는 음식을 다경은 반갑게 받아먹곤 해왔다. 그게 우연이 아니었다니.

'일부러였어……?'

그토록 달게 넘어가던 음식이 가슴에 탁 걸린 듯했다. 심장이 미친 듯 뛰는 까닭이었다.

"그럼 어머님도, 아버님도…… 알고 계셨어요?"

"뭘? 민우가 너 좋아하는 거?"

윤우가 운전하는 차 안.

조수석에 탄 다경은 차창 밖으로 끝없이 흘러가는 불빛을 바라보았다.

서 여사는 너무도 당연한 음성으로 그렇게 말씀하셨다.

"그렇게 오래된 줄은 너도 몰랐던 거구나. 하긴, 원래 당사자들이 자기 마음 잘 모르는 법이니까. 옆에서는 딱 보이는데. 민우가 언제부터라고 얘기 안 해? 꽤 됐을 것 같은데."

특별한 고백이 필요치 않았다. 그는 언제나 말하고 있었다. 아주 예전부터, 내 눈엔 너만 보였다고.

"하아……."

가슴이 먹먹하고, 목이 멨다. 나는 왜 이렇게 너에 대해 모르는 게 많을까.

"난 진짜 몰랐어, 누나."

얌전히 운전만 하던 윤우가 입을 열었다.

택시를 타고 가겠다고 했지만, 지 교수가 윤우에게 차 키를 쥐여주며 안전하게 데려다주고 오라 했다. 어쩐지 윤우는 술을 못 마시게 하시더니, 처음부터 운전을 시키려고 그러셨던 모양이다. 윤우는 또 그걸 귀신같이 알고, 물을 채워 건배하더니. 이런 예쁜 것.

"형이 그 좋아하는 먹을 것까지 누나한테 다 양보하면서 좋아해온 줄은, 진짜 몰랐다. 우리 엄마 아빠 관찰력 짱이시네."

지난번에 그렇게 발뺌했던 게 영 마음에 걸렸던지, 묻지도 않았는데 윤우가 먼저 부인했다.

"음······."

그리고 잠시 머뭇거리더니 덧붙이는 말.

"그렇게까지 오래된 줄은 진짜 몰랐어."

"최근엔 알았고?"

"어어, 난 그냥 최근에 눈치로."

"그래서 그랬구나······."

서로 사랑해서 결혼한다는 거짓말은, 온 세상엔 통해도 가족에게만은 통하지 않았었나 보다. 어쨌든 민우 혼자만 자신을 좋아하고 있다는 걸 가장 가까운 사람들은 옆에서 지켜보며 알고 있었단 얘기다.

"그래서 우리가 결혼한다는데도 다들 그렇게 반가워했던 거였어."

"엄마 아빠도 그러신 것 같아. 형이 누나 좋아하는 것 같긴 한데 전혀 그런 티는 안 내고 있으니 옆에서 뭐라 할 순 없잖아. 그건 둘이 알아서 할 일이니까. 그런데 결국 이렇게 결혼까지 됐다고 하니 반갑고 좋은 거지."

오늘부터 너랑 나, 연인.

오늘부터 우리 이제 부부.

그렇듯 다경에겐 너무도 갑작스러운 일들이었지만, 정작 옆에서 본 사람들에겐 자연스러운 흐름이었단 것이다. 신기하게도. 우리 정말, 그렇게 잘 어울리나.

"형 깜짝 놀라겠다. 형은 누나 촬영장에 가는지 아직 모르는 거지?"

윤우가 싱긋 웃었다. 두 사람은 지금 검은 밤을 달려, 민우에게 가고 있었다. 출발 전 공 부장에게 전화를 해보니, 민우는 아직 촬영 중이라 했다.

"응, 아마 모를걸."

서울 근교에 있는 민속촌에서 오늘 밤늦게까지 촬영이 이어진다고 한다. 특별출연으로 두 화에 걸쳐 얼굴을 비치는 것뿐이지만, 하필 밤 신이라 저녁부터 내내 고생 중이다.

다경은 집에서 기다리고 있을 수 없었다. 적어도 지금 마음으로는. 한시라도 빨리 민우의 얼굴을 보고 싶었다. 자신을 향한 그 눈빛을, 당장이라도 마주하고 싶었다. 이대로 정말 가슴이 터져버리기 전에 그를 봐야 했다.

"누나, 우리 형 잘해주라."

다경이 집으로 가지 않고 갑자기 민우에게 가겠다고 한 이유를 마치 아는 것처럼, 이제야 그의 마음을 돌아보게 된 다경을 흠뻑 이해하고 있는 것처럼 윤우는 진심으로 축하해주었다.

"형이 누굴 이렇게 좋아하는 거 처음 봐."

나도 처음 봐. 지민우가 좋아하는 게 정말 나라는 사실이, 도저히 믿기지 않는걸.

"누나가 이런 얼굴로 달려가고 있는 거 알면, 형이 정말 좋아할 거야."

그랬으면 좋겠어. 그 마음이 변하지 않는 진심이라면, 그러면 정말 좋겠어.

"이런 얼굴이 어떤 얼굴인데?"

"좋아 죽는 얼굴. 얼른 만나서 잘해주고 싶은 얼굴?"

"……잘해주지 그럼 내가 구박을 하겠니, 잡아먹길 하겠니."

그러면서도 윤우 앞이라 괜히 민망해 다경이 툭 내뱉자 윤우가 아무리 퉁명스럽게 굴어도 그 속마음 다 안다는 듯 씩 웃었다.

한편, 다경은 걱정도 되었다. 막상 민우를 보면 뭐라 해야 할지 모르겠다. 보고 싶어 왔다고, 기다릴 수 없어 달려왔다고, 그 말을 할 수 있을까, 나도? 민우가 당당히 고백했던 것처럼, 나도 그런 용기를 낼 수 있을까?

그렇게 생각하니 새삼 제게 다가와준 민우가 고맙게 느껴졌다.

"도련님, 나에게 용기를 줘."

다경이 뜬금없는 말을 내뱉으며 주먹 쥔 손을 내밀었고, 찰떡같이 알아들은 윤우가 신호에 걸린 틈을 타서 얼른 저도 주먹을 내밀어 쿵 부딪혀주었다.

"누난 잘할 수 있어!"

"오케이!"

결의를 다지며, 두 사람은 부지런히 그에게 달려가고 있었다.

⟶⟶⟩✧⟨⟵⟵

저 남자가 내 남편이에요. 내 친구가 아니라, 내 남편.

다경은 새삼 감동한 얼굴로 쏟아지는 빛 속에 서 있는 민우를 멍하니 바라보았다. 밤을 하얗게 수놓은 조명 아래, 그의 모습을 바삐 담는 카메라와 스태프들 속에서 민우는 홀연히 빛나고 있었다.

'저렇게까지…… 멋있었어, 지민우가?'

아아, 심장이 아프다.

"민우 진짜 죽이지."

"간지 쩌네요. 우리 형 아닌 것 같아요."

옆에서 공 부장과 윤우가 나누는 대화마저 멀게 들릴 정도로, 다경은 민우에게만 집중했다. 그럴 수밖에 없었다. 도저히 눈을 뗄 수 없을 정도로 그 어느 때보다 너무나 멋있었다.

민우가 특별출연으로 맡게 된 역할은 '종사관'이라 했다. 드라마에서 궁의 비밀을 파헤치는 왕세자에게 도움을 주는 역할로, 두 화에 걸쳐 출연하기로 했는데 오늘 저녁부터 새벽까지 그 장면을 몰아서 한꺼번에 찍는다고 했다. 예전에 함께 작품을 했던 감독, 주연배우와의 친분으로 오게 된 촬영장이었다.

"민우가 사극은 처음이잖아. 그런데 저게 또 저렇게 잘 어울리네."

공 부장은 누구 배우인지 뿌듯하다는 얼굴이었다.

"형은 하도 날카롭게 생겨서 한복은 안 어울릴 줄 알았더니, 저 종사관 옷이 대박인데요. 저거 입으니 우리 형 포스가 어우."

"촬영장에서 민우 실물, 나만 보기 아까웠는데 잘 왔다."

다경을 데려다주고도 윤우는 돌아가지 않고 그 옆에 꼭 붙어 구경 중으로, 공 부장은 그런 윤우가 귀여운 듯 챙겨주었다.

다경은 차마 소리 내어 말하진 못했지만 속으로 열심히 끄덕거렸다. 일전에 민우의 조부님 체격이 워낙 좋으셔서 '도포 간지'가 끝내준다고 생각했었지만, 손자 앞에선 명함 내미시면 안 될 것 같았다.

민우가 저대로 그 시대에 태어났다면 조선을 씹어먹고도 남을 경국지색, 엄청난 미남자였을 거다. 뭐, 지금도 다르진 않아 보이지만. '도포 간지' 수준이 아니다. 저 정도면 종사관 복식이 '지민우발'을 받는 거다. 시원시원하게 뻗은 팔다리, 보기 좋게 딱 벌어진 어깨, 큰 키에 비율 좋은 작은 얼굴, 괜히 모델이 아니다.

"너무 좋아……."

결국 저도 모르게 진심이 입 밖으로 튀어나와버렸고, 누가 들었을까 부끄러워 다경은 얼른 두 손으로 입을 틀어막았다. 공 부장과 윤우는 둘만의 수다에 빠져 있어 못 들은 것 같았다.

제 입을 꼭 막은 채로도, 다경은 멀리 서 있는 그에게서 눈을 떼지 못했다. 웬수 같던 소꿉친구에게 제대로, 그리고 본격적으로 콩깍지가 쓰인 날이었다.

그들의 세상이, 달라진 것이다.

"설마, 반했냐."

민우는 장난스레 내뱉었다. 잠시 쉬는 시간이 되었고, 다경과 윤우가 촬영장에 함께 왔다는 말에 놀라긴 했는데 더 놀라운 건 다경의 표정이었으니 말이다.

하여튼 연기 하나는 끝내주지, 소다경이. 남편의 촬영장을 찾아와 감탄하는 저 모습이, 누가 보아도 진짜 좋아 죽는 아내 같으니말이다.

"아침저녁으로 지겹게 보는 얼굴, 또 반하고 그러네, 얘가."

민우는 당연히 다경이 지금 연기 중이라고 생각했다.

디테일한 저 표정이며 호흡은 언제나처럼 완벽했으니까.

"반할 수밖에 없잖아. 누가 그렇게 멋있으래."

대사 또한 적당했다.

저게 진짜면 참 좋겠지. 다경의 진심이라면…… 좋을 텐데, 정말.

가슴에 허한 바람이 불어들었다. 지윤우 이 자식은 뭐가 좋은지 옆에서 실실 웃고 있고. 그새 또 엉뚱한 소리를 한 거 아닌지 걱정이 되었다.

"아니, 두 사람은 어떻게 이렇게 사이가 좋은 거야. 아아, 애인 없는 사람, 아니지, 부인 없는 사람 서러워서 살겠나."

민우와 친한 배우이자, 이 드라마에서 주인공인 왕세자 역을 맡은 주연배우 한이준이 다가와 넉살 좋게 말을 붙였다.

"안녕하세요, 소다경입니다. 처음 봬요."

"네! 처음이네요. 결혼식은 못 가봤지만, 조만간 따로 자리를 마련한다니 그때만 기다리고 있겠습니다. 늦었지만 결혼 축하드려요."

인사를 나눈 후, 이준이 다시 말했다.

"근데 저, 감독님한테 항의하려고요. 이 자식한테 까메오 해달라고 한 거."

"또 쓸데없는 소리 하려고 그러지."

무슨 소리가 나올 줄 안다는 듯, 피곤한 얼굴로 민우가 저지하려 했지만 소용없었다. 한이준은 싱글싱글 웃으며 계속했다.

"아니, 주인공은 난데 지가 와서 멋있는 척 다 하고 가면 난 어쩌라는 거야."

"시키는 대로 한 거잖아."

"그러니까 왜 멋있는 역을 주냐고. 나는 지금 한창 고생 중인 구간인데. 이 회차 방영되고 나면 시청자들이 너 계속 안 나오냐고, 또 나오게 해달라고 엄청 난리 날 거 같단 말이지. 지민우는 이제 유부남인데, 임자 있는 사람한테 열광하는 이유가 대체 뭐야."

"그래, 나도 '노비4' 정도 했으면 마음은 편했겠다."

그런 반응도 세상 귀찮다는 듯 민우가 반응했고, "하여튼 이 자식 얄밉단 말이야." 하면서도 한이준은 사람 좋게 웃었다.

맞아요. 걔가 좀 얄밉긴 해요. 달리 얄민우가 아니거든요.

그런 말은 다경의 입 밖으로 나오지 않았다. 사실 예전 같으면, 민우가 얄밉기만 했겠지만 지금은 전혀 그렇게 보이지 않았기 때문이다. 무슨 말을 하고 있는지 사실 관심도 없었다. 그냥 보는 것만으로도 좋았다.

'이놈의 심장, 진짜 미쳤네⋯⋯.'

바로 앞에서 움직이는 지민우의 그 깨끗한 얼굴에 다경의 시선이 단단히 꽂혀버렸다. 종일 보고 있어도 질리지 않을 것만 같았다. 어두운 밤이 아니라 환한 대낮 같기도 했다. 민우의 존재만으로도 세상이 가득 밝게 빛나는 듯 눈이 부셨다.

"네가 믿을 때까지 열 번이고 백 번이고, 계속."

"⋯⋯."

"너 좋아한다고 말해줄게."

그날의 기억이 선연했다. 그 음성 역시 아직 귓가에 남아 있는 것만 같았다.

다시 듣고 싶었다. 더 말해달라 하고 싶었다. 달콤한 고백, 계속 받고 싶었다. 그리고 그보다 더 깊은 마음으로, 다경도 말해주고 싶었다. 나 역시 그런 것 같다고. 아니, 그렇게 되어버렸다고.

시작된 마음을 인정하자 심장은 더욱 빠르게 날뛰어댔다. 잠시도 쉴 틈 없이 빼곡하게 울리는 박동 속에서 다경의 감정은 점점 더 부풀었다. 그런 마음은 겉으로도 드러났다. 숨길 수 없는 사랑이었다.

"한이준 씨, 지민우 씨, 준비할게요!"

곧 재개된 촬영.

"다경 씨 눈에서 꿀이 뚝뚝 떨어진다, 야. 부럽다!"

한이준이 잔뜩 외로운 표정을 지으며 이어 말했다.

"넌 이번 신이 마지막이니까 얼른 끝내고 가라. 다경 씨, 휘리릭 빨리 찍고 얘 얼른 보내드릴게요. 걱정 마세요!"

장난스럽게 말하곤 한이준은 카메라 앞으로 달려가 대기 중이던 두 필의 말 중 한 마리에 단숨에 올라탔다.

민우도 이제 가야 하는데, 오늘따라 다경의 눈빛이 한없이 깊고 아름다워서 발이 잘 떨어지지 않았다. 얘기도 없이 제집에 들렀다고 하더니 또 말도 없이 촬영장까지 들이닥치고. 거기에다 정말 사랑하는 남편을 보는 것처럼 이렇게 예쁜 얼굴로 지켜보고 있으니 다경과 떨어지고 싶지가 않았다.

'오늘따라 얘가…… 날 말려 죽이려고 작정을 했네.'

혼자 좋아하는 거 알면서 이 정도로까지 열연할 필요 있냐고, 사람 심장 떨리게. 배우가 말이야, 절제미가 있어야지.

그래도 칭찬은 해주고 싶었다. 이만큼 다경도 노력하고 있으니, 제 본분을 잊지 않는 마음이 그저 기특해서였다. 다시 촬영하러 가기 전, 민우는 허리를 숙여 그녀의 귓가에 작게 속삭였다.

"너 오늘, 연기 진짜 끝내준다. 물이 올랐네."

늘 그렇듯 몰래 하는 말이었다. 우리끼리 아는, 가짜 부부의 언어.

"갔다 올게."

카메라 틈으로 뛰어가기에 앞서 민우는 싱긋 웃으며 다경의 머리를 쓰다듬었다. 그리고 돌아서려는데,

"지민우."

그녀가 옷자락을 잡았다.

왜일까. 심장이 덜컹, 발아래로 떨어졌다.

"……못 참겠어."

힘껏 손을 뻗은 다경이 민우의 귀를 가볍게 잡고 당겼다. 어어, 하는 사이 허리가 숙여지면서 그녀의 입술이 제 귀에 가깝게 다가왔다. 속삭이는 말에 뜨거운 공기가 섞여 귓속으로 훅 끼쳐들었다.

"나, 너 좋아해."

민우의 눈이 커다래졌다.

"……진짜야."

벼락이 떨어진 것만 같았다.

민우는 큐 사인이 떨어지기 전 한동안 그녀를 멍하니 바라보았다. 말에 오르니 저 멀리 다경의 모습이 더 잘 보였다.

"눈을 못 떼네, 눈을."

옆의 말에 올라 있는 한이준이 또 부럽다는 듯 말했다.

그제야 정신이 돌아온 민우는 피식 웃었다. 그러네, 눈을 뗄 수가 없네.

"나, 너 좋아해. ⋯⋯진짜야."

연기가 아니라, 진짜.

그 '진짜'라는 단어가 이리도 설레는 말일 줄이야. 다경이 자신과 같은 마음이라니. 그것도 주체 못 하겠다는 듯 갑자기 터져 나온 진심이라니. 듣고도 못 믿을 현실이 바로 앞에 있었다.

가슴을 두드려 맞은 듯 아프기도 하고, 떨리기도 하고, 갑갑하기도 했다. 얘기를 더 하고 싶은데, 아니, 얼굴 좀 자세히 보고 싶은데 촬영은 언제쯤 끝나려나. 갑자기 이 시간이 억겁처럼 길게만 느껴졌다.

'혹시 거짓말은 아니겠지?'

그동안 당한 걸 갚아주려고 그러는 건 아닐까, 괜한 의심이 스멀스멀 피어오르며 불안해지기도 했다. 자신이 하나를 하면 꼭 둘, 셋까지 치고 나오는 다경이니까.

'이건 뭐, 불신의 아이콘도 아니고.'

서로 좋아한다는 말을 해도 바로 믿지도 못하니, 20년 싸우며 지낸 세월이 헛보낸 건 아닌 것 같기도 하다.

'아무리 그래도 그렇지. 사람 마음 갖고 장난치면 안 되지. 난 지금 이렇게 심각한데.'

그래, 아닐 거다. 다경이 아무리 제게 당하면 당하는 대로 갚아주곤 했다지만, 이건 아닐 것이다. 그래야만 했고.

부디, 아까 한 말이 진짜이길 민우는 간절히 바랄 뿐이다.

"하긴, 신혼이 좋긴 좋다. 아주 스파크가 제대로 튀네. 그렇게 좋아?"

"……말이라고 하냐."

좋지, 그럼. 민우는 웃으며 고삐를 단단히 잡았다. 진짜라는 걸 확인만 한다면, 세상을 다 가진 기분일 것이다. 벌써 가슴이 부풀어 오르는 듯했다.

남은 촬영은 간단했다. 궁 밖으로 나온 왕세자와 함께 말을 타고 천천히 이동하며 주위를 살피는 신이다.

"자, 이제 들어갑니다. 속도 내지 말고 천천히. 헤이, 큐!"

"쟤 말 타는 건 언제 배웠어요?"

다경이 신기한 듯 공 부장에게 물었다. 사극도 처음이고, 말 타는 역할을 맡은 적도 없었던 것 같은데.

"글쎄. 연기 때문에 강습 받은 적은 없는데 이거 때문에 물어보니 탈 줄 안다고 하더라고."

윤우도 갸웃했다. 형이 승마를 배운 것도 아닌데, 꽤 능숙하게 말을 다루는 게 신기하기도 했다.

"우리 형 진짜, 못 하는 게 없네."

"어디 여행 가서 승마 체험하거나 그랬던 거 아닐까? 워낙 운동 신경이 좋으니까 뭐 하날 해도 금방금방 익히잖아, 민우는."

공 부장의 말에 다경과 윤우는 끄덕거렸다.

"아, 그런가요."

"체험해봤으면 그냥 타는 거 정도는 할 수 있겠지."

"하긴, 지금은 뭐 말 타고 질주하거나, 말 위에서 무기 쓰고 그런 고난도 촬영은 아니니까요."

느린 속도로 말을 놀려 걷는 거야 민우라면 충분히 할 수 있지 싶었다. 그것도 제대로 배운 게 아닌데 저 정도라니, 사기 캐릭터가 분명하긴 하지만.

다경은 계속 새로운 눈으로 민우를 보고 있었다. 아까 저도 모르게 민우의 옷자락을 붙들고 몰래 건넨 고백이 떠올라 볼이 화끈거렸다. 여기 올 때까지만 해도 어떻게 말할 수 있을지, 어떻게 용기를 낼 수 있을지 걱정했었는데.

그 걱정은 다 헛것이었다. 그냥 터져 나왔다. 진심은 막는다고 막을 수 있는 것이 아니었다. 둑이 무너지듯, 마음이 물처럼 흘러넘쳐 그냥 터진 것뿐이었다. 노력하지 않아도, 일부러 애쓰지 않아도, 꾹꾹 눌러온 진심은 그렇게 단번에 전해졌다.

"그건 기억해? 너희 어릴 때 말이야. 다경이 너 아파서 양호실에 누워 있다 온 날. 민우가 네 책가방까지 다 짊어지고 오는 걸 골목에서 봤는데, 어찌나 귀엽던지."

서 여사의 기억엔 수많은 순간이 있었다. 민우가 자신을 향하고 있던 그 많은 순간.

"기억나요. 지민우 엄청 투덜거렸었는데. 너 때문에 무거워 죽겠다고."

"가만 보면 민우가 남 일은 그렇게 귀찮아하면서도, 다경이 네 일에는 항상 손부터 나갔었지. 입으로만 투덜댄 거더라. 몸은 이미 움직이고 있으면서."

그때마다 민우도 모르고 자신도 몰랐다. 티격태격하던 모든 순간, 그게 전부 사랑이었음을 정말 몰랐다.

'계속 모르고 살았음 어쩔 뻔했어.'

그냥 흘려버린 시간조차 아까운데, 이조차 깨닫지 못한 채 시간을 보냈다면 나중엔 얼마나 억울했을까. 지금이라도 늦지 않았다. 앞으로 함께할 날들이 많으니까. 우리 앞엔, 좋은 일들만 있을 테니까. 너와 나, 서로 마주 보고 사랑할 일만 남았으니까.

멀리 민우를 바라보는 다경의 고운 눈에 자연스레 애정이 배었다.

그때였다. 아직 컷이 나지 않았는데, 민우가 멈칫하더니 한쪽 귀를 막는 것이다.

"어, 쟤, 쟤……!"

이명이다.

다른 때면 몰라도, 지금은 말 위에 앉아 있는 상태인데 위험하기 그지없잖나. 공 부장이 놀라서 그를 주시했고, 다경과 윤우 역시 불안한 얼굴로 민우를 보았다.

"왜 그래, 지민우!"

감독과 스태프들까지 놀라 현장은 순식간에 아수라장이 되었다.

인상을 쓰며 괴로워하던 민우가 이내 중심을 잃었고, 컨트롤하는 힘이 약해지자 말이 크게 울며 앞발을 굴러 몸을 쳐들었다. 느리게 돌아가는 화면처럼 그대로 민우가 옆으로 기울었다.

저마다 놀라 소리를 지르는 사람들과, 높은 말 안장 위에서 점점 쓰러지는 민우.

"안 돼……."

중얼거리던 다경은 생각할 겨를도 없이 달렸다. 멈춰버린 세상 속에 지민우와 자신, 오직 둘뿐인 것만 같았다.

"민우야!"

빠르게 뛰어가는 몸과 달리 머리는 굳어버린 듯했다. 아무런 생각도 들지 않았다. 저대로 민우가 고꾸라지면 머리부터 떨어질 게 분명했다.

안 돼, 안 돼……!

"지민우!"

다경은 전광석화처럼 빠른 속도로 순식간에 스태프들을 뚫고 달밤, 밝은 조명 아래로 뛰어들었다. 동시에 축 처진 민우가 말에서 떨어졌다.

타이밍도 기가 막히게, 달려가자마자 추락하는 그를 받쳐 안은 다경이 무게를 분산시키며 몸을 돌려 바로 땅으로 굴렀다. 껴안은 두 사람의 몸이 흙바닥에 엉켜 굴러갔다.

"헉……. 어떡해!"

"다, 다경아, 다경아!"

"누나아아!"

사람들이 외치는 소리가 멀게 들렸다. 가쁜 숨에 밤바람이 섞였다.

❋❋❋❋

[속보 : 지민우, '동궁의 꽃' 촬영 중 낙마사고]

[드라마 촬영장서 낙마한 지민우, 현장 찾은 아내 소다경이 구해 내]

"……야, 이 멍충아."

"알았으니까, 그만 좀 해. '멍충이' 소리로 귀에 딱지 앉겠네."

다경은 귀찮은 듯 대꾸했다. 민우는 여전히 화가 가라앉지 않은 얼굴이었고.

415

"생각할수록 황당하네. 내 무게가 얼만데 그걸 받아, 받길."

"에휴. 알았다고."

"알긴 뭘 알아. 소, 너 머리 없어? 생각 못 해? 아이큐 한 자리야?"

다경은 연이어 타박을 늘어놓는 민우를 살짝 흘겨보다가 대답했다.

"생명의 은인한테 그게 무슨 망발이야."

"말에서 떨어진다고 사람 죽는 거 아니거든. 위험한 상황에 네가 그렇게까지 나설 필요 없었다고. 이 멍충아."

물에 빠진 거 구해줬더니 보따리를 내놓으라네, 이게. 멍충이 소리가 입에 붙었지 아주. 듣자니 은근히 서러워진다. 이러려고 몸 날려 받아줬나, 내가.

"야, 지민우. 너 정말 크게 다칠 뻔했다니까. 그대로 땅에 처박혔으면 뇌에 충격 가고, 목도 부러지고, 척추도 아작 났을 거라고 의사선생님이 하신 말씀 못 들었어? 그거 다 내가 막아준 거 아니야. 진지하게 고맙다고 인사는 못 할망정 너 이렇게 자꾸 나 구박만 할 거야?"

"네가 다쳤잖아, 이 멍충아!"

버럭. 민우가 무척이나 속상한 얼굴로, 왼팔에 깁스한 다경을 향해 소리를 질렀다. 차라리 자신이 의식을 잃고 누워 있으면 있었지, 저 때문에 조금이라도 다친 다경을 보는 게 무척 괴로운 듯했다. 고마워하는 것보다 훨씬 더 깊고 진한 마음이었다.

병원 2인실에 나란히 침대 하나씩 차지하고 앉은 두 사람은 커플룩 같은 환자복을 입은 채 목소리를 높였다.

병실은 같은 성별로 배치하는 게 원칙이지만, 예외적으로 이렇듯 2인실을 함께 쓰게 된 것도 법적 부부의 특권이다. 결혼했다는 실감이 나는 부분이다. 결혼하길 잘했다는 생각도 들고. 잡아먹을 듯 싸우고 있어도, 서로가 눈앞에 있으니 훨씬 안심되었다.

"오구구, 나 걱정돼서 그랬구나."

이제야 속을 알겠다는 듯 다경이 씩 웃자, 민우의 얼굴은 불길이 번지듯 달아올랐다.

"걱정은 무슨. 나설 때 아닐 때 못 가리는 네 정신상태는 좀 걱정이 되긴 하지만."

민우가 불퉁하게 내뱉는 말이 진심이 아니란 걸 알았다. 좋아한다는 고백을 할 때는 그렇게나 달콤하더니, 정작 이럴 땐 또 퉁명스레 군다. 처음이라 서투니까 네가 좀 이해해달라고 했던 그의 말을 떠올리며, 다경은 부드럽게 웃으며 달래듯 말했다.

"나 진짜 괜찮다니까. 이거 금방 풀 수 있다잖아. 크랭크인 행사 땐 어쩔 수 없어도, 촬영 들어가는 일정엔 지장 없을 거랬어. 걱정 안 해도 돼."

다행히 뼈가 부러지거나 크게 탈 난 것이 아니라 접합수술을 받을 정도도 아니라고 했다. 팔의 인대에 무리가 가고 근육이 놀랐을 뿐, 생각보다 거의 다친 곳이 없어 놀랍다고도 했다.

민우의 사정도 마찬가지였다. 그녀가 아니었다면 정말 큰일이 날 뻔한 상황이었지만 서로 몸의 충격이 분산되며 구른 덕분에 오른쪽 다리와 골반에 약간의 부상을 입은 걸 제외하고는 거의 멀쩡한 수준이다. 이 또한 회복 속도에 따라 다리에 한 깁스와 목발도 오래 착용하지 않아도 된다고 했다.

기적과도 같았다. 이 정도로 가볍게 끝난 게 정말 다행이기도 했다. 워낙 둘 다 운동신경이 좋은 덕도 있고, 순간적으로 몸을 잘 쓴 덕분에 부상 정도를 줄이는 데 큰 도움이 됐다고 했다.

당시 의식을 잃었던 민우는, 모든 검사를 마치고 치료를 받은 후에야 스태프로부터 촬영된 화면을 전달받았다. 그걸 보고 다경이 자신에게 몸을 날려 구한 사실을 알게 된 것이다. 그래서 더 미칠 것 같았다.

"크게 다쳤으면 어쩔 뻔했어. 너 진짜 다시는 그러지 마라."

어디 겁도 없이 달려드는 걸까, 소다경. 흑기사라도 되는 듯이. 가슴 찢어지게.

"그건 내 맘대로 되는 일이 아니야."

다경의 당당한 대꾸에 민우는 할 말을 잃었다. 입장을 바꿔보면, 자신도 마찬가지긴 했다. 다경이 다칠 위기라면, 그게 어떤 상황이든 상관없이 달려들었겠지.

하지만 다경의 깁스한 팔을 보고 있자니 속이 상하고, 미안하고, 자신이 정신을 잃고 쓰러졌으면 안 됐었는데 싶어 괴로운 것이었다.

"아까 어머님 오셨을 때 같이 셀카 찍은 거 볼래? 어머님이랑 나, 커플 깁스잖아. 왼쪽 팔 똑같아, 이거 봐."

그마저도 신기하고 즐거운 듯 다경은 생긋 웃으며 휴대전화를 들었다. 민우를 구해주고 마음이 편안해선지 그녀의 얼굴은 화사하기만 했다. 둥글둥글 귀여운 웃음이 떠나질 않았다.

차라리 내가 아프고 말지, 내가 다치고 말지. 서로의 마음이 똑같은 건 분명했다.

✦→≫※≪←✦

"생각보다 괜찮다면서. 천만다행이네."

"소식 듣고 처음엔 진짜 간 떨어지는 줄 알았어요."

조금 늦게 병원으로 달려온 남 대표, 왕 대표가 로비에 있는 카폐에서 기다리던 공 부장, 주아와 만나 함께 병실로 향했다.

"근데 애들 계속 싸웁니다."

공 부장의 말에 남 대표가 되물었다.

"싸워?"

"네. 종일 싸워요. 왜 입으로만 싸우는지 몰라요. 손발 뒀다 뭐해, 치고받고 한판 뜨지."

주아 역시 고개를 절레절레 흔들며 대답하자, 마침 도착한 엘리베이터에 오르던 남 대표가 의아해했다.

"아니, 싸울 일이 뭐가 있어. 그렇게 절절한 영화 한 편 찍어놓고."

왕 대표는 영웅 소다경이 자랑스러운 듯 뿌듯하게 웃었다.

"그러니까. 다경이 완전 슈퍼우먼이었다면서. 하여튼 멋지다니까, 우리 다경이."

"현장에 있던 사람들이, 두 사람 대박이었다며 아주 지금 난리야. 다경이가 막 울면서 민우 부르며 뛰어가는 거, 거의 뭐 영화의 한 장면이었다던데. 그리고 확 안아서 옆으로 데구르르르. 스턴트 없이 그런 장면이 연출 가능하다니! 하여튼 대단한 애들이야."

"'동궁의 꽃' 아직 민우 촬영분은 나오지도 않았는데 그 여파로 어제 시청률 톱 찍었다면서. 자기 드라마도 아니면서. 하여튼 두 사람 붙었다 하면 화제성 하난 끝내주지."

둘 다 몸 상태가 괜찮다는 얘길 들은지라 걱정은 뒤로 미룬 참이었다.

두 사람이 나란히 부상을 입었고, 그 과정이 워낙 드라마틱했다며 기사가 쏟아지고 있었다. 부부의 쾌유를 기원하는 팬들의 응원이 빗발쳤다. 다만 오늘도 변함없이 불꽃 튀게 싸우고 있단 소리에 그들은 서둘러 발걸음을 옮겼다. 차라리 1인실로 떼어놔야 하나,

하면서.

✦>✧<✦

다경은 생글거리며 서 여사와의 사진을 훑어보았고, 이어서 인터넷을 가득 채운 기사들까지 살펴보았다.

"이러려고 그런 게 아닌데."

의식하고 연출한 게 아닌데도 마치 기획이라도 한 듯 반응이 좋게만 흘러갔다. 일부러 이렇게 꾸미려 해도 그러지 못할 것이다.

"'될 놈 될'이지."

민우가 아무렇지 않게 대꾸했다.

스캔들부터 결혼까지 줄곧 그랬다. 홀홀 넘어가는 죽처럼, 손만 대도 모든 게 순탄했다. 지민우와 소다경, 함께라면 그랬다.

"진짜 '천생연분'이라 그런 건가."

그의 말에 다경이 피, 하고 입술을 내밀었다. 남들이 다 인정하는 '천생연분', 이쪽에서도 수긍하자니 여전히 온몸이 간지럽긴 했다. 그러든 말든, 민우는 장난기를 거두고 그녀를 불렀다.

"소, 이리 와봐."

가까이에서 얼굴 좀 보자.

"왜, 왜……."

민우는 말에서 떨어지며 정신을 잃기 직전, 제 이름을 부르며 뛰어오는 다경을 보았었다. 마치 환영 같았다. 촬영된 영상을 보지 않았다면, 이명 후에 본 장면이라 착각할 수도 있을 만큼 현실과 거리가 멀어 보였다.

다경이 자신을 보고 울면서 달려오고 있었다. 그 잠깐 사이 엉망으로 쏟아지는 눈물을 주체하지 못하면서도, 저 하나만 보며 빠르게 뛰어오는 모습.

얼마 전에 강유현의 영화를 보며 울던 다경을 보고 그런 생각을 한 적이 있었다. 널 울게 하고 싶다고. 다른 남자가 아닌 내가, 오직 나만, 널 울게 하는 사람이었으면 한다고.

하지만 막상 다경의 절박한 눈물을 보자 마음이 달라졌다. 울리고 싶지 않았다. 아프게 하고 싶지 않았다. 절대로.

"안 오면, 내가 가?"

깜짝 놀라며 다경이 침대에서 내려섰다. 다경은 팔, 민우는 다리가 다친 상태다. 아무래도 이동은 다경이 훨씬 쉬운 편이라, 그녀는 다리가 다친 민우를 움직이게 할 순 없었다.

"간다, 가."

다경이 새초롬한 표정으로 그의 침대에 다가섰다. 민우는 제 곁을 손으로 탁탁 쳤다. 앉으라는 듯이.

"왜애, 뭐어……."

투정하듯 다경이 옆에 앉았다. 그 모습마저 사랑스러웠다. 그녀가 제 옷자락을 잡고 속삭였던 말이, 연기가 아닌 진짜였음을 실감했다. 다경 역시 돌이킬 수도, 걷잡을 수도 없는 사랑을 시작해버린 것이다.

"나 좀 봐."

우는 건 원치 않는다. 웃게 하고, 떨리게 하고 싶었다. 앞으로 살아갈 생의 모든 기쁨을 함께하고 싶었다.

수많은 감정으로 얼룩진 눈이 온전히 저를 향하고 있다. 민우는 봐도 봐도 새로운, 한때는 너무도 익숙해 지겹기까지 했던 제 친구 소다경을 가만히 바라보았다. 이제는 자신을 향해 기꺼이 몸을 던지러 달려오는, 연인.

살짝 흐트러진 머리카락을 다경의 귀 뒤로 살며시 넘겨주며, 부드럽게 그녀의 볼을 어루만졌다. 민우의 시선이 그녀의 고운 이마에 닿았다가, 다시 눈, 그리고 오뚝한 코, 체리처럼 붉은 입술로 천천히 내려왔다. 새삼스럽게 예쁘고, 언제나처럼 예뻐서 민우는 숨이 콱 막히는 기분이었다.

쿵쿵, 거센 심장 소리가 병실 안을 가득히 메웠다.

왜 몰랐을까, 네가 이렇게 예쁜지. 왜 이제야 알았을까, 네가 이토록 아름답고 사랑스러운 사람인지.

관계가 달라진 그들 사이에 아찔한 기운이 감돌았다.

가까이. 좀 더 가까이. 이대로 더 조금만 더. 수줍은 입술이 움직이고, 눈이 사륵 감기며 고개가 틀어질 무렵이다.

드르륵! 세차게 문이 열렸다.

"비싼 밥 먹고 너희는 왜 또 싸우…….''

커다랗게 호통치며 앞장서서 들어오던 남 대표가, 침대 위 부부를 보곤 몸을 홱 돌렸다.

"……는 게 아니구나!"

뒤따라 들어오는 왕 대표, 공 부장, 주아를 양 떼 몰듯 긴 팔로 휘이 감싸서 서둘러 나간 후 다시 문을 닫았다. 쿵!

순식간이었다. 남 대표가 들어오고, 영문도 모르는 그 일행이 전부 밀려 나간 건 1초도 되지 않을 듯 짧은 시간.

"……아아, 형, 진짜."

아쉬움, 짜증, 안타까움 등이 민우의 음성에 마구 섞여 있었다.

병실 문을 등지고 있던 다경이 고개를 돌려 확인했다. 문은 어느새 닫혀 있었다.

"방금…… 남 대표님이었어?"

"어."

왜, 뭐요, 뭔데. 익숙한 음성들이 문밖에서 어리둥절하게 묻는 소리가 들렸다. 다들 함께 들어왔다가 나간 모양이었다. 풋, 다경의 입술 사이로 웃음이 새어나왔다.

민우는 그녀의 탐스럽고 붉은 입술을 바라보자 더 짜증이 치민다. 기껏 야릇한 분위기는 같이 잡아놓고, 지금의 다경은 하나도 아쉽지 않아 보였다. 왜 나만 이래. 뭐야, 나 혹시 욕구불만인가.

고백 못 해 죽은 귀신은 이제 키스 못 해 죽은 귀신으로 선수 교체되었나 보다.

"넌 이게 재밌냐?"

"웃기잖아."

"하나도 안 웃기거든."

달라이 라마 못지않게 평온 그 자체인 다경을 볼수록 민우는 뭔가 분하기까지 했다. 아까보다 한층 불만스러운 얼굴이 됐다.

"가, 네 침대로."

민우는 손을 뒤로 깍지껴 머리를 받치며 벌렁 누웠다. 김샜다! 형 때문에 흥이 다 깨져버렸어!

그렇다고 남 대표가 책임질 수 있는 상황은 아니지만, 짜증이 나는 건 어쩔 수가 없다. 지금껏 그토록 본능과 이성 사이에서 괴로움을 겪던 그에게, 선물처럼 찾아온 시간이었는데. 본능만 앞선 것이 아니라고, 좋아하는 감정에서 우러난 것이라고 믿게 된 후로 처음 분위기가 잡힌 건데…….

"다시 할까?"

그때, 누워 있는 민우 위로 덮치듯 다경이 몸을 숙였다. 다치지 않은 한 팔로 옆을 짚어 지탱하면서, 민우의 바로 코앞까지 그녀의 예쁜 얼굴이 훅 다가왔다.

"……뭐, 뭘 다시 해?"

"아까 하려던 거."

입꼬리를 올려 웃는 얼굴이 도발적이다. 순둥순둥한 성격과 달리 외모는 그야말로 요염한 고양이 같은 다경이었다. 아무리 민낯에 환자복을 입고 있어도 강하게 풍기는 섹시함은 감출 수 없었다. 그걸 이제야 느끼다니 지민우, 넌 어떻게 지금까지 이런 소다경을 친구로만 볼 수 있었냐, 제 인생에 의문이 드는 시점이다.

잡아먹을 듯 싸우는 게 아니라, 잡아먹을 듯 제 얼굴을 샅샅이 훑는 다경의 눈빛이 그를 아찔하게 했다. 심장이 날뛰는 것도 느껴지려나. 지금 당장 가슴이 터진다고 해도 이상할 게 없을 정도인데.

"소……, 여기 병실이야."

간신히 이성을 붙들었다. 스위치가 본능 쪽으로 넘어갔다면, 벌써 다경을 침대에 눕혀버렸을지도 모른다. 교양과 품위가 있는 환자로서 그것만은 참아야 했다. 물론 밀어낼 수도 있지만, 그러고 싶지는 않았다. 여기가 병실이 아니라 집이었으면 하는 바람이 더 클 뿐이다.

"병실인 거 나도 알아."

"다들 또 우르르 들어올 수도 있어."

놀라서 나간 사람들이 병실 밖에 옹기종기 모여 있을 것이다. 아마도 기다리고 있겠지. 둘 중 누구라도 나와 '들어오세요.'라고 말해주길.

하지만 민우나 다경 누구도 밖에 있는 사람들을 부를 생각은 하지 않고 있다. 꺼진 불씨를 되살리듯, 깨져버린 흥을 다시 살리는 데 전력을 다할 뿐.

"뭐가 문제야."

"……."

"엄연히 우리가 부부인데."

결혼에 그리 진저리치던 소다경이 맞는지. '부부'라는 말이 왜 이리 야릇하게 들리는지.

썸도, 연애도, 정상적인 모든 과정을 다 건너뛰고 바로 결혼으로 직행한 상황에서 눈 깜짝할 사이에 '부부'라는 관계가 되어버린 후다. 제트기처럼 빨랐던 관계의 전환과 달리, 서로 마음이 닿은 건 거북이처럼 느리기만 했는데, 이제 이렇게 한 발 한 발 나아가는 현실이 못내 가슴 떨렸다.

"그럼 이렇게 막 해도 되는 건가?"

부부지만, 키스는 처음이잖아.

"막 하긴. 내가 지금 얼마나 조심스러운데."

태연한 듯 보이지만 다경의 입술도 살짝 떨리고 있었다.

병실 침대에 누운 채, 그것도 다경에게 덮쳐진 상태로 첫 키스를 하게 될 줄은 몰랐는데.

"아, 싫으면 말고."

민우가 조금씩 이성을 찾아가며 눈빛이 흔들리자, 다경이 몸을 확 일으키려던 찰나였다.

누가 싫다고 했나. 민우가 머리를 받치고 있던 손을 빠르게 빼내, 가볍게 그녀의 목을 감싸 당겼다.

"……!"

숨을 쉴 새도 없이, 다경은 그에게 당겨져 바로 입술이 부딪히기 직전까지 내려왔다. 5센티미터일까, 3센티미터일까. 체감상으로는 입술과 입술 사이의 거리는 0.1센티미터처럼 가깝기만 해졌다.

그저 바라보기만 했던 입술이었다. 이젠 그 감촉을 머금어 한껏 느낄 수 있는 때가 되었다. 누구의 방해도 없이 온전히 갖게 된 둘만의 시간이 되어 민우의 눈빛이 뜨겁기만 했다.

한다. 나 정말, 해버린다.

망설임은 아주 잠깐, 다시 가볍게 힘주어 당기는 손길은 순식간이었다.

"……흡."

살짝 틀어진 고개, 말캉한 입술이 빈틈없이 꼭 눌려 닿아버렸다.

동그랗게 커졌던 다경의 눈이 감기고, 맞물렸던 입술은 촉촉이 젖어 벌어졌다. 말캉한 아랫입술을 가만히 빨아들이자 혀끝으로 그 감촉이 고스란히 느껴졌다. 이대로 침대 위에 그만 몸이 녹아내릴 것처럼 놀랍도록 보드라웠다.

틈 사이로 흘러들어간 숨을 따라 자연스레 여린 살이 섞였다. 다경은 거부하지 않았다. 오히려 기다렸다는 듯 기꺼이 그를 맞이했다. 서로가 서로에게 스미듯 부드러운 움직임이었다.

아찔한 감촉과 향기에 홀려 민우의 팔엔 더욱 힘이 들어갔다. 이 순간을 놓치고 싶지 않았다. 한 손으론 다경의 목을 더 바짝 당기고, 다른 한 손으론 그녀의 등과 허리를 부드럽게 쓸어안았다.

위에서 덮친 건 다경이지만, 덫에 걸린 듯 그녀는 제 의지로는 꼼짝할 수 없게 되었다. 속절없이 밀려들어 여린 살을 휘감는 그를 온전히 느낄 뿐.

"……하아."

겨우 입술이 떨어진 틈을 타, 다경은 어떻게 쉬어야 할지 몰랐던 숨을 가쁘게 내뱉었다. 조심스럽게 눈을 뜨자 살짝 흐트러진 민우의 눈빛이 보였다.

처음 보는 얼굴, 처음 보는 눈빛, 처음 보는 표정. 남자가 이토록 야하고 아름다울 수 있을까.

이제 20년지기 친구도 아닌, 얄미운 얄민우도 아닌, 가짜 남편도 아닌, 그저 남자. 제 가슴속에 단단히 박혀버린 남자, 지민우였다. 삶의 새로운 궤적이 새겨지던 날, 다경은 그를 온전히 사랑하게 된 자신을 깨달았다.

잠깐의 시간도 아까웠다. 그건 서로가 마찬가지였다. 민우는 다경을 가볍게 감싸며 상체를 일으켰다. 그녀를 제 위에 올린 채로 앉은 그는, 허리를 당겨 더 바짝 안았다.

이어진 키스는 부드럽지 않았다. 강렬했다. 방금까지는 그저 맛보기였다는 듯, 뜨겁게 부딪혀 삼키는 입술은 이제야 제대로 된 키스의 시작을 알렸다. 전혀 몰랐던 친구의 입술을, 절대 알 수 없었던 친구의 속살을, 이제야 비로소 완벽히 느끼는 순간이었다.

✦➤⸭◄✦

내키지 않지만, 리호는 병원으로 향하는 길이다. 지민우와 소다경이 입원해 있다는 병원이었다. 그간 온갖 친한 척은 다 했던 데다가, 곧 다경과 영화도 함께 찍을 예정이니 모른 체할 수만은 없었다. 가서 셀카라도 한 장 찍어 SNS에 올려야겠기에 억지로 가는 길.

"귀찮아 죽겠네."

하기 싫은 일을 할 땐 꼭 티가 났다. 물론 막상 가서는 그런 내색을 안 하겠지만.

리호가 앞에서 운전하는 매니저 석중에게 물었다.

"오빠가 보기에도 두 사람이 그렇게 잘 어울려? 왜들 이렇게 난리래?"

결혼하면 끝인 줄 알았는데, 그들이 뭐만 했다 하면 호들갑을 떠는 언론과 대중이 한심하기도 했다. 그렇게 기삿거리가 없나.

지금 찾아가고 있는 지민우와 소다경을 두고 하는 말인지 잘 아는 매니저가 건성으로 대답했다.

"잘 어울리긴 하지. 사이도 좋고."

"사이가 진짜 좋은지, 억지로 좋은 척하는 건지 누가 알아."

팩 내뱉는 말엔 가시가 돋쳐 있었다.

아무리 생각해도 이해가 되지 않는 결혼이다. 지난 드라마 촬영장에서 몇 달이고 지켜보았던 두 사람이 아닌가. 오랜 친구로서 둘이 친하다는 건 잘 알겠지만 그렇다고 연애감정이 있었느냐. 그건 결코 아닌 것 같았었는데 어떻게 드라마가 끝나자마자 기다렸다는 듯, 우리 연애해요, 우리 결혼해요, 그렇게 난리를 칠 수가 있단 말인가.

기분이 상하고 의심스럽기도 했었다. 그러다 잊히면 좋으련만 자꾸 속을 건드리듯 사방팔방에서 떠들어대니 리호의 안 좋은 감정은 더 커질 뿐이다. 지들이 뭔데 주인공 행세야.

"일부러 좋은 척할 이유가 있을까? 뭐 하러 그러겠어."

수긍할 수 없다는 듯 매니저가 대꾸하자, 리호의 심기는 더욱 불편해졌다.

최대한 안 좋은 쪽으로 상황을 몰고 가는 그녀의 버릇이 튀어나왔다.

"결혼하면서 다경 언니 인기가 엄청 올라갔잖아. 그 전엔 진짜 듣보잡 아니었어? 드라마에서나 민우 오빠랑 엮이면서 주목받은 거지. 근데 그것도 친분 있으니까 가능했던 거잖아. 그냥 다경 언니 자체는 완전 무매력인데."

"……그래서 소다경 씨가 일부러 지민우 씨랑 결혼했다는 거야?"

"뻔하지 뭐. 진짜 좋아하는 것도 아닌데, 커리어 때문에 이용하는 게 분명하다고. 그 언니 착한 척하는데 가만히 보면 영악한 구석이 있단 말이야. 성공을 위해선 못 하는 게 없을걸."

누가 누구 얘길 하는지 모르겠네. 매니저는 속으로 중얼거리며 대꾸를 관두었다. 겉과 속이 다른 건 본인이면서. 이 짓도 못 해먹겠네. 조만간 회사를 그만둘까. 매번 하던 고민도 또 해보고.

리호는 누구 앞에서든 항상 입조심하라 했던 아버지 나은기의 말을 잊은 채, 짜증스러운 마음에 나오는 대로 쏟아냈다.

"남편 구한다고 뛰어들고 한 것도 너무 작위적이잖아. 일부러 그럴 때만 노리고 있나. 관심 끌려고 별짓을 다 한다니까."

뭐 하나만 걸려봐. 그렇게 거짓으로 승승장구하는 거, 절대 그냥 두고 보진 않을 테니까. 창밖을 사납게 쏘아보며 리호는 기분 나쁜 숨을 뱉어냈다.

"어, 선배님!"

리호는 병원 로비에 들어서다가 앞서 걷고 있는 키 큰 남자를 보고 환한 얼굴로 다가갔다.

매니저와 함께 있던 강유현이 돌아보았다. 그는 언제나처럼 예의 바른 미소를 띠며 인사를 건넸다.

"리호 씨. 안녕하세요."

사람이 어쩜 이렇게 한결같을까. 어떤 의미로든 대단한 사람이다.

이들을 알아본 사람들이 힐끔거리고 있었다. 휴대전화를 꺼내 사진을 찍기도 하고 아마 오늘 강유현, 나리호의 병원 목격짤이 부지런히 돌겠구나 싶었다. 리호는 더욱 맑고 화사한 웃음을 눈에 담으며 물었다.

"선배님을 여기서 다 뵙네요! 어쩐 일이세요?"

"소다경 씨 병문안 왔습니다."

단번에 얼굴이 일그러질 뻔했다. 간신히 웃으며 대꾸했다.

"아아, 선배님도 언니 보러 오셨구나……. 저도예요. 다경 언니, 민우 오빠랑, 제가 좀 친하거든요."

"다경 씨와 같은 작품 출연하셨죠."

바로 나오는 대답에 또 불쾌감이 일었다. 강유현이 별걸 다 아네. 그것보다 묘한 건, '다경 씨와'라는 말이었다. 지민우도 함께 출연했는데, 강유현은 콕 집어 다경만 언급하고 있던 것이다. 그러고 보니 아까 '소다경 씨 병문안'이라고만 했던 것도 그렇고.

"같이 올라가요, 선배님."

하지만 아무렇지 않은 듯 미소 지으며 리호는 유현, 매니저들과 함께 엘리베이터로 향했다.

"리호야, 선배님! 어떻게 여기까지……."

침대에서 쉬고 있던 다경이 깜짝 놀라 몸을 일으켰다.

"언니!"

리호가 울상이 된 얼굴로 달려와 다경의 팔을 살폈다.

"어떡해, 깁스까지 했네! 괜찮다고 들었는데 아니잖아, 많이 아프지?!"

다경은 어색하게 웃으며, 걱정을 쏟아내는 리호를 안심시켜주었다.

"그 정도는 아니야. 이것도 금방 풀 거고, 퇴원도 곧 할 거야."

"그렇담 정말 다행인데, 나 얼마나 걱정했는지 몰라. 언니 다쳤단 소식에 심장이 다 벌렁거리더라고."

아마 리호의 매니저가 함께였다면 이 대목에서 풋, 웃었을지도 모른다. 하지만 병실에는 리호와 유현만 들어왔다.

"민우 오빠는?"

"검사 남은 게 있어서 받으러 갔어. 아, 민우도 괜찮아. 금방 회복될 거래."

부담스러울 만큼 걱정하는 소리가 또 터져 나올까 봐 다경이 얼른 먼저 괜찮다고 말해주었다.

"그렇게 크게 다친 것도 아닌데, 바쁜 사람들을 이렇게 다 오게 하고……, 미안해서 어쩌지. 선배님, 죄송해요."

다경은 호들갑인 리호 뒤쪽에 서서 가만히 자신을 바라보고 있던 유현에게도 민망한 미소를 지어 보였다. 그제야 유현이 한 발 다가섰다.

다경의 심장이 쿵쿵거렸다. 이만하면 잘 산 인생이지. 내 스타가 내 병문안을 다 와주시다니. 여한 없다, 정말로. 툭하면 황홀한 표정이 되려는 걸 다경은 이성의 힘으로 간신히 다잡고 있었다. 조금 더 다가선 그는 부드러운 눈빛 속에 진심이 분명한 걱정을 가득 품고 있었다.

"……정말 괜찮아?"

짧게 건네는 물음에 다경은 "그럼요." 하고 씩씩하게 웃어 보였지만, 순간 리호는 깜짝 놀라고 말았다. 강유현이 지금, 반말했잖아?

"아무리 그래도 성인 남자의 몸을 받아내려고 뛰어든 건, 좀 경솔했다. 정말 큰일 날 수도 있었어."

"안 그래도 민우한테 엄청 혼났어요. 다신 그러지 말라고."

"내 생각도 그래. 그러다 네가 잘못되기라도 했으면 민우는 더 힘들어졌을 거야."

나누는 대화는 더 가관이었다. 이렇게까지 친했어, 두 사람? 리호는 황당하고 어이가 없었다. 누구에게나 친절하지만 누구에게나 벽을 세우는 강유현이 아니었던가. 후배들에게도 좀처럼 말을 놓지 않고 예의 있게 행동하기로 유명한데, 언제부터 이렇게 가까워진 거지?

그나마 그런 강유현과 자신이 가깝다고 생각했던 리호는 이 상황이 너무도 갑작스럽고 짜증스러웠다. '화인火印'에 출연한다며 벌써 강유현에게 작업 쳐놓은 거야, 소다경? 여우 같은 년. 어쩜 저래?

"얼굴 봤으니 됐다. 난 먼저 가볼게."

잠시 더 이어진 대화 끝에 유현이 일어섰다.

"바쁘실 텐데 와주셔서 감사해요. 과일 잘 먹겠습니다."

"선배님 먼저 가세요. 저는 민우 오빠 보고 갈게요."

"그래요, 그럼."

인사하는 다경과 리호를 번갈아 본 유현이 다시 다경을 향해 미소 지었다.

"몸조리 잘하고, 리딩 때 보자."

꽃잎이 날리듯 환한 미소가 병실 안에 흩어졌다. 하지만 문을 닫고 복도로 나온 그의 입가는 금세 싸늘하게 가라앉았다.

복도에 있던 매니저가 건넨 선글라스를 끼고 몇 발짝 걷는데, 코너를 돌아 이쪽으로 오고 있는 지민우가 보였다. 깁스한 다리에 목발을 짚고 그의 매니저로 보이는 남자와 함께였다. 다리를 다치긴 했지만 잠시라도 휠체어 쓸 정도도 아니니, 정말 가벼운 부상인 듯했다.

선글라스에 가려진 유현의 눈빛이 차가웠다. 저놈을 구하기 위해 다경이 뛰어들다니. 어째서…… 가슴이 뜨거운 불구덩이에 처박힌 것처럼 이다지도 괴로운 걸까.

유현을 알아본 민우의 걸음이 멈추었다. 하지만 형식적인 인사조차 없었다. 팽팽하게 맞붙는 시선은 위험할 정도로 매서웠다.

유현 역시 억지 미소를 짓지 않았다. 성큼성큼 걸어 그쪽으로 향했다. 인사 대신, 민우의 곁을 스치며 잠시 멎은 걸음에 싸늘한 한마디를 작게 내뱉었다.

"나라면, 어떤 상황이든 내 여자가 다치는 일은 만들지 않았을 텐데."

민우가 고개를 삐딱하게 틀며 눈썹을 구겼다.

"……지금 뭐라고 하셨습니까?"

"난 선배로서, 충고 하나 했을 뿐이야."

그따위로 하다가 너, 뺏길 수도 있다고. 유현은 민우를 빤히 바라보며 차가운 목소리로 말했다. 민우의 표정이 여전히 좋지 않다. 기분이 나쁜가. 다경을 다치게 한 주제에 뻔뻔하기도 하지.

"선배가 아니라, 그건 남자 대 남자로 하는 충고 아닌가요."

민우는 빨랐다. 돌려치는 말도 제법 정확하게 알아들었다. 유현은 완급을 조절해야 했다.

"그럴 리가."

상대 앞에서 짓는 거짓 미소 한 번이야 식은 죽 먹기였다. 마음에 없는 말을 하는 것 역시 쉬웠다.

"배우는 몸이 재산인데, 좀 더 소중하게 다뤄야 한다는 뜻이었어. 네 자신이든, ……아내든 상관없이."

이 상황에서 그런 뜻이 아니지 않았냐 따져봤자 민우만 곤란해질 것이다. 그만큼 유현은 '선배'다운 따뜻한 미소를 머금고 있었다. 멀리서 간호사들의 감탄하는 시선이 느껴졌다.

"항상 몸 아껴. 빨리 회복하고. 또 보자."

걱정하듯 건넨 말을 끝으로 유현은 저벅저벅 걸음을 옮겼다. 그의 뒷모습을 쳐다보는 민우는 머릿속이 복잡해졌다. 경계하는 건 원래 제 몫이다. 그거야 당연하지, 자신은 다경의 남편이니까. 하지만 강유현은 왜 저렇게 나오는 거지? 마치 '빼앗긴 자'처럼 구는 거지?

"들어가자."

공 부장은 별다른 이상을 느끼지 못하는 것 같았다. 그도 그럴 것이 처음 제게 예민한 음성으로 말을 건넨 건 워낙 작은 소리라 민우 자신만 들을 수 있었고, 이후에는 너무도 따뜻한 미소를 짓고 있었으니까.

민우는 왠지 모를 찜찜함을 떨칠 수 없었다. 머릿속에는 경계주의보가 시끄럽게 울려댔다.

✦≫⊱✿⊰≪✦

'대한민국 최고의 톱배우가 내 아내에게 반했을 확률은?'

민우는 탁, 탁, 태블릿 화면을 손톱으로 두드리며 깊은 생각에 잠겨들었다. 보통 남자도 아니고, 누구나 우러러보는 최고 중의 최고. 상대가 강력하다고 말할 수조차 없다. 그저 '상대'라고 하기에도 너무 벅찬 사람이니까.

하지만 이상했다. 내가 예민해서일까, 아니면 강유현이 정말 다경에게 반해서 그러는 걸까. ……그게 말이 되는 일이긴 한가?

"헐, 말도 안 돼!"

옆 침대의 다경은 한창 휴대전화로 게임 중이다. 팔 하나 다쳐놓고도, 오른손은 또 멀쩡해서 휴대전화를 간이식탁에 놓고 레이싱 게임을 하느라 열심히 두드려대고 있다.

그러거나 말거나 민우는 태블릿 화면의 강유현 사진을 노려보며 계속 생각을 이어나갔다. 사진 속 그는 심각하게 잘생겼다. 깊이 있는 연기까지 갖춘 강유현은 어느 사진에선 퇴폐적이고, 어느 사진에선 반듯해 보이기도 했다.

꾸미는 대로 달라지는 게 연기자니 당연하긴 하지만 그 수준이 대단히 높기도 하다. 진짜 그의 본 모습은 무얼까, 알 수 없을 정도다. 예의 바르고 교양 있는 그의 이미지조차 어쩌면 연기일지도 모르지. 아까 복도에서 마주친 강유현의 음성은 지나치게 차갑고 서늘했었다. 선글라스에 가려진 눈빛 또한 다르지 않았을 것이다. 그건 확실히 강유현의 평소 모습과 다른 태도였다.

이유는 하나가 아닐까.

'만약 강유현이 내 마누라에게 흑심이 있는 거라면?'

다른 생각이 있어서 자꾸만 접근하는 거라면…….

"죽여버릴까!"

반칙이라도 당해 선두를 빼앗겼는지 다경은 잔뜩 흥분해 있었다. 얘 때문에 대체 진지하게 생각할 틈이 없다.

"……재밌냐."

"아니!"

게임에 취미도 없는 애가, 병원에서 얼마나 심심했는지 양 실장이 추천한 게임 어플까지 다운로드 받아서 열심히 하는 중이었다.

"재미도 없는데 벌써 몇 시간째야."

"아우! 스트레스 받아!"

결국 다경이 휴대전화를 내팽개치다시피 했다.

"남의 자릴 빼앗긴 왜 빼앗아! 진짜 더티 플레이하시네! 이러면 안 되는 거 아니야?"

"……."

다경은 온라인 속 상대를 향해 잔뜩 화를 냈다.

"승부의 세계가 원래 냉혹한 법이지."

"그래도 정정당당하게 해야지. 너무 얍삽하잖아. 아우우, 성질 안 맞아, 나는 이거 못 하겠다!"

그녀는 마음의 정화라도 필요한 듯 옆에 둔 '화인火印' 시나리오 책을 펼쳐 들었다. 마치 불경이나 성경을 대하는 것처럼 경건한 얼굴이었다. 그런 다경을 보며 민우가 조용히 입을 뗐다.

"그렇지, 뺏는 건 나쁜 거지."

"당연하지!"

책에서 눈도 떼지 않은 채 다경이 힘차게 대답했다. 왜 그게 위안이 되는지 모른다. 알 수 없이 불안하고 찝찝했던 마음을 어루만지는 것처럼, 편안하게 느껴졌다.

민우는 싱긋 웃으며 작게 말했다.

"알았어, 안 빼앗길게."

"……."

이미 시나리오에 집중해버린 다경은 듣지 못했지만.

"꼭 지킬게, 내 거."

스스로 하는 다짐이기도 했다.

"아, 잘됐다, 지민우."

다경이 활짝 웃으며 고개를 들었다.

"나 대사 좀 맞춰주라."

"벌써?"

본격 촬영에 돌입하기 전도 아닌데 다경의 의욕이 대단했다. 휴대전화 게임보다는 아무래도 이쪽이 더 재미있어 보였고. 사람은 확실히 자신이 좋아하는 일을 하면서 살아야 하나 보다. 이미 저 시나리오는 통째로 외워버린 게 분명했다.

"응, 이 신 한 번만 맞춰줘."

꼭 해보고 싶은 연기였던 모양이다.

"알았어, 해봐."

이 정도도 못 해줄까. 곧 퇴원할 예정이지만 병원에 있는 동안은 남아도는 게 시간인데.

신난 다경이 침대에서 폴짝 내려오더니 책 중간 부근을 펼쳐 민우에게 쥐어주었다. 그리고 자신은 일어선 채 그에게서 등 돌려 한 발짝 앞으로 걸어갔다. 그러더니 고개를 홱 돌려 쳐다본다.

섬뜩할 정도로 차갑고도 한없이 깊은 눈빛. 순간적인 집중력과 몰입도가 대단했다. 환자복을 입고 팔에 깁스한 차림과는 전혀 어울리지 않는 표정이었다.

"내가, 갖고 싶은 게 생겼거든."

평소 말할 때와는 발성조차 달랐다. 움직일 듯 말 듯 한쪽 입꼬리의 떨림조차 소름이 끼칠 정도로 섬세했다.

"그 사람은 안 돼."

민우가 말했다. 극 중 다경이 맡은 비서 고영주, 그녀의 친구 역할 대사였다. 민우는 친구 역을 대신해주고 있었다.

"왜 안 되는데?"

분명 묻는 말이지만 다경은 톤을 내려 싸늘함을 끼얹었다. 썩은 발톱 같은 그녀의 욕망을 서서히 내보이기 시작하는 장면이었다. 그때까지 선하게만 꾸며왔던 비서의 추악한 면이 드러나는 신이라, 다경의 연기가 제대로 살아났다.

"그 사람에게 다른 여자가 있어서?"

"그야 물론……."

"그런 게 뭐가 중요해? 지금 내가 갖고 싶은데."

"너, 그거 사랑 아니야."

"사랑이 아니어도 돼. 꼭 사랑일 필요 있어?"

다경은 웃었지만, 웃음처럼 보이지 않았다. 이미 파국을 예상하는 듯 허탈하고도 불안한 눈빛, 그러나 놓을 수 없는 욕망.

"그래, 다 좋아. 네가 차 의원 약혼녀 대신 그 자리를 차지한다고

쳐. 그럼 차 의원은 어떻게 될 것 같아? 제대로 타격받을 거야, 그 판에서 재기할 수 없을지도 몰라. 너도 마찬가지야. 돈도, 명예도, 아무것도 얻을 수 없어."

"그러니까 네 말은,"

"……."

"내가 그 사람을 가질 수 없다는 거지?"

"당연한 일이야."

차 의원을 이용해 모든 걸 얻을 순 없는 상황. 욕망의 대가는 처절하고 쓰릴 거라는 충고. 하지만 극 중 비서 '영주'는 그조차 아무런 상관이 없다는 투로 말한다.

"그렇구나……."

"……."

"가질 수 없다면, 부수면 되지."

내가 아니면, 누구도 가질 수 없도록.

"컷!"

다경이 순식간에 얼굴을 바꾸며 밝게 '컷'을 외쳤다.

"크흐으으으! 가질 수 없다면, 부수면 된대. 이 여자 진짜 미친 거 같아!"

감탄 반, 소름 반. '차 의원'을 나락으로 끌고 갈 운명의 '영주' 역할을 마치 제 옷 입은 듯 소화했으면서도 정작 본인은 도저히 이해할 수 없다는 표정이었다. 하지만 사이코패스를 이해해서 그 역할을 연기하는 배우는 아마 드물 것이다.

다경은 연기하기 어려울수록, 또 재미있다는 얼굴이기도 했다. 다양한 감정을 보여줄 수 있기에 그만큼 화려한 연기를 펼칠 수 있는 역할이었다.

"어때, 괜찮아? 어색하진 않아?"

다경이 눈을 반짝이며 물었다.

"잘했어."

민우가 바로 대답해줬다. 그렇게 칭찬이 금방 튀어나올 줄은 몰랐기에 다경이 내심 놀라서 되물었다.

"진짜? 잘했다고?"

"그래, 그 눈빛 아주 진성 또라이 같았어."

"……칭찬 맞지?"

"100퍼 칭찬이지."

민우는 태연하게 대꾸하며, 말을 이었다.

"그런 의미에서, 잠깐 이리 와봐."

"뭘 또 오라 가라야."

"그럼 내가 가지, 뭐."

기어이 불편한 다리를 움직여 침대에서 내려서려고 하자 다경이 네가 아픈 건 볼 수 없다는 듯 후다닥 튀어왔다. 그 빠른 움직임에 민우의 가슴이 살살 녹았다.

"왜, 뭐, 왜."

"가까이."

민우가 손을 까딱까딱 접었다.

"아니, 왜 또 갑자기 가까이 오라 그러고 그러냐."

원래 병실이 이런 데였나. 이렇게 툭하면 이상한 무드가 잡히는 게, 2인실 이거 아주 못쓰겠네.

"대사도 맞춰줬는데, 보상이 있어야 할 거 아냐."

입을 맞추라는 듯 당당히 고개를 치켜드는 민우를 보며 다경이 딴청을 피웠다.

"보상은 무슨……."

"소, 먹튀가 다른 게 아니야. 너 지금 그게 먹튀다."

"먹튀라니."

"나도 남는 거 없어. 한 번만 해, 빨리."

부드럽게, 간지럽게, 살살 키스를 유도하는 그런 분위기는 아니었다. 뽀뽀 장사라도 하려는 듯 뻔뻔한 기세는 여전히 로맨틱과 거리가 멀었다.

그래, 이래야 지민우고 소다경이지. 다경은 새삼 웃음이 났다.

우리의 연애는 이렇구나. 전과 다를 바 없구나. 딱 우리 식대로 어색할 거 하나 없이, 우리는 우리의 연애를 하는 거구나.

제대로 맞는 자리를 찾은 것처럼, 퍼즐이나 블록이 꼭 맞는 위치에 딱 꽂힌 것처럼 설레면서 편안하고, 떨리면서도 안온했다.

"웃지만 말고 빨리."

이런 걸 재촉하고 있는 자신 역시 어이없는 듯 민우의 입가에도 자꾸 웃음이 스몄다.

"알았어."

침대에 걸터앉은 민우. 그리고 그 앞에 선 다경. 다경은 민우의 다리 사이로 바짝 들어가 서며 두 손으로 그의 볼을 감쌌다.

"자, 그럼 보상하도록 하겠다."

민우가 그녀의 허리를 가볍게 당겨 안았고 몸은 더 가까워졌다. 다경이 고개를 숙여 내렸다.

자석의 다른 극이 맞붙듯 입술이 끌려 닿았다. 이토록 뜨겁고, 이토록 말랑하며, 이토록 촉촉한 게 또 어디 있을까. 전혀 모르고 살았던 감각이 자꾸만 새롭게 피어났다. 온몸의 세포가 짜릿하게 살아 숨 쉬는 것만 같았다. 젖은 입술이 닿고 그 사이로 말캉한 혀가 엉키며 머리카락부터 발끝까지 움찔하며 전율이 일었다.

이 좋은 걸 왜 모르고 살았지. 이렇게나 좋은 걸 왜 안 하고 살았을까. 그것도 너랑. 너여서 좋은 이걸, 우리는 왜 서로 모른 채 살아왔을까.

쵸오옥, 야릇한 소리를 내며 입술을 다시 맞추고 조금 떨어졌다.

그새 상기된 다경의 볼이 한없이 뜨거워 보였다. 지금 네가 얼마나 예쁜지, 너는 아마 모르겠지.

"이거, 꽤 남는 장산데?"

민우는 싱긋 웃으며 말했다. 다경이 도리도리, 고개를 저었다.

"난 손해야."

"뭐가."

"난 연기 잘했다고 칭찬까지 들었는데, 정작 넌 그 칭찬을 말로만 때웠잖아. 나도 남는 게 있어야지."

이대로는 못 물러나, 하는 얼굴로.

"그러니까 한 번 더 해."

당당히 키스를 요구했다.

그냥 하자고 해도 백 번도 더 할 수 있는데. 백 번이 아니라, 천 번도. 아니, 만 번도.

"뭐, 정 그렇다면."

민우는 깁스하지 않은 쪽 다리 위에 다경의 몸을 안아 앉혔다. 그녀의 엉덩이가 허벅지에 뭉근히 눌리고, 허리는 팔 안에 쏙 들어왔다. 꽤 마음에 드는 자세다.

"연기 잘한 만큼, 칭찬도 많이 할 건데 감당하겠어?"

"감당 못 할 건 또 뭐야."

하필 장소가 이곳이라 아쉬우면서도,

"여기가 병원인 걸 감사하게 될 거야."

다행이란 생각도 들었다. 아무래도 나는 시방 위험한 짐승이 된 것 같으니까. 당겨 안는 손엔 바짝 힘이 들어갔다. 맞닿는 입술은 여전히 젖어 있었다.

다경은 그의 멈출 수 없는 키스에 그만 몸이 후들거리고 다리에 힘이 빠졌다. 민우의 허벅지 위에 안겨 있다는 게 다행이었다. 그의 부드러운 머리카락 속으로 손을 넣어 안으며, 흠뻑 그 짜릿함에 빠져들었다. 당기듯, 밀듯, 감싸듯, 훑듯, 그저 입속 여린 살에 엉키는 것뿐인데도, 온몸을 어루만지는 듯 아찔한 감각이 쉴 새 없이 폭발했다.

그때, 똑똑. 형식적인 노크에 이어 금세 드르륵, 문이 열렸다.

"소다경 환자…….”

"으, 으아아아아!"

동시에 입술을 떼고 벌떡 일어서던 다경이 민우의 다리에 걸려 버렸다. 몸이 돌아가며 그만 뒤로 엉덩방아를 찧으며 쿵 넘어지고 말았다.

"아아앗!"

민우 역시 다경에게 태클을 당한 다리는 하필 깁스한 쪽이라 고통스런 신음을 내뱉으며 침대에서 떨어졌다.

"약 드실 시간…….”

그리고 병실에 들어서던 간호사가 그만 놀란 얼굴로 멈춰 섰다.

어찌 된 일인지 두 환자가 바닥에 나동그라진 채 엉켜 있었다.

"어머, 괜찮으세요?!"

민우가 인상을 쓰며 손을 들어 달려오는 간호사를 제지했다.

"괘, 괜찮습니다."

병원은 아무래도 위험한 곳이 맞는 것 같았다.

안전한 신혼집이 애타게 그리워졌다.

⟶⟫⟩❈⟨⟪⟵

매니저 강호는 스타일리스트의 숍에서 챙겨준 유현의 평상복들을 픽업해 유현의 집으로 가져온 참이다. 드레스룸에서 한참 의상을 정리하고 나온 강호가 들뜬 음성으로 말했다.

"참, 이번 영화도 관객 드는 속도가 예사롭지 않대요. 역시 형 연기력은 보증수표나 마찬가지네요."

자신이 더 자랑스럽다는 듯 뿌듯한 목소리였다. 거실 소파에 앉아 대본을 보고 있던 유현은 듣기 좋은 소릴 해주는 그를 웃으며 바라보았다.

"그게 어디 내 공이겠냐. 연출이랑 시나리오가 좋아서 그렇지."

바로 직전에 찍은 영화의 홍보 일정이 짧게 마무리되어가는 시점이었다. 예상보다 성과가 훨씬 좋아 마음의 부담도 덜어냈으니 이제 홀가분한 마음으로 차기작인 '화인火印' 촬영 준비에 매진하고 있었다.

"에이, 형 보고 드는 관객들이 대부분이죠. 벌써 흑룡상 남우주연상 거론되던데요."

"그거야 운이 따라야 하는 거고, 각본이 워낙 좋았어."

"형은 진짜 사기네요. 어떻게 겸손하기까지 하세요."

강호는 유현을 대할 때마다 감탄하곤 했다. 톱스타인 그의 매니저 일을 맡게 된 5년 전이나 지금이나 유현은 한결같았다.

자신에게 막 대한 적이 단 한 차례도 없었으며, 자신이 힘들 땐 먼저 알고 선뜻 큰돈을 내어주기도 했다. 게다가 자신의 어머니가 오래 병원 신세를 질 때도 종종 찾아와주고 막대한 병원비와 수술비를 해결해주기도 했었다. 지금은 어머니가 세상을 떠나고 안 계시지만, 워낙 유현이 신경을 많이 써준 덕에 지금도 강호의 가슴에는 한보다는 애틋함만이 남아 있었다.

그뿐일까. 유현은 오랫동안 톱의 자리를 지키며 구설수도 없고,

오만하게 구는 경우도 전혀 없었다. 소리 높여 화를 낸 적도, 괜히 히스테리를 부린 적도 없었다.

늘 잔잔한 수면처럼 고요하고도 평온한 사람. 그러면서도 남을 배려하고 존중하는 자세가 몸에 밴 사람. 인간이 어떻게 이 정도로 완벽할 수 있을까, 평범한 강호에겐 늘 그게 미스터리였다.

"필요한 건 없으세요? 뭐 사다 드릴까요?"

"아니, 없어. 아주머니도 아까 다녀가셨고."

곧 있을 크랭크인 행사 전까지는 외부 일정이 없었다.

유현은 집에서 쉬면서 리딩 준비를 할 예정이었다.

"어디 가실 일 생기시면 언제든 부르세요. 제가 올게요."

"그래, 고맙다."

사적인 스케줄에는 매니저가 동행하지 않는 게 원칙이지만, 강호는 스스로 나서줄 때가 많았다. 신세 진 게 많아 제 나름대로 보은의 의미에서 그런다는 걸 유현도 잘 알기에, 그냥 강호가 편한 대로 하도록 내버려두곤 했다.

"그럼 가볼게요, 형."

강호가 막 현관을 나서려던 순간이다. 유현이 뭔가 생각났다는 듯 그를 불러세웠다.

"강호야."

"네."

"혹시 '쇼쇼 초콜릿'이라고 알아?"

잠시 생각하던 강호가 얼른 대답했다.

"아, 알아요. 옛날에 많이 팔던 거죠? 황금색 케이스에……, 어렸을 때 먹었던 것 같아요."

"요즘도 있나?"

"글쎄요. 못 본 것 같은데……. 그건 왜요?"

유현이 엷게 웃으며 말했다.

"부탁 하나 하자."

"네, 네."

"그것 좀 알아보고 구해다 줘."

"아, 네. 그럴게요."

웬일로 유현이 초콜릿을 다 찾을까 싶었지만, 강호는 바로 대답
했다.

강호가 돌아간 후, 유현은 시나리오에 시선을 꽂았다. 그는 자신
이 나오는 장면이 아닌데도 어떤 페이지를 오래도록 보고 있었다.
비서 역할인 '고영주'가 친구와 대화를 나누는 신.

[그러니까 네 말은, 내가 그 사람을 가질 수 없다는 거지?]

차 의원을 향한 고영주의 욕망.

[가질 수 없다면, 부수면 되지.]

나락으로 떨어진다 해도 두려울 것이 없는 사랑.

유현은 숨이 막히는 동시에 심장이 쿵쾅거렸다. 이런 감정에는
한 번도 휩쓸려본 적이 없는데 이상하게도 소다경을 만나게 된
이후로는, 깊은 해저 어딘가에 깔려 있던 모래가 뿌옇게 일어나는
기분이 들곤 했다.

무슨 바람일까. 무슨 기운일까. 무엇이 이리도 강렬한 소용돌이
처럼 휘몰아치는 것일까.

검은 눈을 반짝거리며 자신을 올려다보던 소다경의 얼굴이 눈
앞에 그려졌다. 손을 뻗으면 금방이라도 닿을 것만 같던 가까운 거

리. 하지만 결코 뻗을 수 없는 손.

"남편⋯⋯."

그녀는 결혼한 여자였다. 지민우라는 남편이 있는 여자. 설령 그들이 각방을 쓸 정도로 사이가 소원하다 해도, 온 국민이 아는 '부부'라는 게 틀림없는 사실이다.

"그러니까 네 말은, 내가 그 사람을 가질 수 없다는 거지."

조용히 고영주의 대사를 읊조렸다. 유현의 낮은 음성은 고요한 집 안, 차가운 공기 속에 그대로 파묻혔다.

"가질 수 없다면⋯⋯,"

부수면 되지.

대사의 끝을 생략한 유현이 피식 웃었다. 위험한 사랑이네.

그는 자리에서 일어나 서재 옆 작은 방으로 들어갔다. 거의 비어 있다시피 한 작고 어두운 방엔 커다란 화장대 하나만 놓여 있었다. 10년 전, 전부 처분했지만 마음에 앙금처럼 남은 사진 하나. 그게 화장대 서랍 속에 있었다.

유현은 서랍을 열고, 뒤집힌 채로 덩그러니 놓인 액자를 꺼냈다. 어머니의 영정사진이, 오랜 시간 그를 암흑으로 처박아대곤 했던 존재가 지금은 그 속에 쓸쓸히 갇혀 있었다.

무표정한 얼굴로 유현은 어머니의 사진을 내려다보았다.

"순해빠져 가지고는 이래서 무슨 성공을 한다고. 이거 대사 다 외울 때까진 물 한 모금도 못 마실 줄 알아!"

"또 틀렸잖아! 정신 똑바로 못 차려? 오늘 밤에도 옷장 안에서 한 발짝도 못 나오고 싶어서 이래?"

"넌 무슨 애가 이렇게 욕심이 없어! 다른 애들 하는 것 못 봤어? 악착같이 해야 한다니까!"

카랑카랑한 어머니의 목소리가 귓가에 윙윙 울려댔다.

한 번도 잊은 적 없다. 어린 시절부터 그게 강유현의 삶 전부였으니까. 타고난 성격이 유한 그를 물밑에서 버둥거리는 독종으로 만든 건 바로 어머니였다. 자신의 존재 자체가, 어머니의 작품이었다.

대외적으로 완벽하게 꾸밀수록 속은 비틀리고 곪아가고 있다는 걸, 어머니는 알지 못했다. 아니, 알려고 하지도 않았다. 설령 알았더라도, 모른 체했겠지.

"욕심이라…….."

유현은 쓸쓸하게 웃었다. 어머니가 자신을 때리고 가두고 몰아세우면서까지 가지라 종용했던 그 욕심이 이제 와 엉뚱한 데서 피어오를 줄이야.

"……정말 갖고 싶은 게 하나 생겼어."

대답 없는 어머니의 눈을 바라보며,

"내 인생에 그런 건 절대 없을 줄 알았는데."

어쩔 수 없는 어머니의 아들인 건가. 유현은 조그맣게 중얼거렸다.

끝내 세상을 다 가진 지금, 무료했던 일상에 딱 하나 욕심이 생기고 있었다. 위험하고 불순한 욕심이 말이다.

＊＞※＜＜

새벽이 어슴푸레 밝아올 무렵, 민우는 다경이 누운 침대 쪽을 향해 옆으로 누워 있었다. 다리가 조금 불편하긴 해도 상관없었다. 잠든 그녀를 보는 것만으로도 좋았다.

어둑했던 병실에는 조금씩 새벽빛이 스며들었다.

'……예쁘네.'

말없이 그녀를 보는 시간이 얼마나 이어졌는지 모른다.

지겹도록 보아왔던 소다경인데. 어렸을 때부터 다경이 자는 모습이라면 수도 없이 봤었는데. 민우의 집 거실 바닥에, 소파에, 심지어 민우나 윤우 침대에 널브러져 자기도 했었다. 그뿐일까. 진짜 서 여사의 딸이라도 되는 것처럼 다경은 그 품에 꼭 붙어 낮잠을 자고 있기도 했다.

그런데도 역시나 날마다 새롭다. 그녀에 대한 마음을 확인한 후로는 매일매일 새삼스러운 날들이었다.

자는 모습이 저렇게 예뻤나. 너희 집에 가서 자라며, 잠든 다경의 허리를 발로 쿡쿡 차던 때도 있었는데.

'감히 내 발이…….'

저렇게 예쁜 다경을 걷어차곤 했다니, 이 몹쓸 발 같으니. 급히 셀프 반성을 하던 민우는, 다경을 꼭 안고 낮잠을 주무시던 서 여사의 말씀을 떠올렸다.

"다경이는 폭 안기는 느낌이 말랑말랑 너무 좋아. 아유, 세게 안으면 막 부서질 것 같고."

"엄마! 나는!"

"윤우 너나 너희 형이나 말랑하진 않지. 다경이가 방금 찐 찹쌀떡 같다면, 너희는 어제 구워 냉장고에 넣어둔 딱딱한 가래떡 같거든. 아들들이라 그런 건지, 아님 너희가 특별히 뻣뻣한 건진 모르겠다만."

"하여튼 우리 엄마 팩폭 쩔어. 형이 누굴 닮았나 했더니 딱 엄마네."

"사실을 말하는 것뿐이야."

부드럽게 폭 안기는 느낌. 방금 쪄낸 찹쌀떡. 말랑말랑 너무 좋은 기분. 서 여사가 수없이 말씀하셨던 그 감촉을 이제야 이해하게 됐다. 안을 때마다, 키스할 때마다 품에 쏘옥 안겨드는 다경의 몸은 정말이지 너무나 보드라운 솜뭉치 같았다.

'안고 싶다…….'

하아, 입술 사이로 한숨이 밀려 나온다. 안고 싶다고 막 안을 수는 없으니까. 보고만 있자니 좋았던 기분과는 별개로 슬슬 괴로워지기 시작했다. 이제 막 성에 눈뜬 십 대 소년도 아니고, 또다시 일차원적인 욕구에 이렇게 시달려야 하는 현실이 버겁기만 했다.

보고만 있어도 좋지만, 좋아하니 안고 싶고, 몸이 닿으면 또 입도 맞추고 싶고. 키스는 하면 할수록 좋기만 하고. 그러다 보면 갈 곳 잃은 손은 어찌할 바를 모르고. 산은 넘고 또 넘고 싶고. 그 너머에 뜬 무지개는 얼마나 아름다울지 궁금하고.

'원래 이런가. ……다들 이래? 아니면, 내가 너무 왕성한 거야?'

종일 물고 빨고 있어도 모자랄 것만 같은데, 어느 정도 속도가 적당한 건지 감도 안 잡히고. 너무 급하면 허겁지겁 스킨십을 해치우는 것처럼 보일 듯하고. 그렇다고 느리게 가자니 자신의 욕망은 무섭게 들끓고 있고.

쌕쌕 자는 다경은 그런 거야 어찌 됐든 상관도 없어 보이니 자신만 안달이 난 것 같아 애가 탔다. 그녀의 마음을 확인한 후에도 이렇게 마음고생을 할 줄이야.

'이런 건 정답도 없는 건가.'

연애 한번 못 해보고 나이만 야금야금 잘도 먹었다, 영양가도 없이 스물아홉씩이나.

'그냥 스물아홉도 아니잖아, 난.'

생각해보니 기가 막혔다. 이 몸에 아무 경험이 없어, 정말? 깨끗해? 순백이야? 다시 산 것만 거의 100년인데?

'몸이 기억하는 것 중에 스킨십은, 전혀 없단 말이지.'

각종 운동이든, 여행지든, 투자에 대한 동물적 감각이든, 민우의 몸에는 고스란히 남아 있었다. 기억이 명확하게 나지 않아도 몸에는 확실히 배어 있었다. 그러니 뭐든 능숙하게 해냈다. 망설임 같은 건 없었다. 자전거를 배운 후 아주 오랜만에 타더라도 바로 어제 탔던 것처럼 느껴지듯, 몸으로 익힌 건 어디 가지 않았다.

그런데 스킨십에 있어서는 이토록 헤매고 있으니, 경험이 전혀 없는 게 분명하긴 했다.

'와……. 억울하네, 새삼.'

얘는 날 거들떠보지도 않았었는데, 난 설마 소다경만 보면서, 얘 뒤치다꺼리만 하면서 100년의 동정을 소중히 지켰던 건가. 내가 이렇게까지 순정남 캐릭터였어? 그것도 한두 번도 아니고, 아홉 번이나 결혼했던 소다경을……!

심지어 이번에 이명이 왔을 때, 뒤이어 보았던 장면은 그가 말 위에서 떨어질 만큼 충격이긴 했었다.

"너무 늦게 알았어. 나 그 사람, 사랑해. ……내가 그 사람을 그렇게까지 좋아하는지 몰랐어."

자신의 앞에 앉아 그렇게 말하던 다경. 배경이 한국은 아닌 걸로 보였다. 자신이 공부하며 지내고 있던 미국이었을까. 거기까지 찾아와서 저런 소리는 왜 한 건지.

시기로는 아마 다경이 결혼한 이후였을 것이다. 결혼까지 해놓고 신랑에 대한 절절한 사랑고백을 왜 제 앞에서 새삼스럽게 하고 있는지 모를 일이지만, 그때 민우는 다경의 모습에 심장이 찢어지는 것만 같았다.

그녀는 울고 있었다. 먹먹한 음성으로 겨우겨우 내뱉는 말. 그 사람, 사랑해.

민우는 어지러웠고, 숨도 쉴 수 없었다. 핑, 머리가 돌며 눈앞이 흐릿해졌고 장면이 저절로 꺼지기도 전에 그가 먼저 쓰러졌다. 그렇게 말에서 몸이 기울었던 것이다.

처음이었다. 이명 후 장면을 끝까지 보지 못했던 것은. 그만큼 민우에겐 큰 충격이고 아픔이었다. 다시 돌이키고 싶지 않을 만큼.

아홉 번의 생, 그녀가 사랑했던 다른 남자. 다른 반려. 다른······ 운명. 자신이 아니라는 걸 확인할 때마다 민우의 아픔은 커져만 갔다. 사랑의 대가였다.

그때 뜨거운 시선을 느꼈던 건지, 다경이 뒤척이다가 눈을 떴다. 아직 잠에 취한 눈으로 민우를 바라보던 그녀가 말했다.

"······왜 째려보는데."

"내가?"

"어, ······몇 시야, 지금. 동트기도 전에 왜 잡아먹을 것처럼 쳐다보고 있는 건데. 어후······, 사람 놀래게."

분명 처음엔 사랑스러운 눈으로 보고 있었는데, 어느덧 그게 애증으로 흘렀나 보다.

다경은 더듬더듬 휴대전화를 찾아 시간을 확인했고, 민우는 여전히 옆으로 누워 그녀를 바라보며 말했다.

"상관없어, 아홉 번이든, 구십 번이든. 구백 번이어도."

"뭐래."

민우의 알 수 없는 말이 헛소리라 생각한 다경은 흘려들었다.

하지만 민우의 마음은 그 말 그대로였다. 다경이 이전에 누군가와 결혼을 몇 번 했든 상관없다. 아픈 건 아픈 거고, 과거에 몇백 번 다른 남자의 아내로 살았다 한들 그게 무슨 의미일까. 민우에게 중요한 건 현재였다.

"소, ······너 정말 나 좋아하는 거 맞아?"

"얘가 새벽부터 봉창 야무지게 두드리네. 흥이 차올라?"

"대답만 해."

"······그래, 맞다. 좋아하는 거 맞으니까 지금 이러고 누워 있지, 내가."

다경이 깁스한 팔을 자랑스레 가리켰다. 그제야 민우는 안심한 듯 엷게 웃었다.

"또 물어봐도, 또 대답해줘라."

"애도 아니고."

"그냥 애라고 생각해."

꿈 같아서 그래. 지금 이 순간이 혹시 꿈이면 어쩌나. 깨어나면 어쩌나 싶어서.

"알았어. 지겹게 물어봐, 지겹게 대답해줄게."

다경이 자신을 좋아한다는 현실이 때로 믿기지 않을 만큼 놀랍고 신기해서. 지금이 바로 자신이 살아가는 '현재'라는 게, 다행스럽고 좋아서. 새벽부터 나누고 있는 이런 대화들이 못내 행복해서.

과거는 의미 없다. 제게 아무런 해도 끼치지 못할 것이다. 물론 다경에게도. 이 행복한 날들을 망칠 수 있는 건 그 무엇도 없을 것이다.

"근데 왜 이렇게 일찍 일어났어?"

침대에 떨어져 누운 채 소곤거리듯 작게 나누는 말들. 제대로 된 신혼생활은커녕 데이트도 해보지 못하고 병원에서 시간을 보내고 있지만, 함께 있는 것만으로도 좋았다. 오늘은 깁스도 풀 거고, 이제 곧 집으로 돌아갈 테니 그것도 좋았다.

"잠깐 깼는데, 너 보니까 잠이 싹 달아나더라."

"왜?"

"무서워서."

뭔가 달콤한 말을 해주려나 기대했던 다경은, 민우의 대답에 실망한 듯 눈을 살짝 흘겼다.

"기껏 좋아한다는 말 실컷 해줬더니 뭐야, 내가 무섭……."

"너 되게 예뻐서."

순식간에 말을 바꾸는 민우 때문에 말문이 막혔는데, 그는 아무렇지 않은 얼굴로 틈을 치고 들어왔다.

"너무 예쁜데, 다시 잠들면 이 순간이 사라질까 봐."

"……."

"그래서 무섭더라."

담백한 음성으로, 툭 하고 건네는 말에 다경의 심장도 떨리기 시작했다. 느끼한 구석 하나 없이 어쩜 저런 소리도 담담하게 잘할까.

평생 친구였던 녀석과 연애를 하면, 온몸이 간지러울 거라 생각했는데 아니었다. 그런 느낌은 전혀 없었다. 장난과 진심을 오가는 고백, 무심함과 세심함을 넘나드는 관심에 매일 새롭게 설렜다.

다경은 가슴이 쿵쿵 뛰면서도 괜히 끌려가지 않으려 애쓰듯 말했다.

"지민우 이거 선수였어, 선수."

"내가?"

"그래, 너 나 몰래 연애 엄청 많이 하고 다녔지? 여자애들 고백하고 그러는 거, 대외적으로만 거절하고 사실은 다 만나주고 그랬던 거 아니야? 관심 막 다 누리고, 즐기고 그러면서……."

"그랬으면 억울하지나 않지."

그건 또 무슨 소릴까.

가끔 민우는 알 수 없는 얘기를 해대곤 했다. 그의 사정을 모르는 다경으로선 이해할 수 없는 말이었다.

민우가 저렇게 애통해하는 건, 결국 스스로 마음을 일찍 깨닫지 못하고서 오랫동안 헤매었던 탓이려니. 제멋대로 해석을 끝낸 다경은 어깨를 으쓱했다.

"나 때문에 지금까지 연애 못 해봤단 소리야? 헐, 얼마나 오래 짝사랑한 거야? 언제부턴데? 설마 여덟 살에 나 처음 보자마자 반하고 그런 거야? 우와, 진짜 이놈의 인기 어쩔. 내가 그렇게 좋았어? 그때부터 내 매력이 그렇게 엄청났던 거……."

"시끄럽다."

민우는 장난스러운 다경의 자뻑 발언을 단칼에 잘랐다.

두 사람 다 알았다. 그 시작이 정확히 언제인지 가늠할 수 없다는 것을. 그만큼 서로가 서로에게 깊이 스며들어 있었다. 그리고 언제가 처음인지 중요하지도 않았다.

다경에게도 '지금'만이 의미 있었다. 이렇게 민우의 마음을 확인하고, 스스로 감정을 알게 된 지금이 더없이 소중했다. 눈뜨면 가장 먼저 보이는 사람이 민우라는 것도, 그가 자신의 남편이라는 것도, 전부 신기하고 고마운 현실이었다.

"근데 너."

다경은 표정을 진지하게 바꾸며, 참았던 궁금증을 던졌다.

"키스 내가 처음인 건 맞고?"

그에 민우는 아까보다 훨씬 억울한 얼굴이 되어버렸다.

"장난해? 놀리냐?"

지금껏 누구 때문에 연애무경험자로 살았는데, 그걸 다 알면서도 그게 무슨 봉창 두드리는 질문이냐는 듯 황당해하는 것처럼도 보인다. 게다가 적은 나이도 아니고, 어디 가서 키스가 처음이었다고 하면 아무도 안 믿을 것이다.

"연애는 내가 처음인데, 키스는 왜 그렇게 잘하는 거야? 술은 마셨지만 음주운전은 안 했고, 키스는 해봤지만 연애는 안 해봤다는 건 아니지?"

다경이 묻는 말에 민우의 눈이 미세하게 커졌다. 키스를, 잘한다고? 내가? 정말? 나 처음인데, 진짜?

놀라움 속에 뿌듯함도 섞인 표정에서 금세 세상 도도한 얼굴로 바뀐 그가 대답했다. 경험이 없어도 천부적인 소질은 어쩔 수 없는 건가. 배우지 않아도 타고난 게 있는 법이니까.

"원래 재능이란 게 있는 거야."

자신도 몰랐던 재능인 것 같은데.

"그래서 네 재능은 키스라는 거야?"

"키스를 포함한 전부."

본능을 넘어선 재능이라. 다경은 그의 입술이 닿고 숨이 섞이는 순간 여지없이 몸이 녹을 뻔하던 느낌을 기억했다. 농담처럼 말하고 있지만, 그건 어쩜 사실일지도 모른다.

재능이라니, 너무 좋은걸. 그것도 아내인 자신만 아는 재능. 게다가 키스를 포함한 전부라니. 전부 뭔데. 키스 포함해서 또 뭐 있는데.

그러니까 키스 말고 또……, 앞으로 우리가 해야 할 일들이……, 그 잘난 재능 직접 경험할 일이……, 이런 거 저런 거 얼마나 많은…….

"어우, 야아."

다경의 얼굴이 그만 발그레해졌다. 손사래까지 치는 모습이 꽤 주책스러웠다. 혼자 상상의 나래를 마음껏 펼친 탓이다.

"얘는 진짜 별소리를 다 한다니까."

"내 말보다 앞서가는 건 너 같은데."

인정. 상상으로 막 나간 건 다경 자신이다. 고작 키스에 무너진 정신과 녹아내린 몸은 이성으로 어쩔 수 있는 게 아니었다. 다경 역시 특별한 이성경험 없이 지금껏 바쁘게 살기만 했었는데, 이제 막 입문한 키스의 신세계는 별천지처럼 느껴졌으니까. 그것도 상대가 지민우라니. 정말 세상 오래 살고 볼 일이다. 그놈의 키스 때문에 결혼까지 하게 되었는데, 그게 이젠 진짜가 되었다니.

실시간으로 휙휙 바뀌는 다경의 얼굴을 보면서 그 마음을 다 읽었다는 듯, 민우가 이내 평온해진 음성으로 말했다.

"이제 좀 덜 억울하네."

다경은 얼른 표정을 정돈하며 대꾸했다.

"뭐가."

"나만 안달 난 건 아닌 것 같아서."

내가 널 원하고 너도 날 원하고. 이 얼마나 아름다운 기적인지, 이제 잘 알 것 같아서.

"그래, 뭐. 좋은 건 좋은 거니까."

다경이 새초롬한 입술을 움직였다. 사랑 앞에 그녀는 물러섬이 없었다. 솔직하고 깔끔했다. 매번 다경의 새로운 모습을 보게 되는 것도 좋았다.

칙칙한 병원 공기조차 달콤하게 느껴진다. 연애가 이렇게 재밌는 건 줄 알았으면 진작 좀 해볼걸.

"이왕 이렇게 된 거, 우리 정말 잘 살아보자."

다경은 결의에 찬 음성으로 앞날을 기약했다.

민우는 그런 다경을 가만히 바라보았다. '이왕 이렇게 되게' 하기 위해, 내가 얼마나 고생을 하며 살아왔는지 넌 알 수 없겠지만, 그런 건 영영 몰라도 되니 넌 이대로 행복하기만 해, 부디. 불안한 미래는 내가 막아줄 테니.

"그래, 잘 살아보자."

내가 꼭 그렇게 할 테니까.

며칠 후, 조이 엔터테인먼트.

"이야, 다리 멀쩡해 보인다? 진짜 괜찮은 거야?"

남 대표는 저벅저벅 사무실로 걸어 들어오는 민우를 보며 감탄했다. 깁스를 풀고 퇴원을 한 민우는 아직 물리치료를 받는 중이긴 하지만 생각보다 상태가 양호했다.

"괜찮아. 이 정도면 회복 빠르대. 곧 운동도 할 수 있을 것 같고."

"다경이는 아직이지?"

"깁스는 이틀 정도는 더 있어야 풀 수 있대."

다경의 소식도 전하며 민우는 자연스레 소파에 앉았다.

"오늘 다경이 영화 크랭크인이라며."

프리 프로덕션(Pre Production: 작품을 준비하는 단계) 기간을 지나 본격적으로 영화 촬영의 시작을 알리는 날이다. 성공과 무사 촬영을 기원하는 고사를 지낸 후 첫 대본 리딩을 진행하는 건 여느 작품과 다를 바 없다. 그 행사에 다경은 깁스를 한 채 참여해야 하는 게 안타까웠다.

"그러고 가서 어떡하냐, 다경이."

"컨디션만 좋던데 뭐. 새벽부터 신나서 나갔어. 걔 촬영 들어가기 전엔 깁스 푸니까 일정엔 지장도 없다고 하고."

민우는 굳이 새벽 일찍 일어나서, 잔뜩 설레는 얼굴로 준비하고 나가는 다경을 지켜보았다. 그녀는 분명 일을 하는 것뿐인데도 왜 이리 가슴 한쪽이 어딘가 걸린 것처럼 답답하던지.

"얼마나 좋겠냐. 꿈에 그리던 강유현이랑 작품까지 하게 되고."

남 대표의 말이 맞다. 다경은 마치 인생 역전이라도 한 주인공 같은 얼굴이었으니까. 이 느낌, 정말 강유현 때문일까.

"그런데 너희……."

갑자기 남 대표가 은근한 표정으로 운을 뗐다.

"집에 가니까 좋아?"

그 말엔 수많은 뜻이 숨어 있음을 알았다. 병원에서 오죽 답답했을까. 이제 막 서로 마음을 확인했는데, 병원이란 공간은 제약이 많았으니까. 단둘이 머물 수 있는 '집'이라는 곳이 얼마나 천국 같을지 민우 역시 기대를 했었다.

하지만 그는 소파에 등을 푹 기대며 인상을 썼다.

"좋긴 뭐가 좋아. 옆에도 못 오게 하는데."

"뭐? 왜?"

남 대표가 깜짝 놀라 되물었다.

"이제 막 불타오를 시기잖아. 그냥 연애하는 것도 아니고, 이미 탄탄하게 깔린 판 위에 있으면서 신혼을 제대로 즐겨야지!"

누가 모르나. 안타까워하는 남 대표의 음성에 민우는 얕은 한숨을 내쉬었다. 마음도 서로 다 확인했고 같은 집에 살기까지 하는데, 한 발 더 다가가는 게 이렇게 어려울 줄 몰랐다.

"집에 가서 방부터 합치려고 했는데……."

"했는데?"

"천천히 가재."

민우의 맥 빠진 음성에는 한이 서려 있었다.

소다경, 이 자식. 기대하게 하질 말든가. 병원에서는 키스만 해도 좋아서 얼굴이 붉어지곤 하더니, 마치 이런 거 저런 거 앞으로 하게 될 모든 게 기대된다는 표정으로 사람 마음을 들었다 났다 하더니 막상 퇴원 후 집으로 돌아가자 가시 돋친 고슴도치처럼 구는 게 아닌가.

"……다경이가 작품 들어가기 전엔 엄청 예민해진다고 했지?"

"맞아."

병원에서야 환경이 다르니 부담이 좀 덜했던 모양이다. 집으로 돌아오자 이제 코앞에 닥친 크랭크인부터 실감이 났는지 바짝 긴장했다. 혹시 역할에 빠져서 실생활에서도 표독스럽게 굴면 어쩌나 걱정이 될 정도로, 다경은 작품 준비에 빠르게 몰입하고 있었다.

벌써 일에 밀린 느낌이 들어 민우는 애처롭게 주인을 기다리는 강아지가 된 기분이다. 그렇다고 작품이 먼저냐, 내가 먼저냐, 치사하게 따지고 있을 수도 없고.

남 대표는 상황을 알겠다는 듯 고개를 끄덕였다.

"그걸 네가 이해해줘야지, 누가 이해하겠냐. 그 고충 서로 알아주니까 배우끼리 부부인 게 좋은 점도 있는 거고."

"알지, 나도 알지."

다경은 또 얼마나 긴장하고 힘들어하고 있을지, 민우 역시 잘 안다. 아마 이전의 삶에서는 헤아리지 못했을지도 모른다. 이번 생에서 그가 배우라는 직업을 갖게 된 건 다경에게 좀 더 가까이 다가감과 동시에, 그녀를 더 잘 이해할 수 있는 바탕이 되어주었다.

"다경이 역할이 좀 세다며. 감정 잡고 유지하려면 힘들긴 하겠어."

"그렇겠지."

민우와의 현실은 몰랑몰랑 핑크빛 솜사탕이 가득한 시기. 하지만 이제 막 사랑이 피어오르는 현실과 그녀가 준비 중인 작품의 간극은 크기만 했다. 분위기가 달라도 너무 다르다.

"그 와중에 연습은 또 얼마나 열심히 하는지 몰라. 진짜 살벌해."

다경은 내내 시나리오 책을 붙들고 있었다. 내내 싸늘한 표정과 독한 음성으로 내뱉는 대사들은, '가까이 오면 죽여버리겠다.'라는 어둠의 기운이 느껴지기까지 했다. 그 대단한 강유현인지 뭔지와의 첫 호흡이고, 게다가 우 감독의 작품인지라 자신의 존재가 걸림돌이 되지 않도록 하는 것만 해도 다경에겐 큰 부담일 것이다.

　"차라리 로코를 했으면 좋았으려나."

　"에이, 마누라가 다른 남자배우랑 꽁냥거리는 꼴은 또 어떻게 보시려고."

　"그러네."

　"짝사랑 끝내서 부럽다 했더니, 너도 그다음이 쉽지는 않네."

　"그런데 참 예뻐."

　남 대표는 또 깜짝 놀랐다. 저게 정녕 지민우의 입에서 나오는 소리가 맞단 말인가.

　"다 쏟아부으며 열심히 하는 모습. 그게 또 그렇게 섹시하다, 우리 소가."

　남 대표는 조용히 제 팔뚝에 돋은 소름을 문지르며 대답했다.

　"아……, 그렇구나……."

　"대사 칠 때 눈빛 말이야. 그게 연습한다고 되는 게 아니거든. 카메라 안 돌아가도 0.1초 만에 바로 몰입하는데, 그때 바뀌는 눈빛에 심장이 어후……, 우리 소, 얼굴 근육은 또 얼마나 자연스럽게 쓰는지."

　팔불출이 따로 없다. 자기 자신 말고는 다른 데는 관심 없던 지민우가, 우리 소, 우리 소, 해가며 다경의 얘기를 열심히 하는 모습이 참 신선하기도 했다.

　그뿐일까. 수도권을 벗어나 촬영하는 작품은 거부하겠다는 의사까지 밝혔다. 이유는, 그녀의 곁에 있기 위해서였다. 지민우의 사랑꾼 이미지라니 캐릭터랑 영 안 어울리는데, 사랑이 이렇게나 무섭네.

"이거나 봐."

남 대표는 챙겨온 대본집을 하나 툭 던져주었다. 공중파 방송국의 2부작 단막극 대본이었다.

"놀면서 광고만 찍으면 욕먹는다. 배우가 연기를 해야지, 연기를."

"그래도 형밖에 없네."

민우는 싱긋 웃으며 대본을 펼쳤다. 서울 근교에서 촬영이 이루어질 것으로 보였다.

"이런 걸 어떻게 또 용케 구해왔어."

"별수 있냐. 네가 멀리 가긴 싫다는데."

물 들어올 때 노 저어야 한다며 무조건 자신을 몰아붙이지 않는 남 대표가 고마웠다.

"보다 보다 이 바닥에서 너 같은 앤 정말 처음 본다."

말은 그렇게 하지만 남 대표는 억지로 강요할 생각이 전혀 없어 보였다. 제 의사를 적극 존중해주며 그 안에서 할 일을 찾아주는 게 얼마나 세심한 배려인지 민우는 잘 알고 있었다.

"이 정도는 괜찮을 것 같네. 출연할게."

민우의 시원한 승낙에 남 대표의 얼굴도 밝아졌다.

"그래, 잘 생각했어. 사람이 밥값을 하고 살아야지."

밥값도 못 하고 마누라 뒤꽁무니만 쫓는 건 역시 자신도 원하는 바는 아니니까. 덕질도 본업에 충실해가며 해야지, 하는 생각으로 민우는 진지하게 대본을 살폈다.

민우도, 다경도, 사랑을 확인한 이후 달라진 세상 속으로 한 발짝, 새로 내딛는 시점이었다.

명감독 우장호와 톱스타 강유현의 신작. 핫이슈 소다경의 결혼 후 첫 작품. 그 사실만으로도 '화인火印'에 집중되는 열기는 대단했다.

촬영을 무사히 끝내길 기원하는 고사가 진행되고 이어서 사진 촬영이 있었다. 먼저 감독과 주연배우들끼리 사진을 찍는 순서에 나리호는 대놓고 유현의 옆에 붙어 섰다. 아무것도 모르는 척 생글생글 웃으면서. 유현의 다른 옆쪽에는 우 감독이 있었다.

다경은 깁스한 팔이 크게 거슬리지 않도록 어깨에 걸친 재킷으로 가려 옷매무새를 정돈하느라 조금 늦게 왔다.

리호가 손짓했다.

"뭐 해, 언니. 얼른 와."

왜 사람들을 기다리게 하냐는 듯 살짝 눈치를 주는 음성에 다경이 서둘러 리호의 옆으로 가려 했다.

우 감독, 유현, 리호, 그리고 다경이 나란히 서게 된 상황이 되었다. 다소 예민한 배우들일수록 서는 자리, 이름의 순서, 분량 하나만으로도 서열을 따지며 자존심에 타격을 받곤 했다. 그러니 지금 서는 자리는 마치, 리호 다음이 다경처럼 보이게끔 했다. 리호의 의도였다. 늦게 들어온 다경이 미치지 않고서야 감독의 옆으로 먼저 가진 않을 테니까.

그런데 그때, 자연스레 끝자리로 가려는 다경을 부르는 이가 있었다.

"다경 씨는 이리 와야지."

우 감독은 스스로 자신과 유현 사이의 거리를 벌리고, 다경을 데

려와 세웠다. 속이 빤히 읽히는 리호를 밀어낼 순 없으니 자신의
자리를 내어준 것이다.

"네? 아니…….."

"아니긴. 우리 유현 씨가 원톱이니 두 사람이 양옆으로 서는 게
맞아. 여기 서도록 해요."

말은 유현 때문인 것처럼 하고 있지만 누가 봐도 다경을 배려하
는 모습이었다. 유현 역시 웃으며 제 옆자리를 눈짓했다. 이리로
와. 편하게 생각하라는 듯 다정한 시선이었다.

촬영이 늦어질 것 같아 다경은 서둘러 몸을 움직였다.

결국 우 감독과 유현의 중간에 다경이 서게 되고, 나리호는 변방
으로 밀려난 기분이 들었다. 스포트라이트는 저 셋에게만 쏟아지
는 것 같았다. 누가 봐도 주인공은 세 사람처럼 보여 불쾌한 소외
감이 리호의 가슴에 번져나갔다.

'뭐야. 지금 대놓고 나 엿 먹이네, 이것들이?'

자신이 먼저 쓰려던 얕은수는 생각지도 않고서 리호는 이들이
일부러 제 자존심을 깔아뭉갰다고 받아들였다. 언제 어디서나 그
랬듯 자신이 주인공이어야 하는데, 그게 여기선 쉽지 않아 보였다.
그래서 짜증이 치솟았다.

그나마 연기가 어느 정도 가능한 나리호는 아무렇지 않은 듯 화
사한 얼굴로 카메라를 향해 방긋 웃고만 있었다. 속으론 이를 바드
득 갈면서.

"다경아."

대본 리딩에 앞서 잠시 주어진 휴식시간, 유현이 다경을 찾아왔
다. 직접 행차한 스타님께 감읍한 다경은 어쩔 줄 몰라 벌떡 일어
섰다.

"아, 선배님."

아무리 자주 접해도 익숙해지지 않는 황공함이다. 강유현. 내 하늘의 내 별. 어떻게 내 앞에 이렇게 뚝 떨어질 수가 있지.

"혼자 있었네. 너희 매니저님은?"

"언니는 잠깐 차에 뭐 가지러 갔어요."

백만 번 생각해도 꿈만 같은 일이다.

"오늘 보니까 조금 긴장하는 것 같던데."

"아아, 네. 사실 조금요."

설마 컨디션까지 다 살피러 와주신 건가. 내 배우님 너무 세심하시잖아.

"아깐 기자분들도 너무 많고 해서요."

"리딩 때는 초반에만 촬영하고 다 빠지니까 걱정하지 말고 편하게 해."

"네, 감사해요."

간단히 안부만 묻는 건 줄 알았는데 유현은 할 말이 남은 듯 머물러 있었다. 순간 어색해진 다경이 멋쩍게 웃었고, 그는 손에 들고 있던 작은 쇼핑백을 건넸다.

"네 거야."

생각지도 못한 선물에 당황스러우면서도, 받지 않을 수가 없어 다경은 손을 내밀었다. 이런 걸 받아도 되나. 그런데 대체 이게 뭘까.

"지금 봐도 될까요?"

"당연히 되지."

유현이 싱긋 웃으며 덧붙였다.

"연기 잘하라고, 떨지 말라고, ……힘내라고 주는 거야."

그 말을 들은 다경의 심장이 쿵 내려앉았다. 설마 기억하신 거야?

다경의 손이 여리게 떨려왔다. 그녀는 겨우 힘내서 깁스하지 않은 한쪽 손으로 쇼핑백의 리본을 당겨 풀었다. 작은 쇼핑백 안에 든 건, 황금색 종이 포장이 꽤 예스러운 여러 개의 판초콜릿이었다.

"이거……."

설마, 했는데 진짜다.

초콜릿을 꺼내어본 다경이 고개를 들어 유현을 바라보았다. 심장이 세차게 쿵쿵거렸다. 믿을 수 없을 만큼 떨리고 놀라운 순간이었다. 정말 기억한 거다. 유현 역시 자신과의 짧은 만남을 기억해낸 거다.

기대하지도 않았는데. 그저 자신에게만 특별한 기억이라 생각했을 뿐인데.

"그래, 그거. ……21년 전인가? 벌써 시간이 그렇게 됐네."

유현이 천천히 웃으며 말했다. 무척이나 따뜻한 미소였다.

유현이 열한 살 때였다. 제법 알려진 아역배우로 활동한 지 벌써 3년 차가 되었다.

드라마 촬영으로 방송국에 갔는데, 긴 대기시간으로 인해 매니저 역할을 해주는 엄마는 통화하느라 잠시 자리를 비웠고 유현은 기다렸다는 듯 몸을 일으켰다. 어른들의 눈을 피해 숨을 곳이 세트장 사이사이에 있는 걸 파악해두고 있다가 종종 이용하곤 했었다. 숨 쉴 곳이 필요했다. 아주 잠깐이라도.

'초콜릿 하나만 먹고 와야지.'

눈치 보지 않고 마음껏 숨을 쉬며 혼자만의 시간을 가져야만 했다. 정글 같은 그곳에서 어린 몸으로 버티기 위해서 나름대로 찾아낸 휴식의 방법이었다.

'딱 하나만 먹고 금방 오면 돼.'

긴 시간이 필요하지도 않았다. 엄마가 돌아오기 전에 제자리에 가 있어야 하니까.

촬영이 진행되지 않는 세트 구석, 작은 몸을 숨기고 막 주머니에서 초콜릿을 꺼내려던 때였다. 유현의 귓가에 이상한 소리가 들려왔다. 훌쩍거리는 여자아이의 울음. 그리고 아이를 낮은 음성으로 매섭게 다그치는 한 여인의 목소리.

"어떻게 얻은 기회인데 그걸 못 해서 나가란 소리를 들어? 너 바보니? 바보야? 울긴 왜 울어? 뭘 잘했다고?"

소리가 크진 않지만 제법 싸늘했다.

유현은 고개를 내밀어 소리가 들려오는 쪽을 찾아보았다. 딱 봐도 유치원생이나 되었을까, 아주 어린 여자아이였다. 여자는 아이의 이마를 검지로 꾹꾹 눌러 밀며 타박을 멈추지 않았다.

"널 데리고 여기까지 온 내가 한심한 년이지. 너 때문에 고생한 거 생각하면 짜증나, 정말."

"엄마, 다시 할게요. 가서 잘할게요."

"어휴, 잘한다고 말만 하면 다야? 왜 연습한 대로 못 해서 엄마한테 이 망신을 주니?"

엄마였구나. 유현의 어린 가슴이 철렁 내려앉았다.

"이쁘게 생겼다고, 카메라 잘 받는다고 칭찬 실컷 들으면 뭐해. 그렇게 얼어붙어서 꼼짝도 못 하고 서 있는데. 이래서 너 앞으로 뭐라도 제대로 하겠어? 대사는 홀랑 다 까먹고, 너 돌대가리 아니니?"

"아니에요, 엄마. 제가 잘못했어요."

아이는 눈물을 펑펑 쏟으며 두 손을 비벼 잘못을 빌고 있었다. 자신이 뭘 잘못한 줄은 아는 걸까. 애초에 연기를 못한 게, 저렇게 어린아이가 스스로 느낄 만큼 잘못이긴 한 걸까.

……아이는 그저 엄마가 화내는 게 싫을 뿐일 것이다. 무섭고, 겁나고. 이대로 미움받다가 버려질까 두렵기도 하겠지. 아이에겐 부모가 세상의 전부니까. 그 세상이 무너지는 게 싫고 무서우니까.

이를 지켜보는 유현의 가슴이 꽉 조여들었다. 나만 그런 게 아니 구나. 우리 엄마만 그런 게 아니었어. 저 애도 아프고, 저 애도 힘 들겠구나. 자신이 뭘 하는지도 모르고, 어디로 가는지도 모른 채로 그렇게 위태로운 길을 끌려가고 있는 거구나.

"정말 다시 하면 잘할 수 있겠어?"

"네, 네. 잘할게요."

아이는 눈물 가득한 얼굴로 끄덕거렸다. 아이를 쏘아본 여자가 사납게 중얼거렸다.

"내 인생은 뭐가 이렇게 박복한지. 애 얼굴 덕 좀 보려다가 개고 생만 하게 생겼네."

그러곤 다시 엄한 음성으로 꾸짖듯 말했다.

"엄마가 감독님한테 사정해서 한 번만 더 봐달라고 할 테니까, 준비하고 있어. 알겠니?"

"네."

"또 꿀 먹은 벙어리 됐다가는 오늘 아주 집에도 못 들어올 줄 알 아."

"네."

겁먹은 얼굴로 순순히 대답하는 딸을 두고 엄마라는 여자는 휙 돌아섰다. 그녀가 바쁜 걸음으로 사라진 후, 아이는 동그마니 무릎 을 껴안고 내려앉았다.

이제 연기를 시작하려는 아이일까. 엄마의 욕심 때문에 여기까 지 끌려왔겠지. 훌쩍거리던 것도 잠시, 아이는 자신이 외운 대사를 중얼중얼 연습했다. 절박한 음성이었다.

유현은 천천히 걸어 나와 아이의 앞으로 갔다. 그 앞에 쪼그리고 앉아 눈을 맞추자, 아이가 놀란 얼굴로 자신을 바라보았다.

"어……."

아직 눈물이 그득하게 들어찬 눈이 커다래졌다. 가까이에서 보니 오밀조밀 생긴 이목구비가 인형처럼 참 예쁜 아이였다.

"텔레비전에서 많이 봤는데……."

바로 자신을 알아본 듯 신기해하는 게 영락없는 아이였다. 유현은 인사를 할까 하다가 그냥 손에 쥐고 있던 초콜릿을 아이에게 내밀었다.

"자."

아이는 쉽게 받지 못하고 초콜릿과 자신의 얼굴만 번갈아 쳐다보았다. 유현은 아이의 손을 열어 초콜릿을 쥐여주었다.

"너 혼자 다 먹어."

"……."

"떨지 말라고, 연기 잘하라고 주는 거니까."

도망갈 수 없다면, 아직 너무 어려 혼자 헤쳐갈 수 없는 세상이라면, 그래서 저런 무서운 엄마라도 곁에 꼭 붙어 있어야만 한다면…… 그럼 너도 힘내야 하니까.

"먹고, 힘내."

유현은 싱긋 웃으며 아이의 머리를 가볍게 쓰다듬어주었다. 이름도, 나이도 묻지 않았다. 사실 이곳에선 언제 어떻게 사라질지 모를 별이니까. 그저 지금 이 순간의 아이가 조금 덜 아팠으면 좋겠다는 그 마음뿐이었다. 마치 자신을 보는 것만 같아서 그랬다. 스스로 어루만지는 기분이었다.

그날의 일탈. 숨어서 초콜릿을 먹는 대신, 낯선 아이에게 초콜릿을 건네고 돌아왔던 그날.

유현의 기억 속에서 사라진 줄 알았던 그때, 사실은 가슴 한편에 그토록 짙게 남아 있었는지 자신도 모르고 있었다. 이렇게 다경을 다시 만나기 전까지는.

다경은 21년 만에 받은 초콜릿을 보고, 자신만 간직한 추억이 아니라는 사실에 너무도 놀라고 말았다. 유현이 그 일을 기억할 줄이야. 게다가 초콜릿을 주면서 했던 말도, 정확하진 않지만 비슷하게 재현했다. 제가 유현에게 특별한 사람이 된 듯한 착각이 들 정도였다. 가슴이 쿵쿵 울려댔다.

"이 초콜릿 없어졌던데, 어떻게……. 제가 몇 번이나 사 먹으려고 찾아다녔거든요. 이제 안 판다고 하더라고요."

"나도 어렵게 구했어."

사실이었다. 매니저 강호가 사방으로 알아보고 노력하지 않았더라면 구하지 못했을 것이다.

"형, 그거 우리나라에선 더 이상 생산을 안 한대요. 그래서 알아보니까 지금은 인도네시아에 공장 두고 거기서만 생산해 판매 중이라고 해서 진짜 힘들게 구했어요."

강호는 뿌듯해하며 초콜릿 한 상자를 가져왔다.

다행이었다. 감격하는 다경의 얼굴을 보니 유현은 확신할 수 있었다. 예감이 맞았다. 소다경은 그때 그 아이가 자신이라는 걸 알고 있었고, 지금까지 잊은 적 없을 것이다. 특별한 운명, 그게 둘 사이에 있다고 생각해왔을지도 모르지. ……지금 자신이 그러는 것처럼.

"근데 이 초콜릿인지, 어떻게 브랜드까지 기억하셨어요?"

"그거 원래 내가 제일 좋아하던 초콜릿이었거든. 그것만 먹었었어."

"아아. ⋯⋯그냥 초콜릿이 아니었네요."

자신의 치유제처럼, 상처 난 가슴을 달래주는 유일한 약이었다. 유현이 그 초콜릿을 잊을 리는 없다. 다만 그때 그 아이가 소다경인지는 모르고 살았을 뿐. 다경의 어릴 때 사진을 보고 그 아이였다는 걸 바로 깨닫긴 했지만 말이다.

"저는⋯⋯, 선배님은 당연히 기억 못 하실 거라 생각했어요."

아마 다경이 계속 활동을 했더라면 다시 만날 기회가 있었을지도 모르겠지만, 아역 때부터 꾸준히 필모그래피를 쌓아온 유현과 다르게 다경은 그의 예상대로 사라진 별이 되어버렸었다.

"얼마 전에 기억났어. 네가 그 애였구나, 하고."

"정말 영광입니다."

다경은 진심으로 감동한 얼굴이었다. 유현은, 어쩌면 다경이 제 생각보다 훨씬 더 자신을 좋아하고 있었는지 모른다는 느낌을 받았다.

"넌 계속 잊지 않고 있었던 거야?"

아무리 그래도 20년도 더 된 일인데, 다경이 쭉 기억하고 있었다는 게 유현에게도 놀라운 일이긴 했다.

"당연하죠. 그때 선배님 덕분에 연기 잘해서 배역도 따고 그랬어요. 어린 마음에 얼마나 신기했는지 몰라요. TV에서만 보던 오빠가 눈앞에 딱 나타나서 위로도 해주고 격려도 해주는데, 힘이 안 날 수가 없더라고요."

"'오빠'라."

"아."

아차, 싶었는지 다경이 입을 닫았다. 조금 틈이 생기니 너무 편하게 대했나 하고 스스로 반성하는 표정이었다.

"계속 그렇게 불러도 되겠…….."

"어유, 무슨! 아닙니다, 선배님!"

군기가 바짝 든 이등병처럼 다경은 깍듯하게 거절했다.

유현의 입가에서 풋, 웃음이 새어나왔다. 커다란 눈망울에 물기가 가득 어려 있던 그 아이가, 지금은 이토록 단단한 눈빛의 여자로 성장했다는 사실에 왠지 가슴이 뭉클했다.

잘 자랐구나. 어쩌면 많이 힘들었을 텐데, 너도 참 열심히 살았겠구나.

"……그럼 가볼게. 준비해라."

하고 싶은 말도, 듣고 싶은 말도 많았다. 하지만 마냥 붙잡고 있을 수는 없었다.

"네, 선배님, 감사합니다! 초콜릿 정말 잘 먹을게요. 먹고 힘내서 연기 열심히 하겠습니다!"

지금은 그게 아닌데. 단순히 힘내라고 주는 초콜릿이 아니라, 특별하고 오랜 인연을 각인시켜 주는 건데.

"그래, 얘기는 차차 하자."

우리는 처음부터 운명이었을지 모르니까. 네 남편이 아니라, 내가.

❖⟩⟨❖

'이상하네.'

나리호는 곁눈질로 유현과 다경을 번갈아 보았다. 리딩이 시작된 후 많은 배우가 각자의 자리에 앉아 진지하게 임하고 있을 때도 마찬가지였다. 리호는 자신의 분량이 아닐 땐 여지없이 유현과 다경을 주시했다.

'심상치 않아.'

아까 유현이 다경의 대기실에 들어가는 장면을 목격했다. 뭘 들고 있었는데, 리본까지 묶은 종이가방 같았다. 그 안에 뭐가 들어 있었을까. 그것도 왜 다경에게만?

'둘이 뭐 있는 거 아니야?'

한번 번지기 시작한 의심은 꼬리에 꼬리를 물고 이어졌다.

'유현 선배가 소다경한테만 말을 놓는 것도 그렇고. 급도 안 되는 소다경이 이 영화에 캐스팅된 것도 그렇고.'

처음엔 우 감독이 소다경을 강하게 밀어붙였다는 얘기에 그쪽을 이상하게 생각했었다. 하지만 지금 보니, 우 감독이 아니라 강유현 쪽이었나 싶어지는 것이다.

'……에이, 말도 안 되지.'

급기야 픽 웃음이 나왔다. 강유현과 소다경이라니. 미치지 않고서야 강유현이 왜?

"……호. ……리호. ……나리호 씨!"

"네?!"

자신을 부르는 소리에 리호가 크게 대답했다.

"무슨 생각을 하는 거야. 리호 씨 리딩 안 해?"

우 감독이 미간을 확 찌푸리며 소리를 내었다.

언제 자신의 차례가 되었는지도 몰랐던 리호가 당황해 대본을 넘겼다. 뭐야, 어느 페이지야. 어디까지 간 거야. 옆에 있던 다경이 재빨리 자신이 펼쳐놓은 대본과 바꿔주었다.

"여기."

"아…….."

고맙다는 말도 하지 못하고, 리호는 부랴부랴 제 대사를 읊기 시작했다. 하지만 식은땀이 주르르 흐르며 이른바 대사가 '입에 씹히며' 자꾸만 꼬였다.

"죄송해요, 다시 할게요."

일부러 더 화사하게 웃어 보였다. 아무리 NG를 내도 이런 웃음이면 늘 무사통과였다. 오히려 리호 덕분에 분위기가 좋다는 말도 많이 듣곤 했으니까.

그러나 우 감독은 리호의 연기가 마음에 들지 않는 듯 한숨을 내쉬었다.

"그만하면 됐고, 다음 신 가지."

리딩을 잘라?

실제 촬영도 아닌데 왜 저렇게 깐깐하게 굴어? 리호는 당황하여 우 감독을 바라보았지만, 이미 대본을 신경질적으로 넘긴 감독은 유현에게 시선을 던졌다.

"유현 씨, 다음."

배우들의 대본도 감독을 따라 휘리릭 넘어갔다.

거대한 지우개가 자신의 존재를 슥슥슥 지워버린 느낌. 처음 느낀 모멸감에 리호의 얼굴이 확 붉어졌다. 하지만 누구도 그녀를 신경 쓸 틈이 없었고, 리딩은 재개되었다.

유현과 다경이 붙는 장면이 이어졌고, 마치 전부터 오랫동안 호흡을 맞춰왔던 사이처럼 두 배우는 물 흐르듯 자연스럽게 대사를 주고받았다.

리호는 조금 아까 다경이 바꿔준 대본을 물끄러미 내려다보았다. 아직 촬영이 들어가기도 전인데도 얼마나 마르고 닳도록 보았는지 책장이 너덜너덜해질 만큼 낡아 있었다. 대사에는 다경이 써둔 메모들이 빼곡했다. 어떤 감정으로, 어떤 억양으로, 어떤 표정으로 연기해야 하는지 깨알같이 쓴 말들. 대사 사이사이에 호흡 넣는 부분까지 체크해두고 있었다.

'……별 유난을 다 떨고 있네.'

시선을 돌렸다. 다경의 앞엔 자신의 대본이 있다. 새것처럼 깨끗한 대본. 어떤 느낌인지 정확히 설명할 순 없지만 뭔가 기분이 나빠진 것만은 확실했다.

❖❖❖❖❖❖

"고생했어, 다경아."

주아의 음성에 종일 긴장했던 다경은 마음이 편안해졌다. 모든 일정을 마치고 이제 집으로 돌아가는 일만 남았다. 첫 단추를 잘 끼워야 한다는 부담감에 얼마나 긴장했는지 모른다.

"기사도 잘 뜨고, 크랭크인 행사도 아무 문제 없이 잘 끝났으니 이제 마음 편히 작품만 잘하자."

"응, 언니. 고마워."

지친 목소리로 대답하면서도 다경은 주아의 격려가 진심으로 고맙게 느껴졌다.

"얼른 타. 안에 선물 있어."

주차장으로 내려와 밴 앞에 다다랐을 때 주아가 건넨 말에 다경의 눈이 조금 커졌다. 선물? 아깐 강유현 선배가 초콜릿과 함께 소중한 추억을 선물로 주더니, 밴 안에는 또 무슨 선물이 있는 거지? 오늘따라 왜 이리 다들 잘해줄까.

"선물이 뭔데?"

"뭐. 일종의 피로회복제지!"

기대하며 한 발 다가가려는데, 뒤쪽에서 다경을 부르는 소리가 들려왔다.

"다경아."

이제는 음성마저 친숙한 강유현이었다.

"아, 선배님."

매니저와 함께 나타난 유현은 다경에게 성큼성큼 다가왔다.

"오늘 고생했어."

"선배님도 수고하셨습니다."

아까도 인사를 나누긴 했지만, 여기는 한적해 좀 더 친밀한 인사를 다시 나눌 수 있었다.

"이거."

그가 내민 건 작은 티 박스였다.

"뭘 이렇게 또 주세요."

자꾸 받기만 하는 게 민망해진 다경은 어찌해야 하나 싶었지만, 멀뚱히 서 있을 수만은 없었다. 결국 깁스하지 않은 한 손을 내밀어 받았다.

"불면증에 좋은 차야. 아까 얘기하는 거 들으니 요즘 잠을 제대로 못 잔다면서."

"아, 들으셨네요."

아까 다른 배우와 가볍게 나눈 이야기였는데 이를 듣고 기억해 챙겨줄 줄이야.

"수면제 처방에 너무 의지하지 않았으면 해서. 습관 되면 안 좋아. 최대한 스트레스 받지 말고 반신욕도 하면서 몸에 좋은 음식 잘 챙겨 먹어. 난 이 티도 꽤 도움 됐거든. 마침 차에 남은 게 있어서 가져왔어."

다경과 함께 얘기를 나누었던 배우는 수면제가 직방이라며 얼른 처방부터 받으라는 조언을 해줬다. 정 잠이 안 오면 술 한두 잔 마시는 것도 도움이 된다고도 했는데 그다지 바람직하지 않은 조언이었다. 그게 꽤 신경이 쓰였는지 유현이 직접 관여한 것이다.

한두 번의 친절이 아니라 다경은 얼떨떨했다. 매너 좋기로 소문 난 강유현이지만 이 정도로 세심할 줄은 상상도 못 했는데.

　그 순간 밴의 문이 열렸다. 다경은 깜짝 놀라 돌아보았다. 주아 는 바로 옆에 있는데 밴의 문이 어떻게 저 혼자 열리지?

　그리고 모습을 드러낸 건 다름 아닌 남편 지민우였다.

　"어? 지민우."

　밴 안에 있던 선물이자 다경의 피로회복제는 살벌한 표정으로 보아하니, 지금 상당히 불쾌한 것 같았다.

　다경은 뜻밖의 등장에 놀랐다. 밴에 민우가 타고 있을 줄은 상상 도 못 했기 때문이다. 피로회복제가 너였구나. 주아에게 따로 연락 해 여기까지 와서 기다리고 있었다니 반가운 마음도 함께 들었다.

　하지만 민우는 가뜩이나 강유현 때문에 신경이 곤두서 있던 참 이라, 다경을 뒤로하고 그에게 먼저 직구를 날렸다.

　"제 아내 잠자리는 제가 신경 쓰겠습니다, 선배님."

　인사는 싹둑 잘라먹고 용건부터 건네는 민우의 태도에, 유현의 눈썹이 살짝 찡그려졌다. 곁에 있던 각자의 매니저들도 놀라긴 마 찬가지였다. 유현을 대하는 민우의 말투가 꽤 차가웠다. 선후배 사 이가 아니라 상당한 앙심을 품은 연적 관계로 보이기까지 할 정도 다.

　"우리 다경이 잘 챙겨주시는 건 고맙지만, 선배님께선 가끔 좀 지나치신 것 같아서요. 이런 건 남편인 제가 신경 쓸 부분이죠."

　"신경 쓰는 남편이 있는 것 치고, 다경이가 별로 편안해 보이지 는 않아서."

　님아, 그 선을 넘지 마오.

　"어떻게 보이든, 저희 부부 일입니다."

　싹둑 자르는 말에 냉기가 가득했다.

매니저들도 어떻게 나서야 할지 모를 상황이라 눈치만 살피고 있고, 다경이 분위기를 바꾸기 위해 나서려던 참이다. 민우는 그녀의 어깨를 가만히 감싸며 입을 열었다.

"우리 다경인 제 품에서는 세상모르고 꿀잠 자거든요. 요즘 살짝 예민해서 잠을 설쳤을 뿐이지, 불면증이야 딱히 문제 될 게 없습니다."

남편이 누구인지 똑똑히 인지시켜주는 말이었다.

하지만 그 말을 들은 유현의 입꼬리가 아주 미세하게 말려 올라 갔다. 설마, 안 믿는 건가. ……혹시, 비웃는 거야? 마치 너희가 동 침하는 사이가 아니라는 걸 다 안다는 듯한 얼굴이다.

"그렇다면 다행이고."

그 표정은 금세 스쳐 사라지고 유현은 다시 자상한 선배로 돌아 왔지만, 민우는 분명히 느꼈다. 지난번 방문 때 부부가 각방을 쓴 다는 사실을 알게 된 유현은 확신하고 있는 듯했다.

"제가 잘 재울 테니 선배님은 필요 이상의 걱정, 접어두세요."

"하핫……, 피곤하실 텐데 얼른 가셔야죠. 저희도 가볼게요. 수 고하셨습니다!"

남편의 느닷없는 견제에 당황한 다경이 웃으며 서둘러 상황을 수습했다. 얼른 민우를 끌고 밴에 올라탄 다경은 주아를 재촉해 출 발하게 했다.

달리는 밴 안에 나란히 앉아 마음을 가라앉히려 했지만 쉽지 않 았다. 다경은 얼굴이 다 화끈거렸다.

"너답지 않게 또 그런다."

유현만 있으면 민우가 다른 사람처럼 굴곤 하는 게 적응이 되질 않았다.

"내가 뭘."

"누가 보면 내가 강유현 선배랑 무슨 사이라도 되는 줄 알겠다고. 너 그러는 거 완전 오버라니까."

다경의 입장에선 그럴 법도 했다. 그 대단한 스타와 엮일 일이 뭐 있다고 남편이 이렇게 나서서 견제하나 싶겠지. 그렇다고 강유현이 제대로 호감을 표현한 것도 아니고, 이런 상황에선 부끄럽고 당황스러울 것이다. 다경의 마음을 모르는 게 아니다.

하지만 민우는 어쩔 수가 없었다. 자꾸 부딪칠수록 확신은 깊어져가니까. 그의 존재가 점점 더 가깝게 다가오고 있다. 지난 생의 다경이 가을 즈음에 결혼했던 남자, 그 상대가 강유현이란 생각을 떨칠 수가 없었다.

그렇다고 민우는 지금 강유현이 널 좋아하기 시작한 것 같다, 혹은 앞으로 그럴 것이라는 말을 해줄 수도 없다. 자신이 보기엔 확실한데, 그의 마음을 굳이 제 입으로 알려줄 필요는 없는 거다. 그녀에겐 강유현이 그저 하늘 같은 선배일 뿐인데, 남자로서의 존재감을 인식하게 할 순 없다. 행여 다경이 이에 흔들릴까 불안한 것도 사실이었고.

"다른 남자가 너 보는 거 싫어서 그래. 상대가 누구든 상관없이."

"걱정하는 거야? 아무 일도 없는데?"

그건 사실이다. 지금은 걱정할 만한 일이 전혀 없다. 민우는 지난 생의 조각을 맞춰가며 홀로 앞서 나가고 있을 뿐이었다.

"어우, 지민우 쿨한 줄 알았더니 진짜 왜 이러실까. 집착하고 이런 거 정말 내 취향 아니거든. 너무 그러지 마, 무서워."

"누군 취향이냐."

"아무튼 너 계속 이러면 좀 부담스러워."

이러다 팔자에도 없는 집착남, 스토커 되겠다 싶어 민우가 입을 다물었다. 순식간에 싸한 냉기가 밴 안에 감돌았다.

지난 생의 인연은 어디까지 이어지는 걸까. 아까 강유현의 눈빛을 떠올려보니, 이미 결혼했다고 안심할 수만은 없을 듯한데.

문제는, 이게 시작이라는 점이었다.

part 7

다가오지 마세요

'너무 심했나.'

깁스에 방수 커버를 씌워 낑낑거리며 샤워를 마친 후, 잠옷까지 겨우 챙겨 입은 다경은 거치대에 고정한 드라이어 아래 머리를 흔들어 말리며 생각에 잠겼다.

아까 집으로 돌아오는 길에 강유현 이야기로 민우와 약간의 언쟁을 했던 게 영 마음에 걸렸다.

'내가 그렇게나 좋아했던 선배님이니까 민우는 신경 쓰일 수밖에 없긴 하겠지. 그게 당연하긴 한데.'

강유현이 자신을 여자로 볼 리도 절대 없고, 자신 역시 강유현을 남자로 좋아하는 게 아니니까 민우가 기분 나빠할 필요는 전혀 없다고만 생각했다. 얼굴이 화끈거릴 만큼 부끄러운 오해며 착각이라고도 생각했고, 말도 안 되는 일에 감정을 소모할 필요가 없다고 여겼다.

하지만 민우의 입장에선 충분히 신경 쓸 만한 일이기도 할 것이다. 그냥 무늬만 남편이 아니니까. 이제 정말 서로 좋아하는 사이니까. 그토록 동경했던 스타와 자신이 가까운 곳에서 함께 일하는 사이가 되었고, 심지어 그 스타가 자상하고 친절하기까지 하니까.

입장을 바꾸어 생각하니 자신이 민우라도 찜찜할 것 같다.

480

'미안하네…….'

민우의 마음을 좀 더 헤아렸어야 했는데. 무조건 견제가 우습고 부끄럽다고만 했으니 민우도 상처받긴 했을 것이다. 가장 우선으로 생각했어야 하는 건 남편의 마음이었다.

어쩌면 달콤했을지 모를 귀갓길이 조금은 냉랭해졌고, 집에 도착한 후 민우는 밴에서 먼저 내려서 가버렸다.

주아가 다경에게 넌지시 운을 뗐다.

"민우도 기분이 좀 그렇긴 할 거야."

"……아무래도 그렇겠지?"

"다른 남자가 내 와이프한테 그렇게 친절한데 기분 좋을 남자가 어디 있겠어. 그것도 네가 그렇게 끔찍이 좋아하던 강유현이잖아."

"후우……."

"아까 민우가 나한테 직접 연락해 미리 와서 밴에서 기다리고 있겠다고. 언제 끝날지 모른다니까 그래도 상관없다면서 기어이 오더라고. 세상에 지민우가 이럴 줄 누가 알았겠니."

"맞아."

"자기도 이렇게 유치하게 질투하고 견제하는 게 오버라는 거 알면서도, 기분 나쁜 건 어쩔 수 없겠지. 널 그렇게나 많이 좋아하는 거야, 걔는."

민우는 계속 달라지고 있었다. "너답지 않게 또 그런다." 하고 타박했지만, 자신을 좋아한다고 인정한 후로 민우는 시종일관 지민우답지 않았다. 그의 눈빛도, 시선도, 마음도, 모두 제게 올곧이 닿아 있었다. 강유현에 대한 지나친 경계는 어쩌면 자연스러운 거다.

그게 지민우의 사랑임을 받아들이자 다경의 가슴이 훈훈한 기운으로 그득히 차올랐다. 귀엽기도 하지.

'어떻게 풀어주지?'

어쨌든 민우는 혼자 제 방에 들어가버리고 말았다. 굳게 닫힌 문이 그의 마음을 보여주는 것만 같다. 어제까지만 해도 야한 말을 잘도 내뱉으며 질척하게 굴던 놈이었는데.

"내가 씻겨줄까?"

"어우, 뭐래."

"한 손으로 씻는 거 불편하잖아. 머리 감기도 힘들고. 내가 해준다니까."

"됐네요. 어차피 숍에 가면 머리 다시 감겨주고, 주아 언니가 팔에 끼우는 비닐 커버도 잔뜩 챙겨줘서 괜찮거든."

"같이 씻어도 상관없는데. 난 항상 대기 중이니 언제든 말만 해."

틈만 나면 어떻게 잡아먹을까 호시탐탐 노리는 맹수 같았다.

마음을 확인한 후, 퇴원하고 같은 집에 돌아온 뒤로 지민우는 시종일관 위험한 남자였다. 그동안 어떻게 참았을까 싶을 정도였다.

"침실도 이제 하나로 정리해야지. 어느 방으로 합칠래?"

"지금 편하고 좋은데 뭘 정리해. 일단 살던 대로 살자, 당분간은."

이제 막 고백하고, 겨우 막 첫 키스를 한 사이인데 같은 침실이라니. 한집에 사는 부부라고 고속열차를 탄 듯 막 나가긴 좀 그랬다.

"너 이거 고문이다. 눈앞에 있는데 보고만 있어야 하는 거."

"내가 지금은 촬영 들어가야 해서 좀 예민해져서 그래. 우리 천천히 가자, 응?"

민우는 억울해하기도 했다. 그냥 조금만 더 가까워지자는 것뿐인데.

"내가 무슨 끝장을 보자는 것도 아니고, 너 사람을 치한 보듯 한다?"

"지금 네 눈에 흑심이 가득하거든."

"이 흑심, 내가 자제할 수 있다니까. 충분히."

"충분히 좋아하시네."

그때마다 민우의 서늘한 듯 뜨거운 그 눈빛이 얼마나 섹시하고 야해 보이는지, 본인은 알고 있을까.

어쩌면 위험한 건 다경 자신 쪽인지도 모른다. 이도 저도 생각하지 않고 그냥 매달리고 싶을 만큼. 이러다 분위기라도 타는 날엔 진짜 끝이겠다 싶을 정도로 아찔한데. 의도적인 밀당은 아니지만, 민우가 위험할수록 다경은 더 조심하고 싶었다. 작품이고 뭐고 다 집어치우고 정신없이 빠져버릴까 봐, 조금만 천천히 가고 싶은 게 사실이었다. 그래야 자신을 제어할 수 있을 것 같았다. 여기서 걷잡을 수 없이 휩쓸리면 허우적거리다가 일조차 제대로 할 수 없을까 겁도 났다.

그만큼 좋았다. 사실, 그 정도로 지금 민우가, 너무나 좋았다.

'힘들긴 나도 마찬가지라고.'

저 역시 참는 건 마찬가지니까.

'화인火印'을 찍는 내내 조심하려는 건 물론 아니었다. 워낙 중요한 작품이니까 조금 익숙해질 때까지만 스스로 다잡고 싶을 뿐이었다. 그조차 민우에겐 너무도 큰 희생을 요구하는 것임을 이제야 알았다.

드라이를 마친 다경이 거실로 나왔다. 민우는 아직 제 방에만 있는지 거실은 조용했다. 주방으로 들어간 그녀는 아까 유현이 준 초콜릿과 차를 꺼냈다.

'일단 차 마시면서 민우랑 얘기 좀 해봐야지.'

이 차를 따뜻하게 마시면 정말 불면증에 효과가 있으려나. 물을 끓이려던 다경은 문득 아까 들은 말을 떠올렸다.

"우리 다경인 제 품에서는 세상모르고 꿀잠 자거든요. 요즘 살짝 예민해서 잠을 설쳤을 뿐이지, 불면증이야 딱히 문제 될 게 없습니다."

한 침대에서 민우의 품에 안겨 잔 적이 언제 있었다고, 그런 거짓말을 술술 하는지 기가 막히기도 했다. 다만 그게 불면증의 특효약이라면 관심이 가는 것도 사실이다. 게다가, 민우가 원하는 바도 바로 그것일 테고. 그렇다면 그 정도는 들어줄 용의가 있다.

다경은 과감히 전기포트의 전원을 꺼버렸다. 불면증 걱정에 차를 마실 때가 아니다. 그것도 유현이 준 차인데, 민우가 좋아하지도 않을 것 같고.

'그래. 남편 품에서 꿀잠 한번 자보지 뭐.'

너무 밀어내기만 해서 미안하기도 했는데, 이 정도 스킨십은 좀 보상이 되려나. 밤새 끌어안고 자면 민우도 어느 정도 해소가 되겠지. 기왕이면 마음먹은 김에 해치우잔 생각으로 다경은 호기롭게 민우의 침실로 향했다.

지금 자신의 행동이 그에게 해소가 될지, 자극이 될지, 다경은 몰라도 너무 모르고 있었다.

"지민우, 자?"

똑똑, 노크 후 문을 연 다경이 고개를 빼꼼 내밀었다.

"왜."

침대 헤드에 기대앉아 책을 보고 있던 민우가 불퉁하게 되물었다.

다경은 배시시 웃으며 방으로 쑥 밀고 들어왔다.

"너 내일 일찍 일어나?"

"남이사. 소다경이 나한테 관심이나 있었어?"

"얘가, 얘가 또 엇나가네."

그러면서도 다경은 성심껏 웃으며 침대로 좀 더 가까이 다가섰
다.

"아깐 내가 미안했어. 너야 충분히 할 수 있는 말인데 내가 너무
내 생각만 한 것 같아."

민우는 바로 사과를 하는 다경에게 조금 놀랐다. 이런 건 예상치
못했는데, 정식으로 사과씩이나.

"아니, 뭐. 미안해할 것까진 없고."

책을 옆으로 내려놓는 민우의 얼굴이 살짝 민망함으로 물들었
다.

다경은 여전히 예쁜 웃음을 머금은 채 좀 더, 좀 더 다가오더니,
급기야 침대 끄트머리에 걸터앉았다. 할 말이 남은 듯했다.

민우의 가슴이 두근두근, 설레기 시작했다. 얘가 내 마음을 뭘
안다고 이렇게 살랑거릴까. 지금 자신이 앉아 있는 곳이 내 침대라
는 걸, 제대로 인식이나 하고 있는 건가.

그런데 미안하단 말을 넘어서는 소리가 다경에게서 흘러나왔
다.

"나 선배님이 주신 차 안 마실 건데."

그런데?

"내 잠자리는 네가 신경 쓴다면서. 신경 좀 써주라."

"뭐?"

"나 재워준다고 했잖아, 네가."

다경은 아까 유현의 앞에서 했던 말을 그대로 돌려주었다.

"……재워달라고?"

"그냥 해본 말이었어? 진심 아니고?"

거짓말이긴 했지만, 진심은 맞다.

제 품에 가두고 함께 밤을 보내고 싶은 건 사실이었다. 유현 앞에서 좀 더 부부다워 보이고 싶었고, 그가 끼어들 틈 같은 건 절대 허용하고 싶지 않았다. 그래서 불면증 어쩌고 하는 유현에게 정신차리라는 듯 찬물을 끼얹고 싶은 심정으로 한 말이었다. 설마 다경이 이렇게 나올 줄은 전혀 몰랐다.

"나 내일 병원도 가야 하고, 인터뷰도 있는데."

"……."

"오늘은 푹 자고 싶단 말이야."

사실 다경이 요즘 불면증에 시달리는지도 몰랐었는데.

품에 꼭 안아주고 재우는 게 정말 효과가 있는지도 모르는데.

"아주 잘 듣는 수면제가 여기 있다고 해서 왔습니다. 나 들어간다?"

피로회복제 대신 수면제를 노리는 아내. 폭신하고 가벼운 이불 끝을 들치며 다경이 슬금슬금 침대로 올라왔다. 까딱하다간 한 이불 속으로 쏙 들어올 태세였다.

"야, 야……."

민우가 엉덩이를 물리며 헤드에 바짝 기댔다. 난 아직 마음의 준비가 안 됐단 말이다.

"소야, 소. 야, 진정해."

얘 왜 이래. 뭐 이렇게 거침이 없어.

하지만 단단히 결심한 듯 다경은 저돌적으로 다가왔다.

"오늘 밤 수면제 효과 한번 보자. 말만 하지 말고."

퇴원 후 집에선 근처에도 오지 못하게 내내 으르렁거리던 소다경이, 이제는 침대에 올라와 홀딱 잡아먹을 듯 으르렁거리고 있다.

이렇게 사람이 확 바뀌어도 되는 건가. 민우는 머릿속이 핑핑 돌았다. 가슴은 손대면 델 듯 뜨겁게 타올랐다.

이불 속으로 들어와 자신의 팔을 잡아당기며 대담하게 품에 안기려는 소다경. 얘, 지금 자신이 뭔 짓을 하는지 알고나 있는 거야?

"야. 지금 뭐, 뭐 하는 거야."

"뭐 하긴. 재워달라니까?"

그녀의 당당한 요구에 민우는 기겁했다.

"네가 안아서 재워준다며. 나 오늘 밤 꿀잠 자고 싶다고 몇 번을 말해."

"야, 진짜…….."

그는 충분히 알고 있다. 다경은 정말 순수한 의미로 함께 자자고, 재워달라고 하는 것이다. 아아, 애를 어떡하지? 민우는 미쳐버릴 것만 같았다.

"네가 먼저 얘기한 거잖아. 말만 할 게 아니라 안고 자는 거 정도는 나도 괜찮다니까."

내가 안 괜찮아, 내가. 민우는 뜨거운 숨을 몰아 내쉬었다.

"언제는 씻겨주기까지 하겠다면서. 그때 뭐라고 했더라. 그 흑심, 충분히 자제할 수 있다며. 그런데 겨우 안고 자는 게 뭐가 문제겠어."

당황한 채 앉아 있는 민우를 푹 당겨 침대에 발랑 눕힐 정도로 그녀는 힘도 셌다.

천하장사 다경은 이내 만족한 얼굴로 그의 팔을 열어 쏙 안겨들었다. 어느새 자리 잡고 누운 그녀에게 민우는 두 눈 뜨고 당하는 참이다. 와, 이거 지금 현실 맞나.

제 팔을 뭉근히 누르는 다경의 머리는 기분 좋은 무게감을 준다. 가슴과 팔 사이로 바짝 안겨든 몸은 말랑하니 보드랍기만 했다. 몽실몽실 솜뭉치가 품에 쏙 들어온 느낌이다.

흐읍. 민우는 저절로 숨을 참아버렸다. 그런데도 다경의 몸에서 짙게 퍼지는 향긋한 내음이 자꾸만 코를 간지럽혔다. 온몸의 모든 감각이 살아 날뛰고 있었다.

다경은 뭐가 그렇게 좋은지 뿌듯한 웃음을 지었다. 그는 한껏 긴장해 얼어붙어선 입술만 움직여 겨우 항의했다.

"소다경, 너무하네. 엿을 아주 창의적으로 먹여, 지금."

"어허, 말본새 보소. 엿을 먹이다니. 기껏 내가 용기 내서 네 침대까지 들어왔는데, 어떻게 이게 엿이냐."

다경을 정말 좋아하게 된 후로, 침대에서의 그녀를 상상한 적은 있다. 아니, 사실 많았다. 따로 방을 쓰면서, 멀고 먼 방과 방의 거리를 안타까워하면서, 욕실에서 흘러나오는 물소리에 가슴이 쿵쿵 울리면서, 그는 둘 사이에 언젠가 찾아올 미래를 수없이 꿈꾸었다. 지금 우리 사이에 허락된 건 입술뿐이지만, 시간과 함께 점점 더 가까워지리라는 기대도 있었다.

20년간 다경을 알고 지냈지만, 남자 대 여자로는 모르는 게 더 많으니까. 새로이 알고픈 게 너무도 많으니까. 다정하고도 뜨거운 손길 아래 그녀가 어떻게 무너지는지, 어떻게 우는지, 어떻게 원하는지, 모조리 알고 싶으니까. 민우가 꿈꾸고 그리던 '침실'과 '침대'란 공간은 바로 그런 것이었다.

"어떻게 재워줄 거야? 자장가 불러줄 거야?"

이렇게 자장자장, 건전한 잠자리가 절대 아니라고!

"재워주기 싫으면 나 그냥 내 방으로 갈……."

"자장, 자장, 우리 애기."

바로 팔에 힘을 꽉 주며, 품에서 벗어나려는 다경을 당긴 민우는 자장가를 불렀다. 가긴 어딜 가.

"우리 애기, 잘도 잔다."

이렇게 한밤중에 내 방을, 내 침대를, 내 마음을 들쑤셔놓고 가긴 어딜 가냐고.

"꼬꼬 닭아, 우지 마라. 우리 애기 잠을 깰라."

꼬꼬 닭 아주 가만 안 둬.

"멍멍 개야, 짖지 마라. 우리 애기 잠을 깰라."

거의 이를 악물다시피 하며 자장가를 읊조리는 소리. 괜한 꼬꼬 닭과 멍멍 개에 화풀이하는 음성이었다. 그만큼 민우의 노랫소리는 건조하고 딱딱하기 그지없었다. 이게 자장가 맞나 싶을 정도로.

푸후훗, 다경의 조그만 웃음소리가 가슴께에 간지럽게 퍼졌다.

"웃냐."

지금 나는 몹쓸 본능과 욕망에 맞서 싸우며, 전쟁가 부르는 심정으로 자장가를 부르고 있는데, 너는 지금 웃음이 나오냐.

"안 자면 목을 비틀어버릴 것 같아. 너어무 무서워."

무섭다는 다경의 목소리는 즐거움으로 젖어 있었다.

"목을 비틀긴 왜 비틀어."

보고만 있어도 아까운 예쁜 목을 내가 왜. 아니지, 보고만 있는 게 아니라 희고 긴 목에 입술을 묻고 그 살결의 부드러움을 가득 느끼고 싶은데.

"몰라, 왠지 목이 선득해."

목 얘기 그만해. 진짜 물어버리고 싶어지니까. 다만 그 말까지 하면 다경이 정말 놀라 도망갈까 봐 민우는 입을 꾹 닫았다. 이 침대가 얼마나 위험한 전쟁터인지 자각이 없지, 넌.

"계속 불러줘 봐. 잠이 오려는 것 같기도 하고."

"자장자장……."

"살짝만 상냥하게."

"우리 애기……."

"조금만 부드럽게, 살살."

디렉션이 과하다.

이 정도도 힘들다는 걸 다경은 정말 모르고 있다. 몇 번이나 말하고 싶은 걸 간신히 참고 있는데. 너랑 둘이 함께 누운 침대는 이런 곳이 아니라고, 나한테! 미쳐 날뛰는 욕구를 누르고 신성하게 자장가 불러주려는데 그녀가 자꾸만 자신을 자극하는 것만 같아 민우는 여전히 괴로웠다. 하긴, 다경이 지금 제 품 안에서 숨만 쉬어도 자극인데, 뭔들 괜찮을까.

"안 되겠다, 너 그냥 네 방으로……."

"아냐, 가만히 있을게."

이번엔 밀어내려는 민우를 꽉 끌어안으며 다경이 달라붙었다.

"아무 말도 안 하고 가만있을게. 자장가도 안 불러줘도 돼. 셀프 꿀잠 잘 테니까 그냥 이대로 있자."

막상 그에게서 떨어지려니 아쉬웠던 걸까. 이 정도도 괜찮다는 듯, 다경은 더 바짝 다가들었다. 들었다 났다 너는 정말 날 미치게 하는구나.

아아, 모르겠다. 체념한 민우는 긴 팔을 부드럽게 감아 다경을 포개어 안고 토닥토닥 등을 두드려주었다. 가슴에 가득 품고 있는 열기와는 또 다른 온기가 가만가만 퍼졌다.

"생각보다……."

"……."

"잠이 잘 오는 거 같아……. 토닥토닥 잘한다, 너."

조금씩 흐릿해지는 다경의 음성. 잠에 빠져들고 있나 보다. 이런 자장자장이 정말 효과가 있는 건가.

"있잖아, 너희 엄마가. ……아니, 우리 어머님이."

그 와중에도 다경은 서 여사의 얘기를 하고 싶은 모양이었다. 잠과 현실에 걸쳐 조곤조곤 흘러나오는 목소리가 사랑스러웠다.

"옛날에 나 어릴 때 말이야. 전날 밤에 잠을 제대로 못 자서 너희 집에서 밥을 먹다가 꾸벅꾸벅 존 적이 있었거든."

"잠을 왜 못 자?"

"그게 음……, 벌서느라."

"벌섰다고? 전날 밤에?"

"응, 그랬지."

비몽사몽 중에도 다경은 대답 하나는 성실하게 잘했다. 이렇게 함께 누워 밤새 얘기를 나누고 싶었던 걸까. 민우의 로망과는 다르지만, 조곤조곤 나누는 대화도 그리 나쁘진 않았다.

"3학년인가, 4학년 때였나. 그날 컵라면을 먹으려고 끓인 물을 부었다가…… 주방에 들어온 예경이가 그걸 툭 쳐서 바닥에 흘렸을 거야."

바로 어제 일처럼 생생히 기억하는 듯했다.

"다행히 나나 예경이나 바로 피해서 다치진 않았는데, 예경이가 너무 놀라서 소리를 지르고 울어서……."

그다음은 다경이 길게 말하지 않아도 알 것 같았다. 어디 그뿐일까. 수없이 많은 상처가 그녀의 가슴에 새겨 있겠지.

"애가 미쳤나 봐! 예경이 이 어린것이 얼마나 놀랐겠어! 밥 안 먹고 여태 뭐 하다가 컵라면을 먹겠다고 이 시간에 뜨거운 물을 쓰고 그래!"

"엄마, 그게……."

"옆집 뻔질나게 드나들면서 저녁 한 끼 못 얻어먹고 왔니? 엄마

가 김밥이나 빵 사 먹으라고 돈까지 줬잖아!"

옆집 식구들은 친척들과 가족모임이 있어서 오늘 그 집에는 가지 않았다고 말하지 않았다. 그게 중요한 건 아니니까.

옆집은 다경 자신에게 무상급식을 제공하는 곳이 아니다. 엄마가 그렇게 말할 자격은 없었다.

학교에서 돌아온 다경은 혼자 숙제를 하고 책을 보며 종일 굶다가 8시가 넘어서야 전기포트에 물을 끓였다. 혹시나 엄마와 예경이, 오늘 저녁에는 일찍 돌아오지 않을까 기대하며 기다렸던 건지도 모른다. 그럴 리 없었는데.

그때 막 집에 들어온 예경이 주방으로 돌진해 목이 마르다며 설치다가 팔꿈치로 컵라면을 툭 쳐서 넘어뜨릴 줄 어떻게 알았을까.

"흐어엉, 엄마아아아."

화를 내는 정 여사의 품에 확 안겨든 예경은 펑펑 울어댔다.

"나 손 다칠 뻔했어어어."

"어디 봐, 진짜 덴 건 아니야?"

"허엉, 몰라아아. 무서워!"

동생은 몰랐을 거다. 그 엄살이 어떻게 엄마를 자극하고, 언니에게 어떤 상처를 주는지. 예경은 분명 뜨거운 컵라면에 손끝 하나데지 않았지만, 기회라도 잡은 듯 엄마에게 실컷 어리광을 부렸다.

오늘 연습이 유독 힘들었나, 생각하며 다경은 엉망이 된 컵라면 잔해를 물끄러미 내려다보았다.

다치지도 않은 예경의 손을 차가운 물로 식혀주고 유난스럽게 살피며 겨우 달래주고 돌아온 정 여사는 다경을 매섭게 노려보았다. 아직 어린 다경에게 정 여사의 존재는 산처럼 커다랬다. 정 여사가 내뿜는 사나운 기운이 다경을 아프고 무겁게 내리눌렀다.

"뭐 하니! 이거 안 치울 거야?"

다경은 억울하기도 했지만, 엄마의 걱정을 조금 덜어주고 싶기
도 했다.

"엄마, 예경이 안 다쳤어요. 컵라면 칠 때 바로 물러서서 하나
도 안 데었어…….."

쫘아아악! 엄마는 한 치의 망설임도 없이 손바닥을 들어 다경의
뺨을 쳤다.

아이의 얼굴에 비해 큰 손이었다. 뺨뿐 아니라 귀, 머리까지 얼
얼했다. 하지만 아픈 것도 몰랐다. 무너져 내린 건 마음이었으니
까.

"잘못했다는 소리는 못 할망정 뻔뻔하게 뭐? 예경이 하나도 안
다쳤어? 그럼 괜찮은 거야? 안 데면 장땡이냐고!"

서슬이 시퍼런 음성에 다경은 숨이 막혔다.

"예경이 손이 어떤 손인데! 그 귀한 손 데기라도 했으면 어쩔 뻔
했어, 정말! 엄마는 심장이 벌렁거리는데, 넌 어떻게 된 애가 눈
하나 깜짝 안 하고 안 뎄으니 괜찮다고 할 수가 있니? 설마 예경
이 손이 데길 바라기라도 했던 거야?"

아니에요. ……아니에요, 엄마. 그게 아니에요…….

하지만 어떤 말을 해도 받아들여지지 않았다. 자신은 동생을 다
칠 뻔하게 한, 부주의하고 못된 언니일 뿐이었다.

정 여사는 다경의 팔을 붙잡고 거실 창가로 향했다. 거친 움직임
에 팔이 빠질 것만 같았다. 창문 앞으로 다경을 내몬 정 여사는 아
이를 바닥에 꿇어앉혔다.

"손 들고 있어! 엄마가 내리라고 할 때까지!"

왜 진심이 닿지 않는 걸까.

그땐 몰랐다. 들을 준비가 전혀 되어 있지 않은 사람과는 어떤
말도 할 수 없다는 걸.

정 여사는 큰딸에게 벌을 내리고 야멸치게 돌아섰다.

컴컴한 거실에 혼자 남은 다경은 팔을 올린 채 우두커니 앉아 창밖을 보았다. 낮은 담장 너머 조용한 골목길이 한눈에 들어왔다.

얼마나 지났을까. 골목에 낯익은 승용차가 한 대 섰다.

'민우네 왔네.'

소리는 들리지 않았지만, 환한 가로등 불빛 아래 가족의 얼굴은 밝게 보였다. 유독 화목하고 따뜻한 분위기는 아니었다. 가족모임에 다녀와 적당히 지치고 피곤한 모습. 하지만 서로 챙기고 살피는 눈빛과 손길은 자연스럽고 살가웠다. 그냥 평범한 가족, 그 자체였다.

윤우는 차 안에서 잠이 들었는지 지 교수가 등에 업는 걸 서 여사가 도왔고, 민우는 윤우를 깨우려는지 팔을 뻗어 등을 흔들었다. 그냥 좀 두라며 서 여사가 타박하자 민우는 입술을 쭉 내밀고선 따라 들어갔다.

'그러게 지민우, 윤우 좀 그냥 내버려두지. 그걸 또 깨우려 하네.'

지켜보던 다경의 입술에도 재밌다는 듯 웃음이 걸렸다.

잠깐이었다. 민우의 가족은 옆집 쪽으로 향했고 이내 모습은 사라졌다. 차디찬 거실에서 홀로 두 팔을 든 채 벌서고 있는 자신은 꿈조차 꿔보지 못할 가족.

······그런 밤이었다. 창백하고 초라한 밤. 세상에 혼자라는 걸 여실히 느낀 밤.

어떻게 잠들었는지 기억도 나지 않는다. 정 여사는 밤새 거실에 한 번도 나와보지 않았고, 엄마가 손을 내리라는 말을 해주길 기다리던 다경도 아픈 다리와 팔을 아무렇게나 뻗은 채로 까무룩 잠이 들고 말았었다.

그리고 다음 날, 학교에서 돌아오는데 서 여사가 얼른 집으로 들어오라 했다.

사실 그날은 민우네 가지 않으려고 했다. 민우네 집에 가면 편안하고 좋긴 해도, 어제 멀리 떨어진 채 지켜보니 자신이 단란한 가족 안에 뻔뻔한 침범을 하는 게 아닌가 싶던 것이다. 엄마인 정여사의 뻔뻔하단 말은, 그렇게 자꾸만 다경을 숨죽이게 하고 있다.

"아줌마가 잡채 많이 만들었단 말이야. 저번에 우리 다경이 아주 잘 먹길래. 얼른 들어와. 민우는 학원 갔다 온댔으니까, 다경이 먼저 먹자."

서 여사는 다경의 움츠러든 마음을 알 턱이 없기에, 머뭇거리는 아이의 조그만 손을 잡아끌고 웃으며 집으로 들어갔다. 부드럽고 따뜻한 손길이었다. 우악스럽게 자신의 팔을 움켜쥐고 거실 창가로 내몰던 엄마와는 전혀 달랐다. 몇 해를 겪었지만 서 여사의 태도는 변한 적이 없었다.

"많이 먹어."

잡채는 맛있었다. 아니, 민우의 엄마가 해주는 모든 음식이 다 그렇게 맛있었다. 마음이 사르르 풀렸는지, 다 먹어갈 때쯤 졸음이 쏟아졌다.

"다경이 좀 자야겠다. 낮잠 조금만 자고 일어나서 숙제해."

서 여사는 민우의 방으로 다경을 데려가 침대에 눕혔다. 가끔 여기서 다경이 잘 수도 있다고, 민우에게는 양해를 구해둔 적이 있었다.

"내 침대에 소가 왜!" 하고 민우는 불퉁하게 대꾸했지만, 적극적으로 거절하지는 않았다.

오히려 다경이 종종 그 침대에 누워 있을 때면, 자신이 먼저 거실 소파나 엄마 아빠의 안방 침대로 가기도 했었으니까.

다경을 침대에 눕힌 서 여사가 방 밖으로 나갔다. 달그락거리는 소리, 그릇을 치우고 씻는 소리, 그 모든 소리가 정겹기만 했다. 이런 집에서 살고 싶다. 이 집 딸이었으면 좋겠다. ……그럼 얼마나 좋을까.

그렇게 얼마 지나지 않아서 초인종 소리에 잠이 깼다. 충분히 잔 건 아니지만 오래 누워 있었을까 싶어 몸을 일으키려 하는데, 들려온 건 동네 아줌마들의 목소리였다.

한 아줌마가 겉절이를 해 왔다고 하고, 애들 오기 전까지 차나 한잔 마시고 가자는 대화가 이어졌다. 두세 분 정도인 듯했다.

'이따 나가야겠다.'

서 여사와 친한 동네 아줌마들이면 다경도 알고 있었다. 같은 학년 친구들의 엄마들이었다. 민우네 집에서 자고 있다가 맞닥뜨리면 어떻게들 생각하실지 모르니 괜히 민망했다.

아니나 다를까, 다경의 가슴을 할퀴는 소리가 이어졌다.

"여기 옆집 애, 소다경인가 하는 여자애 아직도 드나들어?"

"벌써 몇 년이야. 자기도 엔간히 해라. 그거 자꾸 받아주면 애가 고마운 것도 모르고 더 엉겨붙는다니까?"

"무슨 소리야."

서 여사의 음성이 낮아졌다.

"자긴 모르는구나. 요즘 얼마나 말들이 많은데. 아니, 걔 엄마는 대체 뭐 하는 거래? 애는 안 돌보고 동생만 챙긴다며? 쟤는 저렇게 남의 집에 싸돌아다니게 하고."

"혹시 숟가락까지 가지고 다니는 거 아니야? 거지도 아니고 뭐야, 걔 그러다 빈대 되는 거 한순간이라니까. 자기가 그렇게 계속 받아주고 챙겨주고 하면 여기뿐만 아니라 다른 집에도 뻔뻔하게 뭉개고 다닐 거야. 어휴, 그걸 어떻게 다 해줘. 엄마 없는 애도 아니고."

"자기가 적당히 좀 쳐내라. 애가 얼마나 여우 같은지, 우리 애들하고도 사이좋은 모양이던데, 언제 그렇게 우리 집에도 쳐들어와 있을지 모르는 거라고."

"……뭘 걱정하는지는 알겠는데."

문을 사이에 두고 있어도 서 여사의 표정을 알 것 같았다. 웃음기 싹 사라진 음성이었다.

"다경이가 다른 집에 가서 민폐 끼칠 일 없으니까, 걱정들 하지 마."

아이를 돌보기란 피곤하고도 어려운 일이다. 자기 애 하나 챙기기도 벅찬 엄마들을 원망하고 싶진 않았을 거다. 다만 서 여사는 제게 소중한 다경이 그렇게 남에게 천덕꾸러기가 되는 건 용납할 수 없었다.

"걜 들여다 키울 것도 아니면서 자긴 뭘 그렇게 감싸. 그런다고 애가 고마운 거나 알아? 배 아파서 낳은 자식들도 저 잘났다고 혼자 큰 양 난리인데. 괜히 골치 아프게 그러지 말고 그 집 사정 봐줄 거 없이, 그 엄마 보고 알아서 하라고……."

"우리 다경이, 내 딸이야."

싸늘한 일갈에 아줌마들이 입을 다물었다.

"난 그렇게 생각하고 있어."

"……."

"부모가 자식한테 보은을 바라고 잘해주는 거 봤어? 나 그런 거 꿈도 안 꾸니까, 내가 다경이 끼고 살든 말든 신경 좀 꺼줘. 아까 말했듯이 다른 집 돌아다니게는 안 할 테니까."

"아니, 왜 그렇게까지……."

"피 섞였다고 다 가족인 거 아니고, 혈연 아니라고 생판 남인 것도 아니야. 내가 걜 가족이라고 생각했으면, 나한테 다경인 진짜 가족인 거야."

서 여사도 수없이 목격했다. 다경의 엄마가 다경에게 어떻게 구는지. 그 무관심이 아이를 어떻게 병들게 하는지.

아이를 마음으로 거둔 건 단순한 선의도, 가식도, 위선도 아니었다. 서 여사는 그저 한때 제 우울한 삶에 웃음을 주었던 아이가 눈앞에서 불행해지는 걸 보고 있기 어려웠을 뿐이었다. 그러다 보니 아이는 시간이 흐를수록 더 큰 기쁨을 안겨주었다.

자신이 해준 음식을 먹고 맛있다며 웃는 입술이 예뻤고, 머리카락만 가지런히 묶어줘도 거울에 비춰보며 함박미소를 짓는 눈이 예뻤다. 아줌마, 아저씨, 고맙습니다. 끊임없이 말해주는 아이의 고운 마음이 참으로 어여쁘기만 했다.

배 아파 낳은 두 아들이 소중한 건 말할 것도 없지만, 우연히 별처럼 마음에 쏟아져 내린 다경 역시 서 여사와 지 교수에겐 소중한 아이였다. 삶의 기쁨이 두 배가 되고, 세 배가 되었다. 그냥 그뿐이었다. 거창한 대의가 있는 게 아니다. 가족은 그렇게 소박하고 사소한 기쁨으로 존재하는 거니까.

동네 아줌마들이 집을 떠나고 다시 조용해졌다. 다경은 민우의 침대 이불 속으로 들어가 웅크리고 누웠다. 어떤 얼굴로 서 여사를 봐야 할지 알 수 없었다. 서 여사의 진심이 고마웠고, 제 처지가 서러웠고, '뻔뻔한 아이'라는 소리는 또다시 다경을 아픈 굴레 속에 가두었다.

그리고 딸깍, 문이 열리는 소리가 들렸다. 다경은 잠든 척 가만히 있었다. 잠시 후, 침대에 묵직한 무게감이 느껴졌다.

침대에 누운 서 여사가 자신을 꼭 끌어안아주었다. 아무 말 없이

토닥토닥, 서 여사의 손이 제 몸을 가만히 보듬어주었다.

"잘 자네, 우리 다경이."

뻔뻔해도 돼, 그래도 된다, 아가야.

"예쁘다, 우리 다경이."

운이 좋아 우리와 네가 이렇게 만났으니, 나는 감사하며 살 거야. 네가 우리 기쁨이고, 우리가 너의 위안이라면 더 바랄 것이 없겠구나. 그렇게 살자. 아이야. 예쁜 아이야. 아무 조건 없이, 무엇도 따지지 말고, 그렇게 사랑하자, 아이야.

가만가만 두드리는 손길에 비로소 진짜 잠이 스며들었다. 다경은 도닥이는 서 여사의 온기를 느끼며 곤한 잠에 빠져갔다.

"……그랬거든. 어머님이 그때."

어릴 때의 기억 한 조각을 꺼내어 느릿하게 속삭이는 다경의 목소리.

자신의 침대 위에서, 자신의 어머니에게 안겨, 그렇게 잠들었던 날처럼 지금도 편안하다고, 다경은 말해주었다.

"네가 자장자장 해주는 거, 너무 좋다……."

"……."

"남편 품……, 정말 너무 좋아……."

그 말을 끝으로 다경은 쌕쌕 고른 숨을 내쉬며 정말 잠이 들어버렸다.

남편, 그 말의 의미를 뛰어넘어 다경에겐 '가족'이란 뜻이었다. 그토록 바라고 꿈꿨던 진짜 가족. 그 품에 안긴 지금이 꿈결처럼 행복해 보였다.

외롭고 아픈 마음은 밑 빠진 독과도 같아서, 아무리 채워줘도 모자랄지도 모른다. 그렇다고 외면하면 그 틈은 더욱더 벌어져 걷잡을 수 없게 되겠지.

민우는 다경을 채워주고 싶었다. 가장 사랑받아야 할 봄날에 홀로 혹독한 칼바람 속에 서 있었던 겨울날의 다경을 아프지 않게, 외롭지 않게, 따뜻함으로 온통 채워주고 싶었다. 그게 지금처럼 자장자장, 재워주는 거라면 얼마든지 해줄 수 있다. 하루가 아니라 이틀, 한 해, 아니, 평생이라도.

"나도 좋아. ……진심이야."

내 마음이 네게 닿고 싶어 서성이는 밤. 점점 깊어가는 밤.

꿀잠은 괜히 드는 게 아니었다. 사랑하는 마음이 차곡차곡 쌓여 온기로 번질 때, 세상의 전부처럼 커다란 품에서만 가능한 것이었다.

❖➤❀≪❖

다경도 깁스를 풀고서 치료를 받았고, 어느 정도 회복이 된 상태에서 촬영할 수 있게 됐다. 다소 바쁜 날들의 연속이었다. 민우 역시 짧은 기간의 단막극 촬영에 들어갔고, 두 사람의 광고 촬영이나 화보, 인터뷰도 심심치 않게 이어졌다.

그사이 민우의 이명은 잠잠했다. 더 이상 새로운 장면을 보게 되는 일은 없었고, 바쁜 현실을 살아가는 것 말고는 달리 특별한 일도 없었다.

'이대로 끝인 건가. 일단 결혼했으니까 이대로 버티기만 하면 다 괜찮은 건가.'

다경이 아직 돌아오지 않은 어느 날 밤.

민우는 오랜만에 서랍 속의 쪽지를 꺼내어보았다.

단, 감정이 섞이면 일을 그르치니 절대 조심할 것

지금 보니 이 문장이 애매했다. 결혼 전에는 당연히 감정이 섞이지 않았었고, 그 덕분인지 결혼까지는 아무 탈 없이 무사히 치러냈다. 하지만 다음은? 지금 이렇게 좋아하게 됐고, 고백했고, 서로 마음을 확인했다. 분명 '감정'이 섞인 것이다, 이 결혼에.

"하지만 일을 그르치진 않았잖아. 그럴 것도 없고."

이미 결혼까지 한 마당에 그르칠 일이 뭐가 있을까. 게다가 서로 좋아하는데 그걸 누가 당해내. 마음은 점점 더 깊어지는데.

'지킨다. 꼭 지킨다.'

후덥지근한 여름이 밀려오고 있다. 여름 전에 결혼해야 하는 미션을 성공적으로 수행했고, 지난 생에서 그녀가 결혼했던 가을이 다가온다 해도 두렵진 않았다.

다만 불안한 마음을 떨칠 수 없어 다시 쪽지를 꺼내어본 건, 전적으로 강유현 때문이다. 주방에 못 보던 초콜릿이 있어 다경에게 물어보니, 유현이 준 것이라 했었다. 그러면서 "사실은……." 하고 그녀가 꺼낸 건 유현과 아주 어릴 적에 스치듯 맺었던 짧은 인연에 대한 이야기였다. 마치 보물상자에 꽁꽁 감추었던 걸 꺼내 보이는 것처럼 소중하게 느껴지기도 했다.

"그래서 그렇게 오래 좋아했구나, 네가."

"응, 처음엔 그런 마음이 컸지. 나한텐 뭔가 엄청난 사람처럼 느껴졌으니까. 그리고 선배님은 자라는 동안에도 활동을 계속하셨으니까 잊고 살 수가 없었고. 어디서든 항상 선배님 찍는 작품이나 소식에 대한 이야기를 들을 수 있었잖아. 자연스럽게 동경했던 것 같아."

다경의 솔직한 말에 수긍했다. 유현을 좋아하는 마음이 그런 거라면 차라리 이해할 수 있다. 그저 잘생겨서, 연기가 대단해서, 인성이 좋아서, 이런저런 이유로 좋아하는 거라면 '남자'로의 호감으로 발전할 수도 있을 테니까.

하지만 그게 아니라 그저 '인연' 때문이라면. 특별하게 느껴지는 그 인연이 미약한 끈처럼 지금껏 이어져온 거라면.

그거라면 차라리 나았다.

강유현 쪽에선 그걸 얼마나 각별하게 여기고 있을진 모르겠지만, 민우는 착각임을 일깨워주고 싶었다. 다경은 지금, 내 아내니까.

돌고 돌아온 삶에서 민우에게 가장 중요한 건, 현재였다.

❖

"언니, 커피 어디 있지?"

양평에 위치한 '화인火印'의 세트장 내 대기공간에도 간단한 음료와 간식들이 비치되어 있긴 하지만, 다경은 지금 밴 안에서 대본을 보는 중이라 여기서 커피를 찾았다. 차 안에도 간단한 음식은 항상 있었으니까.

"커피? 어, 음. 떨어졌는데."

"응?"

다경이 살짝 놀란 눈으로 주아를 보았다. 일 처리가 깔끔하고 센스가 좋은 주아는 한 번도 이런 적이 없었는데. 뭐, 그럴 수도 있지 싶어 관심을 거두려니 주아가 생수 한 병을 내밀었다.

"일단 이거 마시고 있어."

"물이네."

"어, 커피는 이따 점심 먹고 마셔. 이따 올, 아니, 이따 줄게."

그러곤 손목시계를 보는 모습.

아까부터 계속 시간을 확인하는 게, 뭔가 기다리는 얼굴 같았다.

"밖에 뭐 있어?"

"아니. 그런 건 아니고."

곧 다경의 장면을 촬영할 시간이다. 업무를 보는 차 의원의 곁을 보좌하는 간단한 신이었다.

세트장으로 돌아가자 앞서 촬영을 하고 있던 유현이 웃어 보였다.

"새벽부터 대기만 했을 텐데, 힘들겠다."

다경은 거의 일곱 시간 넘게 대기를 해야 했다. 오전엔 예정에 없던 나리호의 촬영이 진행되며 순서가 바뀌었기 때문이다. 나리호가 저녁에 통신사 광고를 찍는다고 했던가.

이런 일은 워낙 비일비재했다. 스케줄 정리가 잘 안 되었나 보다 생각하며 다경은 무심히 넘겼다.

"대기야 뭐, 늘 하는 일인데요. 힘들지 않아요."

괜찮은 척하는 게 아니라, 실제로도 힘들지 않았다. 연기만 할 수 있다면, 그것만으로도 감사한 상황이니 앞으로 더 큰 배우가 되어도 이 마음 절대 잊지 말자 늘 자신을 다스리고 있었다.

"이거 하나 찍고 이따 또 저녁에 한 신 있는 거지?"

"네. 선배님이야말로 쉬지도 못하시고 계속 촬영하셔서 힘드실 텐데요."

"아니, 그건 괜찮은데. 촬영 끝나고 나면 같이 저녁이나 먹고 갈까?"

"저녁이요?"

제법 친근해진 선배가 자연스럽게 식사 제안을 해왔다.

"다른 배우들도 시간 되면 같이 가자고 하고."

단둘은 아니다. 조금 다행이라 여긴 다경이 입을 열었다. 단둘이 아니라면 거절하기 훨씬 수월하니까.

"죄송하지만 저는 오늘 집에 바로 가봐야 해서요. 전 다음에 같이 갈게요."

물론 단둘이라면, 민우의 기분을 생각해 더더욱 안 되겠지만. 다경은 어느덧 남편의 오버스러운 경계에 마음으로 동조하기 시작했다. 언제 어디서든 유부녀라는 사실을 잊지 말라는 당부도 받았으니까.

"왜? 저녁에 무슨 일이라도 있……."

바로 거절할 줄은 몰랐다는 듯, 유현이 되물으려는데 스태프가 촬영 세팅 완료를 외쳤다.

감독이 이어 촬영에 들어갈 태세를 갖추었고 유현과 다경도 자리로 돌아갔다. 얇은 블라우스에 펜슬 스커트를 입은 다경은 배우가 아닌 비서가 되어 있었다. 눈빛조차 소다경이 아닌, 고영주였다. 유현도 다시 차 의원이 될 수밖에 없었다. 영화와 현실 사이에서 마음 한 자락이 흔들리는 건 저뿐인 것 같았다.

짧은 장면 촬영이 막 끝났을 무렵이다. 한 스태프의 밝은 음성이 세트장 안을 가득 메웠다.

"밖에 푸드 트럭이랑 커피차 와 있습니다! 준비는 다 끝났다고 하니 점심식사 하시고 음료도 이용하세요!"

영화 촬영장에 각 배우들의 팬클럽이나 동료로부터 종종 들어오는 선물이었다.

"오오, 밥이랑 커피! 어디야, 오늘?"

"아까부터 맛있는 냄새 나더라니!"

"나 들어올 때 보니까 음식 퀄 죽이던데. 막 랍스터도 있고."

들뜬 스태프들과 출연자들의 말이 오가는 가운데, 아까 그 스태프가 뒤이어 알렸다.

"오늘은 특별히, 소다경 배우님의 남편분이 보내주셨습니다!"

다경의 눈이 커다랗게 떠졌다. 내 남편? 지민우?

앞뒤 가리지 않고 다경은 서둘러 세트장 밖으로 뛰어나갔다. 딱 봐도 호화로운 푸드 트럭 서너 대가, 아까까지만 해도 비어 있던 터에 떡하니 자리를 잡고 있다. 그리고 그 옆에 시크 간지가 철철 넘치는 검은색 커피 트럭.

[우주에서 제일 예쁜 배우 소다경과 결혼한 행운아, 지민우가 쏩 니다!]

다소 유치한 문구가 번쩍번쩍 빛나고 있었다. 그리고 그 앞엔 유치함과는 거리가 멀게, 산뜻한 미모를 뽐내고 서 있는 한 남자가 있다.

단추를 두 개만 푼 흰 셔츠에 검은 슬랙스라니, 역시 클래식이 최고다. 별 치장 없이도 그는 존재 자체로 빛나고 있었다. 더불어 CF 화면보다 훨씬 더 싱그럽고 아름다운 미소를 머금으며 건네는 한마디.

"커피 내려주러 왔어."

외조의 왕, 남편이 왔다.

"촬영장에 그냥 막 쳐들어가면 안 되지."

며칠 전, 남 대표가 민우에게 한 말이다.

"하다못해 비타민 음료라도 싸 들고 가서 돌려야지, 그냥 얼굴만

들이밀면 되겠냐. 아무리 궁금해도."

단막극 촬영도 끝나고, 다경에 비해 한없이 한가로운 민우가 남 대표와 점심을 먹으러 나온 참이었다. 다경이네 현장이나 놀러 갈까, 하자 남 대표가 조언을 해줬다.

"그래? 뭘 사가면 되려나."

스태프가 하나둘도 아니고, 뭔가 사서 들고 가는 건 엄두가 나지 않았다.

"어, 성혁이가 셀카 보내왔네."

남 대표에게 소속사 배우로부터 연락이 온 모양이다. 대표 머리 꼭대기에 앉아 아래로 깔아보는 민우와는 달리 애교가 넘치는 아이라 남 대표가 요즘 참 예뻐하는 배우였다.

"지금 찍었는데 인스타에 올려도 되냐고 묻는다. 그냥 올리면 되지, 얘는 꼭 이렇게 하나하나 허락을 맡는다니까."

귀찮다는 듯 중얼거리지만 하나도 안 귀찮아 보였다. 오히려 민우 들으라는 듯 일부러 하는 말 같았다. 마치 우리 집 아들도 남의 집 아들처럼 좀 살가웠으면 좋겠다는 서 여사의 말투 같기도 했다.

그러거나 말거나 남 대표가 확인하는 사진을 옆에서 슬쩍 보니 성혁이 드라마 촬영장에서 보낸 것이었다.

"걔 그 드라마 시키지 말라니까. 이미지 안 맞다고."

"그러게 그때 네 말 들을 걸 그랬다. 시청률까지 완전 폭망이네. 이거 곧 끝나니까 만회할 거 빨리 알아봐야지. 하여튼 지민우 감 좋은 건 알아줘야 해. 너 심심하면 사무실 나와서 신인 괜찮은 애들이나 좀 추려보든가."

"공짜로 부려먹을 생각 하지 마시죠."

가끔 남 대표 옆에서 소속 배우나 작품에 대해 이런저런 첨언을 하기도 했는데, 그건 대부분 잘 맞아떨어졌다. 적중률이 높은 민우

의 동물적인 감각을 두고, 남 대표는 네가 웬만한 엔터 전문가보다
낫다고 감탄하기도 했었다.

물론 이전 삶의 정보로 맞히는 건 아니다. 다경과 관련된 것이
아니면 이명 후 장면으로 보이지도 않으니까. 그냥 감이다. 재테크
와 투자에 관해서도 그랬듯이 오롯이 그의 몸에 깃든 감각.

첫 번째 삶에서 택했던 건 냉철한 분석과 파악이 필요한 학문이
었는데, 그게 정말 적성이었던 모양이다. 지금은 전혀 상관도 없는
연기자의 삶을 살고 있을지라도.

"근데 성혁이랑 전 작품에서 같이 나온 배우가 커피차를 보내줬
다네. 그 앞에서 찍은 사진이다. 하여튼 성혁이 성격 좋으니까 두
루두루 잘……."

"커피차?"

언뜻 스치는 생각이 있었다. 아, 그래. 그게 좋겠네.

"커피차는 어디서 불러? 밥차도 부를 수 있지 않아? 촬영장에
그거 보내야겠다."

"아, 그래. 그거 괜찮다."

남 대표가 동조하자 추진력에 불이 붙은 민우가 휴대전화를 찾
았다.

"태근이 형한테 물어봐야지. 전화기 어딨……."

"내가 알아봐줄게. 가만있어봐."

또 건수 잡았다는 듯 남 대표가 얼른 전화기를 들었다.

"어. 왕 대표, 어디야, 뭐 해애?"

저렇게 기회가 귀할까. 차라리 나서서 자리 좀 만들지.

"아니, 별건 아니고. 물어볼 게 있어서. 저번에 밥차 잘하는 데
있다고 했잖아. 호텔 쉐프 출신. 어어, 그래, 그거. 커피차랑. 그것
좀 물어보려고."

질문을 핑계로 왕 대표와 통화 한번 하려는 남 대표가 가련하고도 딱했다.

"아니, 지금 어딘데? 통화 음질이 왜 이래. 할 수 없이 내가 가야겠네. 귀찮게시리. 거기 어디야? 사무실이야?"

급기야 통화에서 즉석 만남으로 발전했다. 전화를 끊은 남 대표의 얼굴이 밝다.

"가자."

"그 정도 정성이면 벌써 고백하고도 남았겠네."

"시끄럽고, 빨리 가자. 일어나. 왕 대표 지금 사무실이래."

마음은 벌써 콩밭에 가 있는 남 대표가 재촉했다.

✦≫※≪✦

제 일터에서 만난 남편은 새롭고, 또 새로웠다.

다경은 신기한 마음에 계속 그를 보았다.

'와, 진짜 지민우 맞나.'

남들 앞에 나서서 이렇게까지 하는 민우가 낯설기도 하고, 놀랍기도 하고, 더불어 기쁘기도 했다. 이런 선물, 생각지도 못했는데.

심지어 민우는 커피차 안에서 직접 음료 준비까지 도맡았다. 배우와 스태프들이 주문하는 대로 갖가지 음료를 무한으로 내주었다. 물론 복잡한 음료는 따로 준비해주는 이가 있었지만, 민우도 커피를 내리거나 에이드를 타는 등의 간단한 일 정도는 할 수 있었다.

"밥 먼저 먹고 와."

"너랑 있을래."

다경은 밥도 먹지 않고 민우의 커피차 앞에 싱글벙글 웃으며 앉아 있었다.

"준비한 게 얼만데 한 입도 안 먹으려고?"

"그러게. 저녁 촬영만 아니면 좀 먹겠는데."

최고로, 무조건 최고로 준비하다 보니 메뉴 가짓수는 점점 늘어만 갔다. 요리사도 다수 대동하게 되었고, 그 덕분에 무척이나 호화로운 식사 대접이 되고 말았다.

다경은 샐러드 조금 말고는 딱히 먹을 수 있는 것이 없기에 아쉬움을 감추며 웃어 보였다.

"괜찮아. 다른 분들 맛있게 드시면 됐지, 뭐. 네 덕분에 나 기도 살고, 완전 좋네."

안 그래도 촬영장의 모든 사람이 즐거워하고 있었다. 다들 다경과 민우에게 인사하고 맛있게 식사하는 중이라 그 어느 때보다 분위기가 좋았다.

"오빠! 진짜 맛있었어! 오랜만에 과식했네."

식사를 마치고 커피차로 온 나리호가 엄지를 치켜들었다.

옆엔 강유현이 있다.

"나도 잘 먹었어."

형식적으로 건넨 인사였다. 사실 별로 잘 먹지 못했다. 원래 촬영장에 있는 밥차를 잘 이용하는 편이고 스태프들과도 스스럼없이 잘 어울려 먹곤 했지만, 오늘 도착한 밥차를 보니 입맛이 영 없었다. 다른 배우들과 함께 식사하면서도, 저쪽 커피차에 있는 지민우와 소다경에게 자꾸만 눈길이 갔다.

다들 그 부부를 얼마나 부러워하고 칭찬하는지, 지켜보는 유현의 가슴은 뜨겁게 타들어갔다.

유현의 시선이 트럭 주변에 가득 서 있는 판넬과 차에 장식된 문구들에 천천히 맴돌았다. 서걱서걱 눈에 걸리는 말, '소다경의 남편, 지민우'.

맹렬한 충동에 휩싸였다. 묵직한 둔기가 곁에 있다면 손에 쥐고 이를 다 부수어버리고 싶은, 그런 말도 안 되는 충동에 순간순간 가슴이 저릿했다.

"커피 뭐 드릴까요?"

민우가 질문했고, 유현은 속내를 감추며 미소와 함께 대답했다.

"난 아이스 아메리카노. 시럽 없이."

"오빠, 나는 라테. 나도 아이스로."

그 정도는 민우가 준비할 수 있는 범위였기에, 유현과 리호의 커피는 직접 내어주기로 했다.

자신과 촬영하는 다른 배우들에게 커피까지 직접 만들어주는 남편을 보며, 다경이 뭔가 돕고 싶어 했다.

"넌 그냥 앉아 있어. 이따 또 촬영하느라 힘들 텐데."

"그래두."

그 사이 둘의 다정한 모습은 스태프나 다른 배우의 사진에 담겨 SNS에 바쁘게 올라갔다. 민우와 다경 둘 다 SNS를 하지 않지만 그렇게 오늘의 외조는 자연스레 알려지는 중이었다.

"두 사람 사이 정말 너무너무 좋다. 보기만 해도 설렐 정도야."

커피를 기다리며 리호가 환한 음성으로 말했다.

"민우 오빠 이렇게 사랑꾼인지 진짜 몰랐는데, 언니 너무 좋아하나 봐. 둘이 완전 잘 어울리고 예뻐."

다른 날보다 유독 더 과하게 칭찬하는 느낌이 들긴 했다.

"아아, 나도 나중에 이런 남편을 만나야 할 텐데. 언니 정말 넘 부럽당!"

하지만 리호는 오늘따라 묘하게 비꼬는 말 한마디 없이 순수하게 감탄만 하고 있었다. 어쩐 일이지.

"그쵸, 선배님? 두 사람 진짜 잘 어울리죠?"

옆에 선 유현에게도 싹싹하게 말을 붙여가며 동의를 구했다.

"……응, 그러네."

재촉하듯 묻는 리호의 말에 유현도 고개를 끄덕였다. 미소를 짓는 것도 잊지 않았다.

완벽한 연기라고 생각했지만, 리호의 눈에는 그렇지 않았다. 리호의 둥글고 선한 눈이 유현의 표정을 날카롭게 살폈다.

"커피 여기 있습니다."

유현과 리호의 커피가 준비되었다. 민우가 건넨 커피를 유현이 웃으며 받아 들었다.

"잘 마실게."

"네, 이따 다른 것도 더 드시러 오세요."

"그래, 고마워."

"오빠, 언니, 나도 잘 마실게!"

유현을 쪼르르 따라 리호도 물러갔다.

민우는 가슴이 후련해졌다. 촬영장에서 다경이 어떻게 지내는지 궁금해 이렇게 거액을 쓰면서까지 찾아왔다. 도착한 후엔 다경이 유현과 함께 촬영하는 모습도 멀리서 지켜봤다. 막상 현장에 오니 불안하고 걱정됐던 마음이 눈 녹듯 사라졌다. 다경은 여느 때처럼 프로답게 작품에 몰입하고 있었고, 그건 유현도 다르지 않았다. 둘 다 그저 일할 뿐이었다.

"네 남편, 오늘 좀 괜찮냐?"

민우의 물음에 다경이 말해 뭐 하냐는 표정으로 대답했다.

"괜찮다 뿐이야? 지민우 존재감 하나로 이 촬영장 다 접수해버린 것 같은데."

네가 짱이야. 우리 남편이 최고, 최고.

다경이 활짝 웃는 얼굴을 보니 더욱 오길 잘했다는 생각이 들었다. 그녀의 주변 사람들에게, 자신이 남편이라는 사실을 각인시키는 것만으로도 오늘의 촬영장 방문은 성공적이었다 평하고 싶었다.

"가끔 또 와도 되는 거지?"

"아까 감독님 말씀 못 들었어? 아무것도 안 해도 되니 자주 놀러 오라고."

"아아, 그냥 너 데리고 출퇴근하면 좋겠다."

풋, 다경의 입술에 웃음이 걸렸다. 천하의 지민우가, 지금 나랑 떨어지기 싫다고 징징거리는 거야? 너무 좋네.

"소, 나 그냥 너희 회사에 취직할까? 양 실장님 밑으로 들어가면 어때? 왕 대표님한테 인턴 하나 안 쓰실 거냐고 물어볼까? 무보수로 너 로드 하면 안 되냐고."

"너는 일 안 하고? 배우 때려치울 거야?"

마음 같아서는 그게 대수냐고 하고 싶었다. 쪽지가 시키는 대로 배우가 되어 열심히 해왔을 뿐, 애초에 그가 원한 직업은 아니다.

하지만 그렇게 쉽게 말할 수 있는 문제는 아니다. 그래서는 안 되었다. 이 시간, 배우를 꿈꾸며 노력하는 이들이 얼마나 많은데. 바로 눈앞에도 하나 있다.

다경에게 그게 얼마나 간절하고 소중한 꿈이었는지, 지금도 얼마나 커다란 희망인지, 민우는 한시도 잊은 적이 없다. 그렇기에 더욱 존중하고 있다. 단순히 자신과 맞지 않는 일이라 해서 가볍게 치부할 수는 없다.

바꿔 말하면 그만큼 다경이 제게 중요한 존재였다는 얘기도 된다. 적성에 맞지도 않는 일을 직업으로 택하여 지금에 이르기까지, 그를 움직인 이유는 온통 소다경이었으니까.

512

"때려치우긴 내가 왜."

"가만히 보면 별 흥미도 없는데 하고 있는 것 같아서. 눈에 띄는 걸 좋아하지도 않는 성격이면서, 왜 배우를 할까 싶어서 좀 이상할 때가 많단 말이지. 그냥 타고난 외모 썩히기 아까워서 하는 거 아니야?"

"아니야. 내가 배우 일을 얼마나 좋아하는데. 이따 들어가면 대본 들어온 것 좀 봐야겠네."

"내가 같이 봐줄게."

밝게 웃으며 대꾸하는 다경을 보며, 민우는 고개를 끄덕였다. 오길 잘했다.

→≫※≪←

리호는 아까 본 유현의 모습을 생생히 기억했다. 밥을 먹으면서도, 그리고 커피차에 있던 민우와 다경의 앞에서도 살짝살짝 스치는 표정이 정말 좋지 않았다. 물론 유현은 평소와 다름없는 미소를 짓고 있긴 했다.

나리호가 유독 신경을 쓰지 않았다면 몰랐을 것이다. 시시각각 변하는 그의 눈빛과 표정을 말이다. 다경에게 쉼 없이 가서 머무는 시선조차 감출 수 없었다.

'강유현, 소다경을 좋아하는 거네.'

리호는 확신했다. 자신은 눈치가 빠른 편이다. 제 촉을 속일 순 없을 것이다.

'소다경은…… 음, 강유현한테 별 관심 없고.'

인정하기 싫지만, 사실이 그래 보였다. 강유현이 소다경을 좋아하고, 소다경은 그저 남편 지민우와 사이좋은 신혼부부로 정신없이 행복할 뿐, 다른 남자에겐 별로 눈 돌릴 때가 아닌 듯 보였다.

혹시나 인기 때문에 지민우를 이용해 결혼까지 한 건 아니었을까 생각한 적도 있었는데, 그건 괜한 억측이었을지 모른다. 자꾸 보니 지민우와 소다경, 두 사람은 연기라 할 수 없을 정도로 관계가 좋아 보였으니 말이다.

대신 리호의 싸한 촉은 강유현 쪽으로 향했다.

'저번부터 수상하긴 했어.'

감독과 소다경이 식사하는 자리에 시간을 내어 일부러 참석했다는 말도 들렸고. 소다경을 알게 모르게 챙기는 모습, 말을 놓아가며 편하게 대하는 모습, 병문안까지 가기도 하고, 급기야 소다경의 대기실에 혼자 찾아가기도 했었다.

유현이 헛물을 켜는 건가 싶었다. 생각이 그에 미치자 리호는 헛웃음이 나왔다.

'강유현이 혼자 좋아하는 거야?'

말도 안 된다.

'아니, 소다경이 대체 뭔데?'

강유현이고, 지민우고, 다들 미친 게 분명하다. 그러지 않고서야 소다경처럼 대놓고 여우 같은 여자한테 저렇게 홀딱 갈 수가 있나. 하여튼 남자들이 멍청해서는.

'뭐, ……재밌어지겠네.'

한참을 기분 나빠하던 리호는 그렇게 마음을 정리했다. 언젠가 일이 터져도 더럽게 한번 터지겠구나, 생각하면서 잠시 후 있을 제 촬영 순서를 기다렸다.

'화인火印'의 촬영을 위해 제작한 이 메인 세트장 안에는 유현의 대기실이 마련되어 있었다. 유현에게만 단독 대기실이 주어져 있고 나머지는 공용 대기실을 사용하게 되어 있으나, 리호는 제작사에 요구해 다른 방을 하나 받은 참이다.

다경은 주로 밴에서 대기하거나 공용 대기실을 사용하는데, 자신은 유현처럼 단독 대기실을 쓰고 있으니 왠지 모를 우월감이 느껴졌다.

"어어, 정아 씨, 저쪽 안에 소품실 말이야. 문이 고장 나서 밖에서 닫히면 안에서는 안 열린대. 아까도 석태 씨 들어갔다가 고생했다더라. 고치려고 사람 불렀으니까 그때까지 앞에 이거 붙여둬."

"아, 네. 알겠습니다."

촬영을 위해 이동하려던 리호는 스태프들끼리 나누는 대화를 듣게 됐다. 지시를 받은 스태프가 소품실 앞에 붙일 안내문을 가져가는 모습을 의미심장하게 바라보며 리호는 걸음을 옮겼다.

＊≫❈≪＊

유현은 속이 좋지 않았다. 체한 걸까. 식은땀이 나기 시작한 것만 같았다.

주연배우의 컨디션은 촬영장 전체 분위기를 좌지우지할 만큼 중요하기에 유현은 이를 내색할 수 없었다. 어차피 저녁에 찍는 신하나만 끝내면 오늘 촬영 일정은 끝이니, 집에 돌아가서 휴식을 충분히 취하면 문제없을 것이다.

"형, 괜찮으세요? 얼굴이 너무 안 좋으신데."

빠릿빠릿한 매니저 강호가 조심히 그를 살폈다.

"응, 가벼운 체기 정도. 괜찮아."

"제가 나가서 약 사올게요. 상비약으론 안 될 것 같아요. 조금만 나가면 약국이랑 편의점 있으니 다녀올게요."

"그래, 고맙다."

차라리 잘됐다. 대기실로 돌아가 혼자서 잠깐이라도 쉬는 게 좋을지 모른다.

"다경 언니는 왜 소품실에 혼자 들어갔지? 언니가 거기 볼일이 뭐 있다고."

웬일로 제 대기실에 있지 않고 촬영장 한쪽에 전용 의자를 놓고 앉은 리호가 매니저와 이야기를 나누고 있었다.

소품실? 유현은 의아했다. 소품실은 세트장에서도 한참 구석 쪽에 있어서 인적이 드문 곳이다. 우 감독은 워낙 완벽한 사전 준비를 요구하는 사람이라, 촬영이 시작된 직후에는 스태프들이 굳이 갈 일도 별로 없었고. 그런데 다경이 소품실에 혼자?

"그러게. 누가 뭐 가져다 달라고 했나. 다경 씨는 그런 거 잘 도와주잖아."

매니저는 별 관심 없는 말투로 대꾸했지만, 리호가 지치지 않고 말을 이어갔다.

"민우 오빠는 아직 커피차에 있는 것 같던데. 거의 정리하는 분위기더라고. 혹시 언니랑 오빠랑 거기서 만나기로 한 거 아닐까?"

"거기서 왜?"

"다경 언니 남은 신은 저녁이잖아. 촬영하려면 시간 좀 남았으니까, 거기서 민우 오빠랑 다경 언니, 밀회 같은 걸 하려는 거 아니야? 스릴 있잖아. 아아, 부럽다."

나리호는 아까부터 다경과 민우가 보기 좋다며 호들갑을 떨어댔었다. 조용히 말하고는 있지만 귀에 바늘처럼 꽂히는 이름들에 잠시 멈칫했던 유현은 다시 자신의 대기실로 향했다.

뜨거운 숨이 밀려 나왔다. 머리가 어지러웠다. 어디든 쏟아내고 싶은 마음을 힘껏 틀어쥔 듯 가슴이 갑갑했다.

유현의 싸늘한 눈빛이 자신의 대기실을 지나 복잡한 세트장 건

너로 향했다. 소품실이라…….

그가 거침없이 걸음을 옮겨 구석구석을 돌아 후미진 곳에 있는 소품실에 다다랐다.

문고리를 잡고서 유현은 잠시 망설였다. 눈앞엔 아까 보았던 모습이 어른거렸다. 속살거리듯 이야기를 주고받으며 눈빛을 나누던 다경과 민우. 심장을 할퀴고 긁는 듯 아프기만 했던 그 모습.

'어째서.'

왜 너는, 내 앞에 이토록 가혹한 얼굴로 나타난 걸까. 왜 이제야. 왜 이렇게 늦게.

숨이 찼다. 열기가 온몸을 가득 채웠다.

이대로 돌아설 것인지, 아니면 문을 열고 들어갈 것인지 고민하던 유현은 결국, 문고리를 돌렸다.

끼이이익, 낡은 소리를 내며 소품실 문이 열렸다.

→≫※≪←

끼이익. 문소리에 다경은 고개를 들었다.

누가 왔구나! 아무리 문을 두드려도 아무도 나타나지 않았었는데, 드디어 사람이 온 것이다!

지쳐 웅크리고 앉아 있던 그녀는 얼른 일어났다.

"어! ……선배님?"

"다경아."

뜻밖에도 문을 열고 들어온 이는 강유현이었다. 누구든 상관없다. 정말 다행이었다. 이제야 나갈 수 있게 되었으니.

"선배님! 그 문은 닫지 마세…….."

끼이이익, 툭.

사정을 다 말할 새도 없이 유현은 등 뒤로 문을 밀어 닫았다. 순식간이었다.

다경은 사색이 되어 문으로 달려가 유현을 가볍게 밀치고 문고리를 잡았다. 덜컹덜컹. 문을 세차게 흔들어도 열리지 않았다. 아까와 마찬가지다.

"하아⋯⋯."

또 잠겼어.

어찌 된 일인지 문이 닫히고 나면 안에선 꼼짝도 않는 것이다. 고장이 나도 희한하게 나버린 문 때문에 결국 다시 갇히고 말았다.

"⋯⋯문이 왜?"

갑작스러운 상황에 유현도 조금 당황한 듯했다. 기껏 사람이 나타나 문을 열어주었기에 기뻤는데, 금세 갇힌 이는 자신 하나에서 유현까지 둘이 되어버리고 말았다.

다경은 허무한 시선으로 그를 돌아보았다.

"문이 안 열려요, 안에서는."

"안 열려?"

"네, 밖에선 열렸는데, 안에선 꼼짝도 안 하네요. 고장 났나 봐요. 그것도 모르고 들어왔다가 이렇게 갇혀버렸어요."

다경은 한숨을 쉬며 대답했다.

"선배님이 문 열 때도 괜찮았었죠?"

"응. 잘 열렸는데⋯⋯."

유현 역시 난감한 표정이 되어 문을 바라보았다.

"그런데 여기까지 어쩐 일이세요?"

유현이 구석에 있는 소품실까지 올 일이 없을 텐데 왜 왔을까.

"아, ⋯⋯뭐 좀 찾을 게 있어서."

여기까지 와서 찾을 게 뭘까. 더 물어보려던 다경은 그냥 관두었다. 지금 그걸 궁금해할 때가 아니다. 유현의 상황을 따지고 있을 틈이 없었다.

"선배님 혹시 휴대전화 가지고 계세요?"

"……아니."

유현도 자신과 마찬가지로 휴대전화는 갖고 있지 않았다. 촬영 중이니 당연했다. 전화기는 각자의 매니저가 보관하고 있었다. 그러니 이곳에 갇힌 후로 바깥에 연락할 방법이 없던 것이다.

"넌 왜 여기에 있어?"

"아아, 저는 한 스태프분이 바빠 보여서 대신 좀 도와드리느라……. 이것만 두고 나가면 되는데, 문이 닫히고 나선 안 열리더라고요."

"……그래?"

유현의 표정이 묘했다. 생각지도 못한 이유라는 듯.

"그랬구나."

다시 곱씹듯 고개를 끄덕이는 유현의 입가엔 옅은 미소가 스치는 것도 같았다. 간단히 설명하여 괜한 오지랖처럼 보일 수도 있겠지만, 아까의 상황에선 다경도 그냥 지나칠 수만은 없었다.

"그럼 내가 손이 열 개야, 스무 개야? 이것까지 다 어떻게 치워? 그쪽이 빨리 당장 치워달라고. 안 들려?"

"아, 지금은 좀……."

나리호가 한 어린 스태프를 붙들고 작은 손가방을 치워달라고 요구하고 있었다.

의상팀이나 개인 스타일리스트가 리호의 몫으로 따로 준비한 것이 아니었다. 극 중에서 리호가 맡은 배역의 드레스룸에 비치된 가방 중 하나였는데, 그 디자인이 마음에 들지 않으니 치우라는 것이다.

영화 미술팀에서도 소품 하나하나를 신경 써서 준비해둔 것인데 굳이 왜 저걸 치우라고 하는지 스태프는 이해가 되지 않는 얼굴이었다. 그보다, 지금 당장은 말도 안 되는 요구를 들어줄 만큼 여유가 있지 않다는 게 문제였지만.

"소품실에 얼른 갖다 놓고 오는 게 뭐가 그렇게 어려워?"

"보조출연자 명단 문제 때문에 감독님이 급히 시키신 게 있어서요. 저 지금 그쪽 사무실에 심부름 다녀와야 하는데 그거 먼저 하고……."

"빨리 이것부터 놓고 와서 가면 되잖아. 아, 짜증나, 진짜."

"그럼 일단 한쪽에 치워둘게요. 다녀와서 제가……."

"그렇게 놔뒀다가 없어지면 내 핑계 대려고? 그냥 지금 소품실에 제대로 갖다 두기만 하면 되는 거 아냐. 시간이 얼마나 걸린다고, 되게 바쁜 척하네."

스태프 중에 한가한 이는 없었다. 촬영이 진행될 때나 아닐 때나 현장에선 다들 바쁘게 움직인다. 그러니 나리호의 요구는 억지였다. 그것도 가장 어리고 힘없는 스태프를 골라 저러고 있으니, 보는 것만으로도 안타까웠다.

리호의 간단한 요청을 들어주느라 스태프가 멀리 있는 소품실까지 다녀오게 되면 아마 감독이 시킨 일이 늦어질 것이다. 하지만 워낙 나리호가 상대 입장은 고려하지 않고 강하게 밀어붙이니 결국 어쩔 수 없는 듯 스태프는 손가방을 들고 말았다.

그 스태프가 리호에게서 멀어져 소품실 방향으로 바쁘게 뛰어가려 할 때, 결국 다경이 손을 내민 것이다.

"주세요. 가는 길이니까 제가 갖다 둘게요. 전 대기 중이라 시간도 넉넉하고."

"아아……, 정말 괜찮으세요?"

많이 곤란했던지, 스태프는 바로 거절도 하지 못하고 미안한 얼굴로 가방을 넘겨주었다. 소품실 어디에 두어야 하는지 그 위치와 목록 체크하는 법까지 빠르게 알려준 스태프는 서둘러 몸을 돌렸고, 다경은 가벼운 마음으로 소품실에 왔다. 이것만 두고 다시 밴에 돌아가는 건 그녀에게 별로 큰일도 아니었기에.

내색할 필요도, 생색을 낼 일도 없이 몸에 밴 듯 종종 그렇게 도울 일이 있으면 조용히 돕곤 했었다. 자신에겐 어렵지 않은 일이, 현장에서 고생하는 이에겐 조금이나마 보탬이 된다는 사실이 그녀를 움직이게 했던 것뿐이다.

이렇게 소품실 문이 고장 나서 갇힐 줄이야, 그땐 생각도 하지 못했었다.

다경은 다시 문을 흔들며 주먹으로 쿵쿵 쳤다.

"밖에 누구 없어요? 여기 안에 사람 있어요!"

"스태프 도와주느라 온 거라면, 네가 여기 와 있는 거 알 테니 찾으러 오지 않을까."

조바심이 난 다경을 달래듯 유현이 차분하게 말했다. 하지만 소용없었다.

"그럼 좋겠지만, 그 스태프분은 감독님 심부름으로 잠시 현장 벗어났거든요. 아마 제가 여기 있는 건 아무도 모를 거예요."

난감한 상황이다.

"아, 선배님 여기 오신 거 아는 사람들 있죠? 곧 촬영도 들어가야 하니 없어진 거 알면 이리로 바로 찾으러 오겠……."

"아니."

절망적인 대답이 돌아왔다.

"아무도 몰라."

뭐라고? 이 넓은 세트장 안에, 우리가 갇힌 걸 아는 사람이 지금 아무도 없다고? 곧 밖은 두 사람이 없어졌다고 난리가 나겠구나.

다경의 입술 사이로 긴 한숨이 흘러나왔다. 유현을 찾는 이들도 마찬가지겠지만, 자신을 찾는 사람들도 답답하긴 매한가지일 터다. 게다가 촬영장에 민우까지 와 있는데. 오히려 안에 갇힌 다경이 밖을 걱정하는 상황이었다.

어서, 누구든 이곳으로 와주었으면.

→≫✦≪←

"누나, 다경이는요?"

"어? 너랑 같이 있는 거 아니었어?"

민우의 물음에 오히려 주아가 의아해하며 되물었다.

"아까 밴에 가 있으라고 보냈어요. 전 밥차 정리되는 거 확인하고 보낸 다음에 이쪽으로 오려고 다경이 먼저 가라 했는데."

"그래? 이쪽엔 안 왔는데. ……대기실에 있나? 같이 가보자."

다경이 말도 없이 그럴 리가 없긴 하지만 혹시 모를 일이다. 그렇게 민우는 주아와 함께 공용 대기공간을 비롯해 세트장 곳곳을 돌며 그녀를 찾아다녔다.

하지만 다경은 없었다. 스태프 중에도 그녀를 보았다는 이는 간혹 있었지만, 지금 이 순간 어디에 있는지 아는 이는 누구도 없었다.

"희한하네. 어딜 간 거지. 전화기도 나한테 있는데."

설령 화장실에 갔다 해도 이렇게 오랫동안 오지 않을 리가 없다. 세트장은 밖으로 걸어서 벗어나기도 어려운 위치고, 대체 어떻게 된 거지.

"소다경 씨도 없어요?"

누군가 놀란 음성으로 물었다. 유현의 매니저 강호였다. 민우의 뒷골이 차갑게 얼어붙는 듯했다. '소다경 씨도'라니?

"형님도 지금 안 보여요. 저 잠깐 나갔다 오는 길인데, 대기실에도 안 계시고……."

"얼마나 됐어요?"

"네?"

"사라진 지 얼마나 됐냐고요."

민우가 싸늘하게 되물었다.

"아, 제가 와서 기다리다가 찾아본 지는 30분쯤 된 거 같은데. 그전엔 언제부터 안 계셨는지 잘 모르겠어요. 지금 몸도 별로 안 좋으신데 어딜 가신 거지."

"선배님 휴대전화는요."

"저한테 있죠."

사정은 마찬가지였다.

"아아, 이게 어떻게 된 일이야……."

주아가 손톱을 깨물며 불안한 음성으로 중얼거렸다. 갈 데가 빤한 세트장 안에서 증발해버린 두 사람이라니.

✦◈✦

"춥진 않아?"

선 채로 문 앞에서 서성이던 다경은, 유현의 물음에 고개를 저었다.

"아니요. 열불이 나는데 추울 리가요."

유현이 풋, 웃었다. 왜 웃냐는 얼굴로 다경이 바라보았다.

"그냥, 좀 귀여워서."

이번엔 살짝 놀란 얼굴이다. 시시각각 변하는 다경의 표정을 보는 것조차 재미있었다.

"앉아 있으나 서 있으나 달라질 건 없어. 힘들게 그러고 있지 말고 와서 좀 앉아."

"후우, 선배님은 여유가 있으시네요."

유현은 등받이 없는 의자를 두 개 찾아 벽에 붙이고 앉아 있었다. 옆자리를 툭툭 치며 권하자 다경도 힘없이 축 처진 채로 다가와 옆에 앉았다. 펜슬스커트를 입은 다리를 꼭 모으고 앉은 그녀는 답답한 듯 한숨을 쉬었다.

"얼마나 여기 더 있어야 하는지 모르니까 걱정이 돼요."

"어차피 내 촬영 얼마 안 남았고, 너랑 나 없어진 거 알면 다들 여기저기 다 찾을 거야. 세트장 다 뒤지면서 여기만 빼놓을 리 없으니, 우리가 소품실에 있는 거 발견하는 건 시간문제야. 너무 걱정하지 마."

그의 말이 맞다. 주연배우가 없어진 것도 모른 채 세트장에서 팀이 철수하는 일은 없을 테니까, 시간이 얼마가 걸리든 누군가는 이곳에 갇힌 두 사람을 찾아내고야 말 것이다.

그리고 현재 유현에게 더 중요한 건, 다경이 여기 있던 이유였다.

"거기서 민우 오빠랑 다경 언니, 밀회 같은 걸 하려는 거 아니야? 스릴 있잖아. 아아, 부럽다."

나리호의 추측은 틀렸다. 다경은 이곳에 지민우를 만나러 온 게 아니었다. 그것만으로도 유현의 불쾌감은 흔적 없이 싹 가셨다.

내가 일하는 세트장 어딘가에서, 두 사람이 뜨겁고 달콤한 시간을 가진다? 상상만으로도 알 수 없는 파괴 욕구가 불처럼 치밀었는데 그게 아니라니, 다행이다.

유현의 내면은 몹시 깊이 침전되어 바로 옆에 앉은 다경조차 가늠할 수 없었다.

"결혼하자마자 일하는 거……, 힘들진 않아?"

빙빙 돌릴 것 없이 바로 물었다. 다경에겐 늘 묻고 싶은 것이 많았다. 알고 싶은 것도, 함께 하고 싶은 건 더더욱 많아지고 있었고, 그녀의 남편은, 다경과 점점 더 가까워지고 싶은 유현에게 걸림돌이 될 뿐이었다.

"아, 전보다 일이 많아져서 힘든 것 빼고는 괜찮아요."

다경이 관심에 감사하다는 듯 부드럽게 웃으며 답했다. 그 모습조차 예쁘다. 이렇게 예쁜 사람이었나. 말하는 것도, 웃는 것도, 고개를 살짝 내리는 것도 다 예뻤다. 자신을 바라보는 눈빛은 말할 것도 없고.

"남편이랑 시간을 많이 못 보내서 아쉽겠다."

"어우, 아뇨. 집에 있을 땐 맨날 붙어 있는데요. 20년 동안 지겹게 봐온 데다가 서로 모르는 게 없어서 아쉽고 말고 할 것도 없……."

습관이 된 양 그렇게 말하던 다경이 아차, 싶었던지 다시 말을 보탰다.

"그래서 너무너무 좋아요. 거의, 한 몸이나 마찬가지죠."

"……잠은 잘 자고? 불면증 좀 괜찮아졌어?"

"아, 네. 남편 덕분에요."

제 품에선 다경이 잘 잔다는 민우의 말을 확인이라도 시켜주는 듯 다경이 잠깐도 고민하지 않고 대답했다. 자신이 끼어들 틈을 애초에 차단해버리는 것만 같았다. 아직 사탕을 빼앗아 먹지도 않았는데, 그걸 품에 우선 감추고 보는 어린아이처럼 보이는 것조차 아까워하는 것만 같았다.

소중한 걸 지키고 싶은 마음은 알겠지만 그래서일까, 유현의 마음 한구석은 어딘지 모르게 더 어긋났다.

"남편이 잘해줘?"

"네, 그럼요."

물론 물어볼 필요도 없는 것이었다. 오늘은 지민우가 다경에게 힘을 준다며 밥차와 커피차까지 이끌고 촬영장에 오지 않았던가.

그저 이런 쓸데없는 질문조차 유현에겐 간절했다. 어느새 그는, 다경과 남편 사이의 불화를 바라게 되어버린 것이다.

"근데 선배님, 어디 아프신 거 아니에요?"

언뜻 유현을 바라본 그녀가 걱정스러운 눈빛으로 물었다.

유현은 소품실에 오기 전부터 급격히 컨디션이 나빠진 걸 느꼈었다. 숨이 막히고, 머리가 어질했었다. 지민우가 불러온 밥차에서 휘황찬란한 메뉴들을 두고도 먹는 둥 마는 둥 했는데, 너무 신경을 써서였을까. 가슴께에 무거운 것이 얹힌 듯 갑갑하기도 했다. 괜찮다는 입에 발린 소리는 하기 싫었다.

"······몸이 좀 안 좋긴 해."

그녀의 걱정을 더 얻고 싶었다. 안타깝게 바라보며 집중하는 그 눈빛을, 조금 더 제게 머물게 하고 싶었다.

언제부터였을까, 널 보면 이토록 심장이 죄어오던 게. 너를 비상계단에서 만났을 때일까. 계속되는 우연 속에서 또다시 만났을 때일까. 아니, 어린 몸으로 세트장 구석에서 울고 있던 널 보았을 때였을까.

"아, 어떡하죠. 식은땀도 나는 것 같으신데."

어쩌면 오래전, 아주 오래전 우리가 기억하지 못할 오래전 기억 속에 난 널 이미, 운명이라 여겼던 건 아닐까.

"다시 문을 좀 두드려볼게요. 누가 근처까지 왔을지도 모를⋯⋯."

다경이 얼른 일어나 문으로 가려던 참이다. 따라 일어선 유현이 그녀의 손목을 잡아채 가볍게 돌려진 다경의 몸을 벽으로 한 발짝 밀어붙였다.

벽에 등이 닿은 그녀가 놀란 얼굴로 올려다보았다. 그가 한 손으로 다경 옆의 벽을 짚으며 가까이 다가섰다. 갇혔다. 밀폐된 소품실 안에서도, 유현의 두 팔 안은 벗어날 수 없는 덫과도 같았다.

그녀의 고운 눈이 여러 색으로 얼룩졌다. 단단한 그물이 옭아매고 그 안에서 어쩔 줄 모르는 토끼처럼 탁한 두려움이 그녀를 뒤덮고 있었다.

"다경아."

마음만 그저 괴로웠을 뿐, 도를 넘고 싶은 생각은 전혀 없었는데.

"선배님, 지금 이게 뭐 하시는⋯⋯."

"네가 나 좋아하는 거, 남편도 알아?"

유현의 낮은 음성이 다경의 심장을 깊이 찔렀다. 그녀의 눈이 묘한 빛깔을 내며 흔들렸다.

"아아⋯⋯, 선배님. 그게."

갑작스러운 상황이라 뭐라 말해야 할지 모르겠다는 듯 흔들렸다.

더더욱 흔들고 싶었다. 세차게. 걷잡을 수 없이. 안정된 곳에서 벗어나 하염없이 비틀거릴 정도로. 그리하여 몸 가눌 곳 없어 결국 무너져 내렸으면 좋겠다. 내게로. 네가, ⋯⋯나에게로.

"선배님을 좋아하는 건 맞는데요, 팬으로 좋아했어요. 존경하고, 동경하는 선배님이세요. 저한테는 그게 다입니다."

다경의 분명한 음성이 이번에는 유현의 심장을 파고들었다. 흔들리고 싶지도, 무너지고 싶지도 않다는 듯 강건한 눈빛도 함께 날 아들었다.

그녀의 눈빛과 목소리는 유현을 아프게 헤집었다. 그렇게 선이 그어질수록 눈앞의 그녀에게 더 가까이 가고 싶다는 모순된 욕망이 고개를 쳐들었다.

유현은 강한 눈빛으로 그녀를 꿰뚫듯 바라보며, 길고 하얀 손가락으로 그녀의 볼 옆 머리카락을 차분히 쓸었다. 뜨거운 숨이 공기에 섞여 아득히 퍼졌다.

다경의 어깨가 움찔 떨렸다. 그녀의 눈 속에서 두려움을 읽을수록 유현의 내면에 가라앉아 있던 가학성은 슬그머니 떠오르려 했다.

"내가 널 조금만 더 일찍 만났다면."

"……."

"그럼 네가 날 선배가 아닌, 남자로 봐주지 않았을까. 그런 생각을 해."

네가 버티면 버틸수록, 난 점점 더 네가 갖고 싶어질 거야.

"푸후훗."

리호는 참을 수 없다는 듯 가만히 있다가도 웃어버렸다.

"뭐 좋은 일 있어?"

영화 세트장을 벗어나 광고 촬영 일정으로 인해 이동 중이었다. 아무것도 모르는 코디가 묻는 말에 리호는 신경 끄라고 쏘아붙이는 대신 친절히 대답해주었다.

"아니, 좋은 일은 아니고. 재미있는 일 정도?"

"뭔데. 같이 좀 웃자."

"별거 아니야."

리호는 팔짱을 끼고선 차창 밖을 바라보았다. 다시 또 웃음이 새어나온다. 지금쯤 촬영장은 발칵 뒤집혔으려나.

아까 리호는 다경이 있는 걸 알고 막내 스태프에게 소품실 심부름을 시키며 억지를 부렸다. 결국 그 스태프를 도와줄 요량으로 다경이 다가가 가방을 건네받는 것까지 보았다. 리호는 다경과 짧지 않은 기간 같이 촬영하며 파악한 성향을 토대로, 그녀에게 딱 맞춰 미끼를 던진 것이다. 게다가 유현이 지나갈 때 일부러 매니저에게, 다경이 소품실에 갔다는 사실을 흘렸다. 유현이 정말 소다경을 마음에 두고 있다면 그에 신경을 쓸 거라고 예상했다.

모든 건 별로 어렵지 않았다. 하지만 그 쉽고도 간단한 미끼를 둘 다 물어버린 것이 우습게만 느껴졌다.

'지금쯤 소품실에 단둘이 갇혀 있겠지.'

자신이 시비를 걸듯 심부름을 시켰던 스태프는 현장에 없을 것이다. 그리고 얼마 지나지 않아 자신 역시 매니저를 비롯한 개인 팀과 함께 그곳에서 나왔다.

'둘이 같이 있는 걸 아는 사람은 아무도 없지, 거기.'

강유현과 소다경, 두 사람을 금방 찾기는 힘들 것이다.

제 손바닥 위에 놓고 노는 기분이다. 소품실에 둘만 갇혀 있는 게 중요한 건 아니었다. 거기서 아무 일도 없더라도 상관없다. 지금은 유현의 마음이 어느 정도인지 확실히 모르니 그걸 이용하기엔 위험부담이 컸다.

'그래도 사람들 눈엔 둘이 같이 있던 게 이상해 보일 수도 있지. 어쩌면 지민우가 엄청 예민하게 굴 수도 있고.'

우선은 자꾸만 강유현과 소다경, 두 사람이 엮일 기회를 만들어주는 것이 리호의 목적이었다. 처음부터 욕심내진 않을 것이다. 일은 계속, 꾸준히 생겨야 한다. 지저분한 스캔들만큼 돌이키기 어려운 것도 없을 테니까. 아니 땐 굴뚝 옆에서 연기를 피우는 것 정도야 리호에겐 식은 죽 먹기였다.

❖❖❖❖

어쩌면 누군가는 설렐 수도 있는 순간이었다.

꿈꾸듯 아름다운 눈동자, 깊고 부드러운 목소리, 섬세한 손끝에 피어나는 열기. 그는 매혹적이었고 쉽게 상대를 혼미하게 했다. 바라보는 눈과 그저 마주치는 것만으로도 몸이 발가벗겨진 듯 아찔하게 하는 남자라 했다.

그가 지금 자신의 코앞에 있다. 벗어날 곳이 없이 꽉 막힌 곳에 갇힌 채로 다경은 유현을 올려다보았다. 혼란은 금세 정리가 되었다. 다경은 작게 고개를 저었다.

"아뇨, 선배님."

유혹은 강건히 쌓아올린 철벽 앞에 힘을 잃었다.

"선배님은 선배님이죠. 제겐 그것만으로도 벅찬 분이세요."

다가오지 마세요. 당신은 거기까지.

다경이 선을 그어 말하자, 유현의 눈에 미약한 물기가 어렸다.

끝을 알 수 없는 눈빛 속에 이슬이 호소하듯 간절히 번지자 다경은 숨이 막혔다. 이건 아니지, 하는 생각이 더욱 강해졌다.

말없이 자신을 바라보는 유현의 손을 치워내려던 순간이다.

"아앗."

가볍게 그 팔 사이를 빠져나가려 했는데, 그가 틈을 내어주지 않고 오히려 더 가깝게 몸을 붙였다. 입술이 볼 옆 귓가로 다가온 건 순식간이었다. 뜨거운 입김과 함께 등줄기에는 서늘한 기운이 훅 끼쳤다.

미친놈.

다경은 저도 모르게 두 손으로 그의 어깨를 팍 밀쳤다. 두려움을 꿰뚫고 나온 괴력이었다. 콰광! 그가 밀려나며 넘어졌고, 뒤에 있던 상자가 발에 걸려 나뒹굴었다.

괜찮은지 물어볼 여유가 없었다. 다경의 머릿속엔 이곳을 어서 빠져나가야 한다는 생각뿐이었다.

"다경아. 대사였어."

문 쪽으로 달려가려는데 그가 몸을 일으키며 말했다. 방금까지의 열기는 온데간데없이 아주 담백하고 산뜻한 음성엔 웃음기까지 어려 있었다.

다경은 당황해 돌아보았다. 대사였다고……?

"제가 의원님을 조금만 더 일찍 만났다면."

"……."

"그럼 의원님이 절 여자로 봐주지 않았을까. 그런 생각을 했어요."

그가 고쳐 읊은 말은, 다경이 맡은 역할이 연기할 대사였다. 이미 약혼녀가 있는 차 의원의 마음을 흔들며 유혹하려던 순간, 비서 고영주가 하는 말.

마르고 닳도록 읽고 외운 대사가 왜 다르게 들렸을까 싶을 정도로, 유현의 입을 통해 나온 그 대사는 확실히 그의 것이었다.

"진짜 당황했나 보다. 미안."

다경은 귀가 빨개졌다.

"네가 대본을 완벽하게 숙지하고 있는 것 같아서, 어떤 상황에서든 대사 맞출 수 있을 거라고 생각했어. 내가 미안해."

진심으로 미안하단 표정이었다. 불순물이라고는 1그램도 섞여
있지 않은 듯 순수하기만 한 얼굴로 그가 사과했다.

거기에 대고 뭐라고 해야 할까. 아니잖아요. 진심이었잖아요.
그렇게 따질 수 있을 리 없다.

확실히 극 중 대사였으니 자신이 바로 알아차리고 유연하게 대
사를 받거나 넘겼으면 됐을 일인데, 마치 혼자 착각해 난리를 친
듯 되어버린 상황에 다경은 오히려 당황하고 말았다. 민망하기까
지 하고.

"아, 아니에요. 선배님. 역할이 바뀌어서 헷갈려 생각도 못 했어
요."

"그럴 수 있지."

충분히 이해한다는 듯 유현이 고개를 끄덕였다.

누군가 비웃는 것만 같다. 설마 강유현이 진짜 너한테 진심으로
한 말이라고 생각했던 거야? 꿈 깨라며 사정없이 비웃는 웃음소리
가 귓가에 들리는 듯했다.

하지만 순간 그의 어깨를 밀치고 도망가려 했을 정도로 다경은
분명 두려웠었다.

'진짜 같았어.'

앞선 상황부터 쭉, 마치 진짜인 듯한 분위기였는데.

강유현이 최고의 연기자라는 사실을 간과해서는 안 된다. 앞이
연기였을 수도, 뒤가 연기였을 수도 있다. 물론 지금이 연기일 수
도 있고. 뭐가 뭔지 알 수 없는 혼란스러운 상황에 놓여 있는데 문
이 흔들렸다.

"다경아! 소다경!"

"소다경 씨! 강유현 씨!"

민우와 사람들의 목소리가 들려왔다. 다경의 몸이 튀어나갔다.

"안에 있어요! 여기 있어요!"

금세 문이 열렸다. 쾅!

거기에 남편이 있다. 그 무엇도 계산할 필요 없이, 또렷하고 분명한 눈빛으로 자신을 바라보는 남편이. 자신을 애타게 찾아다닌 듯 마음을 졸인 티가 역력한 남편이, 지민우가 지금 제 앞에 있었다.

"흐어엉."

다경은 그의 품에 세게 안겨들었다. 민우의 몸이 뒤로 밀릴 정도로 강한 포옹이었다. 그에게 묻히듯 안긴 채 다경은 민우의 허리를 꽉 끌어안았다. 마치 오랜 어둠 속에서 겨우 빠져나온 것처럼, 다시는 놔주지 않을 듯 세차게 힘을 주었다.

- 2권에서 계속.

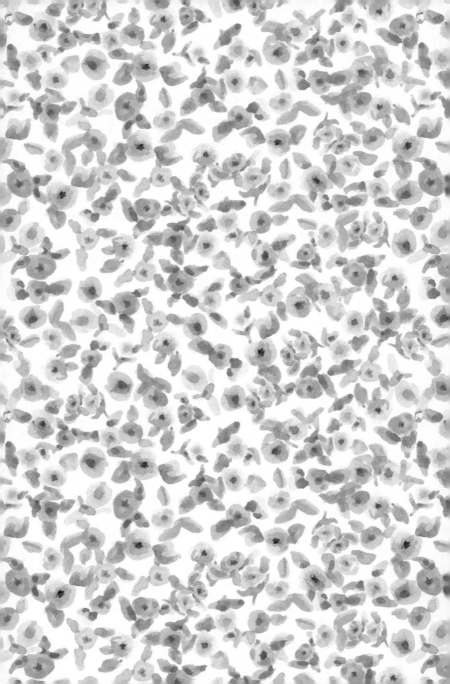